Stuart MacBride

Das Knochenband

Thriller

Aus dem Englischen
von Andreas Jäger

GOLDMANN

Die Originalausgabe erschien 2013
unter dem Titel »Close to the Bone«
bei HarperCollins*Publishers*, London

Dieses Buch ist auch als E-Book erhältlich.

MIX
Papier aus verantwortungsvollen Quellen
FSC® C014496

Verlagsgruppe Random House FSC® N001967
Das FSC®-zertifizierte Papier *Pamo House* für dieses Buch
liefert Arctic Paper Mochenwangen GmbH.

1. Auflage
Deutsche Erstausgabe Dezember 2014

Umschlaggestaltung: UNO Werbeagentur, München
Umschlagfoto:
plainpicture/Hanka Steidle; FinePic®, München
Redaktion: Eva Wagner
AB · Herstellung: Str.
Satz: Uhl + Massopust, Aalen
Druck und Bindung: GGP Media GmbH, Pößneck
Printed in Germany
ISBN 978-3-442-48194-1
www.goldmann-verlag.de

Für Ishbel

Ob's dir passt oder nicht, du bist noch am Leben

Samstag

1

Sie hält das Streichholzheftchen hoch. Leckt sich die Lippen. Sie hat die Worte ein Dutzend Mal geübt, bis sie perfekt waren. »Haben Sie noch etwas zu sagen, bevor ich das Urteil vollstrecke?«

Der Mann, der auf dem Boden des Lagerhauses kniet, starrt zu ihr auf. Er zittert und stöhnt hinter der Maske, die sein Gesicht verdeckt. »O Gott, nein, o du lieber Gott, nein …« Die Ketten, mit denen seine Hand- und Fußgelenke gefesselt sind, schlagen rasselnd gegen den Metallpfosten. Der Geruch nach Brandbeschleuniger steigt von dem Autoreifen auf, den man ihm über Kopf und Schultern gezogen hat. Schwarzer Gummi und Petroleum.

»Dafür ist es zu spät.« Sie lächelt. »Thomas Leis, Sie …«

»Bitte, Sie müssen das nicht tun!«

Das Lächeln schwindet. Er macht ihr noch alles kaputt. »Thomas Leis, Sie wurden der Hexerei für *schuldig* befunden …«

»Ich bin kein Hexer, das ist ein Irrtum!«

»… und dazu verurteilt, auf dem Scheiterhaufen zu brennen, bis der Tod eintritt.«

»Ich habe überhaupt nichts *getan!*«

»Feigling.« Sie spürt die heißen Lichter im Rücken, während sie das erste Streichholz anzündet und die Flamme an die restlichen hält. Sie zischen und flackern, hell und klar. Strahlend rein. Eine Pracht.

»BITTE!«

»Brenne, wie du in der Hölle brennen wirst.« Sie verzieht den Mund wieder zu einem Lächeln. »Das wird eine gute Übung für dich sein.« Sie wirft das brennende Streichholzheftchen auf den Reifen, und das Petroleum entzündet sich. *Wusch* – blaue und gelbe Flammen züngeln um den Gummi.

Thomas Leis *schreit.*

Er zerrt an seinen Ketten. Dichter schwarzer Rauch hüllt sein Gesicht ein, verdeckt die Maske, während das Feuer um sich greift. Er fleht und schreit und bettelt …

Sie wirft den Kopf in den Nacken und lacht zum Himmel auf. Breitet die Arme weit aus, die Augen funkelnd wie Diamanten.

Die Stimme Gottes ertönt und lässt die Luft ringsum erzittern. *»Und … Schnitt. Gute Arbeit, Leute – jetzt machen wir erst mal Mittagspause, und um halb zwei geht's dann weiter mit Szene zwei-sechsunddreißig.«*

Applaus.

Dann kommt ein Mann in einer gelben Warnweste mit einem Feuerlöscher ins Bild gelaufen. *Pschhhhh* – die Flammen verschwinden in einem Kohlendioxid-Stoß, während der Kameramann zurückweicht und die Hand schützend vor das Objektiv hält.

Der Set-Runner zieht dem Stuntman, der Thomas Leis doubelt, die leuchtend grüne Maske mit den gelben Kreuzen vom Gesicht. Der Stuntman grinst, obwohl er weiß, dass sie sein Gesicht in der Postproduktion digital ersetzen werden. Und obwohl er ihr voll in den Text reingequatscht hat.

Gott bewahre uns vor Stuntmen, die sich für Schauspieler halten.

Sie legt den Kopf schief und runzelt die Stirn. »Ich weiß nicht … Ich hatte irgendwie das Gefühl, dass es am Schluss ein bisschen zu viel war. Zu dick aufgetragen. Müsste sie nicht ein bisschen … na ja, gehemmter sein? Vielleicht sogar einen Tick sexuell? Kann ich es noch mal machen?«

2

»Ich bin schon unterwegs. Sagen Sie den Kollegen, sie sollen …« Etwas knirschte unter seiner Sohle. Logan erstarrte auf der Türstufe, das Mobiltelefon ans Ohr gepresst. Er schob den Fuß zur Seite und verzog das Gesicht. »Nicht schon *wieder.*«

Drei kleine Knochen lagen auf der Betonplatte, zusammengebunden mit einem zerschlissenen roten Band.

Vom anderen Ende kam heiseres Gezischel. *»Im Ernst, Chef, Pukey Pete macht sich gleich ins Hemd, es ist …«*

»Ich *sagte* doch, ich bin unterwegs.«

Logan drückte das Telefon an die Brust und blickte mit finsterer Miene auf den Wagenpark hinaus. Die Dämmerung senkte sich schon auf die Siedlung herab. Klotzige Wohnwagen, groß wie Schiffscontainer, alle in einheitlichem Anstaltsgrün gestrichen. Auf der asphaltierten Fläche, die als Wendeplatte diente, stand mit laufendem Motor ein Streifenwagen, dessen blau-weißes Blinklicht in der warmen Abendluft pulsierte. Der Fahrer saß vornübergebeugt auf seinem Sitz und spähte durch die Frontscheibe zu Logan, während er mit beiden Händen das Lenkrad knetete, als wollte er es massieren.

Von den kleinen Mistkerlen war weit und breit nichts zu sehen.

Logan kickte die Knochenfragmente von der Stufe in den Efeu, der neben seiner Tür emporkletterte. Dann holte er tief Luft und brüllte, so laut er konnte: »ICH WEISS, WO IHR WOHNT, IHR KLEINEN DRECKSBÄLGER!«

Er hielt sich das Telefon wieder ans Ohr.

»Ich meine, er hat das ja schon öfter gebracht, aber so schlimm war's noch nie. Er ist …«

»Wenn er den Tatort versaut, nehmt ihn fest. Wenn nicht, dann haltet ihm verdammt noch mal die Hand, bis ich da bin.«

Logan marschierte zum Streifenwagen, warf sich auf den Beifahrersitz und schnallte sich an. »Fahren Sie los.«

Der Constable trat aufs Gas.

Die Sonne war nur eine scharlachrote Schliere am Horizont, deren Schein das unebene Gelände in ein Mosaik aus Blut und Schatten verwandelte. Bäume ragten ringsum auf, ihre Kronen erfüllt vom Flattern und Krächzen der Krähen, die sich zur Nachtruhe sammelten.

Die Lichtung war mit grauen und schwarzen Wracks übersät: ausgebrannte Autos, der Lack abgebeizt, statt der Sitze nur noch Gerippe aus rostigem, verbogenem Metall, die Reifen zu körnigen Pfützen aus geschmolzenem und erstarrtem Gummi verformt.

Blau-weißes Absperrband mit der Aufschrift »POLIZEI« war zwischen den Fahrzeugen gespannt und markierte einen sechs Meter breiten Streifen Niemandsland um die innere Sperrzone mit dem gelb-schwarzen »TATORT«-Absperrband, das die Kollegen vom *Scenes Examination Branch* gespannt hatten. Drei Kriminaltechniker knieten im Matsch und stocherten in etwas herum. Ihre weißen Tyvek-Schutzanzüge schimmerten rosig im Dämmerlicht.

Logan rümpfte die Nase. Der widerliche Gestank von Erbrochenem kämpfte gegen den öligen Geruch nach verbranntem Fleisch und ausgelassenem Fett an. Wie nach einer Grillparty mit Lebensmittelvergiftung. »Ist die Rechtsmedizinerin schon da?«

Eine der weiß gewandeten Figuren – eine zwergenhafte Kriminaltechnikerin mit beschlagener Schutzbrille – kratzte noch etwas von einer dunklen, klebrigen Substanz in einen Beweismittelbeutel und deutete dann mit ihrem behandschuhten Finger über das Tatort-Absperrband hinweg. Da stand noch eine Gestalt in kompletter Schlumpf-Montur über einen Eimer gebeugt und gab würgende Geräusche von sich, während ihre Schultern mit jedem Zusammenkrampfen des Magens erzitterten.

Die kurz geratene Kriminaltechnikerin streifte ihre Schutzmaske ab, unter der ein kreisrundes Stück rosig glänzende Haut und ein schmallippiger Mund zum Vorschein kamen. »Armes Kerlchen. Kann's ihm kaum verdenken. Mir wär' auch fast schon die Leberwurst vom Abendessen hochgekommen.« Sie blies die Backen auf, während sie an ihrer Kapuze mit Gummizug zerrte. »Mann, ist das *heiß* in den Dingern …«

»Haben Sie Verstärkung angefordert?«

Ein Nicken. »Die Eiskönigin ist schon unterwegs.« Die Kriminaltechnikerin ließ ihre Schutzmaske wieder zurückschnappen. »Wollen Sie mal 'n kurzen Blick drauf werfen? Wir haben schon alles gesichert, was wir vor dem Abtransport der Leiche sichern können.«

»Wie schlimm ist es?«

Sie streifte ihre Handschuhe ab und zog ein neues Paar über. »Schauen Sie selbst – ich will Ihnen doch nicht die Spannung nehmen.« Sie machte kehrt und marschierte über den Pfad aus erhöhten metallenen Trittplatten davon, die wie umgedrehte Tabletts auf kleinen Füßchen aussahen und verhindern sollten, dass sie mit ihren blauen Plastik-Überschuhen den Tatort kontaminierten. Der Pfad führte zwischen zwei ausgebrannten Kleinwagen hindurch und verschwand hinter den verkohlten Überresten eines Renault Clio. Dahinter stiegen dunkle Rauchwölkchen in den Himmel auf.

Logan rückte seine Schutzbrille zurecht, zog den Reißverschluss seines Overalls hoch und stapfte hinterher. Der Stoff raschelte bei jedem Schritt, und der Steg schepperte unter seinen Füßen. Der ranzige Barbecue-Geruch wurde stärker. Und dann waren sie da.

O Gott …

Sein Magen ruckte zwei Schritte nach rechts und schnellte dann wieder zurück. Logan schluckte krampfhaft. Blinzelte. Räusperte sich. »Was wissen wir?«

»Nicht viel. Wir nehmen an, dass das Opfer männlich ist.« Sie zuckte wieder mit den Achseln. »Das Ding, an das er gekettet ist, scheint ein Element von so einem Metallregal zu sein, wie man es oft in Garagen hat. Es wurde wie ein Pfahl in die Erde gerammt.«

Das Opfer kniete auf dem harten Boden, mit den Füßen unter dem Hintern. Sein grelloranger Overall wies Flecken an den Beinen und an der Taille auf, die Brust war geschwärzt und mit kleinen glitzernden Tränen aus geschmolzenem Gummi übersät. Jemand hatte seinen Kopf und den rechten Arm durch einen Autoreifen gezwängt, sodass er ihm um den Oberkörper hing wie eine Schärpe, und ihn dann angezündet. Der Reifen brannte immer noch – eine kleine ölige Flamme züngelte am Rand des Gummis empor.

Die Kriminaltechnikerin stöhnte. »Ach du Scheiße.« Sie hievte einen Feuerlöscher aus einer blauen Plastikkiste, richtete die Düse auf den Reifen und drückte ab. Das Gesicht des Unglücklichen verschwand für einen Moment in einer weißen Wolke, doch nachdem das CO_2 sich verzogen hatte, war er wieder in seiner ganzen gefolterten Pracht zu sehen.

Seine Haut war aufgedunsen und voller Blasen, scharlachrot verbrannt; die Augen milchig weiß gekocht, die gebleckten Zähne gelblich und gesprungen. Die Haare abgesengt. Hier und da schimmerten die Schädel- und Wangenknochen durch das verkohlte Fleisch …

Nicht kotzen. Bloß nicht kotzen.

Logan räusperte sich. Blickte über den Friedhof der ausgebrannten Autos hinweg. Atmete tief durch. Zwischen den Bäumen konnte er in der Ferne gerade eben das lange Wellblechdach der Thainstone-Großmarkthalle ausmachen, und Musik drang an seine Ohren – Tom Jones schmetterte »It's not unusual«. Offenbar war in der Halle gerade eine Disco oder eine Firmenfeier im Gange, wo bis in die frühen Morgenstunden getanzt und gesoffen wurde. Und wenn der letzte Gast sich getrollt hatte, würde irgendeine arme Sau noch stundenlang damit beschäftigt sein, das Konfetti zusammenzukehren und die leeren Flaschen wegzuräumen, damit rechtzeitig zur nächsten Viehauktion alles wieder sauber war.

Die Kriminaltechnikerin stellte den Feuerlöscher in die Kiste zurück. »Es ist der Gummi in dem Reifen. Wenn er mal eine bestimmte Temperatur erreicht hat, lässt es sich fast nicht mehr löschen – das verdammte Zeug flammt immer wieder auf.«

»Nehmen Sie ihm das Ding ab.«

»Den Reifen?« Sie lachte prustend auf. »Bevor die Eiskönigin hier ist?«

»Dr. Forsyth …«

»Pukey Pete weigert sich, den armen Kerl überhaupt anzuschauen.« Sie ließ ein wenig die Schultern sacken. »Echt schade. War nett, mal einen Rechtsmediziner zu haben, mit dem man auch *reden* konnte …«

Jetzt, da der Reifen nicht mehr brannte, mogelten sich andere Gerüche durch Logans Schutzmaske: Exkremente, Urin. Er trat einen Schritt zurück.

Die Kriminaltechnikerin nickte. »Stinkt ganz schön, was? Na ja, ich hätt' mir an seiner Stelle sicher auch in die Hose gemacht. Der muss eine Höllenangst ausgestanden haben.«

Eine Stimme tönte durch die stille Abendluft – mit dem typischen singenden Tonfall der Highlands-Region. »Inspector McRae? Hallo?«

Logan drehte sich um.

Eine Frau stand hinter dem äußeren blau-weißen Absperrband, ihr graues Leinenkostüm zerknittert wie ein Elefantenarsch. »Inspector?« Sie winkte ihm zu, als ob er gerade zu einer

Reise in den sonnigen Süden aufbrechen wollte und nicht auf einem Metallsteg neben einem Mann stünde, der bei lebendigem Leib verbrannt war.

Logan balancierte über die scheppernden Tabletts zurück, bis er wieder in der blau-weißen Zone war. Er schlug seine Kapuze zurück, nahm die Schutzbrille ab, knüllte seine Atemmaske zusammen und steckte sie in die Tasche.

Die Frau musterte ihn mit zusammengekniffenen Augen, fischte eine Brille aus einer großen Lederhandtasche und setzte sie auf, wobei sie sich ein Büschel brauner Locken hinters Ohr schob. »Inspector McRae?«

»Es tut mir leid, Miss, aber wir geben momentan keine Presseinterviews, wenn Sie also …«

»Ich habe den Erstangriff durchgeführt.« Sie streckte ihm die Hand hin. »Detective Sergeant Lorna Chalmers.« Ein Lächeln. »Frisch von der Northern Constabulary hierher versetzt. Ich ermittle in dem Blitzeinbruch gestern in einem Spirituosengeschäft in Inverurie; wir suchen nach dem Range Rover, mit dem der Einbruch verübt wurde, Sie wissen schon?«

Nein, Logan wusste nicht. Aber das erklärte den Akzent. Er streifte seine lila Nitrilhandschuhe ab. »Sie haben die Absperrung veranlasst?«

»Und den Bereitschaftsarzt angefordert, den SEB – oder wie immer die Spurensicherung sich diese Woche nennt – und die Rechtsmediziner: den ersten *und* die Ersatzfrau.«

Ganz schön forsch.

Logan kämpfte sich aus der oberen Hälfte seines Overalls und lehnte sich an die Überreste eines VW Polo. Die Motorhaube war nicht nur warm unter seinem Hintern, sondern regelrecht heiß.

DS Chalmers zückte ein Polizei-Notizbuch und klappte es auf. »Der Anruf kam um acht Uhr zwanzig, anonym – also, von einem Mobiltelefon, aber es war eins von diesen Wegwerfhandys mit Guthabenkarte. Ein bisher nicht identifizierter männlicher Anrufer sagte, draußen beim Thainstone-Großmarkt sei ›so ein Typ mit einem brennenden Reifen um den Hals‹.«

Logan runzelte die Stirn. »Warum haben die Kollegen vor Ort das nicht übernommen?«

Sie grinste und ließ dabei ihre kleinen, spitzen Zähne sehen. »Wer zu spät kommt, den bestraft das Leben.«

Nicht nur forsch, sondern auch ehrgeizig. Nun ja, wenn sie es unbedingt so wollte… Er schwenkte den Arm in Richtung der ausgebrannten Autos. »Ich muss Sie bitten, sämtliche Fahrzeuge hier identifizieren zu lassen. Ich will Namen, Adressen und Vorstrafenregister der Halter bis spätestens morgen früh auf meinem Schreibtisch haben.«

Sie quittierte das mit einem steifen Lächeln und einem Nicken. *Ich bin fest entschlossen, nichts wird mich aufhalten.* »Wird gemacht, Chef.«

»Gut.« Logan stieß sich von dem VW Polo ab. »Und Sie können mit dem hier anfangen. Oder ist Ihnen nicht aufgefallen, dass er noch warm ist?«

Das Lächeln verrutschte. »Ist er das? Ah, es ist…«

»Hat das Auto gebrannt, als Sie hier eintrafen?«

»Ich kann mich nicht…«

»Details, Sergeant. Details sind wichtig.«

»Es ist nur so, dass ich… Ich dachte, der Tote… Ich habe alles organisiert und…« Ihre Wangen färbten sich rot. »Tut mir leid, Sir.«

»Die Kollegen vom SEB sollen sich den Wagen mal ansehen, bevor sie gehen. Wahrscheinlich werden sie nichts finden, aber einen Versuch ist's wert.« Er wurstelte sich aus der unteren Hälfte des Schutzanzugs, dann fluchte er, als eine blecherne Version des »Imperial March« aus *Star Wars* aus seinem Telefon tönte. Er musste nicht erst aufs Display schauen, um zu wissen, wer es war.

Logan nahm den Anruf an. »Was ist denn jetzt schon wieder?«

Eine Pause, dann knurrte ihm Detective Chief Inspector Steels rauchige Stimme ins Ohr: *»Hast du für mich immer noch den blöden Darth-Vader-Klingelton eingestellt? Das ist nämlich überhaupt nicht witzig!«*

Logan schaltete das Telefon stumm. »Sergeant, ich dachte, ich hätte Sie gebeten, diese Fahrzeuge zu identifizieren?«

Sie starrte ihre Schuhe an. »Ja, Sir.«

Er lächelte. Na ja, es würde ihn nicht umbringen, wenn er ihr ein Krümelchen Zuckerbrot hinwarf. »Guter Erstangriff, Sergeant, weiter so.« Er drückte noch einmal die Stummtaste. »Und jetzt Abflug.«

Ein empörter Wortschwall ergoss sich aus dem Handy. *»Abflug? Wie redest du eigentlich mit mir? Ich bin Leiterin des CID, zum Henker, nicht irgendeine …«*

»Du doch nicht – ich hab mit DS Chalmers geredet.« Er scheuchte sie weg, dann hielt er das Telefon ans andere Ohr und klemmte es mit der Schulter fest, während er den Reißverschluss seines Schutzanzugs ganz öffnete. »Was gibt's denn?«

»Oh …« Ein Hüsteln. *»Na gut. Wo ist der verdammte Papierkram?«*

»In deinem Eingangskorb. Hast du da mal nachgesehen? Oder wolltest du nur …«

»Nicht die Überstundenaufstellung, du Dödel – die Budgetanalyse!«

»Ach, ich dachte, du fragst nach *meinem* Papierkram. Du weißt schon, der Papierkram, den *ich* eigentlich erledigen müsste, im Gegensatz zu *deinem* Papierkram.«

»Schlimm genug, dass ich mich um diesen ganzen Scheiß kümmern muss, da musst du nicht auch noch jedes Mal den Beleidigten spielen, wenn ich dich um einen winzigen Gefallen bitte …«

»Hör zu, ich bin hier am Tatort eines Mordes, also können

wir vielleicht den ganzen Quatsch beiseitelassen und zum eigentlichen Grund deines Anrufs kommen? Oder wolltest du mir bloß ein bisschen auf die Nerven gehen? In dem Fall kannst du nämlich …«

»Und was ist mit diesen vermissten Teenie-Turteltäubchen? Wann hast du vor, dich um die zu kümmern, hm? Oder hast du dafür keine Zeit, weil du dich lieber die ganze Zeit mit deiner …«

»Was ist denn an dem Satz ›Ich bin am Tatort eines Mordes‹ so schwer zu verstehen?«

»… während die armen Eltern sich vor Sorgen verzehren!«

»Herrgott noch mal, sie sind beide achtzehn – das sind keine Teenager mehr, das sind *Erwachsene.*« Er streifte sich die blauen Plastiküberzieher von den Füßen. »Wahrscheinlich haben sie sich längst in einem leerstehenden Haus in Edinburgh eingenistet. Ich wette jede Summe, dass sie es gerade auf einem gammligen Futon treiben wie die Karnickel!«

»Das ist noch lange kein Grund, Däumchen zu drehen – die Mutter von der Tussi hat schon wieder angerufen. Seh ich aus, als hätte ich nichts Besseres zu tun, als den ganzen Tag hinter deinem angesengten Arsch herzudackeln?« Ein geräuschvolles Schniefen drang aus dem Telefon. *»Jetzt reiß dich mal am Riemen – du hast wegen diesem Juwelenraub letzte Nacht noch null Komma nix unternommen, wir haben einen Haufen ungeklärter Hassverbrechen … Und wo wir gerade beim Thema sind: deine gottverdammte Mutter!«*

»Ah, jetzt kommen wir der Sache schon näher: der *wahre* Grund.« Logan knüllte den Schutzanzug zusammen und warf ihn in den Müllsack, der mit Klebeband am Wrack eines Audi aufgehängt war. »Ich bin nicht ihr Aufpasser, okay?«

»Du sagst gefälligst dieser unmöglichen Frau …«

»Ich hab gesagt, du sollst sie nicht zu Jasmines Tanzvorführung einladen, aber hast du auf mich gehört? Nöööööö.«

»… dieser Berserker im Paisley-Kostüm! Und noch was …«

Ein schwerer, schlammbespritzter Porsche Cayenne kam über die holprige Zufahrt gerumpelt und hielt hinter dem Transit der Spurensicherung. Mit einem Klacken erloschen die Scheinwerfer, und die Armaturenbeleuchtung erhellte das Gesicht der Fahrerin. Der Mund ein grimmiger dünner Strich, die Nasenlöcher gebläht, die Augen zu Schlitzen zusammengekniffen. Na toll, das würde mal wieder einer von *diesen* Abenden werden.

»… mit einem Stock ins Ohr!«

Logan hob eine Hand und winkte zum Porsche. »Muss Schluss machen, die Einwechselspielerin von der Rechtsmedizin ist da.«

»Laz, ich warne dich, entweder …«

Er legte auf.

Dr. Isobel MacAllister stemmte beide Hände ins Kreuz und blies die Backen auf. Ihr Schutzanzug beulte sich vorne aus, als hätte sie im Laden ein Sofakissen mitgehen lassen. Sie zog die Kapuze zurück, unter der ein verquollenes, rosarotes Gesicht zum Vorschein kam, eingerahmt von einer fransigen Kurzhaarfrisur, die eher funktional als elegant aussah. »Haben Sie *wirklich* gerade nach dem Todeszeitpunkt gefragt?«

DS Chalmers nickte, den Kuli im Anschlag, eine leere Seite im Notizbuch aufgeschlagen.

Isobel wandte sich zu Logan. »Sie ist neu, nicht wahr?«

»Gerade erst von Northern zu uns versetzt.«

»Der Herr bewahre uns vor den wilden Highlander-Horden.« Isobel zog den Reißverschluss ihres Overalls zu. »Der Mann ist offenbar durch Necklacing zu Tode gekommen – dabei wird dem Opfer ein Gummireifen so über den Kopf und einen Arm gezogen, dass es sich unmöglich daraus befreien kann; dann wird die Außenfläche mit Petroleum übergossen und angezündet. Der Tod tritt üblicherweise infolge von Hitzeentwicklung und Rauchvergiftung ein, was zu Schock und Herzversagen führt. Das kann bis zu zwanzig Minuten dauern.« Sie wischte sich mit einer Hand über die glänzende Stirn. »Ist eine beliebte Hinrichtungsmethode in manchen afrikanischen Staaten.«

DS Chalmers schrieb etwas in ihr Notizbuch und blickte auf. »Und auch in Kolumbien. Ich hab mal eine Dokumentation gesehen, da haben die Drogenkartelle einen Typen an eine Autobahnbrücke gekettet, den Reifen mit Benzin gefüllt und angezündet. Die Leute, die von der Arbeit nach Hause fuhren, haben ihn alle da hängen und brennen sehen, und so wussten sie genau, was ihnen blühte, wenn sie sich …« Sie räusperte sich. »Wieso starren Sie mich alle an?«

Isobel schüttelte den Kopf. »Also, wie gesagt, ich …«

Ein schrilles Hupen tönte über die Lichtung.

Sie starrte einen Moment lang gen Himmel. Knirschte mit den Zähnen und setzte erneut an. »Wie ich bereits sagte, ich habe …«

Tröööööööööööööööööööööt!

»Herrgott noch mal, nicht mal fünf Minuten Ruhe sind mir vergönnt, wie? Keine fünf Minuten.« Sie zeigte mit dem Finger auf ihren Porsche-Geländewagen, holte zornbebend Luft und brüllte los: »SEAN JOSHUA MILLER-MACALLISTER, HÖR SOFORT AUF DAMIT!«

Stille.

Ein kleines Gesicht spähte über das Armaturenbrett – große Augen, straßenköterblonde Haare. Und dann blitzte ein Grinsen auf.

Trööööt! Tröööt! Trööööööööööööööööööööööööööööt!

Isobel riss sich die Handschuhe herunter und feuerte sie auf den Boden. »Siehst du, was passiert? Siehst du das? Und wird Ulrika deswegen vielleicht abgeschoben? Natürlich nicht – wir können froh sein, wenn sie auch nur einen milden Verweis kriegt.« Isobel stapfte auf ihr Auto zu. »DAS GIBT RICHTIG

ÄRGER, JUNGER MANN!« Im Gehen entledigte sie sich ihrer restlichen Schutzkleidung.

DS Chalmers trat von einem Fuß auf den anderen. »Also, das war…?«

»Sie haben das Au-pair-Mädchen beim Klauen erwischt.« Logan zog sein Telefon aus der Tasche. »Und Sie können sich glücklich schätzen – der Letzte, der sie nach dem Todeszeitpunkt gefragt hat, durfte ihr helfen, die Körpertemperatur des Opfers zu messen. Und das Thermometer kommt nicht etwa unter die Zunge.«

3

Mückenschwärme tanzten und taumelten im Schein der Tatortbeleuchtung, funkelnd wie winzige blutgierige Brillanten. Drüben bei der Party lief statt Tom Jones jetzt ABBAs »Dancing Queen«. Logan steckte sich einen Finger ins Ohr und ging ein paar Schritte von den brummenden Dieselgeneratoren weg. »Was? Ich kann dich nicht verstehen.«

Am anderen Ende wurde DCI Steel ein bisschen lauter. *»Ich hab gefragt, wie kommst du darauf, dass es um Drogen geht?«*

»Na ja, ich kann mich irren, aber es sieht aus wie eine Hinrichtung. Wir werden mehr wissen, wenn wir das Opfer erst mal identifiziert haben, aber ich tippe auf einen kleinen Drogenkurier aus Manchester oder Birmingham.«

»Verdammte Hacke, das hat mir gerade noch gefehlt – so ein angeberisches Dealerschwein, das seine Konkurrenten im Stil eines Performancekünstlers abmurkst.« Schweigen. Dann ein Geräusch, als ob jemand an einer Plastikröhre sog. *»Kommt gar nicht infrage, dass ich mir den Schuh anziehe.«*

»Ich dachte, darum ginge es gerade, wenn man das CID leitet?«

»Manchmal fließt Scheiße auch flussaufwärts, Laz, und auf dem Haufen hier steht mit dickem schwarzem Filzstift geschrieben: ›gebaut vom Assistant Chief Constable‹. Soll er *sich doch mit den Pressevertretern rumschlagen.«*

Die Kriminaltechnikerin, die ihn zu der Leiche geführt hatte, kam hinter einem Auto hervorgeschlurft. Sie hielt eine Ecke einer Art Kiste, die in mehrere Schichten dicker blauer Plastikfolie eingeschlagen war. Gerade groß genug, um einen knienden Mann zu fassen, der an einen Metallpfosten gekettet war. Sie sah Logan an und verzog das Gesicht. »Könnten Sie mal bitte Platz machen? Das Ding ist höllisch schwer.«

»Und mit ›Pressevertretern‹ meine ich …«

»Muss Schluss machen, die Staatsanwältin will was von mir.« Was gelogen war – sie war schon vor fast einer halben Stunde gegangen.

»O nein, Freundchen, so nicht! Du gehst nirgendwohin, ehe du mir gesagt hast, wo wir mit diesem verdammten Juwelenraub stehen. Hast du gedacht, du könntest all deine anderen Fälle einfach abgeben, bloß weil du jetzt eine spannende kleine Bandenkriegs-Exekution in Aussicht hast?«

»Die Ermittlungen dauern an, und …«

»Du hast noch nicht mal angefangen, stimmt's?«

»Herrgott noch mal, ich wurde zu einem Mord gerufen!«

Die Kriminaltechniker schleppten ihre blaue Plastik-Kiste fluchend und stöhnend durch den Friedhof der ausgebrannten Autowracks. Eine helle Staubwolke stieg unter ihren Schritten von der ausgetrockneten Erde auf.

»Na, und wessen Schuld ist das? Du bist jetzt DI, also benimm dich auch entsprechend! Pflanz deinen Arsch hinter den Schreibtisch und delegier den Scheiß – schick jemand anders los, um den Tatort unsicher zu machen.«

Miese, stinkende, runzlige, gottverdammte … »*Du* hast mich doch hergeschickt! Ich war ja nicht mal im Dienst, ich saß grad beim Abendessen.« Er nahm das Telefon vom Ohr und funkelte es an. Wenn er sich nur ganz fest konzentrierte, würde ihr Kopf am anderen Ende explodieren wie ein überreifer Pickel. PENG! Die Wände übersät mit Hirnbatzen und kleinen Schädelfragmenten.

»Äh… Chef?« DS Chalmers tippte ihm auf die Schulter und sah ihn schräg von der Seite an. »Alles in Ordnung? Ich meine nur, weil Sie plötzlich so dunkelrot im Gesicht sind…«

Logan knirschte mit den Zähnen und hielt sich das Telefon wieder ans Ohr. »Da werden wir beide morgen noch mal in aller Ruhe drüber reden müssen.«

»Das kannst du laut sagen. Ich bin doch kein…«

Er legte auf, starrte das Telefon noch einen Moment lang finster an und schaltete es dann aus. Wenn er es eingeschaltet ließe, würde sie doch nur wieder und wieder zurückrufen, bis er irgendwann ausrastete und jemanden ermordete. Logan holte tief Luft und ließ den Atem zischend durch die Nase entweichen. »Ich schwöre bei Gott…«

Chalmers hielt ihr Notizbuch hoch wie einen kleinen Schild, hinter dem sie sich versteckte. »Wir haben die Fahrgestellnummern von allen Autos, und wissen Sie was? Ich hab meinen Range Rover gefunden.« Pause. »Den Range Rover von dem Überwachungsvideo. Der bei dem Blitzeinbruch in dem Spirituosengeschäft benutzt wurde.«

»Was ist mit dem Golf?«

»Wurde heute Morgen um halb elf als gestohlen gemeldet. Folgendes hab ich von der Leitstelle erfahren: Der Fahrzeughalter sagt, er sei am Freitagabend zur Frittenbude in Kintore gefahren, um sich sein Abendessen zu holen, dann sei er zurückgefahren und habe das Auto vor dem Haus seiner Mutter geparkt. Als er aufwachte, war es verschwunden.« Sie konsultierte ihre Notizen. »Also das Auto, nicht das Haus der Mutter.«

»Fahren Sie hin und reden Sie mit dem Mann. Aber erzählen

Sie ihm nichts, klopfen Sie nur auf den Busch und sehen Sie, was so rausgeflogen kommt.«

»Ja, Sir.« Chalmers schrieb etwas in ihr Notizbuch und verstaute es dann in ihrer Jacke. »Ich hatte übrigens recht mit dieser Geschichte über die kolumbianischen Drogenkartelle. Ich hatte mal einen Freund, der hat sich Videos runtergeladen, wo man die Typen da hängen sah, wie irgendwelche … *fürchterlichen* Weihnachtsdekorationen, lichterloh brennend. Und wenn er sich die Filme angeguckt hat, war er hinterher immer rattenscharf.« Sie wischte sich die Handflächen an ihrer Jacke ab und rieb dann die Fingerspitzen aneinander, als ob sie schmutzig wären. »Ich hab dann Schluss gemacht – war mir echt zu krass.«

Logan starrte sie nur an.

»Ah, verstehe … Die Neue soll nicht so viel aus dem Nähkästchen plaudern. Okay.« Chalmers trat ein paar Schritte zurück. »Ich kümmere mich dann mal um die … ja.« Und weg war sie.

»Ich weiß, ich weiß, tut mir leid.« Logan hielt das Telefon ans andere Ohr und klemmte es mit der Schulter fest, um den verbeulten Fiat Punto um den Clinterty-Kreisverkehr auf die Schnellstraße zurück nach Aberdeen zu steuern. »Du weißt doch, wie sie ist.«

Samantha seufzte. *»Logan McRae, du wolltest dich doch nicht mehr so von ihr schikanieren lassen. Das weißt du genau. Wir haben darüber geredet.«*

Er schaltete zurück und gab Gas. Der Dieselmotor des Punto stotterte und rasselte, während er gegen die Steigung ankämpfte. »Ich komm ein bisschen später.«

»Pffff … Für diesmal verzeih ich dir noch.«

»Gut. Ich werde sogar …«

»Unter einer Bedingung: Du machst den Abwasch.«

»Wieso bin ich eigentlich *immer* mit dem Abwasch dran?«

»Weil du zu geizig bist, um eine Spülmaschine zu kaufen.« Eine kurze Pause und dann: *»Oder ein vernünftiges Auto.«*

Ein Toyota iQ zog rechts an ihm vorbei. Ein-Liter-Motor, und *trotzdem* war er noch schneller als der verdammte Punto.

»Ich bin nicht geizig, ich bin nur …«

»›Sparsam‹ ist nur ein anderes Wort für ›geizig‹. Ich weiß echt nicht, warum ich es immer noch mit dir aushalte.« Aber es klang, als ob sie dabei lächelte. *»Komm nicht zu spät. Und lass dich das nächste Mal nicht so unterbuttern!«*

»Versprochen.« Logan legte auf und tippte auf den Tasten herum, bis der Name »DS Rennie« auf dem Display erschien.

Es läutete … und läutete … und läutete. Und dann: *»Mmmmff, nnnnng …«* Ein Gähnen. Ein Stöhnen. *»Wie spät is'n?«*

Logan sah auf die Uhr. »Kurz nach zehn.«

»Urgh …« Schlurfende Geräusche. *»Meine Schicht fängt erst um Mitternacht an.«*

»Na ja, ich hätte eigentlich um fünf Feierabend gehabt, also schätze ich mal, dass ich ein *bisschen* mehr Grund zum Jammern hab als du, findest du nicht? Es geht um den Juwelenraub.«

»Sekunde …« Ein Klappern, gefolgt von einem Geräusch wie von einer Flasche Limonade, die in eine halb volle Badewanne geleert wird. *»Unnnng …«*

Also wirklich …

Logan verzog das Gesicht. »Ich will doch hoffen, dass du nicht auf dem Klo bist!«

Eine verdächtig lange Pause. *»Ich bin nicht auf dem Klo, ich bin … in der Küche … Mach mir grad 'n Tee.«*

Ekelhaft, wirklich.

»Ich will eine Liste von Verdächtigen für diesen Juwelenraub, bevor du ausstempelst, ist das klar? Klapper die Pfandleihen ab, die Schwarzhändler, das ganze Gesocks, jeden, den wir jemals wegen Hehlerei einkassiert haben.«

»Aber es ist mitten in der …«

»Ist mir egal, ob du die Typen aus dem Bett klingeln musst – ich will diese Liste. Oder besser noch: eine Verhaftung!«

»Aber ich bin …«

»Und wo wir schon dabei sind: Was tut sich denn bei diesen Hassverbrechen?«

»Es ist nicht … Ich …« Seine Stimme wurde quengelig und überschlug sich fast. *»Was soll ich denn machen? Ich hab Nachtschicht!«*

»Rennie, du bist …« Logan klappte den Mund wieder zu und sackte ein wenig auf seinem Sitz zusammen, als der Punto sich endlich über die Hügelkuppe quälte. Es war eigentlich nicht fair, oder? Den Anschiss weiterzugeben, nur weil Steel ihn gerade wieder genervt hatte? »Tut mir leid. Ich weiß schon. Also … sag mir einfach nur, wie der Stand der Dinge ist.«

»Niemand will reden. Sämtliche Opfer behaupten, sie wären die Treppe runtergefallen oder so. Nicht mal der Typ mit den zwei gebrochenen Knöcheln will den Mund aufmachen.«

»Immer noch alles Chinesen?«

»Der Letzte war Koreaner. Das macht insgesamt vier ostasiatische Männer in den letzten anderthalb Monaten.«

»Na ja … Sieh zu, was sich machen lässt.«

»Bist du auf dem Weg ins Präsidium?«

»Nein, ich muss noch rasch ein paar Infos über einen Drogenkrieg einholen.«

»Alles klar.« Wieder ein Gähnen. Und dann ein gurgelndes Rauschen. *»Ups. Ich bin nur … Emma hat wohl grad … äh … die Waschmaschine eingeschaltet?«*

Die junge Frau in der Schwesternuniform blickte mürrisch zu ihm auf, eine Hand an der Türklinke. »Das gefällt mir nicht. Es ist spät. Sie sollten nicht hier sein.« Ihre Augenbrauen trafen sich in der Mitte, wie eine dicke, dunkle Trennlinie zwischen ihrem Gesicht, dessen Teint an abgestandenen Haferbrei erinnerte, und ihrem wie mit dem Lineal gezogenen blondierten Pony. Sie war klein, aber stämmig, mit Armen wie ein gedopter Popeye. Hart. Ihre Schultern streiften die geschmackvoll gestreifte Tapete in der Diele.

Logan zuckte mit den Achseln. »Er hat gesagt, es geht in Ordnung, oder nicht?«

»Es gefällt mir nicht.« Sie riss die Tür auf und trat zur Seite, die Stirn über den großen grünen Augen in Falten gelegt. Ihr Finger wedelte ein paar Zentimeter vor Logans Nase. »Ich warne Sie. Wenn Sie Mr Mowat aufregen ...«

Aus dem Haus kam eine dünne, zittrige Stimme, eine Mischung aus Elite-Internat und breitem Aberdeener Akzent, rau und heiser. »Chloe, ist das Logan?«

Der wedelnde Finger bohrte sich Logan in die Brust, und sie senkte die Stimme zu einem leisen Knurren. »Passen Sie bloß auf.« Dann knipste sie ein Lächeln an, von dem man gerne gesagt hätte, dass es ihr Gesicht vollkommen verwandelte, was aber nicht der Fall war. »Er ist gerade gekommen, Mr Mowat.«

»Na, was stehst du da noch rum, führ ihn rein!«

Das Zimmer war gut und gerne zehn Meter lang. Durch eine Fensterwand ging der Blick in den Garten, der im Dunkeln lag; nur hier und da wurde ein Strauch oder Baum von einem farbigen Punktstrahler angeleuchtet. Wee Hamish Mowat stieß den Steuerhebel an der Armlehne seines Rollstuhls an und fuhr über den riesigen Orientteppich. Seine blasse Haut war mit Leberflecken gesprenkelt und schien eine halbe Nummer zu groß für seinen spindeldürren Körper; die Haare auf seinem Schädel waren so fein, dass jeder Zoll seiner Kopfhaut durch die grauen Strähnen zu erkennen war. An dem Rollstuhl war ein Infusionsbeutel befestigt, von dem sich ein Plastikschlauch in den Port an seinem Handgelenk zog. Der Schlauch wackelte, als Hamish seine zitternde Hand ausstreckte.

Logan nahm sie und schüttelte sie. Sie war heiß, als ob etwas tief unter der Haut brannte. »Hamish, wie geht es Ihnen?«

»Wie einem geprügelten Hund. Und Ihnen?«

»Mehr oder weniger genauso.«

Hamish nickte, wobei die Hautlappen unter seinem Kinn sich wellten. Dann angelte er ein Taschentuch aus seiner grauen Strickjacke und betupfte seine Mundwinkel. »Sind Sie im Dienst, oder kann ich Ihnen ein Schlückchen anbieten?« Er deutete auf eine große Vitrine voller Flaschen. »Chloe, sei doch so lieb und hol uns den Dalmore… Nein, den anderen – den Astrum. Genau, das ist er.«

Sie knallte die Flasche auf den Couchtisch und bedachte Logan mit einem weiteren vernichtenden Blick. »Es ist spät, und Sie brauchen Ihren Schlaf, Mr Mowat.«

Wee Hamish lächelte sie an. »Jetzt geh nur, ich ruf dich dann, wenn ich dich brauche.«

»Aber Mr Mowat, ich…«

»Chloe.« Kurz blitzte die alte Schärfe in seiner Stimme auf. »Ich sagte, du sollst *gehen*.«

Sie nickte. Ein letzter giftiger Blick in Logans Richtung, dann machte sie kehrt, stampfte aus dem Zimmer und knallte die Tür hinter sich zu.

Wee Hamish schüttelte den Kopf. »Die kleine Tochter meines Cousins Tam. Na ja, was heißt ›klein‹… Aber sie hat das Herz am rechten Fleck.«

Logan nahm zwei Bleiglas-Tumbler aus der Vitrine. »Etwa Tam ›The Man‹ Slessor?«

»Ich hatte versprochen, mich um sie zu kümmern, nachdem er wegen dieses Containers mit gefälschten Zigaretten verknackt worden war.« Wee Hamish nestelte am Verschluss der Whiskyflasche herum. »Wenn Sie Wasser wollen – im Kühlschrank steht eine Flasche.«

»Und wie geht es Tam the Man so?«

»Nicht allzu gut. Wir haben ihn vor einem Monat begraben.« Ein Seufzer. »Probieren Sie doch mal, ob Sie die aufkriegen, ja? Meine Finger …«

Logan half ihm. »Wissen Sie irgendetwas über diese Leiche, die wir heute draußen bei Thainstone gefunden haben?« Er goss einen kräftigen Schuss in das eine Glas und einen kleineren, nach dem man noch fahren konnte, in das andere. Den Dreifachen reichte er Wee Hamish.

»Danke.« Er hob das Glas, in dem die dunkel-bernsteinfarbene Flüssigkeit im Takt mit seiner Hand zitterte. *»Here's to us.«*

Logan stieß mit Wee Hamish an. *»Who's like us?«*

Ein Seufzer. *»Damn few … and they're all dead.«* Er nahm einen kleinen Schluck. »Unbekannte männliche Person, an einen Pfahl gekettet und verbrannt – *Necklacing* ist der Fachausdruck, wenn ich mich nicht irre.«

»Wir glauben, dass es mit Drogen zu tun haben könnte.«

»Hmm … Was sagen Sie zu dem Whisky? Vierzig Jahre alt, fast fünfzehnhundert die Flasche.« Seine blutleeren Lippen verzogen sich zu einem kleinen Lächeln. »Mitnehmen kann ich ihn ja nicht.«

Logan nahm einen Schluck. Spülte ihn im Mund herum, bis sein Zahnfleisch taub wurde und alles nach Nelken und Muskat und Karamell schmeckte. »Ist das vielleicht der Auftakt zu einem neuen Revierkrieg?«

»Ich habe viel darüber nachgedacht. Na ja, das tut man eben, wenn einem nicht mehr viel Zeit bleibt, nicht wahr? Was wird mein Vermächtnis sein? Was werde ich hinterlassen, wenn ich gehe?«

»Wir müssen dem einen Riegel vorschieben, bevor es noch schlimmer wird.«

»Verstehen Sie mich nicht falsch: Ich schäme mich nicht für die Dinge, die ich getan habe oder andere habe tun lassen, aber … ich will … irgendetwas. Ich habe über meine Anwälte

Stipendien an der Aberdeen University und an der Robert Gordon University einrichten lassen, die es jungen Menschen ermöglichen, sich zu Ärzten und Krankenschwestern ausbilden zu lassen, ich habe Impfprogramme in der Dritten Welt finanziert, ich habe Brunnenbohrungen bezahlt und Moskitonetze für Waisenkinder … Aber ich *fühle* mich nicht anders.«

Er nippte an seinem Whisky. Dann sah er zur Decke und runzelte die Stirn. »Vielleicht sollte ich es mit einem großen öffentlichen Bauprojekt versuchen? Wie Ian Wood mit seiner Union-Terrace-Garden-Geschichte oder dieser Trump-Bursche mit seinem Golfplatz? Und der Stadt etwas hinterlassen, was die Erinnerung an mich bewahrt …« Ein Grinsen. »Über die Horrorgeschichten hinaus, die Ihre Kollegen erzählen.«

»Wissen Sie, wer es getan hat? Können Sie es herausfinden? Denn sobald die Medien Wind davon bekommen, werden die Nachrichten und die Zeitungen voll davon sein.«

Wee Hamish starrte in die dunklen Weiten seines Gartens hinaus. Oder vielleicht starrte er auch nur sein eigenes Spiegelbild im Glas an. Schwer zu sagen. »Um ehrlich zu sein, Logan, ich habe dieser Seite des Geschäfts in letzter Zeit nicht mehr meine volle Aufmerksamkeit gewidmet. Früher habe ich mich in der Branche ausgekannt wie in meiner Westentasche, aber … nun ja, früher bin ich auch nicht so schnell müde geworden.« Die knochigen Schultern unter der Strickjacke hoben sich leicht. »Reuben kümmert sich jetzt um den pharmazeutischen Zweig. Wie auch um alles Mögliche sonst …«

Schweigen.

»Logan, Sie wissen, dass ich Reuben liebe wie einen Sohn – auch wenn er manchmal über die Stränge schlägt, der kleine Schlingel –, aber er ist ein Fußsoldat, ein Adjutant. Er ist kein Anführer.« Noch ein zitternder Schluck. »Wenn ich ihm die Verantwortung übertrage, wird es in Krieg enden.«

»Ich werde Sie nicht beerben.« Logan setzte sein Glas auf dem Couchtisch ab.

»Ich weiß, ich weiß. Aber wenn ich Reuben die Organisation nicht anvertrauen kann, was kann ich dann noch tun? Sie wollen nicht, er ist damit überfordert – soll ich stattdessen an Malcolm McLennan verkaufen?«

»Malk the Knife ist so schon gefährlich genug, ohne dass man ihm auch noch Aberdeen auf dem Silbertablett serviert. Er hat schon alles südlich von Dundee in der Tasche.«

Der Rollstuhl piepste, fuhr sirrend einen Meter zurück und wendete dann, sodass Wee Hamish Logan direkt ansah. Sein Lächeln war verschwunden, stattdessen war seine bleiche Stirn ein einziges Faltengebirge. »Ich werde mich bemühen herauszufinden, wer für Ihr Necklacing-Opfer verantwortlich ist. Und keine Sorge: Sollte derjenige zu meinem Team gehören, kann er sich auf… ein Disziplinarverfahren gefasst machen. Das ist nicht die Art von Vermächtnis, die ich hinterlassen möchte.«

Draußen stand Logans mehrfach gebrauchter Punto im Lichtkegel eines Scheinwerfers. Ein Hüne von einem Mann lehnte an der Motorhaube, die baumstammdicken Arme vor dem massigen Brustkasten verschränkt. Sein Dreiteiler sah nagelneu aus – die Weste spannte sich über der gewaltigen Wampe. Dazu glänzende schwarze Halbschuhe. Sein Gesicht war ein Flickenteppich aus Narbengewebe und Fett, zusammengeknüpft mit einem ergrauenden Bart. Die Nase war so gut wie nicht mehr vorhanden.

Logan nickte. »Hallo, Reuben.«

Keine Antwort.

Okay… Logan zog seine Schlüssel hervor. »Ich dachte, dein Stil wären eher Latzhosen und Schuhe mit Stahlkappen.«

Reuben starrte ihn nur an. Dann rutschte er gemächlich von der Motorhaube herunter.

Die Karosserie des Punto schnellte eine Handbreit in die Höhe.

Logan straffte die Schultern und hob das Kinn. »Na los, spuck's schon aus.«

Aber Reuben drehte sich nur um und stapfte schwerfällig in die Dunkelheit davon, ohne einen Ton zu sagen. Nur das Knirschen seiner Sohlen auf dem Kies war zu hören.

Logan blieb stehen, bis der Muskelmann verschwunden war, dann setzte er sich hinters Steuer. Die Welt war bevölkert von kranken Spinnern.

Die Fenster des Wohnwagens nebenan schimmerten blassgelb in der Dunkelheit, als Logan ausstieg. In der Stille hörte man nur den Motor des Punto leise ticken und klicken. Am anderen Ufer des Don funkelten die Lichter des großen Tesco-Supermarkts durch die Bäume.

Ein Geräusch, irgendwo hinter ihm …

Logan fuhr herum und ballte die Fäuste.

Nichts.

Der Grove Cemetery war ein Mosaik von Silhouetten, das sich den Hang hinauf bis zu den Bahngleisen und der Schnellstraße auf dem Hügelkamm zog. Die ersten drei Reihen von Grabsteinen waren im orangen Schein der Straßenlaternen gerade so auszumachen. Jenseits davon war alles schwarz und still, bis auf das leise Brummen des spätabendlichen Verkehrs am Haudagain-Kreisverkehr.

»Hallo?«

Bleib ganz still stehen, halt die Luft an, *spitz die Ohren …*

Nein, er war allein. Gut so – dann hatte auch niemand gesehen, dass er sich aufführte wie ein Nebendarsteller in einem billigen Horrorfilm.

Memme.

Logan kramte seinen Hausschlüssel hervor und – erstarrte.

Wieder ein Knochenbündel, diesmal am Türgriff aufgehängt. Wieder eine Handvoll blutige Hühnerknochen, umwickelt mit einem Band, das im Schein der Natriumdampflampen grünlich-grau gefleckt aussah.

»Sehr komisch.« Er riss das Bündel herunter und warf es in das Gebüsch, das den Wohnwagenpark vom Flussufer trennte. »Ihr Idioten.«

Bloß weil hier gegenüber mal die Fabrik von Grampian Country Chickens gestanden hatte, musste man ja noch lange nicht so einen Hokuspokus veranstalten.

Sonntag

4

»… irgendwann nächste Woche. Und bis neun Uhr haben wir noch mehr Top-Hits aus den Achtzigern für Sie, aber hier kommt erst mal das Wetter …«

»Ungggg …« Logan wälzte sich auf den Rücken und starrte an die Decke. Ein goldener Lichtstreifen fiel durch den Vorhangspalt und ließ die winzigen Staubkörnchen vor den scharlachroten Wänden tanzen. Er streckte eine Hand aus, aber Samantha war nicht da – ihre Seite des Betts war ein zerwühltes Knäuel von Decken und Kissen. Sie hatte immer schon einen unruhigen Schlaf gehabt.

Der Radiowecker warf ihm in kalten grünen Ziffern »06:15« an den Kopf.

»… wird das sonnige Wetter voraussichtlich bis Dienstagvormittag andauern, ehe das von Osten aufziehende Hochdruckgebiet Regen mit sich bringt …«

Er blinzelte und gähnte, kratzte sich und ließ sich wieder aufs Bett zurückfallen. »Na los, du fauler Sack – aufstehen.«

Vielleicht in einer Minute.

Logan stocherte mit dem Messer im Glas herum. »Tee und Toast, Tee und Toast, la-la-la, Tee und Toast …« Es war gerade noch so viel Marmite übrig, dass es für eine dünne Bremsspur auf der geschmolzenen Butter reichte. Besser als gar nichts. Er nahm sein Frühstück und schlurfte damit ins Wohnzimmer.

Aus dem Fernseher schaute ein dauergebräuntes Gesicht grinsend auf das Chaos aus Bücherstapeln und Kartons.

»... kommenden Februar. Ich habe zwei der Stars des Films am Set besucht ...«

Das kleine rote Lämpchen am Anrufbeantworter blinkte ihn an. Vier Nachrichten. Wahrscheinlich alle von Steel, die ihm mal wieder die Hölle heißmachen wollte.

Zwei Frauen erschienen auf dem Bildschirm. Sie saßen auf Regiestühlen vor einem Filmposter von *Witchfire* und winkten lächelnd in die Kamera. Ganz hübsch, auf eine oberflächliche Hollywood-Hochglanzmagazin-Art. Die eine hatte natürlich aussehende rotblonde Haare, die andere knallig feuerwehrrot gefärbte, wie Samantha. Am unteren Bildrand wurden die Namen »NICHOLE FYFE« und »MORGAN MITCHELL« eingeblendet.

Logan drückte die Starttaste des Anrufbeantworters, und die elektronische Stimme tönte durch das unaufgeräumte Zimmer: »NACHRICHT EINS.« Es folgte DCI Steels vertraute Reibeisenstimme: *»Laz? Bist du da? Geh schon ran.«* Pause. *»Ich mach keine Witze – sieh zu, dass du deinen Arsch ...«*

Löschen.

Im Fernsehen grinste Mr Sonnenstudio affektiert. *»Und Sie haben jetzt plötzlich rote Haare!«*

Die Frau namens Nichole lachte. Sie sprach mit einem leichten amerikanischen Einschlag, aber der Aberdeener Akzent war noch deutlich herauszuhören. *»Ich weiß, ist das nicht toll? Wir mussten das beide für den Film machen, aber es gefällt mir wirklich, es ist so befreiend. Und kein Mensch erkennt mich auf der Straße – es ist, als wäre ich ein völlig anderer Mensch!«*

Morgan wickelte sich eine Locke ihrer knallroten Haare um den Finger und lächelte die arme Kamera an, als ob sie ihr im nächsten Moment die Kleider vom Leib reißen und gleich dort auf dem Boden des Studios furchtbar versaute Sachen mit ihr treiben wollte. Ihr Akzent war reinstes New York. *»Jede Frau sollte das wenigstens ein Mal versuchen. Seid mal ein bisschen frech, Leute!«*

Nachricht zwei lautete: *»Laz, es ist mir ernst …«*

Löschen.

»Nichole, was ist das für ein Gefühl, bei so einer großen Sache wie Witchfire *mitzuwirken?«*

»Es ist der Wahnsinn. Meine erste richtig gehaltvolle dramatische Rolle, und …«

»NACHRICHT DREI.« Eine deprimiert klingende Männerstimme. *»Hallo? Dies ist eine Nachricht für Logan McRae. Logan, hier ist das Architekturbüro Preston. Es ist jetzt zwei Jahre her, dass wir die neue Decke auf Ihre Wohnung gesetzt haben …«* Ein Seufzer. *»Und ich wollte wissen, ob Sie sich inzwischen vielleicht überlegt haben, ob Sie mit dem Bau weitermachen wollen?«*

Sollte ihn wirklich mal zurückrufen.

Löschen.

»… war total geschockt – ich hatte eigentlich für die Rolle von Mrs Shepherd vorgesprochen.«

Morgan gestikulierte grinsend. *»Und* ich *war für Rowan vorgesehen, aber* irgendjemand *war da offenbar einfach zu fantastisch …«*

Logan biss ein großes Stück von seinem Toast ab und spülte es mit einem Schluck Tee hinunter.

»NACHRICHT VIER.« Eine ominöse Pause. *»Logan, hier ist deine Mutter. Du weißt, dass ich nicht gerne mit dieser Maschine spreche …«*

Löschen.

»… viel mehr Spaß, als immer nur brave Durchschnittsmenschen spielen zu müssen.« Morgan legte eine Hand auf ihre Brust. Beneidenswerte Hand … *»Nach drei Jahren bei CSI New Orleans, da hatte ich wirklich Lust, mich zur Abwechslung mal mit einer richtig finsteren Rolle auseinanderzusetzen. Und an meine Anfänge anzuknüpfen.«*

»SIE HABEN KEINE WEITEREN NACHRICHTEN.«

Er aß seinen Toast auf. Nicht vergessen, ein neues Glas Marmite zu kaufen. Und vielleicht eine Tube Schmelzkäse. Frühstück für Helden.

»Nichole, das muss ich Sie jetzt fragen: Von Hollywood zurück nach Aberdeen – was ist das für ein Gefühl?«

»Es ist super, wieder zu Hause zu sein! Die Menschen hier im Nordosten sind so echt und bodenständig, das ist total erfrischend nach diesem ganzen« – Nichole Fyfe malte mit den Fingern Gänsefüßchen in die Luft – *»›Showbusiness‹-Kram.«*

Gänsefüßchen in die Luft malen. Wer machte denn so was?

»Und soviel ich weiß, haben Sie einen Wettbewerb gestartet, bei dem der glückliche Gewinner eine kleine Nebenrolle in …«

Logan drückte auf den Ausknopf der Fernbedienung, und der Bildschirm wurde schwarz.

Im Schlafzimmer sangen die Jungs von Madness von einem, der endlich alt genug war, um Kondome kaufen zu können. Logan gesellte sich zu ihnen und trank seinen Tee mit Milch, während er Socken, Unterhose und Hose anzog.

»… mit ›House of Fun‹. Apropos Fun – hätten Sie Lust, eine exklusive VIP-Führung am Set des neuen Witchfire*-Films zu gewinnen, der hier bei uns im Nordosten gedreht wird? Ja? Na, dann bleiben Sie dran – ich hab was ganz Besonderes für Sie. Gleich nach David Bowie mit ›Let's Dance‹!«*

Dieser verdammte Film war wie ein Virus.

Er zog ein weißes Hemd an, das es verdient gehabt hätte, besser gebügelt zu werden, als er es getan hatte, und leckte sich sorgfältig Butter und Marmite von den Fingern, ehe er es zuknöpfte.

Krawatte oder nicht? Er wählte zwei oder drei aus dem Kleiderschrank, und dann stand er da und starrte den Zettel an, der am Spiegel klebte.

Sein Handy begann »If I Only Had a Brain« zu schmettern. Logan blinzelte. Sah auf seine Uhr. Er hatte volle fünf Minuten dagestanden wie ein Ölgötze.

Er schüttelte sich.

Dann setzte er sich aufs Bett und zog sich mit einer Hand

die Schuhe an, während er mit der anderen den Anruf annahm. »Was?«

Rennie schniefte. *»Dir auch einen wunderschönen guten Morgen.«*

Herrgott noch mal. »Du bist keine sechs mehr.«

»Na schön. Wir haben wieder einen tätlichen Angriff auf einen Ostasiaten – diesmal aus Laos. Sie haben ihn windelweich geprügelt und dann seine Knie und Knöchel mit einem Hammer bearbeitet.«

»Schon was rausgefunden?«

»Er sagt kein Wort. Laut Aussage des Notarztteams war er vollkommen dicht, als sie ihn ins Krankenhaus gefahren haben – total bekifft und nach Cannabis stinkend.«

»Was ist mit dem Juwelenraub?«

»Das ist wie Jonglieren mit Matsch. Ich hab die ganze Nacht Leute aus den Betten geholt – vielen Dank übrigens dafür, ist immer wieder nett, sich eine ganze Schicht lang beschimpfen und anspucken zu lassen. So was ist echt aufbauend.«

»Was du also sagen willst, ist, dass du nichts erreicht hast.«

»Das ist nicht fair! Ist schließlich nicht meine Schuld, dass die Bande noch nicht versucht hat, das Zeug zu verticken, oder? Vielleicht haben sie es in den Süden geschafft, vielleicht wollen sie es für ein paar Jahre verstecken oder nach Übersee schmuggeln. Wie soll ich da irgendwas erreichen?« Jammer, mecker, heul, schluchz. Immer dasselbe, wieder und wieder.

Logan legte sein Telefon auf den Nachttisch und ließ Rennie seine kleine Trotzphase auskosten, während er sich die Schnürsenkel band.

Als er wieder nach dem Telefon griff, war Rennie immer noch nicht fertig.

»… nie die geringste Anerkennung. Und wieso muss ich eigentlich immer die Nachtschicht machen? Das ist nicht …«

»So gerne ich auch den ganzen Tag hier hocken und dir beim

Meckern zuhören würde, ich muss jetzt leider in die Arbeit, also …«

Es klopfte an der Tür des Wohnwagens, laut und beharrlich.

»Herrgott …« Logan legte die Hand über das Mikrofon des Handys. »KOMME GLEICH!« Dann sprach er wieder ins Telefon, während er zur Tür ging. »Ruf im Labor an, die sollen mit den Analysen ein bisschen hinmachen. Und lass dich nicht mit dem üblichen Scheiß von wegen ›drei bis sechs Wochen‹ abspeisen. *Dienstag* allerspätestens.«

»Soll ich dir auch noch ein fliegendes Einhorn besorgen, wo ich schon mal dabei bin?«

»Nein, aber ein Egg Buttie hätte ich gerne – um Viertel nach sieben auf meinem Schreibtisch. Und einen Tee.« Logan drehte den Schlüssel im Schloss. Öffnete die Tür. »Und glaub ja nicht, dass du …«

Etwas knallte ihm ins Gesicht, jagte ihm eine Ladung Pfeffer und wütende Bienenschwärme durch die Nase und ließ alles ringsum in einem grellgelben Nebel verschwinden, während er rücklings auf den Boden krachte. *Klonk* – sein Kopf knallte gegen die Gipskartonwand, und ein Knie blieb an der Kante des Türrahmens hängen. »Nnnghn …«

Alles schmeckte nach heißem Kupferdraht.

Da war etwas Nasses in seinem Gesicht.

Er blinzelte.

»Gahh …« Winzige rote Tröpfchen spritzten aus seinem Mund und besprenkelten Wangen und Stirn.

Steh auf. STEH SOFORT AUF.

Au … Eine Stichflamme schoss ihm durch den Kopf, der rasende Schmerz strahlte von seiner Nase durch den ganzen Schädel aus, und seine Ohren dröhnten.

Eine massige Silhouette schob sich vor die Sonne, die zur Tür hereinschien: Reuben. Er trug nicht mehr Anzug und Krawatte, sondern eine blaue Latzhose, die Aufschläge zerfranst und dunkel verfärbt von Öl und Schmutz, auch die Knie. Schwere Stiefel an den Füßen, das Leder an manchen Stellen so abgestoßen, dass die metallenen Zehenkappen durchschimmerten.

Ach – du – Scheiße.

Logan wich panisch zurück und drückte sich an die Wand.

Doch Reuben kam nicht herein, um ihn mit Fußtritten zu malträtieren. Er trampelte ihm nicht auf Kopf und Rippen herum. Prügelte ihm nicht das Gesicht zu Brei. Stattdessen wankte der Hüne ein wenig, hielt sich am Türrahmen fest, den Mund leicht geöffnet, die trüben Augen blinzelnd.

Eine scharfe, rauchige Whiskyfahne, vermischt mit Schweißgestank, wehte Logan ins Gesicht. Reubens Brust hob sich, als er die Luft durch seine plattgedrückte Nase einsog. Seine Aussprache war verwaschen, die Worte von einem kleinen Speichelregen begleitet.

»Ich weiß … Ich … Ich weiß, was du … du im Schilde führst.«

Er wankte ein paarmal vor und zurück. Die Knöchel an seiner rechten Hand ragten hervor wie Nieten auf einer Stahlplatte. »Du … du kriegst … niemals … Ich bring … bring dich um …«

Dann knickten Reubens Beine ein, und er rutschte an der Wand des Wohnwagens herunter, bis er zusammengesunken auf der obersten Stufe lag. Seine Schultern bebten, Tränen rannen durch das Zickzackmuster von Narben, Rotz glitzerte in seinem lückenhaften Schnauzbart.

Und an der Türklinke baumelte ein neues Bündel von kleinen Knochen.

Mist …

Logan wischte an dem roten Tropfen herum, der auf das Protokoll gefallen war, und zog einen schmierigen Fleck über die Buchstaben. Er lehnte sich in seinem Stuhl zurück, den

Kopf weit in den Nacken gelegt, und drückte sich einen Packen Papierservietten auf die Nase.

Detective Sergeant Rennie schnalzte missbilligend mit der Zunge. »Ich hab ewig gebraucht, um das zu tippen, und jetzt blutest du alles voll.«

Logans Büro war gerade eben groß genug für zwei Aktenschränke, einen Schreibtisch mit zerkratzter Resopalplatte, zwei Whiteboards, einen knarzenden Drehstuhl und einen Besucherstuhl, der aussah, als gehörte er auf den Sperrmüll.

Der Kunststoffbezug quietschte unter Rennies Hintern, als er darauf hin und her rutschte. Er hatte seine Haare vorne zu einer blonden Tolle gegelt, seine Wangen glänzten sonnenverbrannt, und an seiner Nasenspitze schälte sich ein kleiner Hautfetzen ab. »Und dein Buttie hast du auch nicht gegessen.« Es lag immer noch mitten auf dem Schreibtisch, halb aus der Alufolie ausgewickelt, und vertrocknete langsam.

Logan starrte ihn finster an. Seine Stimme klang verschnupft und näselnd. »Soll ich dich für nächsten Monat mit Biowaffen-Bob in ein Team stecken? Jeden Tag zusammen mit ihm in kleinen geschlossenen Räumen? Kann ich gerne in die Wege leiten.«

»Ich musste extra zum Bäcker gehen – die Kantine ist immer noch wegen Renovierung geschlossen.« Er schniefte. »Ist bestimmt inzwischen kalt.«

»Ach … rutsch mir doch den Buckel runter.«

Die Tür wurde so heftig aufgestoßen, dass die Memos an der Wand wackelten. DCI Steel warf sich in Positur und grinste.

Logan bedachte sie ebenfalls mit einem finsteren Blick. »Das ist nicht witzig!«

»Ach, nein?« Ihr unförmiges Kostüm passte irgendwie zu ihrem Gesicht, das Krähenfüße und Runzeln zu einer kubistischen Landschaft aus Linien und Flächen machten. Aber der eigentliche Blickfang waren ihre Haare: Sie standen in alle

Richtungen ab, als ob sie sich mit einer wütenden Katze gebürstet hätte. »Ich finde, es sieht komisch aus.« Sie rauschte herein, begleitet von einer Wolke abgestandenen Zigarettenrauchs.

Sie gab Rennie einen kleinen Klaps auf den Hinterkopf. »Platz da, Tim – geh spielen mit Struppi.«

Er grummelte ein wenig, dann hievte er sich aus dem Besucherstuhl und deutete auf das Alu-Paket auf Logans Schreibtisch. »Da wär' noch ein vergiftetes Egg Buttie übrig, wenn Sie mögen.«

Steel ließ sich auf den Stuhl sinken. »Sieht aus, als könnte aus Ihnen doch noch ein anständiger DS werden.« Sie schnappte sich das Buttie vom Schreibtisch. »Jetzt seien Sie ein braver Junge und verkrümeln Sie sich. Sie müssen fleißig Stadtstreicher jagen, und die Großen müssen reden.«

Sie wickelte das Buttie aus und biss herzhaft hinein. Dann erstarrte sie und verzog angewidert das Gesicht, wobei sich der rote Lippenstift in die Falten um ihren Mund verästelte. »Iih, das ist ja *kalt!*«

Rennie schlich sich kichernd hinaus und machte die Tür hinter sich zu.

Logan nahm die Servietten aus dem Gesicht und inspizierte das mohnblumenrot verfärbte Papier. Er warf sie in den Papierkorb und nahm eine Handvoll frische von dem Stapel auf seinem Schreibtisch. Es war ein Gefühl, als ob jemand ihm ein Stück glühende Kohle mitten ins Gesicht gerammt hätte, das seinen Schädel mit Rauch und Feuer füllte. »Wenn du gekommen bist, um mir wegen des Juwelenraubs auf den Geist zu gehen, lass es bleiben. Wir tun schon, was wir können.«

»Doc Ramsey meinte, du könntest von Glück sagen, dass sie nur gebrochen ist. Hätte wesentlich schlimmer ausgehen können.«

»Und ja, es hat gestern Abend wieder einen rassistisch motivierten Übergriff gegeben, aber das Opfer verweigert die Aussage. Er will nicht einmal zugeben, dass er Englisch spricht.«

»Er meinte, du wirst zwei prächtige Veilchen kriegen, wenn die Schwellung zurückgeht. Wie ein mürrischer Waschbär. Wir sollten dir einen gestreiften Pulli kaufen und einen großen Sack, auf dem ›Beute‹ steht.«

Logan starrte zu den Deckenfliesen auf. Große braune Flecken zierten die pockennarbigen grauen Quadrate wie Kontinente auf einer Landkarte. »Wenn es nicht der Juwelenraub ist und auch nicht die ausländerfeindlichen Übergriffe, was ist es dann?«

»Hast du gewusst, dass man an Nasenbluten sterben kann? Im Ernst: Fünfzehn Minuten, und du bist eine Leiche.« Sie sah auf ihre Uhr. »Wie lange hast du's schon?«

»Du darfst dich jederzeit gerne verpissen, ich halte dich nicht auf.«

Sie biss noch einmal in das Buttie und redete kauend weiter. »Ist gar nicht mal so übel, wenn man sich vorstellt, es wäre einfach nur ein Eiersandwich. Hast du ein bisschen Mayo da?«

»Oberste Schublade.«

»Und ein paar Pornos?«

»*Nur* Mayonnaise.«

Sie zuckte mit den Achseln und fing an, in der Schublade herumzukramen, bis sie zwei blaue Tütchen gefunden hatte, die er aus der Kantine hatte mitgehen lassen. »Wieso hast du Reuben eigentlich laufen lassen?«

»Hab ich doch gar nicht.« Logan betupfte seine Nasenlöcher. Auf dem weißen Papier blieben dunkelrote Flecken zurück. »Er hat sich aus dem Staub gemacht, bevor der Streifenwagen eintraf. Diese Versager könnten nicht mal ein Buch in einer Bibliothek festnehmen.«

»Wir lassen ihn aufgreifen und verknacken ihn wegen tätlichen Angriffs auf einen Polizeibeamten – oder was heute so als Polizeibeamter durchgeht –, und damit holen wir ihn für ein, zwei Jahre von der Straße. Kann ja nicht schaden, oder?« Sie riss die Tütchen auf und drückte sie über dem Buttie aus. »Hättest dir schon längst mal von ihm eins auf die Nase geben lassen sollen.«

»Musst du nicht noch Zirkusaffen dressieren oder so was in der Art?«

Noch einmal reingebissen, und ein weißer Klecks zierte ihre Wange. »Wo stehen wir mit dem Necklacing-Typ?«

»Keine Zeugen. Der Joyrider-Friedhof ist ziemlich abgelegen, und genau darum ging's den Typen wohl. Wir haben die ganzen ausgebrannten Autos überprüfen lassen …« Er deutete auf seinen Eingangskorb und kippte dann den Kopf wieder nach hinten. »Die Berichte liegen oben.«

»Sehr gut. Willst du mir die Kurzfassung liefern?«

Er seufzte. »Hast deine Brille vergessen, stimmt's?«

»Ich brauch keine Brille, Mann. Mit meinen Augen ist alles in Ordnung. Ich hab nur nicht so viel Zeit, also los: Zusammenfassung.«

»Die Zulassungsstelle hat uns zu den Fahrgestellnummern die Kennzeichen geliefert. Ich habe DS Chalmers die Fahrzeughalter im Zentralregister überprüfen lassen.«

Ein Gähnen. »O Gott, die Spannung ist unerträglich!«

»Ein paar mit Vorstrafen wegen Trunkenheitsdelikten. Einer hat vier Jahre wegen schwerer Körperverletzung gesessen. Und die Übrigen haben alle nur hier und da mal einen Strafzettel wegen Falschparkens kassiert.«

»Ist das Opfer schon identifiziert?«

»Das Gesicht ist weg, und seine Hände waren hinter dem Rücken gefesselt, sodass der glühende Gummi von dem brennenden Reifen draufgetropft ist. Sie sind total verkohlt; angeblich kriegen wir *vielleicht* einen partiellen Abdruck vom rechten

Daumen, aber viel Hoffnung haben sie uns nicht gemacht. Wir könnten einen Gebissabgleich machen, aber dazu …«

»Müssten wir erst mal wissen, wer er war.« Steel kaute eine Weile schweigend und starrte missmutig aus dem Fenster. »Hast du einen blassen Schimmer, wie es um das Budget des CID steht? Ohne Genehmigung vom ACC können wir nicht mal 'ne Tüte Chips kaufen. Und du kennst ihn ja.« Sie senkte die Stimme um eine Oktave und imitierte einen vornehmen Morningside-Akzent: »Ich kann Ihnen versichern, Roberta, dass die Presse in dieser Angelegenheit nur allzu gerne die Grampian Police als einen Haufen Idioten darstellen würde. Ich wäre Ihnen dankbar, wenn Sie und Ihr Team sie in diesem Vorhaben nicht auch noch unterstützen würden. Wir brauchen schnelle und eindeutige Ergebnisse!« Sie prustete verächtlich und ziemlich feucht. »Als ob wir hier alle rumhocken und Däumchen drehen.«

»Wie meinst du das – *›wir‹*?«

»Zum Glück hat's unser Opfer an einem Samstagabend erwischt. Am Montag werden die Zeitung voll davon sein. Und sie werden wieder ihrer Fantasie freien Lauf lassen, die blöden Schreiberlinge … Lass die DNS von deinem Opfer analysieren, und wenn der ACC deswegen meckert, lass ich die Hosen runter und sag ihm, er kann mich mal.« Steel schwang die Füße auf Logans Schreibtisch und verputzte den Rest des Butties. »Apropos blöde Säcke – hast du schon was wegen dieser Agnes-Garfield-Schnepfe unternommen?« Sie wühlte in ihrer Tasche und fischte einen Packen Telefonnotizen heraus, die sie auf seinen Schreibtisch warf. »Alle von der Mutter. Sie sagt, sie wendet sich an die Presse, wenn wir nicht endlich in die Gänge kommen und ihr kleines Mädchen finden.«

Logan nahm die Zettel und warf sie in seinen Papierkorb. »Sie ist kein kleines Mädchen, sie ist achtzehn. Und sie wird nicht vermisst, sie ist mit ihrem Freund durchgebrannt.«

»Und wenn sie sich dem Zirkus angeschlossen hat – ist mir doch egal. Ihre Alte wird uns so lange Stress machen, bis wir sie gefunden haben. Kannst du nicht wenigstens so *tun*, als ob du sie zu finden versuchst?«

Na klar, weil er ja nichts Besseres zu tun hatte. »Ist das alles? Sonst willst du nichts von mir?«

Steel leckte sich die Finger ab. »Für 'ne Tasse Kaffee könnte ich zur Mörderin werden.«

Logan angelte nach dem Bürotelefon und tippte DS Chalmers' Nummer ein.

Sie hob beim zweiten Läuten ab. *»Chef?«*

»Haben Sie einen Moment Zeit?«

»Bin gleich da.«

Steel hob die Hand. »Wer immer es ist, soll Kaffee mitbringen!«

Logan warf einen Blick auf den Ausdruck, blinzelte ein paar Mal und gab ihn zurück. Die Blutung hatte aufgehört, aber Armeen von brennenden Ameisen marschierten durch seine Nebenhöhlen und versuchten seine Augen aus den Höhlen zu drücken. In jedem Nasenloch steckte ein Pfropf aus zusammengeknülltem weißem Papier, nur für den Fall, dass sein Kopf wieder zu lecken anfing. »Gar nichts?«

DS Chalmers stand in Habachtstellung vor seinem Schreibtisch, das lockige Haar mehr oder weniger gebändigt in einem windschiefen Pferdeschwanz. Sie konsultierte ihr Notizbuch. »Ich habe um Punkt acht im Labor nachgehakt und ihnen gesagt, sie sollen sich mit der DNS beeilen, und bekam nur Gejammer zu hören über die neuen Verfahren und die Umstrukturierung und das Software-Upgrade, und es sei schließlich Sonntag …«

Steel lehnte sich im Besucherstuhl zurück, die Augen auf Chalmers' Hintern geheftet. »Was Sie nicht sagen …«

»Ja, die Schottische Polizeibehörde hat so eine große IT-Firma damit beauftragt, alles zu rationalisieren, und jetzt funktioniert gar nichts mehr. Angeblich wurde eine Rentnerin aus Dumfries per DNS-Analyse als Täterin in acht Mordfällen, siebenunddreißig Einbrüchen, sechs Brandstiftungen und fünf Vergewaltigungen identifiziert. Nicht schlecht für eine alte Frau, die im Rollstuhl sitzt.«

Logan strich sich mit einem Finger an der Nase entlang und betastete vorsichtig den Rand des Pflasters, das quer über dem Nasenrücken klebte. Alles wund. »Haben sie mit diesem partiellen Fingerabdruck etwas anfangen können?«

»Sie haben's versucht, aber Fehlanzeige. Was auch heißen *könnte*, dass das Opfer nicht in der Datenbank ist.« Sie steckte das Notizbuch weg. »Also hat es vielleicht doch nichts mit Bandenkriegen zu tun? Wenn er ein Dealer wäre, hätten wir doch seine Abdrücke im System, oder?«

»Nicht, wenn er nie erwischt wurde.«

Steel warf noch einen letzten Blick auf Chalmers' Hintern, dann setzte sie sich gerade auf. »Tja nun, gestern hat ihn aber jemand erwischt, nicht wahr?«

5

Isobel streifte sich die lila Nitrilhandschuhe von den Händen und ließ sie in den Treteimer fallen, dann warf sie ihre grüne Plastikschürze hinterher. Und dann stand sie mit durchgedrücktem Rücken da, den Babybauch herausgestreckt, und rieb sich das Kreuz, die Augen geschlossen, die Zähne zusammengebissen. »Uff… Weißt du, als ich mit Sean schwanger war, bin ich erst zum spätestmöglichen Zeitpunkt in Mutterschutz gegangen. *Den* Fehler werde ich nicht noch einmal machen.«

Hinter ihr setzte die rechtsmedizinische Assistentin den Brustkorb des Opfers wieder ein und pfiff dabei die Titelmelodie von *Doctor Who.*

Logan warf seine Gesichtsmaske und die Handschuhe ebenfalls in den Eimer. Dann zog er den Reißverschluss des Schutzanzugs auf. »Todesursache?«

»Ich muss mich erst mal hinsetzen.« Sie watschelte zur Tür. »Und eine schöne Tasse Kamillentee wäre auch nicht schlecht.«

Logan folgte ihr ins Büro des Instituts – ein kleines Zimmer mit zwei Schreibtischen an gegenüberliegenden Wänden. Der eine war mit Papierstapeln übersät, der andere ganz jungfräulich, bis auf ein Stromkabel und einen leeren Eingangskorb.

Isobel pflanzte sich stöhnend auf den Stuhl und blies die Backen auf. Sie streckte die Beine aus und kreiste mit den Füßen. Erst in die eine Richtung, dann in die andere. »Bist du sicher, dass du kein Analgetikum willst?«

Er hob eine Schulter. »Das ist das einzig Gute an einem Schlag auf die Nase: man kann bei der Obduktion nichts riechen. Und ich hab ein paar Paracetamol eingeworfen, bevor wir angefangen haben.«

»Du warst schon immer so ein Märtyrer-Typ.« Sie zog eine Schreibtischschublade auf und nahm eine Blisterfolie mit Tabletten heraus. »Nimm davon zwei. Sechs Stunden kein Alkohol.«

Logan drückte sich zwei Pillen in die hohle Hand, warf sie ein und schluckte sie trocken runter. Wie ein Profi.

Isobel nickte. »Umfangreiche Gewebeschäden oberhalb der Feuerlinie. Dermis und Epidermis sind praktisch völlig zerstört. Aber wie es aussieht, hat der Täter das Opfer vorher rasiert. Keine Haare, weder auf dem Kopf noch in der Schamgegend, in den Achselhöhlen oder auf der Brust. Und besonders sauber gearbeitet hat er auch nicht.«

Sie warf die Schmerztabletten wieder in die Schublade. »Außer der Ganzkörperrasur und den Verbrennungen wurden dem

Opfer noch drei Stiche zugefügt, alle auf der linken Rumpfseite. Zwei zwischen der vierten und fünften Rippe, einer zwischen der fünften und sechsten. Die beiden ersten verletzten die Lunge, der dritte ging direkt in die linke Herzkammer.« Sie streifte ihren rechten Schuh mit den Zehen des linken Fußes ab und ließ ihn auf die abgetretenen Teppichfliesen poltern. »Ah, schon viel besser …«

Auf einem Aktenschrank stand ein vergilbter Wasserkocher. Logan schaltete ihn ein. »Also waren die Verbrennungen nicht die Todesursache?«

»Der Brustkorb war voller Blut, also wurde ihm der Stich ins Herz definitiv vor dem Tod zugefügt. Allerdings hätte er, nach dem Zustand seiner Leber zu urteilen, sowieso nur noch maximal achtzehn Monate zu leben gehabt. Euer Opfer war ein *sehr* starker Trinker; in seinem Magen war nichts als Alkohol. Und noch etwas: Das Zungenbein war gebrochen.«

»Erstochen, verbrannt *und* erdrosselt?«

»Nein. Wer erdrosselt wurde, atmet nicht mehr. Das Opfer hat aber Rauch inhaliert, also hat er noch geatmet, als der Reifen angezündet wurde.« Sie streifte den anderen Schuh ab. »Die Reihenfolge war also eher: angezündet, gewürgt und *dann* erstochen.«

»Hmmm …«

Der Wasserkocher rumpelte und ratterte, dann machte es *Klick,* und er war wieder still. Logan warf einen Beutel Kamillentee in einen Porzellanbecher, der mit einer Kinderzeichnung geschmückt war: Ein Skelett lag auf einem Tisch, daneben stand eine weibliche Strichfigur in einem grünen Kleid mit einem bluttriefenden Messer in der Hand. Darunter stand in krakeligen Kleinbuchstaben »MAMI BEI DER ARBEIT«. Er goss kochendes Wasser in den Becher, und das Aroma von toten Blumen breitete sich im Büro aus. Logan reichte ihr den Tee. »Es müsste aber andersrum sein: gewürgt, verbrannt und dann erstochen. Es wird doch niemand so blöd sein, jemanden zu würgen, der in Flammen steht, oder?«

»Es kann natürlich auch sein, dass das Zungenbein durch die Hitze beschädigt wurde und nicht durch mechanischen Druck. Es ist eine unglaublich filigrane Struktur; wir können froh sein, dass es all das überhaupt überstanden hat.« Isobel blies den Dampf von ihrem Tee, ehe sie vorsichtig einen Schluck trank. »Wie ich höre, habt ihr Probleme mit der Identifizierung des Toten?«

»Wir warten noch auf die DNS-Ergebnisse. Dank dieser bescheuerten Polizeireform dauert alles dreimal so lang.« Er gab ein paar Löffel Instantkaffee in einen anderen Becher.

»Ein forensischer Anthropologe könnte anhand der Überreste eine Gesichtsrekonstruktion machen. Das würde doch helfen, oder nicht?«

Logan verzog das Gesicht. »Steel macht jetzt schon ein Riesentheater wegen des CID-Budgets. Wir dürfen nichts in Auftrag geben, ohne vorher ihr Okay einzuholen. Und ich vermute mal, dass forensische Anthropologen nicht gerade billig sind.«

»Ungefähr so teuer wie ein anständiger Babysitter.« Ihre Miene verfinsterte sich. »Oder ein diebisches Au-pair.«

»Seh ich vielleicht aus, als könnte ich Geld scheißen?«, hallte DCI Steels Stimme durchs Büro. »Über die DNS haben wir immer noch die besten Chancen – wer so in Mafia-Manier abgemurkst wird, hatte *garantiert* Dreck am Stecken.«

»Aber ein forensischer Anthropologe …«

»Nein. N.E.I.N – in anderen Worten: Halt die Klappe und nerv mich nicht mehr mit deinem forensischen Anthropologen.« Sie lehnte sich auf ihrem Bürostuhl zurück. »Muss man dir denn alles fünfmal sagen?«

»Aber Isobel …«

»Es interessiert mich nicht, ob die Eiskönigin Himbeereis mit

Ketchup und sauren Gurken will – wir warten auf die DNS.« Steel rieb sich mit beiden Händen das Gesicht. »Er ist *bestimmt* im System.«

Na ja, wenigstens konnte niemand behaupten, er hätte es nicht versucht.

»Was ist mit Reuben?«

Sie sah ihn fragend an. »Was soll mit ihm sein?«

Herrgott noch mal. »Haben sie ihn schon aufgegriffen?«

»Glaubst du *wirklich*, ich hätte nichts Besseres zu tun, als mich darum zu kümmern, wer dir eins auf die Zwölf gegeben hat? Hast es wahrscheinlich verdient.« Sie hob eine Hand, Daumen und Zeigefinger fest zusammengepresst. »Mann, ich bin *so* dicht davor, dir selbst eine zu verpassen!«

»Danke. Vielen Dank für die Unterstützung. Weiß ich wirklich sehr zu schätzen.« Logan stürmte aus dem Büro und knallte die Tür hinter sich zu. »Blöde Kuh.«

»Das hab ich gehört!«

Natürlich hatte sie das. Ohren wie eine Vampirfledermaus. Er zeigte dem Holz den Stinkefinger.

Die Geräusche aus dem CID-Großraumbüro hallten durch den Flur – das Stimmengewirr und das mühsam gebändigte Chaos. Ölige Duftschwaden von Knoblauch, Salami und Käse schlängelten sich durch die Luft und umwehten ihn mit den Geistern längst gegessener Pizzen. Sein Magen grummelte.

Irgendwo tief drin in seinem Schädel imitierte jemand die Szene aus *Gesprengte Ketten*, wo Steve McQueen den verdammten Baseball gegen die Gefängniswand schmeißt. Bam-bam. Bam-bam. Bam-bam.

Er kehrte den Sirenendüften den Rücken und schlurfte stattdessen weiter in sein eigenes Büro. Eine schlaksige Gestalt mit abstehenden blonden Haaren lag quer über den Besucherstuhl drapiert, die Füße auf Logans Schreibtisch gepflanzt. Augen geschlossen, Kopf in den Nacken gelegt. Aus dem offenen Mund kamen leise Grunzgeräusche.

Logan öffnete eine Tür des Aktenschranks und knallte sie gleich wieder zu.

»Gaaaah!« DS Rennie schnellte aus dem Stuhl hoch, seine Augen sprangen wie nervöse Pingpongbälle aus den Höhlen, während er mit einer unkoordinierten Fußbewegung einen Stapel Formulare vom Tisch wischte, die sich flatternd über den Teppichboden verteilten. »Ich bin wach, ich bin wach!«

»Was tust du denn noch hier?« Der alte Bürostuhl knarzte, als Logan sich draufsetzte. »Du hast geschnarcht.«

Rennie streckte sich – die Arme in Richtung Decke, die Beine ein paar Zentimeter über der Tischplatte schwebend. »Du warst ja ewig weg …«

»Bei der Obduktion.« Was zum Teufel war mit seinem Schreibtisch passiert? Alles voll mit Papierkram von anderen Leuten. Warum glaubte jeder faule Sack im CID, dass *dies* die ideale Ablage für seinen Müll wäre? »Und jetzt nimm deine stinkigen Quanten von meinem Schreibtisch.«

»'tschuldigung, Chef.« Rennie bohrte sich mit dem Handballen in der Augenhöhle herum, gähnte noch einmal, schüttelte sich und sackte dann auf dem Stuhl zusammen, als ob ihm jemand sämtliche Knochen geklaut hätte. »Ich bin alle Zeugenaussagen und Überwachungsvideos von dem Juwelenraub durchgegangen: drei männliche Personen, alle um die zwanzig. Dem Akzent nach Einheimische. Fluchtfahrzeug war ein VW Golf.« Er zog die Schultern hoch und klemmte die Hände unter die Achseln. »Kalt hier drin.«

Logan las die Formulare vom Boden auf, legte sie wieder auf den Schreibtisch und sortierte sie dann auf verschiedene Haufen entsprechend der Person, die sie zuletzt in der Hand gehabt hatte. »Kennzeichen?«

»Gefälscht. Oder genauer gesagt, geklaut – von einem blauen

Citroën Berlingo in Mannofield.« Er gähnte wieder. »Ich wette mit dir um fünf Eier, dass sie den Golf irgendwo abgestellt und abgefackelt haben, um dann mit einem zweiten Auto zu flüchten. Da werden wir also nicht weit kommen, selbst wenn wir es fin…« Er blinzelte Logan an und runzelte die Stirn. »Was ist?« Er wischte sich über die Wange. »Hab ich Pizza im Gesicht?«

»Wir haben auf dem Joyrider-Friedhof einen ausgebrannten VW Golf gefunden, der am Samstagmorgen als gestohlen gemeldet wurde – vom Besitzer zuletzt gesehen am Freitagabend. Er war noch warm.«

»Reichlich Zeit, um zum Juweliergeschäft zu fahren, die Kabel der Alarmanlage zu kappen, einzubrechen, den Inhaber und seine Freundin zu fesseln, alles einzusacken und in die Nacht zu verschwinden.«

Logan fischte einen Kugelschreiber aus dem Chaos auf dem Schreibtisch und tippte sich damit ans Kinn. »Interessant.«

»Puh.« Rennie rutschte auf seinem Stuhl vor. »Vielleicht ist das Opfer ja einer von der Bande? Weil er den Hals nicht vollkriegen konnte oder weil sie dachten, er würde sie verpfeifen?«

»Das würde die Hinrichtung im Mafia-Stil erklären, nicht wahr?«

Es klopfte an der Tür, und DS Chalmers steckte den Kopf herein. »Chef?« Sie grinste über beide Ohren und ließ dabei jede Menge kleine, spitze, funkelnde Zähne sehen. »Wir haben gerade die DNS-Auswertung bekommen: Treffer!«

Offenbar hatte DCI Steel doch recht behalten. Wahrscheinlich würde man demnächst überall vor den Apotheken kotzende Pferde sehen. »Gehen Sie ins Zentralregister, ich will…«

»Das Vorstrafenregister?« Sie hielt eine Aktenmappe hoch.

»Und…«

»Die derzeitige Adresse?« Sie legte einen Computerausdruck auf Logans Schreibtisch, dann trat sie zurück und zeigte wieder ihre Strahlezähnchen. »Und draußen wartet ein Wagen auf uns.«

Forsch, ehrgeizig *und* fit. Vielleicht gar keine so schlechte Kombination.

Mit Chalmers am Steuer fuhren sie aus der Stadt hinaus und auf der Schnellstraße nach Inverness in Richtung Norden, immer auf der Überholspur, mit hundertdreißig Sachen und Blaulicht. »... und man sollte doch meinen, dass er ein bisschen dankbarer wäre, oder? Immerhin weiß er jetzt, wo sein ach so kostbarer Range Rover ist. Aber nein, er musste ein Riesentheater machen deswegen.«

Logan sah zu, wie die Wiesen und Weiden draußen vorbeizogen, das leuchtend grüne Gras, gesprenkelt mit flauschigen weißen Schafen und klobigen Kühen. »M-hm.«

»Okay, der Wagen ist nur noch ein ausgebranntes Wrack, aber er hat doch sicher eine Teilkaskoversicherung, oder? Ich weiß gar nicht, was er will. Bloß weil wir keine Ahnung haben, wer ihn eigentlich gestohlen hat ...«

»Genau.« Für eine Minute wurde die Schnellstraße von einer Phalanx aus Kiefern flankiert, deren Nadeln im Sonnenlicht glänzten, die Erde darunter ein Mosaik aus Brombeersträuchern und scharfkantigen Schatten. Und dann wieder Wiesen und Felder. Aberdeenshire präsentierte sich von seiner besten ländlich-idyllischen Seite, während DS Chalmers in einem endlosen Monolog von einem Thema zum nächsten sprang.

»... und ich weiß, es war eigentlich noch nie ein allzu großes Problem, an Haschisch ranzukommen, aber inzwischen ist das Zeug überall. Cannabis, so weit das Auge reicht: Inverness, Aberdeen, Ellon, Keith, Peterhead – es ist wie eine Seuche ...«

»Mmm ...«

Den Berg hinunter nach Blackburn, über den Kreisverkehr und weiter geradeaus. Der Himmel war eine saphirblaue

Decke mit neblig-weißen Streifen an den Rändern. Es war warm im Auto. Logan blinzelte. Die Wanderameisen hatten sich alle in seinem Nasenrücken versammelt, wo die kleinen Biester jetzt eine Polonaise tanzten – mit Holzpantinen an den Füßen.

»... ist mir echt schleierhaft, wieso die SPSA *immer noch* an diesen Umstrukturierungen rumbastelt. Seien Sie mal ehrlich, kennen Sie auch nur *einen* Menschen außerhalb unserer geliebten Polizeibehörde, der das alles gut findet? Immer nur dieser Kostensenkungs-Krampf – kein Wunder, dass die Kriminaltechniker alle schimpfen und von Streik reden ...«

Isobel und ihre blöden »Analgetika«. Da hätte er genauso gut ein paar Kinder-Aspirin schlucken können, die hätten auch nicht weniger ausgerichtet. Hätte er sich bloß ein paar *richtige* Schmerzkiller aus dem Wohnwagen mitgenommen – die Sorte, die alles flauschig, warm und weich werden ließ. Als ob man auf einem riesigen schnurrenden Kätzchen schliefe.

»... nehmen Sie doch nur mal das Beispiel von diesem Typen: Wir kriegen einen Treffer für seine DNS, aber die Fingerabdrücke? Fehlanzeige. Und wissen Sie, warum? Weil man nicht einfach mal irgendwas so lassen kann, wie es ist. Wenn es noch nicht kaputt ist, dann dreht und schraubt man so lange dran rum, *bis* es kaputt ist. Ist doch wahr ...«

»Hmm.« Wäre vielleicht nicht schlecht, ein bisschen weiter rauszuziehen. Der Wohnwagen war okay, nicht viel kleiner als die Wohnung, und der Vorteil war, dass man alles auf einer Ebene hatte. Und der Blick über die Wiesen und Bäume und den River Don war auch nicht übel. Nur die Kläranlage direkt gegenüber musste man ausblenden. Abgesehen davon war es okay. Aber was Größeres wäre schon nicht schlecht.

»... ständigen Budgetkürzungen. Ich wette, wir könnten die Hälfte der jugendlichen Kleinkriminellen in der Region schnappen, wenn wir einfach am Joyrider-Friedhof ein paar

Kameras aufstellen würden. Das würde uns das Leben wesentlich erleichtern …«

Der Bennachie ragte am Horizont zwischen den Bäumen auf. Aus der Ferne machte der Höhenrücken nicht allzu viel her – die Kuppe des Mither Tap sah aus wie eine einsame Brust, deren Nippel gen Himmel ragte.

Schweigen. Nur das Motorgeräusch und das Surren der Reifen, die mit hundertdreißig Stundenkilometern über den Asphalt rollten.

Logan warf DS Chalmers einen Seitenblick zu. Sie starrte ihn an, eine Augenbraue hochgezogen, als ob sie ihn gerade etwas gefragt hätte.

Er räusperte sich. »Inwiefern?«

»Na ja … können die denn nicht sehen, dass das die eigentliche Polizeiarbeit eher behindert? Und das nur, um ein paar Pfund einzusparen – das ist doch unverhältnismäßig, oder?«

Ah. Er wandte sich wieder der Landschaft zu. Bäume und Wiesen und Kühe und Schafe. »Sparmaßnahmen. Wir müssen alle unseren Beitrag leisten. Alle an einem Strang ziehen, wir sitzen alle im selben Boot und so weiter. Suchen Sie sich das passende Klischee aus.« Die Sonne schien warm durch die Scheibe. Einschläfernd. Er schloss für ein paar Minuten die Augen, nur um ihnen ein bisschen Ruhe zu gönnen. Und den Ameisen bei ihrem Tanz das Licht abzudrehen. »Seien Sie froh – Sie müssen nur darüber jammern. Manche von uns müssen diesen Mist auch noch umsetzen.«

Ein herrenloser Spaniel trottete den Gehsteig entlang und schnupperte an jedem einzelnen Laternenpfahl, ehe er das Bein hob und seine Visitenkarte hinterließ. Logan blickte von der aufgeschlagenen Mappe auf und betrachtete stirnrunzelnd die Reihe von Häusern, die sich glichen wie ein Ei dem anderen. »Sind Sie sicher, dass das hier die richtige Straße ist?«

»Nein.« Chalmers schlug das Lenkrad ein, und sie bogen in eine andere Straße ein, mit noch mehr hellbeige gestrichenen Häusern, zwischen die sich nur hier und da mal eine Sandsteinfassade verirrt hatte. Weiße Kunststofffenster, gepflasterte Einfahrten, Satellitenschüsseln und eine winzige Garage dort, wo eigentlich das Wohnzimmer sein sollte. Alles gedeckt mit nagelneuen braunen Dachpfannen. Freistehende Häuser, so dicht an dicht gebaut, dass man schon sehr schlank sein musste, um dazwischen hindurchzugehen. »Ist ja das reinste Labyrinth hier…«

Sie setzte zurück, wendete und fuhr zurück in die Richtung, aus der sie gekommen waren. Ein kleiner Junge auf einem gelben Fahrrad mit Troddeln am Lenker strampelte langsam vorbei und bohrte so eifrig in der Nase, als ob er darin einen verborgenen Schatz vermutete.

»Muss hier irgendwo in der Nähe sein…«

Laut Zentralregister hatte Guy Ferguson in seinem jungen Leben bereits zig Verwarnungen angesammelt und auch schon dreimal gemeinnützige Arbeit leisten dürfen. Sein Strafregister umfasste alles, von Ladendiebstahl in einer John-Lewis-Filiale im Alter von zwölf Jahren bis hin zu alkoholisiertem Randalieren in der Öffentlichkeit mit vierzehn. Dann gab es eine Latte von Delikten im Zusammenhang mit Autos – Einbruch, Diebstahl, Vandalismus, Fahren ohne Versicherung… Einmal war er im Laden an der Ecke eingebrochen und hatte die Kasse mitgehen lassen. Vor eineinhalb Jahren wäre er fast im Gefängnis gelandet, nachdem er dabei erwischt worden war, wie er in einem Pub namens Kintore Arms die Handtaschen der weiblichen Gäste geleert hatte.

Und das war der letzte Eintrag in seinem Strafregister. Entweder war Guy plötzlich zur Einsicht gelangt, oder er war endlich drauf gekommen, wie man es schaffte, nicht erwischt zu werden.

»Mann, hier heißt ja alles Castleview: Castleview Place, Castleview Avenue, Castleview Crescent. Wo ist denn bitte die Burg? Können Sie vielleicht eine sehen?«

Logan blätterte zurück zu dem Karteifoto vorn in der Akte. »Bauträger sind wie Politiker – denen dürfen Sie kein Wort glauben.«

Auf dem Foto sah Guy aus, als wäre er gerade rückwärts durch einen Schäferhund gezogen worden. Seine linke Wange war grün und blau gescheckt, ein Auge fast zugeschwollen, die Lippen aufgeplatzt, der Kiefer angeschwollen. Offenbar hatte irgendein Typ etwas dagegen gehabt, dass Guy die Handtasche seiner Freundin ausräumte. Ein älteres Bild zeigte einen unscheinbaren jungen Mann mit dichten, struppigen Augenbrauen, akneübersäten Wangen und einem Oberlippenbart, der gerade so als besserer Flaum durchgehen konnte.

Sehr furchterregend.

Chalmers deutete nach vorne. »Da wären wir.« Sie hielt vor einem weiteren sandsteinverkleideten, mehr oder weniger freistehenden Haus und parkte den Audi und den Renault zu, die in der Einfahrt standen. Dann wischte sie ihre Hände am Lenkrad ab, auf dem ein glänzender Film zurückblieb. »Chef, was die Todesnachricht betrifft …«

»Lassen Sie mich raten: Sie sind nicht besonders scharf drauf?« Logan steckte die Ausdrucke in die Mappe zurück. »Unser Opfer war wegen Autodiebstählen und Wohnungseinbrüchen vorbestraft. Kommt Ihnen das bekannt vor?«

»Der Juwelenraub.«

»Das Auto wurde ein paar Straßen von hier entfernt gestohlen, bei einem Raubüberfall benutzt und dann hinter dem Thainstone-Markt abgestellt und angezündet. Direkt neben Guy Fergusons Leiche.«

Chalmers hinterließ noch eine Schicht Handschweiß am Lenkrad. »Sie drehen das Ding, dann fallen seine Komplizen über ihn her, nachdem sie die Beute aufgeteilt haben. Vielleicht wollte er ihnen etwas vorenthalten?«

»Möglich.« Logan kletterte hinaus in den warmen Nachmittag. »Was ist mit dem Fahrzeughalter?«

»Sauber, soweit ich das sehe. Kein Eintrag im Zentralregister. Er war auch ziemlich angefressen wegen der Sache – das Auto war ein Geschenk von seinem Vater.« Sie strich ihr knittriges Kostüm glatt, marschierte auf die Haustür zu und klingelte.

Eine Minute später öffnete ein kleines Mädchen in einem knallgelben Kleidchen mit Bären drauf und schwarzem Lockenschopf die Tür. Sie blickte mit großen blauen Augen zu DS Chalmers auf, dann steckte sie sich den Daumen in den Mund.

Von irgendwo im Haus kam eine Männerstimme: »Wer ist es, Bella?«

Der Daumen flutschte mit leisem Ploppen heraus. »Ich heiße Bella und ich bin fünf und ich krieg ein Pony zum Geburtstag.«

Chalmers ging in die Hocke, bis sie ungefähr auf gleicher Augenhöhe war. »Hallo, Bella, ich heiße Lorna. Kannst du deiner Mami und deinem Papi sagen, dass die Polizei hier ist und mit ihnen reden muss?«

Sie nickte, dass die Locken tanzten, dann drehte sie sich um und rief nach hinten: »Es sind die Bullen!« Und schon rannte sie kreischend und wild mit den Armen wedelnd den Flur entlang. »Du erwischst mich niemals lebend, Polyp!«

Chalmers räusperte sich. »Na, das war aber … nett.«

Ein Mann steckte den Kopf zu einer Tür heraus und verzog das Gesicht. Dann schlenderte er auf sie zu: Jeans, Flanellhemd, angegrauter Haarkranz um die Glatze herum. Er trocknete sich die Hände an einem Geschirrtuch ab. »Sie müssen entschuldigen – jemand hat sie neulich einen alten Krimi gucken lassen, und seitdem ist sie einfach unmöglich.« Er schenkte ihnen ein Lächeln. »Was kann ich für Sie tun?«

Logan trat vor. »Mr Ferguson?«

Das Lächeln verrutschte ein wenig. »Ja?«

»Dürfen wir bitte reinkommen, Mr Ferguson? Wir müssen mit Ihnen reden.«

Das Wohnzimmer war hell und geräumig, aus der Essküche drang Musik und Gelächter herein. Mr Ferguson saß auf der Sofakante, seine Frau neben ihm. Sie nestelte am Saum ihrer orangefarbenen Strickjacke herum, drehte ihn zwischen den Fingern hin und her und zupfte kleine Büschel Flusen aus der Wolle.

Sie blickte sich zur offenen Tür um. Dann schob sie sich einen orangefarbenen Fussel in den Mund und kaute darauf herum.

Das kleine Mädchen, das geschworen hatte, dass sie es *nie* lebend erwischen würden, saß am Tisch und schaufelte sich Erbsen in den Mund, während ein älterer Mann etwas auf ihrem Teller schnitt.

Mrs Ferguson zupfte noch ein Büschel orange Flusen heraus. Sie starrte über Logans Schulter hinweg, mied jeden Blickkontakt. »Was hat er jetzt angestellt?«

Ihr Mann seufzte. »Warum musst du immer so negativ sein?«

»Ich bin nicht negativ, ich bin nur realistisch. Natürlich hat Guy etwas angestellt, warum wären *die da* sonst hier?« Sie deutete auf Logan und Chalmers.

»Sheila, er ist …«

»Dieser Junge würde noch auf einem Friedhof eine Schlägerei anzetteln.«

Mr Ferguson legte ihr eine Hand aufs Knie und lächelte Logan wieder an. »Guy ist ein guter Junge, er lässt sich nur … leicht beeinflussen.«

Logan befeuchtete seine Lippen. Und räusperte sich. »Ich fürchte, wir haben schlechte Nachrichten für Sie.«

Mrs Fergusons Kinnlade klappte herunter, ihre Augen weiteten sich. Dann stand sie auf, ging zur Tür und schloss sie, sodass das Lachen nicht mehr zu hören war. »Aha …«

»O Gott …« Ihr Mann schaukelte mit dem Oberkörper vor und zurück. »O Gott, nein …«

Sie blinzelte, wischte sich mit dem Handballen übers Auge und hob dann das Kinn in die Höhe. »Wir haben ihn heute Morgen noch gesehen. Er sollte am Mittwoch entlassen werden.«

»O Gott, Guy …« Mr Ferguson ließ das Kinn auf die Brust sinken und schluchzte, während sich seine Finger in die weichen Sofakissen krallten. »O Gott …«

Logan wechselte einen kurzen Blick mit Chalmers und sah dann wieder Mrs Ferguson an. »Sie haben ihn heute Morgen gesehen?«

»Im Krankenhaus. Sie haben gesagt, er würde wieder werden. Wollten ihn nur noch zur Beobachtung dabehalten.« Sie ließ sich auf die Armlehne des Sofas sinken und schlang einen Arm um die bebenden Schultern ihres Mannes. »War es … hat er sehr leiden müssen?«

»Er war im Krankenhaus?« Ach du Scheiße.

»Sie haben rumgealbert, und dabei hat er Benzin über die Hände gekriegt. Wie kann man an verbrannten Händen sterben?« Eine tiefe Furche bildete sich zwischen ihren Augenbrauen, und zwei weitere zogen sich von den Mundwinkeln nach unten. »Es war dieser MRSA-Keim, oder?«

»Ähm.« Logan stand auf und schob die Hände in die Hosentaschen. Zog sie wieder heraus. Trat von einem Fuß auf den anderen. »Ich fürchte, es hat da wohl eine … Verwechslung gegeben.«

6

Die Sirene des Einsatzwagens bahnte ihnen eine Schneise durch den Nachmittagsverkehr. Chalmers zog schwungvoll an einem mit Säcken voll Schotter beladenen Sattelschlepper vorbei. »Ich glaube, das war die peinlichste Situation, die ich je erlebt habe.«

Logan drückte das Handy an seine Brust. »Langsamer! Ich wollte ins Krankenhaus gefahren werden, nicht in die Notaufnahme eingeliefert!« Dann sprach er wieder ins Telefon. »Was soll das heißen, er ist nicht da?«

Eine kleine Pause. Dann tönte Sergeant Gary McCormacks knödeliger Aberdeener Akzent aus dem Lautsprecher. *»Na, was denn wohl? Dass er nicht da ist, was sonst? Ich hab heut' Vormittag schon dreimal 'nen Wagen vorbeigeschickt, und es gibt immer noch keine Spur von ihm.«*

»Er ist eins achtzig groß, eins fünfzig breit, und er sieht aus, als hätte jemand sein Gesicht mit einer glühenden Käsereibe bearbeitet – wie kann es da sein, dass Sie ihn nicht finden?«

»Wollen Sie unbedingt noch eins auf die Nase kriegen? Ich bin hier für die Sicherheit einer ganzen Stadt verantwortlich – die Tagschicht hat Besseres zu tun, als hinter Ihrem undankbaren Arsch herzurennen.« Ein Klacken, und die Verbindung war tot. Der Mistkerl hatte einfach aufgelegt.

Logan stopfte das Handy wieder in die Tasche. »Typisch. Da bittet man sie um *einen* simplen Gefallen, und – Scheiße, Mann!« Er packte den Griff über der Beifahrertür, als Chalmers mit kreischenden Reifen um den Kreisverkehr kurvte.

Sie massierte das Lenkrad. »Die Eltern werden Beschwerde einreichen, nicht wahr? So was kann ich wirklich überhaupt nicht gebrauchen – wie soll ich denn die Beförderung schaffen, mit so einer Hypothek am …«

»Sollen sie sich doch beschweren. Das Labor hat nicht bei den Fingerabdrücken geschlampt, sondern bei der DNS. Es ist nicht die des Opfers, sondern die des Mörders. Das heißt, sobald wir im Krankenhaus sind …?«

»Schnappen wir uns den Mörder.« Chalmers ließ ihre kleinen spitzen Zähnchen aufblitzen. »Eine Woche im Dienst, und schon hab ich einen Bandenmord aufgeklärt.«

Logan starrte sie an. »Sie wissen schon, dass ich hier neben Ihnen sitze, oder?«

Immerhin besaß sie den Anstand, rot zu werden. »Ich wollte sagen, *wir* haben einen Bandenmord aufgeklärt. In Teamarbeit … Tut mir leid, Chef.«

»Seien Sie still und konzentrieren Sie sich aufs Fahren.«

Schritte hallten von den mintgrünen Wänden wider. Der Flur war mit Gemälden und »künstlerisch wertvollen« Fotografien geschmückt. Leute in Bademänteln schlurften zur Seite, lehnten sich an die Handläufe und sahen zu, wie die Polizisten an ihnen vorbeistürmten.

Die Treppe rauf.

Chalmers lief voraus, dicht gefolgt von einem der im Aberdeen Royal Infirmary postierten Constables in schwarzer Ninja-Montur.

Sein Kollege bildete mit Logan die Nachhut. Er schnaufte schwer, als sie die Stufen erklommen. »Hätten wir … nicht vielleicht … den verdammten … Aufzug nehmen können?«

Damit Miss Überflieger als Erste dort ankam? Nein, danke.

Sie stießen die Türen zur nächsten Etage auf.

Chalmers starrte die Wegweiser an, die unter der Decke hingen. Nachdem sie sich langsam um die eigene Achse gedreht hatte, zuckte sie mit den Schultern und tippte dem Uniformierten auf die Schulter. »Und?«

»Dann ist es wohl im nächsten Stock.«

Mist.

Logan eilte zurück durch die Treppenhaustür. Im Laufen zog er das Handy aus der Tasche und scrollte zu Steels Nummer. Es klingelte, während sie die Treppe hinaufstürmten. Rumms – rein in den nächsten hellgrün gestrichenen Flur, wo es nach feuchten Socken und totgekochtem Blumenkohl roch.

Endlich hob Steel ab. *»So, so, wen haben wir denn da? Wo ist mein verdammter Papierkram? Ich hab dir gesagt, ich will alles bis Mittag auf meinem Schreibtisch haben, und nicht erst …«*

»Wir wissen, wer unser Necklacing-Opfer umgebracht hat.«

Pause. *»Tatsächlich?«*

Einer der Uniformierten warf einen Blick auf die Wegweiser und marschierte dann nach links davon. Chalmers eilte hinterher, während Logan und der übergewichtige Constable wieder den Abschluss bildeten.

»Guy Ferguson. Er war an dem Juwelenraub beteiligt. Das Opfer war wahrscheinlich ein Mitglied seiner Bande. Er liegt zurzeit im ARI, wir sind auf dem Weg zu ihm.«

»Ja, leck mich doch am Abend … Erst ein Tag, und schon hab ich den Fall geknackt. Hab's doch immer schon gewusst – ich bin ein Genie.«

»*Du* hast den Fall geknackt?« Logan stürmte durch eine Doppeltür in den nächsten schimmelgrünen Flur. »Du bist ja fast noch schlimmer als diese Chalmers.«

»Mein entschlossener Führungsstil war das Entscheidende. Ich will ja nicht leugnen, dass du auch deine bescheidene Rolle gespielt …«

»Und ich? Wann krieg ich mal ein bisschen Anerkennung?«

Weiter vorne stießen Chalmers und der andere Uniformierte gerade die Tür zu einer Station auf.

»Laz, du bist groß genug und hässlich genug, um zu wissen, wie es läuft: Die Anerkennung fliegt immer nach oben, wie ein lustiger kleiner Party-Luftballon. Wohingegen der Tadel der Schwerkraft

folgt wie etwas, was bei der Kuh hinten rauskommt.« Geraschel am anderen Ende der Leitung. *»Und jetzt sei ein braver Junge und pass schön auf meinen Luftballon auf – ich komm gleich rüber und hol ihn mir.«*

Ja, alles klar.

Logan hielt das Telefon auf Armeslänge von sich und gab ein scharfes Zischen von sich. »… nicht verstehen … Empfang ist … hallo? Hallo?«

»Wage es bloß nicht, Logan McRae, sonst ramm ich dir meinen Stiefel so tief in den …«

»… ist nicht – Hallo?« Er legte auf.

Die Darth-Vader-Melodie dudelte aus dem Lautsprecher des Telefons, und der Name »STEEL« leuchtete auf dem Display auf. Er schaltete das Ding aus und schob es wieder in die Tasche. Geschah ihr nur recht. Er nickte PC Schmerbauch zu. »Okay, wir …«

Die Stationstür flog auf, und drei junge Männer kamen herausgestürzt. Ihre weißen Turnschuhe quietschten auf dem rissigen Terrazzoboden. Sie trugen zwar nicht direkt identische Trainingsanzüge, waren aber mit ihren Baseballkappen und den darübergezogenen Kapuzen kaum voneinander zu unterscheiden. Einer knallte gegen die Wand, wirbelte ein paarmal herum und sprintete dann direkt auf Logan zu.

Es quietschte wieder, als er hektisch abbremste und den massigen Constable anstarrte. »Scheiße!« Und schon rannte er, so schnell er konnte, in die andere Richtung, immer hinter seinen Kumpels her.

Constable Dickbauch machte sich schwer schnaufend an die Verfolgung.

Logan stieß die Stationstür auf. Der andere Uniformierte tastete sich an der Wand entlang und hielt sich mit der anderen Hand das Gemächt. Schweiß lief ihm über das blasse Gesicht.

Hinter ihm tauchte Chalmers auf. Ihre Kostümjacke war vorne mit einer braunen Flüssigkeit bekleckert.

Logan zeigte auf den Constable. »Sie: gehen Sie zurück und bewachen Sie den Verdächtigen.« Dann sah er Chalmers an. »Und Sie – nicht rumstehen und alles volltropfen: hinterher!«

Es war nicht schwer, der Spur der Verwüstung zu folgen – umgestoßene Rollwagen, kleine alte Männer, die ihre Krückstöcke schwenkten und Obszönitäten brüllten, kleine alte Damen, die noch weit Übleres brüllten.

In der Ferne hörte man die Flügel einer Doppeltür gegen die Wände knallen. Noch mehr Gefluche.

DS Chalmers streckte die Ellbogen raus, senkte den Kopf und sprintete hinterher.

Logan bremste mit einem kleinen Hopser ab, machte kehrt und rannte zurück ins Treppenhaus, nahm immer zwei, drei Stufen auf einmal und preschte ein Stockwerk tiefer durch die Tür. Alles ruhig und friedlich.

Von hier führten nur zwei Wege aus dem Aberdeen Royal Infirmary: Entweder man ging zurück zu dem Seitenausgang gegenüber dem Hörsaal-Gebäude, oder man lief weiter geradeaus an der Nuklearmedizin vorbei. Es sei denn, sie hatten sich durch einen der Notausgänge verdrückt …

Zu spät, sich jetzt noch Gedanken darüber zu machen.

Er rannte den verlassenen Flur entlang, vorbei an leeren Betten und Rollstühlen, an einer vergessenen Lunchbox.

Ein Assistenzarzt drückte sich flach an die Wand und hielt sich einen großen braunen Röntgen-Umschlag schützend an die Brust, als Logan vorbeisprintete.

Am Ende des Flurs ging es wieder eine Treppe rauf. Der Puls hämmerte in seinen Ohren. Oben durch die Tür und – SCHWANGERE FRAU, SCHWANGERE FRAU!

Logan schlitterte über den mit Klebstreifen markierten Boden und kam knapp vor einem Rollstuhl zum Stehen, der von einer werdenden Mutter mit rotem Gesicht, zusammengebissenen Zähnen und einem Gipsbein ausgefüllt wurde. Der Mann, der den Rollstuhl schob, drehte sich um, als Logan vorbeistürmte und dabei die glänzenden Ballons mit der Aufschrift »HERZLICHEN GLÜCKWUNSCH!« ins Trudeln brachte.

»Mann, passen Sie auf, wo Sie hinrennen!«

Und dann machte es RUMMS, die Tür zu den Stationen flog auf, und einer der Kapuzentypen stürzte heraus. Er ruderte wild mit den Armen, als er einem Pfleger ausweichen wollte, der einen mit Metallschüsseln und Tabletts beladenen Rollwagen schob. Es reichte nicht ganz. Der Hoodie krachte voll in ihn hinein, und beide gingen zu Boden, während die Ladung des Wagens scheppernd und polternd über den rissigen Boden kullerte.

Im nächsten Moment war der Typ wieder auf den Beinen und stürzte zur Tür.

Aber Logan kam ihm zuvor.

Er rammte den Hoodie von der Seite, und beide krachten gegen die Automatiktür, bevor sie sich öffnen konnte. Sie landeten in einem Knäuel von Armen und Beinen auf der Gummimatte.

»Lammichlos, lammichlos!«

Die Tür öffnete sich zischend.

»Polizei!« Logan packte die Kapuze und zog daran. »Stillhalten, du kleiner Mistkerl …«

»Aaaaah, lammichlos!«

Ein Schlag traf Logan in die Seite. Der Kapuzentyp senkte den Kopf und schlug noch einmal zu.

Genau in die Achselhöhle. Verdammt, das tat *sauweh*.

Logan ließ die Kapuze los und schnappte sich den anderen Arm, tastete ein wenig herum, bis er das Handgelenk richtig zu fassen bekam, und knickte es dann um, drückte die Handfläche in Richtung Unterarm und hielt sie so fest.

»AAAAAAAAAAH! LAMMICHLOS!«

Wieder ein Knall, die Tür ging wieder auf – der nächste Kapuzentyp. Er sah den umgekippten Handwagen und sprang einfach darüber weg, mit mindestens einem halben Meter Luft unter den Füßen. Dann rannte er davon, als ob sämtliche Höllenhunde hinter ihm her wären.

RUMMS – DS Chalmers stürmte hinterher. Mund offen, die spitzen Zähnchen gebleckt. »KOMM SOFORT ZURÜCK!«

Hoodie Nummer eins landete noch einen Treffer. »Lammichlos!«

Logan drehte das Handgelenk noch ein Stück weiter … Und irgendwo drinnen knackte es.

Einen Moment war es totenstill, dann legte er los, schrie wie am Spieß und strampelte wild mit den Beinen.

Sein Kumpel hechtete über beide weg und rannte zur Tür hinaus in den Sonnenschein. Chalmers hatte nicht so viel Glück. Ein zuckendes Bein erwischte sie mitten im Sprung, und sie ging krachend zu Boden, mit dem Gesicht voran. Kapuze Nummer zwei drehte sich nicht um, bremste nicht ab, rannte einfach nur weiter.

Chalmers blieb stöhnend liegen.

»Lammichlos, lammichlos, lammichlos.« Der kleine Mistkerl klang schon nicht mehr ganz so laut und energisch, und seine Worte waren von kleinen Schluchzern unterbrochen.

Logan zog die Handschellen aus der Tasche und schob ein Ende über das verdrehte Handgelenk des Kapuzentyps. Ein Kreischen war die Reaktion. Dann verfuhr er ebenso mit dem anderen Handgelenk und schloss beide hinter dem Rücken des Kerls zusammen.

Schließlich rappelte er sich auf, bückte sich und half Chalmers auf. »Elegante Schwalbe.«

Sie sah ihn finster an. »Ich hätte ihn erwischt, wenn Sie mir nicht ein Bein gestellt hätten!« Rote Tröpfchen quollen an ihrem aufgeschrammten Kinn hervor.

Er zog den schluchzenden Kapuzentyp hoch. »Das war nicht ich, das war unser Strahlemann hier.«

Sie drehte den Kopf und spuckte einen schaumigen roten Batzen auf die Gummimatte. »Hab mir auf die Zunge gebissen.«

DS Chalmers humpelte herein, einen Eisbeutel ans Kinn gedrückt. »Wie haben Sie es eigentlich geschafft, vor uns da zu sein?«

Die Station war in Zimmer mit je vier Betten aufgeteilt. Über die großen Bildschirme, die an Schwenkarmen über den Kopfenden befestigt waren, flimmerten Werbefilmchen, die jedem, der dafür zu zahlen bereit war, eine paradiesische Welt der Unterhaltung versprachen.

Guy Ferguson hatte das Bett am Fenster. Er saß an einen Berg Kissen gelehnt und blinzelte träge im Sonnenlicht. Seine Arme steckten in Apparaten, die wie in Mull gewickelte Schuhkartons aussahen. Metallisch glänzende Ballons mit der Aufschrift »GUTE BESSERUNG« waren am Fußgitter des Betts festgebunden und glitzerten im Sonnenschein, behängt mit bunten Girlanden, die sie wie giftige Quallen aussehen ließen. Der Nachttisch war mit Weintrauben, Männermagazinen und Energy-Drinks vollgestellt.

Seine Akne war seit dem Polizeifoto zurückgegangen und hatte auf Wangen und Stirn eine Mondlandschaft aus Narben hinterlassen. Die Augenbrauen waren noch dichter, der Flaum-Schnauzbart dagegen noch so dürftig wie eh und je.

Logan lehnte sich auf dem gepolsterten Stuhl zurück und bot Chalmers den freien Plastikstuhl auf der anderen Seite des Bettes an. »Einer der Vorteile, wenn man *sehr* viel Zeit in Krankenhäusern verbringt: Man kennt irgendwann sämtliche Abkürzungen.«

»Oh.« Sie ließ sich auf den Stuhl sinken, zuckte zusammen

und entspannte sich dann ein wenig. »Ich habe die Fahndung nach unserem flüchtigen Hoodie eingeleitet; die beiden anderen sind auf dem Weg ins Präsidium.«

Guys Fußgelenk war mit Handschellen an das Gitter mit den Luftballons gekettet. Als ob die Gefahr bestünde, dass er davonschwebte. Angesichts der Unmengen Morphin, die er anscheinend intus hatte, war das vielleicht gar nicht so abwegig.

»Also ...« Logan nahm sich eine Traube. »Möchten Sie nicht auspacken und uns allen damit einen Haufen Ärger ersparen?«

»Ärger?« Er kniff erst ein Auge zusammen, dann das andere, als ob er Mühe hätte, Logan scharf zu sehen. Beide Augen waren verquollen und blutunterlaufen, die Pupillen geweitet, die Unterlider feucht von Tränen. Er lachte kurz auf. »Ärger ...«

Zugedröhnt bis unter die Haarspitzen.

»Ihre Kumpel, die Hoodies: Wer sind die?«

»Ärger. Sie bedeuten Ärger ... das sagt meine Mum immer ...«

»Was ist mit dem Mann, den Sie umgebracht haben, hat der auch Ärger bedeutet? Wollte er Sie um Ihren Anteil an dem Schmuck betrügen, war es das? Was war er – der Maulwurf?«

»Die Ärzte waren hier ...« Guy hob die kastenförmigen Dinger, die seine Hände umschlossen. »Sie werden mir die Finger abschneiden ... Alle ... alle an der linken Hand und ... und zwei an der rechten ... Meine Finger ...«

Chalmers bohrte einen Finger in das Bettzeug. »Das kommt davon, wenn man andere Leute abfackelt, nicht wahr? Geschieht Ihnen recht.«

»Völlig verbrannt ... Sie können sie nicht retten.« Er atmete tief durch. Dann kniff er die Augen zusammen und biss sich auf die Unterlippe. »Sie werden sie heute abschneiden ...« Glitzernde Tränen kullerten ihm über die Wangen. Als ob er damit ihr Mitleid erregen könnte, das kleine Mörderschwein.

Er hatte sich die Hände so schlimm verbrannt, dass sie mehr

als die Hälfte der Finger amputieren mussten. Vielleicht hatte Isobel ja recht – vielleicht war Guy Ferguson tatsächlich blöd genug, einen Mann zu erwürgen, der in Flammen stand? »Sie haben es getan, nicht wahr?«

»Ich … Ich kann nicht …«

»Sie haben ihn umgebracht. Sie haben ihn an eine Stange gekettet, ihm einen Reifen über den Kopf gezogen und ihn angezündet.«

»Es war nicht …«

»Zwanzig Minuten … so lange dauert es bei dieser Methode, bis das Opfer tot ist. *Zwanzig* Minuten.«

Guys Kinnlade klappte herunter, er schob die Unterlippe vor, und die Tränen strömten ihm übers Gesicht. »Ich … Ich hab's nicht …«

»Guy Ferguson, ich verhafte Sie wegen des Verdachts, gestern Nachmittag eine unbekannte Person ermordet zu haben. Sie müssen nichts sagen …«

»Ich hab's getan …« Er schniefte, dann blinzelte er in Zeitlupe. »Ich hab ihn getötet …« Guy trocknete sich mit dem Unterarm die Augen, und die Tränen hinterließen dunkle Flecken auf dem weißen Verband. »Was hätte ich sonst tun sollen? Er hat geschrien und gebrannt, und ich hab den Reifen nicht runtergekriegt, und es ist alles über meine Hände gelaufen, und sie haben gebrannt, es war die Hölle und hat irre wehgetan, und ich hatte … Ich hatte das Messer.« Ein tiefer, rasselnder Atemzug. »Also hab ich ihn erstochen. Ich hab zugestochen, immer wieder, und meine Hände haben gebrannt, und es hat so wehgetan … Ich konnte ihn doch nicht einfach so verbrennen lassen!«

Ah … Logan lehnte sich auf seinem Stuhl zurück. »Er gehörte nicht zu Ihrer Bande bei dem Überfall?«

»Sein Gesicht … Sie hätten sein Gesicht sehen sollen … geschrien hat er.«

»Er hat schon gebrannt, als Sie dort ankamen?«

Er nickte. »Wir … Wir haben das Auto abgestellt, die Uhren und Ringe und Halsbänder und den ganzen Kram aufgeteilt, und … und da war er.« Guy hob die Kästen mit seinen Händen drin. »Sie werden mir die Finger abschneiden, dabei hab ich ihm doch nur helfen wollen …«

7

Eine durchdringende Frauenstimme hallte durch den Flur vor der Tür des Krankenzimmers. »Das ist mir egal – Sie lassen mich jetzt sofort zu meinem Sohn!« Mrs Ferguson.

DS Chalmers rümpfte die Nase. »Glauben Sie, er sagt die Wahrheit?«

»Na ja …« Logan lehnte sich an das kleine Waschbecken und starrte auf das Bett hinunter.

Guy saß zusammengekrümmt da, die eingebauten Hände an die Brust gedrückt, geschüttelt von heftigen Schluchzern.

»Chef?«

»Necklacing ist … Das riecht nach Großstadtbanden und organisiertem Verbrechen. Nichts, was ich einem Haufen halbwüchsiger Möchtegern-Gangster zutrauen würde. Also … vielleicht. Wahrscheinlich.«

»Er hat es getan, damit das Opfer nicht länger leiden musste.« Sie blies die Backen auf und atmete prustend aus. »Er hat das einzig Richtige getan, und es wird ihn seine Finger kosten.«

»Wenn alle sich ein bisschen beruhigt haben, werden wir seine Freunde vernehmen. Mal sehen, ob sie seine Aussage bestätigen.«

Wieder diese Stimme. »ICH VERLANGE MEINEN SOHN ZU SEHEN!«

Sie würde ja doch keine Ruhe geben.

Logan deutete auf Chalmers. »Sagen Sie ihm, er soll sie reinlassen.«

Chalmers hatte kaum den Kopf zur Tür hinausgesteckt, da schob sich Mrs Ferguson auch schon an dem uniformierten Wachtposten vorbei ins Zimmer. »Guy?«

Mr Ferguson trippelte hinterdrein. »Sie haben uns gesagt, du seist tot«, schluchzte er.

Guys Mutter schlang die Arme um ihren Sohn. »Mein Schatz …« Dann richtete sie sich auf und funkelte Logan an. »SIE! Sie haben uns gesagt, er sei tot. Wie konnten Sie …« Sie riss die Augen auf, als ihr Blick auf den Fußknöchel ihres Sohnes fiel – auf die Handschellen. »ER LIEGT IN EINEM KRANKENHAUSBETT!«

»Es ist nicht …«

»WIE KÖNNEN SIE ES WAGEN?« Sie ballte die Fäuste und trat einen Schritt vor. »Sie nehmen ihm die Dinger ab, und zwar *auf der Stelle*!«

Schritte und Gesprächsfetzen hallten durch das Treppenhaus und überlagerten das Hintergrundsummen des Krankenhauses. Dann stimmte Logans Telefon ein – wieder mal Darth Vader. Hätte er es bloß ausgelassen. Er zog es raus. »Es …«

»Habt ihr ihn? Wo bist du?« Sie hörte sich an wie ein kleines Kind, das gerade ein Hündchen geschenkt bekommen hatte. Und zwar ein Kind, das seit seiner Geburt vierzig Zigaretten am Tag geraucht hatte.

Chalmers schob sich durch die Tür zum Erdgeschoss und hielt sie für Logan auf.

»Wir sind gerade auf dem Weg zurück zum Auto, aber …«

»Da! Ich seh euch!«

Er erstarrte.

DCI Steel kam durch den Flur auf sie zumarschiert, das Mobiltelefon ans Ohr gedrückt, das Gesicht von einem breiten Grinsen zu einem strahlenförmigen Faltenmuster verzerrt. *»Na, wer ist Tante Robertas tapferer kleiner Soldat, hm?«*

Er legte auf, blieb stehen und wartete auf sie.

Steel vollführte ein kleines Tänzchen, packte Logan an den Schultern und drückte ihn ein wenig. Dann runzelte sie die Stirn. »Wo ist er? Wieso habt ihr ihn nicht einkassiert?«

»Er ist … oben, unter Bewachung. Sie amputieren ihm heute Nachmittag fast alle Finger.«

»Und du bist *sicher*, dass er unser Mann ist?«

DS Chalmers hielt ihr Notizbuch hoch. »Er hat gestanden, den Mann getötet zu haben, und den Juwelenraub auch.«

»Wunderbar!« Steel ließ von Logan ab, fiel Chalmers um den Hals und drückte sie so lange, dass die DS schon zu zappeln anfing.

Logan holte tief Luft. »Ich muss dir etwas …«

»Der ACC strahlt, als ob er eine Dauerkarte fürs Striplokal gewonnen hätte. Hat für halb vier 'ne Pressekonferenz angesetzt.« Sie ließ Chalmers los. »Ihr seid beide eingeladen. Ist das nicht toll?« Sie wischte auf dem Display ihres Telefons herum und hielt es dann ans Ohr. »Der ACC will dich sprechen …«

»Also, Guy Ferguson hat …«

»Aye.« Sie steckte sich einen Finger in andere Ohr. »Dougie? Ist seine Hoheit in der Nähe? Okay …«

»Hör zu, es ist nicht so einfach …«

»Sir? Ich habe ihn hier … Jawoll, verhaftet und unter Bewachung.« Das Grinsen wurde breiter. »Na, Sie kennen uns doch: Dem CID entkommst du nie!«

»Im Ernst, wir müssen …«

»Ich reich Sie weiter.« Steel hielt Logan das Telefon hin und nickte ihm zu. »Na los doch.«

Mist.

Er nahm das Telefon. »Sir?«

»McRae, gute Arbeit.« Die aufgesetzt-vornehme Telefonstimme des Assistant Chief Constable konnte den provinziellen Highland-Akzent nicht wirklich kaschieren, mit den lang-

gezogenen Vokalen, die aus unerfindlichen Gründen mitten im Wort plötzlich nach unten sackten. *»So ein schneller Erfolg, das ist wirklich ganz ausgezeichnet.«*

»Sir, es ist …«

»Nein, nein – Ehre, wem Ehre gebührt. Warum haben Sie sich eigentlich noch nicht auf diese unbefristete DI-Stelle in Peterhead beworben? Sie sind ohne Zweifel qualifiziert, und nach diesem Erfolg haben Sie die Zusage doch quasi schon in der Tasche.«

Er runzelte die Stirn. »Es ist eine unbefristete DI-Stelle zu besetzen?«

Steel räusperte sich und starrte zur Decke. »Ich … War mir wohl entfallen.« Intrigante alte Schachtel.

»Hat Roberta Ihnen das nicht gesagt? Ich hätte schwören können, dass ich sie gebeten habe, es an die Truppe weiterzugeben. Na, auf jeden Fall sollten Sie sich bewerben.« Er senkte ein wenig die Stimme, als ob er gleich ein Geheimnis verraten würde. *»Hören Sie zu, wir haben hier um halb vier eine Pressekonferenz, und Sie kennen mich ja: Ich lege Wert darauf, dass mein Team die Anerkennung bekommt, die es verdient. Aber sehen Sie zu, dass Sie einen anständigen Anzug anziehen – die sollen ja nicht denken, dass wir alle gerade erst vom Traktor gefallen sind, nicht wahr?«*

Tief durchgeatmet. »Entschuldigen Sie, Sir, aber es ist ein bisschen komplizierter …«

»Sie haben keinen sauberen Anzug?«

»Nein. Ich meine – doch. Ich habe einen sauberen Anzug. Es geht um Guy Ferguson. Er behauptet, jemand habe dem Opfer den Reifen umgelegt und ihn angezündet, bevor er dort eintraf. Er versuchte ihn von dem Reifen zu befreien. Und als das nicht ging, hat Ferguson ihn erstochen, damit er nicht einfach … bei lebendigem Leib verbrennt.«

Steel bekam große Augen. »Du … *was*?«

Logan drehte ihr den Rücken zu. »Ferguson bekam beim Versuch, das Opfer zu retten, brennenden Gummi auf die

Hände. Sie werden ihm heute Nachmittag fast alle Finger amputieren müssen.«

Schweigen am anderen Ende.

»Sir?«

Die vornehme Telefonstimme klang nicht mehr ganz so vornehm. *»Wollen Sie mir etwa erzählen, dass Sie einen barmherzigen Samariter verhaftet haben?«*

»Er hat gestanden. Und er war auch an dem Juwelenraub beteiligt. Wir haben zwei seiner Komplizen in Gewahrsam, und ...«

»Wie zum Teufel soll ich das denn verkaufen? Herrgott noch mal, McRae, hätten Sie nicht jemanden verhaften können, der kein Held ist?«

»Aber der Juwelenraub?«

»Bitte, sagen Sie mir, dass er nicht fotogen ist.«

Aknenarben, dichte Augenbrauen, Flaumbärtchen. »Nein, er ist nicht fotogen.«

Ein Seufzer. *»Na, wenigstens etwas ...«* Der ACC legte auf.

Logan gab Steel das Smartphone zurück. »Warum hast du mir nichts von der DI-Stelle erzählt?«

»Lenk nicht vom Thema ab: Du hast mich wie den letzten Vollpfosten aussehen lassen!«

»Ich hab versucht, es dir zu sagen, aber du wolltest ja nicht zuhören, nicht wahr?« Er machte kehrt und ging zurück in den Stationsbereich.

»He!« Steels Stimme hallte hinter ihm durch den Flur. »Wo willst du denn hin? Wir sind noch nicht fertig!«

»Besuchszeit. Ich muss noch bei jemandem vorbeischauen.«

Der Vernehmungsraum 3 war wie ein Backofen, und auf den üblichen durchdringenden Mief nach Käsefüßen und alten Keksen hatte sich noch eine dicke Schicht zwiebliger Körpergeruch gelegt. Die Person, von der Letzterer ausging, rutschte unruhig auf ihrem Stuhl herum – dem auf der falschen Seite des zerschrammten Resopaltischs. Dem, der am Boden festgeschraubt war.

Sammy McCloist, siebzehneinhalb, schiefe Nase, Koteletten wie ein Klovorleger, Haare bis auf die hochgezogenen Schultern. Der Castverband an seinem rechten Arm reichte vom Handteller bis fast zum Ellbogen. Nagelneu – und schon total verdreckt.

Er machte den Mund auf, doch das Ekel im Anzug, das neben ihm saß, legte ihm eine Hand auf den Arm.

»Mein Mandant hat zu dieser Sache nichts zu sagen.« McCloists Anwalt grinste. Er war ein Hüne, breitschultrig und so groß, dass er auch im Sitzen alle überragte. Große Hände, großes Kinn, große Ohren, das Haar kurz geschnitten, um die große kahle Stelle zu kaschieren.

»Tatsächlich.« Logan sah auf seine Uhr: Viertel vor drei. »Nun ja, wissen Sie was, Sammy? Mir soll's recht sein. In diesem Moment beschaffen wir uns einen richterlichen Beschluss, um Ihre Wohnung und die Ihrer Freunde zu durchsuchen. Was meinen Sie – ob wir da irgendetwas Interessantes finden werden?«

Er schniefte. »Sie ham mir das Handgelenk gebrochen, ey.«

»Sie haben sich der Verhaftung widersetzt. Schon vergessen?«

»Mein Mandant widerspricht Ihrer Auslegung der Ereignisse vehement. Er besuchte einen Freund, als Sie über ihn herfielen.«

»Wissen Sie, dass wir bei dem Juwelenraub DNS sichergestellt haben? Eine blitzsaubere, eindeutige Probe. Derzeit wird untersucht, zu welchem von euch sie passt.« Das war gelogen. Wie es aussah, könnten sie froh sein, wenn sie vor Weihnachten irgendwelche DNS-Resultate bekämen.

»Es kann unmöglich die meines Mandanten sein, weil mein Mandant nicht dort war. Mein Mandant …«

»Hat seine kranke Großmutter besucht. Das sagten Sie bereits.«

»Dann gibt es also eigentlich keinen Grund, diese Vernehmung noch weiter fortzusetzen, oder?« Der Anwalt hievte seinen massigen Körper in die Senkrechte. »Wir haben Sie bei Ihren Ermittlungen uneingeschränkt unterstützt – jetzt wird es Zeit, dass Sie meinen Mandanten auf freien Fuß setzen.«

Sammy grinste. »Ich werd' Sie so was von verklagen, weil Sie mir das Handgelenk gebrochen haben. Das is' Polizeibrutalität, ey. Ich klag Ihnen das *Haus* unterm Arsch weg, Mann.«

Logan schüttelte den Kopf. »Sammy, Sammy, Sammy. Erstens: Sie wollen mein Haus gar nicht. Ich will es ja nicht mal selber. Zweitens …« Er beugte sich vor und senkte die Stimme zu einem Flüstern. »Wir haben einen Zeugen. Als ihr bei dem Juwelier eingebrochen seid, hat euch jemand draußen auf der Straße erkannt.« Auch gelogen, aber jedenfalls einen Versuch wert.

Sammy kräuselte die Oberlippe. »Das is' Quatsch!« Er ließ seinen Gips auf die Tischplatte krachen. »Niemand kann uns erkannt haben, weil wir die ganze Zeit Masken aufgehabt haben!« Er lehnte sich zurück, verschränkte die Arme, nickte und grinste. Na, bin ich nicht *clever*?

Der Anwalt sank auf seinen Stuhl und vergrub das Gesicht in den Händen.

Die Staatsanwältin trat ans Fenster und bewunderte die Aussicht. Ihr dunkelbraunes Haar zeigte an den Schläfen einen ersten Anflug von Grau. Jackie-Onassis-Kostüm aus blauem Tweed, Kirschblüten-Nagellack. Distinguiert auf eine raubkatzenhafte Art. »Hätten Sie nicht eine weniger … komplizierte Lösung finden können?«

Logan, der am Besprechungstisch saß, zuckte mit den Schultern. »Da hatte ich ziemlich wenig Einfluss drauf, Ma'am.«

Von hier oben präsentierte sich Aberdeen als Flickenteppich aus Schiefer- und Flachdächern, gespickt mit Satellitenschüsseln und veralteten Antennen. Große, fette Möwen kreisten am blassblauen Himmel, wie ausgebleichte Geier, immer auf der Jagd nach Abfällen, Hunden oder Kindern, die klein genug waren, um sie davontragen zu können.

»Eine Verurteilung wegen Mordes können wir unter diesen Umständen absolut vergessen. Allenfalls Totschlag wäre drin, aber gut ankommen wird das nicht.« Sie stützte die Hände auf die Fensterbank. »Wir werden ihn natürlich wegen des Juwelenraubs belangen müssen. *Das* wird sich in der Presse hervorragend machen.« Ein Seufzer. »Inspector McRae …«

»Ich habe es nicht absichtlich getan.«

»Nein, das wohl nicht. Aber dennoch …« Sie drehte sich um, nahm ihre Brille ab und putzte sie mit einem kleinen gelben Tuch. »Gibt es denn in dem Necklacing-Fall *irgendwelche* guten Nachrichten?«

»Wir …«

»Wenn Sie jetzt sagen: ›Wir ermitteln in verschiedene Richtungen‹, stech ich Ihnen einen Bleistift ins Auge. Und bilden Sie sich nicht ein, dass ich damit nicht durchkommen werde.«

Ah … »Die Tatsache, dass er draußen auf dem Joyrider-Friedhof angezündet wurde, ist sicherlich von Bedeutung. Am Ende eines Feldwegs, der am Thainstone-Markt vorbeiführt und im Nichts endet – da kommt man nicht gerade auf dem Weg zum Einkaufen vorbei, oder?«

»Die Täter dürften sich also in der Gegend auskennen.«

»Sie sind außerdem wahrscheinlich wegen Autodiebstahls vorbestraft, oder sie kennen jemanden, der es ist. Wir warten immer noch auf die vollständige DNS-Analyse; Sie wissen ja, wie das ist heutzutage. Solange wir das Opfer nicht identifiziert haben, wird es schwierig sein, konkrete Ergebnisse zu erzielen.«

Sie setzte ihre Brille wieder auf. »Das gefällt mir nicht, DI McRae. Das gefällt mir gar nicht.«

»Wir könnten einen forensischen Anthropologen hinzuziehen. Für eine Gesichtsrekonstruktion?« Er räusperte sich. »Ich meine, wenn wir ein Budget dafür hätten …?«

Ihre Augen verengten sich. »*Finden* Sie das Budget. Meine Genehmigung haben Sie. Dieser Fall hat für die Grampian Police jetzt allerhöchste Priorität.«

Das würde Steel gefallen.

»Nein, das will ich damit *keineswegs* sagen.« Der Assistant Chief Constable hob mahnend den Finger, während zwanzig Blitzlichter aufflackerten, von seiner hohen Stirn reflektiert wurden und ihn in seiner ganzen fleischigen Pracht einfingen. Er musste sich kurz vor der Pressekonferenz rasiert haben, denn die Haut am unteren seiner zwei Kinne sah dunkelrot und entzündet aus, gesprenkelt mit kleinen hellroten Pünktchen. »Was ich sagen will, ist, dass wir diese zwei Fälle getrennt behandeln müssen. So arbeitet die Justiz nun einmal.«

Der Besprechungsraum war bis auf den letzten Platz besetzt mit Zeitungs- und Fernsehreportern, die alle die Finger in die Höhe reckten und wild durcheinanderfragten.

»Ist die Operation gut verlaufen?«

»Würden Sie sagen, dass Guy Ferguson ein Held ist?«

»Warum haben Ihre Leute seinen Eltern gesagt, er sei tot?«

»Warum verfolgt die Grampian Police einen Mann, der beim Versuch, einen Menschen zu retten, seine Finger geopfert hat?«

Der ACC schlug mit der flachen Hand auf den Tisch. »Wir verfolgen niemanden, und etwas anderes zu behaupten ist schlicht unverantwortlich. Was Mr Ferguson für das Mordopfer zu tun versucht hat, war bewundernswert, aber in ein Schmuckgeschäft einzubrechen und Waren im Wert von vierunddreißigtausend Pfund mitgehen zu lassen war es *nicht*.«

Die Pressesprecherin, die direkt neben dem ACC saß, legte eine Hand über das Mikrofon, beugte sich hinüber und flüsterte ihm etwas ins Ohr. Wahrscheinlich so etwas wie: »Bringen Sie das Pack nicht noch mehr gegen sich auf…«

Logan, der ganz am Ende hinter einem Wald von Mikrofongalgen stand, sah auf seine Uhr. Erst fünfzehn Minuten, und schon kamen sie da vorne ins Schwimmen.

Steel gab ihm einen Knuff in die Rippen, und ihr nach uraltem Aschenbecher stinkender Atem hüllte seinen Kopf ein. »Du bist ein Glückspilz.« Sie stieß ihn noch einmal an. »Ich meine, ich an seiner Stelle, ich hätte nie zugelassen, dass du dich da rausmogelst. Nein, du hättest mit allen anderen da vorne sitzen und dir deinen kleinen rosigen Arsch versohlen lassen müssen.«

»Ich mogle mich aus gar nichts raus. Der ACC hat gesagt, er würde es allein machen. Nicht jeder ist nur darauf aus, seine eigene Haut zu retten – es gibt auch Vorgesetzte, die tatsächlich Verantwortung für ihr Team übernehmen.«

Ein Schnauben. »Seine Schuld, wenn er so blöd ist.«

Logan blickte unbeirrt nach vorne. »Die Staatsanwältin will, dass wir einen forensischen Anthropologen hinzuziehen.«

»Ah, alles klar. Ich sag nein, und du rennst gleich zur Staatsanwaltschaft, um zu petzen. Judas.«

Vorne auf dem Podium fuhr sich der ACC mit einer Hand über seine glänzende Stirn. »Das kann ich Ihnen aus ermittlungstechnischen Gründen leider nicht sagen.« Was übersetzt hieß: Ich habe keinen Schimmer.

Einer der Journalisten stand auf, ein klapperdürrer Mann in einem schlecht sitzenden Anzug, nur Haut und Knochen und scharfe Kanten, Nase wie ein Geierschnabel, das Diktaphon im Anschlag wie eine Pistole. »Assistant Chief Constable! Michel Larson, *Edinburgh Evening Post.* Wieso weigert sich die Grampian Police, eine gründliche Suche nach den vermissten Teenagern Agnes Garfield und Anthony Chung in die Wege zu leiten?«

Dem ACC klappte im ersten Moment der Unterkiefer nach unten, dann setzte er eine finstere Miene auf. »Es steht mir nicht frei, darüber zu sprechen.«

Steel rammte Logan wieder den Ellbogen in die Rippen. »Hab ich dir nicht gesagt, du sollst endlich den Finger aus dem Arsch nehmen und was in der Sache unternehmen?«

»Ich hatte keine Zeit, es …«

»Jetzt schau dir an, was du angerichtet hast. Und was glaubst du wohl, wer eins hinter die Löffel kriegt, weil du nicht in die Gänge kommst? Ich natürlich, wer sonst? Als ob unser hochverehrter ACC nicht auf so eine Gelegenheit gewartet hätte. Diese verschwitzte alte Fettbeule!«

Larson von der *Edinburgh Evening Post* schüttelte den Kopf. »ACC Irvin, warum wollen Sie sich die Bedenken der Eltern nicht einmal *anhören?* Sind sie Ihnen schlichtweg egal, oder was?«

Die Pressesprecherin beugte sich vor, bis das Mikrofon nur noch Zentimeter von ihrem Gesicht entfernt war. »Okay, ich glaube, wir schweifen hier vom Thema ab. Ich muss Sie alle bitten, sich auf Fragen zum vorliegenden Fall zu beschränken.«

Der Journalist drehte sich um und ließ den Blick über seine versammelten Kollegen schweifen. »Für mich hört sich das an, als ob die Grampian Police hier etwas unter den Teppich kehren will, oder?«

ACC Irvin ließ noch einmal die Hand auf die Tischplatte krachen, so fest, dass die Mikrofone wackelten. »Wir kehren hier nichts unter den Teppich!«

»Dann beantworten Sie die Frage: Wie kommt es, dass Sie und Ihre Leute sich so wenig für Anthonys und Agnes' Sicherheit interessieren, dass Sie sich nicht mal die Mühe machen, nach ihnen zu suchen? Hm?«

8

»… eine einzige Katastrophe.« Das Büro des Rechtsmedizinischen Instituts war leer, also schob Logan Isobels »MAMI-BEI-DER-ARBEIT«-Teebecher beiseite und pflanzte eine Pobacke auf ihren Schreibtisch. »Der ACC sah aus, als würde ihm jeden Moment eine Ader platzen.«

Er hörte Samantha am anderen Ende lachen. *»Also bist du weggerannt und hast dich in der Leichenhalle versteckt?«*

»Ich verstecke mich nicht, ich …« Er nahm das Telefon ans andere Ohr. »Ich habe einen taktischen Rückzug angetreten, bis Steel und der ACC sich beruhigt haben. Und ja, meine Nase tut immer noch weh, danke der Nachfrage.«

»Feigling.«

»Was soll ich denn bitte machen? Alle tun so, als ob Agnes und Anthony zwei kleine Kinder wären, die sich verirrt haben, dabei sind sie alt genug, um zu heiraten, zum Militär zu gehen und sich erschießen zu lassen … Dann sind sie eben zusammen durchgebrannt, na und? Wem schaden sie damit?«

»Kommst du heute Abend wieder später?«

»Es sind Agnes' blöde Eltern – die machen den ganzen Ärger. Die Vorstellung, dass ihr kleines Mädchen irgendwo da draußen mit Anthony Chung rumvögelt, gefällt ihnen offenbar nicht.«

»Jammer, stöhn, mecker. Vergiss nicht, auf dem Heimweg eine Milch zu kaufen. Und Marmite hast du auch keins mehr.«

»Als ob sie es nicht schon seit Jahren miteinander treiben würden. Ist doch bekannt, was Teenager für geile kleine Rammler sind – bei der ersten Gelegenheit …«

Er setzte sich so jäh auf, dass Isobels Teebecher auf dem Unterteller ratterte: Die Tür des Instituts war gerade ins Schloss gefallen. Dann folgte das Geräusch von Schritten, die draußen durch den Flur hallten.

»Muss Schluss machen – da kommt jemand.«

»Sei nicht so ein Weichei – du bist jetzt DI: Nimm deine Medizin wie ein Mann.«

»*Interims*-DI, und im Übrigen: nein danke.« Er legte auf und sprang vom Schreibtisch. Die Schritte kamen näher. Solange sie weitergingen, am Büro vorbei zum Sektionssaal, hatte er nichts zu befürchten. Er würde sich einfach hinausschleichen, sobald der andere vorbei war.

Mist… Die Schritte hielten genau vor dem Büro an.

Logan wirbelte herum. Hier musste man sich doch *irgendwo* verstecken können. Hinter dem Aktenschrank? Nicht genug Platz. Unter einem der Schreibtische?… Ja, toll – und wie sollte er *das* erklären, wenn er erwischt würde? *Hab nur meine Kontaktlinse gesucht?*

Wäre vielleicht einen Versuch wert.

Er zog den nächstbesten Stuhl heraus…

Die Tür flog auf, und er erstarrte in der Bückbewegung.

»Chef?«

Logan blickte auf, und da stand Rennie und starrte fragend auf ihn herab.

»Alles okay, Chef? Ich mein' nur, weil es im ersten Moment so aussah, als wolltest du hier auf den Teppich kacken.«

Logans Wangen wurden ganz heiß. »Ich wollte nur…«

»Solltest aber vielleicht vorher die Hose und die Unterhose runterlassen.« Rennie grinste über beide Ohren. »Gibt sonst 'ne Riesensauerei.«

Logan richtete sich auf. »Sonst noch was, *Sergeant*?«

»Also, wenn ich in einem fremden Büro einen abseilen wollte, würde ich die Schreibtischschublade nehmen. Oder vielleicht den Aktenschrank – und zwar gleich unter ›Sch‹ wie ›Scheiße‹, dann ist alles ordentlich…«

»Rennie!«

»Oh, natürlich, ja.« Er trat zur Seite und schwenkte mit theatralischer Geste den Arm, wie ein Zauberer, der seine glamouröse Assistentin vorstellt. »Ich habe hier eine Dr. Graham, die zu Ihrer Majestät von und zu Eisberg will.«

Eine Frau trat an Rennie vorbei ins Zimmer. Klein, strahlendes Lächeln, winzige Brillantohrringe, die zwischen langen blonden Strähnen hervorblitzten. Hohe braune Stiefel, Bluejeans und rosa Twinset. Zierlich und mädchenhaft. Sie streckte eine schlanke Hand aus, und Logan schüttelte sie. Ein Händedruck wie eine Schrottpresse. »Wie ich höre, brauchen Sie eine forensische Anthropologin?«

So schnell?

Logan zog seine Hand zurück, solange sie noch zu gebrauchen war. »Sie sind ja fix – wir haben die Anfrage doch erst vor einer Stunde rausgegeben.«

Sie schenkte ihm ein Lächeln, das kleine Krähenfüße um ihre Augen grub. »Machen Sie Witze? Jobs wie dieser hier sind ausgesprochen dünn gesät – ich musste zusehen, dass ich hier aufkreuze, bevor jemand anders ihn mir wegschnappt. In der forensischen Anthropologie tobt ein erbitterter Konkurrenzkampf.«

»Dr. Graham …«

»April, bitte.« Sie schüttelte den Kopf. »Meiner Meinung nach ist das Fernsehen schuld – ständig sieht man da irgendwelche Starschauspieler durch die Gegend laufen und einen Mord nach dem anderen aufklären. Kein Wunder, dass sich da Hinz und Kunz denkt, ›He, warum lass *ich* mich nicht zu so einem Knochenfuzzi ausbilden?‹ Im Ernst, heutzutage kann man keinen Stein werfen, ohne mindestens zwei Dutzend arbeitslose forensische Anthropologen zu treffen.«

»Das ist sehr …«

»Wissen Sie was?« Sie beäugte ihn kritisch. »Sie hätten da Eis drauftun sollen, das hätte die Schwellung abklingen lassen. Jetzt könnte es zu spät sein, aber einen Versuch ist's vielleicht noch wert. Glauben Sie mir: Wenn ich mich mit einer Sache auskenne, dann sind es Schläge ins Gesicht.«

Logans Finger strichen über seine angeschwollene Nase. »Okay …«

»Ist der Leichnam bereit?« Sie trat einen Schritt näher. »Ich würde ganz gerne so bald wie möglich loslegen.«

Er wich zurück, bis die Schreibtischkante sich in seine Oberschenkel bohrte. Rückzug war jetzt keine Option mehr. »Drüben im Sektionssaal.«

»Prima.« Sie fuhr herum, als ob sie auf Rollen liefe. »Also, gehen Sie voran, und wir …« Als sie sich drehte, schwang ihre kopfkissengroße Handtasche durch die Luft, erwischte Isobels Teetasse und fegte sie vom Tisch.

Sie landete mit einem zarten *Ping* auf den Teppichfliesen und zersprang dann in ein Dutzend glitzernde Scherben.

April starrte sie mit offenem Mund an. Sie räusperte sich, drückte die fatale Handtasche an sich und knetete das hellbraune Leder zwischen den Händen. »O Gott … Es war ein Unfall.« Sie trippelte zur Seite und stieß gegen den Aktenschrank. »Es … Ich werde dafür bezahlen. Ich habe sie nicht absichtlich zerbrochen.«

Rennie ging in die Hocke, fasste eine Scherbe zwischen Daumen und Zeigefinger und ließ sie in seine Handfläche fallen. »Machen Sie sich nichts draus, es ist nur …«

»Nein, Sie verstehen nicht, es … Sie warten nur darauf, dass ich etwas verbocke, damit sie anrücken und den Job übernehmen können.«

Logan lehnte sich wieder gegen den Schreibtisch. *»Sie?«*

»Die anderen forensischen Anthropologen. Ich hab Ihnen doch von dem Konkurrenzkampf erzählt, oder nicht? Ich bin gut in meinem Job, und es war ein Unfall, und …«

»Es ist okay. Wir haben nichts gesehen, nicht wahr, Sergeant?«

Rennie las einen weiteren Splitter auf, dann schüttelte er den Kopf. »Teetasse? Welche Teetasse? Die war schon nicht mehr hier, als wir kamen – wahrscheinlich hat jemand sie mitgehen lassen. Hier wimmelt's doch nur so von Langfingern.«

April lächelte die beiden an, und ihre Augen strahlten. »Danke.«

Rennie sammelte die letzten Scherben ein. »Danken Sie uns nicht – wir haben nichts getan und nichts gesehen.« Er ging zum Abfallkorb und warf die Trümmer hinein.

Logan boxte ihn. »Sei doch nicht blöd – da wird sie ganz bestimmt nachschauen, oder? Wickel sie in Klopapier ein und wirf sie in den Abfalleimer in der Herrentoilette. Und dann geh und frag, ob inzwischen jemand Reuben geschnappt hat.«

Rennie kniff ein Auge zu. »Alles klar.« Er marschierte los, den zerbrochenen Becher in der hohlen Hand wie ein verletztes Vögelchen.

Logan begleitete April hinaus auf den Flur. »Und Sie waren zufällig gerade in der Gegend, oder wie war das?«

Sie folgte ihm durch die Doppeltür in den Sektionssaal. »Es war heute Morgen in den Nachrichten. Also bin ich gleich ins Auto gesprungen und habe Ihre Rechtsmedizinerin angerufen – ich hatte sie vor zwei Jahren bei der Konferenz der Forensic Society an der Robert Gordon University kennengelernt. In dieser Branche zahlt sich Networking aus.«

Die Türen fielen hinter ihnen mit dumpfem Knall zu, und die klimatisierte Luft nahm sie in ihre frostigen Arme. Nicht ganz so kalt, dass man den Atem sehen konnte, aber nahe dran.

Die Arbeitsplatten aus Edelstahl, die Obduktionstische und die Wand mit den Kühlfächern glänzten im Schein der Leuchtstoffröhren an der Decke. Logans Schuhe klickerten auf den weißen Fliesen, als er auf die Wand zuging und die Pappschildchen in den kleinen Halterungen an den Türen las. »UNBEKANNTES MORDOPFER – 003613« stand auf der zweiten von unten auf der linken Seite. Er legte den Riegel um und zog das Schubfach heraus.

April sah auf den weißen Leichensack herab. »Ist die Kriminaltechnik fertig mit der Spurensicherung?«

»Ja.«

»Alles erledigt?«

»Ja, das sagte ich doch gerade, oder nicht?«

»Gut. In diesem Fall …« Sie zog sich ein Paar blaue Nitrilhandschuhe an, griff nach dem Reißverschluss des Leichensacks und zog ihn auf.

Der Geruch nach rohem Fleisch und verkohlten Grillwürstchen breitete sich in dem kalten Raum aus.

»Hmm … Ich weiß, es klingt blöd, aber es ist *so* angenehm, mal eine frische zu bekommen. Normalerweise ist der Geruch …« Sie musterte eingehend, was vom Kopf übrig war, stellte sich auf die Zehenspitzen, ließ die Fersen wieder sinken, lehnte sich nach links und nach rechts, als ob sie darauf wartete, dass der Tote irgendetwas machte. Dabei fasste sie nichts an. »Ich brauche eine examinierte medizinische Fachkraft mit mindestens fünf Jahren Berufserfahrung, und Sie müssen mir eine Freigabeerklärung unterschreiben.«

»Ist nicht meine Leiche.« Er blickte zur Tür. »Wenn Dalrymple in der Nähe ist, kann sie das machen.«

»Es wird ein schönes Stück Arbeit …« April steuerte den nächsten Obduktionstisch an, stellte die fatale Handtasche darauf ab, knipste den Verschluss auf und begann zu kramen, während Logan loszog, um die rechtsmedizinische Assistentin zu suchen.

»Sehen Sie, das ist das eigentliche Problem …« April durchschnitt die letzten Sehnenstränge mit dem Skalpell und hob den Kopf vorsichtig vom Körper ab. Sie hatte sich umgezogen und trug jetzt einen orange-grauen Pulli, dessen Rollkragen sie wie eine improvisierte Gesichtsmaske über Mund und Nase gezogen hatte. »Großbritannien ist zu klein – da werden Leichen zu schnell gefunden. Ganz anders als in Amerika oder in Australien – wenn Sie da Ihr Opfer irgendwo in der Pampa ablegen, bleibt es über Jahre unentdeckt.«

Sie legte den Kopf auf einem weißen Plastiktablett ab. Er wackelte ein paarmal hin und her, dann lag er da und schrie mit seinen gesprungenen gelben Zähnen zur Decke hinauf.

Logan rückte seine Maske zurecht. »Wie lange wird das dauern?«

Am anderen Ende des Raums saß der Bereitschaftsarzt auf einem der Stühle, die sie aus dem Pausenraum hergeschafft hatten. Dr. Ramsey war ein kleiner Mann in einem ausgebeulten Anzug, mit dünnem Ziegenbärtchen, Pausbacken, einer kleinen Stirnlocke vorne und einer kahlen Stelle hinten. Er hatte die Füße auf einen leeren Gehirneimer gelegt und war in die Lektüre des *Aberdeen Examiner* vertieft. »BRUTALER NECKLACING-MORD: MANN BEI LEBENDIGEM LEIB VERBRANNT«, prangte in fetten schwarzen Lettern über einem Foto des Joyrider-Friedhofes draußen beim Thainstone-Markt.

»Na ja, Sie könnten ja auswandern.«

»Verstehen Sie mich nicht falsch: Ich habe schon ein paarmal darüber nachgedacht, aber ich würde Schottland zu sehr vermissen. Immer Sonnenschein und warmes Wetter, das ist einfach unnatürlich. Aber es wäre sicher angenehm, nicht um jeden einzelnen Auftrag kämpfen zu müssen.«

»Dr. Graham: wie lange?«

Die forensische Anthropologin blickte kurz zu ihm auf. »Nun ja, ich muss die Hautreste entfernen, den Schädel reinigen, die korrekte Gewebsstärke ermitteln, die Marker anbringen, die Muskulatur modellieren, dann die Haut, die Haare … Wie gesagt, es wird ein schönes Stück Arbeit, aber ich werde selbstverständlich so schnell wie möglich …«

Draußen auf dem Flur tat es einen lauten Knall – die Eingangstür des Instituts schlug gegen die Wand. Dann eine Stimme: »WO ZUM TEUFEL STECKT SIE?«

April legte ihre behandschuhten Hände um den Schädel und bleckte die Zähne. »Dempsey.«

RUMMS, und die Tür des Sektionssaals flog auf. Ein Mann stand auf der Schwelle, sein rundes Gesicht hochrot und zitternd. Zwei graue Streifen zogen sich von den Schläfen durch sein Haar nach hinten, als ob er in einem früheren Leben ein Dachs gewesen wäre. Es passte zu seinem gelblichen Tweed-Anzug. Er deutete mit einem Wurstfinger auf April. »Sie unprofessionelles Miststück!«

Rennie kam hinter ihm hereingestolpert. »Wenn Sie sich nicht beruhigen, Sir, muss ich Sie …«

Er fuhr herum. »Lassen Sie sich von ihr nichts vormachen: Das ist *mein* Job, nicht ihrer. Sie hat kein Recht, hier zu sein.«

April hielt den Schädel an ihre Brust und drückte das verkohlte Fleisch in den orange-grauen Stoff. »Das ist nicht fair, Jack, ich war zuerst hier.«

»Ich habe einen Vertrag!« Er wölbte die Brust und straffte die Schultern. »Und für Sie immer noch *Dr. Dempsey*, Graham!« Er griff in seine Sakkotasche und zog ein Blatt Papier heraus. »Sehen Sie? Der hiesige Rechtsmediziner hat *meine* Dienste angefordert, nicht Ihre. Jetzt legen Sie meinen Schädel hin und gehen Sie Ihren plumpen Abklatsch einer forensischen Anthropologie anderswo praktizieren.«

Ohne den Kopf loszulassen, schnappte sich April das Klemmbrett vom Obduktionstisch. »Ich habe eine Freigabeerklärung – haben Sie eine Freigabeerklärung? Nein, haben Sie nicht.«

»Kommen Sie mir nicht damit – die haben Sie sich unter Vorspiegelung falscher Tatsachen beschafft. Das hier ist mein Job, und das wissen Sie verdammt genau!«

Rennie nahm Dempsey das Papier aus der Hand und studierte es einen Moment. Dann sah er Logan an. »Es ist von Pukey Pete. Bla, bla, bla, Dr. Peter Forsyth lädt Sie herzlich ein, bei der Identifizierung einer unbekannten männlichen Person zu helfen, die gestern Abend mit schweren Verbrennungen an Kopf, Hals und Brustkorb aufgefunden wurde ...«

»Sehen Sie? Ich hab Ihnen doch gesagt, das ist *mein* Job.« Er strahlte übers ganze Gesicht, die Zähne gebleckt, die Schweinsäuglein zu schmalen Schlitzen verengt. »Und jetzt machen Sie sich vom Acker, Dr. Graham.«

April reckte das Kinn in die Höhe. »Ich wurde von Dr. McAllister eingeladen.«

»Tja, aber ich wurde *zuerst* eingeladen.«

Laute Stimmen hallten durch den Flur, verstärkt durch die vielen kalten, harten Flächen im Sektionssaal. Rennie spähte durch den Spalt in der Doppeltür. »Sie sind immer noch zugange.«

»Pfffff ...« Logan atmete zischend aus und lehnte sich mit dem Rücken an die Wand des Flurs. »Gibt's irgendwas Neues?«

Ein verständnisloser Blick. Dann ein Blinzeln. »Ach so, ja – Reuben. Nein. Sie haben in seinem Haus nachgesehen, bei Wee Hamish, in dieser Garage in Mastrick, bei sämtlichen Wettbüros, die er betreibt, am Hafen ...« Achselzucken. »Er ist wie vom Erdboden verschluckt.«

Mist. Logan lehnte den Hinterkopf an die raue Tapete. Wenigstens waren die Ameisen inzwischen auf dem Rückzug. »Wie wär's mit 'ner Tasse Tee?«

»Bist du sicher, dass wir sie einfach in Ruhe lassen sollten? Was ist, wenn sie anfangen, Sachen zu zerdeppern?«

»Was glaubst du, warum ich die Leiche wieder im Kühlfach eingeschlossen habe? Und außerdem, wenn sie irgendwas kaputtmachen, wird Isobel sie sich schnappen und alle beide umbringen.« Logan stieß die Tür zum Büro auf. »Setz schon mal Wasser auf und ...«

Da stand Dr. Forsyth über seinen Schreibtisch gebeugt. Seine Wangen glitzerten feucht, während er Aktenordner und persönliche Gegenstände in einen großen Pappkarton packte. Ohne seinen zerknitterten Schutzanzug sah er immer noch ... zerknittert aus. Ein kleiner Mann mit sorgfältig gestutztem Bart und einer dicken Brille mit Kassengestell. Er zuckte zusammen. Starrte Logan einen Atemzug lang an und fuhr dann fort, seinen Schreibtisch aufzuräumen.

Rennie nahm den Wasserkocher vom Aktenschrank und schwenkte ihn. Ein Rest Wasser schwappte darin. »Tag, Doc. Tasse Tee gefällig?«

»Ich bin ... Ich habe die Kündigung eingereicht.«

»Ah. Verstehe.« Rennie wich wieder zurück auf den Flur und wies in Richtung Sektionssaal. »Ich geh nur schnell den Kocher auffüllen, dann setz ich Wasser auf, und wir können alle ... zusammen ein Tässchen trinken?«

Logan wartete, bis die Tür hinter ihm ins Schloss gefallen war. »Geht es Ihnen gut?«

Ein Schniefen. »Nein. Das ist es ja gerade.« Er wischte sich mit einem Ärmel über die Augen. »Ich pack das nicht mehr. All der Schmerz und das Leid und die Angehörigen und die Presse und das Gericht und die verdammte Presse ...«

Logan lächelte. »›Presse‹ war leider doppelt.«

»Wussten Sie, dass sie mir nach dem Mord in Rubislaw Den vor der Haustür aufgelauert haben? Regelrecht belagert haben sie mich. Ich wollte gerade Natasha in die Spielgruppe bringen ...« Er warf einen Stehordner auf einen Packen Haftnotizen aus Institutsbeständen. »Ich habe mich *so* bemüht, Beruf und Privatleben zu trennen, und dann bringen die so was.« Er wischte sich über die Wangen und trocknete anschließend die Hand an seinem Hosenbein ab. »Und der *Geruch*. Ich wasche und wasche und wasche mich, und nie bekomme ich ihn ganz weg …«

Logan nickte. »Das tut mir leid für Sie.«

Es klopfte an der Bürotür. Dr. Ramsey stand auf dem Flur und blinzelte zu ihnen herein. »Ich höre gerade, dass im Gewahrsamstrakt ein Ladendieb die Treppe runtergefallen ist.« Er wies über die Schulter zum Hauptgebäude des Präsidiums. »Wenn die zwei Streithähne da drin irgendwann aufhören, sich anzuschreien, sagen Sie mir Bescheid.«

»Danke, Doc.«

»Anthropologen …« Ramsey verdrehte die Augen und schlurfte gemächlichen Schritts davon.

Dr. Forsyth pfefferte eine Aktenmappe in den Karton und warf mit jedem Wort eine weitere hinterher: »Ich – halt's – einfach – nicht – mehr – aus.« Er hob den Karton hoch und hielt ihn umfasst wie einen abgetrennten Kopf. »Und die ganze Zeit erzählen sie uns, wir müssten sparen, als ob das, was wir tun …« Er zitterte am ganzen Leib, und Speicheltröpfchen schäumten in seinen Mundwinkeln. »Als ob wir hier nur rumsitzen und Kaffee aus goldenen Tassen trinken und *Pralinen* essen, ist doch wahr …« Er zuckte mit den Achseln. »Tut mir leid. Es ist nur …«

Er senkte den Kopf und schlurfte zur Tür. Als er sie öffnete, waren wieder die lauten Stimmen zu hören:

»Oh, kommen Sie mir nicht damit, Graham, Sie waren schon immer neidisch auf meinen Erfolg!«

»Darüber diskutiere ich erst gar nicht mit Ihnen, Dempsey. Ich war zuerst hier.«

Dr. Forsyth blickte sich noch einmal um. »Bitte …« Er runzelte die Stirn. »Sagen Sie Isobel, ich habe so lange durchgehalten, wie ich konnte.«

»Es ist mein *Job, verdammt noch mal! Sie packen jetzt Ihren Kram und verschwinden!«*

»Mein Life-Coach sagt, ich muss …«

»Life-Coach? Was für ein verdammter Idiot …«

Die Tür fiel wieder ins Schloss.

Rennie schob sich rückwärts ins Zimmer, in der einen Hand den Wasserkocher, in der anderen eine Packung Jaffa-Cakes. Er wackelte mit der orange-blauen Schachtel vor Logans Nase herum. »Die komische Dalrymple hat ihr Schließfach nicht abgeschlossen. Was bringt es, Sachen in einem Schließfach zu verstecken, wenn man es dann nicht abschließt?« Er setzte den Kocher auf die Platte und schaltete ihn ein. »Darum heißt's ja schließlich Schließfach.«

Logan scrollte sich durch die Nachrichten auf seinem Handy und löschte den ganzen Müll – das meiste war von Steel. »Mmm …«

»Genau.« Rennie knallte zwei Becher auf den Schreibtisch. »Da drüben ist es plötzlich merkwürdig still. Ob die sich wohl versöhnt haben? Ich wette, sie treiben's gerade auf einem der Obduktionstische – schieben 'ne heiße Forensische-Anthropologen-Nummer, dass es ihnen nur so die Knochen durchschüttelt.«

Kein Wunder, dass Steel nie Zeit hatte, ihren eigenen Papierkram zu erledigen – sie war ständig damit beschäftigt, überflüssige SMS zu schreiben. Löschen. Löschen. Löschen.

Logan blickte von dem kleinen Display auf. »Tobt der ACC immer noch rum?«

»Nee, der ist heimgegangen. Ich würd' mich eher vor Ihrer Vielfaltigkeit in Acht nehmen.« Der Kocher rumpelte vor sich hin und füllte den Raum mit Dampfschwaden. »Chef … wegen diesem Juwelenraub …«

Ging das schon wieder los. Logan legte das Handy weg. »Du hast geschlafen. Wir haben ein Geständnis.«

»Ja, schon, aber ich hab da so viel Arbeit reingesteckt, und es wird mir nicht …«

»Das wird es nie.«

»Aber es ist nicht *fair*. Und sieh dir das an…« Er zog sein Notizbuch aus der Tasche, schlug es auf und hielt es hoch. »SCHAFF MIR DIESE VERDAMMTEN PENNER RAN, DU FAULER SACK!!!«, stand da über einer Liste von drei Namen und einer primitiven Zeichnung von männlichen Genitalien. Es war eindeutig Steels Handschrift. Rennie klappte das Buch zu und steckte es wieder ein. »Sie hat einen Schwanz in mein Notizbuch gemalt. Was soll ich machen, wenn ich es vor Gericht vorzeigen muss? Ob der Richter das so toll finden wird?«

Der Kocher klickte und verstummte.

»Ständig drückt sie mir diese beschissenen Beschäftigungstherapie-Jobs aufs Auge. Wie soll ich mich da je profilieren, wenn sie dauernd…«

»Dich profilieren?«

Die Röte schoss ihm in die Wangen. »Na ja, es ist… Du weißt schon, was ich meine.«

»Kein Wunder, dass sie dir einen Schwanz ins Notizbuch gekritzelt hat – kannst von Glück sagen, dass sie ihn dir nicht auf die Stirn gemalt hat. Überhaupt, du solltest dich freuen.«

Rennie nahm den Kocher und füllte die Becher. »Ha, ha, freu mir einen ab.«

»Mit mir hat sie es genauso gemacht. In ihrer verqueren Denke ist das eine Methode, dich auszuzeichnen. Dich auf die Probe zu stellen.« Logan klopfte ihm auf die Schulter. »Ich weiß nicht, wie ich's dir beibringen soll, aber du bist ihr *Favorit.*«

Rennie ließ die Schultern sacken. »O Gott…«

»O ja. Die Vorstellung, zu einer menschenwürdigen Zeit nach Hause zu kommen, solltest du dir ganz schnell abschminken und dich stattdessen auf bizarre Anrufe mitten in der Nacht gefasst machen.«

Rennie sackte noch weiter zusammen. »Und wieso bin ich eigentlich der Einzige, der hier Stadtstreicher jagen muss? Ist ja nicht so, als ob Hairy Mary, Scotty Scabs und Fusty Forman irgendwas Schlimmes verbrochen hätten: zwei Tippelbrüder und ein altes Weib, die im Laden Käse, Frühstücksspeck und Wodka mitgehen lassen, das zählt ja wohl kaum als organisiertes Verbrechen, oder?«

»Und Emma wirst du auch kaum noch zu sehen kriegen. Aber mach dich auf jede Menge Fragen zu deinem Sexleben gefasst – obwohl du so gut wie nie rechtzeitig zu Hause sein wirst, um überhaupt noch eines zu haben.«

»Die haben sich wahrscheinlich schon vor Wochen totgesoffen. Liegen bestimmt irgendwo im Graben rum, unter Bergen von gammligem Räucherspeck und verschimmeltem Cheddar…« Er schüttelte sich. »Schlimm genug, wenn sie's im Winter tun, aber bei diesem Wetter?« Rennie schob die Unterlippe vor. »Können wir das nicht die Erstermittlung machen lassen?«

Logan lächelte milde. »Glaub mir: Sobald unsere geschätzten Kollegen vom Dezernat Erstermittlung rausfinden, dass Steel dich schon mit der Suche nach diesen Typen betraut hat, werden sie schneller verschwinden, als du sagen kannst: ›Nicht mein Problem‹.« Logan fischte seinen Teebeutel heraus und warf ihn in den Abfalleimer. »Außerdem, es sind doch bloß drei. Sei nicht so ein Schlaffi.«

Rennie riss die Jaffa-Packung auf und kippte ein halbes Dutzend von den braunen UFOs auf den Schreibtisch. »Es sind nicht mehr drei, es sind nur noch zwei. Hairy Mary liegt in der Rechtsmedizin – sie haben sie unter der Wellington Bridge gefunden, mit einer Flasche Fusel in der Hand und runtergelassener Unterhose.«

»Vergewaltigung?«

Rennie schüttelte den Kopf. »Eher ein dringendes Bedürfnis, ihrem Zustand nach zu urteilen.« Er biss die Hälfte von einem Jaffa-Cake ab und redete mit vollem Mund weiter. »Arme Sau. Stell dir vor, du trittst so ab? Vor den Augen von allen Leuten?«

Er kaute und schluckte. »Willst du mal einen Blick auf sie werfen?«

Perverses Schwein. Logan verzog den Mund. »Findest du das *wirklich* angemessen – ich jedenfalls …«

»Nein! Nicht mit runtergelassener Unterhose … Ich meine, du sollst sie dir anschauen und dich vergewissern, dass ich nichts verbockt habe.«

»Oh.« Na, das war in Ordnung. »Jetzt mach dir mal nicht ins Hemd.«

»Ach, komm schon, Mann …« Er stopfte sich den letzten Jaffa-Cake in den Mund und klimperte mit den Lidern. »Bütte …?«

Seufz. »Das ist aber das *allerletzte* Mal, verstanden?«

Ein Grinsen. »Danke, Chef!«

Rennie hatte recht – im Flur war alles still, nicht einmal das leiseste Grummeln war aus dem Sektionssaal zu vernehmen. Logan stieß die Doppeltür auf – und erstarrte.

Dr. Dempsey saß mitten im Raum auf seinem breiten tweedbedeckten Hintern und hielt sich mit beiden Händen die Nase, während Dr. April Graham vor ihm herumtänzelte, mit kleinen Trippelschritten, die Knie gebeugt, die Fäuste in klassischer Muhammad-Ali-Pose erhoben.

Sie boxte ein paar rechte Gerade in die Luft und machte dazu kleine Pustegeräusche. »Ich hab ihn gewarnt, er soll mich nicht zu sehr reizen.«

9

Logan nahm den heißen Kaffeebecher in die andere Hand und klemmte die Aktenmappe unter den Arm, während er mit dem Türknauf kämpfte. Im CID-Büro am Ende des Flurs ging es lebhaft zu: Die Tagschicht trudelte dem Feierabend entgegen, während die Kollegen von der Spätschicht über den Haufen Arbeit meckerten, den man ihnen an einem Sonntagabend aufs Auge gedrückt hatte.

Klick, und endlich drehte sich der Knauf. Er öffnete die Tür zu seiner eigenen privaten Zufluchtsstätte und – fluchte.

Detective Chief Inspector Steel saß auf Logans Stuhl, die Füße auf seinem Schreibtisch, die E-Zigarette zwischen die Zähne geklemmt, und blies künstlichen Rauch in die Luft. »Wo zum Teufel hast du gesteckt?«

Er knallte den Becher auf den Schreibtisch, dann schlug er mit der Aktenmappe nach ihren Füßen. »Raus hier.«

Sie rührte sich nicht. »Hab ich dir nicht gesagt, du sollst was wegen diesen verdammten Teenagern unternehmen?«

»Herrgott noch mal, die haben sich irgendwo eingenistet und vögeln sich gerade um ihren hormonverwirrten Verstand. Es …«

»Es interessiert mich einen feuchten Bärenfurz, ob sie im Nachmittagsfernsehen hocken und über das Thema ›Meine Freundin will nicht schlucken‹ diskutieren. Ich hab dir gesagt, du sollst den Finger aus dem Arsch nehmen und die verdammten Eltern aufsuchen, damit es wenigstens so *aussieht*, als ob du etwas tust.«

»Sie …«

»Nein.« Sie schlug mit der flachen Hand auf den Schreibtisch. »Das ist hier keine Debatte, das ist ein Befehl. Finger aus dem Arsch, und zwar *sofort*. Du hast den ACC wie den letzten Dödel aussehen lassen.«

»Weißt du was: Ich scheiß drauf.« Er zog das kleine Lederetui mit seinem Dienstausweis heraus und warf es Steel in den Schoß. »Ich schließ mich Doc Forsyth an: Ich hab die Schnauze endgültig voll. Ich hab dich nie gebeten, mich zum DI zu machen, oder? Nein, ich war ganz zufrieden da, wo ich war. Aber du brauchtest ja jemanden, der hinter dir herdackelt und deinen ganzen verdammten Papierkram erledigt.«

»Ist es also so weit, hm?« Sie sah auf ihre Uhr. »Volle *zwei Wochen* hast du als Interims-DI durchgehalten, bevor du drohst, die Brocken hinzuschmeißen und beleidigt abzuziehen. Das ist ein persönlicher Rekord für dich. Ich hatte schon Sorge, du wärst ein bisschen erwachsen geworden.«

»Es ist mein Ernst.«

»Ach, nun sei nicht so ein Waschlappen.«

»Mir reicht's.«

»Jammer, jammer, mecker, schimpf, jammer. Jetzt weiß ich, wo Rennie das herhat.« Sie klappte das Etui auf und hielt den Dienstausweis auf Armeslänge, um das Foto zu studieren. »Mein Gott, in so ein Gesicht kann sich doch nur ein Proktologe verlieben.«

Er schnappte sich sein Jackett vom Haken neben der Tür. »Viel Spaß mit deinem Papierkram.«

»Park deinen Hintern.« Sie wies auf den Besucherstuhl auf der anderen Seite des Schreibtischs. »Sobald DI ›wandelnde Katastrophe‹ McPherson sein Zerstörungswerk drüben in Holyrood vollendet hat, darfst du wieder ein bescheidener Defective Sergeant sein. Meine Güte, du bist so eine Drama-Queen.«

»Ich bin *keine* Drama…«

»Hörst du mich vielleicht darüber jammern, dass ich das CID leiten muss, bis Finnie von seiner kleinen Lustreise nach Malaga zurück ist, hm? Obwohl der verdammte ACC alle fünf Minuten hier reinschneit, um über das Budget und die Dienstpläne und das Überstundenkonto zu meckern? Nein – weil ich ein Teamplayer bin, weil ich mir nicht zu schade bin, mit anzupacken; weil ich mich unterordne, wo es nötig ist, und den Job erledige wie ein Profi.« Sie fummelte an der Unterseite ihrer linken Brust herum, kratzte und zerrte am Bügel ihres BHs. »Wobei die zusätzliche Kohle natürlich nicht zu verachten ist.«

Logan starrte sie an. »Du hast eine Gehaltserhöhung gekriegt?«

Ein finsterer Blick. »Lenk nicht vom Thema ab. Du, Logan ›Proktologenschwarm‹ McRae, musst dich dringend am Riemen reißen. DI zu sein bedeutet nicht, durch die Gegend zu kurven, Leute zu verhaften und eins auf die Nase zu kriegen: Nein, da geht es darum, den strategischen Überblick zu behalten, hier im Präsidium zu bleiben, im Zentrum deines kleinen Einflussnetzes, die Dinge zu *organisieren* und das verfügbare Personal möglichst effektiv einzusetzen. Und verdammt noch mal Fälle aufzuklären!«

»Als ob du je …«

»Und jetzt setz deinen Arsch in Bewegung und fahr zu den armen Eltern von diesen vermissten Kindern!«

Eine Zeitlang war es ganz still im Zimmer, dann ein Zischen und Klicken, als Steels E-Zigarette wieder eine Rauchwolke ausstieß.

»Wie war das noch – als DI soll man nicht ständig durch die Gegend kurven?«

»Die Eltern müssen mit einem leitenden Beamten sprechen, nicht mit irgendeinem Greenhorn, das sich noch den Rotz mit dem Ärmel abwischt. Und wenn du gleich etwas in der Sache unternommen hättest, wärst du erst gar nicht in diesen Schlamassel geraten.« Sie warf ihm den Dienstausweis zurück. »Und jetzt verzieh dich, bevor ich mir überlege, dich noch ein bisschen mehr zu motivieren.«

Im CID-Großraumbüro stand eine einsame Detective Constable über das Faxgerät gebeugt und tippte fluchend und schimpfend auf den Tasten herum. Sie hielt ganz allein die Stellung – die meisten Kollegen von der Tagschicht waren schon unten an ihren Spinden und zogen sich für den Nachhauseweg um, oder sie versteckten sich irgendwo, um nicht noch um fünf vor fünf am Sonntagnachmittag angerufen und in irgendetwas hineingezogen zu werden. Und die Spätschicht war zu ihren diversen Einsätzen ausgerückt, sodass die zerkratzten Buchenholzschreibtische hinter den brusthohen Trennwänden verwaist umherstanden, ächzend unter der Last von Formularen und Berichten, leeren Sandwichverpackungen und ungespülten Kaffeebechern.

Logan sah in dem kleinen Kabuff an der Seitenwand des Raums nach, dem mit dem Messingschild an der Tür: »The Wee Hoose«. Irgendjemand hatte ein Post-it daruntergeklebt, auf dem stand: »Betreten verboten wegen akuter Gesundheitsgefährdung!«

Drinnen saß DS Bob Marshall, stirnrunzelnd über einen Stoß Quittungen und ein Spesenformular gebeugt. Sein Schreibtisch sah aus, als ob ein Materialschrank seinen Inhalt darüber erbrochen hätte. An der Wand vor ihm hing ein großes orangeschwarzes Biogefährdungs-Warnschild. Als ob irgendjemand noch eine Warnung nötig gehabt hätte …

Die drei anderen Schreibtische waren mehr oder weniger aufgeräumt; von den dazugehörigen Detective Sergeants war nichts zu sehen, nur die Regale voller Stehordner und Handbücher und die Whiteboards mit den Falllisten für jeden DS samt Notizen und Daten.

Bob schrieb etwas auf sein Formblatt. »Wenn du gekommen bist, um dich zu beschweren, dass sie Reuben noch nicht erwischt haben, spar dir den Atem. Damit hab ich rein gar nichts am Hut.«

Logan ließ sich auf seinen vertrauten alten Stuhl sinken, den mit der wackligen Rolle und der quietschenden Hydraulik und dem Kaffeefleck auf dem Polster, der immer so aussah, als ob dem darauf Sitzenden ein peinliches Missgeschick passiert wäre. Er liebte diesen Stuhl. Fast zärtlich strich er mit der Hand über die raue Plastikarmlehne. »Du bist ein Glückspilz, Bob.«

»Mmm …« Bob blickte nicht auf. »Meinst du, ich kann mir

diese Flasche Whisky erstatten lassen, die ich für die Observierung in Levinston gekauft habe?«

»Du bist Detective Sergeant. Okay, du hast den ganzen Scheiß mit den DCs und den Uniformierten am Bein und musst hinter den DIs herlaufen, als ob du ihr Kindermädchen wärst – aber eigentlich ist es doch nicht übel, oder?«

»Vielleicht könnte ich behaupten, sie wäre für einen Informanten gewesen?«

Logan schwenkte seinen Stuhl nach links und rechts. Die Lager ächzten unter ihm. Genau wie in der guten alten Zeit … »Du darfst keine unregistrierten Informanten haben; alles, was mit Informanten und V-Leuten zu tun hat, muss über die Schlapphut-Abteilung laufen. Melde es als Teambildungs-Kosten unter Finnies ›Vorwärts in die Zukunft‹-Kostenstelle. Bis er aus Malaga zurück ist, wird sich eh niemand mehr daran erinnern, wofür die eigentlich gedacht war.«

»Danke.« Bobs Kugelschreiber flog über das Formular.

Logan drehte den knarzenden Stuhl mit Schwung einmal ganz im Kreis und zog in letzter Minute die Knie ein, um nicht mit dem Bein des Schreibtischs zu kollidieren. »Siehst du, genau das meine ich: Du hängst mit einer Flasche Glenfiddich auf Observierungen ab, und ich muss mich mit Tabellenkalkulationen, Kostenstellen und Budgetplanungen rumschlagen. Ich weiß noch, als …«

»Ja, doch, von Pontius zu Pilatus geschickt und rumkommandiert und angemeckert werden ist einfach *geil.* Du darfst jetzt wenigstens DI spielen – wann krieg ich mal die Chance?« Er nahm die nächste Quittung vom Stapel und starrte sie missmutig an. »Wolltest du irgendwas Bestimmtes, oder mischst du dich nur zum Spaß mal wieder unters gemeine Volk?«

»Wir fahren raus zu den Garfields und den Chungs – müssen die Fahne der bürgernahen Polizeiarbeit hochhalten.« Hydraulik hoch, Hydraulik runter, Hydraulik hoch.

»Die vermissten Jugendlichen?« Bob stand auf und nahm eine beige Cordjacke von seiner Stuhllehne. »Ich nehme an, du willst, dass *ich* fahre.«

Logan hörte auf, mit dem Stuhl herumzuspielen, und kniff die Augen zusammen. »Was hattest du zum Mittagessen?«

Bob zog die Jacke an. »Wieso?«

»Bob …?«

»Blumenkohl-Linsen-Curry von diesem kleinen Imbiss in der Belmont Street.«

Das erklärte den Zettel an der Tür.

»In dem Fall kannst du hierbleiben und deine Spesenabrechnung fertig machen. Kommt nicht infrage, dass ich mich mit dir in ein Auto setze.«

»Das ist Diskriminierung.«

»Wohl eher Selbsterhaltungstrieb.«

Die Tür des Kabuffs ging auf, und DS Chalmers marschierte herein, im Arm einen Stapel Ausdrucke, die Brille ganz vorn auf der Nasenspitze. Sie lächelte. »Nett, dass Sie ihn für mich warmhalten.« Pause. »Den Stuhl, meine ich.« Dann lud sie die Papiere auf dem Schreibtisch hinter ihm ab.

Okay, es war nicht mehr sein Stuhl. Nicht mehr sein Schreibtisch. Er stand auf. »Heute ist Ihr Glückstag, Chalmers. Statt hier zu sitzen und sich von Biowaffen-Bob vergasen zu lassen, werden Sie von mir gerettet. Schnappen Sie sich Ihre Jacke, wir müssen einen Elternbesuch machen.«

Agnes Garfields Mutter stand in der Tür und starrte sie finster an. »Tja, wenn Sie was unternommen hätten, als wir sie als vermisst gemeldet haben, dann wäre sie jetzt vielleicht zu Hause.« Ihr langes braunes Haar war zum Pferdeschwanz gebunden, und sie nestelte an den Strähnen herum, fieselte sie mit ihren gelben Fingerkuppen auseinander. Eine Raucherin – aber statt nach Zigaretten stank sie nach Mobilat-Salbe und Pfefferminz.

Die Wände von Agnes Garfields Zimmer waren mit Postern geschmückt: düstere Vampire mit fettigen Haaren, Werwölfe mit zusammengewachsenen Augenbrauen, der unvermeidliche Harry Potter … Dann ein paar Buchplakate, die aussahen, als hätte sie sie aus der Waterstones-Buchhandlung mitgehen lassen: *Der Nachtzirkus*, *Der Goldene Kompass*, *Witchfire*, *Narnia* … Eine Wand wurde komplett von Regalen voller Taschenbücher eingenommen, zwischen denen hier und da ein Hardcover hervorschaute wie ein kleiner Grabstein.

Durch das gekippte Fenster wehte der Duft von frisch gemähtem Gras herein, vermischt mit verlockenden Grilldüften aus einem Garten irgendwo in der Nachbarschaft. Agnes' Zimmer war an der Rückseite des Hauses, mit Blick über die Dächer hinweg auf die wuchernden Neubausiedlungen von Danestone auf der einen Seite und eine sanfte Hügellandschaft auf der anderen. Knallgelbe Rapsfelder leuchteten wie poliertes Gold im Abendlicht.

Logan trat einen Schritt zurück. Der Computertisch in der Ecke am Fenster war blitzsauber und aufgeräumt. »Und sie haben sich nicht ein Mal bei Ihnen gemeldet?«

Agnes' Mutter reckte das Kinn. »Das hätten wir Ihnen ja wohl gesagt! Glauben Sie, wir hätten aus purem Spaß an der Freude so viel Wirbel gemacht, damit Sie endlich was *tun?*«

»Mädchen in diesem Alter … nun ja, sie sind eigentlich keine Mädchen mehr, nicht wahr? Mit achtzehn ist man schließlich erwachsen.«

»Unsere Agnes wäre *nie* von zu Hause weggelaufen. Sie liebt uns. Hier ist sie sicher und geborgen. Das *weiß* sie.« Die vergilbten Finger attackierten ihre Haare, wie gelbsüchtige Krähen, die sich auf ein überfahrenes Tier stürzten. »Es ist dieser verdammte Anthony Chung. Er war das. Er hat sie entführt. Das hab ich schon das letzte Mal gesagt, als Sie hier waren, aber Sie haben nichts unternommen, stimmt's? Scheiß-Polizei …«

DS Chalmers tätschelte ihr die Schulter. »Wir werden alles tun, was in unserer Macht steht, Mrs Garfield.«

Agnes' Mutter bedachte sie mit einem abschätzigen Blick. »Behandeln Sie mich nicht wie ein kleines Kind. Wenn Sie uns von Anfang an ernst genommen und etwas *getan* hätten …«

»Wie wär's, wenn Sie uns ein Weilchen allein lassen; wir kommen dann runter, wenn wir fertig sind, ja?«

Das Kinn ruckte wieder in die Höhe. »Sie werden nichts finden. Ich habe dieses Zimmer ein Dutzend Mal durchsucht, da ist nichts. Agnes hat vor mir keine Geheimnisse. Sie sollten lieber zusehen, dass Sie diesen verdammten Chung schnappen!«

Chalmers lächelte und ließ ihre spitzen kleinen Zähnchen sehen. »Ich weiß, aber Sie wollen doch, dass wir gründlich sind, nicht wahr? Wir kommen runter, sobald wir fertig sind.«

Mrs Garfield rümpfte die Nase. Presste die Lippen zusammen. Dann zeigte sie mit dem Finger auf Logan. »Wenn er seinen Job gemacht hätte, als er hier war, anstatt nur Tee zu trinken und meine Kekse zu futtern, wäre sie schon längst wieder zu Hause.« Ein Nicken, dann schob Agnes' Mutter sich rückwärts aus dem Zimmer und knallte die Tür zu.

»Pffffff…« Logan ließ sich auf das Bett sinken. Der Holzrahmen knarrte, und die Matratze gab unter ihm nach. »Bevor Sie irgendwas sagen – es war DI McPherson. Er hat mich hierhergeschickt und gesagt, ich soll mich ein bisschen umschauen und die Eltern beruhigen und mich dann wieder der Aufklärung *echter* Verbrechen widmen. Und dann wird er natürlich im Rahmen des Projekts ›Integrative Polizeiarbeit‹ zum Schottischen Parlament abgestellt – als ob die da noch nicht genug Idioten hätten, die alles verbocken –, und hast du nicht gesehen, plötzlich ist es *mein* Problem.«

Er blickte nach oben … Die Decke war mit blassgelb-grünen und weißen Sternen übersät. Mussten Hunderte sein – von einer Wand bis zur anderen, alles voll damit. Ach, noch einmal so jung und dämlich zu sein.

Chalmers stöberte unterdessen in den Bücherregalen. »Wenn meine Mutter einen Freund von mir nicht ausstehen konnte, hat ihn das in meinen Augen nur noch attraktiver gemacht. Sogar Hamish Campbell mit seinen großen Zähnen und den abstehenden Ohren. Dad hat ihn auch gehasst, und nachdem ich das mitgekriegt habe, wäre ich ohne nachzudenken mit ihm durchgebrannt …«

Das Nachtschränkchen enthielt Taschentücher, Oma-Unterhosen und eine kleine Sammlung von billigem Schmuck – jedes Stück einzeln in Seidenpapier eingeschlagen. Logan schob die letzte Schublade zu, dann wischte er die kleine Sammlung von Plüschtieren beiseite, um einen Blick in die Lücke zwischen Matratze und Wand zu werfen. Nichts.

»Wonach suchen Sie?«

»Nach einem Tagebuch. Einem Adressbuch. So was in der Art.«

Flopp. Ein Journal in schwarzem Ledereinband klatschte auf die Tagesdecke. Es war mit einem schwarzen Stoffband zugebunden.

Logan hob es auf, wog es in der Hand. »Wo war es?«

Chalmers deutete auf den Bücherschrank. »Im obersten Regal, neben den gesammelten Werken von Roald Dahl.«

Sie hatte es dort offen stehen lassen, wo jeder es sehen konnte? Äußerst seltsam.

Logan löste das Band und blätterte vor bis zum letzten Eintrag. Er lag drei Wochen zurück – geschrieben einen Tag vor ihrem Verschwinden. Er hielt Chalmers das Buch hin. »Lesen Sie.«

»Okay. Ähm …« Chalmers fischte ihre Brille aus der Tasche und setzte sie auf. »›Heute war ein guter Tag, ich habe nicht ein Mal geweint, und Mum hat Thunfischauflauf zum

Abendessen gemacht. Jemma und Penny wollen am Samstag zu einem Konzert gehen, aber ich muss für einen Test in Geschichte lernen, also kann ich wohl nicht mitgehen.‹«… Chalmers schnaubte und blickte von dem Tagebuch auf. »Nichts allzu Dramatisches. Nichts in der Richtung ›Ich werde abhauen, um mit meinem Freund zusammenzuziehen.‹« Sie blätterte ein paar Seiten zurück. »Hier schreibt sie, was sie im Fernsehen gesehen hat…« Noch zwei Seiten zurück. »Sie sind einkaufen gegangen und haben ein paar neue Socken gekauft und ein Buch für sie…« Noch weiter zurück. »Sie will ein paar Freunde zum Essen einladen, aber ihre Mum erlaubt es ihr nicht, weil sie meint, sie hätten einen schlechten Einfluss auf sie. Und Agnes findet sich doch tatsächlich damit ab.« Chalmers verzog angewidert den Mund. »Das Mädchen hat einfach kein Rückgrat.«

»Kommt Anthony Chung überhaupt vor?«

»Bis jetzt nicht. Allerdings…« Chalmers deutete auf das penibel aufgeräumte Bücherregal, dann zur Kommode, auf der eine einzelne Porzellanfigur stand, ein Drachen, exakt in der Mitte eines Spitzendeckchens. »Das sieht alles nicht gerade nach der typischen Herumtreiberin aus, oder? Sogar ihre Bücher sind alphabetisch nach Autorennamen geordnet. Als ich so alt war wie sie, hab ich mir jedes Wochenende mit Duncan Peters im Sommerhaus seiner Eltern die Kante gegeben, während sie im Asda ihren Wocheneinkauf gemacht haben.«

Logan stand auf. »Dann hat sie vielleicht ihrem Tagebuch nicht alles anvertraut?«

»Bei der neugierigen Mutter?« Chalmers klappte das Buch zu und verknotete das Band. »Oder vielleicht ist Agnes ja einfach nur unendlich langweilig…« Sie runzelte die Stirn. »Ist Ihnen aufgefallen, dass es hier gar keine Fotos gibt? Keine Geburtstagspartys, keine Urlaubsschnappschüsse, keine Bilder von ihr mit ihren Freunden? Nur Bücher und Filmposter.«

»Die Eltern schienen sich ehrlich Sorgen um sie zu machen. Vielleicht ein bisschen zu sehr?«

»Denken Sie, sie haben sie ermordet und im Keller verscharrt?«

»Wäre nicht das erste Mal, dass so was vorkommt.«

Chalmers stellte das Tagebuch ins Regal zurück. »Meine ich das nur, oder… stimmt mit diesem Zimmer irgendwas nicht? Sie wissen schon, als ob …?«

Schweigen.

»Als ob was?«

»Keine Ahnung. Als ob hier eigentlich gar niemand wohnt? Es ist zu ordentlich, zu aufgeräumt, es gibt keine persönlichen Sachen.« Sie nahm einen Plüschtiger aus der Sammlung auf dem Bett. »Sehen Sie sich die an: alle wie neu, kein bisschen zerzaust oder zerrupft. Die sind nie geliebt worden, es sind bloß Gegenstände.« Sie drückte den Tiger an sich. »Vielleicht ist das, was hier fehlt: die Kindheit?«

Logan betrachtete das sauber aufgeräumte Zimmer. »Oder vielleicht räumt ihre Mutter jedes Mal gnadenlos alles auf, wenn Agnes nicht zu Hause ist? Sie ist der Typ dafür. Und was sind das für Monster, die ihr Kind ›Agnes‹ nennen, Herrgott noch mal? Die sollte man dem Jugendamt melden.« Er nahm ihr den Tiger ab und pflanzte ihn wieder aufs Bett. »Noch fünf Minuten mit den Eltern, dann verschwinden wir hier.«

»Ja, Chef.« Sie folgte ihm auf den Flur.

»Morgen können Sie sich mit den Busbahnhöfen, dem Flughafen und dem Fährhafen in Verbindung setzen – und lassen Sie Plakate machen: ›Haben Sie Agnes gesehen?‹« Er ging die Treppe hinunter. »Dann klappern Sie ihren ganzen Freundeskreis ab. Ich will wissen, ob sie und Anthony darüber geredet haben, dass sie sich irgendwohin absetzen wollen.«

10

Logan blieb am Fuß der Treppe stehen.

Die Stimmen, die aus dem Wohnzimmer kamen, wurden durch die geschlossene Tür gedämpft, aber man konnte dennoch mühelos heraushören, dass Agnes' Eltern sich darüber stritten, wessen Schuld es war, dass sie davongelaufen war. Ein achtzehnjähriges Mädchen, dessen Mutter ihre Nase in alles steckte; die ihr verbot, ihre Freunde einzuladen; die jedes Mal, wenn sie das Haus verließ, ihre Sachen durchwühlte. Kein Wunder, dass sie bei der ersten Gelegenheit abgehauen war.

Unter der Treppe war ein Einbauschrank, mit einer schlichten weißen Holzplatte als Tür. Er war außen mit einem Riegel versehen und durch ein Messing-Vorhängeschloss gesichert – die Sorte mit Ziffernkombination anstelle eines Schließzylinders. Logan inspizierte den Türsturz und konnte gerade so die Worte »AGNES' ZIMMER« ausmachen, ins Holz geritzt und später durch mehrere Lackschichten fast völlig überdeckt.

Er zog ein Mal kräftig an dem Schloss. Ziemlich stabil. Aber das Dumme an diesen Zahlenschlössern war, dass man – besonders bei den billigeren Modellen – die Kombination mühelos knacken konnte, indem man die Scheiben beim Drehen ein wenig auseinanderdrückte und auf das Klicken lauschte … Da war es. Und dann das nächste … Noch zwei, und schon sprang der Bügel aus dem Schloss.

Chalmers starrte ihn an. »Wie haben Sie *das* gemacht?«

»Es ist leichter, wenn das Schloss viel benutzt wurde. Das lockert den ganzen Mechanismus.« Logan zog den Riegel zurück und öffnete die Tür.

Das Innere des Schranks war zu einem winzigen Zimmer umgewandelt worden. Eine Einzelmatratze nahm die gesamte Bodenfläche ein; keine Bettwäsche, nur ein Schlafsack und zwei

Stofftiere: ein Teddybär, der aussah, als ob der nächste Waschgang ihm endgültig den Rest geben würde, und ein Kaninchen, das einmal weiß gewesen war und mit seinen grob aufgenähten kunterbunten Flicken an Frankensteins Monster erinnerte.

Am hohen Ende der keilförmigen Kammer stand ein Bücherregal, ebenfalls bestückt mit Taschenbüchern, dazwischen Action-Figuren aus Plastik: Zauberer, Hexen und Vampire. Ein halbes Dutzend längst vertrocknete graue und schwarze Rosen standen in einer Vase, mit einem schwarzen Band zusammengebunden. Machte das Ganze doch gleich viel wohnlicher.

Er winkte Chalmers heran. »Kommt das der Sache vielleicht näher?«

Sie kletterte hinein, kniete sich auf die Matratze und sah die Bücher im Regal durch. »Harry Potter hat doch ganz schön was angerichtet.«

»Sie ist *achtzehn.*«

»Ja …« Chalmers zog ein Hardcover aus dem Regal und betrachtete es stirnrunzelnd. »Das gleiche Buch hat sie auch oben.« Auf dem Cover war eine Art Drachenwesen zu sehen, das sich um eine Frau in Zigeunerkleidern schlang. Chalmers schlug das Buch auf – und zog eine Augenbraue hoch. Dann drehte sie es so, dass Logan hineinsehen konnte. »Interessant.«

Das Buch war ausgehöhlt. Chalmers zog ein Notizbuch mit Spiralbindung heraus und blätterte ein wenig darin. »Oje.«

»Was?«

»Rowan sah ihn verliebt an. ›Ich bin wirklich froh, dass du mich gebissen hast, Edward‹, sagte sie leidenschaftlich. ›So können wir immer zusammen sein, wenn wir auf die Zauberschule gehen!‹ Er schenkte ihr ein wissendes Lächeln und dachte, wie sehr er sie doch liebte, denn sie war perfekt. ›Ich weiß‹, sagte er zärtlich, und seine Augen glommen wie eine Million Sonnen, die in eine Million Schwarze Löcher stürzen. ›Ich wüsste nicht, mit wem ich lieber gegen den Dunklen Lord der Werwölfe kämpfen würde als mit dir!

Du bist so viel klüger als diese kleine Streberin Hermione.‹ Und sie wusste, dass er es ehrlich meinte, denn sie war die Einzige, die dieses kalte, tote Herz wieder zum Schlagen bringen konnte …« Chalmers blätterte ein paar Seiten weiter und spitzte die Lippen. »Oh, sieh an. Jetzt treiben sie es auf dem Boden der Kutsche, während Harry zuschaut und mit seinem Zauberstab spielt. Dann steckt er ihn Edward in den …« Sie schüttelte sich, legte das Notizbuch in die Aussparung zurück und klappte das Buch zu. »Gott, ich hasse Slash.«

»Slash?«

»Stellen Sie sich richtig grottenschlechte Fanfiction vor, nur dass alle wild durcheinandervögeln. Es ist so was wie …« Sie blickte über Logans Schulter. »Mrs Garfield, hat Agnes viel Zeit hier drin verbracht?«

Agnes' Mutter stand in der offenen Wohnzimmertür, die Arme vor der Brust verschränkt. »Wir schließen diesen Schrank *immer* ab.«

»Dann durfte Agnes also nicht …«

»Sie war ganz besessen von diesen scheußlichen Zaubererbüchern, als sie kleiner war. Sie hat … Als kleines Mädchen hat sie sich immer reingeschlichen und da drin gespielt. Ich weiß, wir hätten es ihr nicht durchgehen lassen dürfen, aber es ist nun mal passiert. Wir hatten immer vor, den Schrank auszuräumen, aber jedes Mal, wenn ich es versucht habe, ist sie in Tränen ausgebrochen und hat geschrien, bis ihr schlecht wurde.« Mrs Garfield kniff die Augen zusammen, wandte sich ab und blickte den Flur entlang. »Welche erwachsene Frau will denn ein kleiner Zauberlehrling in einem albernen Buch sein?«

Logan setzte ein Lächeln auf. »Wäre ein Tässchen Tee zu viel verlangt? DS Chalmers geht Ihnen gerne zur Hand, nicht wahr, DS Chalmers?«

Sie blickte aus dem Schrank zu ihm auf. »Ich …«

»Hervorragend. Für mich Milch und zwei Stück Zucker.« Er

trat zur Seite, damit sie herausklettern konnte. »Ich muss nur noch ein paar Anrufe machen, um den Ball ins Rollen zu bringen, aber ich komme gleich nach.«

»Sie wollen *Tee?*« Mrs Garfields Mund stand offen. »Sie haben doch noch gar nichts *getan!*«

»Wie gesagt, ich muss ein paar Anrufe machen. Und DS Chalmers muss Ihnen ein paar Fragen zu Agnes' Freunden stellen.«

Chalmers blinzelte. »Muss ich das? … Oh, natürlich, ja, ganz genau. Fragen. Äh, wollen wir?«

Sobald sie in der Küche verschwunden waren, machte Logan die Wohnzimmertür wieder zu und stieg dann in den Schrank unter der Treppe. Am hohen Ende konnte er gerade so knien, ohne sich den Kopf an der schrägen Decke zu stoßen.

Er inspizierte sie mit gerunzelter Stirn. So etwas bekam man nun wirklich nicht jeden Tag zu Gesicht. Ein Pentagramm war mit roter Tinte in den Gipskarton geritzt. Es war von zwei Kreisen umschlossen, mit Kringeln und Schnörkeln und lateinisch aussehenden Wörtern, die außen herumliefen.

Warum waren Teenager bloß *dermaßen* schräg drauf?

An der Innenseite der Tür waren zwei Flügelmuttern befestigt. Logan sah sich noch einmal die Außenseite an. Der Riegel passte in einen metallenen Bügel, der von den Flügelmuttern gehalten wurde. Wenn man also das Vorhängeschloss knackte, die Tür öffnete, die Muttern herausschraubte und dann das Schloss wieder an die Verriegelung hängte, die jetzt nicht mehr fest verankert war, dann konnte man hineinklettern, die Tür zuziehen und die Flügelmuttern wieder anschrauben, und niemand würde merken, dass man drin saß. Von außen würde es aussehen, als ob der Schrank nach wie vor abgeschlossen wäre.

Er schob die Actionfiguren an den Rand des Regals und begann die Bücher durchzusehen. Drei davon waren ausgehöhlte

Hardcover, wie das mit den erotischen Abenteuern von Harry und Edward. Eines enthielt ein Notizbuch, dessen roter Ledereinband mit verschlungenen Blättern und Ranken geprägt war. Es war eng mit schwarzem Stift vollgeschrieben, mit eingestreuten Zeichnungen von magischen Kreisen und sonstigem okkultem Kram. Im nächsten kam ein kleines Wollpüppchen zum Vorschein, nicht größer als Logans Handteller, mit Knopfaugen und einer braunen Haarlocke, die mit einer Sicherheitsnadel an seine Brust gepinnt war, dazu eine schrumplige Hühnerkralle, umwickelt mit einem karierten Band – wie eine ganz billige Kiltnadel –, eine Haarbürste sowie ein Reagenzglas mit einer dunklen, zähflüssigen Substanz.

Buch Nummer drei war schon wesentlich interessanter. Logan leerte den Inhalt auf die Matratze aus. Eine Packung Pfeifentabak mit Kirscharoma. Eine altmodische, langstielige Pfeife. Eine Blisterpackung mit kleinen orangefarbenen Pillen. Und eine wiederverschließbare transparente Plastiktüte mit etwas, das wie Katzenminze aussah. Er öffnete die Tüte und schnupperte daran: der süßliche Schweißgeruch von Marihuana.

Wer rauchte denn Gras in einer Pfeife, wie ein alter Tattergreis?

Es war eine beträchtliche Menge Stoff – genug, um eine Busladung Studenten eine Woche lang high zu machen. Genug für eine Anklage wegen Drogenbesitzes mit Verkaufsabsicht.

Logan ließ sich auf die Fersen sinken. Warum lief jemand davon und ließ eine solche Menge Gras zurück? Vielleicht hatte Agnes Stress mit ihrem Lieferanten oder einem anderen Dealer bekommen und Hals über Kopf die Stadt verlassen müssen?

Immer vorausgesetzt, dass sie es geschafft hatte, die Stadt zu verlassen, ehe sie sie erwischten …

Jetzt war er schon mal hier, da konnte er auch gleich alles gründlich durchsuchen.

Er zog den Reißverschluss des Schlafsacks auf und wendete ihn: nichts. Die Matratze war alt und durchgelegen, so weich, dass er die Ecken umklappen konnte, um die Dielen darunter zu inspizieren. Noch mehr nichts. Er ließ die Ecke zurückfallen, und eine muffige Staubwolke stieg auf.

Logan drehte sich um und versuchte die Matratze vom niedrigen Ende des Wandschranks abzuheben. Das verfluchte Teil war so störrisch wie eine tiefgefrorene Leiche …

Da: eine Plastikmappe lag auf den Bodendielen. Er las sie auf, und die Matratze fiel mit einem dumpfen Schlag zurück. Wieder stob eine Staubwolke auf.

Die Mappe enthielt einen Packen Zeitungsausschnitte über die Dreharbeiten zu *Witchfire* in Aberdeen. Hier schwärmten die Schauspieler in den höchsten Tönen von dem fantastischen Drehbuch; dort äußerte der Buchautor sich sehr vorsichtig über die voraussichtliche Qualität des Films; irgendein Schleimpilz von der Stadt laberte etwas von neuen Arbeitsplätzen und Chancen für den Tourismus; dann war da ein Fototermin mit den Schauspielern, die Suppe an Obdachlose austeilten, und ein weiterer mit einer Schar kleiner Kinder in Schuluniformen auf dem Filmset, alle grinsend und mit Schwertern in den Händen. Aber der interessanteste Fund war eine Kopie des Drehbuchs, bearbeitet mit grünem und gelbem Textmarker:

WITCHFIRE
Eine Golden-Slater-Produktion
Nach dem Buch von William Hunter
Script V: 4.0.2.

Der Name »Nichole Fyfe« war mit roter Tinte in die obere rechte Ecke geschrieben. Nichole Fyfe … Nichole Fyfe … War das nicht diese Blondine? Die letztes Jahr in dieser furchtbaren Disney-Liebeskomödie im Bestatter-Milieu mitgespielt hatte?

Die aus der Fernsehsendung von heute Morgen, jetzt mit rot gefärbten Haaren?

Logan zog einen Beweismittelbeutel aus der Tasche, steckte das Gras und die Pillen hinein, versiegelte den Klebeverschluss und trug die Angaben in die aufgedruckten Kästchen ein.

»... ich meine, das ist doch nicht in Ordnung, oder? Dass so einer wie dieser Kerl bei uns herumschnüffelt ...« Mrs Garfield klappte den Mund zu, als Logan das Zimmer betrat.

Die Küche war warm, die Schränke in Terrakottafarbe gestrichen, die Terrassentür stand weit offen, als wären sie irgendwo am Mittelmeer und nicht in einer Wohnsiedlung in Northfield mit Blick auf die Rückseite der Middlefield-Grundschule.

Chalmers wies mit einem Nicken auf den Becher, der auf der Arbeitsfläche stand. Ihre Mundwinkel zeigten nach unten. »Milch und zwei Stück Zucker.«

Wahrscheinlich mit einem Gratis-Schuss Spucke.

Logan legte den Beweismittelbeutel daneben. »Das habe ich im Zimmer Ihrer Tochter unter der Treppe gefunden.«

Chalmers pfiff leise. »Das ist aber eine *Menge* Marihuana.«

Agnes' Mutter straffte die Schultern, und ihre Stimme wurde mit jedem Wort lauter. »Das haben Sie ihr untergeschoben, stimmt's? Sie haben es ihr untergeschoben, um davon abzulenken, dass Sie und Ihr ganzer Haufen nichts tun, um meine Tochter zu finden! Sie widerlicher ...«

Eine Männerstimme dröhnte durch die Küche: »Herrgott noch mal, Doreen!« Agnes' Vater kam hereingeschlurft: schwarzer Spitzbart, langes angegrautes Haar, von der hohen Stirn zurückgebunden mit einem schwarzen Haarreif, bekleidet mit T-Shirt und zerrissener Jeans. Wie ein in die Jahre gekommener Skateboard-Freak. Sogar ein Tattoo schlängelte sich an seinem Arm herab. »Es ist *ihr* Stoff, okay? Die haben ihr nichts untergeschoben.«

Doreen Garfield klappte die Kinnlade herunter. »Du hast davon *gewusst?*«

»Was glaubst du denn, warum ich dauernd diese Räucherstäbchen gekauft habe? Das hat den Geruch überdeckt. Das Gras hat sie … ausgeglichener gemacht. So war sie nicht so auf die Pillen angewiesen.«

Doreen schnappte Logans Becher und feuerte ihn durch die Küche. Er zog eine Fahne aus verschüttetem Tee hinter sich her. »WIE KONNTEST DU MIR DAS VERHEIMLICHEN?« Der Becher krachte neben dem Kopf des Vaters gegen die Wand und zersprang.

»Du hast ja nicht hören wollen! Du bist so damit beschäftigt, immer alles zu kontrollieren, dass du dich nie mal hinsetzt, um mit ihr zu reden.« Er schlug sich mit der Hand auf die Brust. »*Ich* hab mit ihr geredet, okay? Während du unermüdlich Regeln aufgestellt und versucht hast, alles und jeden zu kontrollieren, hab ich mich einfach mal hingesetzt und mir angehört, was *sie* zu sagen hatte.«

»Wie konntest du nur?«

Er reckte das Kinn. Starrte Logan in die Augen. »Es ging ihr schon so viel besser – sie hatte einen Freund, bekam gute Noten in ihren Prüfungen, sie wollte im September an der Aberdeen University ein Wirtschafts-Studium anfangen …«

Doreen krallte die Finger in ihr Haar. »Es ist alles die Schuld von diesem … *Chung*. Wenn er sie in Ruhe gelassen hätte, wären wir …«

»Ach, hör doch auf. Sie ist total in ihn vernarrt. Du hast ja keine Ahnung, wie deprimiert sie war, als du gesagt hast, sie dürfe ihn nicht mehr treffen. Oder? Keinen blassen Schimmer hast du.«

»Er hatte einen schlechten Einfluss auf …«

»*Du* bist der schlechte Einfluss, verdammt noch mal! Sie hat sich ja nicht aus Spaß die Pulsadern aufgeschnitten, oder?«

Schweigen.

»Sie hat versucht, sich umzubringen?« Logan schloss die Augen, biss die Zähne zusammen und zählte bis fünf. »Und Sie hielten es nicht für wichtig, das auch nur zu *erwähnen*, als Sie sie als vermisst gemeldet haben?«

»Es war ... Wir wollten nicht, dass es in allen Zeitungen ausgebreitet wird. Was hätte sie gedacht, wenn sie das gesehen hätte? Das wir sie verraten haben?« Er sah weg. »Es ging ihr schon so viel besser.«

»Wann ist das passiert?«

»Kurz nach Weihnachten. Ich habe sie im Garten gefunden, mit einer Flasche Tequila und einer Packung Rasierklingen ...« Seine Schultern bebten leicht.

Doreen nahm einen neuen Becher aus dem Geschirrspüler und stellte ihn auf die Arbeitsfläche. Das Porzellan klapperte auf den Terrakottakacheln, im Takt ihrer zitternden Hand. Doch ihre Stimme war vollkommen ruhig, während sie einen Teebeutel aus der Schachtel fischte. »Deswegen lesen wir jede Woche ihr Tagebuch. Wir müssen uns vergewissern, dass sie nicht ... wieder solche Gedanken hegt. Wir müssen bereit sein, ihr zu helfen.«

Der Kessel brodelte und rumpelte, als das Wasser erneut aufkochte.

Logan zückte sein Notizbuch. »Hat Agnes ein Auto?«

Ihre Mutter schüttelte den Kopf. »Wir erlauben ihr das Autofahren nicht. Nicht bei den Medikamenten, die sie nimmt – das wäre zu gefährlich.«

Agnes' Vater bückte sich und las die Scherben des Teebechers vom Boden auf. »Was ist, wenn sie sich etwas angetan hat?«

Logan steckte den Beweismittelbeutel in die Tasche. »Die Tatsache, dass Anthony Chung ebenfalls vermisst wird, lässt darauf schließen, dass sie wahrscheinlich zusammen durchgebrannt sind. Also wollen wir uns doch nicht unnötig aufregen, ja?« Er wandte sich zur Tür. Dann hielt er inne. »Ähm, bevor wir gehen – gibt es vielleicht sonst noch etwas, was Sie uns nicht gesagt haben?«

11

Chalmers fuhr vom Bordstein weg, während Logan sich anschnallte. Ihr Mund war ein dünner Strich, und von ihrem Augenwinkel strahlten kleine Fältchen aus. Der Blick war starr nach vorne gerichtet.

Logan schaltete sein Mobiltelefon ein. »Ich nehme an, es hat einen bestimmten Grund, dass Sie schmollen?«

»Ich schmolle nicht, *Sir.*«

»Na los doch, spucken Sie's aus.«

Ihr Unterkiefer zuckte ein paarmal, als ob sie auf etwas Bitterem herumkaute. »Bei allem gebührenden Respekt: Sie haben mich zum Teekochen geschickt, während Sie den Schrank unter der Treppe durchsucht haben. Das kleine Frauchen macht Tee, während der große starke Mann die eigentliche Polizeiarbeit erledigt.« Sie schwang das Lenkrad nach links, als sie das Ende der Straße erreichten. »Lassen Sie mich raten: Sie dachten, mein hübsches kleines Köpfchen wäre damit überfordert. Den verdammten Tee kochen – für was anderes sind wir nicht zu gebrauchen.«

»Aha.« Er scrollte sich durch die Liste der Kontakte, bis die Nummer der Leitstelle erschien. »Geht es Ihnen jetzt besser?«

»Das ist *sexistisch.*«

»Im Ernst?« Ein Lächeln erschien auf seinem Gesicht und wuchs sich langsam zu einem Grinsen aus. »Ich kann schon gar nicht mehr zählen, wie oft ich weggeschickt wurde, um für die aufgelösten Angehörigen Tee zu kochen, während Steel in ihren Sachen gestöbert hat. So läuft es nun mal, wenn Sie DS sind: Sie sind die Ablenkung.« Er drückte die Verbindungstaste, lauschte auf das Klicken und dann das Läuten am anderen Ende. »Und wenn *Sie* mal zur DI befördert werden, können Sie es an der armen Sau auslassen, die Sie dann vor die Nase gesetzt kriegt …«

Eine Frauenstimme dröhnte in seinem Ohr. *»Leitstelle.«*

»Ja, McRae hier, habt ihr ihn schon …«

»Sekunde …« Eine Pause. Etwas Geraschel, dann gedämpfte Stimmen. *»Ja, er schon wieder. Will wissen, ob wir schon diesen hässlichen Muskelprotz geschnappt haben, der für Wee Hamish arbeitet.«*

»Hat er nichts Besseres zu tun?«

»Sollte man eigentlich meinen, nicht wahr?«

»Ich kann euch hören, das wisst ihr schon?«

Und dann war sie wieder da, in voller Lautstärke. *»Ich frag nur eben nach, Sir.«*

Klick. Und dann eine blecherne Version irgendeines Walzers. Sie hatte ihn in die Warteschleife gesteckt.

Chalmers lenkte den Wagen auf die Hauptstraße, und wieder kamen sie an einer Baustelle vorbei. Die ganze Siedlung war eine Brutstätte für kleine, beengte Häuschen mit winzigen Gärten und Garagen, in die kein normales Auto reinpasste.

Logan griff in seine Jackentasche und zog das Notizbuch mit dem roten Ledereinband hervor, das er in dem Schrankzimmer gefunden hatte. Er legte es auf das Armaturenbrett. »Das habe ich gefunden, versteckt in einem der ausgehöhlten Bücher.«

Sie hob eine Schulter leicht an. »Was ist es?«

»So eine Art Hexerei-Tagebuch. Mit magischen Kreisen und Zeugs … Hallo?«

Die Frau von der Leitstelle war wieder dran. *»Ja.«*

»Was ja?«

»Ja, er wurde vor einer Stunde von Alpha Drei-Neun aufgegrif-

fen. Er saß im Burning Buck, *voll wie 'ne Strandhaubitze. Sie sehen alle fünfzehn Minuten nach ihm, damit er nicht an seinem eigenen Erbrochenen erstickt.«*

Schön wär's.

»Warten Sie noch ein bisschen, und dann schaffen Sie ihn in Vernehmungsraum drei. Wir sind zurück in …« Fünf Minuten für die Fahrt quer durch Kintore, dann eine halbe Stunde, um Anthony Chungs Eltern zu beschwichtigen, dann vielleicht noch zwanzig Minuten für die Fahrt von dort zurück in die Stadt … »Sagen wir in einer Stunde.«

Eine Pause. *»Tja, das klären Sie vielleicht besser mit dem Diensthabenden.«* Und dann war sie weg.

Chalmers nahm das Buch von der Ablage und wog es in der Hand, während sie fuhr. »Agnes weiß, dass ihre Eltern sie kontrollieren, also lässt sie vielleicht ein fingiertes Tagebuch in ihrem Zimmer herumstehen, wo sie es finden können, und führt das *echte* in dem Schrank unter der Treppe.«

»Lesen Sie es. Und rufen Sie die Staatsanwältin an: Ich will eine Genehmigung für eine GSM-Ortung der Mobiltelefone von Agnes und Anthony. Dann rufen Sie sämtliche Krankenhäuser in Schottland an und sagen Sie ihnen, sie sollen alle Selbstmordversuche von Jugendlichen melden.«

»Können Sie sich vorstellen, dass jemand Sie die ganze Zeit beobachtet und Ihnen nie das kleinste bisschen Privatsphäre lässt? Ich wäre schon vor Jahren weggelaufen.«

Die letzte bekannte Adresse von Anthony Chung – bevor er weggelaufen war, um seine Freundin vor ihrer durchgeknallten, dominanten Mutter zu retten – war ein Eckhaus in einem schicken Wohngebiet am Südrand von Kintore. Große Häuser mit großen Gärten und großen Autos davor. Die Chungs hatten sogar ein schmiedeeisernes Tor mit Torpfosten aus Sandstein, aber dahinter war alles leer – kein Auto in der Auffahrt.

Chalmers hielt am Straßenrand, ließ aber den Motor laufen. »Sieht nicht gut aus, was?«

Logan kletterte hinaus in den Sonnenschein.

Irgendwo über dem Kirkhill Forest wummerten die Rotoren eines Hubschraubers, aus der Nachbarschaft kam das fröhliche Gequietsche eines Kindes, untermalt vom schrillen Kläffen eines kleinen Hundes und dem fernen Dudelsack-Dröhnen eines Rasenmähers. Drei Häuser weiter pfiff ein Mann schief vor sich hin, während er seinen Range Rover Sport wusch.

Logan öffnete das Tor und ging die Auffahrt hinauf. Die Haustür wurde von einem Vordach geschützt, das ein kleines Schattenrechteck bildete. Er drückte den Knopf der Gegensprechanlage, und tief im Innern des Hauses erklang klassische Musik, gefolgt vom Bellen eines Hundes. Irgendwas Großes mit einer Menge Zähnen.

Eine Minute später verhallte Ravels Bolero. Die Gegensprechanlage blieb stumm. Aber der Höllenhund machte einen Lärm wie ein Dutzend Maschinengewehre und wollte gar nicht mehr aufhören.

Logan versuchte es noch einmal mit Klingeln.

Chalmers schloss zu ihm auf. »Vielleicht sind sie ja nicht zu Hause?«

»Oder vielleicht sind sie nur – verdammt, was ist denn jetzt schon wieder?«

Der Steel-Klingelton dudelte aus seiner Hosentasche. Er fischte das Telefon heraus, sah Chalmers an und wies auf einen gepflasterten Pfad, der ums Haus herumführte. »Versuchen Sie es mal hinten.«

Sie blickte zum Haus auf und rieb dabei Daumen und Fingerspitzen aneinander. »Und wenn der Hund …«

»Wenn er rauskönnte, würden wir schon längst mit vollen Hosen um unser Leben rennen. Gehen Sie.«

Sobald sie weg war, nahm er den Anruf an. »Ich bin gerade

dabei, okay? Ich war vorhin bei den Garfields, und jetzt bin ich bei den Chungs.«

»Was ist jetzt mit diesem Necklacing-Opfer? Wie kommt's, dass du den Typen immer noch nicht identifiziert hast?«

Er starrte zu dem blassblauen Himmel auf. Ein Flugzeug zog dröhnend vorbei, frisch vom Aberdeen Airport gestartet, und legte sich in die Kurve, um in Richtung Süden oder Osten oder weiß Gott wohin davonzudüsen. Diese Glückspilze. »Was glaubst du, wie viele Dinge ich gleichzeitig erledigen kann? Ich suche nach …«

»Was hab ich dir übers Organisieren und Delegieren erzählt? Du sollst doch nicht in der Gegend rum …«

»Du hast mir gesagt, ich soll zu den Eltern fahren! *Du*, nicht ich.«

Ein Räuspern. *»Aye, na ja … Lenk nicht vom Thema ab.«*

»Wir werden ihn schon noch identifizieren. Und jetzt verpiss dich und lass mich meine Arbeit machen.« Er legte auf. Kaute eine Weile auf der Innenseite seiner Wange herum. Vielleicht war es nicht die allerbeste Idee gewesen, Steel zu sagen, sie solle sich verpissen. Er schaltete das Ding aus.

Chalmers erschien wieder am Gartentor. Sie blieb an der Hausecke stehen und kratzte ihre Schuhsohle an der Einfassung des Gartenwegs ab. »Alles verriegelt und verrammelt. Das Einzige, was sich drin bewegt, ist ein Deutscher Schäferhund von der Größe eines Pferds. Das bedeutet, dass Mr und Mrs Chung sich entweder unter dem Bett verstecken oder vom Hund gefressen wurden oder nicht zu Hause sind.« Kratz, kratz.

Logan nahm eine Visitenkarte aus dem Geldbeutel und schrieb in kleinen, ordentlichen Druckbuchstaben eine Nachricht auf die Rückseite: »LEIDER HABEN WIR SIE NICHT ANGETROFFEN. WÜRDEN SIE MICH BITTE ZURÜCKRUFEN UND MIR MITTEILEN, WANN WIR SIE AUFSUCHEN DÜRFEN, UM ÜBER ANTHONY

ZU SPRECHEN?« Dann warf er die Karte durch den Briefschlitz ein.

Chalmers hatte inzwischen von der Einfassung abgelassen und zog ihren Schuh über den Rasen. »Wohin jetzt?«

Logan marschierte auf das schmiedeeiserne Tor zu. »Hier können wir im Moment nichts ausrichten. Also machen wir doch Schluss für heute.«

Logan schob die Abdeckung des Gucklochs zur Seite und spähte in die Zelle. Er blinzelte, dann wich er zwei Schritte zurück und wedelte sich mit der Hand vor der Nase herum. Die scharfe Alkoholfahne war fast mit Händen zu greifen und trieb ihm die Tränen in die Augen. »Gott, das stinkt ja wie eine ganze Brauerei da drin ...«

Die Gewahrsamsbeamtin rümpfte die Nase. »Er hat einen Tequila nach dem anderen gekippt, als sie ihn aufgegriffen haben. Wie ich hörte, hatte er vorher schon eine ganze Flasche Bell's allein geleert.«

Logan trat wieder an das Guckloch.

Die Zelle war nicht viel größer als ein Hotel-Badezimmer. Der rotbraune Terrazzoboden war mit Kleidungsstücken übersät. Durch die kleinen Glasquadrate des Fensters strömte helles Sonnenlicht herein, malte leuchtende Vierecke auf Reubens nackten Rücken und ließ das Haarbüschel zwischen seinen Schulterblättern schimmern.

Er lag auf der Seite, mit dem Hintern zur Tür, nackt bis auf eine dunkelblaue Unterhose und eine einzelne Socke. Und er schnarchte. Wie ein Schwein in einem Horrorfilm.

Die Gewahrsamsbeamtin schüttelte sich. »Wir haben zu dritt anpacken müssen, um ihn in die stabile Seitenlage zu bringen.«

»Hat er irgendwelche Schwierigkeiten gemacht?«

»Nee, ganz ruhig und friedlich war er. Hat Michelle gesagt,

dass er sie liebt, und dann hat er es auch zu Mark gesagt. Bloß zu mir nicht.« Sie seufzte. »Die ewige Brautjungfer …«

Reuben zuckte, und ein tiefes, rasselndes Grunzen hallte auf den Flur hinaus.

Sie klappte das Guckloch wieder zu. *»O mein unruhig Herz, schweig still.«*

Logan sah den Korridor hinunter. »Wär's möglich, dass Sie ihn irgendwie in einen Vernehmungsraum schaffen?«

»Wir haben ihn nicht mal für die Untersuchung durch den Bereitschaftsarzt wach gekriegt. Diese geballte Ladung Sex-Appeal ist völlig weggetreten. Morgen wird er einen ganz gewaltigen Kater haben.«

»Gut.«

Die Schwester blickte von Kants *Kritik der reinen Vernunft* auf und lächelte, wobei sich kleine Grübchen in ihren Pausbacken bildeten. »Guten Abend, Fremder.«

Logan erwiderte das Lächeln. »Guten Abend, Claire. Was machen Bills Hämorrhoiden?«

Sie streckte eine Hand aus, mit der Handfläche nach unten und gespreizten Fingern, und wackelte damit hin und her. »Ach, Sie kennen ihn ja. Er isst nun mal für sein Leben gern Currys und denkt nicht an die Folgen. Männer, was?«

»Deswegen liebt ihr Damen uns doch.« Er wies den Flur entlang auf das Einzelzimmer am Ende, wo die Jalousie heruntergelassen war. »Ist sie da?«

»Na ja, vorhin war sie kurz mal einkaufen, aber jetzt ist sie wieder zurück. Gehen Sie doch schon mal rein, ich komm dann später nach, ja?«

Logan betrat das abgedunkelte Zimmer und blinzelte. »Was denn, bist du jetzt ein Vampir?«

Er ging zum Fenster und zog die Jalousie hoch. Sonnenlicht strömte herein und funkelte auf den Edelstahl-Armaturen. Er lehnte sich gegen die Fensterbank und blickte hinunter auf den kleinen Rasenteppich, am Boden festgesteckt mit ein paar schmächtigen Bäumen, deren grünes Laub im warmen Abendlicht glänzte. Ein kleines graues Etwas hoppelte herbei, hockte sich hin und begann zu fressen.

»Dieses Kaninchen ist wieder da. Und ich glaube, es hat ein Messer …«

»Sei nicht albern.« Sam setzte sich im Bett auf. Sie musste sich seit dem Mittagessen die Haare gemacht haben, denn jetzt waren sie knallig rot. Die Tattoos an ihren Armen schauten unter den kurzen Ärmeln ihres Skeleton-Bob-T-Shirts hervor. Sie warf die Decke zurück, unter der rote Shorts und schwarz-weiß gestreifte Strümpfe zum Vorschein kamen, die ihr bis über die Knie reichten. »Hast du mir ein Geschenk mitgebracht?«

Er stellte eine Flasche Lucozade auf den Nachttisch, dann legte er eine Ausgabe von *Skin Deep* dazu – »CYANIDE GIRLS LASSEN'S KRACHEN« – und eine von *Now* – »NICHOLE SPRICHT: SCHAUSPIELEREI BEWAHRTE MICH VOR SCHIEFER BAHN«. Dann ließ er sich auf den Besucherstuhl fallen und streckte alle viere von sich. »Gott, was für ein Tag.«

»Hast du Milch und Marmite besorgt?«

»Ist im Auto.« Er streifte die Schuhe ab und legte die Füße aufs Bett. »Steel ist eine totale … Nervensäge. Man sollte doch meinen, dass ich ein bisschen Mitleid erwarten könnte, nachdem ich eine Faust auf die Nase gekriegt habe, oder?«

Samantha stupste seinen linken Fuß an. »Du hast ein Loch in der Socke.«

»Aber nein, sie muss die ganze Zeit nur jammern und meckern.«

»Also ehrlich, das ist doch, als hätte man einen Penner zum Freund. Erlöse sie von ihren Leiden und kauf dir neue Socken.

Vielleicht sogar – ich wage es kaum auszusprechen – in einer anderen Farbe als Schwarz?«

Er lächelte sie an. »Ich dachte, ihr Goths steht auf Schwarz?«

»Nicht bei Unterwäsche.« Sie wippte ein paarmal auf und ab, dann warf sie sich nach vorne, bis sie an der Bettkante kniete und auf ihn herabsah. »Ich will ein neues Tattoo. So was mit ganz vielen Zacken und Schnörkeln und mit einer Katze.«

»Natürlich meckert Steel nur, weil der ACC ihr wegen dieser Necklacing-Geschichte Feuer unterm Arsch gemacht hat. Die Presse hat verrückt gespielt, nachdem wir den Kerl gefasst hatten, der ihn getötet hat.«

»Apropos Katze, ich finde, wir sollten uns eine anschaffen. Na ja, ein Kätzchen.«

Logan stöhnte. »Können wir nicht einfach …«

»Ein kleines wuschliges Kätzchen. Wir können es Cthulhu nennen!«

»Cthulhu? Ist das nicht ein bisschen …«

»Schsch!« Samantha erstarrte. »Sie kommen.« Dann sprang sie zurück und schlüpfte unter die Decke. Zwinkerte ihm zu. »Kein Sterbenswörtchen!«

Die Tür ging auf, und Claire steckte den Kopf herein. »Wie wär's mit 'nem Tässchen Tee?« Die Tassenstapel klirrten gegeneinander, als sie den Teewagen hereinrollte. Sie nahm eine und füllte sie aus einer Metallkanne, die so groß war wie ihr Kopf. »Und, wie geht's der Dame heute so?«

Logan gab einen Schuss Milch in seinen Tee und nahm sich einen Jammy Dodger. »Sie will noch ein Tattoo. Und *angeblich* müssen wir uns unbedingt eine Katze anschaffen.«

»Das ist doch eine tolle Idee. Die kann Ihnen dann Gesellschaft leisten, solange sie hier bei uns ist. Aber ein Tattoo – ich weiß nicht so recht…« Sie sah auf ihn herab, und ihr Blick wurde ganz weich. »Na los, nehmen Sie sich noch einen Keks, ich sag's auch nicht weiter.«

Er ließ sich nicht zweimal bitten, wählte einen Custard Cream und tunkte ihn in seinen Tee, während sie den Wagen aus dem Zimmer schob. Dann fiel die Tür hinter ihr ins Schloss.

»Alles klar, sie ist weg.«

Samantha setzte sich wieder auf. »Versteh mich nicht falsch, Claire ist voll in Ordnung. Aber wenn ich mir noch einmal einen Vortrag über die philosophische Natur des Seins oder die Hämorrhoiden ihres Mannes anhören muss, schreie ich laut.«

»Halt dich bloß gut mit den Schwestern. Die können dir Spinnen in den Mund stecken, während du schläfst, und was machst du dann?« Er aß seinen Keks und trank seinen lauwarmen Tee.

Samantha griff nach dem *Now*-Magazin und blätterte die Hochglanzseiten durch. »Das mit der Katze war übrigens ernst gemeint.«

»Ich glaube, Rennie wird den Dienst quittieren.«

»Ich dachte, seine Frau wollte demnächst eine Babyfabrik aufmachen? Wie soll das denn funktionieren, wenn er keinen Job hat?«

»Steel hat ihm einen Pimmel in sein Notizbuch gemalt. Sie macht ihm dauernd Druck, dass er diese Stadtstreicher mit den Ladendiebstählen finden soll.«

»Hmmm?«

»Du kennst sie doch. Ständig nur Sticheleien und Beleidigungen, sarkastische Bemerkungen und Drohungen, in denen das Wort ›Arsch‹ vorkommt …«

»Ja, ja …«

»Dabei geht es nur um ein bisschen Käse und Speck und Wodka. Dazu braucht man keinen Detective Sergeant, da genügt ein Constable von der Streife, der was Blödes angestellt und eine Lektion nötig hat.«

»Ach, du lieber Gott.«

»Was?« Er runzelte die Stirn und blickte auf. Sie hatte die Nase in der *Now* vergraben. »Hörst du mir überhaupt zu?«

Sie sah ihn über den Rand der Zeitschrift hinweg an, dann drehte sie das Blatt um und zeigte ihm die Doppelseite in der Mitte: ein großes Foto von einer lachenden Nichole Fyfe in Jeans und weißer Bluse in Übergröße, mit His Majesty's Theatre im Hintergrund: »HEIMKEHR NACH ABERDEEN – MEINE HEIMLICHE SCHAM ÜBER MEINE SCHWIERIGEN TEENIE-JAHRE«. Samantha schüttelte die Zeitschrift. »Wenn man einen Presseagenten dafür bezahlt, es in die ganze Welt rauszuposaunen, ist es doch kein Geheimnis mehr!«

»Oh, tut mir leid. Hab gar nicht gemerkt, dass ich dich *langweile.*«

»Die tun doch alles, um ihr Gesicht in die Klatschpresse zu bringen. ›Oh, seht mich an, ich bin ja so toll und intelligent!‹ – ›Hört euch bitte den Mist an, den ich mir diese Woche aus den Fingern gesaugt habe, um mich interessant zu machen!‹ – ›Redet über mich! Sonst existiere ich nicht!‹«

Er bohrte seinen Zeh durch das Loch in der Socke. »Warum kaufst du den Schrott dann immer noch?«

»›Geheimnis‹ – da kann ich doch nur lachen. Sie glaubt wahrscheinlich, wir lesen diesen Quark und denken: ›Boah, sie ist ja so ein tolles Vorbild! Wenn *sie* es von der jugendlichen Straftäterin zum millionenschweren Filmstar bringen kann, dann kann *ich* das vielleicht auch!‹ Dabei gibt sie doch bloß damit an, dass sie so viel besser ist als wir alle. Ich sag dir, es ist …«

Logan streckte die Hand aus und schnappte sich die Zeitschrift.

»He!«

»Wenn du dieses Zeug so sehr hasst, solltest du es nicht lesen. Es ist schlecht für deinen Blutdruck.« Er warf die *Now* neben seinem Stuhl auf den Boden. »Nenn es eine medizinisch indizierte Intervention.«

Samantha ließ sich auf die Kissen zurückfallen, die Arme über der Brust gekreuzt. »Spielverderber.«

»So bin ich nun mal.« Er griff in seine Tasche und zog eine dicke CD-Box heraus, die er vor ihrem Gesicht schwenkte. »Ich hab dir den neuen Stephen King als Hörbuch besorgt, aber wenn es dich nicht interessiert …«

Ihre finstere Miene entspannte sich zu einem Lächeln. »Du bist echt unmöglich, Logan McRae.«

»Dachte ich mir doch.« Er ging kurz hinaus, um am nächsten Automaten ein Crunchie, eine Dose Irn-Bru und eine Tüte Prawn-Cocktail-Chips zu holen, und als er zurück war, saßen sie einfach nur da und redeten über alles und nichts: Tattoos, Steel, Kätzchen, Necklacing-Opfer, Urlaubspläne, Schläge auf die Nase … Bis Logan schließlich auf seine Uhr sah und stöhnte. »Okay, ich sollte vielleicht mal los. Muss morgen früh raus.«

Samantha blickte zu ihm auf, und zwischen ihren Augenbrauen erschien eine kleine Delle. »Sehen wir uns morgen?«

Er stellte seine leere Dose auf den Nachttisch, neben drei ungeöffnete Flaschen Lucozade und den Stapel ungelesener Zeitschriften. Dann stand er auf. Er nahm ihre kalte Hand und küsste sie auf die Wange. »Nicht um alles in der Welt würde ich darauf verzichten.«

Montag

12

»... Uaaaah ...« Logan wälzte sich auf den Rücken, einen Arm über die Augen geklappt. »Lass mich in Ruhe ...«

Das helle *Ding-Dong* der Türglocke zerriss die Stille im Wohnwagen.

Er setzte sich auf und starrte auf die Uhr. Punkt sechs – fünfzehn Minuten vor dem Wecker. Verdammt noch mal, warum mussten alle immer ...

Augenblick – das letzte Mal, als jemand am frühen Morgen bei ihm geklingelt hatte, war eine Faust in seinem Gesicht gelandet. Vielleicht war das jetzt einer von Reubens »Geschäftspartnern«, der dafür sorgen sollte, dass Logan nicht in der Lage wäre, Anzeige zu erstatten? Zum Beispiel, weil er als Fundament für eine Betonterrasse irgendwo in Elgin diente.

Er schlug die Decke zurück, rollte sich von der Matratze auf den bröseligen Teppichboden und tastete mit der Hand unter dem Bett herum. Verirrte Socken. Ein Schuhkarton. Ein Plastikeimer. Seine Finger schlossen sich um den hölzernen Axtstiel.

Damit konnte man jemandem den Morgen schon ganz gründlich verderben.

Es sei denn, der Typ hatte eine Schrotflinte ...

Logan schlüpfte rasch in eine Hose, ohne sich mit Unterhose oder Hemd aufzuhalten, und tappte zur Tür des Wohnwagens. Seitlich davon blieb er stehen und drückte sich flach an die gestreifte Tapete, das Ohr an die Wand gepresst. Er lauschte.

Nichts.

Er packte den Axtstiel fester.

Okay.

War nicht allzu schwer, sich vorzustellen, dass da draußen jemand stand, den Türspion beobachtete und wartete, bis Logan ihn mit seinem Körper verdunkelte, und dann PENG – eine Schrotladung, die das Holz und anschließend seine Brust durchschlug. Noch ein Schuss in den Kopf und Feierabend. Ins Auto gesetzt und ab durch den frühmorgendlichen Verkehr.

Durch den Briefschlitz fiel Licht herein. Hier drin war es also dunkler als draußen. Das hieß, dass da niemand war, dessen Schatten den Spion verdunkelte.

Logan schob sich vor die Tür und spähte hinaus.

Niemand auf der obersten Stufe. Und auch vor dem Wohnwagen stand niemand. Da war nur der Wendekreis, der im Halbschatten lag, während die Sonne am blaugrauen Himmel emporkletterte. Ein Mückenschwarm, glitzernd wie Goldflitter, hatte sich zu einem frühmorgendlichen Tänzchen versammelt, bevor es ans fröhliche Blutsaugen ging. Eine einsame Elster hüpfte über das Dach von Logans altersschwachem Fiat Punto.

Einmal tief durchatmen.

Er drehte den Schlüssel im Schloss, riss die Tür auf und sprang heraus, schwenkte den Axtstiel und bleckte die Zähne …

Niemand.

Die Elster hielt auf der Motorhaube des Punto inne, den Kopf zur Seite geneigt, und starrte ihn an. Dann flog sie schäckernd in den nächsten Baum davon. Ha, ha, sehr witzig.

Auf der Türstufe lag eine kleine Pappschachtel, mit braunem Paketband umwickelt wie eine Mumie.

Er stupste sie mit dem Holzgriff an, doch sie explodierte nicht und fing auch nicht an zu ticken, also hob er sie auf und ging wieder hinein. Die Elster blieb, wo sie war, und lachte ihn aus.

Logan knallte ihr die Tür vor dem Schnabel zu, warf die Schachtel auf die Arbeitsfläche in der Küche und setzte Wasser auf. Sechs Uhr morgens. Welches Arschloch klingelte um sechs Uhr früh bei fremden Leuten und rannte dann einfach weg?

Keine Adresse auf dem Päckchen, auch kein Absender. Er schnappte sich ein Messer vom Abtropfbrett und schlitzte das braune Paketband auf. Die kleine Schachtel war mit Zeitungsfetzen gepolstert – von der *Press and Journal*, wie es aussah –, und genau in der Mitte lag das nächste Bündel Hühnerknochen. Diesmal zusammengebunden mit etwas, das wie ein Gewürzsträußchen aussah. Die Kräuter verwelkt, angegraut und tot.

Er kippte den Inhalt auf die Arbeitsfläche und sah ihn durch, konnte aber keine Nachricht finden. Nur dieses bizarre Einsteigerpaket für kleine Suppenköche. Er wog die Knochen in der Hand. Verdammte Bälger. Was sollte denn daran witzig sein?

Drüben im Schlafzimmer ging der Radiowecker los und dudelte einen kitschigen Popsong aus den Achtzigern.

Tasse Tee, duschen, und dann auf zu einem neuen vergnügten Arbeitstag. Mann, was war er doch für ein Glückspilz. Das Einzige, was dem Ganzen jetzt noch die Krone aufsetzen konnte, war …

Logans Handy untermalte den Gesang von Bananarama mit der Melodie von »If I Only Had a Brain« – Rennie.

Logan lief ins Schlafzimmer, schnappte das Telefon vom Nachttisch und drückte die Verbindungstaste. »Was gibt's?«

»Morgen, Chef. Wir haben letzte Nacht den flüchtigen Komplizen von deinem barmherzigen Samariter aufgegriffen – den, der uns im Krankenhaus durch die Lappen gegangen war. Er leugnet, irgendwas mit dem Juwelenraub zu tun zu haben, aber was das Necklacing-Opfer betrifft, stimmt seine Aussage exakt mit allen anderen überein.«

Das Bad war in einem ziemlich fragwürdigen Zustand: Handtücher auf dem Boden, die hohlen Gerippe von Klopapierrollen, die sich hinter der Schüssel ansammelten, ein säuerlicher Geruch, der vom Duschvorhang ausging, die Fliesen und der Spiegel über dem Waschbecken mit einem Ausschlag von Seifen- und Zahnpastaspritzern übersät. Und der Schimmelfleck, der ein wenig wie ein Gesicht aussah. Sollte wirklich mal ein bisschen saubermachen hier …

»Verdammt …«

»Sorry, Chef, aber ich dachte, das hätten wir alles sowieso schon gewusst?«

»Ich hab nicht mit dir geredet …« Logan beugte sich über das Waschbecken und betrachtete die verbeulte Birne im Spiegel. Beide Augen verschwanden fast unter dunkellila Wülsten. Wunderbar.

»Jedenfalls, ich hab mir gedacht, das würde dich interessieren: Ding-Dong kommt heute Morgen vorbei, um Reuben zu vernehmen, sobald sein Anwalt da war. Und du rätst nie, wer ihn vertritt.«

Logan piekste die angeschwollene, verfärbte Haut mit einem Finger. Es tat nicht weh, es sah einfach nur furchtbar aus. »Bin nicht in der Stimmung für Ratespiele.«

»Sandy die Schlange.«

Na toll. Er dotzte mit der Stirn an den verdreckten Spiegel. »Wann?«

»Keine Ahnung. Die Schließer sagen, Reuben ist gegen fünf aufgewacht und hat den ganzen Boden vollgekotzt. Jetzt hat er einen Mordskater – ich kann mir also nicht vorstellen, dass Mr Moir-Farquharson seine schleimige Nummer vor zehn Uhr abziehen wird.«

Willkommen in der neuen Woche.

Hoch droben brennt die Sonne wie ein Backofen und bäckt all die Menschen unten auf der Erde, die sich da durch ihr verzweifeltes kleines Leben schleppen. Und die *Wesen* nicht bemerken, die unter ihnen wandeln.

Ein Pärchen umarmt sich lachend im Fußgängerbereich unterhalb ihres Aussichtspunkts; sie umschlingen einander wie Efeu einen Baumstamm. Und ignorieren alle, die an ihnen vorbeigehen – die strahlenden Lichter, die Grauen und die Dunklen.

Da: eine Frau mit einem kleinen Kind in einem Kinderwagen. Niemand weiß, dass sie ein Engel ist, weil sie alle sie nicht *sehen* können. Sie sehen nur irgendeine fette Schlampe im Jogginganzug, die eine Zigarette pafft und ihren kreischenden Balg durch die Gegend schiebt, auf dem Weg zum Arbeitsamt, um ihre Stütze abzuholen.

Und da: der Mann mit dem dunkelblauen Anzug und der Sonnenbrille, der gerade eine grüne Marks-&-Spencer-Tüte in seine lederne Umhängetasche stopft. Die hellblaue Aura umwirbelt ihn, während er überlegt, was er heute essen soll.

Niemand außer ihr sieht es.

Sie tritt durch die Tür der Damenwäsche-Abteilung. Plastikmenschen in BHs und Unterhosen, erstarrte Posen für die Massen. Manche werden in der Nacht zum Leben erwachen und Mäuse und Ratten jagen, die sie dann auf den heißen Heizungsrohren kochen, um sie anschließend ganz hinunterzuschlingen.

Eine alte Frau schiebt sich an ihr vorbei. Sie zieht dünne schwarze Nebelfäden hinter sich her, die zischen und knistern.

Rowan schaut weg, ehe die Frau sich umdrehen kann. Gefährlich. Viel zu gefährlich.

Die Rolltreppe hinunter in den Bauch des Einkaufszentrums, wo die Bestien die Lebensmittelabteilung abgrasen, über ihre Einkaufswagen gebeugt wie Folterknechte über ihre Opfer.

Unbedingt Blickkontakt vermeiden. Sie können die Angst riechen, aber wenn sie deine Augen nicht sehen, wissen sie nicht, wessen Angst es ist.

Sie greift nach einem Sandwich… und hält inne. Zählt drei

nach links, dann noch eins nach unten, weil Montag ist. BLT – Blut, Ligamente und Talg. Gut genug.

Eine der Bestien bleibt hinter ihr stehen. Sie spürt den schweren Atem im Nacken, als die Bestie nach den Sandwiches greift, die sie bereits berührt hat, und mit ihrer dicken, haarigen Pranke darüberstreicht. Nach ihr tastet. Hungrig.

Sie drückt das BLT-Sandwich an ihre Brust, duckt sich zur Seite weg und schleicht davon. Am Ende des Kühlregals blickt sie sich noch einmal um und sieht, wie die Bestie die Opfergaben beschnuppert.

Nach rechts, vorbei an den kleinen Wäldern in den kleinen Töpfen. Dann kommen wieder Plastikstatuen, diesmal haben sie Kleider und Strickjacken an.

Ausgang. Ausgang. AUSGANG.

Sie stößt einen spitzen Schrei aus, als eine Hand sich auf ihre Schulter legt.

Sie fährt herum, und ein Gesicht starrt sie fragend an: Haut wie Mitternacht, Haare wie dunkle, gekräuselte Wolle.

»Entschuldigen Sie, Miss, aber ich glaube, Sie haben vergessen, dafür zu bezahlen.«

Rowan sieht auf das Sandwich hinunter. Die zerdrückte Pappschachtel an ihrer Brust, die Fetzen von totem Schwein, die zwischen den Brotscheiben hervorschauen wie Messerklingen. Dann hebt sie den Blick wieder zu diesem freundlichen Gesicht mit den wunderschönen Augen und dem goldenen Heiligenschein. »Jemand verfolgt mich.«

Der Engel in der Wachdienst-Uniform schaut sich um. »Wie sieht er denn aus?«

»Ein Mann mit Jeans und Lederjacke und ganz wirren Haaren …« Sie deutet hinter sich zur Lebensmittelabteilung. Es ist eine Lüge, aber die Wahrheit würde ihn nur verletzen, die Bestien sind zu mächtig. Rowan wühlt in ihrer Tasche und zieht einen knisternden Fünfpfundschein hervor, den sie dem

Engel in die Hand drückt. »Bitte sagen Sie ihm nicht, dass ich hier war.«

Der Engel nickt und wendet sich zu den Kassen um. »Ich hole Ihr Wechselgeld.«

Und sowie er zwei Schritte weg ist, schlüpft sie zur Tür hinaus und läuft davon.

Logan stieß die Doppeltür zum Sektionssaal auf. Aus den kleinen Lautsprechern der winzigen Stereoanlage tönte Jim Morrisons Aufforderung an ein Kleinkind, ihn in Brand zu stecken. Irgendwie ziemlich unangemessen.

Dr. Graham thronte am anderen Ende des Raums auf einem Hocker, beugte sich über den Obduktionstisch und hantierte an einem Pappkarton herum, der mit gummiartigen blauen Klumpen angefüllt war. Neben ihr auf einem weißen Plastiktablett lag ein Schädel und neben diesem mehrere aufgeschlagene Bücher mit allerhand Schaubildern, Diagrammen und Tabellen.

Logan drehte die Musik leiser. »Ganz allein?«

Dr. Graham blickte zu ihm auf. »Miss Dalrymple hat mich reingelassen. Das ist doch hoffentlich okay? Ich wollte zeitig loslegen.«

Sie setzte ein Teppichmesser an einer Ecke des Kartons an und schälte die Pappe ab wie die Schale einer Orange, um das blaue, gummiartige Fruchtfleisch darunter freizulegen. »Der Augenblick der Wahrheit …« Dr. Graham grub die Finger in die blaue Masse und rupfte sie weg, bis darunter ein gelblichweißer Schädel zum Vorschein kam. Sie hielt ihn hoch und rieb ihn mit der Handfläche sauber. »Perfekt.«

»Ist das unser Opfer?«

Sie setzte den gereinigten Schädel auf einen Sockel, wo er von einem kleinen Zapfen in der Mitte gehalten wurde. »Ein Kunstharzabguss. Dr. McAllister hat nicht erlaubt, dass ich den echten für die Gesichtsrekonstruktion benutze. Ist ein bisschen mehr Arbeit, aber der Vorteil ist, dass die Vorschriften für den Umgang mit menschlichen Überresten hier nicht gelten, weshalb wir den ganzen Quatsch mit der ›examinierten Fachkraft mit mindestens fünf Jahren Berufserfahrung‹ vergessen können… Als ob ich auf die Idee kommen könnte, einen Schädel mit dem Dosenöffner zu knacken oder ihn als Fußball zu benutzen.«

Logan lehnte sich gegen die kalte Edelstahlfläche. »Und wie lautet nun die Diagnose?«

»Na ja, er ist definitiv tot.« Sie grinste. Dann räusperte sie sich. »Tut mir leid. Ich habe die Gewebsstärke ausgearbeitet und die Marker zugeschnitten, also muss ich sie jetzt nur noch anbringen, und dann kann ich mit der eigentlichen Arbeit loslegen…« Eine kleine Falte erschien zwischen ihren Augenbrauen. »Sie haben da kein Eis draufgetan, oder?«

»Ich hatte keins da. Und mit Fischstäbchen hat es nicht funktioniert.«

»Nein, das kann ich mir denken.« Sie zog ein kleines Metalltablett heran, auf dem Scheiben aus hellem Gummi lagen, wie vom Radiergummi an einem Bleistift abgeschnitten. Jede trug eine mit schwarzer Tinte geschriebene Nummer. »Wissen Sie, die Knochen verraten uns so gut wie alles über einen Menschen: was er gegessen hat, wo er gelebt hat, wo er davor gelebt hat, Größe, Gewicht, Geschlecht, ethnische Zugehörigkeit…« Sie gab einen Tropfen Kleber auf die Rückseite einer Scheibe und brachte sie genau in der Mitte der Stirn des Schädels an.

»Was ist denn aus Dr. Dempsey geworden?«

»Er schmollt. Droht mit rechtlichen Schritten.«

»Sie haben ihn zuerst geschlagen?«

Achselzucken. Zu Marker Nummer eins gesellten sich Nummer zwei und drei. »Er hat mich gestoßen.«

Logan deutete mit dem Kopf auf die glänzende schwarze

Kugel, die über dem mittleren Obduktionstisch an der Decke hing, wie eine Überwachungskamera in einem Einkaufszentrum. »Sagen Sie ihm, es ist alles auf Video festgehalten.«

»Das Opfer war männlich und weiß.« Die Nummern vier, fünf und sechs folgten dem Wulst der Augenbrauen. »Ehrlich gesagt, er war schon seit Jahren auf Krawall gebürstet, seit ich damals in den Irak geschickt wurde und nicht er. Er sagte, er hätte derjenige sein sollen, der die Leichen aus den Massengräbern ausbuddeln durfte, nicht ich ...« Sie richtete sich auf und legte den Kopf schief. »Blau, braun oder grün?«

Er zuckte mit den Achseln. »Blau?«

»Braun ist neutraler.« Dr. Graham griff tief in ihre riesige Handtasche und zog ein Holzkästchen hervor, etwas größer als ein Federmäppchen. Als sie es öffnete, starrten drei Augenpaare Logan an. Sie nahm die braunen Augen heraus, dann hantierte sie mit Gummistäbchen und Kleber herum, bis sie stattdessen aus dem Schädel herausglotzten. »So, das ist doch schon viel besser.«

Im Ernst? Das Ding sah aus wie ein Requisit aus einem billigen Horrorfilm.

»Können Sie das alles nicht einfach am Computer machen?«

»Was denn, so wie im Fernsehen?« Die Marker Nummer sieben bis zehn waren länger, sie ragten aus dem Ober- und Unterkiefer heraus. »Gesichtsrekonstruktion ist halb Wissenschaft und halb Kunst. Sie müssen wirklich *Ahnung* von Knochen haben. Wie soll ein Computer das je schaffen?«

»Na, dann wollen wir doch mal sehen.« Logan griff in seine Jackentasche, zog das Einsteigerpaket für kleine Suppenköche hervor, das er vor seiner Tür gefunden hatte, und warf es auf den Obduktionstisch. Die Knöchelchen klapperten auf der Edelstahlfläche. »Was können Sie aus einem Haufen Hühnerknochen und ein paar gammligen Kräutern herauslesen?«

Sie warf einen Blick darauf und brachte dann die nächsten

zwei Marker an dem Schädel an. »Das sind keine Hühnerknochen, das sind Phalangen. Fingerknochen. Von einem Menschen.« Ein Lächeln. »Hab ich den Test bestanden?«

»Fingerknochen?«

Ein Seufzer. »Okay, machen wir gleich Nägel mit Köpfen …« Sie zog einen linierten A4-Block unter einem der Bücher hervor, schlug ein leeres Blatt auf, legte ihre linke Hand flach darauf und zog die Umrisse von Handteller und Fingern mit einem Bleistift nach. Dann band sie das Bündel auf. »Das hier«, sie hielt einen der kleinen Knochen hoch, »ist das proximale Glied eines Mittelfingers.« Sie legte ihn an die entsprechende Stelle in ihrer krakeligen Handskizze. »Das hier ist ein Mittelglied … *Könnte* vom Zeigefinger sein – nach der Form der distalen Gelenkfläche zu schließen –, aber ohne die ganzen anderen Knochen als Vergleich lässt sich das unmöglich mit Sicherheit sagen.« Sie legte den Knochen auf die Zeichnung. »Und Nummer drei ist ein proximales Daumenglied.«

»Es sind *Menschenknochen*?«

»Ja.« Sie legte den letzten Knochen an seinen Platz. Dann nahm sie ihn wieder in die Hand. »Ich weiß nicht, wer die für Sie gereinigt hat, aber wer immer es war, muss dringend eine Fortbildung absolvieren. Wenn man Knochen kocht, beschädigt das die Gelenke. Schauen Sie mal …« Sie hielt Logan das Ende unter die Nase. »Sehen Sie, wie löchrig und porös es ist?«

Es sah aus wie ein ausgebleichter Crunchie-Riegel, von dem jemand die ganze Schokolade abgelutscht hatte. Sie schüttelte den Kopf. »Sehr amateurhaft.«

O Gott. *»Gekocht?«*

»Genau – dabei gibt es viel effektivere und schonendere Methoden, Skelettreste zu reinigen: Kochen löst die *Substantia compacta* auf, deshalb kann man die *Substantia spongiosa* darunter sehen. Wenn Sie keine Speckkäfer zur Hand haben, die Ihnen die Fleischreste abnagen, dann ist Sieden die Methode der Wahl – schön lange auf kleiner Flamme köcheln, als ob Sie Brühe machen wollten.« Sie legte den Knochen wieder hin. »Ich weiß nicht, wen Sie das machen lassen, aber derjenige sollte sich schämen.« Sie brachte den nächsten Marker am Schädel an.

»Gekocht …« Etwas Kaltes glitt an Logans Rückgrat herab.

Sie nahm den letzten Marker vom Tablett, dann sah sie Logan an und runzelte die Stirn. »Geht es Ihnen gut? Sie sind plötzlich so blass.«

»Wann? Wann wurden sie gekocht?«

Dr. Graham trat einen Schritt zurück. »Hören Sie, ich habe sie identifiziert, oder nicht? Können Sie nicht einfach Ihren Vorgesetzten sagen, dass ich kein Scharlatan bin? Ich weiß *wirklich*, wovon ich …« Ihre Augen verengten sich. »Hat Dempsey Sie dazu angestiftet? Ist er der Schwachkopf, der sie ruiniert hat?«

»Hat jemand sie abgenagt?«

»Wenn das nämlich so ist, sollten Sie einen großen Bogen um ihn machen. Er ist ein verbitterter, verwirrter alter Sack, und ich leiste hier gute Arbeit!«

Der Obduktionstisch war kalt unter seiner Faust. »Hat jemand das Fleisch von diesen verdammten Fingern gegessen oder nicht?«

Sie senkte den Kopf. Dann hob sie den Knochen wieder auf, hielt ihn an die Nase und schnupperte. »Riechen Sie das? Bleichmittel – deswegen sind sie so kalkig und bröselig. Wer würde etwas essen, das er vorher in Bleichmittel gekocht hat?«

O, Gott sei Dank …

Dr. Graham las alle Knochen auf und hielt sie in der Hand. »Es war kein Test?« Sie machten ein trockenes Schmirgelpapiergeräusch, als sie in ihrem Handteller hin und her rollten. »Im Ernst?«

»Jemand hat sie vor meiner Wohnung abgelegt.«

»Fingerknochen?« Sie legte sie wieder auf die gezeichnete

Hand. »Mein Life-Coach hat mir schon gesagt, dass Aberdeen irgendwie seltsam ist …« Sie räusperte sich, dann zog sie ein Lineal aus ihrem Bücherstapel und maß die Knochen der Reihe nach aus. »Man kann Größe und Geschlecht anhand der Phalangen schätzen, aber die Methode ist unzuverlässig. Also, wirklich sehr unzuverlässig. Ich würde mich nicht mal trauen, es aufzuschreiben.«

Logan leckte sich die Lippen. »Ich dachte, es wären Hühnerknochen.«

»Sie müssen mir versprechen, dass Sie sich nicht auf mich berufen, aber ich sage Ihnen, was ich denke: Die Knochen stammen von einer Frau, so um die eins sechzig groß, plus/minus fünf Zentimeter. Die Knochen sind leicht arthritisch, also *könnte* sie in den Fünfzigern, vielleicht auch in den Sechzigern sein. Sie wurden gekocht, also kann man DNS-Spuren vergessen, aber Sie könnten es stattdessen mit einer Stabilisotopenanalyse versuchen.«

»Menschliche Finger.«

»Ich kenne da einen Professor in Dundee, der ehrenamtlich für die Polizei arbeitet. Ich kann ihn mal anrufen, wenn Sie mögen?«

»Ich habe sie immer ins Gebüsch geworfen …«

Rowan rückt auf der Holzbank zur Seite, um Platz für die Frau mit den Einkaufstaschen zu machen, die sich schnaufend neben ihr niederlässt. Schwanger. Muss ihre geschwollenen Knöchel entlasten. Eine eng gewickelte grün-blaue Spirale kommt aus ihrem Bauch und formt in der Luft ein Fragezeichen, das vor Erwartung zittert.

Der Friedhof der St Nicholas Kirk liegt im warmen Schein der Vormittagssonne, die uralten Grabsteine aus Granit baden ihre flechtenbewachsenen Gesichter in ihren Strahlen. Die Kirche nagt mit gezackten dunkelgrauen Zähnen am Himmel, und mit ihren Augen aus schmutzigen Buntglasfenstern starrt sie finster auf Tote und Lebende zugleich herab.

Ein friedlicher Ort.

Die Kirk ist meine Mutter und mein Vater. Sie ist mein Stecken und mein Stab. Mein Schild und mein Schwert. Was ich in ihrem Dienste tue, entzündet ein Feuer in Gottes Namen.

Rowan würgt noch einen Bissen Blut, Ligamente und Talg herunter. Sie sitzt mit gekreuzten Knöcheln auf der Bank, tief über ihr Sandwich gebeugt, die Schultern hochgezogen. Das frisch gefärbte Haar hängt ihr ins Gesicht und verbirgt ihre Augen.

Als Rotschopf ist sie nicht wiederzuerkennen.

Die Zuchtmutter öffnet die obersten Knöpfe ihrer Bluse und wedelt mit dem Kragen, um ihre angeschwollenen Euter zu kühlen. »Puh … Diese Hitze!« Dann zieht sie eine zerknitterte Zeitung aus einer ihrer Einkaufstaschen und benutzt sie als behelfsmäßigen Fächer. »Ahh, das ist schon besser.«

Sie ahnt nicht, was in ihr heranwächst …

Noch ein Bissen – sie zwingt es herunter. Hätte ein bisschen Wasser mitnehmen sollen.

»Wissen Sie, Steve sagt, dass ich immer jammere, wenn es zu kalt ist, aber glauben Sie mir, ich *sehne* den Regen geradezu herbei.«

Rowan nickt nur.

Die Zuchtmutter wirft die Zeitung zwischen ihnen auf die Bank, dann zieht sie eine Plastikflasche mit Apfelsaft aus der Tasche. Sie knackt den Verschluss und nimmt einen tiefen Zug. Es riecht nach Sonnenschein. »Pffffff … Kaum zu glauben, dass es so heiß ist. Wir waren in Kenia auf Flitterwochen, und selbst da war es nicht so heiß.«

Zwischen ihnen schreit die Zeitung in fetten schwarzen Lettern: »Ich konnte ihn nicht leiden lassen – Tapferer junger Mann erzählt von Horrorqualen des Neck-

LACING-OPFERS.« Dazu ein Foto eines hässlichen jungen Mannes in einem Krankenhausbett.

Die Frau seufzt. »Furchtbare Sache, nicht wahr? Wie kann ein Mensch nur so etwas … *Furchtbares* tun?«

Rowan zuckt mit den Achseln, dann reibt sie an den Narben an ihrem linken Handgelenk. Wie dünne, glänzende Würmer, die sich unter ihren Fingerkuppen winden. »Vielleicht hatte er es verdient?«

»Niemand kann *so etwas* verdient haben.« Der blau-grüne Wirbel erzittert. »Uuuuuh … der junge Mann macht wieder seine Turnübungen. Ich sag's Ihnen, ich komme mir vor wie dieser Typ in *Alien*. Aber der konnte ja noch froh sein – wenigstens hatte er nicht den Fuß von einem kleinen Monster in der Blase.«

Wenn sie bloß wüsste.

Die Zuchtmutter blickt auf das Meer von Totensteinen hinaus. »Ich war hier, als sie den Bittgottesdienst für Alison und Jenny McGregor gehalten haben – haben Sie das gesehen? Ich hab ein Autogramm von Robbie Williams ergattert …«

Ein Mann tritt durch das Tor in der reich verzierten Säulenfront, die den Friedhof gegen die Union Street abschirmt. Er ist *hier*. Der Mann hat ein Telefon ans Ohr gedrückt, in der anderen Hand trägt er eine Tüte von Primark. Und eine Aura wie ein brennendes Haus – schwarze, orange und rote Rauchzungen zieht er hinter sich her, die sich um die Grabsteine schlingen.

»Das war natürlich *vor* Steve. Und jetzt schauen Sie mich bloß an.«

Der breite Weg von der Straße zur Kirche ist mit Steinplatten und alten Grabsteinen gepflastert, von Generationen von Füßen fast spiegelglatt poliert. Die Lebenden trampeln auf den Toten herum. Sie kann sie beinahe stöhnen hören, als er an der Bank vorbeimarschiert.

»Wissen Sie, die Leute sagen immer, ein Kind auf die Welt bringen sei die tollste Erfahrung, die man überhaupt machen kann, aber bis es so weit ist, macht man schon ganz schön was … Oh, Sie gehen schon?«

Rowan eilt ihm nach, mit ausreichend Abstand, um nicht von seinem scheußlichen Gestank erfasst zu werden: die knisternden Girlanden wie brennendes Blut. Die Bestien sind zu mächtig, genau wie die Frau mit der schwarzen Aura, aber ein *Hexer* … Also, das ist schon was anderes.

Die Kirk ist meine Mutter und mein Vater. Sie ist mein Stecken und mein Stab. Mein Schild und mein Schwert. Was ich in ihrem Dienste tue, entzündet ein Feuer in Gottes Namen.

13

»Ich kann nichts dafür, okay?« Logan schnappte sein Jackett vom Haken neben dem Aktenschrank in seinem Büro. »Ist ja nicht so, als ob ich die verdammten Dinger im Internet bestellt hätte.«

Steel versperrte ihm die Tür. »Wie konntest du übersehen, dass es Menschenknochen waren?«

»Ja klar, weil du ja auch so eine Expertin in Anthropologie bist. Wer legt schon anderen Leuten *echte* Fingerknochen vor die Tür?« Er griff nach dem Telefon auf seinem Schreibtisch und hämmerte die Nummer des CID-Großraumbüros in die Tasten. »Wer ist da – Guthrie?«

Der liebe Kollege klang ziemlich verschlafen. *»Ja, Chef?«*

»Du musst die Vermisstenberichte für mich durchgehen. Wir suchen nach einer Person zwischen fünfundvierzig und fünfundsechzig, Rechtshänder, mit Arthritis. Zwischen eins fünfundfünfzig und eins fünfundsechzig groß.«

»Na toll.« Steel fummelte ein wenig an der Unterseite ihrer

linken Brust herum und zog dabei das Gesicht in unsymmetrische Falten. »Als ob man damit nicht eine Million Treffer kriegt.« Sie fummelte noch ein bisschen intensiver. »Findest du, dass meine Titten größer werden?«

»Männlich oder weiblich?«

»Wahrscheinlich weiblich, aber überprüf auch die Männer, für alle Fälle.« Logan ignorierte das Gegrummel am anderen Ende und legte auf.

»Ich glaube, sie werden größer…« Sie quetschte sie zusammen und präsentierte ein faltiges Dekolleté. »Guck mal.«

»Nein.«

»Was ist denn mit deinem Kumpel, dem Gossenjournalisten? Dem haben sie doch die Finger abgehackt – vielleicht schickt er dir die Teile als kleine Geschenke, um die Freundschaft zu erhalten?«

»Ich brauche einen Durchsuchungsbeschluss für Reubens Wohnung. Und er hat eine Werkstatt oder eine Garage oder so was irgendwo auf dem Land – die müssen wir auch durchsuchen. Er hat jemanden umgebracht, vielleicht Konkurrenz aus der Dealerszene, und daher hat er die Knochen.«

»Du bist doch nicht ganz richtig im Kopf. Wann hast du zuletzt von einer alten Dame gehört, die mit Drogen handelt?«

Logan zog die unterste Schublade des Aktenschranks auf und nahm einen Stoß leere Beweismittelbeutel heraus, die mit einem Gummiband zusammengehalten wurden. »Da war zum einen die in Torry letztes Jahr mit der Cannabisplantage in der Garage. Und dann die Oma, die in Northfield Koks vertickt hat. Und diese Rentnerbande mit dem Crystal-Labor in Huntly.«

Steel warf ihm einen bösen Blick zu. »Das waren pensionierte Chemielehrer, die zählen nicht.«

Die Schublade knallte wieder zu. »Reuben ist der Einzige…«

»Herrgott noch mal, du bist ja total besessen. Warum sollte

Reuben die Knochen abkochen? Warum sollte er dir nicht einfach die Finger schicken?«

»Aber wer kann es denn sonst sein?«

Ein Gesicht erschien hinter Steels Schulter. DS Chalmers, die Brille ganz vorne auf der Nasenspitze. »Chef? Entschuldigen Sie die Störung, aber auf Anthony Chungs Bankkonto hat es eine Bewegung gegeben. Mit seiner EC-Karte wurden heute Morgen zweihundertsechzig Pfund abgehoben, und zwar an einem der Geldautomaten der Clydesdale Bank vor dem Marks & Spencer in der Union Street.«

Steel drehte sich um. »Ob Sie's glauben oder nicht, Sergeant, aber wir wissen schon, wo Markies ist.« Sie quetschte ihre Brüste wieder zusammen. »Finden Sie, dass die größer aussehen?«

Chalmers wurde knallrot. Sie starrte Logan an. »Chef?«

»Lassen Sie sich die Aufnahmen der Kamera an dem Geldautomaten geben. Dann gehen Sie die Filme der anderen Überwachungskameras in der Gegend durch und finden Sie raus, wo er herkam und wohin er gegangen ist.«

Sie schrieb sich alles in ihrem Notizbuch auf. »Sie sind noch in Aberdeen – es ist nur noch eine Frage der Zeit, bis wir sie gefunden haben.«

Steel ließ los, worauf ihre Brüste wieder absackten und auseinanderfielen. »Es sei denn, jemand hat ihn abgestochen und seine Karten geklaut.« Sie deutete auf Logan. »Sag mal, Knochenmann, wann hast du das letzte Bündel gefunden?«

»Heute Morgen, in einer Schachtel vor meiner Haustür.«

»Dann ist es nicht Reuben, oder? Wir haben ihn seit gestern Abend sechs Uhr hier eingebuchtet.«

»Dann hat er sie halt von jemand anderem abliefern lassen. Es ist eine Drohung. Er will …« Logan runzelte die Stirn. Was? Was um alles in der Welt könnte Reuben davon haben? »Okay, ich habe keinen Schimmer, was er will, aber man schickt nicht einfach so aus Spaß jemandem Fingerknochen.«

»Also, wenn du recht hast, und es ist irgendein greiser Drogendealer aus Manchester, Birmingham oder Gott weiß wo, dann bring ich dich verdammt noch mal um. Wie zum Henker sollen wir so einen Fall knacken?«

Logan steckte Handy und Schlüssel ein. »Chalmers – wenn Sie mit den Überwachungsvideos fertig sind, beschaffen Sie uns eine Liste von Agnes Garfields und Anthony Chungs Freunden, damit wir anfangen können, sie zu befragen.«

»Ja, Chef.«

»Und besorgen Sie mir einen Uniformierten, der ein bisschen was in der Birne und Erfahrung mit Suchaktionen hat. Ich muss noch mal los.«

Selbst mit den Polizeistiefeln an den Füßen reichte PC Sim Logan kaum bis zur Schulter. Ihr dunkelbraunes Haar war nach hinten gekämmt und in einem festen Knoten gebändigt, direkt unter der Krempe ihrer Melone. Zusammen mit der Brille entstand so der Eindruck, dass sie ihren Kopf mit allen Mitteln windschnittiger machen wollte. Sie rümpfte die Nase. »*Hier* wohnen Sie?«

Logan fischte eine Rolle blau-weißes Polizei-Absperrband aus dem Kofferraum des Poolwagens. »Was ist denn daran so verkehrt?«

Sie drehte sich um die eigene Achse und deutete auf die Kläranlage am anderen Flussufer. Dann auf den riesigen Supermarkt. Dann auf den Friedhof. Und dann auf die Schnellstraße dahinter, wo die Sattelschlepper vorbeidonnerten. »Wo soll ich anfangen?«

»Hmmpf.« Logan drückte ihr das Absperrband in die Hand. »Spannen Sie das zwischen den Bäumen auf. Ich will eine drei bis vier Meter breite Sperrzone um den Wohnwagen herum.«

»Ich mein ja nur.« Sie wickelte das Ende des Bands ab und schlang es um den Stamm einer großen Buche.

»Und Sie hätten es erst sehen sollen, als wir noch die Hühnerfabrik direkt hinter uns hatten.«

Ein Elsternpaar kam angeflogen und landete auf dem Auto. Sie hüpften auf der Motorhaube herum, legten die Köpfe schief und sahen zu, wie Sim hinter dem Wohnwagen von Baum zu Baum ging und das Band um Stämme und Äste schlang. Dann noch um einen Busch, wieder um einen Baum, und dann noch um den Nachbar-Wohnwagen, bis sie ein etwas windschiefes Trapez zustande gebracht hatte. »Sollten wir nicht vielleicht ein ganzes Team hier haben?«

»Ich will nicht, dass morgen die ganze Geschichte im *Aberdeen Examiner* steht. Kein Aufsehen.«

»Echt schlau.« Sie lächelte ihn an. »Und das blau-weiße Absperrband, auf dem groß und deutlich das Wort ›Polizei‹ steht, wird natürlich *überhaupt* keinen Verdacht erregen.«

Die Elster auf der Motorhaube keckerte höhnisch.

»Ach … halten Sie einfach den Mund und ziehen Sie Ihren Schutzanzug an.«

»Ja, Chef.«

Logan stemmte sich die Hände ins Kreuz und massierte die verspannten Muskeln. Ein kleiner Schwall brütend heißer Luft entwich aus der Gummizug-Kapuze des weißen Tyvek-Anzugs, Schweißtropfen rannen ihm an der Seite herab. Hätte er sich mal besser das Jackett ausgezogen, bevor er in das verdammte Teil gestiegen war.

PC Sim kniete im Gebüsch hinter dem Wohnwagen und arbeitete sich methodisch durch Laub und Zweige. Dabei trällerte sie ein Medley von Musicalmelodien vor sich hin, gedämpft durch ihre Gesichtsmaske. Plötzlich brach sie ab, richtete sich auf und starrte auf einen Gegenstand in ihrer Hand.

Logan schlurfte mit seinen blauen Plastik-Überschuhen über den Asphalt auf sie zu. »Haben Sie was gefunden?«

»Sind sie das?« Sie hielt ein kleines Bündel Knochen hoch, übergab es ihm aber nicht. Es wurde von einem blauen Band zusammengehalten – das musste dann wohl dasjenige sein, das er am Samstagabend weggeworfen hatte.

»Das sind sie.«

Sim nahm einen Beweismittelbeutel aus der Schachtel, die neben ihr stand, ließ die Knochen hineinfallen, versiegelte den Beutel und beschriftete ihn. »Dann haben wir also die hier, die Fragmente aus dem Efeu und die aus dem Abfalleimer in der Küche. Ist das alles?«

Logan zuckte mit den Achseln. »Es müssten noch ein paar hier rumliegen… Es waren mehr, aber ich habe sie weggeschmissen. Die Müllabfuhr war letzte Woche da.«

»Wie schade, ich hätte doch *zu* gerne in einer Mülltonne voll mit dem angeschimmelten A-a von anderen Leuten rumgewühlt.«

»A-a?«

»A-a.«

Sim wiegte sich hin und her – es sah aus wie in einem billigen Gymnastik-Video. Schwitz dich schlank mit dem neuen Tyvek-Schutzanzug. »Ich geb's auf.«

Logan ließ sich auf die oberste Stufe sinken und lehnte sich an die Tür des Wohnwagens. Der kühle Schweiß machte sein Hemd zu einer klammen Hand, die sein Rückgrat gepackt hielt. »Es waren noch *mindestens* drei weitere Bündel.«

»Und Sie haben sie alle ins Gebüsch geworfen?«

»Ich glaube schon. Vielleicht…«

Die Elstern waren wieder da. Sie hockten auf dem Dach des Wohnwagens gegenüber, wackelten mit den Köpfen und starrten auf ihn herab. Warteten darauf, dass er irgendetwas Spannendes tat. Na, da konnten sie lange warten, die vorwitzigen kleinen Biester.

Sim nahm ihre Schutzbrille ab; die Brillengläser darunter waren ganz beschlagen. Sie zog die Gesichtsmaske heraus und ließ sie an dem Gummiband um ihren Hals baumeln. Ihr ganzes Gesicht glänzte. »Ich bin alles ein Dutzend Mal durchgegangen. Wenn sie da waren, sind sie jetzt nicht mehr da.« Als Nächstes kam die Kapuze runter. Ihr Haarknoten war zu einem krausen Klumpen entartet. »Schockschwerenot, ist das *heiß* in dem Ding.«

Schockschwerenot?

»Sie sind ein schräger Vogel, Sim, das wissen Sie schon?«

»Kann sein…« Sie runzelte die Stirn, dann zog sie den Reißverschluss ihres Overalls herunter, putzte ihre Brille an dem schwarzen Polizei-T-Shirt darunter und setzte sie wieder auf. »Hat irgendjemand hier in der Nachbarschaft einen Hund?«

»Die Dawsons in Nummer drei haben einen Border Terrier, und die McNeils in Nummer sieben haben einen Yorkie. Ist nicht gerade die Gegend für Schäferhunde und Bernhardiner hier.«

»Na ja, kann doch sein, dass die Hunde sie gefressen…« Ein raues Keckern kam vom Dach des Wohnwagens. Dann hüpfte eine der Elstern von der Kante weg, schwang sich auf in den Baum dahinter und keckerte von da oben weiter.

Sim starrte in den Baum hinauf. »Ist da ein Nest?«

Logan streifte ebenfalls seine Kapuze ab. »Die kleinen Biester hocken immer so ab fünf Uhr früh da oben und gackern sich einen ab. Wie Waldorf und Statler.«

Sie ging zu dem Baum, hüpfte ein paarmal auf und ab und versuchte vergeblich, den untersten Ast zu erreichen. Dumm, wenn man so klein war. »Ach… verflixt.« Sie winkte ihn heran. »Helfen Sie mir mal hoch.«

»Glauben Sie im Ernst, dass die Elstern sie geklaut haben?«

»Na ja, wenn die Bänder glänzend waren, warum nicht?« Sie

streifte ihre blauen Plastik-Überschuhe ab. Und sah ihn erwartungsvoll an.

Na gut, warum nicht? Er ging hin, verschränkte die Hände und machte ihr eine Räuberleiter.

Sie kletterte an ihm hoch wie ein besoffener Schimpanse, bis sie auf dem untersten Ast stand. Dann stieg sie weiter auf den nächsten. Und dann auf den darüber.

Logan trat zurück. »Wenn Sie runterfallen und sich den Hals brechen, erzähle ich allen, dass ich Ihnen davon abgeraten habe.«

»Wenn Sie wollen, können wir ins Präsidium zurückfahren, alle zu einer Risikobewertung zusammentrommeln, einen Arbeitssicherheitsplan ausarbeiten, ein Gerüst mieten, einen Fachmann damit beauftragen, es aufzustellen, einen zweiten Fachmann kommen lassen, um es abzunehmen, und dann …«

»Passen Sie einfach nur auf, dass Sie nicht runterfallen.«

Sie streckte die Hand aus und packte den Ast mit dem Nest.

Die Elster hüpfte auf und ab und schimpfte wütend, während Sim sich hochzog und in das Nest schaute.

»Und?«

»Ein paar Flaschendeckel, Autoschlüssel, ein bisschen Lametta und ein Ohrring.«

»Knochen?«

»Tut mir leid, Chef.« Sie drehte sich um und sah zu ihm herunter. »Das war wohl …« Ihre Augen weiteten sich. »Schockschwerenot!«

Schon wieder – *Schockschwerenot*. Das hatte er ja zuletzt von seinem Großvater gehört. »Was ist?«

Sim schlang einen Arm um den Ast und zeigte mit dem anderen auf das Dach von Logans Wohnwagen. »Das müssen Sie sich anschauen.«

Er sah missbilligend zu ihr auf. »Wenn Sie …«

»Im Ernst, Chef, das müssen Sie sehen.«

Na schön. Wenn sie unbedingt wollte.

Logan holte die Mülltonne, die an der Seite des Wohnwagens stand, und zog sie zur Haustür. Er stieg auf die oberste Stufe und von dort auf die Tonne, bis er auf dem Deckel kniete. Der schwarze Kunststoff wackelte unter ihm. Beim Sturz von einer Mülltonne ums Leben gekommen, wie genial wäre das denn? Saublöde Idee …

Er packte die Dachkante und zog sich hoch, bis er auf den Füßen stand. Und dann starrte er mit offenem Mund auf das, was da ausgebreitet auf der grobkörnigen Dachpappe lag.

Schockschwerenot, ganz genau.

14

»Bist du noch zu retten, Mann?« DCI Steel warf die Hände in die Luft. »Wie *konntest* du nichts davon wissen?«

Der Wohnwagenpark war komplett abgesperrt. Die alte Mrs Foster glotzte mit ihrem Kakadu aus dem Küchenfenster von Nummer vier, ihr Mund wie ein krakeliger roter Strich, und beobachtete, wie eine Phalanx von Kriminaltechnikern in weißen Overalls langsam das Gelände abschritt und nach weiteren Teilen suchte.

»Na ja …« Logan deutete auf seinen Wohnwagen. Zwei Spurensicherer krochen mit Pinzetten und Beweismittelbeuteln darunter herum. »Es ist ein Wohnwagen, er hat ein flaches Dach, das kann man von unten nicht sehen.«

»Und so was schimpft sich Detective!«

»Es war nicht …«

»Wie konntest du unter so was wohnen und nichts merken?«

Jemand zupfte Logan am Ärmel. »Chef?« PC Sim sah zu ihm auf. »Die wollen wissen, wann Ihr Dach das letzte Mal repariert wurde.«

Er starrte sie an. »Wenn Sie andeuten wollen, dass es der Typ ist, der es zuletzt repariert hat – ich glaube ja wohl, dass mir das aufgefallen wäre, wenn der da oben gestorben und vergammelt wäre!«

Steel schnaubte. »Nach den jüngsten Erfahrungen wage ich das aber schwer zu bezweifeln.«

»Nein, Chef, die müssen da rauf, um die Überreste zu untersuchen, und … na ja … sie wollen nicht riskieren, durchs Dach zu brechen.«

»Mit meinem Dach ist alles in Ordnung.«

»*Aye*, bis auf das arme Schwein, das da oben tot rumliegt.«

Er schloss die Augen. Zählte bis zehn. Kam nur bis sechs. »Hast du nicht irgendwas Sinnvolleres zu tun?«

Steel schüttelte den Kopf. »Überraschenderweise steht das Skelett, das da oben auf dem Dach von deinem Scheiß-Wohnwagen rumliegt, ziemlich hoch auf meiner Prioritätenliste. Warum musst du *immer* irgendeinen Stress machen? Warum kannst du nie …«

»Ich hab den Kerl nicht da hingelegt, okay?« Er zeigte mit dem Finger auf das Dach. »*Das* war ich nicht.«

»Chef?« PC Sim schon wieder. »Die Hebebühne ist da.«

Ein ramponierter Tieflader setzte piepsend von der Mugiemoss Road in den Wohnwagenpark zurück. Die eine Seite war total verbeult, und rostige Schrammen zogen sich quer durch das Wappen der Stadt. Auf der Ladefläche war ein kleiner gelber Hubsteiger festgezurrt.

Billiger und schneller, als mühsam ein Gerüst aufzubauen.

Fünf Minuten später rollte der Hubsteiger langsam über den Asphalt, gesteuert von einem mopsgesichtigen Kerl in Blaumann und Sicherheitsweste. Ein dicker schwarzer Schnauzbart verdeckte seine Oberlippe und hing an beiden Seiten herab, was ihm ein permanent mürrisches Aussehen verlieh.

Steel hob eine Hand. »Okay, Schätzchen, das ist weit genug. Von hier ab übernehmen wir.«

Der Mann hielt seinen Hubsteiger an, blieb aber drin sitzen. Seine Stimme hatte einen harten Highlands-Einschlag. »Haben Sie einen Führerschein für so ein Ding, Fräulein? Wenn nicht, dann fahren Sie auch nicht damit. Vorschrift vom Arbeitsschutz.«

»Wen nennen Sie hier ›Fräulein‹?« Sie baute sich vor ihm auf. »Ich bin verdammt noch mal Detective Chief Inspector, und …«

»Und wenn Sie die Proktologin von der Queen sind, das interessiert mich nicht. Niemand fährt dieses Ding ohne ’nen Schein von der Stadt.« Er nickte. »Die vom Arbeitsschutz würden mir den Kopf abreißen.«

Sie durchbohrte ihn mit einem Blick, zog ihre E-Zigarette aus der Tasche, steckte sie sich in den Mund und paffte ein paarmal daran. Ein Rauchwölkchen driftete in die warme Sommerluft davon. »Okay, kann jemand unserem Burt Reynolds hier einen Schutzanzug besorgen? Er ist unser neuer Chauffeur.«

»Aye, Aye …« Burt Reynolds beugte sich mit seinem erstaunlichen Schnauzbart über das Geländer der Hebebühne und blickte auf das Dach von Logans Wohnwagen hinunter. »So was kriegt man auch nicht jeden Tag zu sehen.«

Der Korb schwebte fast sechs Meter über der Erde, hoch genug, um einen guten Überblick über das ganze Dach zu gewähren. Er schwankte leicht, als Steel und Logan vortraten, um besser sehen zu können.

Steel hielt sich am Geländer fest. »Ist das Ding auch sicher?«

»Wir haben mal ’nen Schädel gefunden, als wir draußen bei Rhynie ’ne Straße aufgegraben haben. Fat Doug wollt’ ihn mit nach Hause nehmen, als Aschenbecher. Der war schon immer ’n bisschen seltsam.«

Die gelblich-grauen Knochen waren wie eine Art Installation auf dem Dach ausgebreitet: Der zahnlose Schädel lag hinter den gekreuzten Oberschenkelknochen, der Unterkiefer davor, dann Becken und Brustbein, alles eingefasst von einem groben Kreis aus Rippen und Wirbeln. Ringsum war das Dach mit kleinen Erdhäufchen gesprenkelt.

Logan deutete auf die Häufchen. »Die können noch nicht so lange da sein. Es wächst kein Moos oder sonst irgendwas darauf.«

»Ah.« Der Burt Reynolds vom städtischen Bautrupp nickte. »Vielleicht ist es Keith Richards?«

Steel zuckte mit den Achseln. »Dann hat er aber ziemlich abgenommen.« Sie boxte Logan in den Arm. »Ich hab dir doch gesagt, dass Reuben es nicht gewesen sein kann.«

»Woher willst du das denn …«

»Das da ist viel zu etepetete für einen wie ihn.« Sie schniefte. »Und außerdem wäre dieses Riesenbaby doch eingebrochen wie ein Elefant beim Eislaufen.«

Der sogenannte Nachgeschaltete Beobachtungsraum hatte seit dem letzten Mal einen neuen mattweißen Anstrich bekommen, sodass er jetzt nicht nur mickrig und eng war, sondern auch nach Farbe stank. Logan stellte einen der Plastikstühle in die Tür, um sie offen zu halten. »Besser?«

»Was denkst du denn?« Steel schlug mit der flachen Hand auf den kleinen Fernsehmonitor, der oberhalb der grauen Tischplatte montiert war. »Komm schon, du Scheißteil …«

Das Bild wackelte und flimmerte, dann erschien Vernehmungsraum 3 auf der Mattscheibe, leicht verzerrt durch den Kamerawinkel.

Reuben saß auf der anderen Seite des Tischs, mit dem Gesicht zur Kamera, die massigen Schultern gesenkt, die Haare auf einer Seite ganz plattgedrückt, auf der anderen vom Kopf abstehend. Man konnte die gewaltige Fahne, die ihm aus jeder Pore drang, fast durch die Wand hindurch riechen.

Falls das den Mann störte, der neben ihm saß, ließ er es sich nicht anmerken. Sandy Moir-Farquharsons Anzug hatte vermutlich mehr gekostet, als Logan in einem Monat verdiente. Vielleicht in zwei. Das weiße Hemd war tadellos gestärkt und gebügelt, die Krawatte saß exakt in der Mitte. Er hatte ein bisschen weniger Haare als das letzte Mal und war inzwischen fast völlig ergraut, aber seine überhebliche Art war noch exakt die gleiche. *»Und sagen Sie mir doch, Inspector, wann soll mein Mandant diesen angeblichen tätlichen Übergriff begangen haben?«*

Logan pochte mit dem Finger auf den Monitor. »Von wegen ›angeblich‹!«

Der Mann, der mit dem Rücken zur Kamera saß, konsultierte seine Notizen. *»Um halb sieben gestern Morgen.«* DI Bell war fast so breit wie Reuben, aber einen halben Kopf kleiner. Er hatte sein Sakko ausgezogen und die Hemdsärmel hochgekrempelt; die haarigen Arme, die darunter zum Vorschein kamen, hätten einem Gorilla gut zu Gesicht gestanden.

»Los doch, Ding-Dong, frag ihn nach den Knochen.«

Steel seufzte. »Du bist ja total besessen.«

»Dann hat Ihr Kläger sich offensichtlich in der Person geirrt.« Der Anwalt nahm ein Blatt Papier aus seinem Aktenkoffer. *»Ich habe hier eine eidesstattliche Erklärung von einer Miss Chloe Slessor des Inhalts, dass mein Mandant die ganze Nacht in … amourösen Angelegenheiten mit ihr verbracht hat.«*

»Die verlogene Schlampe!«

Steel pfiff leise. »Amourös? Reuben? Mein Gott, kannst du dir das da beim Sex vorstellen? Das wär ja so, wie wenn ein Warzenschwein ein Fabergé-Ei fickt.«

»Hat Ihr Kläger irgendwelche Zeugen, die seine fiktive Version der Ereignisse bestätigen können?«

»Oha, jetzt bist du wohl der Gefickte, Laz.«

»Als Polizeibeamter ist DI McRae …«

»Entschuldigen Sie, Inspector, aber stehen Polizeibeamte jetzt über dem Gesetz?« Der gerissene Sandy zeigte sein eiskaltes Reptilienlächeln. *»Unterliegen Sie nicht der gleichen Beweispflicht wie jeder andere Bürger?«*

»Er hat mich voll auf die Nase geboxt!« Logan schnappte sich das kleine Mikrofon, das mit der Wand verkabelt war, und drückte den roten Knopf. »Er hat mich voll auf die Nase geboxt!«

Auf dem Bildschirm sah man DI Bell zusammenzucken. Dann steckte er sich einen Finger ins Ohr und nestelte an dem kleinen drahtlosen Ohrhörer herum. *»Au …«*

Logan drückte wieder die Sprechtaste. »Tut mir leid. Fragen Sie ihn nach den Knochen.«

»Reuben«, DI Bell beugte sich vor, *»von wem stammen die Knochen?«*

Ein Schniefen, dann ein fragender Blick. *»Hä?«*

»Die Knochen, die Sie DI McRae geschickt haben.«

Er sah seinen Anwalt an und dann wieder den Inspector. *»Sind Sie jetzt total durchgeknallt?«*

»Wer war sie? Wen haben Sie umgebracht?«

Schweigen. Reuben lehnte sich zurück und verschränkte die muskulösen Arme.

Steel schnaubte. Dann riss sie Logan das Mikrofon aus der Hand. »Na super, Ding-Dong. Echt geschickt. Jetzt wird er's dir ganz bestimmt sagen.«

»Mein Mandant hat niemanden umgebracht, Inspector Bell. Mein Mandant ist ein gesetzestreuer Bürger und weist die Anschuldigung entschieden zurück.« Sandy die Schlange klappte seinen Aktenkoffer wieder zu. *»Wenn Sie mir eine Warnung gestatten: Die Grampian Police hat sich schon einmal der ungerechtfertigten Inhaftierung schuldig gemacht. An Ihrer Stelle würde ich nicht so leichtfertig mit Anschuldigungen um mich werfen, für die es keine*

handfesten Beweise gibt.« Er entknotete seine langen Gliedmaßen und richtete sich zu voller Größe auf. *»Nun, da Sie offensichtlich nichts mehr von Bedeutung mit uns zu besprechen haben und keine Beweise vorlegen können, schlage ich vor, dass Sie meinen Mandanten unverzüglich auf freien Fuß setzen. Diese Vernehmung ist beendet.«*

15

KLONG – der Papierkorb knallte gegen die Wand und prallte zurück, eine Flut von Papierservietten, leeren Chipstüten, Schokoriegelpapierchen und Instant-Nudelsuppenbechern ergoss sich über die fleckigen Teppichfliesen des Videoraums.

DS Chalmers zuckte zusammen und schwenkte ihren Stuhl herum, die Augen weit aufgerissen. Sie blinzelte ein paarmal und nahm dann ihren Kopfhörer ab. »Mann, haben Sie mir einen Mordsschrecken eingejagt… Nur gut, dass ich meine Blase so hervorragend unter Kontrolle habe, sonst hätt's hier drin eine Überschwemmung gegeben.«

Der Videoraum war sogar noch kleiner als der Nachgeschaltete Beobachtungsraum – kaum mehr als eine Besenkammer, die an der einen Wand gerade genug Platz bot für einen großen grauen Tresor, in dem die Festplatten der Überwachungskameras aus den Polizeitransportern aufbewahrt wurden, und eine kleine Arbeitskonsole an der anderen. Hier standen zwei Videogeräte nebeneinander, und über zwei winzige Flachbildschirme flimmerten grobkörnige Aufnahmen von Aberdeen.

Chalmers saß davor, neben sich auf der Arbeitsfläche einen Stapel antiquiert aussehender VHS-Kassetten.

Logan fuhr sich mit der Hand über die Augen. »Tut mir leid.« Dann bückte er sich, las eine verblichene Tüte Prawn-Cocktail-Chips auf und warf sie in den verbeulten Abfalleimer. Und dann einen leeren Becher Instant-Hühnersuppe mit Champignons. »War mal wieder so ein gebrauchter Tag.«

»Ich habe versucht, Agnes Garfield und Anthony Chung auf den Überwachungsfilmen vom Stadtzentrum von heute Morgen zu finden. Ein Albtraum, ich sag's Ihnen. Aber …« Sie drückte eine Taste an der Konsole und drehte dann an einem Knopf, der wie ein Lautstärkeregler aussah. Auf dem Monitor liefen die Leute plötzlich rückwärts und huschten über die Union Street, während die Ampel umsprang. »Es ist mir gelungen, die Transaktion am Geldautomaten ausfindig zu machen.«

»Dieser verdammte Europäische Gerichtshof für Menschenrechte. *Nein*, wir dürfen es jetzt nicht mehr auf die *vernünftige* Art und Weise machen, so wie wir es schon seit Jahren machen – jetzt muss der schleimige Rechtsverdreher von dem Mistkerl mit im Raum sein, wenn wir ihn vernehmen. Als ob es nicht so schon schwer genug wäre.« Er feuerte die Leiche einer Cheese-and-Onion-Tüte in den Eimer, dann ein Mars-Papierchen, eine Pickled-Onion-Monster-Munch-Tüte, einen Becher Rindfleischbrühe mit Tomate. »Und da wundern sich die Leute, dass die Schotten den Ruf haben, sich von allen Europäern am ungesündesten zu ernähren …«

»Moment, ich zeig's Ihnen.« Sie nahm die Kassette heraus und schob eine andere in den Rekorder.

Die gebrauchten Papiertaschentücher würde er auf keinen Fall mit bloßen Händen anfassen. Zwar befand sich der Videoraum im Erdgeschoss, direkt gegenüber der Überwachungszentrale, die rund um die Uhr besetzt war. Aber das hieß noch lange nicht, dass hier nicht irgendwelche Saukerle sich vor Bildern von besoffenen Freitagabend-Girlies mit blankgezogenen Brüsten einen Wolf wichsten.

Er nahm einen Kuli von der Arbeitsfläche und beförderte die Papierknäuel damit in den Abfalleimer.

»Da ist es …«

Logan blickte auf und sah eine Schlange von drei Personen, verzerrt durch das Fischaugenobjektiv der Kamera im Geldautomaten. Zuerst kam ein kleiner Mann in Kapuzenshirt, Lederjacke und Pudelmütze – und das Mitte Mai. Hinter ihm war eine Frau, die sich alle drei oder vier Sekunden umdrehte, als ob jemand hinter ihr her wäre. Und der Dritte war ein schnöseliger Anzugtyp, der alle fünfzehn Sekunden demonstrativ auf seine Armbanduhr schaute. Wisst ihr denn nicht, wie *wichtig* ich bin?

Logan schüttelte den Kopf. »Das ist der falsche Film. Wo ist Anthony Chung?«

Der Typ mit der Pudelmütze und dem Kapuzenpulli nahm sein Geld und verschwand aus dem Bild. Die nervöse Frau rückte nach.

Chalmers drückte die Pausentaste. »Laut der Clydesdale Bank ist das die Abhebung mit Anthony Chungs EC-Karte. Zweihundertsechzig Pfund.«

Die nervöse Frau hatte viel zu viel Make-up aufgelegt, und ihre roten Haare quollen unter einer Baseballkappe mit dem aufgenähten Schriftzug »WITCHFIRE« hervor. Ihr herzförmiges Gesicht war ein wenig unscharf, und die dicken Schichten von Mascara und schwarzem Lidschatten ließen sie aussehen wie eine Figur aus einem Tim-Burton-Film.

Logan fixierte stirnrunzelnd den Monitor. »Ist das …«

»Sie hat sich die Haare gefärbt, die Brille fehlt, und sie hat ein bisschen abgenommen, aber das ist sie, ganz eindeutig.«

Agnes Garfield.

»Was macht sie denn mit Anthony Chungs EC-Karte?«

Chalmers drückte die Abspieltaste. »Für ihn Geld abheben? Vielleicht hat sie selber keins, und deshalb leben sie von seinem?«

»Zweihundertsechzig Pfund sind eine Menge Bargeld für

eine einzige Abhebung. Sie wollen verreisen oder etwas Großes kaufen …«

»Nicht genug für Flugtickets, zu viel für Zugfahrkarten. Und wenn sie sein Konto plündern wollte, wieso hat sie dann nicht die vollen dreihundert abgehoben? Die Bank sagt, er hat immer noch ein Guthaben von dreieinhalbtausend.«

Logan warf den Kuli in den Papierkorb mit den verdächtigen Taschentüchern. »Für zweihundertsechzig kriegt man schon eine ordentliche Menge Gras. Sie hat ihren Vorrat ja zu Hause gelassen.«

»Wir haben mithilfe der Kameras ihren Weg vom Marks & Spencer die Union Street entlang bis Schoolhill verfolgt, dann geht sie neben dem Theater eine Treppe runter und verschwindet. Mehr geben die Filme nicht her.«

»Und die GSM-Ortung?«

Sie verzog das Gesicht und ließ dabei ihre Zähnchen aufblitzen. »Tut mir leid, Chef, aber wir bekommen weder von Anthonys noch von Agnes' Handy irgendwelche Signale. Sie haben sie vielleicht ausgeschaltet, oder die Akkus sind leer, oder sie haben sie weggeworfen. Die Leitstelle behält die Sache im Auge – sobald sich etwas tut, sagen sie uns Bescheid.«

War wohl nichts mit dem schnellen, mühelosen Erfolg. »Anthony Chung – er hat doch ein Auto, nicht wahr?«

»Einen Nissan Skyline. Die Versicherung muss seine Eltern ein Vermögen kosten.«

»Lassen Sie nach dem Wagen fahnden.« Logan schob den Papierkorb mit dem Fuß zurück an seinen Platz. Also, diesen Fall würden sie dann wohl auf die althergebrachte Weise angehen müssen. »Okay, irgendjemand muss doch wissen, wo sie sich aufhalten, also …«

»Ich habe eine Liste von Agnes' und Anthonys Freunden zusammengestellt.« Sie schlug ihr Notizbuch auf und hielt sie ihm hin. Die Seite war mit Namen und Adressen vollgeschrieben.

»Und ich habe uns für den Rest des Tages einen Poolwagen reserviert.«

Er lächelte. »Dann wollen wir doch mal sehen, wer von den jungen Leuten in Plauderlaune ist.«

»Ja, also wir waren echt *total* eng befreundet.« Dan Fisher lehnte sich an den Tresen. Seine dürren tätowierten Arme ragten aus den kurzen Ärmeln eines zerknitterten Shirts mit dem aufgestickten Namen des Pubs. »Ton und ich, das war wie… Han Solo und Chewbacca, Mann.«

»War?« Logan schwang sich auf den Barhocker. »Vergangenheit?«

»M-hm…« Dan zuckte mit den Achseln. Sein linkes Ohrläppchen spannte sich um einen hohlen Zylinder mit einem Loch in der Mitte, durch das man ein Röhrchen Smarties hätte schieben können. Darüber drei silberne Ringe, ein weiterer durch die Nase gezogen und ein Stecker in der Unterlippe, wie ein Herpesbläschen aus Metall. Schwarze Haare, schulterlang auf der einen Seite, bis auf die Kopfhaut abrasiert auf der anderen. »Wir haben uns ein bisschen zerstritten. Wegen Rowan und so. Er hat immer so getönt…« Dan setzte einen breiten amerikanischen Akzent auf und hob die Stimme: »›Sie geht echt affenscharf ab in der Kiste, du glaubst nicht, was sie letzte Nacht wieder gebracht hat…‹ So hat er immer angegeben, und ich…« Er biss sich auf die Unterlippe. »Ich fand, dass er sie nicht so behandeln sollte.«

Chalmers blätterte die nächste Seite in ihrem Notizbuch auf, den Stift im Anschlag. »Rowan?«

Er nickte. »Ja, sie mag nicht Agnes genannt werden. Kann man doch verstehen, oder? Bescheuerter Name.«

»Und deswegen haben Sie sich mit Anthony Chung zerstritten?«

Dan zog ein Smartphone aus der Tasche und wischte ein

wenig darauf herum, dann hielt er es hoch. Grobkörnige Filmaufnahmen flimmerten über das Display. Eine Gruppe von jungen Männern und Frauen irgendwo in einem Pub, alles in orangefarbenes Licht getaucht. Gelächter tönte scheppernd aus dem kleinen Lautsprecher, während die Kamera auf ein Paar zoomte, das in der Ecke der Sitzgruppe knutschte. Seine Haare waren länger als ihre, schwarz und glänzend; ihre waren braun und gewellt, zum Pferdeschwanz gebunden. Er schob eine Hand unter ihr T-Shirt. Plötzlich löste sie sich von ihm und zuckte zurück.

Es war Agnes Garfield, wenngleich sie in Pixelvision nicht so hübsch rüberkam wie auf den »Haben Sie diese Frau gesehen«-Plakaten. *»Verdammt, du musst es heilen lassen!«* Sie gab ihm eine Ohrfeige, so fest, dass seine Sonnenbrille wegflog. *»Arschloch!«* Und dann ließ sie ihn sitzen, rutschte von der Bank und stapfte aus dem Bild.

Schweigen. Schließlich hob der Typ seine Brille auf und eilte ihr nach. *»Rowan, bitte, komm zurück, es war nicht so gemeint …«* Alle anderen lachten.

Dan stoppte den Film und steckte das Smartphone weg. »Sie hatte sich das Piercing gerade erst machen lassen.«

»Und so was kam regelmäßig vor?«

»Mindestens zweimal die Woche. Sie ist ein tolles Mädchen. Bisschen neurotisch, aber sie fährt *total* auf ihn ab – obwohl er sie wie Scheiße behandelt. Vögelt hinter ihrem Rücken rum, ist die ganze Zeit besoffen und bekifft und behauptet dann noch, es sei ihre Schuld, sie würde ihn dazu treiben. Und sie lässt es sich einfach *gefallen*, verzeiht ihm und lässt ihm alles durchgehen.« Dan fummelte an dem großen Loch in seinem Ohr herum. »Wollen Sie wissen, was am Valentinstag passiert ist? Er hat sie dazu überredet, sich seinen Namen auf den Oberschenkel tätowieren zu lassen. Ich meine, Tattoos sind cool, klar, aber er wollte doch nur sein Revier markieren, Mann. Ist doch nicht zu fassen, oder? Dieser Wichser.« Dan ballte eine Hand zur Faust. »Aber sie sieht das nicht, man kann einfach nicht mehr mit ihr reden …«

Logan trank einen Schluck von seinem Wasser. »Und deswegen haben Sie sich geprügelt.«

»M-hm …« Dan machte den Mund auf, schob einen Finger unter seine Oberlippe und hob sie an, um Logan eine klaffende Zahnlücke zu zeigen. »Ich hab selbst ein paar satte Treffer gelandet, aber Ton ist wie 'n verdammter Ninja, echt.«

»Und darf ich raten: Agnes war nicht unbedingt dankbar dafür, dass Sie sich für sie eingesetzt haben?«

»Sie ist an dem Abend gekommen und hat mir das Knie in die Eier gerammt.« Sein Blick ging zum anderen Ende des Tresens, wo zwei extrem dicke Frauen saßen und über irgendetwas dreckig lachten, dass ihre Dekolletés nur so wogten. »Wie kann sie sich von ihm so behandeln lassen? Ich versteh's nicht. Ich hätte mich um sie gekümmert …«

»… bei denen geht's immer zu wie, keine Ahnung, ständig nur Streit und Zoff und so.« Clive McWilliams zog ausgiebig an seiner Zigarette und ließ den Rauch dann ganz langsam entweichen. Er kringelte sich um seinen dichten Schnauzbart und den lächerlich langen Spitzbart. Der Typ konnte kaum älter sein als neunzehn, hatte aber eine Gesichtsbehaarung wie ein viktorianischer Industrieller. Das Muscle-Shirt war blutverschmiert, genau wie die schwarze Schürze und die weißen Gummistiefel. »Sie … na ja, sie bringt ihn einfach auf die Palme.«

»Und er schlägt sie.«

»Nee, so weit lässt er's nie kommen, ich mein, die zwei sind halt einfach so drauf. Sie wissen schon: Pack schlägt sich, Pack verträgt sich. Ich würd's ihm natürlich nicht verdenken, wenn er ihr ab und zu mal einen Klaps geben würde – manchmal gibt sie einfach keine Ruhe. Aber dann sitzt sie wieder bloß da und starrt ihn an, als ob er Jesus wäre oder so. Verstehen Sie?«

Der Geruch nach altem Fisch und verschüttetem Diesel wehte über den Kai. In einiger Entfernung balgten sich drei fette Möwen um einen Kabeljaukopf, schrien sich an und stießen immer wieder auf die Beute herab.

»Und ist es schlimmer, wenn er getrunken hat?«

»Nee… Na ja, kann man irgendwie schlecht sagen, weil er ja praktisch *ununterbrochen* trinkt.«

Chalmers blickte von ihrem Notizbuch auf. »Wie ist es, wenn er Drogen genommen hat?«

»Gras, meinen Sie?« Er lachte. Dann schnippte er den letzten glimmenden Rest seiner Zigarette über die Kaimauer in das in Regenbogenfarben schillernde Wasser. »Das sind ja nicht direkt Drogen, oder? Bloß ein bisschen vom Besten, was Mutter Natur zu bieten hat, wenn man ein bisschen runterkommen und relaxen will. Keine Ahnung, wo er's herkriegt, aber es ist *erstklassiger* Stoff…« Clive klappte den Mund zu, zog die Schultern ein und starrte ein Loch in die Luft. »Nicht, dass ich was davon verstehe, Officer.«

»Und wissen Sie vielleicht, wo die zwei sich aufhalten?«

Clive wischte sich die Hände an seinem blutigen Shirt ab, dann fischte er ein Haarnetz aus seiner Schürze und zog es über. »Keine Ahnung. Aber wo immer sie sind, sie geht ihm sicher wieder mal ganz tierisch auf den Zeiger.«

»…und ich meine, so richtig durchgeknallt.« Penny Cooper lutschte ein wenig an ihren Zähnen und starrte über Logans Schulter hinweg auf den Überwachungsmonitor, der über dem Whiteboard montiert war. Dann seufzte sie, dass die breiten Schultern unter ihrem schwarzen T-Shirt bebten. Mit den steil nach oben gegelten aschblonden Haaren hatte sie etwas von einem weiblichen Jedward unter Starkstrom. »Okay, sie sieht ja nicht schlecht aus, wenn man auf diese ganze penetrante, aufdringliche Schaut-auf-meine-Titten-Nummer steht, aber trotzdem… Willkommen in Gagaville, Einwohner: Agnes.«

Die Teeküche der Buchhandlung roch nach Kebab und Zwiebeln, und auf der Anrichte summte die Mikrowelle vor sich hin. Weiß gestrichene Hohlblockwände, gepflastert mit Plakaten für Kinderbücher und Serienkiller-Krimis.

Penny spähte durch die Tür der Mikrowelle. »Das dauert immer 'ne Ewigkeit, nicht wahr?«

»Haben Sie eine Ahnung, wohin sie gegangen sein könnten?«

»Die ganze Zeit vögelt er schon mit Stacey rum, und Agnes will's *immer* noch nicht kapieren. Glauben Sie mir, ich weiß schon gar nicht mehr, wie oft Ton versucht hat, mit ihr Schluss zu machen, aber jedes Mal kommt sie einfach am nächsten Tag mit 'ner Flasche Woddy und 'nem Sixpack Stella an, und dann ist alles wieder gut. Diesmal hat er ihr kurz vor dem Valentinstag den Laufpass gegeben, und da geht sie doch glatt hin und lässt sich seinen Namen auf den Oberschenkel tätowieren. Wie abgedreht muss man da sein?«

Logan warf Chalmers einen Blick zu. Sie schrieb immer noch eifrig in ihr Notizbuch.

»Sie sagen also, er ist ein starker Trinker?«

»Diese durchgeknallte Agnes hat ihn dazu getrieben. Ständig schwafelt sie nur von ihrem blöden Harry Potter und *Twilight* und diesem albernen *Witchfire*-Buch. Im Ernst, wie alt ist sie denn – *sechs*?«

Duncan Cockers Zigarette schickte ein Rauchsignal in den strahlend blauen Himmel. »Tja… weiß auch nicht, also…« Er lehnte sich an die graue Rauputzwand und lockerte seine Krawatte, den Stapel Exposés unter den Arm geklemmt. »Sie sind irgendwie…« Er hob die Schultern und brachte damit die Knitterfalten in seinem billigen grauen Anzug in Unordnung, dessen Stoff genauso dünn und glänzend war wie der Mann selbst. »Verstehen Sie?«

Nicht wirklich.

Der Garten war groß genug für eine Schaukel, eine Rutsche und ein Kinderspielhaus, das aussah, als hätte es ein betrunkener Schimpanse gebaut. Die Terrassenplatten waren mit Flechten überzogen. Ein Gasgrill und Gartenmöbel aus Plastik standen verloren auf dem Rasen herum.

In einiger Entfernung tuckerte ein Traktor am Rand eines Feldes entlang. Rapsblüten leuchteten knallig gelb, als ob jemand die Landschaft mit einem Textmarker bearbeitet hätte. Eine Taube gurrte in der dichten Leylandzypressenhecke.

Alles sehr idyllisch.

Logan hielt sich die Hand über die Augen, um sie vor der Sonne zu schützen. »Er hat also getrunken und Haschisch geraucht, und er hat mit ihr Schluss gemacht?«

»Na ja… So ging das bei denen die ganze Zeit. Sie rennt wütend raus und schreit: ›Ich rede nie wieder ein Wort mit dir, du elender Lügner!‹ Und er: ›Du kannst mich mal, du übergeschnappte Zicke!‹ Und ehe man sichs versieht, schieben sie sich wieder die Zunge bis zum Anschlag in den Hals. Sogar wenn er sie betrügt.«

Chalmers hielt im Mitschreiben inne und starrte ihn an. »Und Agnes findet das in Ordnung?«

»Oh, sie lässt ihn dafür büßen, aber im Grunde läuft's darauf hinaus – wenn Ton kein Problem damit hat, hat sie auch keins. Ich sag's Ihnen – er hat schon *Hunde* gehabt, die ihm nicht so treu ergeben waren wie sie, und ich rede hier von Schäferhunden.« Duncan beschrieb einen kleinen Kreis mit dem glimmenden Ende seiner Zigarette. »Haben Sie das mit ihrem Tattoo gehört?«

»Und Sie sind sicher, dass die beiden sich nicht bei Ihnen gemeldet haben? Keine verpassten Anrufe oder SMS?«

»Nee. So ist Ton nun mal – ein Mann voller Geheimnisse. Lässt sich nicht gerne festlegen.« Duncan sah auf seine Uhr und nahm noch einen Zug. »Die sollten eigentlich längst hier sein. Um halb drei kommt noch ein anderes Paar zur Besichtigung.«

Logan ging in eine andere Ecke der Terrasse, sodass die Sonne seinen Rücken wärmte und ihm nicht in die Augen schien. »Haben Sie eine Vorstellung, wohin sie gefahren sein könnten? Haben sie je davon geredet, sich irgendwohin abzusetzen? In den Süden vielleicht?«

Duncans schmales Gesicht wurde nachdenklich. Dann wies er mit einer Handbewegung auf die Wiesen und Wälder ringsum. »Warum sollte man all dem hier entfliehen wollen? Ist doch der wunderbarste Ort der Welt, oder?«

»Sie haben *nie* davon gesprochen, Aberdeen zu verlassen?«

»Manchmal, wenn er stoned ist, schwärmt Ton davon, wie toll San Francisco ist, aber …« Duncan beugte sich vor und senkte die Stimme zu einem Flüstern. »Da waren welche von den Triaden aus Chinatown hinter ihm her – deswegen mussten seine Eltern ihre Sachen packen und hierher flüchten. Tons Version der Geschichte ist, dass es da hinter einem Restaurant eine große Schießerei gab, und er hat zwei von den Typen umgenietet, aber dafür haben die seinen Cousin erwischt. Peng, genau zwischen die Augen.«

Chalmers trat einen Schritt näher. »Er hat Ihnen erzählt, dass er in San Francisco zwei Menschen erschossen hat?«

»Pffff … nee, in die Beine geschossen und so. *Hundertpro* Notwehr.«

»Und Sie haben ihm geglaubt?«

»Tja, also … Ton ist mein bester Kumpel, wissen Sie?« Duncan verfrachtete den Stapel Exposés unter den anderen Arm. »Ich weiß nicht, was ich machen soll, wenn er nicht zurückkommt.«

Logan drückte Chalmers die braune Papiertüte in die Hand und machte es sich dann auf der Bank bequem. Die Sonne brannte auf seine Wangen, der scharfe Salzgeruch des Meeres mischte sich mit dem Duft von frisch gemähtem Gras. Drei riesige Offshore-Versorgungsschiffe lagen eine Meile vor der Küste vor Anker aufgereiht; wahrscheinlich warteten sie auf die Einfahrterlaubnis in den Hafen.

Die Rasenfläche fiel steil zu einem geteerten Weg ab, dahinter kam ein Geländer, dann eine weitere steile Böschung, diesmal betoniert, und dann ein breiter Streifen blassgoldener Strand. Eine Mutter stapfte durch den Sand, im Schlepptau zwei kleine Mädchen, die kichernd zum Wasser liefen und dann quietschend davonstoben, als die Wellen ihre nackten Zehen zu verschlingen drohten.

Chalmers griff in die Tüte und angelte zwei Pommes heraus. »Danke.«

»Ist es Ihnen auch aufgefallen?«

Sie kaute und schluckte. »Dass die beiden nicht ganz richtig im Kopf sind und dass sie einander verdient haben?«

»Abgesehen davon.« Logan wickelte seinen Cheeseburger aus, biss hinein und redete kauend weiter. »Niemand hat erwähnt, dass Agnes Drogen nimmt. Es war immer nur er.«

»Ihr Vater hat es gesagt.«

»Ja, aber hat er sie wirklich dabei erwischt? Oder hat er nur das Marihuana an ihr gerochen? Vielleicht war das Gras bei ihr im Zimmer, weil sie es für ihren Freund aufbewahrt hat.«

»Ihr Freund, das Oberarschloch.« Ein Zwiebelring wurde in zwei Bissen weggeputzt. »Er ist ständig high, saufen tut er auch, er betrügt sie, und sie rennt ihm *immer* noch nach wie ein liebeskrankes Hündchen …« Noch ein paar Pommes. »Da kommt einem doch das kalte Kotzen, oder?«

»Es gibt solche und solche.« Er biss noch einmal in den Burger, kaute und starrte auf die glitzernde blaue See hinaus.

»Wir müssen uns diese Stacey vornehmen, mit der er sie betrogen hat. Vielleicht trifft er sich immer noch mit ihr.«

Eines der kleinen Mädchen drehte sich um und wollte vor der Nordsee davonlaufen, doch es stolperte, fiel mit der Nase in den Sand und wurde von einer kleinen Welle überspült. Sofort ging das Geschrei und Geheul los.

Logan nahm sich einen von Chalmers' Zwiebelringen. »Aber warum sind sie immer noch in Aberdeen? Wenn man durchbrennen will, bleibt man doch nicht am gleichen Ort, wo alle möglichen Leute einen erkennen können …« Er tunkte ein paar Pommes in einen Klacks Mayonnaise. »Was ist mit dem Tagebuch?«

»Steht als Nächstes auf meiner To-do-Liste. Ich hab den größten Teil des Vormittags mit dem Sichten der Überwachungsvideos verbracht.« Chalmers riss ein Tütchen Salz auf und streute es in ihre braune Papiertüte. »Als ich klein war, hat Dad uns in den Sommerferien immer ins Auto gepackt, und dann sind wir von Inverness für ein langes Wochenende runter nach Aberdeen gefahren. Wir haben am Strand gespielt, sind in den Duthie Park gegangen, haben Eis und Rowies gegessen.«

»Vielleicht sind sie ja gar nicht durchgebrannt. Vielleicht verstecken sie sich?«

»Gibt es noch diesen Streichelzoo draußen bei Hazlehead?«

»Was ist, wenn Anthony Chung das Gras nicht nur raucht? Vielleicht verkauft er es ja auch?«

Chalmers stopfte sich noch ein paar Fritten in den Mund. »Die Lamas haben mir immer besonders gut gefallen. Wie Schafs-Mutanten auf Anabolika.«

»Checken Sie die beiden doch mal im Zentralregister, wenn wir wieder im Präsidium sind.«

»Schon erledigt.« Sie leckte sich die Finger sauber, dann holte sie ihr Notizbuch hervor und blätterte es durch. »Da haben wir's: Anthony Chung, zwei Vorstrafen wegen Trunkenheit in der Öffentlichkeit, keine Gefängnisstrafen, nur Geldbußen. Eine Anklage wegen Fahrens ohne gültige Steuerplakette. Zwei Verwarnungen wegen Besitz von Betäubungsmitteln, aber sie haben nicht genug Gras bei ihm gefunden, um ihn wegen Verkaufsabsicht verknacken zu können.«

»Agnes?«

»Im Vergleich zu ihm ein Chormädchen. Allerdings hat sie tatsächlich eine Verwarnung erhalten, in der Woche, bevor sie verschwand – eine hiesige Produktionsfirma hat sich wegen eines Einbruchs in ihr Filmstudio beschwert. Ein Mr Alexander Clark von ClarkRig Films …«

»Moment mal. *Zander* Clark?«

»Sein Name steht auf der Anzeige. Sie haben dreimal den Sicherheitsdienst holen müssen, um sie rauszuschmeißen, und dann ist sie eingebrochen.«

»Wieso bricht sie in ein Pornostudio ein?«

16

»Porno?« DCI Steels Mundwinkel zuckten, ihre Nasenflügel bebten, und ihre Augen weiteten sich. »Im Ernst?«

»Sie ist dreimal vom Set verwiesen worden. Dann ist sie eingebrochen.« Logan hängte sein Jackett über den Stuhl und nahm hinter seinem Schreibtisch Platz. Irgendein Idiot hatte einen Riesenstapel Vernehmungsprotokolle in seinem Eingangskorb abgeladen – als ob er nichts Besseres zu tun hätte …

Steel klatschte in die Hände. »Na, was sitzt du da noch rum – hol uns einen Wagen, dann schauen wir da mal vorbei!«

Logan starrte sie an. »›DI zu sein bedeutet nicht, durch die Gegend zu kurven …«

»Ach, nun hör schon auf zu nörgeln. Du hast gesagt, diese Andrea ist suizidgefährdet, oder nicht?«

»*Agnes.* Wieso hörst du eigentlich nie zu, wenn ich dir etwas …«

»Wir würden unsere Pflicht sträflich vernachlässigen, wenn wir nicht einem wichtigen Hinweis nachgehen würden, der einer jungen Frau das Leben retten könnte. Also setz deinen Arsch in Bewegung. Ich komme mit und … führe Aufsicht.«

»Es ist nicht wirklich nötig, dass du mir die Hand h…«

»Nein, nein.« Sie hob die Hand. »Ich bestehe darauf. Eine gute Vorgesetzte weiß, wann sie eingreifen und zusammen mit der Truppe anpacken muss.«

»Wie ausgesprochen kollegial von dir.« Er rührte sich nicht von der Stelle.

Steel hüpfte auf der Stelle auf und ab wie ein liebestoller Terrier. »Porno, Porno, Porno, Porno, Porno!«

Man kam sich vor wie in einem Kindergarten.

Er hievte sich hoch und zog das Jackett wieder an. »Wenn du das die ganze Fahrt über machst, steck ich dich in den Kofferraum.«

»Porno!« Sie vollführte ein kleines Tänzchen, drehte sich um und zockelte den Flur entlang. »Ist ja ewig her, dass wir den kleinen Neandertaler gesehen haben. Ob er sich noch an mich erinnert?«

Logan machte die Bürotür zu und schloss ab. »Wenn nicht, kann ich ihn nur beneiden.«

»Das hab ich gehört.« Aber sie blieb nicht stehen.

Er folgte ihr die Treppe hinunter und zum Hintereingang hinaus auf den Parkplatz. Er wurde auf zwei Seiten von den hohen Betonmauern des Präsidiums begrenzt, auf der dritten vom Rechtsmedizinischen Institut, während die vierte an die Rückseite der King Street grenzte. Schön windgeschützt und sonnig.

Zwei Uniformierte lehnten lässig an der kleinen Trennmauer entlang der Rampe zur Straße hinunter, die Gesichter zum Himmel gehoben, Sonnenbrille auf der Nase. Ihre nackten Arme hatten schon einen ungesunden Barbie-Pinkton angenommen.

Steel kramte ihre Zigaretten hervor und steckte sich eine in den Mund. Dann klopfte sie ihre Taschen ab. »Kackmist …« Sie sah Logan an. »Was ist?«

»Ich dachte, du hättest aufgehört.«

»Mit dem Rauchen aufhören ist was für Weicheier. Außerdem, wenn ich den ganzen Nachmittag deine Jammervisage aushalten muss, brauch ich einen kleinen Nikotinschub. Entweder das, oder es muss Whisky her.« Sie formte die Hände zu einem kleinen Megaphon. »He, Blues Brothers, hat einer von euch zufällig Feuer?«

Jemand zupfte Logan am Ärmel. »Chef?«

Er drehte sich um, und da stand PC Sim und blinzelte im Sonnenlicht. Sie nieste ein paarmal heftig – es klang wie ein Pistolenschuss in einem Badezimmer. Sie putzte sich die Nase. »Entschuldigung.« Und nieste noch einmal. Blinzelte. Pause. »Big Gary sagt, Sie dürfen nicht weg, ehe Sie Ihren Besucher empfangen haben. Sir.«

»Ich *habe* keinen …«

»Tut mir leid, Chef, es ist …« Sie zog eine schiefe Grimasse, und dann ging die Nieserei wieder los.

Logan ließ sie vornübergebeugt an einem verbeulten Polizeitransporter stehen und zog sein Handy aus der Tasche. Er tippte die Nummer von Sergeant McCormack ein. »Was für ein Besucher?«

»Aye, schönen guten Tag auch. Hat Sim Sie erwischt?«

Sie war immer noch nicht fertig – nieste und nieste und nieste.

»Was für ein Besucher, Gary?«

»Der Besucher, der seit zwanzig Minuten im Empfangszimmer auf Sie wartet.«

Er blickte zum Gebäude auf, das in Schwarz und Grau über dem Parkplatz aufragte. »Das hätten Sie mir verdammt noch mal sagen sollen! Ich war in meinem Büro, die ganze Zeit seit …«

»Ihr Gast wird übrigens langsam ein bisschen ungehalten. Wäre vielleicht nicht schlecht, wenn Sie kommen und mit ihm reden würden, bevor Sie mit Runzelstilzchen abdüsen.«

»Wer? Wer wartet auf mich, Gary?«

Eine Pause. *»Das sehen Sie dann schon.«*

Als Logan im Empfang ankam, stand Gary hinter dem Tresen, ein großes fettes Grinsen auf dem großen fetten Gesicht. Er zwinkerte Logan durch die Glasscheibe zu und wies nach rechts. »Da rein.«

Die Tür des Empfangsraums war geschlossen. Logan tippte seinen Zugangscode in das Tastenfeld neben der Tür und trat ein …

Verdammt.

Sandy die Schlange saß an dem kleinen grauen Tisch, die Arme vor der Brust verschränkt. Die Miene mürrisch, Hemd, Krawatte und Anzug wie immer makellos. Der Anwalt sah auf seine Uhr. »Ich warte jetzt hier seit exakt zweiundzwanzigeinhalb Minuten. Haben Sie eine Vorstellung, wie lästig das ist?« Er schniefte. »Es gibt hier nicht einmal WLAN für Besucher.«

Logan stieß die Tür hinter sich zu. »Reuben ist schuldig, und das wissen Sie genau.«

»Wenn Sie dafür irgendwelche Beweise hätten, dann hätten Sie ihn nicht auf freien Fuß setzen müssen, oder?«

»Er hat mir die Faust ins Gesicht geschlagen. Ich war schließlich dabei – ich hab's gesehen, verdammt noch mal!«

Sandy die Schlange hob das Kinn. »Ihr Ton gefällt mir gar nicht, DI McRae.«

»Wie würde es Ihnen denn gefallen, meinen Stiefel in Ihrem …«

»Ich würde ja liebend gerne noch länger hier sitzen und mir von Ihnen Polizeibrutalität androhen lassen, aber dank Ihnen bin ich ohnehin schon spät dran.« Er hob seinen Aktenkoffer vom Boden auf, öffnete ihn und nahm einen kleinen braunen Umschlag heraus, den er vor sich auf den Tisch legte. Dann griff er noch einmal hinein, legte einen weißen DL-Umschlag neben den braunen und schob beide zu Logan herüber. »Die sind für Sie.«

Logan wich einen Schritt zurück. »Ein brauner Umschlag – ist das Ihr Ernst?«

»Wenn Sie andeuten wollen, dass er Bestechungsgeld enthält, sind Sie im Irrtum. Der Inhalt dürfte selbsterklärend sein, aber wenn Sie mit irgendeinem Aspekt Probleme haben sollten, können Sie jederzeit in meiner Kanzlei anrufen und einen Termin vereinbaren.« Er klappte seinen Aktenkoffer wieder zu. »Wenn Sie mich nun entschuldigen würden, unsere Zeit ist um.«

Logan starrte auf die beiden Umschläge hinab. »Was ist es dann – Erpressung?«

Ein kleines Lächeln huschte um Sandys Mundwinkel. »Damit eine Erpressung wirken kann, muss das potenzielle Opfer etwas Unrechtes getan haben. Sonst gäbe es ja nichts, womit man es erpressen könnte. *Haben* Sie etwas Unrechtes getan, Interims-Detective-Inspector McRae?«

Logan wich noch einen Schritt zurück. Die Türklinke bohrte sich ihm ins Kreuz. »Natürlich nicht.« Jedenfalls nichts, wovon Sandy die Schlange erfahren haben könnte … Oder doch?

»Dann haben Sie ja nichts zu befürchten, oder?«

»Aber was …«

»DI McRae, haben Sie eine Vorstellung davon, wie hoch der Stundensatz für meine Dienste ist? Zwar hatte mein Mandant mir die Erlaubnis erteilt, Sie über den Inhalt dieser Umschläge in Kenntnis zu setzen, aber Sie haben mich so lange warten lassen, dass die hierfür vorgesehene Zeit nun um ist. Und da mein Mandant ein alter Freund der Familie ist, möchte ich ihm ungern zusätzliche Kosten in Rechnung stellen, nur um Ihre Säumigkeit wettzumachen.«

»Aber …«

»Machen Sie einen Termin mit meinem Büro.« Dann starrte Sandy die Schlange Logan mit seinen ausdruckslosen grauen Augen an. »Nun, wenn Sie nichts dagegen haben …?«

Logan trat zur Seite und ließ ihn gehen.

Sandy die Schlange humpelte durch die Eingangshalle und zum Vordereingang hinaus in den sonnigen Nachmittag.

Logan schloss die Tür des Besuchsraums. Zwei Umschläge von einem »Freund der Familie« von Sandy Moir-Farquharson. Man musste kein Genie sein, um zu erraten, wer das war: Wee Hamish Mowat.

Vielleicht war es doch Schmiergeld. Ziehen Sie die Anzeige gegen Reuben zurück, und das alles könnte Ihnen gehören …

Logan hob die Umschläge auf. Wog sie in der Hand. Oder vielleicht …

Ein Pochen an der Tür – er zuckte so heftig zusammen, dass er einen ganzen Schritt zur Seite sprang. Dann stand er wie angewurzelt da, der Puls dröhnte in seinen Ohren, und seine Arme kribbelten.

Steels Stimme dröhnte durch die Tür. »Komm schon, beeil dich, sonst wird der ganze leckere Porno kalt!«

Logan stopfte die Umschläge in die Tasche. Er konnte sie ja schlecht hier herumliegen lassen, oder? Könnte ja alles Mögliche drin sein …

»… und wir machen bedeutende Fortschritte bei den Ermittlungen.«

Steel lümmelte sich auf dem Beifahrersitz, einen Fuß ans Armaturenbrett gestützt, einen Arm aus dem Fenster gehängt, das Telefon zwischen Ohr und Schulter geklemmt, während sie ihren BH zurechtrückte.

Der Wachmann war ein Muskelberg, eingezwängt in ein braunes Polyesterhemd. Er spähte zu Logan herein, dann ging sein Blick weiter zu Steel – genau in dem Moment, als sie sich mit ihrer freien Hand beherzt ins Dekolleté griff.

Der Wachmann runzelte die Stirn. »Sind Sie sicher, dass die Dame auch von der Polizei ist?«

»Ich fürchte ja.« Logan wies an der Schranke vorbei auf den Parkplatz vor dem zweigeschossigen Büroblock. Er war bis auf den letzten Platz belegt. »Ist noch irgendwo was frei?«

»... ganz genau, Sir, wir gehen verschiedenen Hinweisen nach, und jetzt, da wir diese forensische Anthropologin an Bord haben ... Ja, vielen Dank, Sir, das war wirklich eine gute Idee von mir, aber es ist ja nicht *allein* mein Verdienst.«

Typisch.

Der Wachmann sah auf seinem Klemmbrett nach, dann entfernte er sich ein paar Schritte vom Auto und sprach in ein Walkie-Talkie. Was immer er sagte, es war zu leise, als dass Logan etwas verstanden hätte. Zumal Steel weiter in den Hörer schwadronierte.

»... nein, Sir, es ist noch zu früh, um den Medien zu versprechen, dass es bald eine Festnahme geben wird, aber unter uns gesagt, wir sind zuversichtlich ... Ja ... In Ordnung ...«

Und dann kam der Wachmann zurück, in der Hand zwei Besucherausweise an leuchtend orangefarbenen Umhängebändern. »Tragen Sie die bitte so, dass sie jederzeit sichtbar sind. Fahren Sie um den Produktionstrakt herum, vor der Soundstage 1 gibt es auch noch Parkmöglichkeiten. Höchstgeschwindigkeit zehn Stundenkilometer.« Er beugte sich wieder zum Fenster herein. »Nicht dreißig, nicht fünfzig: zehn.«

»Sagen Sie doch bitte Bescheid, dass wir unterwegs sind, ja?«

Die Schranke schnellte hoch, und Logan fuhr im Schritttempo

über die Schwelle der Traumfabrik. Oder was man im Nordosten Schottlands so dafür hielt.

Hinter dem Büroblock erhoben sich zwei große graue Lagerhäuser. Logan folgte der Straße um sie herum im Gletschertempo von zehn Stundenkilometern.

»... *aye*, Sir, Sie können sich auf mich verlassen.« Steel legte auf und spähte hinaus zu Soundstage 1. Es war ein mindestens vier Stockwerke hohes Gebäude, dessen Front mit einer großen »1« in Goldfarbe markiert war. »Wir beide sind in der falschen Branche, Laz. Offenbar wird das große Geld mit Schmuddelfilmchen gemacht.«

»Wir machen bedeutende Fortschritte?«

Eine braungebrannte junge Frau in Denim-Shorts, kurzem T-Shirt und Flip-Flops schob eine Kleiderstange mit Nonnenkostümen vorbei.

Steel grinste. »So ist das in der weltweiten Rezession – alle müssen bei belanglosen Dingen wie Essen und Heizung sparen, aber auf seine Pornos will niemand verzichten.«

Logan fuhr auf einen der mit gelber Farbe markierten Stellplätze vor der Tür des Studios und ignorierte das Schild mit der Aufforderung NUR RÜCKWÄRTS EINPARKEN! »Der ACC wird bald merken, dass das alles nur so dahergeredet war. Wir sind keinen Deut näher dran, den Mörder dieses armen Necklacing-Opfers zu ermitteln, als wir es vor zwei Tagen waren.«

»Der ACC glaubt, was ich ihm sage, dass er glauben soll.« Sie schlug Logan mit der flachen Hand auf die Brust. »Und jetzt sei still, sonst ist meine ganze Porno-Vorfreude im Arsch.«

Ein dünner junger Mann kam mit einer Ledertasche über der Schulter vom Bürotrakt herübermarschiert. Lange Haare, knielange Shorts, blaue Turnschuhe, T-Shirt mit der Aufschrift »I'M SEXY AND I KNOW IT«, Brille mit dickem Rahmen. An seinem linken Handgelenk schlackerten ein halbes Dutzend zerschlissene Freundschaftsbänder. Als sie ausstiegen, war er gerade auf Höhe ihres Wagens. Er grinste sie an, dann nahm er ein iPad in einem roten Lederfutteral aus seiner Herrenhandtasche und wischte darauf herum. Nach ein paar Sekunden nickte er. »Hi. Sie sind … Logan und Roberta, stimmt's? Dürfte ich Ihre Besucherausweise sehen?«

Logan reichte ihm beide.

»Okay, also, ich muss Sie bitten, die auch wirklich umzuhängen. Und so, dass man sie sehen kann. Wir hatten da ein kleines Problem mit unbefugten Personen …« Er gab ihnen die Ausweise zurück.

Kaum hatte Logan seinen umgehängt, machte der junge Mann mit dem iPad ein Foto von ihm und anschließend eins von Steel. »Cool, jetzt ist alles im System. Okay, also, ich heiße Jack« – er hielt ihnen seinen eigenen Ausweis unter die Nase –, »und ich bin Ihr Ansprechpartner hier. Also, falls Sie irgendwas brauchen, lassen Sie's mich wissen. Okay, dann wollen wir mal.«

Jack machte auf dem Absatz kehrt und marschierte los, um die Ecke von Soundstage 1 herum.

Steel leckte sich die Lippen und zog die Stirn in allerhand Falten. »Wieso hab ich plötzlich so ein schlechtes Gefühl bei der Sache?«

Sie folgten ihm, vorbei an einem Haufen Leichen aus Schaumstoff und Fiberglas, die meisten mit abgehackten Gliedmaßen.

Er sah sich zu Logan und Steel um. »Ich weiß, ganz schön gruselig, nicht wahr? Sie sollten sie erst mal sehen, wenn sie von den Special-Effects-Jungs verdrahtet sind, das ist echt total verblüffend. Wir müssen sie noch behalten, bis die Aufnahmen alle im Kasten sind, für alle Fälle.«

Steel senkte die Stimme zu einem tonlosen Zischen. »Was sind das für Pornos, für die man einen Riesenhaufen verstümmelte Leichen braucht?«

Logan schob die Hände in die Hosentaschen. »Jack, arbeiten Sie schon länger hier?«

»Von Anfang an! Es ist eine … umwerfende Erfahrung. Ich meine, jetzt mal ehrlich, was für eine Chance, die Branche kennenzulernen, nicht wahr?«

»Erinnern Sie sich an eine Agnes Garfield?«

»O mein Gott.« Er verdrehte die Augen und schlug sich mit der flachen Hand vor die Brust. »Wie kann man nur so durchgeknallt sein? Ist echt nicht geheuer, wenn jemand so besessen ist, oder? Ich meine, es ist doch schließlich nur ein Film, nicht wahr?«

Steel zuckte mit den Achseln. »Keine Ahnung.«

»Schön, da wären wir also.« Jack deutete mit einer ausladenden Geste auf die Front eines weiteren gewaltigen Lagerhauses, an der über den riesigen Schiebetüren eine silberfarbene »2« prangte. Es war eher noch größer als das erste. »Oh-oh, wir haben rotes Licht, da werden wir wohl noch ein, zwei Minuten hier warten müssen.«

Logan lehnte sich mit dem Rücken an die warme Metallwand. »Sie haben sie dreimal aus dem Studio werfen müssen?«

»Ich *weiß*, und dann ist sie eingebrochen! Ist das zu fassen? Es sind Requisiten aus dem Lager verschwunden und was weiß ich alles.« Er seufzte. »Deswegen müssen wir alle superwachsam sein mit den Ausweisen. Sogar die Schauspieler müssen sie in den Drehpausen tragen.«

Steel schürzte die Lippen. »Was, splitterfasernackt mit einem Ständer, an dem ein kleiner Ausweis baumelt?«

Jacks Lächeln verrutschte ein wenig. »Ein … Ständer?«

»*Aye*, in den Drehpausen. Wenn sie gerade nicht vögeln.«

Sein Unterkiefer klappte ein paar Zentimeter nach unten. Dann klappte er ihn wieder hoch, und das aufgesetzte Lächeln war wieder da. »So, jetzt hätten wir grünes Licht. Wollen wir reingehen?«

17

Steel stand in der Tür und machte große Augen. Soundstage 2 war eine riesige Halle, aufgeteilt in verschiedene Sets. Das größte davon stellte ein vierstöckiges Mietshaus dar – die teilweise fehlende vierte Wand gab den Blick auf Zimmer mit ramponierten Möbeln und schäbigen Tapeten frei, mit einer Art Wassertank im Erdgeschoss. Drei Leute in schmutzigen Overalls und Atemmasken sprühten Farbflecken an die Wände eines der Zimmer.

Dann gab es eine Barackensiedlung am Fuß einer Felswand und etwas, das wie das Innere eines Fischerboots aussah. Alles vor einem Hintergrund aus langen Bahnen eines grünen Materials, das mit kleinen gelben Kreuzen markiert war. Aber bis auf ein paar Bühnenarbeiter war an diesen Schauplätzen niemand zu sehen. Die eigentliche Aktivität spielte sich an dem Set in der hinteren Ecke ab – es sah ein bisschen aus wie das britische Unterhaus, nur in rund: geschnitzte Holzbänke mit grünen Lederpolstern umschlossen eine mit rotem Teppich ausgelegte Fläche. Genau in der Mitte stand ein großes Rednerpult aus Messing.

Die Hälfte des Sets war wiederum als Greenscreen angelegt, doch sie hatten auch ein Stück echte Wand gebaut, mit weiteren Bänken, ein paar Balkonen und einem gewölbten Deckensegment, blau gestrichen mit goldenen Sternen.

Zwei Gestalten gingen auf die Mitte der zentralen Arena zu. Der Mann trug eine schwarze Robe mit goldenen Stickereien, er hatte eine Halbglatze und wallendes graues Haar, das ihm bis zur Mitte des Rückens fiel. Und die Frau war … einfach umwerfend: lange rotblonde Locken, elfenhaftes Gesicht, kleine Stupsnase, perfekt geschwungene Lippen. Nichole Fyfe. Live war sie viel beeindruckender als gestern Morgen im Fernsehen.

Eine dunkle, gezackte Narbe zog sich über ihre blasse Haut, beginnend an der linken Schläfe, über das große blaue Auge und weiter durch die sommersprossige Wange. Schwarze Jeans, Gehrock aus schwarzem Leder, rote Seidenbluse, schwarze Lederhandschuhe. Sie hatte eine langstielige Großvaterpfeife zwischen die Zähne geklemmt, genau wie die, die Logan in Agnes Garfields Harry-Potter-Versteck gefunden hatte, und blies Rauchsignale zu den Studioscheinwerfern hinauf.

Ein Kamerakran folgte den beiden auf Schienen. Der Kameramann hockte auf dem runden Schemel, der an dem Metallrahmen befestigt war, und drehte an Knöpfen und Reglern herum, während der Assistent das Gefährt an die richtige Stelle schob.

Eine Stimme tönte aus Lautsprechern, die irgendwo am Set verborgen waren. *»Okay, das war wunderbar, aber Nichole, kannst du beim nächsten Mal bitte Charles ins Wort fallen, wenn er sagt, dass die ganzen Leichen das Mal des Teufels tragen? Sein abergläubisches Gewäsch interessiert dich nicht.«*

Jack verzog das Gesicht, dann deutete er mit einer Kopfbewegung auf ein Nest von Monitoren und Kabeln. »Ups, wir sollten uns ein bisschen beeilen.« Er eilte darauf zu und winkte Logan und Steel, ihm zu folgen.

Inmitten des Kabelgewirrs thronte auf einem Regiestuhl ein Hüne von einem Mann – groß und breit, mit einer exzentrischen Frisur, die aussah, als hätte er sich eine windschiefe Haifischflosse auf den Kopf geklebt und mit feuerroter Farbe angesprüht. Der Spitzbart war von einem unnatürlichen Tiefschwarz, und in seinen kleinen rechteckigen Brillengläsern spiegelte sich der Lichtschein eines kleinen Fernsehbildschirms. »Okay, Leute, wir machen jetzt Szene drei-zweiundsechzig …«

»Entschuldigung, Zander, Sir, Sie haben Besuch.«

Der Hüne blickte nicht von dem Monitor auf. »Ich hab dir

doch gesagt, du sollst nicht ›Sir‹ zu mir sagen, Jack. Wir sind hier alle Künstler … Uuuuuuuuuund: Action!«

Alle Geräusche ringsum verstummten.

Dann kam eine andere Stimme aus den Lautsprechern. »*Drei-zweiundsechzig, die vierte.*« Es folgte ein Klacken.

Nichole Fyfe blickte zu dem Mann mit der Robe auf. »Sie muss unschädlich gemacht werden.«

Ein Seufzer. »Ich verstehe Ihre Sorgen, aber sie ist eine gute Jägerin. Eine der besten, die wir haben.«

»Sie ist eine Psychopathin! Ein *Monster!*« Nicholes blaue Augen funkelten. »Sie ist schlimmer als die Leute, die wir jagen!«

Steel zupfte Logan am Ärmel und hauchte ihm mit ihrem warmen Nikotinatem ins Ohr: »Geht jetzt vielleicht mal das Gerammel los? Obwohl, bin gar nicht so scharf drauf, dass der alte Knacker da seinen Pimmel auspackt. Selbst wenn er ihn noch hochkriegt, ist er bestimmt ganz grau und runzlig.«

»Sie müssen verstehen: Wir haben eine *Verpflichtung*, den Frieden zu wahren.«

»Aber das geht nicht, indem man Menschen ermordet!« Nichole drehte sich um und marschierte auf die Kamera zu, die auf den Schienen rückwärtsfuhr. »Dafür habe ich mich nicht den Fingermen angeschlossen.«

Steel stöhnte leise. »Wenn *sie* allerdings die Sau rauslassen will, da hätte ich absolut nichts dagegen.«

»Bist du jetzt endlich still?«

»Rowan!« Der Mann in der Robe humpelte ihr nach. »Mrs Shepherd hat das Mal des Teufels an jeder dieser …«

»Natürlich hat sie es gefunden!« Nichole fuhr herum, nahm die Pfeife aus dem Mund und stieß mit der Spitze nach ihm. »Wenn man nur genau genug hinschaut, findet man es bei jedem. Geben Sie mir ein Messer, eine Flamme und fünfzehn Minuten, und ich finde Ihnen das Mal des Teufels an jedem

Priester, den Sie mir zeigen.« Wieder stieß die Pfeife zu. »Ich finde auch eins an *Ihnen.*«

Steel leckte sich die Lippen. »Ich wette, sie geht ab wie ein Presslufthammer an einem sonnigen Tag.«

»Schsch!«

Nichole Fyfe fuhr herum und marschierte an der Kamera vorbei vom Set.

»Rowan. Rowan! KOMMEN SIE SOFORT ZURÜCK!«

Stille.

Zander Clark beugte sich vor und drückte einen Knopf an dem Mikrofon, das neben dem Monitor stand. »Uuuuuund *Schnitt!* Die Szene ist im Kasten. Gute Arbeit, Leute.«

Die Crew applaudierte kurz.

Jack trat vor und tippte dem Regisseur auf die Schulter. »Entschuldigen Sie, Zander, aber die Polizei muss mit Ihnen reden.«

Sein großes rundes Gesicht verfinsterte sich. »Was will denn die Polizei …« Er starrte Logan an. »Detective Sergeant McRae!« Und sofort hellte seine Miene sich auf. Jetzt glich er aufs Haar dem Foto auf dem Ausweis, den er um den Hals gehängt hatte. »Wie *schön,* Sie wiederzusehen, ist ja wirklich schon zu lange her. Und wen haben Sie denn da mitgebracht …« Das Lächeln wurde noch strahlender, und er klatschte in die Hände. »Detective Inspector Steel – wie geht es Ihrer entzückenden Gattin?«

Steel rümpfte die Nase. »Wieso ist denn noch niemand nackig?«

Zander blinzelte, und dann wurde das Lächeln zu einem Grinsen. »Nein, nein, Inspector, haben Sie das nicht mitbekommen? Diese Tage liegen hinter mir – wir drehen hier einen richtigen Hollywood-Blockbuster.«

»Oh …« Sie ließ die Schultern sacken. »Und gevögelt wird gar nicht?«

»Eine Nacktszene, aber die ist sehr künstlerisch und ein wesentlicher Bestandteil des Plots.« Er beugte sich vor und aktivierte wieder das Mikrofon. »Charles, Nichole, ihr wart *fantastisch*. Wir bereiten jetzt alles vor für Drei-dreiundsechzig.« Dann ließ er die Taste wieder los. »Nun, es ist keineswegs so, dass ich mich nicht freue, Sie beide zu sehen, aber Sie *glauben* ja nicht, wie viel hier jede einzelne Minute kostet, also …?«

Logan trat zur Seite, um eine Frau vorbeizulassen, die mit einem großen Tablett voller Schminksachen durchs Studio eilte. »Wir müssen mit Ihnen über Agnes Garfield sprechen.«

Das Lächeln verschwand aus Zanders Gesicht. Einen Moment lang starrte er zu der Scheinwerferanlage über ihren Köpfen auf. Dann ließ ein tiefer Seufzer seinen mächtigen Leib in sich zusammensinken. »Geben Sie mir fünfzehn Minuten. Dann können wir uns unterhalten, während das Set für Drei-vierundsechzig vorbereitet wird.«

»Gott, sie war ein *absoluter* Albtraum.« Zander fläzte sich in seinen Sessel, die Arme über die Rückenlehnen der Sitzreihe drapiert. Der Kinosaal war nicht groß – nur ein halbes Dutzend Reihen mit insgesamt fünfzig oder sechzig Plätzen. Ein an der Decke montierter Projektor warf flackernde Bilder auf die Leinwand, vor der eine Handvoll Leute halblaut murmelnd hin und her wuselten und durch Szenen mit Leuten in Gehröcken liefen, die einander anschrien.

Logan setzte sich zwei Plätze neben den Regisseur. »Sie hat also versucht einzubrechen?«

»Zunächst nicht, nein.« Er schüttelte sich, dass seine Hängebacken zitterten. »Anfangs war sie richtig süß. Ein Riesenfan von den Büchern. Wollte an der Glasgow University Film studieren und hat gefragt, ob wir ihr einen Job als Runner geben könnten, damit sie ein bisschen Branchenerfahrung sammeln kann.«

»Laut ihrem Vater wollte sie in Aberdeen Wirtschaft studieren.«

»Anfangs war sie ganz okay – hat getan, was man ihr sagte, war immer pünktlich, und ihr Wissen über die Bücher war geradezu – enzyklopädisch. Immer, wenn der Autor ein Problem hatte, war sie zur Stelle, hat sein Ego aufgepäppelt und ihn bei Laune gehalten. Sie hatte sogar ein paar geniale Ideen für regionale PR-Aktionen: Wettbewerbe in den Zeitungen, Schauspieler und Crew im Einsatz als Helfer in einer Suppenküche, Studioführungen für Grundschulklassen, die Dramatisierung eines echten Hexenprozesses aus dem sechzehnten Jahrhundert …« Zander seufzte. »Und dann ist alles plötzlich aus dem Ruder gelaufen. Sie hat angefangen, mit den Bühnenbildnern und den Schreinern und den Malern herumzustreiten, weil die Sets angeblich nicht *exakt* den Beschreibungen im Buch entsprachen. Dann hat sie sich mit den Drehbuchautoren angelegt, weil sie die Story und die Dialoge verändert hatten – als ob es überhaupt möglich wäre, das Buch Zeile für Zeile auf die Leinwand zu übertragen.«

DCI Steel lümmelte in der Sitzreihe vor Logan, in der einen Hand einen Pappbecher, in der anderen ein Plunderteilchen. »Ich kann's echt nicht glauben, dass gar nicht gevögelt wird …«

»Jedes Mal, wenn sie so was gemacht hat, hab ich mich mit ihr hingesetzt. Wir haben geredet, und sie hat sich entschuldigt, hat versprochen, sich zu bessern, und mich angefleht, ihr noch eine Chance zu geben. Und weil ich nun mal so ein weiches Herz habe, habe ich mich jedes Mal breitschlagen lassen.«

»Haben Sie nicht noch irgendwo Archivmaterial, das wir uns angucken könnten? Um der alten Zeiten willen, hm?«

»Aber am Ende hat sie den Schauspielern Vorträge darüber gehalten, wie sie ihre Rollen zu interpretieren oder ihren Text zu sprechen hätten, und da musste ich sie bitten zu gehen.«

Steel pfriemelte den Plastikdeckel von ihrem Becher ab, und das dunkel-bittere Kaffeearoma driftete durch den Kinosaal.

»Muss ja gar nicht unbedingt *so* Hardcore sein, bloß ein bisschen schlüpfrige Girl-on-Girl-Action … Was?«

Logan starrte sie finster an. »Könntest du deiner Libido mal fünf Minuten Pause gönnen? Kannst dir ja ein paar Pornos runterladen, wenn du zu Hause bist, okay?«

»Jedenfalls, nachdem wir sie weggeschickt hatten, verlegte sie sich darauf, vor dem Studio herumzulungern, den Leuten nach Hause zu folgen und einfach allen auf den Wecker zu gehen. Ein paar Mal hat sie sich reingeschlichen, und wir mussten sie rauswerfen lassen. Dann ist sie mal mitten in der Nacht eingedrungen und hat mit Sprühfarbe ›Diebe und Lügner‹ quer über das Versammlungssaal-Set geschrieben. Und ein paar Kostüme hat sie auch aufgeschlitzt.«

Steel machte ein säuerliches Gesicht, die Arme unter dem Busen verschränkt. »Man wird ja wohl noch fragen dürfen.«

»Dabei bringen wir das Diebe-und-Lügner-Kapitel gar nicht: Es ist so ein dicker Wälzer, da mussten wir einfach ein paar Sachen weglassen. Und da habe ich mich schließlich offiziell über sie beschwert.« Er hob das Kinn und zog dabei einen fetten Halswulst mit. »Ich weiß, das war gemein von mir, aber das hier ist eine Zig-Millionen-Dollar-Produktion, die kann ich mir nicht von einem hormongesteuerten Teenager *sabotieren* lassen.«

»Zander?« Ein hochgewachsener, hagerer Mann mit eingesunkenen Augen und einem eng anliegenden Polohemd stand ein paar Reihen unter ihnen im Gang. Das Licht des Projektors spiegelte sich in seiner Glatze, die glänzte, als ob er sie poliert hätte. Seine Stimme war ein tiefes Bassgrummeln, wie von kalbenden Eisbergen, und wenn er sprach, wellten sich die losen Hautlappen an seinem Kinn und seinem Hals. Als ob er einmal viel dicker gewesen wäre, bis jemand die ganze Luft herausgelassen hatte. »Hast du mal einen Moment Zeit, dir den Schnitt von Eins-neunundzwanzig anzuschauen?«

Zander nahm seine Brille ab und kniff sich in die Nasenwurzel. »David, ich habe ihnen gerade von Agnes Garfield erzählt.«

Der hagere Mann verzog das Gesicht. »Wir hätten sie anzeigen sollen. Solche Leute haben es nicht verdient...« Er starrte Steels Hinterkopf an, dann hielt er inne, und sein Blick blieb an Logan hängen. »Also, wie gesagt, Eins-neunundzwanzig.«

Er machte kehrt und ging zurück zur Stirnseite des Saals, wo er mit einer Fernbedienung herumhantierte. Die Leinwand wurde schwarz. Es piepste, und dann kam eine dramatische Einstellung mit einer Frau in Sensenmann-Kutte, reich verziert mit schwarzen Stickereien, die sie über einem roten Leder-Overall trug. Sie schlug die Kapuze zurück. Das feuerrote Haar fiel ihr ins Gesicht, sie bleckte die Zähne... Es war die andere Schauspielerin – die zusammen mit Nichole Fyfe im Fernsehen aufgetreten war und so lasziv mit der Kamera geflirtet hatte.

Wie war noch mal ihr Name – Mary? Maureen? Nein: *Morgan.*

Mit ihren schiefergrünen Augen schien irgendetwas nicht zu stimmen... Sie strahlten etwas Gefährliches aus, einen Anflug von Wahnsinn.

Zander tätschelte Logans Arm und wies auf den Bildschirm. »Sie ist großartig, nicht wahr? *Fantastische* Schauspielerin.«

Die Kamera fuhr zurück. Morgan stand vor einer Gestalt, die am Boden kniete, die Hände hinter dem Rücken, mit einem Autoreifen um den Rumpf, den Kopf und einen Arm durch das Loch in der Mitte gezwängt.

»Thomas Leis, Sie wurden der Hexerei für schuldig befunden...«

Logan stand abrupt auf, und der Sitz klappte unter ihm hoch. »Sie lassen ihn durch Necklacing sterben?«

»Ich bin kein Hexer, das ist ein Irrtum!« Tränen und Rotz glitzerten auf seinem Gesicht, die Augen weit aufgerissen, der Mund verzerrt.

»… und dazu verurteilt, auf dem Scheiterhaufen zu brennen, bis der Tod eintritt.«

Zander beugte sich vor und starrte angespannt auf die Leinwand. »Schsch …«

»Ich habe überhaupt nichts getan!«

»Feigling.« Sie zog ein Streichholzheftchen aus der Tasche. Eine Nahaufnahme zeigte ihre Hände, als sie eines anzündete, das Heft drehte, sodass sie alle Feuer fingen – dann ein tiefer Kamerawinkel, an dem vor Todesangst zitternden Mann vorbei auf die Frau, die vor ihm stand.

»BITTE!«

»Wir haben eine Leiche gefunden, am Samstagabend.« Logan deutete auf die Leinwand. »Genau so! *Exakt* so.«

»Brenne, wie du in der Hölle brennen wirst.« Ein boshaftes Lächeln. *»Das wird eine gute Übung für dich sein.«* Das flackernde Streichholzheftchen wirbelte durch die Luft, fiel auf den Reifen, und blaue und gelbe Flammen loderten auf, fraßen sich knisternd um den Gummireifen.

Der kniende Mann schrie, wand sich hin und her, dass die Ketten rasselten. Nahaufnahme seines Gesichts, von schwarzem Rauch umwabert …

Zander hob eine Hand. »Kannst du da mal anhalten, David?«

Auf der Leinwand erstarrte der brennende Mann, den Mund im Schrei weit aufgerissen.

Der klapperdürre David, der jetzt wieder vorne stand, griff zu einem Laserpointer und beschrieb mit dem roten Lichtpunkt einen Kreis um das Gesicht des Mannes. »Siehst du das?«

»Ja, das Compositing muss wirklich noch verfeinert werden. Und können wir den Rotz wegmachen? Das ist mir einfach ein bisschen …« Er wackelte mit den Fingern. »Zu schleimig.«

Logan setzte sich wieder hin. »Es ist haargenau das gleiche Vorgehen: das Opfer kniend, an einen Pfahl gefesselt, der Reifen über den Kopf gestreift und unter dem linken Arm durchgezogen.«

Zander runzelte die Stirn und zog das Kinn ein, wobei sich sein schwabbliger Hals in Falten legte. »Das Necklacing von Thomas Leis ist eine Schlüsselszene. Hier halten wir uns *sehr eng* ans Buch – die Fans würden ausflippen, wenn wir da etwas ändern würden.«

»Es steht so im Buch?«

»*Entscheidend* für unser Verständnis von Mrs Shepherds Charakter.«

Steel spähte zur Stirnseite des Saals.

Der große, hagere Mann hatte eine Plastiktüte aus der Tasche gezogen. Jetzt fischte er etwas heraus, das wie ein Kinderfinger aussah, steckte es in den Mund und kaute darauf herum.

Ihre Stimme war kaum mehr als ein Flüstern. »David ...« Dann stand sie auf. »Heilige Scheiße mit Sahne, er ist's tatsächlich, oder? David *Insch?*« Sie legte die Hände an den Mund. »HE, INSCHY, SIND SIE DAS?«

Sie musste verrückt geworden sein. Das konnte unmöglich Ex-DI Insch sein. Insch war ein Koloss: eine eins neunzig große, massige Fressmaschine mit Problemen bei der Aggressionsbewältigung.

David zog die Schultern zurück, reckte die Brust und hob das Kinn, wobei er eine schlaffe Hautfalte mitzog. »Detective Inspector Steel.«

Dieser beißende, enttäuschte Ton war unverwechselbar.

»Er ist's tatsächlich! Der alte Knabe Insch, so wahr ich lebe und lechze ...« Sie grinste schief. »Was ist denn mit Ihnen passiert? Sie sehen ja aus, als ob jemand aus einer Hüpfburg die Luft rausgelassen und sie über eine Trittleiter gehängt hat.«

»Die Jahre hatten offenbar keinen positiven Einfluss auf Sie. Sie haben immer noch die Manieren einer Zweijährigen.«

Zander klatschte in die Hände. »Hervorragend. Ich hatte

ganz vergessen, dass Sie sich alle kennen. David, wie wär's, wenn du dich um DCI Steel und DS McRae kümmerst, dann kann ich mich wieder an die Arbeit machen?«

»Aber …«

»Das Rad der Zeit und der Dreharbeiten hält niemand auf.«

Insch schloss die Augen, massierte sich die Schläfen, die Zähne zwischen den dünnen, zitternden Lippen gebleckt. »Kühles feuchtes Gras, kühles feuchtes Gras …«

Manche Dinge änderten sich nie.

18

»Hier ist sie eingestiegen.« Insch deutete auf ein Fenster knapp zwei Meter über dem Boden. Vor der Öffnung waren schwarze Gitterstäbe festgeschraubt, und darunter hing ein Schild mit der Aufschrift »FRISCH GESTRICHEN!!!«.

Steel spitzte die Lippen und blickte zu den Stäben auf. »Tja, hinterher ist man immer schlauer, wie?«

Insch kehrte ihr den Rücken zu und marschierte den Flur entlang, während er mit säuerlicher Miene auf seinem nächsten Karottenstäbchen herumkaute. Es war merkwürdig, ihn so schlaksig und langbeinig dahinschreiten zu sehen, wenn man wusste, was für ein schwerfälliger Koloss er früher gewesen war.

Logan folgte ihm. »Und wie lange arbeiten Sie schon für Crocodildo Productions?«

»Gar nicht – die Firma existiert nicht mehr. Die Requisitenkammer ist gleich hier unten.«

Steel schloss hastig zu ihnen auf. »Was? Nee, ne? Also, das ist jetzt nicht witzig!«

»Wie Zander sagt: Niemand weiß mehr die Kunst zu schätzen. Wozu so viel Mühe investieren, um etwas zu schaffen, das wunderschön geschrieben und gespielt und gefilmt ist, wenn dann alle doch nur zu den Sexszenen vorspulen?«

»Aber die sind doch das *Beste!*«

»Das Maß war endgültig voll, als ihm jemand einen Link zu einer Website mit illegalen Porno-Downloads geschickt hat. Dort waren nur die – *Höhepunkte* aus allen seinen Filmen zusammenkopiert. All seine Bemühungen, all seine Kreativität auf *das eine* reduziert. Kein Wunder, dass er es aufgegeben hat.« Insch blieb vor einer Tür stehen, an der »ABTEILUNG FÜR DIVERSES« stand, und zog seinen Ausweis durch das Lesegerät an der Wand daneben. Das kleine Licht wechselte von Rot zu Grün. Er deutete mit einem Nicken auf eine Überwachungskamera in der Ecke, die den gesamten Flur erfasste. »Das haben wir alles nach dem Einbruch installieren lassen. Die Versicherung hat darauf bestanden.«

Steel kratzte sich an der rechten Brust. »Aber er kann es nicht einfach aufgeben, er war … Das ist nicht richtig.«

Insch zog die Tür auf. »Ich hatte natürlich immer schon den Wunsch, beim Film zu arbeiten, und als Zander mir dann zufällig im Rotary Club über den Weg lief, sind wir ins Gespräch gekommen. Er lud mich ein, beim letzten Cinerotographie-Projekt von Crocodildo mitzuwirken: *Das Mädchen mit dem Dildo-Tattoo.* Damit haben wir zwölf Goldene Ständer gewonnen.«

Steel kräuselte die Oberlippe und wich ein paar Schritte zurück. »Iih …«

Er sah sie böse an. Dann griff er in seine Tüte und zog noch ein Karottenstäbchen heraus. »Ich habe da nicht *mitgespielt*, ich war Regieassistent.«

»Oh, Gott sei Dank. Die Vorstellung, dass Sie splitterfasernackt rumhüpfen und irgend 'ne arme Frau besteigen – und die schlaffen Hautfalten dabei nur so rumschlackern und -flappen …« Sie schüttelte sich.

Ganz unrecht hatte sie nicht.

»Sind Sie fertig?«

Achselzucken. »Ich sag's Ihnen, wenn ich das Bild in meinem Kopf mit Chlorbleiche auslöschen könnte, ich würd's tun.«

Logan betrat die Abteilung für Diverses und ließ die beiden auf dem Flur weiterkabbeln. Die Requisitenkammer war ungefähr so groß wie eine Schulaula. Eine Seite war mit Reihen über Reihen von Kleiderständern mit Kostümen vollgestellt, die andere mit Metallregalen, in denen alle möglichen Gegenstände lagerten, von Stehlampen über Schwerter und Bibeln bis hin zu Handfeuerwaffen, jedes Teil mit einem kleinen Pappetikett versehen.

Logan nahm eine Glock 9-mm aus dem Regal, zog den Schlitten zurück und ließ ihn wieder vorschnellen.

Eine Stimme ertönte direkt hinter ihm. »Die sind gut, nicht wahr?«

Logan drehte sich um. »Sie lassen die hier einfach so herumliegen?«

Eine kleine Frau mit einer dicken Brille lächelte ihn an, wobei sich in ihren Pausbäckchen Grübchen bildeten. Sie trug ein T-Shirt mit der Aufschrift: »WEIL DIE REQUISITEURIN ES SO WILL, KAPIERT?« »Sie brauchen sie heute Nachmittag für Szene Drei-einundsiebzig, falls sie so weit kommen. Erst mal muss ich sie aber noch gründlich reinigen und die Mechanik überprüfen – solange *ich* die Verantwortung trage, soll es keinen zweiten Brandon Lee am Set geben, bitte schön. Aber ansonsten werden sie im Safe aufbewahrt, zusammen mit der Munition und den Schlagbolzen.«

Sie griff in eine Umhängetasche und zog ein iPad hervor, mit einem roten Lederfutteral genau wie das von Jack, dem enthusiastischen Ansprechpartner des Filmteams. »Die Etiketten sind alle mit Barcode versehen. Sie werden gescannt, wenn die Waffe entnommen wird, und dann wieder, wenn sie zurückgegeben wird.« Sie hielt das iPad hoch und drückte darauf herum. Ein Klicken, dann ein Piepsen. Sie drehte das Display so, dass Logan es sehen konnte. Es war eine Tabelle mit Namen, Daten, Uhrzeiten und Szenennummern. »Wir sind in diesem Punkt sehr, *sehr* streng.«

»Sie haben also eine Liste von allem, was fehlt?«

Sie verzog kurz das Gesicht. »Erinnern Sie mich bloß nicht daran. Ich weiß, hier sieht es aus wie in einem Ramschladen, aber jeder einzelne Gegenstand in diesem Raum wurde *sorgfältigst* für ein bestimmtes Set oder eine bestimmte Szene ausgewählt. Und alles, was wir nicht kaufen konnten, haben wir selbst gemacht. Wenn wir also etwas ersetzen müssen, können wir nicht einfach mal eben mit einem Einkaufszettel zum nächsten Supermarkt laufen. Als wir angefangen haben, waren wir noch viel zu vertrauensselig: Mäntel, Hüte, Dolche, Medaillen, Requisiten aller Art … egal was, es wurde alles geklaut.«

Sie ging weiter zu einer anderen Regalwand, die mit Notizbüchern aus rotem Leder angefüllt war. Die in den drei untersten Regalen sahen nagelneu aus, aber die im vierten von unten befanden sich in verschiedenen Stadien des Verschleißes. »Die hier waren ganz besonders beliebt. Sie können sich nicht vorstellen, wie viele Dittay-Bücher wir machen mussten.« Sie nahm eines heraus und reichte es Logan. »Anfangs haben wir die Muster noch von Hand geprägt, aber es sind so viele verschwunden, dass wir einen Stempel anfertigen lassen mussten. Die Leute sind nun mal scharf auf Souvenirs.«

Logan fuhr mit dem Finger über das komplizierte Muster aus Schnörkeln und Wirbeln, das in den Einband geprägt war. Das Buch war identisch mit dem, das er in Agnes Garfields Kammer unter der Treppe gefunden hatte. »Dittay-Bücher?«

Inschs tiefe, dunkle Stimme dröhnte durch den Raum. »Sechzehntes Jahrhundert. Die Liste der Anklagepunkte gegen Leute, die der Hexerei beschuldigt wurden, nannte man ›Dittays‹. Das war es, was einen vor Gericht und auf den Scheiterhaufen brachte.«

Die Requisiteurin nahm Logan das Buch aus der Hand und stellte es ins Regal zurück. »Von den Fingermen braucht jeder mindestens eines davon. Sie sind sehr wichtig für die Handlung.«

»Wie viele hat Agnes Garfield entwendet?«

Wieder zog sie eine Grimasse. »Schlimm genug, dass sie ein paar leere geklaut hat, aber sie hat auch das wichtigste von Rowans Büchern mitgehen lassen. Haben Sie eine Ahnung, wie viel Mühe es macht, sie so echt und gebraucht aussehen zu lassen? Wie viele Stunden ich über dieses verdammte Buch gebeugt dagesessen habe, um die ganzen Dittays und Sigille und Notizen einzutragen …«

Insch verschränkte die Arme vor der Brust. Es wirkte nicht ganz so eindrucksvoll wie früher, zumal mit den schlabbrigen Hautfalten, die unter den Ärmeln seines Polohemds hervorschauten. »Sie kann froh sein, dass wir sie nicht angezeigt haben.«

DCI Steel kam in das Requisitenlager geschlappt, die Hände in den Hosentaschen, die Schultern gebeugt. Sie schürzte die Lippen und sah sich um. Rümpfte die Nase. »Also, Leute, ich langweile mir hier echt einen ab. Wenn hier sowieso nicht gerammelt wird, fahren wir gleich wieder.«

Sie machte kehrt und marschierte davon.

Insch starrte ihr nach. »Wissen Sie«, sagte er, an Logan gewandt, »Sie könnten doch irgendwie einen Unfall arrangieren. Ich würde Ihnen auch ein Alibi verschaffen: Sie waren die ganze Zeit mit mir zusammen.«

»Führen Sie mich nicht in Versuchung.«

Sie verließen die Requisitenkammer und gingen ihr nach. Inschs Hand tauchte alle drei oder vier Schritte in die Karottentüte ein, um eins der leuchtend orangefarbenen Stäbchen zu seinem Mund zu führen. Knurps, knurps, knurps. »Ist Rennie immer noch …?«

»So eine Nervensäge? Ja. Zurzeit jammert er allen die Ohren voll, weil Steel ihm immer …«

Eine Frauenstimme hallte hinter ihnen durch den Flur. »David?«

Insch erstarrte. Dann setzte er ein Lächeln auf und drehte sich um. »Nichole! Ich habe mir die Tageskopien von gestern angesehen – die Badszene war fantastisch, Sie waren einfach großartig – diese emotionale Intensität!«

Nichole Fyfe hatte den ledernen Gehrock ausgezogen, und ihre rote Seidenbluse war unter den Armen dunkel verfärbt. Im Kragen steckte ein Ring aus Papierservietten, vermutlich, um den Stoff vor der Schminke zu schützen. Anders als bei Zander und Insch hing ihr Ausweis an einem leuchtend orangefarbenen Band, das über die ganze Länge mit »SCHAUSPIELER – SCHAUSPIELER – SCHAUSPIELER« in schwarzen Lettern bedruckt war.

Sie hielt eine Kopie des Drehbuchs hoch. Die Seiten waren mit bunten Klebezetteln gespickt, der Text mit hingekritzelten Anmerkungen versehen und mit gelbem Textmarker angestrichen. »Ich wollte mit Ihnen über Drei-zweiundachtzig reden. Finden Sie nicht, dass Rowan wegen des Inquisitionsteams stärker beunruhigt sein sollte? Würde sie wirklich das Hochhaus betreten, ohne Verstärkung mitzunehmen? Ich finde einfach keinen emotionalen Zugang zu ihrer Entscheidung in dieser Situation.«

Eine kleine Pause trat ein, dann blinzelte Insch. »Ich kann Ihre Überlegungen nachvollziehen … Aber wenn sie Verstärkung mitnimmt, geht uns dieses Gefühl der tiefen, urtümlichen Bedrohung verloren, wenn sie Issobell Barrouns Leiche findet.«

»Aber …«

»Und sie will nicht, dass Mrs Shepherd es erfährt, nicht

wahr? Wenn ein Mitglied des Teams kompromittiert ist, dann wird alles gleich viel gefährlicher.«

Ein Stirnrunzeln zerrte an der künstlichen Narbe in ihrem Gesicht. »Sie wollen also sagen, dass in diesem Moment Rowan die einzige Person ist, der Rowan vertrauen kann? Sie isoliert sich, und das lässt ihre tiefsitzende Verletzlichkeit stärker hervortreten... Es ist eine Metapher für ihr Bedürfnis nach Liebe. Ja, damit kann ich arbeiten...« Nichole sah Logan an und gewährte ihm ein Lächeln. »Tut mir leid, ich bin eine *solche* Drama-Queen, wenn es darum geht, eine Szene richtig hinzubekommen.« Sie zog einen schwarzen Lederhandschuh aus und hielt ihm die Hand hin. Ein Netz aus glänzendem Narbengewebe zog sich über die Haut an ihrem Handgelenk. »Nichole Fyfe.«

Logan ergriff die Hand – sie war ein wenig feucht – und schüttelte sie. »DI McRae. Ich habe früher mit... David zusammengearbeitet.« Es war immer noch ein komisches Gefühl, seinen Vornamen zu benutzen.

»Richtig – Logan McRae. David hat, glaube ich, von Ihnen gesprochen.« Das Lächeln wurde für einen Moment strahlender, dann zupfte sie am Stoff ihrer Bluse und versuchte ihn von den Achselhöhlen wegzuziehen. »Tut mir leid, aber ich war den ganzen Tag unter den Studioscheinwerfern, ich sehe bestimmt unmöglich aus. Hat mich jedenfalls sehr gefreut. Wir sehen uns sicher später noch.« Und dann eilte sie davon und schrieb noch im Gehen etwas an den Rand ihres Skripts.

Sobald die Tür hinter ihr ins Schloss gefallen war, sackte Insch in sich zusammen und massierte sich mit den Fingern einer Hand die Stirn. »Das ist es alles wert, das ist es alles wert...« Er atmete tief durch. »Wieso ist niemand mehr bereit, schlicht und einfach seinen Text zu lernen und pünktlich zu erscheinen? Heutzutage hat man es offenbar nur noch mit überkandidelten Method-Acting-Spinnern zu tun. ›Was ist meine Motivation, würde meine Figur in dieser Situation *wirklich* so denken, was ist das emotionale *Herz* dieser Szene …? So geht es jeden verdammten Tag.«

Ein weiteres Karottenstäbchen verschwand. Dann machte er kehrt und stakste davon.

Logan folgte ihm. »Ich finde sie eigentlich ganz nett.«

»Wussten Sie, dass wir ihr jeden Morgen einen Wagen schicken? Mit einem Chauffeur, einem Körbchen Himbeeren und drei Flaschen Perrier. Es muss Perrier sein – bei jeder anderen Marke kriegt sie gleich einen hysterischen Anfall. Es ist doch nur Sprudelwasser, verdammt, kein Insulin. Wenn sie sich überhaupt dazu herablässt zu erscheinen. Vier Stunden haben wir heute Vormittag auf sie gewartet. *Vier* Stunden.«

»Dann feuern Sie sie doch.«

Insch blieb stehen und starrte ihn an. »Reden Sie keinen Unsinn. Sie ist das Beste, was diesem Film je passieren konnte.« Er fischte ein Karottenstäbchen aus der Tüte und zielte damit auf Logan wie mit einem Zauberstab. »Sie hat noch *In Death We Trust* gedreht, als wir sie für die Rolle von Rowan gecastet haben. Und sobald sie mit den Dreharbeiten fertig waren, hat sie Morgan zu einem Hexenzirkel im Mittleren Westen der USA mitgeschleift, um in die Thematik einzutauchen. Sie hat für die Rolle sogar Pfeiferauchen gelernt. Wir haben ihr gesagt, das sei nicht nötig – wir würden das in der Postproduktion korrigieren –, aber sie hat's trotzdem gemacht. *So* sehr hängt sie sich rein.« Der Zauberstab verschwand zwischen seinen Zähnen. »Nur weil die Arbeit mit Nichole der reinste Albtraum ist, heißt das noch nicht, dass sie keine großartige Schauspielerin ist. Nicht einfach nur gut: *großartig.*«

Mit einem Klacken fiel die Brandschutztür hinter ihnen ins Schloss. Insch blinzelte in der Sonne, als sie auf den klebrigen schwarzen Asphalt hinaustraten. »Und so ist es mir schließlich gelungen, Zander davon zu überzeugen, dass es immer noch möglich war, eine künstlerische Aussage zu machen, allerdings nur, wenn er sich von der Cinerotographie abwandte. Seien wir doch ehrlich: Die Leute, die sich Pornos anschauen, sind per definitionem ein Haufen Wichser. Wir brauchten ein Genre, in dem die Arbeit, die wir hineinstecken, auch gewürdigt wird.«

Der Parkplatz war in goldenes Licht getaucht, verchromte Stoßstangen und polierter Lack funkelten im Sonnenschein. Logan lehnte sich an einen BMW. »Bei der Durchsuchung von Agnes' Haus habe ich Ihr entwendetes Dittay-Buch gefunden. Das mit den ganzen Schnörkeln und den Sigillen drin. Und ein Skript.«

»Wir haben also zusammengelegt, was wir auf der hohen Kante hatten, haben Hypotheken auf unsere Häuser aufgenommen, uns die Rechte an *Witchfire* gesichert und einen ganzen Haufen Investoren eingespannt. So konnten wir uns richtig bekannte Schauspieler leisten, gute Bühnenbildner, Kameraleute, Kostüme … Wir haben das Budget, um hier etwas ganz Besonderes hervorzubringen.«

»Warum haben Sie sie nicht angezeigt?«

In einiger Entfernung grummelte Steel irgendetwas in ihr Mobiltelefon und kickte einen Stein durch die Gegend wie ein launischer Teenager.

Insch fuhr sich mit der Hand über seinen Kehllappen. »Sie ändert sich nie, was?«

»Es muss doch einen Grund gegeben haben.«

»Gehen Sie fünf Jahre zurück, und Sie wären für verrückt erklärt worden, wenn Sie darauf gewettet hätten, dass sie je das CID leitet. Ich, ja – aber sie: keine Chance. Sie hätten eher darauf setzen können, dass man sie irgendwann wegen groben Fehlverhaltens hochkant rausschmeißen würde. Oder gleich einbuchten.« Ein Seufzer. »Und jetzt so was.«

»Sie leitet *nicht* das CID … Na ja, schon, aber nur, bis Finnie aus Malaga zurück ist: Ein Serienvergewaltiger-Fall, der neu aufgerollt werden muss.«

»Verstehen Sie mich nicht falsch, ich will mich keineswegs beschweren: Ich *liebe* das Filmemachen. Und *Witchfire* ist nur der Anfang, wir sind schon auf der Suche nach dem nächsten Projekt.« Ein Lächeln erhellte sein ausgezehrtes Gesicht. »Dies ist der Beginn von etwas Großem, Logan. Aberdeen wird die Filmhauptstadt Schottlands sein. Bye-bye Hollywood, hallo Stoneywood.«

»Also, warum *haben* Sie denn nun keine Anzeige erstattet?«

Insch setzte sich neben ihn auf die Motorhaube und platzierte die Tüte mit den Karottenstäbchen zwischen ihnen. »Weil Zander mehr hiervon gesteuert ist …« – er tippte sich auf die Brust – »als hiervon …« Der Finger pochte ein paarmal an seine Stirn. »Wir haben die Polizei angerufen, wir sind hingefahren und haben unser Eigentum zurückverlangt, und ihr Vater hat uns diese rührselige Geschichte aufgetischt. Sie habe sich umbringen wollen, aber sie sei eigentlich ein gutes Mädchen, und wir könnten es ihr doch nicht zum Vorwurf machen, dass sie psychisch krank ist.«

»Und Zander …«

»Hat natürlich alles geschluckt. Wollte nicht dafür verantwortlich sein, dass sie noch mal eine Überdosis nimmt.«

»Tja, das kann man ihm wohl kaum verdenken …« Logan zog sein Notizbuch aus der Tasche. »Moment mal. Ihr Vater hat uns erzählt, sie habe sich die Pulsadern aufgeschlitzt.«

»Das war an Weihnachten. Die Überdosis hat sie im Februar genommen – am Valentinstag.« Er nickte. »Der große Tag für alle lebensmüden Romantiker.«

»Diese Mistkerle haben uns *schon wieder* angelogen.«

Insch räusperte sich und sah auf seine riesigen Schuhe hinunter. »Ich habe von Samantha gehört und von dem Brand. Das tut mir leid.«

Allen tat es immer leid.

Logan drehte seinen steifen Hals hin und her. »Und was ist mit Ihnen? Wie geht es Miriam und den Kindern?«

»Kanada muss um diese Jahreszeit herrlich sein, wie man hört. Anna hat einen Freund. Können Sie sich das vorstellen? Erst elf und hat schon einen Freund. Ich habe sie und Brigit seit zwei Jahren nicht gesehen …« Insch kaute eine Weile auf der Innenseite seiner eingesunkenen Wange herum. »Miriam heiratet im September. Er heißt *Jeff* und hat ein Restaurant in Vancouver.« Er sprach das Wort »Jeff« aus, als ob es einen schlechten Geschmack hätte.

»Tut mir leid.«

»Es ist, wie es ist.« Insch knurpselte noch ein Stückchen Möhre. Dann starrte er ins Leere. »Wo wir gerade von unsympathischen Mackern reden: Ich muss Sie um einen Gefallen bitten.«

Na, wunderbar. »Ach ja?«

»Nichole Fyfe. Ihr Ex macht Stress: kreuzt in ihrem Hotel auf, erklärt ihr seine ewige Liebe, geht auf die Security-Leute los, bedroht Nicholes Chauffeur, markiert den starken Mann. Und lässt sich nicht davon beeindrucken, wenn sie sagt, dass sie ihm schon vor vier Jahren den Laufpass gegeben hat.«

»Sie will ihn also anzeigen?«

»Wir sind hier beim Film, Logan. Die Hauptdarstellerin zeigt nicht ihren Exfreund an, der ihr nachstellt, sie lässt das von jemand anderem machen. Und ich will nicht, dass die Presse Wind davon bekommt.«

Logan konnte sich das Lachen nicht verkneifen. »Sämtliche Klatschmagazine berichten über Ihren Film, das Radio, das Fernsehen …«

»Darum geht es nicht. Nichole will nicht als die abgehobene Diva rüberkommen, die glaubt, dass sie zu gut für Aberdeen ist. Und ich will nicht, dass etwas sie so ablenkt, dass sie sich nicht auf ihre Arbeit konzentrieren kann.« Er schüttelte die Tüte und hielt sie Logan hin. »Auch eins?«

»Also, wollen Sie, dass ich ihn ein bisschen bearbeite? Soll ich ihm die Hölle heißmachen? Oder dafür sorgen, dass er ein paarmal die Treppe runterfällt?«

»Wollen Sie lieber warten, bis er jemanden verletzt?« Insch nahm sich ein paar Karottenstäbchen.

Logan schloss einen Moment die Augen. Nach all den Jahren schaffte Insch es immer noch, ihn zu manipulieren. »Ich verspreche nichts. Okay?«

»Sein Name ist Robbie Whyte, fünfundzwanzig, lebt bei seiner Mutter in Inverurie.« Insch stieß sich von der Motorhaube ab und sah auf seine Uhr. »Unsere Zeit ist um. Ich habe in fünf Minuten einen Termin mit der Gewerbeaufsicht. Wir sind noch nicht mal fertig mit den Dreharbeiten, und schon vertickt irgendeine miese Ratte gefälschte *Witchfire*-Merchandising-Artikel. Und dann treffe ich mich mit diesem Historiker von der Stadt, der uns in Sachen Hexerei berät. Dann so ein Arschloch von Journalist, dann jemand, der einen Wettbewerb gewonnen hat… Und *irgendwann* muss ich auch noch einen Film machen. Vergessen Sie nicht, Ihre Ausweise an der Pforte abzugeben, bevor Sie fahren.«

»Okay.«

Insch machte ein paar steife Schritte, dann blieb er stehen, ohne sich zu Logan umzudrehen. »Falls… Sie irgendetwas brauchen, rufen Sie mich an, dann sehe ich, was sich machen lässt.«

»Verdammte Lügner – sie haben mir *geschworen*, dass es weiter nichts gäbe, was wir über Agnes wissen müssten.« Logan trat das Gaspedal durch, sobald die Schnauze des Wagens auf der Höhe des 40-Meilen-Schilds war, und überholte den Bus auf der Innenspur. »Wie sollen wir…«

»Bla, bla, bla, das Leben ist nun mal hart, und die Leute lügen.« Steel drehte das Beifahrerfenster runter und ließ den Lärm der vierspurigen Auchmill Road herein. »Find dich damit ab.« Sie zog eine Schachtel Zigaretten aus der Tasche und schüttelte eine heraus. »Irgendwie komisch, Insch so wiederzusehen, oder? Ganz dürr und klapprig und schlabbrig …«

»Wir fahren einen Umweg. Agnes Garfields Eltern sind uns ein paar Erklärungen schuldig.«

»Ich wette, wenn man ihm so eine Tankstellen-Luftpumpe hinten reinstecken würde, könnte man ihn aufblasen wie einen Wasserball.« Sie steckte sich die Zigarette mit einem Plastikfeuerzeug an, dann schwang sie einen Fuß auf das Armaturenbrett und kratzte sich ein wenig. »Ist ganz wie früher, was? Du, ich und Inschy McFettsack … Nur dass wir ihn jetzt McKlappergestell nennen müssen.« Ein Grinsen. »Ich weiß: McFlatterhose, das wird ihm gefallen.«

Fünf Minuten später waren sie mitten im finstersten Northfield. Logan zog die Handbremse. Von jenseits der hohen Schulmauer kam Kindergekreisch, durchsetzt mit gerufenen Kommandos und Gelächter.

Steel war inzwischen so weit vorgerutscht, dass sie fast im Fußraum hing. Sie zog noch einmal am Stummel ihrer Zigarette. »Willst du das wirklich machen?«

»Die haben uns *angelogen.*«

»Ja, ich weiß. Aber was hast du davon, wenn du ihnen dafür den Hintern versohlst?«

»Was für Lügen haben sie uns sonst noch aufgetischt?« Er kletterte hinaus in den warmen Nachmittag und rief Chalmers an. »Könnten Sie mal rasch Agnes Garfields Eltern im Zentralregister überprüfen?«

Sie hörte sich an, als ob sie gerade beim Essen wäre. *»Eine Sekunde …«* Ein Schlürfen. Dann das Klackern von Fingern auf der Tastatur. *»Haben Sie die Laborergebnisse gesehen?«*

»Können wir uns jetzt einfach darauf kon …«

»Das Cannabis hatte einen THC-Gehalt von rund einundzwanzig Prozent, was phänomenal *hoch ist. Und diese Blisterpackung Tabletten, die wir gefunden haben, das ist Risperidon. Es ist ein atypisches Neuroleptikum – vielleicht, um die Wirkung des Marihuana aufzuheben?«*

Kein Wunder, dass Agnes' Freunde sie alle für total durchgeknallt hielten.

Chalmers summte leise vor sich hin. Und dann: *»Da haben wir's … Der Computer sagt, dass Agnes' Vater Mark Garfield wegen Geschwindigkeitsübertretung, Hinterziehung der Gemeindesteuer und einmal auch wegen Körperverletzung verurteilt wurde.«*

»Er ist also gewalttätig.«

»Ist im Pub in eine Schlägerei geraten. Ich kann versuchen, die Details rauszufinden, wenn Sie wollen?«

»Was ist mit der Mutter?«

»Doreen Garfield: fünf Verwarnungen wegen Bedrohung. Einmal hat sie zu Agnes' Mathelehrer gesagt, dass sie ihm die Eier abreißen und ihn zwingen würde, sie aufzuessen.«

»Okay, das ist …«

»Offenbar hatte er behauptet, Agnes sei schwer von Begriff. Und noch was: Ich habe den Nachnamen und die Adresse unserer mysteriösen Stacey ermittelt. Ihre Mitbewohnerin sagt, sie sei seit Freitagabend nicht zu Hause gewesen und auch heute Morgen nicht zur Arbeit erschienen. Was offenbar nicht ungewöhnlich ist. Sie wird mich anrufen, sobald Stacey auftaucht.«

Wieder diese leicht streberhafte Tüchtigkeit. »Gut. Bleiben Sie dran.«

»Und ich habe mir dieses Notizbuch aus rotem Leder angeschaut, das wir in Agnes' Kammer unter der Treppe gefunden haben – es ist genau das gleiche wie das von dieser Figur …«

»Rowan aus *Witchfire*.«

»Oh …« Schweigen. *»Ich hatte das Buch seit Jahren nicht*

mehr gelesen, aber in der Mittagspause habe ich mir ein Exemplar besorgt, und wissen Sie was: Die Hinrichtungsmethode, die diese Fingermen bei Hexen anwenden, ist …«

»Necklacing. Ich weiß.«

Diesmal wollte das Schweigen gar nicht mehr enden.

»Chalmers?«

»Tut mir leid, Chef, ich werde …« Sie räusperte sich. *»Kann ich sonst noch irgendetwas tun?«* Der Ton war leicht verzweifelt.

Steel tippte ihm auf die Schulter. »Also, wenn ich nicht um fünf zurück im Büro bin, mach ich dir einen Einlauf mit meiner Stiefelspitze.«

»Finden Sie heraus, wie weit die Kollegen mit dem Skelett von heute Morgen sind. Und dann nehmen Sie sich Rennies rassistisch motivierte Hassverbrechen vor – vielleicht fällt Ihnen ja was dazu ein.«

»Sie können sich auf mich verlassen!« Und dann war sie weg.

Steel prustete verächtlich, und ein feiner Speichelregen glitzerte im Sonnenlicht. »Hast du den Fall *immer* noch nicht geknackt?«

Er ging zur Haustür und klingelte. »Die Ermittlungen dauern noch an.«

»Und mein Arsch ist aus Erdnussbutter. Ich lass nicht zu, dass so ein rassistischer Drecksack frei rumläuft und Leute zum Krüppel schlägt, Laz.«

»Tja, weißt du was, dann schwinge ich doch einfach meinen Zauberstab und …« Die Tür ging auf.

Agnes' Vater blinzelte sie an, eine Dose Export in der einen Hand, eine Fernbedienung in der anderen. »Mmm?« Er strömte eine umwerfende Bierfahne aus. Saubere Leistung für halb fünf an einem Montagnachmittag.

»Mr Garfield.« Logan verschränkte die Arme. »Da gibt es *noch* etwas, was Sie zu erwähnen vergessen haben: Sie hat im Februar eine Überdosis genommen.«

Garfield beschirmte seine Augen mit der Hand, die die Fernbedienung hielt. Es sah aus, als ob er bei Logan den Kanal wechseln wollte. Keine Chance. »Ich … Ich dachte, es wäre nicht …«

»Nein, Sie haben gar nicht gedacht, oder? Sie war auf Neuroleptika. Wie viel Cannabis hat …«

»Sie hat nicht …« Ein Seufzer. Dann drehte er sich um und ging zurück ins Haus. »Sie sollten besser reinkommen.«

Logan folgte ihm ins Wohnzimmer. Der Fernseher zeigte ein Standbild: irgendeine Durchschnitts-Krimiserie, wo alle wie Models aussahen und nie irgendjemand furzte, sich am Hintern kratzte oder fluchte. Auf dem Couchtisch stand ein offener Pizzakarton, in dem noch zwei Stücke und ein paar Krusten herumlagen. Leere Bierdosen waren auf dem fettfleckigen Deckel aufgereiht wie Soldaten.

Garfield ließ sich in einen gestreiften Sessel plumpsen. »Doreen ist bei ihrer Mutter.«

Draußen vor dem Wohnzimmerfenster lehnte Steel am Auto. Sie deutete auf ihre Uhr und dann auf ihren Stiefel.

Logan drehte ihr den Rücken zu. »Was ist denn an dem Satz: ›Gibt es noch etwas, was Sie uns nicht gesagt haben?‹, so schwer zu verstehen?«

Erst mal ein Schluck Bier. »Agnes hat sich die Pulsadern aufgeschnitten, weil ihre *Mutter* beschlossen hat, dass sie Anthony Chung nicht mehr sehen durfte. Der Arzt meinte, sie könnte von Glück sagen, dass sie keine dauerhaften Nervenschäden davongetragen hat.« Garfield schwenkte die Dose hin und her, bis der Inhalt schwappte und zischte. »Als sie zwölf war, hat sie versucht, sich aufzuhängen. Also haben wir sie zu einem Psychiater geschickt, und das war's dann: Seitdem muss sie Tabletten schlucken.« Er nahm sich noch ein Stück Pizza mit speckigen Salamischeiben auf fettigem Käse. »Erst zwölf und schon auf Neuroleptika. Was ist denn das für ein Leben?«

Schweigen.

»Warum zum Teufel haben Sie uns das nicht gesagt? Ich habe Sie gefragt, ob da sonst noch etwas war, und Sie haben mir in die Augen geschaut und gelogen! Haben Sie *wirklich* geglaubt, das sei nicht wichtig?«

Er zuckte mit den Achseln. »Es ging ihr schon besser. Die Überdosis war … Ich weiß nicht. Es hat sie sehr getroffen, dass Anthony von ihrem Tattoo nicht allzu begeistert war. So sind die zwei, immer …« Er krümmte die Finger der Hand zu einer Klaue, und sein ganzer Arm zitterte. »Nicht wahr? Aber sie liebt ihn.«

»Hat Agnes ihre Medikamente mitgenommen, als sie weggelaufen ist? Was ist, wenn sie wieder einen Schub bekommt?«

Garfields Mundwinkel gingen auf Talfahrt. Dann biss er in seine Pizza und kaute, als ob es bitter schmeckende Pappe wäre. »Sie konnte sie nicht mitnehmen. Wir lassen sie nicht … Doreen will nicht … Nach der Überdosis haben wir Agnes nicht mehr erlaubt, ihre Medikamente selbst zu dosieren. Doreen teilt ihr jeden Tag ihre Tablettenration zu und vergewissert sich, dass Agnes sie auch nimmt.«

»Wie kommt es dann, dass sie eine Packung Risperidon in ihrem Versteck hatte?«

»Risperidon …?« Er schüttelte den Kopf. Dann spülte er die Pizza mit dem Rest Bier aus der Dose herunter. »Nein, das bekommt sie nicht – das ist nur für den Fall, dass sie einen ganz besonders schlimmen Schub hat. Für den regelmäßigen Gebrauch ist es zu stark. Wir versuchen ihre Krankheit mit Aripiprazol in den Griff zu bekommen.« Die leere Dose wurde zu ihren Kameraden in die Formation gestellt.

»Nun, irgendwie hat sie es sich aber beschafft.« Herrgott noch mal. Logan ging ein paar Schritte weg und dann wieder zurück. »Wird sie gewalttätig, wenn sie ihre Medikamente nicht nimmt?«

Garfield starrte das halb aufgegessene Stück Pizza in seiner

Hand an. »Wir haben es Ihnen nicht gesagt, weil wir nicht wollten, dass es morgen in allen Zeitungen steht. Schlimm genug, dass sie mit ihren Problemen leben muss, da braucht sie es nicht auch noch, dass alle sie anstarren, als wäre sie ein Kalb mit zwei Köpfen. Das geht keinen was an.«

»Ist sie gewalttätig? Ja oder nein?«

»Agnes ist ein liebes kleines Mädchen. Sie tut viel eher sich selbst was an als irgendwem sonst.« Er schloss die Augen. »Deshalb müssen Sie sie finden …«

19

»Verdammt, jetzt komm ich zu spät …« Steel zuppelte noch einmal kurz an ihrem BH herum und knallte dann die Beifahrertür zu.

Der Parkplatz hinter dem Präsidium war voll mit Streifenwagen und Zivilfahrzeugen; nur der neue Bentley des Polizeipräsidenten stand abseits und isoliert wie ein Leprakranker mit Mundgeruch. Niemand traute sich, in seiner Nähe zu parken, aus Angst, das Ding zu zerkratzen.

Logan schloss den Poolwagen ab. »Es ist fünf vor. Du hast noch reichlich Zeit.«

»Wie soll ich das schaffen – eine rauchen, mir 'nen Kaffee holen, Rennie anbrüllen *und* noch rechtzeitig zum Meeting kommen?« Sie zog ihre Hose stramm. »Ich wollte ja eigentlich gar nicht hin. Ein Haufen wichtigtuerische Sesselfurzer, die um einen Tisch hocken und jammern. Wie sollen *wir* denn bitte verhindern, dass die Forensik-Heinis in Streik treten? *Wir* sind ja schließlich nicht diejenigen, die sie verarschen.«

»Und jetzt hast du noch vier Minuten.«

Steel blickte zu dem Klotz aus Beton und Glas auf. »Geh du doch für mich zum Meeting, wie wär's?«

»Keine Chance. Ich muss bei unserer forensischen Anthropologin nachhaken.«

»Wär aber gut für dich: für die Persönlichkeitsbildung. Du kannst …«

»Was ist wichtiger? Dass du dich um das Meeting drücken kannst oder dass wir den Kerl finden, der diese arme Sau abgefackelt hat?«

»Na ja …« Steel verzog das Gesicht, was zu einem Massenauflauf von Falten um ihre schmalen Lippen herum führte. »Wo wir gerade beim Thema sind, ich hab dir doch gesagt, dass du deiner blöden Mutter sagen sollst, sie soll uns nicht mehr nerven mit ihrem Gejammer von wegen mehr Zeit mit Jasmine verbringen. Sie ist *deine* Mutter, also stell sie in den Senkel!« Dann wirbelte sie herum und stampfte durch den Hintereingang ins Präsidium.

Logan wartete, bis die Tür hinter ihr zugefallen war, ehe er den Mittelfinger hochkurbelte.

Die Treppe, die zum Eingang des Rechtsmedizinischen Instituts hinunterführte, war ein Friedhof für leere Chipstüten und Zigarettenschachteln, die vom Parkplatz hereingeweht worden waren. Logan stieg die Stufen hinunter, klingelte, winkte in die Kamera, wartete auf das Summen … Dann trat er durch die Tür ins Land der Toten.

Heute roch das Land der Toten nach Bleichmittel und Instant-Curry.

Er schaute zuerst in der Teeküche nach.

Miss Dalrymple hatte die Füße auf den Tisch gelegt, einen Becher Instant-Nudeln in der einen Hand, eine Gabel in der anderen. Ein Klatschmagazin lag aufgeschlagen auf ihren Knien. »NICHOLE FYFES HEIMLICHE SCHANDE – SELBSTMORDVERSUCH ALS TEENAGER!« Was die Narben an ihrem Handgelenk erklärte.

Dalrymple schaufelte sich eine Gabel voll schlaffe Nudeln in den Mund und nuschelte dann kauend: »Ist nicht hier.«

»Wer ist nicht hier?«

»Dr. MacAllister. Sie führt Vorstellungsgespräche mit Kandidaten für die Nachfolge unseres schmerzlich vermissten Dr. Forsyth. Er schmeißt keine Abschiedsparty, also machen wir auch keine Sammlung.«

»Ich wollte zu Dr. Graham.«

»Ah ja, die Knochenlady.« Dalrymple warf die Gabel in den Plastikbecher und machte dann spinnenartige Bewegungen mit ihrer freien Hand, als ob die Finger in der Luft herumschnupperten. »Sie hat es geschafft, seit heute früh drei Bechergläser und zwei Tassen zu zerdeppern und einen Gehirneimer umzustoßen. Wie jemand, der so ein geborener Tollpatsch ist, im täglichen Leben überhaupt zurechtkommt, ist mir ein Rätsel.«

»Ist sie hier oder nicht?«

Die Finger verknoteten sich und spreizten sich dann wieder, um in Richtung Sektionssaal zu zeigen. »Wenn sie Sie je fragt, ob sie Sie im Auto mitnehmen kann, empfehle ich Ihnen, augenblicklich die Flucht zu ergreifen.«

»Ich werd's mir merken.« Der graue Terrazzo-Boden war feucht, als wäre er vor Kurzem gewischt worden und noch nicht ganz getrocknet. Logan hinterließ Fußspuren aus Chlorbleiche und Reinigungsmittel, als er den Flur entlang zum Sektionssaal ging. Er stieß die Tür auf.

Aus der Ecke kamen leise Schnarchgeräusche. Jemand hatte vier Stühle aus der Teeküche herangeschleppt und sie mit den Lehnen zur Raummitte vor der Edelstahl-Arbeitsfläche aufgereiht. Eine Gestalt lag in der improvisierten Koje auf der Seite, eine aufgeschlagene Zeitung über Kopf und Schultern gebreitet. Wie ein Stadtstreicher auf einer Parkbank, nur im Sektionssaal der Rechtsmedizin. Fehlte nur noch die leere Flasche Supermarkt-Wodka.

Dr. Graham war fast genau dort, wo Logan sie zuletzt gesehen hatte – über den Schädel des Necklacing-Opfers gebeugt.

Von dem Kunstharz-Abguss war kaum noch etwas zu sehen – alles war mit Streifen von dunkelrotem Ton bedeckt, die wiederum mit Gewebsstärke-Markern gespickt waren. Wie ein Requisit aus *Hellraiser*. Aus der Stereoanlage plätscherten Dire-Straits-Klänge.

Logan schaltete das Gerät aus. »Wie kommen wir voran?«

Sie blickte auf und lächelte. Dann hob sie einen Finger an die Lippen. »Schsch …« Ihre Stimme war kaum mehr als ein Flüstern. »Dr. Ramsey ist gerade eingeschlafen. Hatte 'ne lange Nacht.«

»Wieder unter Aufsicht?«

Sie deutete mit einem Nicken auf den dritten Obduktionstisch, wo ein unvollständiges Skelett auf einer blauen Plastikfolie ausgelegt war. »Ich will mich ja nicht beklagen. Ist schon schwierig genug, *einen* Auftrag zu ergattern, aber dass mir jetzt noch ein zweiter direkt in den Schoß fällt – ein echter Glücksfall.«

Sie streifte ihre Handschuhe ab und warf sie in den Abfalleimer, um dann auf leisen Sohlen zu den anderen Gebeinen zu schleichen. Der Schädel lag am Kopfende des Tisches, die oberen Zähne fehlten. Darunter waren die Wirbel aufgereiht, mit Lücken dort, wo der entsprechende Knochen auf Logans Dach nicht gefunden worden war. Die Rippen dagegen waren fast vollständig, sie lagen fächerförmig zu beiden Seiten ausgebreitet. Es folgte das Becken, und dann die beiden Oberschenkelknochen. Dr. Graham zeigte auf die Hände: dünne Knochenzylinder, arrangiert auf zwei Bogen Papier, jedes Teil genau in den krakeligen Kugelschreiber-Umriss eingepasst. »Soweit ich das beurteilen kann, gehören die Finger, die Sie gefunden haben, zu derselben Person. Es fehlen die Handwurzelknochen und ein paar Mittelhandknochen. Und die distalen Fingerglieder fehlen völlig, aber Fingerspitzen sind wirklich klein und fieselig, es ist also möglich, dass sie einfach vom Dach geweht wurden. Oder das Kochen in Chlorbleiche hat ihnen so zugesetzt, dass sie schlicht zerfallen sind.«

Logan zog ein Foto aus der Tasche und legte es neben die Knochenhand auf den Tisch. »Ist das unser Necklacing-Opfer?«

»Ah.« Sie betrachtete das Porträt von Anthony Chung mit gerunzelter Stirn. »Also, wenn alles nach Plan geht, kann ich morgen die Epidermis auf die Rekonstruktion aufbringen. Es wäre schneller gegangen, aber ich musste ja die Form herstellen und den Schädel gießen und dann das neue Skelett untersuchen …«

»Aber er *könnte* es sein, oder, nicht wahr? Isobel sagte, das Opfer hätte einen Leberschaden gehabt – und dieser Typ war ein heftiger Trinker. Und mit heftig meine ich eine Flasche Wodka am Tag. Zweitens: Seine Freundin ist besessen von einem Buch, in dem Hexenjäger Leute per Necklacing hinrichten. Und drittens: Sie leidet unter psychotischen Schüben und hat seit Wochen ihre Medikamente nicht genommen.«

»Tja …« Ihre Augenbrauen und Wangen zuckten, als ob unter der Haut irgendetwas umherkroch. »Nein. Das ist er nicht.«

»Sind Sie *sicher?*«

Unter seiner Zeitungsdecke schnaubte Dr. Ramsey und zuckte, dass die Stühle knarrten.

»Schsch …« Dr. Graham hielt inne und starrte den Bereitschaftsarzt an, bis der sich auf den Rücken wälzte und wieder zu schnarchen anfing. »Glauben Sie mir: das ist nicht unser Opfer.«

»Aber …«

»Wenn er es wäre, hätte ich rundere Augenhöhlen erwartet und auch einen flacheren Gesichtsschädel. Auch müsste der Gaumen gerundet sein und die Schneidezähne schaufelförmig, während die Zähne unseres Opfers spatelförmig sind. Ich weiß, dass die Leiche bei der Obduktion wahrscheinlich – und das soll jetzt nicht rassistisch oder diskriminierend klingen – ein bisschen *gelblich* ausgesehen hat, aber das liegt nur daran, dass das Blut sich in den Körperregionen sammelt, die zuunterst liegen.« Sie nahm das Foto und gab es Logan zurück. »Er war nicht aus Fernost. Und er war auch nicht um die zwanzig.«

»Oh…« Das war's dann mit dieser Theorie. Es war nicht Agnes Garfields Freund. Sie hatte ihn nicht in einem Anfall psychotischer Raserei ermordet.

Dr. Graham tätschelte den mit Ton bedeckten Schädel. »Unser Freund hier war männlich, weiß und um die vierzig. Die Skelettteile auf Ihrem Dach hingegen stammen definitiv von einer Frau, Mitte sechzig, eins sechzig groß, deren zweiter und dritter Lendenwirbel irgendwann einmal künstlich versteift wurden. Vielleicht würde es sich lohnen, mal in diese Richtung zu recherchieren?«

Logan drehte sich zu den blassgrauen Knochen um. »Wie ist sie gestorben?«

»Mein Life-Coach sagt, ich soll immer alles Negative ins Positive wenden. Also: Hier eröffnen sich hervorragende Möglichkeiten für weitere Entdeckungen.«

»Das heißt, Sie haben keine Ahnung, oder?«

Sie zog eine schiefe Grimasse. »Nun ja, es gibt keine Stich- oder Schnittspuren an den Knochen, auch keine Anzeichen von stumpfem Trauma oder Einschusslöcher… Ehrlich gesagt, es lässt sich unmöglich feststellen, schon *gar nicht* ohne die fehlenden Skelett-Teile. Wir haben nichts unterhalb der Knie, und beide Arme fehlen auch – es kann sein, dass der Täter sie abgehackt hat und die Frau daraufhin verblutet ist. Vielleicht hat er sie auch ertränkt? Oder erstickt. Das Zungenbein fehlt, also könnte sie auch erdrosselt worden sein. Oder er hat sie mit einem Stich in den Bauch getötet. Oder sie gezwungen, Bleichmittel zu trinken. Oder…«

»Es reicht, okay? Ich hab's kapiert.«

Dr. Graham zuckte mit den Achseln. »Wenn Sie wollen, kann ich eine Probe an diesen Bekannten von mir in Dundee schicken.«

»Tun Sie das.«

Sie nahm den linken Oberschenkelknochen von der Plastikfolie, wog ihn in der Hand wie eine Keule und ließ den Gelenkkopf auf ihren linken Handteller klatschen. »Da müssten Sie mir nur ein paar Freigabeerklärungen unterschreiben …«

»Ja, tut mir leid.« Logan setzte sich auf die Kante von Dr. Forsyths ehemaligem Schreibtisch, das Telefon zwischen Schulter und Ohr geklemmt, während er seine Jackentaschen nach einem Stift absuchte. Die verdammten Dinger mussten sich irgendwo versteckt haben. Er zog sein Notizbuch heraus, seine Autoschlüssel, seinen Dienstausweis und legte alles neben sich auf den Tisch. Dann kamen eine Handvoll Visitenkarten und zwei Packungen in Folie eingeschweißte Nitrilhandschuhe. Dann dieser weiße DL-Briefumschlag, den Sandy die Schlange ihm gegeben hatte, und dann der braune …

Sie lagen da auf der Resopalplatte wie Grabsteine.

Eine weibliche Stimme drang an sein Ohr. *»… noch da?«*

Er blinzelte. »Äh … ich glaube schon.« Der Stift lag quer ganz unten in der Tasche. Er fischte ihn heraus und ließ sich die Bewilligungsnummer wiederholen, um sie zusammen mit dem Namen der stellvertretenden Staatsanwältin sowie Zeit und Datum in sein Notizbuch zu kritzeln. Nur zur Sicherheit, damit ihm niemand an den Karren fahren konnte. »Danke.«

»Und das wird das Budget nicht zu sehr belasten?«

»Ist angeblich ein kostenloser Service.« Er starrte auf die Grabsteine herab. Blies die Backen auf. Dann griff er nach dem weißen Umschlag und riss ihn auf.

»Tatsächlich? Und ist es grundsätzlich kostenlos, oder ist das nur ein besonderes Entgegenkommen? Die Staatsanwältin würde die-

ses Stabilisotopen-Dings nämlich ganz bestimmt viel öfter nutzen, wenn es kostenlos wäre.«

Der Umschlag enthielt zwei Blatt Papier, beklebt mit kleinen gelben Post-its mit der Aufschrift »HIER UNTERSCHREIBEN«, jeweils mit einem Pfeil, der auf die entsprechende Stelle des Dokuments zeigte. Logans Puls pumpte in seinen Ohren, und seine Unterarme wurden taub. »Heilige Scheiße …«

»Wie bitte?«

»Ich …« Er leckte sich die Lippen. »Ich muss los, es ist etwas … Wiederhören.« Er beendete das Gespräch. Legte das Handy zu dem übrigen Kram aus seinen Jackentaschen. Räusperte sich. Betrachtete blinzelnd das Papier in seiner Hand. Die Worte standen immer noch da:

»Ich, HAMISH ALEXANDER SELKIRK MOWAT (Mains of Clerkhill, Grandhome, Aberdeen, AB22 8AV), im Vollbesitz meiner geistigen Kräfte befindlich, ernenne und bestimme hiermit LOGAN MCRAE (Nr. 23, Wohnwagensiedlung Persley Park, Aberdeen, AB21 9NS) zu meinem alleinigen Testamentsvollstrecker und erteile ihm eine GENERAL- UND VORSORGEVOLLMACHT …«

Du lieber Gott im Himmel. Nein. Keine Chance. Das kam überhaupt nicht infrage.

Logan riss den braunen Umschlag auf und ließ den Inhalt in seine Hand gleiten. Es war ein Scheck über dreißigtausend Pfund.

»Dieser Mistkerl …«

»… gibt dieser unverschämte Sack mir doch glatt einen Scheck über dreißigtausend Pfund! Kannst du dir das vorstellen? Was erlaubt der sich eigentlich …«

»Oh, heul, schluchz.« Samantha gähnte in den Hörer. *»Willst*

du dich ernsthaft beklagen, weil dir jemand dreißigtausend Pfund geschenkt hat? Ich meine, geht's noch?«

Die Union Street funkelte im Sonnenschein, die Glimmersplitter im Granit erweckten den Eindruck, als ob jemand eine Nase voll Glitter über die Straße geniest hätte. Der Verkehr donnerte über die Kreuzung in Richtung Rosemount Place, Busse und Taxis spielten das alte Spielchen »Wer zuerst ausweicht, hat verloren«.

War wohl klüger, auf das grüne Männchen zu warten.

»Ich kann das nicht annehmen –«

»Du könntest endlich die Wohnung fertig renovieren lassen und aus dem Wohnwagen wieder in ein richtiges Haus ziehen.«

»Ich dachte, du magst diesen Wohnwagen.«

Die Fußgängerampel piepste, und Logan überquerte die Straße, wobei er sich durch eine Gruppe älterer Männer in Anzügen schlängeln musste, die lauthals tönten, wie viel sie heute Abend trinken würden.

»Tu ich auch. Aber seit du da wohnst, riecht es so muffig.«

»Du weißt ja, was passieren wird, wenn ich sein Testamentsvollstrecker bin, oder? Dann fallen alle über mich her, die glauben, Anspruch auf ein Stückchen von Wee Hamishs Imperium zu haben: Drogendealer, Gangster, Kredithaie, Schutzgelderpresser, Menschenhändler, Schmuggler, Zuhälter …«

»Wann hast du das letzte Mal die Vorhänge aufgezogen und ein bisschen Luft reingelassen?«

»Reuben wird begeistert sein. Er …« Logan stockte mitten im Satz. Verdammter Mist: Das erklärte den willkürlichen Schlag auf die Nase gestern Morgen. Reuben wusste von der Verfügung. Na super. Dreißigtausend Pfund und ein Todesurteil.

Er ließ das KFC links liegen, trat von der Straße auf das Kopfsteinpflaster der Diamond Street und ging weiter an der Sandwich-Bar und dem Friseurgeschäft vorbei.

»Logan?«

»Ja, ja, schon gut, ich lüfte mal durch.«

»Und es würde auch nicht schaden, mal feucht durchzuwischen. Im Bad ist ein Schimmelfleck, der hat immer mehr Ähnlichkeit mit Shakespeare. Ich will nicht, dass Shakespeare mir beim Duschen zuguckt, das ist doch pervers.«

»Er gibt mir auch eine Vorsorgevollmacht. Was zum Teufel soll ich denn damit?«

»Geht das Gejammer schon wieder los?«

Nach links in die Lindsay Street, wo das Kopfsteinpflaster einer rissigen Asphaltdecke voller Schlaglöcher wich.

»Du bist allmählich genauso schlimm wie Steel.«

Es war einen Moment still. *»Das nimmst du sofort zurück, Logan McRae, oder du kannst dir die versauten Sexspielchen abschminken, und zwar für immer!«*

Und dann nach rechts auf den Golden Square. Hohe Granitbauten umstanden den Platz, eine Art Zwischending zwischen Parkplatz und Kreisverkehr. Reihen von Autos umringten einen schmiedeeisernen Zaun, hinter dem noch mehr Autos standen, mit den Schnauzen nach außen. Dahinter folgte noch eine Reihe, rings um die Statue in der Mitte herum. Die paar Bäume, die dazwischen herumstanden, sahen aus, als könnten sie einen ordentlichen Schluck Wasser vertragen.

»Logan, ich warne dich.«

»Okay, ich nehm's zurück.« Er seufzte. »Und ich kümmere mich um die Dusche.«

»Das klingt schon besser. Jetzt geh und red mit deinem Anwalt. Hier ist bald Abendessenszeit, und sie kochen den Blumenkohl mir zu Ehren schon seit letztem Donnerstag. Das will ich mir nicht entgehen lassen.« Und dann legte sie auf.

Die Vorzimmerdame beäugte Logan finster über ihren Mahagoni-Schutzwall hinweg. Die Brille, die vorne auf ihrer Nasenspitze saß, hatte kleine Flügel an den oberen Ecken – passend zu ihrer lila Strickjacke. »Unsere Bürozeiten sind von neun bis siebzehn Uhr. Wenn Sie einen *Termin* für ein Gespräch mit Mr Moir-Farquharson machen wollen, kann ich …«

»Ist er da oder nicht?«

Das Lächeln wirkte gezwungen, es machte kleine Fältchen um ihre zusammengekniffenen Augen herum. Sie warf einen Seitenblick zu einer Tür am anderen Ende des Raums. »Mr Moir-Farquharson ist in einer Besprechung mit einem Mandanten und darf nicht … He, Sie können da nicht einfach reingehen!«

Logan riss die Tür auf. »Was zum Teufel spielen Sie für ein Spiel?«

Goldenes Sonnenlicht durchflutete den Raum und schimmerte auf dem kahlen Schädel eines rasierten Gorillas in einem teuren Anzug. Auf die Knöchel seiner einen Hand war das Wort »HATE« tätowiert, auf die der anderen »PAIN«. Ein Netz von Narben zog sich über seinen haarlosen Hinterkopf, wie Sprünge in einer Eierschale. Er drehte sich nicht um, als Logan hereingestürmt kam, sondern blieb einfach sitzen, stumm wie ein Fleischklops.

Sandy die Schlange saß hinter einem breiten Eichenholzschreibtisch. Er seufzte und schloss die Augen, während er sich mit Daumen und Zeigefinger in die Nasenwurzel kniff. »Mrs Jefferies!«

Logan schwenkte die Faust mit dem braunen Umschlag darin. »Versuchte Bestechung eines Polizeibeamten ist eine Straftat laut Paragraph …«

»Wie oft muss ich Ihnen das noch sagen: Es ist *kein* Bestechungsgeld.«

»Erzählen Sie doch keinen Scheiß!« Er schleuderte den Umschlag über den Schreibtisch. Das Ding traf den Anwalt an der Brust und fiel auf den Boden. »Meinen Sie, ich erkenne einen Bestechungsversuch nicht, wenn ich einen sehe?«

Die Vorzimmerdame näherte sich ihm von hinten. »Es tut mir leid, Mr Moir-Farquharson, ich habe ihm gesagt, dass Sie mit einem Mandanten sprechen.«

Der Muskelberg im Anzug schniefte und wies mit dem Daumen über die Schulter. Seine Stimme war ein nasales Grollen mit Borders-Akzent. »Täten Sie wollen, dass ich ihn für Sie rauskomplimentieren tu?«

Wieder ein Seufzer. Dann schob Sandy die Schlange seinen Sessel zurück, bückte sich und hob den Umschlag vom Boden auf. »Würden Sie mich für ein paar Minuten entschuldigen, Mr Harris? Ich fürchte, DI McRae muss man alles sehr langsam und deutlich erklären, wenn möglich mit Bildern.« Er stand auf. »Mrs Jefferies, würden Sie Mr Harris eine Kanne Tee bringen? Ich bin mit unserem ungehobelten Besucher im Besprechungszimmer.«

Sandy Moir-Farquharson nahm auf einem Stuhl am Ende des langen Tisches Platz, mit dem Rücken zum Fenster. Die Sonne warf gescheckte Schatten auf die parkenden Autos um den Golden Square herum, die sanft flimmerten, als der Wind durch das Laub der ausgetrockneten Bäume wehte.

Der Anwalt legte den braunen Umschlag vor sich auf den Schreibtisch und strich ihn sorgfältig mit den Fingern glatt. »DI McRae, ich schätze es gar nicht, dass Sie hier hereinplatzen und herumpöbeln, während ich mit einem Mandanten beschäftigt bin. Und auch zu keinem anderen Zeitpunkt. Wenn Sie mich zu sprechen wünschen, können Sie mit Mrs Jefferies einen Termin vereinbaren, wie jeder andere auch.«

»Dreißig*tausend* Pfund! Und was zum Teufel ist *das*?« Logan zog die Formulare für die Vorsorgevollmacht aus der Tasche und klatschte sie auf den Tisch. »Wann kriegen Sie das endlich in Ihren Eierkopf? Ich bin nicht käuflich. HABEN SIE MICH VERSTANDEN?«

Sandy die Schlange zog den Scheck aus dem Umschlag und hielt ihn hoch. »Wie Sie sehen können, sind die Angaben zum Begünstigten offen gelassen. Mr Mowat hat kein Interesse daran, Sie zu bestechen. Er wünscht nur, dass Sie einen guten Zweck auswählen, den Sie gerne unterstützen möchten.« Der Anwalt griff noch einmal in den Umschlag und zog eine eng beschriebene Haftnotiz heraus. »Was Sie durchaus hätten wissen können, wenn Sie sich die Mühe gemacht hätten, meine Nachricht zu lesen. Sie müssen nur noch die entsprechenden Angaben eintragen.«

Logan starrte den Zettel an. Das verdammte Ding musste im Umschlag festgeklebt haben… Aber darum ging es ja gar nicht, oder? »Damit Sie *meine* Handschrift auf einem fetten Scheck von Wee Hamish Mowat haben? Halten Sie mich etwa für *blöd?*«

Sandy die Schlange spitzte die Lippen und zog eine Braue hoch. »Zu diesem Schluss muss ich notwendigerweise gelangen.« Er legte den Scheck auf den Tisch. »Es ist wirklich nicht so kompliziert. Benennen Sie die wohltätige Organisation, die Sie unterstützen möchten, und ich werde die relevanten Details für Sie eintragen lassen.«

»Ich würde… Es sind dreißigtausend Pfund!«

»Bei dieser scharfen Beobachtungsgabe ist es kein Wunder, dass Sie es zum Detective Inspector gebracht haben. Nun, gibt es sonst noch irgendetwas? Oder kann ich mich jetzt wieder meinem Mandanten widmen?«

»Es… Was soll dieser Quatsch mit der Vorsorgevollmacht?«

Sandy die Schlange wiederholte die Nummer mit dem Seufzen und Nasekneifen. »Wir hätten das alles besprechen können, als ich zu Ihnen ins Präsidium gekommen bin, aber stattdessen mussten Sie ja Ihre kleinen Machtspielchen spielen und mich in diesem Zimmer warten lassen, wo ich nicht mal ein Glas Wasser bekam.«

Logan schoss die Hitze in die Wangen. »Ich wusste ja nicht mal, dass Sie da waren.« Er ließ sich auf den nächsten Stuhl sinken. »Da hat sich jemand einen Scherz erlaubt.«

»Mr Mowat hat kürzlich sein Testament aktualisiert und Sie als seinen alleinigen Testamentsvollstrecker bestimmt. Das bedeutet, dass Sie im bedauerlichen Fall seines Ablebens für die Abwicklung seiner Vermögenswerte und die Verteilung seines Erbes entsprechend seinen Wünschen verantwortlich sind. Für den Fall jedoch, dass er durch Krankheit nicht mehr in der Lage sein sollte, seine Rechtsgeschäfte zu führen, hat er Ihnen eine General- und Vorsorgevollmacht erteilt. Das bedeutet, dass Sie bevollmächtigt sind, sich um seine immobilen und mobilen Vermögenswerte zu kümmern und, wenn nötig, Entscheidungen über lebensverlängernde Maßnahmen zu treffen.«

»Und ›Vermögenswerte‹ heißt im Klartext ›sein kriminelles Imperium‹. Was, bitte, soll ich damit machen? Das Drogengeschäft unter Wee Hamishs Stellvertretern aufteilen? Jemand anderem die Prostituierten und den Menschenhandel zuweisen? Die Macht an die Kredithaie delegieren?«

Sandy rümpfte die Nase. »Dazu kann ich wirklich nichts sagen. Und Sie sollten sich hüten, Mr Mowat ungesetzlicher Aktivitäten zu beschuldigen, wenn Sie nicht eine Klage wegen übler Nachrede am Hals haben wollen.«

»Ich kann das nicht machen. Ich bin *Polizist.*«

Sandy die Schlange steckte den Scheck in den Umschlag zurück. »Dann wäre da noch sein Vermächtnis für Sie: sechshundertsechsundsechzigtausendsechshundertsechsundsechzig Pfund. Und sechsundsechzig Pence.«

O Gott … dreißigtausend waren ja schon schlimm genug.

»Ich gebe zu, die Summe des Vermächtnisses ist ungewöhnlich, aber ich bin sicher, dass Mr Mowat seine Gründe hat, warum er Ihnen eine Zweidrittelmillion Pfund hinterlässt.«

Logans Eingeweide rebellierten. »Das kann er nicht *machen.*«

»Mein lieber Mr McRae, Mr Mowat kann vermachen, was er will und wem er will. Und aus irgendwelchen unerfindlichen Gründen hat er es für richtig erachtet, Ihnen eine ziemlich große Summe Geldes zu vermachen.«

»Aber ...«

»Natürlich muss das Geld nicht direkt auf ein Bankkonto in Großbritannien überwiesen oder in bar übergeben werden. Um Zweifel an der Korrektheit des Verfahrens zu vermeiden, kann es diskret in einen Treuhandfonds überführt werden bis zu dem Zeitpunkt, an dem Sie aus dem Polizeidienst ausscheiden. Betrachten Sie es als finanzielles Polster für die Zeit Ihres Ruhestands.«

»Aber wenn jemand herausfindet ...«

»Mr Mowat hat in seinem Testament verfügt, dass meine Kanzlei Sie vertreten soll.« Der Anwalt erhob sich. »Jetzt muss ich aber wirklich zu Mr Harris zurück.«

Logan starrte zu ihm auf. »Wie soll ich denn ...«

»Sie finden ja selbst hinaus.«

20

Die Sonne brennt wie eine glühende Zigarette, ausgedrückt auf bleicher Haut. Rowan schließt das Badfenster und lehnt sich ans Waschbecken, den Kopf gesenkt, die blutroten Haare wie ein Vorhang vor ihrem Gesicht. Nicht brechen. So schwach ist sie nicht. Sie hat getan, was getan werden musste.

»Die Kirk ...« Die Worte stecken in ihrem Hals fest. Sie holt tief Luft und presst sie heraus. »Die Kirk ist meine Mutter und mein Vater. Sie ist mein Stecken und mein Stab. Mein Schild und mein Schwert. Was ich ...« Sie schließt die Augen. »Was ich in ihrem Dienste tue ... entzündet ein Feuer in Gottes Namen.«

Nicht brechen.

»Entzündet ein Feuer in Gottes Namen, entzündet ein Feuer in Gottes Namen, entzündet ein Feuer in Gottes Namen …«

Das Brodeln und Zischen in ihrem Innern legt sich, und zurück bleibt eine leere Hülle. Wie ein Kokon, nachdem der Falter ausgeflogen ist. Leer und brüchig.

Ihre schwarzen Lederhandschuhe hinterlassen blutrote Schmierflecken auf dem Porzellan.

Dritter Lehrsatz: »Lass nichts von dir selbst zurück, auf dass deine Feinde es nicht gegen dich verwenden.« Rowan dreht das heiße Wasser auf und lässt es laufen, bis es dampft, dann wäscht sie sich die Hände. Das Wasser färbt sich rosa, dringt durch die Nähte der Handschuhe, bis das Leder glänzt wie frische Leber.

»Was ich in ihrem Dienste tue, entzündet ein Feuer in Gottes Namen.«

Sie nimmt ein Handtuch von der Stange neben der Tür und wischt das Becken sauber.

So. Das ist doch schon besser, oder nicht?

Sie hat getan, was getan werden musste.

Sie hebt den Kopf und sieht die Frau im Spiegel an. Leer und brüchig. Dunkelrote und schwarze Ranken formen Flügel, die sich über ihre Schultern spannen, gespickt mit Stacheln und Dornen und Klauen.

Sie bleckt die Zähne. »WAS ICH IN IHREM NAMEN TUE, ENTZÜNDET EIN FEUER IN GOTTES NAMEN!« Speicheltröpfchen sprenkeln den Spiegel.

Und langsam verblasst das Rot zu Hellblau, dann zu Gold.

Ein kleines Lächeln zuckt um ihre Mundwinkel.

Schon viel besser.

»… oder nicht? Chef?«

Logan blinzelte.

»Chef!«

Rennie, der auf dem Besucherstuhl lümmelte, verschränkte

die Arme und schob die Unterlippe vor. »Könntest ja wenigstens ein bisschen Interesse *heucheln.*«

Logan runzelte die Stirn, dann sah er auf die Uhr. »Was tust du überhaupt hier? Ist ja noch nicht mal halb acht.«

Rennie verdrehte die Augen. »Aaaaaaaah! Ich hab's dir doch gerade *gesagt*: Ich bin hier, weil diese blöde DS Chalmers mich angerufen hat – aus dem Bett geklingelt, um genau zu sein – und wissen wollte, wo die ganzen Akten zu den Hassverbrechen sind. Und …«

»Hast du es ihr gesagt?«

»Ja, aber …«

»Was ist dann das Problem?«

»Was ist das …« Rennie sandte noch einen Verzweiflungsschrei zur Decke. »Warum hast du ihr gesagt, dass sie mich kontrollieren soll? Wir waren mal ein *Team*. Aber jetzt heißt es nur noch Chalmers hier und Chalmers da.«

»Ach du liebe Zeit.« Logan nahm sich den nächsten Budgetantrag vor: DI Bell wollte eine DNS-Analyse für eine Serie von Einbrüchen. Das Formular landete auf dem »Eventuell«-Stapel, zusammen mit einem Antrag auf Genehmigung einer Überwachungsaktion in Blackburn, wo eine Cannabisplantage vermutet wurde, und einer Bitte um Hinzuziehung eines forensischen Anthropologen bei der Untersuchung eines möglichen Leichenfundorts nahe Fraserburgh.

»Was denn – bin ich dir nicht mehr gut genug? Ich war mal der Robin zu deinem Batman. Der Watson zu deinem Holmes. Die Mayonnaise zu deinen Pommes!«

Schweigen.

Logan starrte ihn an. »Ist das dein Ernst?«

»Die Hassverbrechen sind nicht Chalmers' Fall, sondern meiner!«

»Der Robin zu meinem *Batman*?«

Er hob eine Schulter. »Ich konnte nicht mehr einschlafen.

Hab nur dagelegen und ständig daran denken müssen, wie du mich mit dieser blöden Chalmers-Tusse betrügst.«

»Nein, im Ernst: Robin?«

»Das ist nicht *fair.*«

Logan schüttelte den Kopf. »Ich nehme dir nur ungern deine Illusionen, Rennie, aber wir sind kein schwules Paar, okay? Und ich betrüge dich *nicht* mit Chalmers.«

Rennie hob die andere Schulter. Jetzt sah er aus wie ein schmollender Teenager. »Na ja … aber so fühlt es sich jedenfalls an.«

Logan lehnte sich zurück und trommelte mit den Fingern auf den Schreibtisch. »Weißt du was: Bring mir endlich ein paar Verdächtige ran, und schon stehst du wieder an erster Stelle in meiner Gunst. Und wo wir gerade dabei sind: Was ist jetzt mit deinen diebischen Stadtstreichern?«

»Es ist …« Er wand sich auf seinem Stuhl. »Es ist nicht so einfach, wie man …«

Die Tür ging auf, und Steel stand vor ihnen. Mit einer Hand zog sie sich die Hose stramm, während sie mit der anderen die elektronische Zigarette aus dem Mund nahm. Sie kniff die Augen zusammen und zog dabei das Gesicht in tausend Runzeln. »Was mach ihr zwei Dödel denn hier?«

Logan deutete auf die andere Seite des Schreibtischs. »Der arme kleine Rennie fühlt sich ganz ungeliebt und unbeachtet. Also ist er extra früher gekommen, um sich darüber zu beklagen.«

»Ach ja? Und was ist deine Ausrede?«

»Ich erledige *deinen* Papierkram.«

Sie lächelte und breitete die Arme aus, als ob sie erwartete, gekreuzigt zu werden. »Dann ist alles vergeben und vergessen. Jetzt schnapp dir dein Jackett – wir müssen los.«

Logan stand auf. »Wieder eine Leiche?«

Steel runzelte die Stirn. »Nein, ins Pub. Wieso gibt es für dich immer nur Arbeit, Arbeit, Arbeit?« Sie gab Rennie einen

Klaps auf den Hinterkopf. »Heben Sie Ihren Arsch aus dem Stuhl, Stinky, und machen Sie sich an die Suche nach Ihren Stadtstreichern.«

Rennie hievte sich grummelnd hoch und schlich sich aus Logans Büro.

Sie wartete, bis er die Tür hinter sich zugemacht hatte. Dann ließ sie sich auf den Stuhl fallen, den Rennie freigemacht hatte. »Wir sind geliefert.«

»Was ist es denn diesmal? Hat…« Logan setzte sich wieder hin. »Moment mal, wenn du gedacht hast, ich sei nicht da, wieso bist du dann hier reingeplatzt?«

Sie vergrub eine Hand in ihrem Ausschnitt und wühlte darin herum. »Du *warst* aber da.«

»Schon, aber das hast du nicht gewusst.«

Wühl, wühl. »Mein BH-Bügel bringt mich um. Wie oft hab ich Susan schon gesagt, du darfst die Dinger nicht in die Waschmaschine tun, aber hört sie vielleicht auf mich?«

»Beantworte meine Frage.«

»Wir bekommen morgen Besuch von der National Police Improvement Authority. *Angeblich* kommen wir mit unserem Necklacing-Fall nicht voran. Zwei Uhr im Sitzungssaal, Anwesenheitspflicht.«

Das hatte gerade noch gefehlt. »Wen schicken die uns?«

»Na, wen schon? Einen Haufen Arschgeigen von der Strathclyde Division, die uns das Offensichtliche erklären und uns erzählen, wie wir unsere Arbeit zu machen haben.« Sie fummelte noch ein wenig an ihrem Dekolleté herum, dann sog sie an ihrer künstlichen Zigarette und blies ein kleines Rauchwölkchen in die Luft. »Also, so schnell geb ich nicht auf. Sag allen, dass sie um Punkt Viertel vor acht im Besprechungsraum anzutanzen haben. Und ich meine *alle*. Dieser Fall bleibt schön bei uns, verstanden? Wenn nötig, hacken wir ihm die Beine ab, ehe unser Besuch aus Glasgow hier aufkreuzt. Nagelt ihn an der

Wand fest, damit wir diesen Besserwissern sagen können, dass sie gleich wieder kehrtmachen und zurückgehen sollen, wo sie hergekommen sind.«

Ja, klar … träum weiter.

Logan blickte zur Tür auf. »Also, jetzt mal raus mit der Sprache: Warum bist du hier reingeplatzt?«

Steel schniefte. »Manchmal, wenn ihr alle unterwegs seid, durchwühle ich ganz gern eure Schreibtische, um zu sehen, was ihr so vor mir versteckt.«

Wie gut, dass er das Schreiben, das ihn zum Testamentsvollstrecker von Wee Hamish Mowat bestimmte, und den fetten Scheck noch in seiner Jackentasche hatte.

Steel verzog das Gesicht. »Heilige Hühnerkacke, die Bude platzt ja aus allen Nähten.«

O'Donoghue's an der Justice Mill Lane war ein Pub von den Dimensionen einer Scheune, dessen Wände in einem an Rotz erinnernden Kleeblattgrün gestrichen waren – als ob die ganzen Guinness- und Beamish-Reklamen und Merchandising-Artikel noch nicht Hinweis genug wären, dass man sich in einem irischen Pub befand. Am Tresen standen die Gäste drei Reihen tief, und die Tische ringsum waren alle besetzt.

Auf der Bühne drängte sich eine sechsköpfige Band mit rein weiblicher Besetzung: E-Gitarre, Bass, Geige, Schlagzeug, Akkordeon und eine Leadsängerin, die »Have a Nice Day« von den Stereophonics röhrte. Sie waren gut. Gut, aber *laut.*

Logan blickte sich stirnrunzelnd um. »Könnten wir nicht irgendwohin gehen, wo es leiser ist?«

»Stell dich nicht so an.«

»Vergiss nicht, ich bleib nur auf ein Bier. Muss nachher noch ins Krankenhaus.«

»Papperlapapp. Besorg uns lieber einen Tisch.« Sie fuhr die Ellbogen aus und arbeitete sich zum Tresen vor.

»Es ist proppenvoll, wie soll ich da …« Aber sie hörte nicht mehr zu, während sie sich schon ihren Weg durch die Menge bahnte wie ein runzliger, nach Zigarettenrauch stinkender Eisbrecher.

Na ja, vielleicht wurde ja demnächst irgendwo ein Tisch frei. Musste nur die Augen offen halten. Er drehte sich langsam um die eigene Achse, versuchte durch die wogende Masse von Körpern etwas zu erkennen … und dann hielt er inne. An einem Tisch mit Unmengen von leeren Gläsern stand jemand auf und winkte ihm zu.

»Chef?« PC Guthrie hatte seine schwarze Ninja-Polizeiuniform gegen Tweedsakko und Jeans eingetauscht und sah darin aus wie ein mittelmäßiger Fernsehmoderator. Er grinste. Mit den blonden Haaren und den hellen Augenbrauen über dem rundlichen Gesicht wirkte sein Kopf wie eine angeschimmelte Kartoffel. »Hier sind wir.« Guthrie ruckelte seinen Stuhl ein Stück zur Seite und deutete auf den freien Platz neben seinem. »Tolle Band, was?«

Logan setzte sich hin, worauf die drei anderen Leute am Tisch mit ihren Stühlen weiterrückten, um Platz zu machen. PC Hannah, mit einem breiten, etwas verrutschten Grinsen im Gesicht, trüben Augen mit schweren Lidern, ihr leicht schwankender Kopf überwölbt von einem Sturzhelm aus krausen schwarzen Haaren. PC Stringer hielt sich die Hand vor den Mund, um diskret zu rülpsen, blinzelte ein paarmal und fuhr dann fort, leere Chipstüten ineinander zu verknoten, die Stirn vor Konzentration in Falten gezogen.

Kandidatin Nummer drei war Dr. Graham, die an einem Pintglas mit Mineralwasser nippte – es hätte aber auch ein extra großer Gin Tonic sein können. Sie beugte sich vor. »Bis morgen Vormittag müsste ich ein Gesicht für Sie haben.«

Stringer klopfte ihr auf die Schulter. »Ihre Runde, April. Können wir … können wir noch ein paar Tüten Chips haben?«

Hannah schlug mit der flachen Hand auf den Tisch, dass die leeren Gläser klirrten und ratterten. »Vorher essen ist Beschiss!«

»Ihr habt wohl heute noch was vor?«

Guthrie zuckte mit den Achseln und trank seinen letzten Schluck Milchkaffee. »Man tut ja nur seine Bürgerpflicht.«

Die Hand krachte noch einmal auf den Tisch. »Drinks!«

»Okay, okay, schon unterwegs.« Dr. Graham stand auf und raffte einen Arm voll leerer Gläser zusammen. »DI McRae?«

»Für mich nicht, danke. Ich krieg schon.«

Sie schlurfte davon, die Miene angespannt, die Zungenspitze aus dem Mundwinkel geschoben, als ob sie eine Ladung Nitroglyzerin trüge und nicht bloß ein paar leere Gläser.

Oben auf der winzigen Bühne verhallten die letzten Akkorde des Songs. Die Leute klatschten, ein paar johlten begeistert.

Die Sängerin wartete, bis der Beifall sich gelegt hatte, dann dröhnte ihre Stimme aus den Lautsprechern: *»Danke, Leute! Und jetzt eine Nummer, die wir schon länger nicht mehr gebracht haben, sie heißt ›The Importance of Being Idle‹.«* Und schon legten sie wieder los.

Logan drehte sich um und versuchte durch das Gewusel einen Blick auf die Bühne zu erhaschen. »Ist das Constable Sim da oben?«

Guthrie nickte. »Jeden zweiten Montag. Sind nicht übel, was?« Er räusperte sich, beugte sich zu Logan und hob die Stimme, um die Band zu übertönen. »Hast du in letzter Zeit mal mit Rennie geredet? Ich meine, weil er nur noch über diese Stadtstreicher-Geschichte lamentiert.«

»Das ist das Einzige, was er tut in letzter Zeit: lamentieren.«

»Ich weiß, aber er schaut zu dir auf, und…« Guthrie setzte sich auf und kurbelte ein Lächeln an. »Chalmers, ich dachte, Sie schaffen es nicht mehr?«

DS Chalmers stand stramm und nickte Logan zu. »Sir. Kann ich jemandem was zu trinken bestellen?«

»Nein danke, schon in Ordnung, April ist gerade …«

Ein Krachen, ein Klirren, eine Stimme rief »Bravo«, dann fluchte jemand. Dr. Graham hatte wieder zugeschlagen.

Chalmers sah nach links, dann nach rechts, dann marschierte sie los und kam eine Minute später mit einem weiteren Stuhl zurück. Sie parkte ihn neben Logan. »Ich hatte gehofft, Sie hier zu treffen, Sir. Ich bin DS Rennies Aufzeichnungen zu den Hassverbrechen durchgegangen, und ich glaube, ich habe eine Verbindung gefunden. Alle Opfer sind männlich, sie stammen alle aus Fernost, und keiner ist bereit, eine Aussage zu machen.«

»*Das* ist Ihre Verbindung?«

»Nein.« Sie machte den Mund auf und dann wieder zu, dann setzte sie neu an. »Na ja, schon, aber überlegen Sie doch mal: Wenn Sie von einem Haufen rassistischer Idioten überfallen würden, würden Sie dann etwa lügen, um die Typen zu decken? Würden Sie nicht vielmehr mit der Polizei zusammenarbeiten? Würden Sie nicht wollen, dass die Täter gefasst und hinter Gitter gebracht werden?«

Er schüttelte den Kopf. »*So* verwunderlich ist das nun auch wieder nicht, oder? Wer immer es ist, der diese Leute verprügelt, droht ihnen an, wiederzukommen und dann ganze Arbeit zu leisten, sollten sie mit der Polizei reden. Die armen Schweine sind viel zu verängstigt, um sich zu melden und um Hilfe zu bitten.«

»Aber was ist, wenn da mehr dahintersteckt? Was ist, wenn auch unsere *Opfer* in illegale Aktivitäten verwickelt sind?«

»Und nicht reden können, ohne sich selbst zu belasten.« Denkbar war es.

»Was, wenn …«

Direkt hinter ihr ertönte eine Reibeisenstimme. »He, Lockenköpfchen, Platz da!« Steel war zurück.

Chalmers stand auf. »Tut mir leid, Ma'am. Möchten Sie meinen Stuhl?«

Steel lächelte. »Unverhohlene Arschkriecherei, aber mir soll's recht sein.« Sie knallte ein Pintglas vor Logan auf den Tisch: schwarz mit weißer Schaumkrone.

Er schnupperte daran. »Ich trinke kein Guinness, ich trinke Stella. Das *weißt* du.«

»Dein Pech. Stella gibt's hier nun mal nicht zum halben Preis, wenn du deinen Dienstausweis vorzeigst.« Sie ließ sich auf den freien Stuhl nieder, in den Händen einen großen Weißwein und einen Whisky – dreifach, wie es aussah. »Du weißt doch: ›*Guinness is good for you*‹.«

»Dann trink du's doch.«

Steel schüttelte sich und nahm einen Schluck Wein. »Keine Chance. Das Zeug schmeckt doch wie Leprechaun-Pisse.«

Chalmers trat von einem Fuß auf den anderen. »Ich mag Guinness.«

Logan schob ihr das Glas hin. »Bitte, tun Sie sich keinen Zwang an.«

»... danke, Leute! Wir sind Burn this City Down, *und nach einer kurzen Pause sind wir wieder da. Jane muss mal für kleine Mädchen, und wir anderen brauchen einen Tequila!«* Tosender Beifall brandete auf, und die Band verließ die Bühne, angeführt von der errötenden Bassistin.

Steel lehnte sich auf ihrem Stuhl zurück und kratzte sich unter dem linken Arm, die Lippen gespitzt, den Blick auf PC Hannah gerichtet. »Na los doch.«

Die Angesprochene blinzelte Steel in Zeitlupe an – ein Auge hinkte dem anderen hinterher –, dann grinste sie so breit, dass ihr Kinn ganz in den Hals hineingezogen wurde und weitere Kinne hervorbrachte. »Jamie erschießen, Nigella vögeln, Delia heiraten?«

Steel warf den Kopf in den Nacken und lachte brüllend zur Decke auf.

Chalmers bahnte sich unsicher einen Weg durch die Menge zum Tisch, beladen mit einem abgestoßenen braunen Tablett voller Drinks. »So: ein Milchkaffee, ein Mineralwasser …« Sie servierte Guthrie und Dr. Graham ihre Getränke. »Ein Whisky Cola für Sophie, ein Stella …« Das Bier wurde vor Logan platziert. »Ein Weißwein mit einem Grouse zum Nachspülen …« Für Steel. »Und zwei Guinness.«

Sie deponierte das Tablett für die nächste Runde unter dem Tisch. »Prost allerseits.«

Steel nahm einen kräftigen Schluck Wein und schmatzte genüsslich. »Guthrie, Sie sind dran: Tony Blair, Ed Miliband und Nick Clegg.«

Chalmers rückte näher zu Logan. »Ehe ich's vergesse …« Sie kramte in ihrer Handtasche und fischte eine weiße Plastiktüte heraus, auf der ein großes »W« prangte. »Ich hab was für Sie.«

Ach. Logan starrte die Tüte an. Tja, wie sollte er es ihr beibringen? »Das ist doch nicht … Es ist … Ich fühle mich natürlich *geschmeichelt*, aber ich bin in einer festen Beziehung und …«

»O Gott, nein, nein.« Sie hob eine Hand und wich erschrocken zurück, die Augen weit aufgerissen. »Ich bin nicht … Es ist nicht … Ich dachte mir nur, es würde bei der Ermittlung helfen.« Sie gab ihm die Tüte. »Packen Sie's aus.«

Er tat es und zog ein Paperback heraus, dick wie ein Mauerziegel. *Witchfire* stand in erhabenen goldenen Lettern auf dem Cover, über einem Aufkleber »VOM AUTOR SIGNIERT«, einem zweiten, der verkündete: »DEMNÄCHST IM KINO!«, und einem dritten: »2 FÜR 10 PFUND!« Vom eigentlichen Cover war fast nichts mehr zu sehen. »Ach so …«

Chalmers genehmigte sich einen Schluck von ihrem Guinness, und ein Schnurrbart aus weißem Schaum blieb auf ihrer Oberlippe zurück. »Zweiter Lehrsatz: ›Du sollst deinen Feind kennen, denn Wissen ist Macht, und Macht bedeutet Sieg.‹ Wenn Agnes Garfield *wirklich* so besessen von dem Buch ist, können wir es vielleicht nutzen, um herauszufinden, wo sie ist oder was sie als Nächstes tun wird?«

Das war vielleicht gar keine so schlechte Idee.

Die anderen am Tisch lachten plötzlich schallend. Steel haute mit der Hand auf den Tisch, die Tränen liefen ihr übers Gesicht. »Sie sind ja echt total versaut, Guthrie! Eine Gurke!«

Guthrie zuckte mit den Achseln. »Ist ja nicht so, als würde ich sie hinterher *essen* wollen.«

Logan steckte das Buch ein. »Danke.«

»Kein Problem, Chef.«

Logans Bierglas war kalt, Kondenswasser perlte an der Außenseite herab. Er hob es an die Lippen – und fluchte. Sein Handy spielte in der Tasche verrückt, es vibrierte und dudelte die Melodie von »If I Only Had a Brain«.

Verdammt: Rennie …

»Was gibt's?«

Rennies Stimme war in dem vollen Pub kaum zu verstehen. *»… machen, aber ich –… und … es?«*

Logan steckte sich den Finger in das andere Ohr. »Was?«

»Ich sag–… alles v–… Blut! Es … eiche.«

Er stand auf. »Beruhig dich und fang noch mal von vorn an.«

Rennie tat es, doch das Ergebnis war auch nicht besser.

Steel sah stirnrunzelnd von ihrem Whisky auf. »Was brennt dir denn unter den Eiern?«

»Rennie. Er sagt, da ist eine Leiche, alles voller Blut.« Logan nahm sein Jackett von der Stuhllehne und schob sich durch die Menge zum Ausgang.

Die Straßenbaustelle auf der anderen Seite schimmerte im Abendsonnenschein – ein tiefes Loch in der geflickten Asphaltdecke, eingefasst von orangefarbenen Verkehrskegeln und Absperrband.

Die Justice Mill Lane wimmelte von Autos, Taxis und besoffenen Idioten. Zwei Girlies standen am Bordstein über ihre

Freundin gebeugt – die eine hielt ihre Haare, die andere streichelte ihr die Schultern, während sie sich in den Rinnstein erbrach. Ihr kurzes Röckchen war hinten in den Slip gesteckt. Sehr stilvoll.

Ein Rudel schmierig aussehender junger Männer stand vor dem gesichtslosen Klotz im Ostblock-Stil, der einmal das Schwimmbad des Viertels beherbergt hatte. Sie lachten wie die Hyänen, während sie einen ihrer Kumpels dazu drängten, sich einen gestohlenen Verkehrskegel als Zaubererhut aufzusetzen. Irgendwo in der Ferne brüllte jemand den Text von »Bohemian Rhapsody« wie einen Schlachtruf.

Acht Uhr an einem Montagabend …

Logan zog den Kopf ein, versuchte den Lärm auszublenden und drückte sich das Handy fest ans Ohr. »Was für eine Leiche?«

»Okay, okay …« Rennie atmete tief durch. *»Kintore. Die Nachbarn haben sich über den Geruch beschwert, also haben die Kollegen vor Ort eine Streife vorbeigeschickt. In der Küche liegt eine Leiche, und das Blut ist … überall.«*

»Hat der …«

»Ich darf das nicht vermasseln! Ich hab so was noch nie allein gemacht. Was? Was soll ich tun?«

Die Tür von O'Donoghue's ging auf, und Chalmers kam heraus.

DCI Steel war gleich hinter ihr. Sie blinzelte in die Sonne. »Was erzählst du da von einer Leiche?«

»Jetzt halt mal die Klappe!«

»Tut mir leid, ich bin ja schon still. Sag mir nur, was ich tun soll.«

»Nicht du.«

Steel reckte das Kinn. »Sag mir nicht, dass ich die Klappe halten soll!«

Er drehte ihr den Rücken zu. »Nimm dir was zu schreiben. Du musst die Leitstelle anrufen und bestätigen, dass es sich um einen verdächtigen Todesfall handelt. Sag ihnen, du brauchst einen Tatortkoordinator, die Staatsanwaltschaft, die Rechtsmedizin, die Spurensicherung und genügend Leute, um die Umgebung abzusuchen und eine Anwohnerbefragung zu starten.«

»Ich schaff das nicht … Ich schaff das nicht …«

»Und lass den Tatort sichern – du kennst ja das Prozedere: niemand darf rein oder raus. Und jetzt gib mir die Adresse, dann bin ich so schnell wie möglich dort.«

Steel bohrte ihm einen vergilbten Finger in die Brust. Die Worte wehten ihm in einer Whiskyfahne ins Gesicht. »*Wir* sind dort. Boss vom CID, schon vergessen?«

21

Blau-weißes Polizei-Absperrband war quer über die Einfahrt gespannt, festgeknotet an einem Ende an einem *Zu-verkaufen*-Schild, das im Rasen steckte, und am anderen an dem fröhlich grinsenden Gartenzwerg der Nachbarn. Nicht gerade unüberwindlich, aber besser als nichts.

Bienen summten in der trägen Sommerluft, die vom süßlichen Duft von Geißblatt und Rosen gesättigt war. Eine freundliche Straße in einem der älteren Teile von Kintore, wo nur eine Handvoll Bungalows aus den Achtzigerjahren das Gesamtbild aus soliden Granit-Cottages und Reihenhäusern störten. Das Rattern und Dieselgrollen eines Zugs, der hinter dem Grundstück auf dem Weg nach Inverurie vorbeifuhr, durchbrach die Stille.

Nicht gerade die Art von Schauplatz, die man normalerweise mit Ausdrücken wie »Blutbad« in Verbindung brachte.

DCI Steel legte den Ellbogen auf das Dach von Logans verbeultem Fiat Punto, wobei sie einen grobkörnigen Batzen getrockneter Möwenkacke knapp verfehlte. Sie nahm einen langen Zug von ihrer künstlichen Zigarette. »Was sind denn das für kranke Spinner, die sich Gartenzwerge vors Haus stellen?«

Chalmers kletterte vom Rücksitz, das Notizbuch schon im Anschlag. »Warum ist der SEB noch nicht hier?«

»Ich meine, das klingt doch schon wie ’ne Art Ungeziefer, oder? Ruf den Kammerjäger an, wir haben Gartenzwerge.«

Weit und breit kein Mensch zu sehen, also rief Logan Rennie auf dem Handy an. »Wo bist du?«

»Wo bist du?«

»Vor dem Haus.«

»Komm nicht rein!« Klonk, ratter.

»Wieso, bist du nackt oder was?«

Dann ging die Haustür auf, und Rennie stolperte heraus, angetan mit einem weißen Tatort-Schutzanzug. »Ihr müsst draußen bleiben.«

Steel schnaubte, dann trat sie über die Gartenzwerg-Grenze. »*Aye*, sonst noch was?«

Rennies Schutzanzug raschelte im Rhythmus seiner Schritte, als er auf sie zulief. »Nein!«

Sie hielt inne, einen Fuß hinter der Absperrung, einen davor. »Ich leite das verdammte CID, Sie kleiner Scheißer. Ich entscheide hier ...«

»Das hier ist ein gesicherter Tatort. Niemand betritt oder verlässt ihn, solange die Staatsanwältin und die Spurensicherung nicht hier sind.« Er warf sich in Positur. »Die erste Regel der Tatortarbeit: Sichern und absperren.«

»Die erste Regel von DCI Steel: Sie tun verdammt noch mal, was ich Ihnen sage, oder ich mach mir aus Ihrem Hodensack eine Duschhaube!«

Sein Blick zuckte zu Logan. »Chef?«

»Nicht lockerlassen, Detective Sergeant.«

Steel sah ihn böse an. »Halt du dich da raus.« Sie straffte die Schultern. »Rennie, ich warne Sie: Gehen Sie aus dem ...«

»Haben Sie getrunken?« Er schnupperte, dann kniff er die Lippen zu einem harten dünnen Strich zusammen. »Sie halten sich gefälligst fern von meinem Tatort. Die Staatsanwältin kriegt einen Anfall.«

Logan legte eine Hand auf Steels Schulter. »Warum wartest du nicht mit Chalmers hier draußen, ich sag dir dann … Was?«

Rennie schüttelte den Kopf. »Du warst mit ihr im Pub, nicht wahr?«

»Ich hatte *ein* Bier. Ich bin noch …«

»DI Leith ist vor fünf Minuten hier eingetroffen, die Leitstelle hat ihn zum Leitenden Ermittler bestimmt, und du weißt ja, wie er drauf ist.«

»Du hast mich angerufen! Sind wir jetzt für nichts und wieder nichts Hals über Kopf hierhergerast?«

Rennie machte den Mund auf und dann wieder zu. Er nestelte an der Gummizug-Kapuze seines Schutzanzugs herum. »Ich kann niemanden reinlassen, solange die Staatsanwältin und die Spurensicherung nicht hier sind.«

Chalmers kräuselte die Oberlippe. »›Spurensicherung‹? Sie sind ja wirklich von vorgestern. Das heißt jetzt *Scenes Examination Branch.*«

»Wir sagen hier Spurensicherung, okay?«

»Wie *kann* jemand wie *Sie* für einen Tatort verantwortlich …«

»Ach, gehen Sie doch zurück in den Norden zu Ihren Highland-Hinterwäldlern, wir brauchen keine …«

»… kennen ja nicht mal den Unterschied zwischen …«

»ES REICHT!« Steel ballte die Fäuste. »Mein Gott, wie die kleinen Kinder.«

Schweigen.

Sie zielte mit einem nikotinfleckigen Finger auf Rennie. »Sie, Paragraphen-Cowboy: Wer war der erste Beamte am Tatort?«

Rennie deutete auf den Streifenwagen, der auf der anderen Straßenseite parkte. »Constable Duncan.«

Steel zog ihre Hose straff. »Von meinem eigenen verdammten Tatort vertrieben …« Sie bedachte Rennie noch mit einem letzten vernichtenden Blick, ehe sie auf dem Absatz kehrtmachte und über die Straße zu dem Streifenwagen schlappte. Chalmers wartete ein paar Takte, dann folgte sie ihr.

Rennie schloss die Augen und sackte in sich zusammen. »Es tut mir leid, okay? Ich hab die Panik gekriegt und wusste nicht, was ich machen soll, und es ging alles so schnell, und da ist alles voller Blut …«

Logan blickte die Straße hinauf und hinunter. Bis jetzt wirkte alles ruhig, aber das würde sich bald ändern. »Du kannst einem ganz schön auf die Nerven gehen, das weißt du schon?«

Er wurde noch kleiner. »Tut mir leid, Chef.«

»Reg dich nicht auf, du hast genau richtig gehandelt. Niemand darf raus oder rein.« Logan folgte Steel und Chalmers zum Streifenwagen.

Die Beifahrertür stand offen, und ein Polizist hockte seitlich auf dem Sitz, die Füße im Rinnstein, den Kopf zwischen den Knien. Seine Stichschutzweste hatte er abgelegt und auf den Fahrersitz geworfen.

Steel bohrte ihm den Finger in die Schulter. »Sie waren als Erster am Tatort?«

Er nickte und stieß einen langgezogenen zittrigen Seufzer aus.

»Mit so was rechnet man eher nicht, was? Eine zerstückelte Leiche an einem schönen Montagabend.«

Constable Duncans Stimme kam gedämpft von unten herauf. »Es war … wie in einem Horrorfilm …«

Ein junges Pärchen ging auf der anderen Straßenseite vorbei. Sie kicherten und murmelten, die Köpfe zusammengesteckt, während sie Pommes aus rechteckigen Pappkartons aßen. Ein Geruch nach Backteig und warmem Malzessig umwaberte sie. Das Mädchen warf einen Blick in den Streifenwagen. »Verhaften Sie grade jemanden?«

Logan deutete mit dem Kopf auf das Haus mit der dilettantischen Absperrung aus blau-weißem Polizeiband. »Kennen Sie die Leute, die da wohnen?«

Ihr Freund schob sich noch eine Handvoll Pommes in den Mund. »Steht zum Verkauf, nicht wahr?«

Als ob das Maklerschild im Rasen nicht Hinweis genug wäre.

»Darren.« Sie gab ihm einen Klaps auf die Schulter und hinterließ fettige Fingerabdrücke auf seinem FC-Aberdeen-Trainingsanzug. »Das steht doch seit Jahren leer. Ich glaub, die sind nach Dubai oder so, wegen ’nem Job, so was in der Art.«

Steel richtete sich auf. »Ihr zwei Hübschen wisst ja wohl, dass es strafbar ist, einen Polizeibeamten anzulügen oder ihm sachdienliche Informationen vorzuenthalten, oder? Also denkt lieber gründlich nach, bevor ihr antwortet…« Sie musterte die beiden mit zusammengekniffenen Augen. Dann straffte sie die Schultern. »Wo habt ihr die Pommes her?«

Steel drückte Chalmers drei schmuddelige Zehner in die Hand. »Dreimal Fish and Chips, einmal mit eingelegten Zwiebeln, ein Dings mit Erbsenpüree und ein paar Dosen Irn-Bru.« Sie sah auf den Constable hinunter, der immer noch mit dem Kopf zwischen den Knien auf dem Beifahrersitz saß. »Möchten Sie Pommes, Duncan?« Keine Antwort. »Bringen Sie ihm auch eine Portion mit.«

Chalmers steckte das Geld ein. »Ma’am.«

»Und kaufen Sie was für Rennie. Nichts Ausgefallenes – keinen Tofuburger oder so was –, ich will nicht, dass er sich für was Besseres hält.«

Chalmers hob das Kinn. »Ma’am.«

»Ach ja, und reingespuckt wird auch nicht.« Steel machte wedelnde Handbewegungen. »Na los, ab mit Ihnen.«

Chalmers spitzte einen Moment die Lippen, als ob sie etwas sagen wollte, dann machte sie kehrt und marschierte in Richtung Imbissbude davon, mit steifem Rücken, die Arme vor und zurück schwingend. Links, rechts, links, rechts, links, rechts …

Steel parkte ihren Hintern auf der Gartenmauer und paffte ihre künstliche Zigarette. »Okay, junger Mann, jetzt müssen Sie sich Ihre Pommes auch verdienen. Also, was ist passiert?«

PC Duncan atmete tief durch, dann richtete er sich auf. Sein Gesicht war bleich und glänzend, wie der Bauch eines Froschs, und er hatte grünlich-violette Ringe unter den Augen. »Ich habe noch nie …« Er schluckte. »Ich meine, sie schicken einen zu Obduktionen, aber …«

»Ihre erste richtige Leiche?«

»Der *Geruch* …«

Logan schlug sein Notizbuch auf. »Wann haben Sie den Anruf bekommen?«

»Ich war unterwegs auf der Suche nach einem gestohlenen Renault Clio. Das Haus steht seit etwa acht Monaten leer, ein hiesiger Makler ist mit dem Verkauf beauftragt. Die Nachbarn haben auf dem Revier angerufen, um sich über den Gestank zu beschweren, der aus dem Haus kam.« Er schauderte. »Ich bin hin und hab keine Anzeichen für einen Einbruch entdecken können, also bin ich rüber zum Maklerbüro und hab mir den Schlüssel geholt, bin wieder hergefahren und …« Er blähte die Backen auf. »Er war in der Küche.«

»Das Opfer?«

»Männlich, weiß … vielleicht. Schwer zu sagen … Das Gesicht ist ganz zu Brei geschlagen, der Körper voller Schnitt- und Stichwunden.« PC Duncan ließ den Kopf wieder zwischen die Beine sinken. »O Gott …«

Steel inspizierte die Spitze ihrer Pseudo-Zigarette. »Gefoltert?«

»Sie haben ihn auf dem Linoleum an Pflöcke gebunden. Es ist alles voller Blut: der Boden, die Wände. Und die Fliegen … Mein Gott, es ist alles *schwarz* davon.«

Logan schrieb mit. »Was ist mit den Nachbarn?«

Duncan hob sein glänzendes Gesicht. »Mr und Mrs Morris, sie sind beide in den Achtzigern. Er sitzt im Rollstuhl. Ich glaube kaum, dass sie es waren.«

Steel prustete verächtlich. »Er meint, ob sie etwas beobachtet haben, Sie Dödel.«

»Sie leben sehr zurückgezogen.«

»Pfff…« Sie stand auf, streckte sich und lehnte sich ans Dach des Streifenwagens. »Irgendjemand da oben muss mich auf dem Kieker haben. So was hatten wir zuletzt vor zwei, drei Jahren, seitdem war Ruhe. Und kaum hab ich die Leitung des CID, zack: Necklacing, Skelette und eine arme Sau, die zu Tode gefoltert wurde. Hätten die nicht warten können, bis Finnie wieder da ist?«

Logan lutschte sich Salz und Fett von den Fingern und stopfte dann den Pappkarton wieder in die Plastiktüte. »Die Staatsanwältin ist da.«

Steel biss in ihren panierten Fisch. »Wieso können die Fish and Chips nicht mehr in Zeitungspapier packen? Ich hab das geliebt – den Geruch von heißem Fett und scharfem Essig und warmer Druckerschwärze. Ja, das waren die goldenen Tage der Kindheit.«

Der Mercedes der Staatsanwältin hielt mit schnurrendem Motor hinter einem verdreckten Transit, auf den jemand mit dem Finger »ACHTUNG, LEBENDE SCHWEINE!« geschrieben hatte.

»Wenigstens ist es nicht in so einem blöden Styropor-Dings. Also, wer die erfunden hat, gehört mit einem Igel ausgepeitscht, und zwar nackt.«

Die Beifahrertür ging auf, und die Staatsanwältin stieg aus. Sie sah sich um, runzelte die Stirn. Dann überquerte sie die Straße und stakste mit klappernden Absätzen auf Logans ramponierten Punto zu. »Sie essen *Pommes frites?*«

Steel tunkte ein Stück Fisch in den Becher mit rotzgrüner Erbsenpampe. »Wir hätten Ihnen ja auch welche besorgt, aber Sie waren nicht da.«

Die Augen der Staatsanwältin verengten sich, und sie kniff den Mund zusammen. »Haben Sie irgendeine Vorstellung davon, was passieren wird, wenn die Presse auftaucht und Sie dabei erwischt, wie Sie hier rumlungern und Fish and Chips mampfen?«

»Ich dachte, es wäre stilvoller als Döner.«

»Haben Sie *getrunken?*« Die Staatsanwältin schlug mit der flachen Hand auf das Dach von Logans Auto. »Herrgott noch mal, Roberta, denken Sie doch *ein Mal* darüber nach, was Sie für einen Eindruck machen!«

»Ich bin doch nicht diejenige, die hier rumbrüllt und auf Sachen schlägt.«

Rennie trat aus der Tür des Hauses und winkte ihnen zu. »Ma'am? DI Leith sagt, er wäre dann so weit.«

»Gehen Sie *nach Hause*, Roberta.«

Steel stopfte sich eine Fritte in den Mund und kaute.

»Das ist mein Ernst, Roberta!«

Achselzucken. »Na, hier ist ja eh nix los.« Sie klappte den Deckel ihres Pappkartons zu und drückte ihn Logan in die Hand. »Laz, wirf deine Schrottkarre an, das Pub ruft.«

»Und wehe, Sie lassen sich noch ein Mal angetrunken an einem meiner Tatorte blicken!« Die Staatsanwältin machte kehrt und stöckelte auf das Haus zu. »Besprechung morgen früh um Punkt neun.«

Steel leckte sich die Erbsenpampe von den Fingern und zeigte dann dem entschwindenden Rücken der Staatsanwältin den mittleren.

Rennie sah zu ihnen herüber, schnitt eine Grimasse und hob das blau-weiße Absperrband an, damit die Staatsanwältin darunter durchschlüpfen konnte.

»Du weißt natürlich, was das ist, oder?« Steel pfriemelte etwas zwischen ihren Zähnen hervor. »Aufgestaute sexuelle Frustration. Sie sieht mich, und sofort wird ihr ganz heiß in ihrem Stacheldraht-Höschen.«

»Soll ich dich wieder beim Pub absetzen oder nicht?« Logan setzte sich hinters Steuer. »Ich sollte schon längst im Krankenhaus sein.«

»Obwohl, ich wette, dass sie im Bett abgeht wie ein Duracell-Hase auf Speed. Ich könnte …«

»Willst du unbedingt, dass ich losfahre und dich hier stehen lasse?«

»Sei nicht so empfindlich.« Sie legte die Hände an den Mund. »CHALMERS, HOPP-HOPP, WIR FAHREN!«

DS Chalmers kam hinter einer Hecke hervor. »Entschuldigen Sie, ich habe … nach einem Abfalleimer gesucht. Für die Essenskartons.«

Steel öffnete die Beifahrertür, klappte den Sitz vor und bedeutete Chalmers einzusteigen. »Hinten rein.« Sobald sie drin war, klappte Steel den Sitz wieder zurück. »Wie ausgesprochen praktisch, dass Sie just in dem Moment Ihr Umweltbewusstsein entdeckt haben, als die Staatsanwältin auftauchte, nicht?«

»Ich … Recycling ist wichtig.«

»Kann mir eher denken, dass Sie keine Lust hatten, wegen Ihrer Guinnessfahne angeschnauzt zu werden.«

Was nur heißen würde, dass sie deutlich mehr Verstand besaß als Steel.

Logan leierte den Motor an und fuhr die beiden zurück in die Stadt.

Die Schieferplatten sind warm unter ihren Pobacken, die Hitze dringt durch ihre Jeans und in ihre Knochen. Rowan lehnt sich mit dem Rücken an das Dach und lässt die Beine über die Kante baumeln, während die Sonne zum Horizont herabsinkt.

Es ist schon fast neun, aber der verbrannte Fettgeruch von gegrilltem Fleisch, der von der großen umgebauten Scheune hinter dem Haus kommt, wirbelt durch die Luft und mischt sich mit dem scharfen Smaragdgrün von frisch gemähtem Gras.

Drüben in der verwilderten Buchenhecke macht eine fette Taube *gruuuu-gruuuu*. Irgendwo in der Ferne bellt ein Hund.

Die Welt ist wieder an ihrem Platz.

Sie zieht an ihrer Pfeife … Nichts. Das Gras im Pfeifenkopf ist ausgegangen, also nimmt sie ihr Feuerzeug und hält die Flamme wieder daran, saugt den Rauch tief in sich hinein und hält ihn drin wie den Heiligen Geist. Um den Aufruhr zu beruhigen. Die Wogen zu glätten.

Sie hat heute eine gute Tat getan, hat eine gequälte Seele in die tröstende Umarmung Gottes entlassen.

Eine Beichte.

Reue.

Akzeptanz.

Verzückung.

Erlösung.

Ein Lächeln breitet sich auf ihrem Gesicht aus. Sie hat heute ein Feuer in Gottes Namen entzündet, und es wird bis in alle Ewigkeit brennen.

22

Steels Grinsen wurde noch ein paar Zentimeter breiter. Sie leckte sich die Lippen und wackelte mit den Augenbrauen. »Sind Sie *sicher*, dass Sie nicht noch auf einen Absacker mit reinkommen wollen?«

Chalmers schüttelte den Kopf und wich rückwärts von Logans verdrecktem Fiat Punto zurück. »Äh … nein. Nein danke. Nicht nötig. Ich geh einfach … von hier zu Fuß nach Hause.

Die Bewegung tut mir gut.« Sie machte kehrt und marschierte los, nicht ohne sich noch ein paarmal umzusehen, als fürchtete sie, verfolgt zu werden.

Logan schlug die Autotür zu. »Musste das jetzt sein?«

Steel zog ihre Hose stramm. »Was denn? Ich war doch nur gastfreundlich.«

»Nein, du warst abartig.«

»Die Geschmäcker sind verschieden…« Sie drehte sich um und stapfte auf ihre Haustür zu. Das Steel'sche Anwesen war ein großer Granitklotz an einer von Bäumen gesäumten Straße: Erkerfenster zu beiden Seiten der dunkelroten Haustür, ein Garten voller Rosensträucher, die Luft erfüllt vom Duft der Blüten und dem Summen der Bienen.

Sie fischte einen Schlüsselbund aus den Tiefen ihrer Blazertasche, schloss die Tür auf und winkte Logan heran. »Steh nicht so rum – sonst denken die Nachbarn noch, dass ich langsam seltsam werde, weil ich so abgerissene Typen mit blauen Augen nach Hause bringe.«

Logan sah sie finster an. »Ich bin *nicht* abgerissen.«

»Wie gesagt – die Geschmäcker…«

Frechheit. Sein Anzug war völlig in Ordnung. Gut, er hatte ihn für vierzig Pfund im Ausverkauf bei Slaters erstanden, aber was war daran so verkehrt? Es ging doch nichts über maschinenwaschbare Jacketts und Hosen, wenn der Job es mit sich brachte, dass man öfter mal von Leuten angekotzt wurde.

Er zupfte an seinem Revers, als er ihr über die Schwelle in den Hausflur folgte, der mit Familienfotos behängt war – Steel, Susan und die kleine Jasmine. Beim Sandburgenbauen an irgendeinem Strand mit Palmen, beim Drachensteigenlassen im Duthie Park, beim Sandwichessen auf dem Brimmond Hill, beim Autoskooterfahren unten am Meer… Unter den Jacken und Mänteln an der Garderobe war auch ein knallroter Dufflecoat, und darunter stand ein Paar kleine gelbe Gummistiefel.

Ein Geräusch, als hätte ein Hund in einen Kaktus gebissen, kam aus einem der Zimmer, aber vermutlich sollte es Gesang sein – irgendeine grässliche Talentshow im Fernsehen.

Steel blieb an der Wohnzimmertür stehen und steckte den Kopf hinein. »Suzie? Logan ist hier. Wollen wir was trinken?«

Klick – der Fernseher verstummte, und Susan erschien. Sie war mindestens zehn Jahre jünger als Steel und sah in ihrem blauen Sommerkleid aus wie ein Klon von Doris Day in ihrer Cary-Grant-Zeit, nur fülliger und mit längeren blonden Haaren. Ihr Lächeln grub kleine Krähenfüße um ihre Augen. »Hallo, Fremder, ist ja ewig her.«

Er beugte sich herab und küsste sie auf die Wange. »Du siehst fantastisch aus.«

»Pah… schön wär's. Zweieinhalb Jahre und ich bin den Schwangerschaftsspeck immer noch nicht los. Willst du Jasmine sehen? Sie schläft, aber du kannst gern mal kurz reinschauen.«

Steel packte eine Handvoll von Susans Pobacke und wibbelte sie hin und her. »Weiß gar nicht, was du hast. Ich mag es, wenn eine Frau gut gepolstert ist. Das heißt doch nur, dass mehr von dir da ist, was ich lieben kann. So«, sie gab der Handvoll einen Klaps, »jetzt gehst du mit Laz nach oben, und ich hol uns schon mal was zu trinken…«

Jasmine lag flach auf dem Rücken, die Arme und Beine kreuz und quer gespreizt, wie ein betrunkener Seestern in einem schwarz-weiß gestreiften Pyjama. Die kleinen Zehen und Finger zuckten, während sie schnarchte.

Susan seufzte, schlich ins Zimmer und zog ihr die Decke über. Dann kam sie zurück zur Tür, legte Logan die Hand auf den Arm und flüsterte: »Es ist so lange her. Wir hatten schon Angst, dass du sie nicht mehr sehen willst.«

Na toll: Schuldgefühle. »Ich hatte bloß ziemlich viel Stress auf der Arbeit. Und dann die Sache mit Samantha und so…«

»Du weißt, dass du hier immer willkommen bist. Du bist nicht nur ein Spender, du gehörst zur Familie. Und es ist gut für Jasmine, wenn sie ihren Papa von Zeit zu Zeit sieht.«

»Ich weiß, ich weiß. Ich werde mir mehr Mühe geben, versprochen.«

»Gut.« Susan drückte ihn kurz. »Und jetzt lass uns was trinken.«

Steel schenkte sich einen unverschämt großen Schuss nach, ehe sie die Whiskyflasche auf der Frühstückstheke deponierte, neben die zwei Teller, auf denen Oliven, Käse, Salamischeiben und Parmaschinken arrangiert waren. Sie nahm sich eine Scheibe Prosciutto, stopfte sie sich in den Mund und spülte sie mit einem Schluck Isle of Jura hinunter, während Susan die Chips holen ging.

Logan drehte das Whiskyglas zwischen den Fingern hin und her. »Ähm …« Er räusperte sich. »Dieses Geld, das du geerbt hast, du erinnerst dich?«

Steel rümpfte die Nase. »Wenn du auf ’nen Vorschuss aus bist, hast du Pech gehabt. Jeder Penny geht für Jasmines Schulgeld drauf. Na ja, wenn sie mal alt genug ist.«

»Ich wollte keinen …«

»Hast du eine Vorstellung, was die verlangen? Drei- bis viertausend, jawohl, und das nicht etwa im Jahr, sondern für jedes verdammte Trimester!«

Er nahm sich ein Stück Brie. »Ich bin nicht auf ein Darlehen aus, ich will nur wissen, wie du … na ja, wie du zu der Entscheidung gelangt bist, das Geld anzunehmen?«

»Hmmmmm …« Steel kniff die Augen zusammen. Dann wies sie mit dem Daumen auf ihn, als Susan mit einer Multipackung Monster Munch aus der Vorratskammer zurückkam. »Suzie, der Knabe hier will wissen, warum wir Desperate Dougs Kohle genommen haben. Wieso wir nicht seine Anwälte zum Teufel gejagt und dann auf sein Grab gepisst haben.«

Susan griff in den Plastikbeutel und zog eine Tüte mit Zwiebelgeschmack heraus. »Wir machen das jedes Jahr an seinem Todestag.« Sie riss die Tüte auf. »Das erste Mal habe ich mich in Grund und Boden geschämt, aber inzwischen machen wir ein Picknick draus, nicht wahr?«

»Da fällt mir ein …« Steel sprang von ihrem Hocker und ging in die andere Zimmerecke. »Mr Rumpoles Katzenklo gehört mal wieder geleert.«

Logan aß eine Olive, während sie den Plastikbehälter neben der Terrassentür hochhob und schüttelte, bis aus der Tiefe dunkle Kackemonster auftauchten. »Du weißt schon, wie ich das meine. Nur weil dir jemand in seinem Testament Geld vermacht hat, musst du es noch lange nicht annehmen. Du hast ihn gehasst …«

»Desperate Doug McDuff war ein widerliches Stück Scheiße, ein Mörder und Vergewaltiger.« Steel fischte die Klumpen mit einer Plastikschaufel heraus und kippte sie in den Mülleimer. »Wir haben sein Geld genommen, damit Jasmine eine bessere Ausbildung bekommt. Der alte Drecksack war ja eh schon tot.« Sie öffnete den Schrank unter der Spüle und zog zwischen der Schmierseife und dem Kloreiniger eine Messing-Urne hervor. Sie schüttelte sie, schürzte die Lippen und runzelte die Stirn. »Ich fürchte, er reicht nicht mehr allzu lange.«

Logan kostete seinen Whisky. Er schmeckte warm und dunkel. »Du … *bereust* es also nicht, das Geld genommen zu haben?«

Sie schraubte den Deckel der Urne ab und tauchte einen Teelöffel hinein. »Er ist tot. Scheiß auf ihn.« Steel verteilte die Asche über die Katzenstreu. Dann hielt sie inne und beäugte Logan kritisch. »Woher das plötzliche Interesse?«

Er zuckte mit den Achseln. »Ich wollte nur …« Sag ihr nicht die Wahrheit! »Ich hab mich bloß gefragt, was ich in so einer Situation tun würde.«

»Du kannst entweder das Geld nehmen oder rumjammern wie ein Weichei. Was der widerliche alte Mistkerl mir angetan hat, kann sowieso nichts und niemand auf der Welt wiedergutmachen. So haben wir wenigstens *etwas.*« Sie legte den Löffel in die Spülmaschine, dann schraubte sie den Deckel wieder auf Desperate Doug McDuffs letzte Ruhestätte.

Logan schälte sich aus seinem Jackett und hängte es über das Fußgitter des Betts, sodass es Samanthas Patientenkurven verdeckte. Dann befreite er sich von der Krawatte. »Ist ja wie in einem Backofen hier.«

Sie zog sich die Bettdecke bis unter die Arme und ließ den Kopf wieder auf die Kissen sinken. »Mecker nicht. Hast du's mitgebracht?«

Er beugte sich vor, griff in die Jackentasche und zog Chalmers' Plastiktüte heraus. Das Buch legte er auf den Nachttisch neben die Lucozade-Flaschen und die Tattoo-Zeitschriften. »Chalmers hat mir im Pub ein Exemplar von *Witchfire* gegeben. Ich dachte schon, sie wollte mich anbaggern.«

»Ha!« Samantha senkte die Stimme zu einem monotonen Leiern. »Das ist nur, weil du so verdammt sexy bist, dass wir Frauen einfach nicht die Finger von dir lassen können. Oh, du geiler Hengst, du. Und so weiter.«

»Du kannst manchmal ganz schön sarkastisch sein, weißt du das?« Er griff in die andere Plastiktüte – die er unter seinem Stuhl versteckt hatte – und nahm eine Dose Stella heraus. Noch kalt vom Kühlregal. Der Ring löste sich mit einem Klicken. »Magst du auch eins?«

»Darf nicht. Die Medikamente.«

Na schön. Das Bier rann zischend und sprudelnd durch seine Kehle und spülte die dünne Fettschicht weg, die Fisch und Pommes hinterlassen hatten. »Steel meint, wir sollten Wee Hamishs Geld annehmen.«

Samantha legte den Kopf schief und starrte ihn an. »Hast du zugenommen? Du siehst irgendwie pummliger aus als sonst.«

»Weißt du, es gibt durchaus auch andere Frauen da draußen. Frauen, die einen aufmerksamen und rücksichtsvollen Partner wie mich vielleicht zu schätzen wüssten.«

»Warum sind dicke Leute immer so empfindlich?« Samantha griff nach dem *Witchfire*-Exemplar. »Und? Wirst du das Geld nehmen?«

»Ich *bin nicht* dick. Steel sagt, es spielt eigentlich keine Rolle, wo es herkommt, wichtig ist nur, was du damit machst.«

»Ganz schön pervers.« Samantha zog die Aufkleber vom Cover ab und pappte sie sich ins Gesicht. Auf ihrer Stirn stand nun »DEMNÄCHST IM KINO«, und auf ihrer linken Wange prangte »2 FÜR 10 PFUND!« Sie blies die Backen auf und ließ das Buch in ihren Schoß fallen. »Mir ist langweilig.«

»Wie kann ich Geld annehmen, das aus Schutzgelderpressung, Drogengeschäften, Banküberfällen und Prostitution stammt ...?«

»Langweilig, langweilig, langweilig, langweilig, langweilig.«

Typisch. Da konnte er genauso gut Selbstgespräche führen. Logan nahm noch einen Schluck von seinem Bier. »Was ist denn mit dem Stephen King, den ich dir gekauft habe?«

Samantha ließ die Schultern sinken. »Der CD-Spieler ist im Arsch.«

»Dann sieh zu, dass du wieder gesund wirst, und komm heim.«

Sie lächelte. »Warum bin ich da nicht selbst draufgekommen?« Sie nahm das Buch und studierte eine Weile stirnrunzelnd die Rückseite. Dann räusperte sie sich.

»›*Glauben kann tödlich sein.*

Forbes St John ist einer der mächtigsten und gefürchtetsten Männer in England: Der Anführer der Heiligen Inquisition, an vierter Stelle in der Thronfolge. Wie kommt es dann, dass er in einem abbruchreifen Sozialblock in Zentralschottland aufgefunden wird, auf dem Rücken liegend, eine klaffende Wunde in der Brust, das Herz herausgerissen?

Wir schreiben das Jahr 1999, zweieinhalb Jahrhunderte, nachdem Charles III. gefangen genommen und in Edinburgh geköpft wurde. Die Hinrichtung bedeutete das Ende der Union von England und Schottland. Während Schottlands herrschende Institution – die Kirk – sich auf die Feiern zum 250. Jahrestag des Headsman's Day vorbereitet, kann sie nichts weniger gebrauchen als eine diplomatische Auseinandersetzung mit ihrem militanten katholischen Nachbarn.

Rowan Knox gehört zu den Fingermen, der Elitetruppe der Kirk, und sie muss St Johns Mörder finden, ohne dass jemand erfährt, dass er ermordet wurde. Aber das ist vielleicht das geringste ihrer Probleme. In den Innenstädten machen Gerüchte über schwarze Magie, Dämonen und Hexen die Runde, Kinder verschwinden, und die Polizei ist machtlos.

Die dunklen Mächte rücken vor, und Rowan ist die Einzige, die sich ihnen in den Weg stellen kann. Und wenn sie nicht schnell handelt, werden sie sie in Stücke reißen …‹«

Samantha zuckte mit den Achseln. »Klingt nicht schlecht.« Sie warf es ihm in den Schoß. »Lies es mir vor.«

»Seh ich aus wie ein Märchenonkel?«

»Aber mir ist *langweilig.*«

»Dann lies *du* es doch.«

Sie verschränkte die Arme und ließ sich aufs Kissen zurückfallen. »Ich dachte, du hättest dir das Buch besorgt, um rauszufinden, was Agnes Garfield im Schilde führt?«

Verdammter Mist. »Na schön.« Er nahm das Buch in die Hand. *»›Danksagung. Schreiben ist ein einsames Geschäft, und jedes Buch …‹«*

»Sei nicht blöd, den Teil liest doch kein Mensch. Fang am Anfang an.«

Er blätterte ein paar Seiten vor.

»Und mach die Stimmen.«

So war es also, wenn man kleine Kinder hatte.

Er nahm noch einen Schluck Stella. »Erstes Kapitel.

Die Hände der alten Frau, die lächelnd in der Küchentür stand, hinterließen blutige Flecken auf dem Lappen. Das ganze Haus stank nach Fleisch und Lavendel und Katzen, nach ausgelassenem Fett und Angst und Einreibemittel.

Sie ließ den Lappen auf den Couchtisch fallen, zwischen die Einmachgläser und Flaschen.

»›Sind Sie wirklich sicher, dass er keine Betäubung will, meine Liebe? Es …‹«

»Du machst nicht die Stimmen!«

Es würde eine lange Nacht werden.

Logan schlich sich ins Zimmer zurück, in der einen Hand einen Becher Tee aus dem Schwesternzimmer, in der anderen ein paar geklaute Custard Creams. Er ließ sich auf seinen Stuhl sinken. »Viertel nach zehn, und es ist wie die *Nacht der lebenden Toten* da draußen. Lauter alte Knacker, die in ihren Pantoffeln herumschlurfen und den Leuten das Gehirn ausschlürfen wollen.« Er tunkte einen Keks ein und lutschte den aufgeweichten Rand ab. »Wo waren wir stehengeblieben?«

»Mrs Shepherd hat gerade Thomas Leis abgefackelt. Diese durchgeknallte Psycho-Tussi.«

Er parkte seinen Tee und die Kekse auf dem Nachttisch und griff wieder nach dem Buch. »Das ist alles ziemlich … *brutal*, nicht wahr?«

»Sei nicht so ein Waschlappen. Lies.«

»Noch eine Stunde, dann ist's aber gut. Es gibt auch noch Leute, die morgen arbeiten müssen.«

Die Schwester mit den buschigen Augenbrauen und dem fluffigen schwarzen Schnurrbart überprüfte Samanthas Patientenkurve. »Ich finde es richtig lieb, dass Sie ihr vorlesen. Ich wünschte, ich könnte Benny dazu bringen, mir vorzulesen. Er ist wie eine Schnecke, wenn er nach Hause kommt, gleitet bloß noch aufs Sofa, und dann kann man ihn für den Rest des Abends vergessen. Eines Tages wird mir mal die Hutschnur reißen, und dann kipp ich eine ganze Packung Salz über ihm aus.«

Logan streckte seinen verspannten Rücken. »Na ja, ein, zwei Kapitel kriegt sie noch, dann bin ich weg. Die Verbrechen klären sich nicht von selbst auf.«

Die Schwester lächelte und küsste ihn auf die Wange – die feinen Härchen auf ihrer Oberlippe kitzelten –, dann ließ sie sie allein.

Samantha verdrehte die Augen. »Ich weiß, ich weiß, du bist ein ganz toller Hecht.«

»Willst du, dass ich dir noch weiter vorlese, oder nicht? Es ist zwanzig vor zwölf, ich *kann* auch einfach heimfahren.«

Keine Antwort.

»Dachte ich's mir doch.« Er nahm das Buch wieder auf und überflog die Seiten bis zu der Stelle, wo sie unterbrochen hatten. »Okay:

›Seine Schreie hallten in dem kleinen Bad wider, dutzendfach verstärkt durch das Echo, ohrenbetäubend und schrill.

Rowan packte ihn am Kragen und drückte sein Gesicht wieder in das schmutzige Wasser. Es schwappte über den Rand der Badewanne auf die gesprungenen Bodenfliesen, während er sich unter der Oberfläche in Panik aufbäumte und wand. Die Hände hinter dem Rücken gefesselt, die Fußgelenke an die rostigen Hähne gebunden. Der einzige Fluchtweg, der ihm offen stand, war zu ertrinken. Und dafür war sie viel zu professionell.

Sie riss ihn wieder hoch, und er hustete und spuckte. Dann erbrach er sich und machte das Wasser noch schmutziger, als es schon war.

Schließlich sackte er in sich zusammen, und seine Schultern bebten, als er schluchzte: »Ich war es nicht, ich habe nicht gewusst …«

»Sehen Sie, Mr Breull, manche Leute denken, dass das Wasserurteil das leichteste von den dreien ist. Ich meine, was ist schon ein bisschen Wasser, verglichen mit dem Urteil durch Blut oder durch Feuer?«

Sie tauchte ihn wieder unter und lehnte sich mit ihrem ganzen Gewicht auf seine Schultern, hielt ihn am Boden der Wanne fest. Zählte bis zwölf. Und zog ihn wieder hoch.

Wieder hustete er, wieder erbrach er sich, schmutziges Wasser floss aus seiner Nase.

»Noch ein letztes Mal: Was haben Sie mit Helen Fraser gemacht?«

»Bitte … Bitte, ich hatte keine Wahl …«

Rowan schlug seinen Kopf gegen die Badezimmerwand, so fest, dass die Fliesen sprangen und ein blutiger Schmierfleck zurückblieb. »SIE WAR SECHS!«

Und wieder ging er auf Tauchstation. ‹«

Dienstag

23

»Au …« Ein brennendes Messer schlitzte ihm von oben nach unten das Rückgrat auf, bohrte ihm seine glühende Spitze in die Hüfte und wühlte darin herum. »O Gott …«

Stille.

Dann trillerte der Wecker seines Handys erneut los.

Logan stocherte mit dem Finger auf dem Display herum, bis das Ding Ruhe gab. Er sackte auf dem Besucherstuhl zusammen, die Beine noch auf dem Bett.

Ein Krampf zerrte an seinen Waden. Er biss die Zähne zusammen und hievte seine Füße von dem zerknitterten Krankenhauslaken auf den Boden. Die grauen Terrazzoplatten waren kühl unter seinen Socken. Er rieb sich das Gesicht, und ein raues Grollen drang aus seiner Kehle. »Uahh … Wie spät is'n?«

Er blinzelte. Es brauchte ein paar Anläufe, bis er sein Handy in den Fokus bekam, aber dann zeichneten sich flimmernd die Ziffern *06:30* ab. »Mist.«

Wessen Schnapsidee war es gewesen, bis vier Uhr früh einen dicken fetten Ziegel von Roman zu lesen?

Samantha schlief, sie lag da mit offenem Mund. Da konnte er ihr noch so oft sagen, dass die Spinnen reinkrabbeln und in ihrem Kopf Eier legen würden, sie schlief immer wie eine Tote. Die Glückliche …

Er schälte sich mit schmerzverzerrtem Gesicht aus dem Stuhl und schlurfte humpelnd in das winzige Bad. Dort zog er das Hemd aus und benutzte ein Stück Anstaltsseife, das wie eine Zahnarztpraxis roch, für eine Katzenwäsche. Dann rubbelte er mit dem Finger über seine Zähne, bis sie alle blitzblank waren, spuckte aus und betrachtete das triefäugige, zerzauste Wrack im Spiegel.

Das musste reichen.

Logan schlüpfte wieder in sein Hemd, schlich ins Zimmer zurück, küsste Samantha auf die Stirn, raffte Jackett und Schuhe zusammen und trippelte auf Zehenspitzen zur Tür hinaus.

Auf dem Flur herrschte Stille, bis auf das ferne *Wub-wub-wub* einer Bohnermaschine und das allgegenwärtige Hintergrundsummen des Krankenhauses. Er suchte sich einen Stuhl und zog die Schuhe an.

Jemand schnalzte mit der Zunge. »Oje ...«

Er blickte auf, und da stand Claire, in ihrer frisch gewaschenen und gebügelten blauen Schwesterntracht.

Sie schüttelte den Kopf. »Haben Sie wieder in Ihren Kleidern geschlafen? Sie sehen aus, als ob jemand sich auf Sie gesetzt hätte, bevor Sie richtig trocken waren.«

Er band seine Schuhe zu. »Sie sind aber früh dran.«

»Bills Hämorrhoiden bringen ihn um, und wenn Bill nicht schlafen kann, darf das auch sonst niemand.« Sie seufzte. »Ich sage ihm immer wieder, die Existenz deiner Hämorrhoiden ist bedingt durch deine Wahrnehmung davon. Die Schmerzen, die du empfindest, sind das Resultat einer apriorischen Überlegung, die auf deinem Konzept des Selbst basiert. Natürlich erwidert er dann, sie seien nicht bedingt und seine Wahrnehmung sei von der Erfahrung abgeleitet und somit *a posteriori*, nicht irgendein schwammiger *a-priori*-Begriff jenseits des empirischen Wissens.«

Logan starrte sie an. »Ihnen wird abends sicher nie langweilig.«

Sie zuckte mit den Achseln. »Bei René Descartes hieß es: ›Ich denke, also bin ich.‹ Bei Bill heißt es: ›Mein Arsch tut weh, also habe ich Hämorrhoiden.‹«

Er stand auf. Lächelte. »Könnten Sie die Metaphysik heute ausnahmsweise auf ein Minimum beschränken? Sie war gestern Abend lange auf.«

»Wir tun unser Bestes. Sagen Sie das nächste Mal Bescheid, wenn Sie über Nacht bleiben wollen, dann stellen wir Ihnen ein kleines Bett rein.« Sie blickte den Flur hinunter zu Sams Zimmer. Dann senkte sie die Stimme. »Sagen Sie, haben Sie immer noch vor, sich eine Katze anzuschaffen? Ich wüsste da eine Quelle …«

»Sie will sie Cthulhu nennen.«

»Das ist … äh … jedenfalls unverwechselbar.« Claire tätschelte seinen Arm. »So, wie wär's jetzt mit einem Tässchen Tee, bevor Sie sich auf den Weg machen?«

Der Besprechungsraum war mit Kartons und Kisten vollgestellt, also versammelten sie sich im CID-Großraumbüro. Die komplette Tagschicht, zusammengepfercht zwischen Schreibtischen und Trennwänden, starrte auf die Leinwand hinter Steels Kopf, die ein Standbild des Necklacing-Opfers zeigte. Umzingelt von Glut, umwabert von Rauch, den Mund zu diesem gequälten stummen Schrei aufgerissen.

Sie zog ihre Hose stramm und blickte finster in die Runde. »Muss ich euch *wirklich* erklären, was passieren wird, wenn diese Saftsäcke aus Glasgow hier aufkreuzen und wir diese gottverdammte Necklacing-Kiste bis dahin nicht aufgeklärt haben?«

Ein kleiner Constable mit Ohren wie Henkel und militärisch kurzem Haarschnitt hob die Hand. »Behandeln wir den Fall immer noch als Bandenmord?«

»Kommt drauf an, nicht wahr?«

»Ich meine nur, weil es ist ziemlich genau das Gleiche, was in diesem Buch beschrieben wird, diesem *Witch*…«

»Das wissen wir. Jetzt …«

»Na ja, was ist, wenn es eine Publicity-Aktion ist? Könnte doch sein, dass die Produktionsfirma damit das Interesse der Medien anfachen wollte? Den Film ins Gespräch bringen …«

Schweigen.

Logan rutschte auf seinem Stuhl hin und her. Das konnte ja heiter werden.

Die Ohrläppchen des Constable verfärbten sich pink. »Na ja … möglich ist's doch, oder?«

Steel starrte einen Moment auf den Boden. »Wollen Sie *ernsthaft* andeuten, diese Leute wären in der Lage, irgendein armes Schwein an einen Metallpfosten zu ketten, ihm einen Reifen über den Kopf zu ziehen und den Reifen anzuzünden, alles nur, um mit einem Kurzbeitrag ins Frühstücksfernsehen zu kommen?«

Constable Schwachkopf ließ die Hand sinken.

»Gut, wenn sonst niemand mehr sich in Grund und Boden blamieren will – wir hatten jetzt drei Leichen binnen drei Tagen, noch eine kommt mir nicht in die Tüte, *verstanden?* Jetzt ist Schluss mit dem Quatsch!«

Sie griff in eine Plastiktüte, zog eine Flasche Highland Park heraus und hielt sie über ihren Kopf. »Und wer den Mistkerl schnappt, bevor Strathclyde hier ist, kriegt die hier als Belohnung.«

Chalmers rutschte auf ihrem Stuhl vor. »Was ist mit dem Mord von gestern Abend? In ersten Berichten heißt es, das Opfer sei eventuell auf dem Küchenboden an Pflöcke gefesselt und gefoltert worden. Zwei Folteropfer in drei Tagen – da könnte es doch einen Zusammenhang geben?«

»Wir schließen das nicht aus, aber wir verlassen uns auch nicht drauf.« Steel knallte die Flasche neben sich auf den Tisch. »Okay, Leute, nur für den Fall, dass jemand mit dem Gedanken gespielt hat, allein loszurennen, um auf der Schaukel zu spielen – Folgendes zur Befehlskette: Da alle Fälle von hoher

Priorität sind, trägt unser geliebter Assistant Chief Constable die Verantwortung, und mir kommt die Aufgabe zu, sie demjenigen in die Schuhe zu schieben, der mir gerade am meisten auf die Eier geht. Bis auf Weiteres ist DI McRae für den Necklacing-Fall zuständig, Leith übernimmt das Folteropfer, und Bell bekommt unser Skelett. Wenn einer von den dreien Ihnen was aufs Auge drückt, sagen Sie schön danke und kümmern sich drum. Denn wenn ich mitkriege, dass jemand sich drücken will, dann schnapp ich mir denjenigen und lass ihn Bekanntschaft mit meiner Stiefelspitze machen, aber da, wo's so richtig wehtut. Verstanden?«

Alles schwieg.

Steel straffte die Schultern. »Meine Damen und Herren, wenn wir von etwas keine Ahnung haben, dann ist es, wie man Mist baut. *Was* können wir nicht?«

Die Antwort war kaum mehr als ein verlegenes Murmeln. »Mist bauen.«

»ICH KANN EUCH NICHT HÖREN! WIR WISSEN NICHT, WIE *WAS* GEHT?«

Diesmal war es schon besser: »Mist bauen.«

»NOCH EINMAL!«

Sie schmetterten es heraus: »MIST BAUEN? WIR WISSEN GAR NICHT, WIE DAS GEHT!«

»Und ob wir das nicht wissen.« Sie lächelte, dann nickte sie. »So, jetzt raus mit euch, und schafft mir diese verdammten Mörder her!«

Logan hatte gerade eben sein Büro erreicht, einen Becher Kaffee in der Hand, der ihn in bittere Dämpfe hüllte und versprach, ihn wenigstens bis Mittag wach zu halten.

»Chef?«

Er schloss die Augen. Zählte bis fünf.

»Chef?«

Als er sie wieder aufschlug, stand PC Guthrie immer noch da, die bleichen Augenbrauen über seinem rundlichen Gesicht wie ein Fragezeichen.

Nun ja, versuchen konnte man es ja mal. »Was immer du willst, es kann warten, bis ich meinen Kaffee getrunken habe.«

Guthrie folgte ihm ins Büro. »Äh … Erinnerst du dich an DI Insch? Also, er hat gerade angerufen, es geht um einen Typen, der ausgerastet ist und eins von seinen Starlets bedroht. Er sagt, er will, dass du dich drum kümmerst.«

»Ach ja?« Logan ließ sich auf seinen Stuhl sinken, worauf sein Rücken sofort knacksend und knirschend protestierte. Der Kaffee war so stark, dass der Löffel sich fast auflöste, und brachte den Puls schon in Wallung, wenn man nur dran schnupperte. »Schick einen Streifenwagen.«

Der Constable scharrte mit seinen Polizeistiefeln über den Boden. »Er hat mehr oder weniger darauf bestanden, dass du selber kommst, Chef.«

Natürlich hatte er das. Logan stellte seinen Kaffee hin. Seufzte. Und stand auf. »Hol einen Wagen.«

PC Guthrie steuerte den CID-Poolwagen auf den Parkplatz hinter einem schicken Boutiquehotel in der Queen's Road. Ein Mann mittleren Alters in schwarzer Hose und burgunderroter Weste saß auf einer niedrigen Mauer und hielt sich ein blutgetränktes Papiertaschentuch unter die Nase. Sein weißes Hemd war mit scharlachroten Flecken verunziert. Er blickte auf und blinzelte in der Morgensonne, als Guthrie die Handbremse zog und ausstieg.

Logan hievte sich aus seinem Sitz. Etwas Scharfes raspelte an seinem Steißbein herum.

Der Mann mit der blutigen Nase sagte kein Wort, sondern deutete nur zur Rückfront des Hotels, wo eine Brandschutztür offen stand.

Logan nickte Guthrie zu. »Nimm seine Aussage auf.«

Guthrie sah nach links, dann nach rechts und senkte die Stimme zu einem Flüstern. »Ich dachte, wir wollten das möglichst unauffällig abwickeln?«

»Erinnert sich der Herr Constable vielleicht noch daran, was Steel denjenigen angedroht hat, die sich vor unangenehmen Aufgaben zu drücken versuchen?«

»Ah … Okay …« Seine Pausbacken glühten. »Ja, Chef. Aussage aufnehmen …« Er zog sein Notizbuch aus der Tasche und trat zögerlich vor den blutenden Mann. »Nun, Sir, Sie müssen mir jetzt genau schildern, was passiert ist, in Ihren eigenen Worten.«

Logan überließ ihn seinem Schicksal.

Der Flur des Hotels war mit einer dunkelroten Velourstapete ausgekleidet, alle paar Meter verbreiteten Wandleuchter aus Messing einen goldenen Schein. Durchaus geschmackvoll – wenn man den Geschmack einer etwas altmodischen Puffmutter hatte. Im Abstand von etwa zweieinhalb Metern gingen schlichte Holztüren vom Gang ab, die mit »PRIVAT« oder »NUR FÜR PERSONAL« beschriftet waren. Die dritte jedoch stand offen, und ein Bein ragte in den Flur hinaus. Der Fuß, der in einer blauen Socke steckte, zuckte im Takt des gedämpften Stöhnens, das aus dem Zimmer drang.

Sah irgendwie pervers aus.

Er spähte hinein. Ein schlaksiger Mann lag mit dem Gesicht nach unten auf dem Boden, ein Schuh an, ein Schuh aus, und kämpfte vergeblich gegen einen mächtigen Muskelberg in Bomberjacke, Jeans und rotem T-Shirt an.

Der Muskelberg hatte dem Typen ein Knie ins Kreuz gepresst, seinen Arm auf den Rücken gedreht und ihn mit dem Gesicht in die grauen Teppichfliesen gedrückt. Ein transparentes Spiralkabel schlängelte sich aus dem linken Ohr des Muskelbergs und verschwand unter seinem Kragen. Es handelte sich also entweder um einen ungewöhnlich engagierten Bürger mit Gehörschaden oder um einen Profi-Schläger vom Wachdienst.

Logan lehnte sich an den Türrahmen. »Na, darf man mitspielen?«

Der Muskelberg blickte auf und schenkte ihm ein sprödes Lächeln. Sein Gesicht war rund und glatt, was ihn wie ein etwas furchterregendes Riesenbaby aussehen ließ. »Mr Whyte hat Probleme, sich an das Singledasein zu gewöhnen. Nicht wahr, Mr Whyte?«

Der schlaksige Typ wand sich noch ein wenig, und seine gedämpften Flüche gingen im Flor der Teppichfliesen unter.

»Wär's vielleicht möglich, dass Sie Mr Whyte loslassen?«

»Ich weiß nicht, ob das ratsam ist.« Der Muskelberg verzog das Gesicht. »Das letzte Mal, als wir versucht haben, Mr Whyte auf freien Fuß zu setzen, hat er einen Hotelangestellten tätlich angegriffen.«

Logan trat ins Zimmer. Dann blieb er stehen. Irgendetwas roch hier nach rohem Fleisch und nassem Hund… Er zog seine Handschellen aus der Tasche und legte eine der Fesseln um Mr Whytes freies Handgelenk, dann zog er den anderen Arm zu sich heran, den der Muskelberg noch in seinem Klammergriff hatte. Klick. »Okay, lassen Sie ihn aufstehen.«

Der Muskelberg nahm sein Knie vom Kreuz des Mannes, packte ihn an den Schultern und zog ihn auf die Füße.

Eine Seite von Robbie Whytes Gesicht war zerkratzt und von einer Teppichflechte gerötet, aber abgesehen davon wies er keine sichtbaren Verletzungen auf. Was er hatte, waren eine zerzauste Haartolle, ein Dreitagebart, strahlend blaue, blutunterlaufene Augen und ein Grübchen im Kinn, in dem man eine Murmel hätte verstecken können. Zusammen mit den haarigen Armen und dem Schmerbauch ergab sich der Eindruck eines etwas in die Jahre gekommenen Boygroup-Mitglieds. Auf seinem grauen T-Shirt stand in großen fleischfarbenen Lettern »UNWIDERSTEHLICH«. Das I war wie ein erigierter Penis geformt.

»Lassen Sie mich los!« Er trat aus und verfehlte Logans Knie nur knapp. »Ich bring Sie um, Mann!« Er roch heftig nach Bier, Whisky und Kebab.

Logan trat einen Schritt zurück und zog seinen Dienstausweis. »Bedrohung eines Polizeibeamten ist eine *Straftat*, Mr Whyte. Ebenso wie Körperverletzung.«

»Ich hab nichts getan! NICHTS!«

Der Muskelberg packte die Schultern des Typen noch fester. »Mr Whyte, ich rate Ihnen dringend, mit den Behörden zu kooperieren.«

Logan steckte den Dienstausweis ein und zückte stattdessen sein Notizbuch. »Wo ist Nichole Fyfe?«

Der Muskelmann deutete mit dem Kopf über seine Schulter. »Miss Fyfe ist oben in ihrem Zimmer. Sie ist zutiefst aufgewühlt.«

»Ich habe *nichts* gemacht.«

Der Muskelmann schüttelte ihn ein wenig. »Mr Whyte treibt sich schon seit mindestens drei Tagen vor dem Hotel herum. Gestern Abend hat er versucht, mit Miss Fyfe Kontakt aufzunehmen. Sie teilte ihm mit, dass ihre Beziehung seit vier Jahren beendet sei, und forderte ihn auf, sie in Ruhe zu lassen.«

Whytes Miene verfinsterte sich. »Das ist *Quatsch*. Bringen Sie sie doch her, dann wird sie Ihnen sagen …«

»Heute Morgen öffnete Miss Fyfe die Tür ihres Hotelzimmers und sah ein Paket im Flur liegen, das an sie adressiert war.«

»So ein Scheiß! Der Kerl lügt …«

»Als Miss Fyfe es öffnete, fand sie den abgetrennten Kopf eines Yorkshire-Terriers, eingeschlagen in Zeitungsartikel über ihre Beteiligung an der Verfilmung von *Witchfire*.«

»Ich hab Ihnen doch gesagt, ich war es nicht!«

Logan starrte ihn an. »Im Ernst?«

Der Muskelberg deutete mit dem Kopf auf einen Pappkarton, der mitten auf einem Schreibtisch stand. Er war noch teilweise in Gold- und Silberpapier eingeschlagen. Logan warf einen Blick hinein. Es war kein großer Terrier gewesen, der Kopf nicht größer als seine Faust, das Fell am Hals und um die Schnauze herum mit dunkelroten Klümpchen verfilzt. Die Augen waren offen und starrten aus dem Karton zu ihm auf.

Das erklärte jedenfalls den Geruch.

Der Kopf war auf ein Nest aus zusammengeknülltem Zeitungspapier und aus Zeitschriften ausgerissenen Seiten gebettet, alle mit Blut befleckt. Wie es aussah, gab es ein paar brauchbare Fingerabdrücke auf einer Fotostrecke aus der *Hello!* – »SUPERSTAR NICHOLE GLÄNZT BEI WOHLTÄTIGKEITSAUKTION IN ABERDEEN«. Die Wirbel und Schleifen zeichneten sich deutlich in Blutrot ab.

»Sie haben einen Hund getötet? Sind Sie noch zu *retten*?«

»Ich war es nicht! Da will mir jemand was anhängen! Fragen Sie Nichole, sie wird Ihnen sagen, dass das alles gelogen ist. Er will mich nur anschwärzen. Er ist …«

Der Muskelmann schüttelte ihn noch einmal. »Ich bin heute Morgen um sechs mit dem Studiowagen gekommen, um Miss Fyfe abzuholen. Mr Whyte hat draußen gewartet, er hatte sich hinter den Müllcontainern des Hotels versteckt. Ich habe ihn angesprochen, um zu klären, warum er Miss Fyfes Wunsch nach Privatsphäre nicht respektiert, und er warf eine leere Flasche Bell's-Whisky nach mir.«

»Stimmt gar nicht! Er lügt!«

Logan musterte den Muskelberg von Kopf bis Fuß. »Sie haben schon öfter vor Gericht ausgesagt, stimmt's?«

»Berufsrisiko.« Er hob die massigen Schultern unter seiner glänzenden Bomberjacke. »Aber ich gehe davon aus, dass der

Vorfall mit der Flasche von den Überwachungskameras des Hotels aufgezeichnet wurde. Nach Mr Whytes tätlichem Angriff auf meine Person habe ich ihn an der Flucht gehindert und Mr Insch kontaktiert, um weitere Instruktionen einzuholen.«

Logan hielt im Schreiben inne. »Darf ich raten? Er hat Sie gebeten, es inoffiziell zu regeln?«

»Das war bedauerlicherweise, bevor ich von dem Paket erfuhr. Wie ich bereits sagte, ist Miss Fyfe *extrem* aufgewühlt.«

Kein Wunder. In den meisten Hotels bekam man morgens die Zeitungen vor die Tür gelegt und nicht den abgetrennten Kopf eines Yorkshire-Terriers.

Kaum war die Zellentür ins Schloss gefallen, ging das Schluchzen los.

PC Guthrie spähte durch den transparenten Beweismittelbeutel in den offenen Karton. Seine Schultern sackten ein paar Zentimeter ab. »Armer kleiner Kerl …«

Logan klopfte ihm auf den Rücken. »Bring's ins Fingerabdruck-Labor. Und dann in die Rechtsmedizin.«

Guthrie lutschte an seinen Zähnen, und seine Mundwinkel bogen sich nach unten. »Die Eiskönigin wird *begeistert* sein. Können wir nicht einfach …«

»Und ich will das komplette Strafregister von unserem Sonnenschein hier auf meinem Schreibtisch, in zwanzig Minuten allerspätestens.«

Ein Seufzer. Dann drückte Guthrie den Beweismittelbeutel an seine Brust und starrte auf den Hundekopf hinunter. »Wie kann ein Mensch einem kleinen Hundchen so etwas antun?« Er schlurfte davon.

Logan schob die Abdeckung des Gucklochs zur Seite. Robbie Whyte stand in der Mitte der kleinen Zelle und ließ die Arme hängen. Seine ausgebeulte Jeans reichte ihm kaum bis über die Unterhose, seine Turnschuhe waren wie Boote. So ging es, wenn sie einem den Gürtel und die Schnürsenkel konfiszierten.

Whytes Schultern zitterten.

Logan klopfte an die kalte Metalltür. »Sind Sie sicher, dass Sie nicht einfach … jemandem erzählen wollen, warum Sie es getan haben?«

»Es ist alles gelogen …« Whyte bohrte sich den Handballen ins linke Auge. »Sie liebt mich immer noch. Ich *weiß*, dass sie mich immer noch liebt.«

»Ich dachte, der Spruch heißt ›Sag's mit Blumen‹. Und nicht ›mit abgetrennten Hundeköpfen‹.« Eine Pause. »War es Ihr eigener Hund? Oder haben Sie sich einfach wahllos irgendeinen geschnappt?«

»Sie wollte immer schon einen Yorkie haben. Verrückt, was? So einen stinkenden kleinen Kläffer. Also hab ich ihr über einen Kumpel einen besorgt.« Er schniefte. Rieb sich wieder die Augen. »Bis dieses Arschloch von Talentscout sie entdeckt hat, war sie …« Whyte hob eine Schulter. »Und dann hat sie diese blöde Tamponwerbung gemacht – ›Schaut mich an, ich fahre Rollschuh mit einem Pinguin!‹ –, und das war's. Plötzlich war sie zu gut für uns.«

»Also haben Sie einem Yorkshire-Terrier den Kopf abgehackt? Das fanden Sie irgendwie logisch?«

»Sie hat den Hund nicht mal genommen. Können Sie sich das vorstellen? Hat uns beide sitzen lassen, als ob wir ihr gar nichts bedeuten würden. Was für ein Mensch tut denn so was?«

»Was für ein Mensch enthauptet seinen eigenen Hund?«

Whyte zog den Kopf ein und schlang sich die Arme um den Körper. Er senkte die Stimme zu einem rauen Flüstern. »Nichole gehört *mir*. Und sonst niemandem. Das weiß sie …«

Logan schob die Abdeckung wieder vor, zog sein Handy aus der Tasche und scrollte durch seine Kontakte, bis er zu der Nummer kam, die mit »SEELENKLEMPNER« gekennzeichnet war.

Es klingelte und klingelte und klingelte … dann tönte ein breiter Liverpool-Akzent aus dem Lautsprecher. »Logan, von Ihnen hab ich ja ewig nichts gehört, ist alles in Ordnung? Machen Sie noch die Gesprächstherapie?«

»Ja. Ich wollte Sie bitten, mal herzukommen und sich jemanden anzuschauen …«

24

DI Leith gähnte herzhaft und ließ dabei einen Mund voller Füllungen sehen. Er blinzelte und rieb sich mit der Hand über die Stoppeln am Kinn – grau wie der Rest seines schütteren Fassonschnitts. Die Waschbrett-Falten auf seiner Stirn wurden tiefer. »Ich bitte Sie doch nur darum, einen *Blick* darauf zu werfen, McRae. Eine halbe Stunde. Allerhöchstens fünfundvierzig Minuten.«

Logan nahm den Aktenordner in die andere Hand und stellte den Styroporbecher und die vom Fett schon halb transparente Papiertüte darauf, während er nach der Türklinke griff. »Ich kann nicht. Ich habe einen Stalker, der wegen Tierquälerei und Körperverletzung im Gewahrsamstrakt sitzt und wahrscheinlich zwangseingewiesen werden muss, und Steel ist wegen des Necklacing-Falls auf dem Kriegspfad. Sie haben sie ja gehört.«

Leith lehnte sich an die Wand und gähnte erneut. »Wir wissen beide, dass da nichts draus wird, okay? Wir können nicht einfach einen Erfolg aus dem Ärmel zaubern, nur weil sie es diesem Supervisionsteam zeigen will. Die Spur im Fall unseres Folteropfers ist noch heiß. Wir müssen sie verfolgen, ehe sie kalt wird.«

»Dann machen *Sie* es doch.« Er drehte den Knauf und trat in sein Büro.

Ein zerknittert aussehender Rennie lümmelte auf dem Besucherstuhl. Die blonden Haare standen ihm in alle Richtungen vom Kopf ab, als hätte er mit dem Styling-Gel gekämpft und verloren. Die Ringe unter seinen Augen waren sogar noch beeindruckender als die von Leith.

Rennie sprang hektisch auf. »Chef.«

Leith ließ sich auf den Stuhl plumpsen, den er freigemacht hatte. »Ich dachte, ich hätte Ihnen gesagt, Sie sollen nach Hause gehen.«

»Ich muss mit DI McRae sprechen, Chef.«

Logan setzte sich an seinen Schreibtisch, riss den Plastikdeckel von seinem Kaffeebecher und wickelte das Bacon-Buttie aus. »Er hat recht: Geh nach Hause. Du siehst aus wie ein Statist aus einem Zombiefilm.« Die Plastikflasche mit Ketchup war in der untersten Schublade eingeschlossen, damit die Langfinger von der Nachtschicht nicht drankamen. Logan befreite sie und quetschte sich eine blutrote Bahn auf den Speck.

»Kommen Sie schon, McRae, ich *kann* es nicht selbst machen: Ich war die ganze Nacht auf, die Obduktion ist um halb zehn, und da werde ich nie und nimmer vor Mittag wegkommen. Ich brauche jemanden mit Erfahrung, der noch einmal mit unverbrauchtem Blick darübergeht, und zwar *jetzt*, nicht heute Nachmittag.« Leith warf eine blaue Mappe in Logans Eingangskorb. »Sie haben was gut bei mir.«

»Ich habe schon was gut bei Ihnen.«

»Na schön, dann haben Sie jetzt eben noch was gut. Bitte!«

Logan schlug die Mappe auf. Das Foto zeigte eine schwarz verkohlte, aufgedunsene und mit Schimmelflecken gesprenkelte Leiche, die auf einem Obduktionstisch aus Edelstahl lag. Die Haut war mit kleinen dunkelvioletten Schnittwunden übersät, alle umgeben von dunkleren, kreisförmigen Flecken, bei denen es sich *möglicherweise* um Blutergüsse handelte. Schwer zu sagen bei diesem Grad der Verwesung. Keine Haare auf dem Kopf, im Schambereich, unter den Armen oder auf der Brust. Genau wie bei ihrem Necklacing-Opfer. Logan klappte die Mappe wieder zu und biss in sein Buttie. Der Speck war kross zwischen seinen Zähnen und füllte seinen Kopf mit salzigem Raucharoma. »Was ist mit Ding-Dong?«

»Detective Inspector Bell könnte nicht mal mit beiden Händen seinen eigenen Arsch finden, wenn man sie dran festkleben würde. Nun geben Sie sich doch einen Ruck.«

Er leckte sich einen Klacks Ketchup aus dem Mundwinkel. »Okay. Aber wenn Steel fragt, bin ich in Sachen Necklacing-Opfer unterwegs. Abgemacht?«

Leith stand auf. »Abgemacht.« Er verließ das Büro.

Kaum hatte er die Tür hinter sich zugemacht, da warf Rennie sich schon wieder auf den Stuhl, ließ die Arme baumeln, legte den Kopf in den Nacken und präsentierte seinen stoppligen Adamsapfel. »Urrrrrgh …«

»Ich hab dir doch gesagt, fahr nach Hause.«

»Warum kann nicht alles so sein wie früher?«

»Du bist nicht besonders dekorativ.«

»Nein, im Ernst.« Rennie hob die Arme und ließ sie dann wieder schlaff herabfallen. »Detective Sergeant ist ein Scheißjob. Alle DIs und Steel behandeln einen wie Scheiße, alle DCs und Uniformierten jammern und stänkern und erzählen dir irgendeine Scheiße, wenn du irgendwas von ihnen willst. Man kommt sich vor … wie der Belag in einem Scheiße-Sandwich.«

Logan nahm Leiths Mappe aus dem Eingangskorb und zog die Fotos heraus. »Mir bricht das Herz.«

»Wir waren mal so glücklich …«

»Dann schmeiß halt hin. Sag Steel, dass du nicht mehr DS sein willst.«

Ein Schnauben. »Ja, toll, und wie soll ich das bitte meiner

Alten erklären?« Er schlang die Arme über den Kopf. »Warum konnte es nicht ein simpler Totschlag sein oder ein schön einfacher Fall von häuslicher Gewalt?«

Logan breitete die Fotos auf dem Schreibtisch aus. Die Nahaufnahmen des Gesichts waren die schlimmsten – es hatte fast nichts Menschliches mehr an sich, nur noch eine übel zugerichtete, entstellte Masse, aufgequollen nach vier Tagen in einem warmen Zimmer, gesprenkelt mit orangefarbenen und grünen Schimmelflecken. Der Täter hatte dem armen Schwein sogar die Augenbrauen abrasiert. Die Augen waren zwei schwarze, leere Schlitze – hier setzte die Verwesung immer zuerst ein.

Für jede Hand und jeden Fuß gab es ein eigenes Foto. Breite Bänder von Blutergüssen zogen sich um die Hand- und Fußgelenke. Fingerspitzen und Zehen waren zu Brei zerschlagen.

Gott… Logan wickelte sein Bacon-Buttie in die Serviette und warf es in den Abfalleimer. Ihm war der Appetit vergangen. Selbst der Kaffee schmeckte jetzt sauer.

»… nie irgendwohin? Chef? Hallo?«

Er blinzelte. Rennie starrte ihn an.

Keine Ahnung. Er legte die Fotos in die Mappe zurück. »Du denkst, du hast es schwer? Seit McPherson weg ist, gibt's für mich nur noch Papierkram und Strategiebesprechungen und Budgetberechnungen und Dienstpläne und operative Ziele und Erfolgsindikatoren.« Die Mappe landete wieder im Eingangskorb. »Ich *träume* davon, wieder DS zu sein. Du weißt nicht, wie gut du's hast, das ist dein Problem.«

Ein gewaltiger, theatralischer Seufzer ließ Rennies Körper anschwellen und dann in seine schlaffe, armeschlenkernde Frusthaltung zurückfallen. »Es wird dir noch leidtun, wenn ich wegen Burnout in Frührente gehen muss.«

»Dann muss ich mir wenigstens nicht länger dein Gejammer anhören.« Er zog sein Notizbuch aus der Tasche. »Erzähl mir vom Tatort.«

Rennie schüttelte sich. »Er hatte schon eine *Ewigkeit* tot dort auf dem Küchenboden gelegen. Alles voller Fliegen.«

»Wurde eingebrochen?«

»Wenn ja, muss der Täter das Schloss geknackt haben. Keine eingeschlagenen Fenster, keine aufgestemmten Türen.«

»Wer immer es war, hatte also einen Schlüssel …« Logan schrieb »MAKLER?« in sein Notizbuch und unterstrich das Wort zweimal.

»Oder jemand hat ein Fenster offen gelassen, und dieses Satanistenschwein ist einfach eingestiegen, hat den Typ abgemurkst, das Fenster wieder zugemacht und ist durch die Tür abgehauen?«

»Möglich. Hast du mit den Nachbarn geredet?«

Rennie schnitt eine Grimasse und rollte die Augen. »Zwei Tattergreise. Haben nichts gesehen, *wollten* nichts sehen.« Er imitierte die dünne, zittrige Stimme eines sehr alten Menschen: »Oh, Sergeant, das ist ja so *furchtbar*, warum sind die Abernethys bloß nach Dubai gegangen, oh, die Welt ist so *verdorben* heutzutage, man sollte die Todesstrafe wieder einführen.«

»Was ist mit denen auf der anderen Seite, hast …« Logans Augen verengten sich. »Moment mal: sagtest du ›Satanistenschwein‹?«

»Aber hallo: Der Typ hat einen magischen Kreis von zweieinhalb Metern Durchmesser ins Linoleum geritzt. Die Maden haben auf dem verdammten Ding eine Polonaise getanzt.« Er rutschte auf seinem Stuhl hin und her, zog das Kinn ein und runzelte die Stirn. »Warum guckst du mich so an?«

Logan zeigte auf die Tür. »Geh: Ich will in fünf Minuten Kopien von den Tatortfotos auf meinem Schreibtisch haben. Und sieh zu, dass ein paar gute von dem magischen Kreis dabei sind.«

»Uahh …« Rennie wuchtete sich vom Stuhl hoch, schlappte hinaus und ließ die Bürotür hinter sich sperrangelweit offen.

Logan griff zum Telefon und rief Ex-DI Insch an. Während es läutete, steckte er noch einen weiteren Satz Fotos in die blaue Mappe mit den Tatortaufnahmen.

Die Stimme seines ehemaligen Chefs dröhnte aus dem Hörer.

»Wurde aber langsam Zeit, dass Sie zurückrufen! Ich hab Ihnen gesagt, Sie sollen sich Robbie Whyte mal vorknöpfen – von Festnehmen war keine Rede!«

Zurückrufen? Logan nahm das Handy vom Ohr und tippte auf dem Bildschirm herum. Vier Voicemails und drei SMS. Alle von Inschs Nummer. Ah …

»Ich war den ganzen Vormittag in Besprechungen, deshalb habe ich …«

»Was war denn an dem Satz ›Behandeln Sie die Sache diskret‹ so schwer zu verstehen?«

»Er hat Nichole Fyfe einen als Geschenk verpackten abgetrennten Hundekopf geschickt und zwei Menschen tätlich angegriffen. Ich hatte keine Wahl.«

»KEINE WAHL? Wenn Sie sich aufgerafft und mit ihm geredet hätten, als ich Sie darum gebeten habe, dann wäre das nicht passiert, und dann würde meine Hauptdarstellerin jetzt nicht in ihrem Wohnwagen hocken und sich die Augen aus dem Kopf heulen, sodass an Arbeiten nicht zu denken ist!«

Wunderbar. Ein Anschiss von Insch. Genau wie in der guten alten Zeit.

»Sie sagten, ich soll mich melden, wenn ich irgendetwas brauche.«

»Sie meinen, Sie hätten einen Gefallen verdient?«

»Ich – hatte – keine – Wahl. Ich versuche hier drei Morde aufzuklären, okay? Tut mir leid, wenn ich Ihnen damit in irgendeiner Weise *Unannehmlichkeiten* bereite.«

Schweigen am anderen Ende der Leitung. Und dann endlich: *»Was wollen Sie?«*

»Wie wär's mit dem Namen und der Telefonnummer Ihres Hexerei-Experten?«

»Wow.« Der Mann in der Lederjacke fuhr sich mit der Hand über die heruntergezogenen Mundwinkel und den sorgfältig gestutzten Bart. »Und Sie sind sicher, dass ich da reingehen darf?« Alex Hay hatte sein langes blondes Haar zu einem Pferdeschwanz gebunden, der ihm zusammen mit dem Bart, den markanten Gesichtszügen und den breiten Schultern eher das Aussehen eines Wikingers als das eines Chefhistorikers der Stadt Aberdeen verlieh.

Logan klemmte die Mappe unter den Arm und deutete auf den Pfad aus Trittplatten unter seinen Sohlen, die sich mit ihren kleinen Metallfüßen einige Zentimeter über die Terrassenplatten vor der Gartentür erhoben. »Die Kollegen von der Spurensicherung haben schon alles abgegrast. Bleiben Sie nur schön auf den Trittplatten, dann kann nichts passieren.«

Alex setzte ein Lächeln auf, das sich mit seinem Gesicht nicht so recht anfreunden konnte. »Riecht das immer so?«

Logan klopfte ihm auf den Rücken – es war, als schlüge er gegen eine Mauer. Offenbar alles Muskelpakete unter der Lederjacke. »Denken Sie sich nichts, drinnen wird's noch schlimmer.«

»Noch schlimmer. Aha. Gut …«

Logan drehte den Schlüssel im Schloss und stieß die Tür auf. Der Geruch von rohem Fleisch, das sein Haltbarkeitsdatum weit überschritten hatte, schlug seine Klauen in Logans Magengrube und wühlte darin herum. Er blinzelte, wandte das Gesicht ab und atmete durch den Mund. Die Luft schmeckte genauso übel, wie sie roch. »Okay, vielleicht wären Masken keine so schlechte Idee.«

Er setzte eine auf und reichte die andere weiter. Dann wartete er, bis der Historiker seine umgebunden hatte, ehe er von den Platten auf den dreißig mal dreißig Zentimeter großen Fleck Linoleum trat, der mit schwarz-gelbem Klebeband als sicher gekennzeichnet war. Und von dort auf die erste Platte des Pfads, der durch die Küche führte.

Der Raum wirkte einigermaßen modern, war aber völlig kahl. Keine Töpfe und Pfannen, kein Toaster, kein Wasserkocher und auch keinerlei Möbel, nur kleine Häufchen von Fliegenkadavern, die sich an den Fußleisten angesammelt hatten. Die Wände waren von einem verstörenden flimmernden Grauton.

Ein grob skizziertes Pentagramm von knapp zwei Metern Durchmesser prangte in der Mitte des blau und cremefarben gemusterten Linoleums. Die Linien waren klumpig und zerfranst, als wären sie mit dem geschmolzenen Wachs von schwarzen Kerzen gezogen worden, und überlagert von einer Reihe konzentrischer Kreise mit dazwischen eingefügten unverständlichen Wörtern und Symbolen. Wie ein dämonisches Sheriffabzeichen. Die Flecken und Lachen von getrocknetem Blut passten irgendwie ins Bild.

Fünf Löcher waren in das Linoleum gebohrt, ein paar Zentimeter von den Ecken des Pentagramms entfernt.

Alex hielt auf der Schwelle inne und rieb seine Fingerspitzen an der Vorderseite seines Jacketts, als ob er sie so sauber halten könnte. Er starrte auf die Lücke zwischen den Trittplatten. »Ich dachte, wir dürften nicht …«

»Man kann die Trittplatten ja schlecht so legen, dass man die Tür nicht mehr aufkriegt, nicht wahr?«

»Ah, okay, ja, schon kapiert …« Er räusperte sich, dann trat er ins Haus und knallte die Tür hinter sich zu.

Das Geräusch hatte offenbar die Fliegen aufgeschreckt, denn die Farbe der Wände schlug plötzlich von Grau in Mattweiß um, als sie sich in Massen in die übelriechende Luft erhoben und durch den Raum wirbelten und taumelten wie wütender Rauch. Alex erstarrte. »Ich …«

»Ignorieren Sie sie einfach.« Der Pfad führte um das Pentagramm herum weiter ins Haus hinein. Logan blieb am oberen Ende des fünfzackigen Sterns stehen. »Also, Sie sind doch der Hexerei-Experte: Ist es das, wofür ich es halte?«

»Ah, okay …« Er hüstelte. »Haben Sie Handschuhe da?«

Logan reichte ihm ein Paar, und der Historiker zog sie sich mühsam über die zitternden Finger.

Er ging in die Hocke und wackelte mit dem Kopf hin und her. »Es ist ein magischer Kreis.«

Pause. »Ein *bisschen* mehr als das bräuchte ich schon.«

»Ah ja, natürlich …« Er prustete ein wenig. »Okay, also hier handelt es sich im Grunde um eine verfälschte Version der Kreise, die im *Schlüssel Salomos* beschrieben sind. Nach strengem kabbalistischen Glauben dürfte das Pentagramm da nicht sein, es ist falsch. Es sollte auch nicht die äußeren Kreise kreuzen.«

Er deutete auf die Mitte des Pentagramms, wo in dem innersten Ring vier Worte standen. »*Septen*, *merid*, *orien*, *occid* – Nord, Süd, Ost und West. Sie richten den Kreis aus. Die nächste Schicht – das sind diese Dinger, die wie Musiknoten aussehen – dabei handelt es sich um den Buchstaben *Tau*, den letzten im hebräischen Alphabet, der für die Vollkommenheit von Gottes Schöpfung steht.« Er rückte ein paar Schritte weiter. »Im nächsten Ring heißt es *Eloah*, *Tetragrammaton*, *Eheieh* und *Elion* – *Tetragrammaton* steht für den wahren Namen Gottes, der Rest sind Emanationen. Und im äußersten Ring steht: *Miserere mei Deus secundum magnam*. Das ist der Anfang eines Satzes, der übersetzt ungefähr lautet: ›Hab Erbarmen mit mir, o Gott, gemäß deiner großen Güte.‹«

Logan schlug DI Leiths Mappe auf und zog die Tatortfotos heraus. Er wählte eines, das die ganze Küche zeigte, und hielt es Alex hin. »Das Opfer war in der Mitte festgebunden.«

Alex hielt sich eine Hand an die Kehle, als ob er etwas hinunterzuwürgen versuchte, was ihm im Hals feststeckte. »Okay, das ist einfach *falsch.*« Er schluckte krampfhaft. Dann stöhnte er, richtete sich hastig auf und wankte zur Tür. Die Trittplatten schepperten unter seinen Füßen, als er in den Garten hinausstürzte und sich die Maske vom Gesicht riss.

Die Tür fiel hinter ihm zu und dämpfte die heftigen Würgegeräusche, die von draußen hereindrangen.

25

Samantha machte schmatzende Geräusche, als ob sie gerade beim Essen wäre. *»Na ja, du kannst aber doch nicht einfach gar nichts tun und hoffen, dass das Problem dann verschwindet, oder?«*

Logan ging im dunstigen Sonnenschein langsam die Straße hinauf und schwenkte die Plastiktüte aus dem kleinen Laden. »Aber was soll ich denn tun? Das kann ich doch nicht annehmen – einen Scheck über …«

»Du nimmst ihn ja nicht an, oder? Du benennst lediglich eine wohltätige Organisation.«

»Aber damit mache ich mich zum …«

»Nein, das tust du nicht. Mit dreißigtausend Pfund könnte manche Organisation schon enorm viel bewegen, also zeig ein bisschen Rückgrat und wähl eine aus.«

Er blieb stehen, lehnte sich an eine Gartenmauer und blickte die Straße hinunter auf die Handvoll Journalisten und Fernsehteams, die vor dem Abernethy-Haus herumlungerten und mit dem »*Zu verkaufen*«-Schild und dem Polizei-Absperrband im Hintergrund Reportagen in die Kamera sprachen. Sie wirkten so gelangweilt, als würden sie jeden Moment einschlafen. »Es ist nicht richtig.«

»Du bist bald genauso schlimm wie Rennie.« Wieder Kaugeräusche. *»Wie wär's heute Abend mit Essen vom Chinesen?«*

»Kann nicht, ich muss zu dieser NPIA-Supervision. Und wie soll ich darauf reagieren, dass Wee Hamish mich zu seinem Testamentsvollstrecker bestimmt hat?«

»Da kann ich dir auch nicht helfen. Komm nicht zu spät nach Hause.« Und sie legte auf. Es gab doch ganz schön fiese Zeitgenossen, die sich auch noch über das Unglück von anderen amüsierten.

Okay, zurück an die Arbeit. Er verstaute die Plastiktüte unter seinem Jackett und spürte, wie die Kälte in seine Rippen zog, während er die Straße hinaufmarschierte. Kein Blickkontakt, die Augen stur nach vorne gerichtet, wie irgendein unbeteiligter Spaziergänger. Er passierte einen Übertragungswagen der BBC, dann einen Renault, in dem zwei Journalisten rauchend Zeitung lasen. Keiner von ihnen beiden blickte auf. So weit, so gut. Logan machte einen scharfen Linksschwenk und schlüpfte unter dem Absperrband hindurch in die Einfahrt der Abernethys.

Der uniformierte Posten nickte ihm zu. »Chef.«

Bis die versammelten Herrschaften von der Presse gemerkt hatten, dass er nicht einfach nur ein Passant war, hatte er sich schon hinter das Tor an der Seite des Grundstücks gerettet.

Hinter ihm ertönte eine Stimme: »Haben Sie die Leiche schon identifiziert?«

Dann eine andere: »Haben Sie irgendwelche Verdächtigen?«

Und eine dritte: »Ist es wahr, dass das Opfer zerstückelt wurde?«

Er schlug das Tor zu.

Alex Hay war noch da, wo er ihn zurückgelassen hatte. Er hockte auf einer Holzbank im Garten hinter dem Haus, mit dem Kopf zwischen den Knien.

»Geht's Ihnen ein bisschen besser?«

Der Historiker zuckte mit den Achseln. »Tut mir leid, ich hätte nicht gedacht, dass es mich so … Der Geruch war ein bisschen …«

»Ja, ich weiß.« Logan zog die Plastiktüte hervor, nahm eine Dose Cola Light heraus und drückte sie ihm in die Hand. »Ich hab Ihnen auch ein Cornetto besorgt, vielleicht beruhigt das Ihren Magen ein bisschen.«

Alex riss den Verschluss auf, nahm einen Schluck Cola und spülte damit, als ob es Mundwasser wäre. »Das ist alles irgendwie falsch.«

»Das sind gewaltsame Todesfälle immer.« Logan hockte sich auf die Kante der Bank und streckte die Beine aus. Er nahm sich eine Flasche Wasser und ein Eis am Stiel aus der Tüte. »Die Leiche wird gewaschen, wenn sie für die Obduktion vorbereitet wird. Wollen Sie sie sehen?«

»Er war *innerhalb* des Pentagramms festgepflockt, ja? Das ist verkehrt. Ein solcher magischer Kreis dient als Schutz – man zieht ihn, und dann stellt man sich hinein, während man mit satanischen Kräften in Kontakt tritt, also den Teufel beschwört oder Dämonen oder Geister, oder wenn man Tote herbeiruft oder Hexen befragt. Sie können nicht in den Kreis eindringen, und ihre Hilfsgeister können es auch nicht.« Er stellte die Dose ab, riss das Papier von seinem Cornetto ab und leckte das Eis von der Unterseite des Pappdeckels. »Es ist wie ein Kondom, das einen im Verkehr mit dem Bösen schützt.«

Logan nahm die Leichenfotos wieder heraus und legte sie zwischen ihnen auf die Bank. »Hat unserem Opfer aber nicht viel genutzt, oder?«

»Deswegen *ist* es ja verkehrt. In *Witchfire* hat Hunter so einen Mischmasch aus verschiedenen Glaubenssystemen geschaffen, hat sich hier und dort bedient. Ich denke, das ist gerade das Schöne an einer alternativen Geschichtsschreibung: Man muss nur weit genug zurückgehen, dann kann man die Dinge nach seinem eigenen Geschmack umschreiben – kann sich ja niemand beschweren, oder?«

»Dieser magische Kreis, der ist in dem Buch, nicht wahr?« Er erinnerte sich nur vage an die Story, aber es kamen definitiv ein paar magische Kreise darin vor.

»Die Fingermen nennen ihn den Ringknoten. Er soll sie während der Verhöre schützen.« Er betrachtete die Fotos. »Wie kann ein Mensch einem anderen so etwas *antun*?«

Logan leckte sich einen Tropfen geschmolzenes Eis vom Handgelenk. »Sie würden sich wundern.«

»Sehen Sie diese vielen kleinen Wunden? Das ist die sogenannte Nadelprobe, das macht man, um das Teufelsmal zu finden. Die Theorie besagte, dass der Teufel einen Menschen, der in seinen Dienst tritt, mit einem Mal zeichnet, das zeigen soll, dass er ihm gehört. Angeblich kann man an dieser Stelle keinen Schmerz empfinden, also haben sie die Leute am ganzen Köper gepikst, um den einen Punkt zu finden, wo es nicht wehtat. Wenn sie ihn fanden, hieß das, dass man eine Hexe oder ein Hexer war. Und sie haben ihn *immer* gefunden, auch wenn er gar nicht da war.« Er atmete tief durch und sah sich die Fotos noch einmal an. »Im fünfzehnten Jahrhundert war der *Malleus Maleficarum*, der ›Hexenhammer‹, die Bibel der Hexenjäger. Darin ist zum Beispiel vermerkt, dass einer Hexe vor Beginn des Verhörs sämtliche Körperhaare abrasiert werden sollten, weil sie etwas darunter verbergen könnte – einen Zauber oder einen Talisman oder sonst etwas, was sie gegen den Inquisitor verwenden könnte.«

»Aber er hätte außerhalb des Kreises sein sollen.«

»Der Kreis soll schützen: Wenn Sie die Fingermen wären, warum sollten Sie die Hexe schützen wollen?« Er starrte in die Tiefen seiner Coladose. »Ist er … War es der Blutverlust? Sie wissen schon … was ihn umgebracht hat.«

»Das werden wir erst nach der Obduktion wissen.« Logan zog die Fotos vom Samstagabend heraus und legte sie auf die ersten. Das Necklacing-Opfer starrte mit seinen verdampften Augen zu ihnen auf. »Das Feuerurteil. Exakt so wie im Buch.«

Alex saß nur mit offenem Mund da.

Eine Wespe landete auf dem Cornetto in seiner Hand, summend wie ein munterer Serienkiller.

»Halb erdrosselt, dann lebendig verbrannt.«

»In Schottland haben sie der Hexe zuerst ein Seil um den Hals geschlungen und es verdreht, während sie an den Pfahl gebunden darauf wartete, dass sie das Feuer entfachten. Das nannte man *veeriting*, und … Ah, Scheiße!« Er ließ sein Eis fallen und sprang von der Bank auf, hektisch mit der Hand wedelnd.

Logan biss noch einmal in sein Eis. »Warum wurde dieses Opfer hier nicht angezündet?«

»Das verdammte Biest hat mich gestochen …« Er lutschte an seinem Handrücken.

»Ich meine, sie haben das andere Opfer verbrannt, warum nicht dieses hier?«

»Scheiß-Wespen …«

Logans Handy klingelte in seiner Tasche. Er zog es heraus: unbekannte Nummer. »Hallo?«

»Hallo? DI McRae? Hier ist April, ich wollte sagen, Dr. Graham. Die forensische Anthropologin.«

»Ist schon okay, ich weiß, wer Sie sind.«

»Gut. Ja, also, ich dachte, das würden Sie sicher wissen wollen: Ich bin fast fertig mit der Gesichtsrekonstruktion. Soll ich als Nächstes mit den skelettierten Überresten vom Dach des Wohnwagens anfangen?«

»Geben Sie mir …« – Logan sah auf seine Uhr – »… eine halbe Stunde.«

»Falls Sie das Budget dafür genehmigt bekommen, könnte man mit einer Gesichtsrekonstruktion …«

»Haben Sie schon etwas von Ihrem Bekannten gehört, dem mit den Isotopen?«

Eine Pause. *»Ich habe die Proben erst gestern Abend abgeschickt, er …«*

»Haken Sie nach. Sagen Sie ihm, es ist dringend.«

Der Historiker setzte sich wieder auf die Bank, ballte die Hand zur Faust und starrte den angeschwollenen Knubbel zwischen seinen Knöcheln an. »Au …«

»Ich muss noch rasch was erledigen, dann komme ich rüber.« Logan legte auf, steckte das Telefon wieder ein und stand auf. »Ich sollte allmählich los.«

Alex blickte zu ihm auf. »Sie glauben, es ist jemand, der mit dem Film zu tun hat?«

»So was in der Art.«

Ein Seufzer. »Schreckliche Vorstellung, dass es jemand sein könnte, mit dem ich *zusammenarbeite.*«

»Wir ermitteln in verschiedene Richtungen.« Er sah wieder auf seine Uhr. »Also, ich will Sie ja ungern hetzen, aber ich bräuchte jetzt wirklich …«

»Ja, natürlich.« Alex hievte sich hoch, lutschte noch einmal an seinem Wespenstich und folgte dann Logan über den Plattenweg zum Haus. »Glauben Sie an Hexen?«

»Natürlich nicht.«

»Im Buch glaubt Rowan auch nicht daran. Eine Hexenjägerin, die nicht an Hexen glaubt. Sie glaubt auch nicht an Talismane wie diesen.«

Logan blieb stehen. Drehte sich um.

Der Historiker zeigte auf das Regenrohr neben der Küchentür.

»Talismane?« Logan trat zwei Schritte zurück, und da war es: ein Bündel aus drei kleinen Knochen, zusammengehalten von einem schwarzen Band. Genau wie die am Wohnwagen.

»In *Witchfire* gibt es einen Voodoo-Priester, der sie benutzt, um sich vor seinen Feinden zu schützen.« Alex zuckte mit den Achseln. »Ich sagte ja schon, dass das Glaubenssystem ein ziemlicher Mischmasch ist.«

»Sie haben mir gesagt, Sie wären fertig mit dem Tatort!« Logan nahm das Telefon ans andere Ohr und trat das Gaspedal durch. Der Motor des Fiat protestierte mit schrillem Heulen, und die Tachonadel zitterte sich auf hundertzehn km/h hoch, während er den Tyrebagger Hill hinunterdonnerte.

Die Stimme des Leiters der Spurensicherung klang dünn, als ob er die Worte zwischen zusammengebissenen Zähnen herauspresste. *»Wir waren fertig. Es gibt nichts …«*

»Und warum habe ich dann gerade drei menschliche Fingerknochen gefunden, die neben der Hintertür hingen?«

»Das ist nicht …«

»Schicken Sie Ihre Leute noch mal raus, und seien Sie diesmal ein bisschen gründlicher!«

»Kommen Sie mir nicht …«

»Sie haben menschliche Überreste an einem Tatort übersehen, John – wollen Sie das vielleicht saubere Arbeit nennen? Jetzt machen Sie … John?« Pause. »John?« Typisch – er hatte aufgelegt. Blöde Primadonna.

Logan überholte einen Sattelschlepper und rief stattdessen Chalmers an.

»Chef?«

»Ich möchte, dass Sie zu Agnes Garfields Haus fahren und uns eine DNS-Probe besorgen. Wenn die Eltern irgendwelche Schwierigkeiten machen, sagen Sie ihnen, das ist das übliche Vorgehen bei Vermisstenfällen.«

»Keine Sorge, Chef – ich kann mir vorstellen, dass sie wesentlich kooperativer sein werden, jetzt, wo sie wissen, dass ihre Tochter wohlauf ist.«

»Woher sollten sie …?« Die Abhebung am Geldautomaten – sie war gefilmt worden. Scheiße. »Ihre Eltern wissen nichts davon. Wir haben ihnen nicht gesagt, dass sie dabei beobachtet wurde, wie sie Geld von Anthony Chungs Konto abgehoben hat.« Verdammter *Idiot.*

Eine Pause. Dann war Chalmers wieder da, mit einem Lächeln in der Stimme. *»Noch besser – dann kann ich ihnen ja die gute Nachricht überbringen. Danach dürfte es kein Problem sein, die Probe zu bekommen. Wir – oh, Augenblick mal …«* Ein knirschendes Geräusch, als ob sie die Hand über die Sprechmuschel gelegt hätte. Dann wieder ihre Stimme. *»Constable Guthrie sagt, da ist ein Dr. Goulding, der zu Ihnen will.«*

»Setzen Sie Goulding mit Robbie Whyte in einen Vernehmungsraum. Ich will ein umfassendes psychologisches Gutachten.«

»Notfallarrest?«

»Und sagen Sie Goulding, er soll rausfinden, ob Whyte zu einem Mord fähig ist.« Logan trat auf die Bremse und wechselte auf die Rechtsabbiegerspur der vierspurigen Schnellstraße.

»Sie glauben, er könnte derjenige sein, der …« Sie hielt einen Moment inne. *»Wen hat er umgebracht?«*

Gute Frage.

Logan gab Gas und schoss über die Gegenfahrbahn durch die Lücke zwischen einem Brottransporter und einem Minibus. »Und wenn Sie die DNS-Probe von Agnes haben, lassen Sie sie sofort mit dem Necklacing-Opfer und der Leiche von gestern Abend abgleichen. Und auch mit den Knochen von meinem Dach.«

Chalmers stieß einen Pfiff aus. *»Sie glauben, sie hat sie alle drei umgebracht?«*

»Ich will's doch schwer hoffen – andernfalls hätten wir es mit einem ganzen Haufen von Spinnern zu tun, die frei rumlaufen und Leute umbringen.« Spinner … Lieber auf Nummer sicher gehen. »Lassen Sie sie auch mit Robbie Whytes DNS abgleichen.«

Nach einer kurzen Pause summte die Gegensprechanlage, und das Tor schwang auf. Logan fuhr im Schritttempo von der Straße in die lange gekieste Einfahrt. Kleine Granitbröckchen schlugen mit hellem *Ping* gegen die rostigen Radkästen.

Wee Hamish Mowats Haus war eine große viktorianische Villa aus massivem grauem Granit, mit jeder Menge Erkerfenstern und kleinen Schnörkeln an den Giebeln und Dachrinnen. Logan parkte den Fiat neben einem knallroten Land Rover Defender, der nicht den Eindruck machte, als wäre er jemals im Gelände unterwegs gewesen.

Sein Handy klingelte, als er gerade ausstieg. Er drückte die Verbindungstaste. »Was ist?«

»Laz? Tim hier … Tim Mair. Ich muss mit dir über ein paar Fälschungen reden, die …«

»Das muss warten, Dildo, ich hab zu tun.«

»Okay. Heute Nachmittag? Ich hab auch ein paar Custard-Cream-Imitate da, die du schnorren kannst.«

Immer diese Gewerbeaufsicht mit ihren gefälschten Keksen. »Gut. Um drei.«

»Ich brauche mindestens …« Dildo redete immer noch, aber Logan hörte nicht mehr zu.

Die Haustür ging auf, und da stand die Tochter von Tam »The Man« Slessor in einer blauen Schwesternuniform und weißen Turnschuhen. Bei ihrem finsteren Blick wäre jeder Kuh die Milch im Euter sauer geworden. Sie verschränkte die Arme vor ihrer ausladenden Brust. »Er ist beschäftigt.«

Am anderen Ende sagte Dildo gerade: *»… in Mastrick, es dürfte also nicht …«*

»Bis später, Dildo.« Er legte auf, schloss den Fiat ab und marschierte über den knirschenden Kies zum Fuß der Treppe. »Wissen Sie, dass das Verschaffen eines falschen Alibis eine Straftat ist, Miss Slessor?«

Ein scharfkantiges Lächeln zerrte an ihren Lippen. »Reuben

war die ganze Zeit hier bei mir. Wie die Karnickel haben wir's getrieben. Er ist ein sehr einfühlsamer Liebhaber.«

Du lieber Gott, was für eine Vorstellung. Er würde ein scharfes Desinfektionsmittel und eine Drahtbürste brauchen, um das Bild aus seinem Gedächtnis zu löschen. »War er nicht. Er stand vor meinem verdammten Wohnwagen.«

»Nix da, Sie müssen gegen eine Tür gerannt sein oder so was. Sie wollen es bloß dem armen Reuben anhängen, dabei hat er nie einem Menschen was getan. Sie sind ein dreckiger Lügner.«

Logan trat einen Schritt auf sie zu.

Sie nahm die Arme auseinander, die geballten Fäuste wie zwei Säcke voller Steine. Das Grinsen wurde breiter. »Na los doch.«

Er blieb stehen. Atmete tief durch. Zählte bis fünf. »Ich muss zu Hamish.«

»Mr Mowat ist unpässlich.«

»Ich hab keine Lust, hier meine Zeit zu vergeuden, ich *muss* ihn …«

»Sie müssen jetzt zu Ihrer kleinen Rostlaube zurückgehen und zusehen, dass Sie von Mr Mowats Grundstück verschwinden – sonst gar nichts.«

Logan zog seinen Dienstausweis aus der Tasche. »Kapiert?«

Sie legte den Kopf schief, wobei sich der Fettwulst an ihrem Kinn zu einem Halbmond formte. »Haben Sie einen Durchsuchungsbeschluss? Wenn nicht, könnten Sie – He! Kommen Sie sofort zurück!«

Nix da.

Er marschierte um die Hausecke herum und hörte hinter sich Schwester Slessors Turnschuhe im Kies knirschen. Für so ein kräftiges Mädchen war sie ganz schön schnell.

Der Weg führte ganz ums Haus herum, hinter dem sich eine weitläufige, sattgrüne Rasenfläche mit Bäumen und Sträuchern erstreckte, mit einem Blumenbeet in voller Technicolor-Blütenpracht.

»Kommen Sie sofort zurück!«

Die Tür des Wintergartens stand offen, die erhöhte Terrasse davor war von Rosen in großen Holzbottichen gesäumt. Wee Hamish saß in seinem Rollstuhl in der Sonne, eine karierte Decke über die Knie gebreitet, eine Sauerstoffmaske im Gesicht. Er hatte den Kopf gesenkt und ließ die Schultern hängen.

Logan stieg die Stufen hinauf.

Eine laute Stimme aus dem Garten übertönte das Brummen des Rasenmähers. »Chloe? Was ist los?«

»Er ist wieder da!«

Wee Hamish zuckte zusammen, und seine linke Hand zitterte auf der Decke. »Mmmmpft?« Dann blinzelte er mit seinen wässrigen, blutunterlaufenen Augen zu Logan auf. »Lnngn, wmm ffschmm nns dhhrrr?«

Schwester Slessor stampfte die Stufen zur Terrasse herauf und packte Logan am Arm. »Es tut mir leid, Mr Mowat, ich habe ihm gesagt, dass Sie schlafen, aber er hat sich einfach nicht …«

»Lassen Sie mich los!« Logan schüttelte sie ab. »Hamish, wir müssen reden. Und zwar *jetzt.*«

Wee Hamish nahm seine Sauerstoffmaske ab. »Logan …« Er lächelte. »Was verschafft uns die Ehre?«

»Ich hab’s ihm gesagt, aber er wollte einfach nicht hören.« Sie ergriff wieder Logans Arm. »Reuben!«

Schlurfende Schritte im Kies, Schnaufen und Keuchen, und dann kam Reubens grollende Stimme aus dem Garten. »Was zum Henker machst du hier?«

»Hamish, ich meine es ernst.«

Klonk – ein Stiefel mit Stahlkappe landete auf der untersten Stufe. »Hast du das letzte Mal deine Lektion nicht gelernt?«

Logan drehte sich um, straffte die Schultern und reckte das Kinn. »Willst du's noch mal versuchen, Fettsack?«

Reuben zog sein vernarbtes Gesicht in Falten, und seine dunklen Augen verengten sich. »Du bist *tot*, Mann.«

»Na los, mach doch – wär ja nicht das erste Mal, dass ich dir die Scheiße aus dem Leib prügle, was?«

Wee Hamish ließ ein trockenes, rasselndes Lachen hören, das in ein pfeifendes Keuchen mündete. »Kinder, Kinder, jetzt benehmt euch, sonst gibt's nachher kein Eis.«

Logan blickte starr geradeaus. »Dieses fette Arschloch hat mir am Sonntagmorgen vor meiner Tür aufgelauert. Und Ihre Pflegerin hat ihm ein falsches Alibi verschafft.«

»Verstehe.« Er hustete, dann seufzte er. »Reuben, hast du Detective Inspector McRae aufgelauert?«

»Natürlich nicht.«

»Chloe, war Reuben zum Zeitpunkt dieses angeblichen Überfalls mit dir zusammen?«

»Ja, Mr Mowat.«

Wee Hamish nickte. »Da hätten wir's. Sie müssen sich wohl geirrt haben, Logan.«

»*Geirrt?* ICH WAR DA!«

Das kalte Lächeln reichte nicht annähernd bis zu den Augen des alten Mannes. »Reuben hat ein Alibi. Er sagt mir, dass er Sie nicht angegriffen hat, und ich glaube ihm. Damit ist die Sache erledigt.«

»Von wegen!« Logan wand sich aus Schwester Slessors Klammergriff und trat einen Schritt auf Reuben zu.

Der Hüne grinste und ließ seine Zahnlücken sehen. »Wann immer du willst, Freundchen.«

Vom Rollstuhl kam wieder ein ledriger Seufzer. »Chloe, geh doch und mach uns eine schöne Kanne Tee. Reuben, ich bin sicher, du hast noch jede Menge zu tun.«

Reuben hob eine Schulter und leckte sich die Lippen. »Mir

doch egal.« Dann machte er kehrt und stolzierte davon, die Hände in den Hosentaschen, und pfiff die Titelmelodie von *Gesprengte Ketten.*

Schwester Slessor schniefte, scharrte mit den Sohlen ihrer Turnschuhe über den Terrassenboden – wie ein Stier, der gleich zur Attacke übergeht –, dann nickte sie und ging mit hoch erhobenem Kopf ins Haus.

Wee Hamish hängte die Sauerstoffmaske an einen Haken an der Seite seines elektrischen Rollstuhls. »So, jetzt sind alle wieder Freunde.«

Unglaublich. »Reuben hat auf mich gewartet, *vor meiner Haustür*, um sechs Uhr morgens! Wie können Sie diesem gemeinen Dreckskerl …«

»Loyalität ist ein Geschäft auf Gegenseitigkeit, Logan. Ich kann nicht erwarten, dass meine Leute mir treu ergeben sind, wenn ich nicht umgekehrt auch zu ihnen halte.« Er hantierte einen Moment mit dem Steuerhebel herum, dann schwenkte der Rollstuhl sirrend vorwärts, bog links ab und fuhr vor bis ganz an den Rand der Terrasse. Weiter hinten im Garten kletterte Reuben gerade wieder auf seinen Aufsitzmäher.

Wee Hamish deutete mit einem zittrigen, von Arthritis verkrümmten Finger in die Richtung. »Reuben sieht sich als Alphatier. Und wenn ich nicht mehr da bin … Wenn ich nicht mehr da bin, rechnet er damit, die Rolle des Leitwolfs zu übernehmen. Sie stellen seinen Aufstieg infrage, also tut er das Einzige, was für ihn einen Sinn ergibt: Er schlägt um sich. Sie müssen nur Größe zeigen. Sie müssen das einfach akzeptieren und nach vorne schauen.«

Einfach akzeptieren, dass jemand ihm auflauerte und ihm die Faust ins Gesicht schlug?

Logan blickte finster in die Ferne, während der Mäher stotternd ansprang. »Was ist, wenn er das nächste Mal eine Pistole hat?«

26

Zwei fette Elstern stelzten im Gras auf und ab. Mit ihren weißen Bauchfedern wirkten sie wie Anwälte in Talar und Weste, die über ein obskures juristisches Detail in einem Mordprozess diskutierten.

Die Porzellantasse in Wee Hamishs Hand wackelte so heftig, dass der Tee hin und her schwappte. »So richtig Ärger wird es erst geben, wenn ich nicht mehr da bin.«

Logan lehnte sich in seinem hölzernen Klappstuhl zurück. »Sie werden nicht …«

»Oh, keine Sorge – es ist jetzt drei Jahre her, dass die Ärzte mir noch sechs Monate gegeben haben. Ich werde schon nicht kampflos abtreten.«

Logan griff in seine Jacketttasche, zog die zwei Umschläge heraus und legte sie auf den kleinen runden Tisch. »Wir müssen über die hier reden.«

»Ich habe übrigens Erkundigungen über Ihr Necklacing-Opfer eingezogen. Wir hatten gestern ein paar … *Gespräche* zu dem Thema. Niemand gibt irgendetwas zu.«

»Ist ja nicht weiter verwunderlich.«

Wee Hamish lächelte. »Logan, wenn jemand etwas so Aufsehenerregendes tut, sagt er damit: ›Schaut mich an, seht, was ich mit Leuten mache, die mich ärgern!‹ Man muss sich auch dazu bekennen, sonst ist es als Warnung wertlos.«

»Es hat nichts mit Drogen zu tun.« Hatte es nie.

»Natürlich hätte ich nie die Verantwortung für diesen Geschäftsbereich abgeben sollen. Dass ich Reuben seinen Willen lasse, ist eine Schwäche meinerseits. Ein guter Kapitän kennt jeden Zoll seines Schiffs.«

Logan schenkte sich Tee nach. »Sie müssen Reuben zurückpfeifen.«

»Eine Sache, die ich heute Morgen herausgefunden habe, ist, dass ein Drogenkrieg im Gange ist. Nichts Großes, nur ein kleines *Scharmützel* zwischen einigen unserer hiesigen Unternehmer und einer Gruppe von Geschäftsleuten aus dem Fernen Osten.«

»Wenn er mich oder meine Familie bedroht, werde ich ihn mir kaufen.«

»Ja.« Wee Hamish kaute einen Moment auf seiner Unterlippe herum, die Augen zusammengekniffen. »Auch darüber habe ich nachgedacht. Wenn er herausfindet, dass ich Sie zu meinem Testamentsvollstrecker bestimmt habe, könnte er ein wenig … heftig reagieren.«

»Ich meine es ernst.«

»Er hat ein schlichtes Gemüt, Logan, die Rolle des Kommandanten liegt ihm nicht. Er wird nicht versuchen, die Eisberge zu umschiffen, er wird ›volle Kraft voraus‹ befehlen und direkt auf sie zusteuern.« Wee Hamish starrte in den Garten hinaus. »Das einzig Vernünftige wäre, ihn im Rettungsboot auszusetzen … aber ich bin zu weichherzig, das ist mein Problem.«

Weichherzig. Ja doch, klar.

Wee Hamish nickte. »Ich denke, das klügste Vorgehen wäre, dass Sie das Problem sofort angehen, sobald Sie die Nachricht bekommen, noch bevor er etwas gegen Sie unternehmen kann.«

»Ich will nicht …« Er seufzte. »Ich kann nicht Ihr Testamentsvollstrecker sein. Was soll ich denn tun – soll ich Ihr Imperium unter den rivalisierenden Parteien aufteilen und mich dann zurücklehnen und hoffen, dass sie sich nicht gegenseitig umbringen und dazu jeden, der sich ihnen in den Weg stellt? Ich bin Polizist.«

»Die Alternative ist, dass Aberdeen mit Volldampf in den Eisberg kracht.«

»Ich kann es nicht machen.«

Wee Hamish lächelte ihn an. »Nehmen Sie dieses Scharmützel

zwischen den hiesigen Jungs und unseren fernöstlichen Freunden: Sie streiten sich um Cannabisplantagen. Eine Kleinigkeit, aber ohne einen vernünftigen Kopf am Steuer wird es zur Eskalation kommen. Die Leute werden immer Drogen verlangen, Logan. Und solange die Leute sie verlangen, wird irgendjemand sie ihnen liefern. Angebot und Nachfrage. Eine zentrale Kontrolle dieses Geschäfts bedeutet Kontinuität, sie reduziert Konflikte, sorgt für Sicherheit und verhindert Konkurrenzkämpfe.«

»Und was soll ich nun Ihrer Meinung nach tun – meinen Dienstausweis gegen einen Klauenhammer eintauschen?«

Hamish beugte sich vor und legte eine zuckende Hand auf die von Logan. Die Haut fühlte sich an wie Papier und war ganz heiß, als ob etwas tief im Innern brannte.

»Sie sollten tun, was immer Sie für das Beste halten.«

Also die Finger von der Sache lassen.

Logan parkte den klapprigen Fiat neben DCI Steels MX-5 und brachte es fertig, das Niveau des gesamten Parkplatzes auf einen Schlag abzusenken. Dann beugte er sich vor, bis sein Kopf auf dem Lenkrad ruhte, und unterdrückte ein Gähnen, das Handy immer noch ans Ohr gepresst. »Im Grunde hat er mir nahegelegt, dass ich Reuben umbringen müsste.«

Samantha machte ein schnalzendes Geräusch, wie ein Automechaniker, der eine sehr schlechte Nachricht zu überbringen hat. *»Vielleicht hat er ja recht?«*

»Ich kann ihn doch nicht einfach …«

»Und wenn er sich an mir vergreifen würde, würdest du ihn dann umbringen? Wehe, du sagst jetzt nein, dann gibt's aber richtig Ärger, Mann!«

»Ja, schon, aber das ist …«

»Was ist, wenn er Jasmine etwas antut? Oder deinem Bruder? Oder deiner Mutter? … Na ja, vielleicht nicht deiner Mutter, aber den anderen?«

»Ich bin Polizist.«

»Ein Schlappschwanz wohl eher. Erinnerst du dich, was ich zum Thema ›Rückgrat zeigen‹ gesagt hab?«

Jemand klopfte ans Beifahrerfenster, und Logan zuckte zusammen. Er drehte sich um und erblickte DCI Steel, die zu ihm hereinschaute, etwas sagte, was er nicht hören konnte, und dazu auf ihre Uhr zeigte.

Er senkte die Stimme zu einem Flüstern und sagte ins Telefon: »Ich will niemanden umbringen.«

»Du hast vielleicht keine Wahl.« Und dann war Samantha weg.

Logan steckte das Handy in die Tasche und stieg aus. »Was ist?«

»Wo zum Teufel hast du gesteckt?«

»Dr. Graham will auch von dem Skelett eine Gesichtsrekonstruktion machen.«

»*Aye*, das kann ich mir vorstellen. Ich hab aber keinen Geldscheißer.« Steel fischte eine Schachtel Zigaretten aus der Tasche und steckte sich eine mit ihrem ramponierten Plastikfeuerzeug an. »Die Glasgow-Bagage kommt um zwei. Ich *brauche* einen Verdächtigen, Laz.«

Er schloss den Wagen ab und ging auf die Treppe zu, die zur Rechtsmedizin hinunterführte. »Wie wär's mit Agnes Garfield, unserem vermissten Teenager?«

Steel stapfte hinter ihm her. »Die ist doch noch ein halbes Kind.«

»Sie ist achtzehn, sie ist besessen von diesem *Witchfire*-Buch, sie ist psychotisch und nimmt ihre Medikamente nicht.«

Kleine Häufchen von leeren Chipstüten, Zigarettenkippen und Softdrinkflaschen aus Plastik säumten die Stufen. Logan bahnte sich seinen Weg durch den Müll und tippte seine Kennnummer in das Tastenfeld. »Die Leiche von Kintore lag in der Mitte eines magischen Kreises, genau wie der, den die Hexenjäger in dem Buch benutzen. Dann die ganzen Schnittwunden – da hat Agnes nach dem Teufelsmal gesucht, auch das ist im Buch beschrieben. Und neben der Hintertür hing ein Bündel Knochen, wie die vor meinem Wohnwagen – auch *die* finden sich im Buch. Natürlich ist sie es.«

Drinnen ließ das Summen und Dröhnen der Abluftventilatoren die Deckenplatten erzittern.

Logan warf einen Blick in die Teeküche, doch da war niemand. Auch nicht im Büro. Das rote Licht über der Tür des Sektionssaals brannte – wahrscheinlich waren sie noch mit dem Pechvogel zugange, dem auf dem Küchenboden eines leerstehenden Hauses der Prozess wegen Hexerei gemacht worden war.

Steel gab Logan einen Klaps auf die Schulter. »Du weißt, was das bedeutet, nicht wahr? Wenn du nicht rumgetrödelt und stattdessen ernsthaft was unternommen hättest, um sie zu finden, wäre das alles nicht passiert! Sie wäre jetzt in der Klapse weggesperrt, und diese armen Schweine wären noch am Leben.«

»Denkst du, das weiß ich nicht?« Er stieß die Tür zum Abschiedsraum auf – einem kleinen Zimmer mit zwei Stühlen und einem schweren roten Samtvorhang an einer Wand. Er zog an der Schnur dahinter, und der Vorhang ging auf.

Dr. Graham stand auf der anderen Seite der Glasscheibe, wo normalerweise die Leichen aufgebahrt waren. Sie beugte sich über den mit Ton bedeckten Schädel, die Zungenspitze aus dem Mundwinkel geschoben. Dann blickte sie auf und lächelte ihnen zu. Sie drehte den rekonstruierten Kopf um und hielt ihn hoch.

Steel betrachtete ihn mit zusammengekniffenen Augen und trat einen Schritt vor, bis sie sich die Nase an der Scheibe plattdrückte. »Kommt er dir bekannt vor?«

»Wer zum Teufel bist du?« Steel hob den rekonstruierten Kopf hoch und drehte ihn hin und her, während das Teewasser kochte.

In der Teeküche war es schon fast unangenehm kühl. Schließfächer nahmen den größten Teil einer Wand ein, alle mit Stickern und Zeitungsausschnitten beklebt. Das Fach mit dem Namensschild »Sheila Dalrymple« war mit *Mein-kleines-Pony*-Aufklebern, Einhörnern und Teddybären in Balletträckchen gepflastert. Eine giftgrüne Haftnotiz stach aus der kitschigen Montage hervor und verkündete in wütend hingekritzelten Lettern: »Finger weg von meinen Jaffa Cakes!!!!!!« Ein leiser Hauch von geplatzten Gedärmen und fauligem Fleisch wehte durch den Spalt unter der Tür herein, die von der Teeküche zu den »schmutzigen Bereichen« führte, dem Teil des Instituts, den die Öffentlichkeit nicht zu sehen bekam. Dort, wo die Leichen angeliefert, gelagert und seziert wurden.

Logan hängte Teebeutel in die Becher. »Vielleicht ist er einer von Agnes Garfields Lehrern? Oder ein Freund der Familie?«

Steel hielt den Kopf auf Armeslänge und kniff ein Auge zu. »Sieht ein bisschen aus wie Burns von der Buchhaltung…« Sie kniff das andere Auge zu. »Wer zum Teufel bist du? Woher kenne ich dich?«

Dr. Graham nahm die Milch aus dem kleinen Kühlschrank. »Was ist mit dem Skelett, soll ich mir das auch gleich vornehmen? Wenn ich bis Mittag den Abguss des Schädels auf den Weg bringen kann, könnte ich so gegen fünf mit den Gewebsstärke-Markern anfangen.«

»Sie haben ja noch nicht bewiesen, dass *der* da für irgendwas gut ist…« Steel beäugte den Kopf noch etwas genauer. »Irgendwas fehlt da.«

»Na ja, es ist nun mal keine exakte Wissenschaft, vieles ist auch Interpretationssache. Sie können nicht einfach einen Knopf drücken, und schwupps, schon ist alles perfekt. Wir müssen mit Mutmaßungen arbeiten. So können wir zum Beispiel unmöglich wissen, ob die Person einen Schnurrbart hatte, Tätowierungen, einen Vollbart, Warzen oder ein …«

»Bart!« Steel legte die Rekonstruktion auf den Kaffeetisch, zwischen die Klatschmagazine *Hello!* und *Heat*. Abgetrennter Kopf trifft Promis mit Cellulite. »Geben Sie ihm einen Bart. So einen großen Rauschebart und einen fransligen Schnauzer.«

»Ähm … okay.« Sie eilte hinaus.

Steel schniefte. »Bin immer noch nicht überzeugt, dass das Ganze nicht ein großer stinkender Haufen Ressourcenverschwendung ist.«

Logan stellte ihr einen Becher Tee hin. »Wir müssen die Fahndung nach Agnes Garfield verstärken. Ich habe überall Plakate mit ihrem Foto aufhängen lassen, aber die nützen uns gar nichts, nachdem sie sich jetzt eine andere Frisur zugelegt und ihr Erscheinungsbild verändert hat. Wir müssen die Presse einschalten und das Fernsehen, und wir müssen die Videoaufnahmen von diesem Geldautomaten veröffentlichen.«

»Ich kann's mir immer noch nicht recht vorstellen.«

Die Tür ging auf, und Dr. Graham kam zurück, mit einem Ballen Watte unter dem Arm. Sie ließ sich auf einen der Stühle fallen und fegte dabei einen Stapel Klatschmagazine vom Tisch auf den Boden. »Upps.« Sie nahm den Kopf, verteilte die Watte auf dem Unterkiefer und drückte sie in den Ton. »Das ist das Zeug, mit dem sie die Köpfe verpacken, nachdem das Gehirn entfernt wurde …« Sie hantierte noch ein wenig herum, schnippelte hier und da etwas mit der Schere weg, dann nickte sie und hielt den Kopf wieder hoch. Mit der rotbraunen Haut aus Ton und dem grauen Wattebart sah er aus wie ein Weihnachtsmann mit Sonnenbrand. »Besser so?«

Ein breites Grinsen erhellte Steels Züge. »Wie gespuckt …« Sie deutete auf den Kopf. »Laz, schau mal, wer das ist.«

Logan starrte ihn an. »Wer denn?«

»Herrgott noch mal. Liest du denn *nie* die Memos, die ich rumschicke?«

»Natürlich lese ich…«

»Es ist Roy Forman.« Eine Pause. »Fusty Forman. Der Hobo von Hardgate. Komm schon, du hast ihn doch bestimmt oft gesehen, wie er mit seiner gammligen FC-Aberdeen-Pudelmütze durch die Straßen gewankt ist und den Möwen ›Arschlöcher!‹ hinterhergebrüllt hat?« Steel seufzte. »Er war bei den Gordon Highlanders, bis er mit PTBS ausgemustert wurde.«

Dr. Graham legte den Kopf auf dem Tisch ab. »Sie haben ihn gekannt.«

»Verhaftet hab ich ihn… weiß Gott, wie oft. Seine Patrouille ist im Irak in eine Sprengfalle geraten – ich rede hier übrigens von der ersten Runde, nicht von der Neuauflage. Als er heimkam, war er auf einem Auge blind, und seine Kameraden waren alle tot. Da hat er sich an die Flasche gehängt und sie nicht mehr losgelassen.«

Logan betrachtete stirnrunzelnd den Kopf. »Aber was hat er dann draußen in Thainstone gemacht, mit einem brennenden Reifen um den Hals? Meinst du, er hat vielleicht Agnes etwas angetan? Sie belästigt oder so?«

Steel lehnte sich zurück und lächelte. »Ich weiß noch, wie ich Fusty Forman mal einkassiert hab, weil er in einen Ladeneingang gepinkelt hatte – voll bis unter die Haarspitzen war er. Ich bring ihn also aufs Revier, und da ist Finnie und tobt wie ein Rumpelstilzchen auf Speed wegen…« Sie räusperte sich. »Na ja, nennen wir's eine Meinungsverschiedenheit über die Frage, ob es in Ordnung war, drei Lapdance-Nummern und eine Flasche Tequila auf die Spesenabrechnung zu setzen. Und Finnie ist gerade so richtig in Fahrt, da beugt Fusty sich vor und kotzt ihn voll. Aber so richtig mit Schmackes, von oben bis unten.« Das Lächeln wurde zu einem Grinsen. »Bröckchen in den Haaren und auf dem Revers und überall. Finnie schleicht sich also nach Kotze stinkend davon, und Fusty zwinkert mir zu und strahlt dabei übers ganze Gesicht. Sagt, er hat's mit Absicht gemacht, weil Finnie seine Lieblingsbullin so arschig behandelt hat.«

Sie saß eine Weile schweigend da und starrte den Kopf an. Das Lächeln schwand aus ihrem Gesicht. »Armer alter Kerl.«

»Neiiiin …« Am anderen Ende der Leitung hörte Rennie sich an, als ob er den Tränen nahe wäre. *»Hast du überhaupt eine Ahnung, wie spät es ist?«*

»Viertel nach elf.«

»Ich hab geschlafen!«

»He, *du* hast dich doch neulich beschwert, weil dir keiner gesagt hat, dass wir den Juwelenraub aufgeklärt haben.«

»Juwelen …?« Ein Gähnen. *»Ist mir egal. Schlaf. Brauch Schlaf …«*

»Okay, gut, dann geh halt wieder ins Bett, und ich sag Chalmers, dass sie sich drum kümmern soll.«

Pause. *»Chalmers?«*

»Wir haben einen von deinen vermissten Stadtstreichern gefunden: Roy Forman. Er war unser Necklacing-Opfer.«

Ein dumpfer Schlag, ein Krachen, ein bisschen Gefluche und dann: *»Ich komme sofort.«*

Logan legte auf. Jetzt, da sie das Opfer kannten, würde der Fall viel leichter zu lösen sein. Sie mussten nur eine Verbindung zwischen Agnes Garfield und Roy »Fusty« Forman finden, und das war's dann. Konnte doch nicht so schwer sein, oder? Er schwenkte seinen Stuhl ein paarmal hin und her.

Dann hielt er inne.

In seinem Eingangskorb lag ein Blatt Papier, auf Steels halb fertiger Budgetanalyse. Es war ein Zentralregisterauszug über Nichole Fyfes Exfreund Robbie Whyte. Guthrie musste ihn vorbeigebracht haben, als Logan am Tatort in Kintore gewesen war.

Er nahm das Blatt und überflog es. Ladendiebstahl, Körperverletzung, bla-bla, Aufbrechen und Ausrauben von Fahrzeugen, Fahren mit entwendeten Fahrzeugen …

Ein Lächeln breitete sich auf Logans Gesicht aus.

»Das ist ja obergeil …«

Im Videoraum hing immer noch der Geruch nach abgestandener Instant-Nudelsuppe, nunmehr jedoch angereichert mit einer dezenten Note von Käsefüßen.

Dr. Goulding hauchte auf seine kleinen rechteckigen Brillengläser, putzte sie mit einem Tuch und schob sich die Brille wieder auf seine lange Hakennase. Er fuhr sich mit der Hand durch das dichte schwarze Haar, das kurz geschoren wie ein Pelz und um die Schläfen schon mit erstem Grau gesprenkelt war. Auf seiner flaschengrünen Krawatte prangten zwei brennende Würfel. Er beugte sich vor und drückte die Abspieltaste an der Videokonsole. »Jetzt kommt die interessante Stelle.«

Logan rückte mit seinem Stuhl vor, als sich auf dem knisternden Monitor das Interieur von Vernehmungsraum zwei aufbaute. Robbie Whyte saß auf dem Stuhl, der am Boden festgeschraubt war, Goulding ihm gegenüber. Ganz am Rand des Bildes konnte man die Beine und den Bauch von PC Guthrie erkennen.

Whyte ließ wieder sein schiefes Schulterzucken sehen. *»Keine Ahnung. Ich habe ihn gefunden.«*

Der Goulding auf dem Bildschirm nickte. *»Sie haben einen Hundekopf gefunden.«* Keine Frage, nur eine Feststellung.

»Ich weiß, dass sie mich immer noch liebt.«

»Manchmal, Robbie, fällt es uns schwer zu akzeptieren, dass die großen Gefühle, die wir empfinden, von anderen nicht erwidert werden.«

»Nein, sie liebt mich. Ich weiß es.« Er lehnte sich auf seinem Stuhl zurück und starrte zur Kamera hinauf. *»Da war dieser Sommer, als wir einen Wohnwagen in Lossiemouth gemietet haben. Er hat dem Vater von einem Freund gehört, und wir sind zwei Wochen geblieben. Nur sie und ich und Wee Robbie. Wir haben Fische geangelt und sie unter dem Sternenhimmel gegrillt und so viel Gras geraucht, dass wir eines Abends einen Kelpie gesehen haben …«*

»Aha. Sie haben den Hund ›Wee Robbie‹ genannt. War das Ihre oder Nicholes Idee?«

»Wir wollten heiraten und Kinder haben. Einen Jungen und ein Mädchen. Ich habe mir schon immer einen Sohn gewünscht, wissen Sie? Einen, der aus dem gleichen Holz geschnitzt ist wie sein Vater.«

Ein Spinner, der seinem eigenen Hund den Kopf abgeschnitten hat. Ja doch, das war ein Vorbild, dem man nacheifern konnte.

Der echte Goulding drückte die Pausetaste. »Als sie ihn verließ, hat sie also nicht nur ihn zurückgewiesen, sie hat auch sein noch nicht gezeugtes Kind zurückgewiesen. Ein doppelter Schlag. Und als dann seine Mutter starb, war das Maß voll. Er hielt es nicht mehr aus.«

»Er hat dem Hund denselben Namen gegeben, den er seinem Sohn geben wollte?«

»Sie wollten wissen, ob Robert Whyte zu einem Mord fähig sei.«

Schweigen.

Logan stupste Goulding an. »Und?«

»Indem er den Hund tötet – den emotionalen Ersatz für seinen ungeborenen Sohn und für seine potenzielle Zukunft mit der Frau, die er liebt –, tötet Robert im übertragenen Sinn sich selbst und alles, was er sich in den letzten acht oder neun Jahren erhofft hat. Er ist ein toter Mann. Einem Toten kann man nicht wehtun.«

»Könnte er jemanden bei lebendigem Leib anzünden? Oder zu Tode foltern?«

»Meiner Meinung nach stellt Mr Whyte eine Gefahr für sich selbst und andere dar. Ich lasse jemanden vom psychiatrischen Dienst kommen, der ihn sich anschaut, und dann wird er für zweiundsiebzig Stunden in die Psychiatrie eingewiesen, um Untersuchungen durchzuführen. Wenn die Ergebnisse so sind, wie ich es erwarte, wird es wohl auf eine Zwangstherapie nach Abschnitt sieben des *Mental Health Care and Treatment Scotland Act* von 2003 hinauslaufen.«

Logan stupste ihn noch einmal. »Ich kenne jemanden, der bei einem privaten Wachdienst arbeitet und genauso daherredet.«

Goulding rümpfte die Nase. »Manchmal ist es wichtig, sich förmlich auszudrücken. Roberts psychische Gesundheit ist …«

»Hat – er – sie – umgebracht?«

Goulding runzelte die Stirn und blies die Backen auf. »Es ist viel wahrscheinlicher, dass er das Objekt seiner Zuneigung töten würde und anschließend sich selbst.«

»Laut dem zentralen Strafregister« – Logan hielt das Papier hoch, das Guthrie ihm auf den Schreibtisch gelegt hatte – »ist er wegen Fahrens mit einem gestohlenen Fahrzeug vorbestraft. Außerdem wegen Drogenbesitzes, wegen Körperverletzung in drei Fällen, wegen Diebstahls in zwei Fällen – und er hat gerade einen Hund geköpft, den er nach dem Sohn benannt hat, den er sich wünschte.«

»Das bedeutet nicht …«

»Robbie hat die Autos, die er gestohlen hatte, hinterher immer auf dem Joyrider-Friedhof abgestellt, wo wir Roy Formans Leiche gefunden haben. Er ist von Nichole Fyfe besessen, das Necklacing war seine Art, ihre Aufmerksamkeit zu gewinnen. Und als das nicht funktionierte, tötete er den Hund.« Logan lehnte sich auf seinem Stuhl zurück. Spiel, Satz und Sieg.

Goulding seufzte, öffnete seinen Aktenkoffer und steckte

sein Notizbuch hinein. »Sie hätten nie eine Beziehung anfangen sollen. Robbie Whyte ist bedürftig und co-abhängig. Nichole Fyfe … Nun ja, sie ist Schauspielerin.« Er klappte den Koffer zu und verstellte die Rädchen des Zahlenschlosses. »Schauspieler halten ihre Emotionen viel knapper unter der Oberfläche, weil sie sie in den Rollen, die sie spielen, offen zeigen und manipulieren müssen. Sie brauchen die Bestätigung von außen, und dann wundern sie sich, dass ihr Privatleben mit dem Hype nicht mithalten kann. Und deswegen neigen sie in besonderem Maße zu Alkohol- und Drogenmissbrauch.« Ein Seufzer. »Es konnte einfach nicht funktionieren.«

»Er ist vorbestraft.«

»Logan, denken Sie einmal darüber nach: Der auslösende Stressfaktor war der Tod seiner Mutter. Sie hat die letzten eineinhalb Monate mit Bauchspeicheldrüsenkrebs im Krankenhaus gelegen. Gestern Nachmittag ist sie gestorben. Ich habe einen Onkologen angerufen, den ich kenne, und es mir bestätigen lassen. Er sagt, Robert sei kaum von ihrem Krankenbett gewichen.«

»Aber er könnte doch …«

»Sie ist gestorben. Der Kummer darüber löste bei Robbie einen Nervenzusammenbruch aus. Er zog los und betrank sich. Und irgendwann während des Trinkens kam ihm die Idee, dass es ein perfekter Ausdruck seiner unsterblichen Liebe zu Nichole Fyfe wäre, ihr Wee Robbies Kopf zu schicken. Wenn seine Mutter nicht gestorben wäre, dann wäre er nach wie vor nichts weiter als ein lästiger Exfreund und Stalker.«

Das war's dann wohl mit dieser Theorie.

Logan sah auf seine Uhr: noch fünf Minuten bis zu Steels nächster Lagebesprechung. Gerade noch Zeit für einen schnellen Kaffee, bevor er sich dafür zusammenstauchen lassen durfte, dass er mit dieser Sache Zeit vergeudet hatte. Er stand auf. »Ich werde trotzdem sein Alibi überprüfen.«

»Natürlich werden Sie das.« Goulding blieb sitzen und sah lächelnd zu Logan auf, mit diesen Augen, die immer ein bisschen an einen toten Fisch erinnerten. »Übrigens, wo ich Sie gerade dahabe: Wie wäre es, wenn wir uns mal ein wenig unterhalten?«

»Ich habe gleich ein … dings … eine Besprechung. Sie wissen schon, wegen des Necklacing …«

»Wie kommen Sie mit der Gesprächstherapie voran?«

Verdammt. Diese Geschichte wieder. »Ich mach sie, okay?«

»Und hilft sie? Denn wenn nicht, können Sie immer noch …«

»Ich sagte, ich *mache* sie.«

Goulding nickte. »Gut.« Er zog sein Sakko an und strich seine hässliche Krawatte glatt. »Also, Sie haben ja meine Nummer …«

Logan stellte seinen Kaffeebecher auf den Tisch. »Ich weiß, was ich gesagt habe, aber es ist ein bisschen komplizierter, als es anfangs aussah …«

»Im Namen von Satans Nippeln, Laz, du hast mir *gesagt*, er war es!«

In Steels Büro herrschte drangvolle Enge: DI Bell fläzte sich auf dem Besucherstuhl wie ein teilrasierter Bär, den jemand in Anzug und Krawatte gesteckt hatte, DI Leith lehnte an den Aktenschränken, Logan stand am Whiteboard, Biowaffen-Bob und DS Chalmers hielten sich im Hintergrund in der Nähe der Tür.

Logan zog die Schultern hoch. »Ich habe gesagt, er *könnte* es gewesen sein.«

DI Bell kratzte sich an einer schorfigen Stelle an seinem behaarten Unterarm. »Zurück in die wirkliche Welt: Wir müssen ein Opferprofil erstellen. Die letzten Tage von Fusty Forman rekonstruieren, seine Saufkumpane vernehmen und herausfinden, ob sie ihn mit irgendjemandem haben streiten sehen.«

Leith schnaubte. »Seien Sie doch mal realistisch, Ding-Dong: Die Supervision beginnt um zwei, bis dahin kriegen wir niemals ein Ergebnis.«

»Na, dann lassen Sie doch mal *Ihre* geniale Idee hören.«

»Wir wissen doch nicht mal, ob es wirklich Fusty Forman ist, oder? Nur weil dieses rekonstruierte Tondings ihm ein bisschen ähnlich …«

»Ich bitte Sie, natürlich ist er es. Wer soll es denn sonst …«

»Sie träumen, Ding-Dong. Wenn er es wäre, dann hätte es doch bei der DNS-Analye einen Treffer in der Datenbank gegeben, oder nicht?«

»Dieses Scheiß-Labor war ja nicht mal in der Lage, die DNS des Opfers von der des Jungen zu unterscheiden, der ihn erstochen hat. Seit dieser Umstrukturierung …«

»Wie wär's denn mit dem guten alten Ausschlussverfahren? Sie haben wohl nicht mehr alle Glocken im Dachstuhl, Ding-Dong, es ist nicht …«

»He!« DI Bell sprang auf und baute sich vor Leith auf, die Fäuste geballt wie zwei riesige behaarte Hämmer. »Wie reden Sie eigentlich mit mir, Sie mieser, hinterfotziger kleiner …«

Steel steckte sich zwei Finger in den Mund und stieß einen ohrenbetäubend schrillen Pfiff aus. »Es reicht! Bob, Sie gehen ins Labor, und treten Sie den Heinis da so lange in den Hintern, bis sie eine neue DNS-Analyse machen. Und zwar mit *neuen* Proben, nicht noch mal einen kompletten Murks wie letztes Mal.«

Bob nickte. »Ja, Chefin.«

»Als Nächstes schicken wir …« Sie seufzte. »Ding-Dong, hinsetzen. Leith: Entschuldigen.«

Leith kaute auf der Innenseite seiner Wange herum, sah weg, schniefte. »Tut mir leid, war nicht persönlich gemeint. War nur so dahergesagt.«

DI Bell verharrte noch einen Moment reglos, dann leckte

er sich die Lippen und ließ sich wieder auf den Besucherstuhl sinken.

Steel starrte die beiden an. »Man kommt sich vor wie im Kindergarten, echt…«

Bell knibbelte wieder an seinem Schorf herum. »Er hat angefangen.«

»*Wie ich bereits sagte:* Als Nächstes schicken wir Teams raus, die sich sämtliche Obdachlosen in der Stadt vornehmen, Stadtstreicher, Junkies, Alkis und Straßenbettler. Klappert die Anlaufstellen ab, die Wohnheime und Ambulanzen und das Krankenhaus. Zeigt das Foto von Fusty rum und versucht Zeugen aufzutreiben.«

Logan deutete auf die Fahndungsplakate, die auf Steels Schreibtisch lagen. »Wir müssen ihnen auch das Foto von Agnes Garfield zeigen.«

»Na schön, wenn du dann endlich Ruhe gibst. Also, fragt auch, ob jemand das durchgeknallte Hexenweib gesehen hat. Leith, du und Ding-Dong…«

»He, pass gefälligst auf!« Biowaffen-Bob taumelte einen Schritt nach vorne, als ihm die Tür in den Rücken knallte. Er fuhr herum und riss sie ganz auf. »Willst du eine aufs Maul?«

Rennie stand in der Tür, in grüner Bomberjacke, Jeans und einem T-Shirt mit einem Rock-'n'-Roll-Dinosaurier vorne drauf. »'tschuldigung.«

Steel zog an ihrer künstlichen Zigarette. »Detective Sergeant, wie *freundlich* von Ihnen, sich trotz Ihres turbulenten Privatlebens die Zeit zu nehmen, uns mit Ihrer Gegenwart zu beehren.«

Rennie zuckte mit den Achseln. »Ich bin losgefahren, sobald ich davon gehört habe. Und meine Schicht fängt eigentlich erst heute Abend um zehn an, okay? Ich habe geschlafen.«

»Hätten sich ja wenigstens mal kämmen können – Sie sehen aus wie ein geplatztes Kissen.«

Was ein starkes Stück war angesichts des explodierenden Wespennests auf ihrem eigenen Kopf.

»Es war mein Fall und …«

»Mir egal. Sie sollten den armen Kerl finden, *bevor* er als Leiche auftauchte. Ich habe Ihnen den einfachen Auftrag erteilt, drei Stadtstreicher ausfindig zu machen, und jetzt stecken zwei davon in Leichensäcken. Sie sind ja ein regelrechter Todesengel.«

»Das ist ja wohl unfair, es …«

»Könnten Sie uns vielleicht den Gefallen tun, den dritten zu finden, solange er noch lebt?« Sie zog einen Stapel Papiere aus ihrem Ablagekorb und machte dann eine scheuchende Handbewegung in Richtung der offenen Tür. »Na los, raus mit euch allen, und schafft mir jemanden ran, der gesehen hat, was mit Fusty Forman passiert ist.«

Sie schlurften zur Tür, allen voran Rennie, der die Schultern hängen ließ.

Steels Stimme übertönte das Gemurmel. »DI McRae, wo willst du denn hin? Mit dir bin ich noch nicht fertig.«

27

Steel starrte ihn mit der ausdruckslosen Miene eines toten Fischs an. »Und?«

Logan ließ sich auf den Stuhl fallen, den Bell geräumt hatte. Er war noch warm. »Was, und?«

»Das weißt du ganz genau.«

Schweigen.

»Okay, ich hab mich also geirrt. Bist du jetzt zufrieden?«

»Kann mein Glück kaum fassen.« Sie schwang die Füße auf den Schreibtisch.

Logan zählte die Punkte an den Fingern ab: »Robbie Whyte

ist vorbestraft. Er hatte über Nichole Fyfe eine Verbindung zu dem Film. Er ist übergeschnappt. Er hat schon öfter gestohlene Autos auf dem Joyrider-Friedhof abgestellt. *Und* er hat seinen eigenen Hund getötet. Was sollte ich denn da denken?«

»Ach, ich weiß nicht … wie wär's mit: Hat er *tatsächlich* jemanden ermordet?«

»Ich habe die Uniformierten, die im Krankenhaus postiert sind, gebeten, bei den Krankenschwestern in der Onkologie nachzufragen und sich die Aufnahmen der Überwachungskameras anzuschauen. Vielleicht hat er ja das Sterbebett seiner Mutter lange genug verlassen, um Roy Forman anzünden und das unbekannte Opfer aus Kintore foltern zu können?«

»Ja, und vielleicht kommen aus meinem Arsch Regenbögen und Feenstaub.«

Logan bedachte sie mit einem vernichtenden Blick. »Weißt du, dass du von Tag zu Tag Finnie ähnlicher wirst? Die sarkastischen Motivationsreden, das ständige Auf-den-Busch-Klopfen, das Wühlen in den Schreibtischen anderer Leute …«

Steel traten die Augen aus dem Kopf. »Das nimmst du zurück! Ich habe *nichts* gemeinsam mit diesem froschgesichtigen, gummilippigen Ziegenschänder!«

»Nimm zum Beispiel Rennie. Er gibt sein Bestes, und du … du *willst* ihn offenbar in die Verzweiflung treiben. Dabei solltest du eigentlich seine Mentorin …«

»Ich bin *viel* netter als …«

»Er denkt darüber nach, den Dienst zu quittieren. Ist es das, was du willst?«

»Pah …« Ihr runzliges Dekolleté wackelte und vibrierte, als sie an ihrem BH-Bügel herumhantierte. »Ich tu ihm einen Gefallen. Entweder kann er den Druck aushalten, oder er kann es nicht. Besser, er findet es jetzt raus, solange noch jemand anders seine Fehler ausbügeln kann, und nicht später, wenn vielleicht irgendein armes Schwein mit seinem Leben dafür bezahlen muss, dass Rennie seinem Job nicht gewachsen ist.« Noch ein beherzter Griff, dann ließ sie von ihrem BH ab, legte den Kopf in den Nacken und fixierte Logan über ihre Nasenspitze hinweg. »Außerdem, dir hat's doch auch nicht geschadet, oder?«

»Stimmt«, erwiderte er mit tonloser Stimme. »Du bist eine richtige Heilige.«

»Willst du dir eine Ohrfeige einfangen?« Sie nahm einen langen Zug aus ihrer elektronischen Zigarette und kniff die Augen zusammen. »Und wieso hast du eigentlich noch nichts wegen diesem Skelett auf deinem Dach unternommen?«

»Nicht mein Fall – du hast ihn Ding-Dong gegeben.«

»Das ist keine Entschuldigung! Identifizierst du dich denn gar nicht mit deiner Wohnwagensiedlung? Dein Dach, dein Gerippe, deine Verantwortung.«

»Dann genehmige die Gesichtsrekonstruktion. Bei Roy Forman hat es ja schließlich funktioniert.«

Sie wand sich auf ihrem Stuhl. »Hast du einen blassen Schimmer, wie das ins CID-Budget reinhaut; es …«

»Dann jammer mir auch nicht die Ohren voll, dass wir keine Fortschritte machen. Du willst Ergebnisse sehen? Dann darfst du die Ermittlungen nicht am Geld scheitern lassen.«

Ein finsterer Blick. »Siehst du: Du und der Knabe Rennie, ihr könnt immer nur meckern und jammern, aber ihr seid ja schließlich nicht diejenigen, die hier die Stellung halten müssen, während der ACC euch im Nacken sitzt wie ein perverser Onkel …« Sie klopfte mit einem vergilbten Finger auf den Schreibtisch. »Und noch was: Wieso ruft deine Mutter ständig an und redet davon, dass sie mit Jasmine in dieses beschissene Euro-Disney fahren will? Ich hab dir doch *gesagt*, du sollst mit ihr reden.«

»Wenn du nicht versprichst, ein bisschen nachsichtiger mit Rennie zu sein, geb ich ihr deine Handynummer.«

»Das würdest du nicht wagen.«

»Und dann erzähl ich ihr, dass du schon immer der Schottischen Landfrauenvereinigung beitreten wolltest und ob sie da nicht ein Wort für dich einlegen könnte.«

»Wenn du glaubst …«

»Und *dann* zeig ich ihr, wie sie dich auf Facebook stalken kann.«

Steel durchbohrte ihn mit ihrem Blick, während das kleine rote LED-Lämpchen an der Spitze ihrer E-Zigarette einen wütenden Morsecode funkte. »*Na schön*: Ich werde netter zu Rennie sein.«

Er stand auf und gähnte. »Sonst noch was?«

»Treib's nicht zu weit, Laz, sonst kriegst du dein Geschenk nicht.«

»Geschenk?«

Wieso klang das wie eine Drohung?

PC Sim hatte die Hände hinter dem Rücken verschränkt und ging gemessenen Schritts die Union Street hinauf, ganz wie ein Bobby in einer alten Fernsehserie. Sie blickte zu dem Streifen Himmel auf, der von den Granitbauten zu beiden Seiten der Straße in die Zange genommen wurde. Das leuchtende Blau war zu einem milchigen Weiß verblasst, in dem sich hellgraue Wolkenklumpen ausbreiteten wie Krebsgeschwüre. Sie schnupperte. »Ich hoffe, es bleibt trocken, bis ich zu Hause bin. Ich hab noch eine Ladung Handtücher auf der Leine.«

An der Ampel bei der Waterstones-Buchhandlung überquerten sie die Straße und gingen auf die Ansammlung von Sozialläden und Banken zu, die sich in diesem Teil des West End konzentrierten. Die Tempel der Hochfinanz und ausgemusterte Taschenbücher, friedlich Seite an Seite.

Weiter ging es in Richtung Gilcomston Church.

Sim summte leise und lächelte, während sie gemächlich im

Sonnenschein dahinstapfte. »Glauben Sie, dass wir einen Zeugen finden werden?«

»Glauben Sie's?«

»Nein. Ich bin vielleicht nur ein einfaches Streifenhörnchen, aber blöd bin ich nicht. Eine Leiche weit draußen in der Pampa, und dazu diese Mordmethode, das spricht für einen Täter, der gründlich und organisiert vorgeht. Ein Planer. Der ist nicht in einem schwarzen Van um die Ecke gerast und hat Mr Forman reingezerrt. Nein, er hat das sorgfältig und in aller Ruhe durchgezogen, in irgendeinem sicheren Versteck.«

»Wahrscheinlich.«

Eine Frau mit groben Gesichtszügen kam auf sie zumarschiert. Sie schob einen Zwillingskinderwagen, in dem zwei schreiende Zwerge eingesperrt waren. Die Zigarette in ihrem Mundwinkel zuckte mit jedem halblaut geknurrten Schimpfwort.

Logan und Sim wichen nach verschiedenen Seiten aus und ließen die liebe Mami zwischen sich hindurchstapfen.

Als sie wieder zusammenkamen, hielt Sim plötzlich inne und starrte ins Schaufenster eines Sozialladens.

Logan blieb neben ihr stehen.

Jemand hatte für die Auslage eine Schaufensterpuppe von Kopf bis Fuß in schwarzes Leder gekleidet und ihr ein rotes Notizbuch unter den Arm geklemmt. Als Hintergrund diente ein Laken, auf das mit schwarzer Farbe ein Ringknoten gemalt war, sämtliche Schnörkel und Kreise und Wörter identisch mit denen auf dem Küchenboden draußen in Kintore. Auf einem kleinen Holztisch neben der Puppe lag ein Stapel Hardcover und Taschenbücher, gekrönt von einem Totenschädel. Alles Ausgaben von *Witchfire*.

Sim wies mit dem Kopf auf die Bücher. »Meine Nichte Amanda musste das für ihre Abschlussarbeit in Englisch lesen. Hat 'ne Zwei bekommen. Die ganze Familie musste es lesen und sich anschließend mit ihr hinsetzen, um über« – Sim malte Gänsefüßchen in die Luft – »›*Symbolismus*‹ und ›*Themen*‹ zu diskutieren, wie so eine Art unfreiwilliger Literaturkreis.«

»Diese kleinen Bälger wissen doch nicht, wie gut es ihnen geht. Wir hatten damals gar keine Wahl – entweder du hast *Von Mäusen und Menschen* und den ollen *Macbeth* gelesen, oder es gab was hinter die Ohren.«

»Na ja, ich finde *Witchfire* eigentlich ganz okay – also, falls man auf so was steht. So 'ne Art Mischung aus *Vaterland*, *Wächter der Nacht* und *Das Schweigen der Lämmer*. Immerhin hat sie so das Lesen entdeckt. Ich hatte schon befürchtet, sie würde mal genau so ein Hohlkopf wie ihr Papa.«

Logan starrte die Auslage an. »Ich hab das Buch gestern angefangen. Bin bis zu der Stelle gekommen, wo der Moderator Rowan von ihrem Vater erzählt.«

Sim verzog den Mund. »Sie wollen doch nicht etwa über Symbolismus und Themen diskutieren? Das eine Mal hat mir gereicht.«

Logan ging weiter die Straße hinauf. »Agnes stellt Szenen aus dem Buch nach. Ich dachte mir, es könnte nicht schaden zu wissen, wonach wir suchen müssen.«

»Zweiter Lehrsatz: ›Du sollst deinen Feind kennen, denn Wissen ist Macht, und Macht bedeutet Sieg.‹« Sie zuckte mit den Achseln. »Schauen Sie mich nicht so an – ich hab Ihnen doch gesagt, dass wir gezwungen wurden, es zu lesen.«

Der spitze graue Turm der Gilcomston Church erhob sich hoch über die umliegenden Gebäude. Die Kirche war ein eindrucksvoller gotischer Klotz aus rußverschmiertem Granit, deren Eingang so hoch über dem Straßenniveau lag, dass man über eine kurze Steintreppe zu der breiten Holztür hinaufsteigen musste. Links und rechts davon hingen Plakate in Schaukästen mit Plexiglasscheiben. Das eine, in schmerzhaft grellem Orange gehalten, verkündete: »JESUS LIEBT DICH JEDEN TAG!«, das in Atomkraft-nein-danke-Gelb: »NEU: JEDEN MITTWOCH SENIOREN-BINGO!!!«

Zwei Männer und eine Frau lungerten auf den Stufen herum, winterlich gekleidet in zerschlissene Parkas und Regenjacken, als ob die letzten Tage nicht eine Backofenhitze geherrscht hätte. Ein Schutzwall aus Plastiktüten zog sich um sie herum, angefüllt mit Klamotten und Dosen. Wahrscheinlich ihr gesamtes Hab und Gut.

Logan blieb am Fuß der Treppe stehen und blickte lächelnd zu der Gruppe auf. »Morgen.«

Einer der Männer spähte mürrisch unter seiner fadenscheinigen Wollmütze hervor, seine Augen schmal und gelblich, mit roten Äderchen durchzogen. Er hielt eine Dose extra-starkes Lager aus dem Co-op an die Brust gedrückt und deckte sie mit der anderen Hand ab. Ein säuerlicher Geruch nach Urin und Alkohol umwaberte ihn wie eine Gewitterwolke. »Ich hab nix gemacht. Ihr könnt mir nix nachweisen, ich kenn meine Rechte.«

Der andere Mann und die Frau rückten enger zusammen. Sein eines Bein war vom Knie abwärts eingegipst, das Gesicht mit Narben und Kratzern übersät. Das musste Henry Scott sein, genannt Scotty Scabs, der einzige von Rennies Ladendieben, der noch nicht in einem Kühlfach in der Rechtsmedizin lag.

Die Frau hatte einen fleckigen Mullverband auf dem linken Auge. Ihr Haar war wie feuchtes Stroh, die Fingernägel hellrot lackiert. Sie ließ eine halbe Flasche Supermarkt-Wodka in ihre Tasche gleiten.

Sim hob eine Hand. »Alles in Ordnung, Trevor, wir sind nicht gekommen, um Sie zu schikanieren …«

»Wer immer sagt, dass ich es war, der *lügt!*«

Logan zog das Karteifoto von Roy Forman aus der Tasche und hielt es hoch.

Trevor schniefte und zog die Hand unter der Nase durch, auf deren schmutziger Haut eine glänzende Spur zurückblieb. »Egal, was Fusty gemacht hat, ich hab nichts damit zu tun.«

»Wann haben Sie ihn zuletzt gesehen?«

»Er war blöd im Kopf.«

Sim setzte sich zu ihm auf die Treppe und fing an zu blinzeln. Wahrscheinlich von den Ausdünstungen, die unten auf dem Gehsteig schon schlimm genug waren – aus der Nähe mussten sie entsetzlich sein. »Trevor, wir versuchen Mr Forman zu helfen, und wir sind nicht gekommen, um Sie zu schikanieren. Wir müssen nur wissen, ob jemand ihn letzte Woche gesehen hat. Vielleicht am Freitag oder Samstag?«

Die Frau fuhr sich mit ihrer blassen Zunge über die aufgesprungenen Lippen. Ihre Stimme passte nicht zu den fransligen, ungewaschenen Haaren und dem schlechten Gebiss. Sie hatte einen vornehmen Akzent, und sie klang auch nicht nach Aberdeen, sondern eher nach Inverness. »Er ist tot, nicht wahr?«

Sim nickte. »Es tut mir leid, Sally. Deshalb müssen wir wissen …«

Henry Scott brach in Tränen aus. »Er is' tot, er is' tot, er is' tot …«

Sally legte ihm den Arm um die Schultern. »Schsch, schsch, ist ja schon gut, Scotty, ist ja schon gut.« Sie fixierte Logan mit ihrem heilen Auge. »Sehen Sie jetzt, was Sie angerichtet haben?«

Logan ging in die Hocke, um auf gleicher Augenhöhe mit ihm zu sein. »Sie waren Roys Freund, nicht wahr, Henry? Sie und Roy und Sally? Wann haben Sie ihn zuletzt gesehen?«

»Ich war's nicht, bestimmt nicht, ich hab's nicht getan, ich hab keine Sachen geklaut …«

»Es ist in Ordnung, ich bin nicht wegen der Ladendiebstähle hier, und ich werde Sie nicht festnehmen, versprochen. Ich muss nur wissen, was mit Roy passiert ist. Haben Sie irgendetwas beobachtet?«

Sally zog Henry Scott näher zu sich heran. »Sie denken, wir sind nur Penner, nicht wahr? Nur Säufer und Junkies, aber wir sind auch Menschen!«

»Das weiß ich, deswegen wollen wir ja …«

»Wir sterben wie die Fliegen, und Sie unternehmen einfach nichts, oder? Es ist Ihnen egal. Sie sind genau wie all die anderen Faschisten.«

Sim seufzte. »Es ist uns *nicht* egal, Sally.«

»Wenn es Ihnen nicht egal wäre, würden Sie etwas dagegen unternehmen! Sie holen uns mitten in der Nacht ab und führen Experimente mit uns durch …«

»Wer tut das?«

Ihr einsames Auge zuckte nach links und nach rechts, dann senkte sie die Stimme zu einem Flüstern. »Die *Regierung.*«

»Er is' tot, sie hat ihn umgebracht – er is' tot, er is' tot …«

Logan schüttelte den Kopf. »Die Polizei ist unabhängig, Sally, wir sind nicht Eigentum der Regierung, sie kann uns nichts befehlen. Deswegen wollen wir herausfinden, was passiert ist …« Er starrte Henry Scott an. »Augenblick mal: Sie sagten: ›Sie hat ihn umgebracht.‹ Wer hat ihn umgebracht, Henry? Wer hat Roy etwas angetan?«

Henry Scott starrte die Union Street hinunter, in Richtung East End. Seine Stimme war nur ein Hauch, aber der Hauch roch heftig nach rohen Zwiebeln. »Der dunkle Engel. Sie steigt mitten in der Nacht vom Himmel herab und holt uns.«

Sally starrte einen Moment zum Himmel auf, dann seufzte sie. »Red doch keinen Unsinn, Scotty. Es sind keine Engel, es ist die Regierung! Die Regierung hat ihn geholt, ich hab sie gesehen in ihren großen schwarzen Autos mit ihren Pistolen und ihren Anzügen. Sie haben ihn geholt, um *Experimente* zu machen.«

Na, das lief ja prächtig. Sie waren erst zwei Minuten hier, und schon hatten sie neue Verdächtige: den Engel des Todes und die Regierung. So machte bürgernahe Polizeiarbeit Spaß.

Sally leckte sich wieder die Lippen, und ihre freie Hand streichelte die Tasche, in der sie den Wodka versteckt hatte.

»Es ist okay, ich werde Sie nicht wegen Trinkens in der Öffentlichkeit festnehmen. Wir sind wirklich nicht hier, um Ihnen Ärger zu machen. Wir wollen nur herausfinden, was mit Roy Forman passiert ist.«

»Es …« Sie ließ Henry los, fischte ihre Flasche heraus, schraubte den Deckel ab, kippte sich einen kräftigen Schluck hinter die Binde, schraubte den Deckel drauf und ließ die Flasche wieder verschwinden, alles binnen drei Sekunden. »Fusty hat versucht, sich aus dem Sumpf zu ziehen. Er hat eine Therapie gemacht. Wollte einen Job und eine Familie und einen Hund, der Sagrotan heißen sollte. Vielleicht haben *die* ihn an die Regierung verraten?«

»Er is' tot, sie hat ihn umgebracht, er is' tot, er is' tot …«

Sie legte den Arm wieder um Henry. »Schsch, schsch, ist ja schon gut. Jetzt können sie ihm nicht mehr wehtun.«

»Leute, das ist wichtig: Wann habt ihr Roy Forman das letzte Mal gesehen?«

Unter seinem fleckigen Parka mit dem verfilzten Pelzbesatz zog Trevor die Schultern hoch. »Am Freitagabend. In der Suppenküche unten auf dem Green. Da hab ich ihn gesehen … Aber ich hab keinen Ärger gemacht! Wer das behauptet, der ist ein Lügner!«

Logan zog das Foto von Agnes Garfield aus der Tasche. »Was ist mit ihr hier? Erkennen Sie sie?«

»Was immer sie sagt, sie lügt. Ich hab nix getan.«

Logan wechselte die Plastiktüten von der einen in die andere Hand, zwängte sich an den zwei gammligen Typen in Trainingsanzügen vorbei, die das Ende der Schlange bildeten, und verließ die Bäckerei in Richtung Schoolhill. Der Streifen Himmel über ihm wurde grauer und grauer und verwischte die Konturen der Granitbauten. Logan eilte über die Straße und umkurvte das Heck eines falsch parkenden Taxis.

Dann blieb er wie angewurzelt auf dem Gehsteig stehen.

Eine kleine Abordnung von der Division Strathclyde drehte sich um und starrte ihn an: Steels Supervisionsteam von der National Police Improvement Authority. Zwei Männer und eine Frau, alle in CID-Zivil und ohne die Spur eines Lächelns im Gesicht. Der Größte der drei, in einem schicken schwarzen Outfit, beäugte Logan naserümpfend. Sein kleiner Böser-Zauberer-Spitzbart war ungefähr drei Stufen dunkler als die Haare, die links und rechts der hohen, gefurchten Stirn ums Überleben kämpften. Er kniff die verschatteten Augen zusammen. »Detective Sergeant McRae, wenn ich mich nicht irre?«

»Superintendent Smith. Schön, Sie wiederzusehen.«

Damit entlockte er ihm kein Lächeln. »Ich hoffe doch, dass uns eine Wiederholung von letztem Mal erspart bleibt.«

»Das war aber doch nicht meine Schuld.«

»DS Kelly humpelt immer noch, wenn das Wetter umschlägt, nicht wahr, Gerald?«

Ein Muskelberg mit rasiertem Schädel und großer Brille schoss finstere Blicke unter seinen buschigen Brauen hervor. »Es *hieß* damals, er sei unbewaffnet.«

»Es *hieß* auch, dass Sie im Wagen bleiben sollten.«

Die Mundwinkel der Dritten im Bunde zuckten, doch sie verkniff sich das Lächeln. Sie war ein wenig gealtert seit dem letzten Mal – und auch ein bisschen fülliger geworden, was ihr aber nicht schlecht stand. Ihr langes schwarzes Haar war zum Pferdeschwanz gebunden und kräuselte sich am Ansatz, ihr Make-up konnte die dunklen Ringe unter ihren Augen fast kaschieren, war jedoch machtlos gegen die Krähenfüße. Sie nickte ihm zu. »DS McRae.«

Logan nickte zurück. »DS Watson. Und ich bin jetzt übrigens DI. Stellvertretend.«

»Gratuliere.« Sie hatte sich noch immer nicht von der Stelle gerührt.

Superintendent Smith rümpfte wieder die Nase. »Schön, das reicht für heute mit den ungehemmten Balzritualen. Ich würde gerne noch zu Mittag essen, bevor die Hexenjagd losgeht. Wir sehen uns noch, *DI* McRae.«

»Ich kann es kaum erwarten, Sir.« Logan blieb, wo er war, während die drei in Richtung Bon Accord Centre davonschlenderten. Oh, dieser Tag wurde ja immer noch besser und besser …

Logan lud die Tüten auf Steels Schreibtisch ab, sank auf den Besucherstuhl und ließ einen langen Seufzer entweichen.

Sie starrte ihn an. »Und?«

»Stovies hatten sie nicht, ich hab dir stattdessen Käsemakkaroni mitgebracht.« Er griff in die Tüte, nahm eine Styroporbox heraus und reichte sie ihr. Dann griff er noch einmal hinein und holte die zweite heraus. Er hebelte den Deckel ab, unter dem eine Ofenkartoffel mit Thunfisch und Käse zum Vorschein kam. Würzige Düfte erfüllten das Büro. »Nach jetzigem Stand wurde Fusty Forman das letzte Mal um halb elf am Freitagabend gesehen, und zwar in der Suppenküche an der East Green – dort, wo die Straße unter der Market Street verschwindet.«

Steel öffnete ihre Schachtel. Ein wabbelnder Berg glänzender Röhren in einer klebrigen gelben Sauce mit einem Haufen frittierter Kartoffelstäbchen daneben. »Du hast mir auch Pommes mitgebracht!« Ein Lächeln grub die Runzeln um ihre Augen tiefer ein. »Es gibt doch noch Hoffnung für dich.«

»Ich werde heute Abend die Leute an der Suppenküche befragen, aber …«

»Nein, das wirst du nicht. Das Überstundenbudget ist so schon katastrophal genug, da musst du nicht auch noch Doppelschichten schieben.« Sie balancierte ein paar Makkaroni auf einer Fritte, schob sich das Ganze in den Mund und nuschelte kauend: »Das soll Ding-Dong übernehmen.«

»Wie soll ich den Necklacing-Fall aufklären, wenn …«

»Das Wort ›ich‹ hat in einem Team keinen Platz, Laz, aber mein Stiefel sehr wohl in deinem Arsch.« Sie spießte ein paar Pommes auf. »Und außerdem, wenn du die ganze Nacht auf bist, kann ich morgen wieder nichts mit dir anfangen. Ding-Dong übernimmt die Suppenküche.«

Na, das war ja mal wieder genial: Er machte die ganze Arbeit, und wenn etwas dabei herauskäme, würde DI Bell die ganze Anerkennung einheimsen.

»Na schön, Ding-Dong soll es machen. Aber wenn es zu einer Festnahme führt …«

»Ja, ja, dann kriegst du einen goldenen Stern und ein Leckerli.« Noch mehr Makkaroni verschwanden. »Mein Gott, du bist so ein Jammerlappen.«

»Vergiss nicht, es war *meine* Spur.« Logan riss ein kleines Pfeffertütchen auf und streute den Inhalt über seine Kartoffel. Dann das Gleiche mit dem Salz. »Die Schauspieler und das Filmteam von *Witchfire* haben sich als freiwillige Helfer für die Suppenküche zur Verfügung gestellt, und dreimal darfst du raten, wer das Ganze in die Wege geleitet hat.«

Steel kniff einen Moment die Augen zusammen, während sie kaute. »Agnes Garfield?«

»Bingo.« Er nahm das Plastikbesteck aus der Tüte und schnitt einen Bissen von seiner Ofenkartoffel ab. »Wir hatten bis jetzt keinen Erfolg mit dem Herumzeigen ihres Fotos, aber woher wollen wir wissen, ob die rotgefärbten Haare nicht die letzte

Phase in einer langen Reihe von Verwandlungen sind? Vielleicht ändert sie ja alle vierzehn Tage ihr Aussehen.«

Steel stieß ein Mittelding zwischen Seufzen und Knurren aus. »Das hat uns gerade noch gefehlt.«

»Hab's dir doch gesagt.«

»Das ist nicht sehr hilfreich, Laz.« Sie warf ein paar Pommes ein und kaute mit säuerlicher Miene darauf herum. »Das Krankenhaus hat angerufen: Robbie Whytes Alibi hat sich bestätigt: Er war die ganze Zeit am Sterbebett seiner lieben Mama, bis sie für tot erklärt wurde. Er kann unmöglich Fusty Forman oder unser Folteropfer ermordet haben.«

Natürlich war er es nicht. Das wäre zu schön gewesen, um wahr zu sein.

Logan nahm einen Bissen. Die Kartoffel war heiß, der Thunfisch kalt, der Käse wie Napalm. »Haben sie ihn schon identifiziert?«

Steel machte ein feuchtes Furzgeräusch mit den Lippen. »Das Gesicht ist so zugerichtet, dass wir keinen Zahnschema-Abgleich machen können, die Fingerspitzen sind zerquetscht, also können wir Fingerabdrücke auch vergessen, und die Kriminaltechnik sagt, die Chance, noch verwertbare DNS von der Leiche zu bekommen, ist ungefähr so groß wie die, dass Rennie in Quantenphysik promoviert. Vier Tage in einem warmen Zimmer, da ist alles nur noch ein einziger Mansch.« Sie schaufelte noch mehr Makkaroni in die Luke. »Vielleicht ist in den Zahnhöhlen noch was zu holen, aber mehr nicht.«

»Was meinst du, sollen wir's noch mal mit der Gesichtsrekonstruktion versuchen?«

Steel sah ihn nur finster an.

Na gut. Themawechsel. »Du rätst nie, wen ich getroffen habe, als ich aus der Bäckerei kam: das NPIA-Team.«

»Schon? Wen haben sie uns denn geschickt?«

»Superintendent Smith, diesen Gorilla DS Kelly und DS Watson.«

Sie stöhnte. »Und redet ihr zwei diese Woche miteinander, oder werdet ihr während der ganzen Supervision böse Blicke wechseln und euch angiften? Denn dann würde es bestimmt noch viel mehr Spaß machen.«

»He, ich hab dir Pommes mitgebracht, vergiss das nicht!«

»Weil es ja noch nicht schlimm genug ist, dass der verdammte ACC mich alle fünf Minuten in den Hintern zwickt. ›Oh, die Presse läuft Sturm.‹ … ›Oh, der Polizeipräsident ist gar nicht glücklich.‹ … ›Oh, wenn Finnie doch bloß hier wäre …‹ Ja, klar, als ob der froschgesichtige Wichser nur auftauchen und seinen Zauberstab schwenken müsste, und alles wäre in Butter.« Steel spießte eine Fritte auf und beäugte stirnrunzelnd das schlaffe Stäbchen, das an den Zinken ihrer Gabel hing. »Ist da noch Ketchup in der Tüte?«

»Noch was: Ein paar von Formans Kumpels haben ausgesagt, er sei in Therapie gewesen. Und ich wette, Agnes macht auch eine. Würde sich vielleicht lohnen, dem nachzugehen?«

»Warum hast du keinen Ketchup mitgenommen? Wie soll ich die Pommes ohne Ketchup runterkriegen?«

»Käsemakkaroni mit Ketchup ist ekelhaft. Wie wär's mit einem Zeugenaufruf übers Fernsehen?«

»Na und … du isst schließlich Marmite. Das ist wie ein kleines Glas voll mit Teufelskötteln.«

»Sie ist noch in der Stadt. Sie hat eine von Anthony Chungs Karten benutzt. Die beiden sind irgendwo untergeschlüpft, also ist es nur eine Frage der Zeit, bis sie von irgendwem gesehen werden.«

»Weißt du, wie Marmite gemacht wird?«

Er lud sich noch einen Bissen Thunfisch mit Käse auf die Gabel. »Ich setz mich mit der Pressestelle in Verbindung. Mal sehen, ob die was organisieren können.«

»Da gibt es eine Mine im finstersten England, und ganz unten am Grund dieser Mine ist eine große Spalte in der Erde.«

»Ich hör gar nicht zu.«

»Und der Teufel steckt von unten seinen Arsch durch diese Spalte, und dann schicken sie einen Trupp aus Mördern, Vergewaltigern und sonstigem Gesocks runter, die die Batzen abkratzen und in Gläser füllen müssen.«

»Roy Forman kann sich unmöglich einen privaten Therapeuten geleistet haben, also wird es über den Staatlichen Gesundheitsdienst gelaufen sein. Dürfte nicht zu schwer zu ermitteln sein.«

»Es ist wahr – es gibt ein Video im Internet, wo man sieht, wie sie's machen.« Sie trommelte mit den Fingern auf dem Schreibtisch herum. »Komm schon, ich weiß, dass du welchen in deinem Schreibtisch hast.«

»Von mir kriegst du keinen Ketchup.«

Ein kleines Lächeln zog eine Seite von Steels Gesicht nach oben. »Ich schlag dir einen Tausch vor.« Sie bückte sich und zog die unterste Schublade ihres Eckelements auf. Als sie wieder auftauchte, hatte sie ein quaderförmiges Päckchen in der Hand, ungefähr so groß wie eine Thermosflasche, eingewickelt in neutrales braunes Papier. Sie wedelte damit vor seiner Nase herum. »Hab dir doch gesagt, dass ich ein Geschenk für dich hab.«

Logan legte seine Plastikgabel weg und rutschte auf seinem Stuhl zurück. Er runzelte argwöhnisch die Stirn. »Was ist das?«

»Erst den Ketchup, dann das Geschenk.«

»Na gut … also …« Logan stand auf und nahm seine Ofenkartoffel. »Dann … geh ich ihn mal eben holen.«

Sprach's und entfloh.

28

Rennie gähnte wie ein Nilpferd und ließ dabei seine Füllungen sehen. Dann sackte er auf dem Besucherstuhl zusammen. »Uaah …«

Logan blickte von dem Stapel Überstundenformulare, Spesenabrechnungen und Mittelbewilligungsanträge auf, die auf unerklärliche Weise in seinem Eingangskorb aufgetaucht waren. »Wenn du nur gekommen bist, um zu jammern, kannst du gleich wieder verschwinden.«

»Ich hab sämtliche Anlaufstellen und Obdachlosenunterkünfte der Stadt abgeklappert, aber niemand hat auch nur einen Schatten von Scotty Scabs gesehen.«

Logan sah auf die Uhr: Viertel vor zwei – Henry Scott hätte also einen ordentlichen Vorsprung. »Das ist merkwürdig – er hat doch auf den Stufen vor der Gilcomston Church gesessen, als ich vor einer Stunde mit ihm gesprochen habe.«

Rennie bekam große Augen, und ein Lächeln erblühte auf seinem Gesicht. »Du hast ihn gefunden? Super! Ist er im Gewahrsamstrakt? Weil …«

»Ich habe gesagt, ich habe mit ihm *gesprochen.* Von Festnehmen war keine Rede.«

Das Lächeln erstarb. »Aber ich suche doch schon eine Ewigkeit nach ihm! Wie soll ich …«

»Ich brauchte Informationen über Roy Forman. Ich habe ihm versprochen, ihn nicht wegen der Ladendiebstähle einzubuchten.«

»Aber …«

»Wenn du deinen Arsch aus dem Stuhl hebst und dich beeilst, erwischst du ihn vielleicht noch. Ansonsten …« Er zuckte mit den Achseln.

Rennie sprang hastig auf und erreichte die Tür gerade in

dem Moment, als sie aufging. Er bremste jäh ab und starrte Chalmers an. »Oh. Sie sind's.«

Sie reckte das Kinn. »DS Rennie.«

Er verschränkte die Arme. »DS Chalmers.«

Himmel, hilf. Logan schnappte sich einen Kuli von seinem Schreibtisch und warf ihn nach Rennie. Er traf den Dussel genau zwischen den Schulterblättern. »Ich dachte, du hättest es eilig.«

»Ja. Alles klar. In Ordnung.« Rennie straffte die Schultern und marschierte zur Tür hinaus, ohne Chalmers eines Blickes zu würdigen.

Sie schürzte die Lippen, zog eine Braue hoch und machte dann die Tür hinter ihm zu.

Logan wandte sich wieder seinem Papierkram zu. »Ist Steel in der Nähe?«

»Sie ist noch schnell eine rauchen gegangen, bevor die Supervision losgeht.«

Die kleinen Freuden des Alltags.

Er nahm das nächste Formblatt vom Stapel. »Wie kommen Sie voran?«

Chalmers zückte ihr Notizbuch. »Soweit wir feststellen können, gibt es keinen Nachweis, dass Roy Forman in den vergangenen zwei Jahren eine Therapie verschrieben bekam. Er ist damals nach seiner Rückkehr aus Kuwait ungefähr achtzehn Monate lang zu einem Therapeuten gegangen, aber das ist alles.«

Dann konnte man das wohl vergessen. »Ist ja auch egal. Und was ist mit …«

»*Aber* …« Eine dramatische Pause. »Es ist mir gelungen, den Leiter der Psychiatrie am Aberdeen Royal Infirmary ausfindig zu machen, und er sagt, dass es eine Handvoll Therapeuten gibt, die Obdachlose und Opfer von Gewaltverbrechen unentgeltlich behandeln.«

»Haben Sie …?«

Sie zupfte eine Haftnotiz aus ihrem Buch und legte sie auf Logans Schreibtisch. »Ich dachte mir, dass Sie danach fragen würden.«

Vier Namen, von denen einer ihm sofort ins Auge sprang: Dr. David Goulding. Er bot also kostenlose Therapiestunden für Obdachlose an. Die Ärmsten. Unter jedem der Namen hatte sie mit akkurat ausgerichteten Ziffern eine Telefonnummer geschrieben.

Chalmers blätterte eine Seite in ihrem Notizbuch um. »Laut Agnes Garfields Eltern wurde sie im Rahmen eines experimentellen Versuchsprogramms an der Aberdeen University behandelt. Es ging irgendwie um eine vergleichende Nutzwertanalyse von kognitiver Verhaltenstherapie und medikamentöser Behandlung.« Eine zweite Haftnotiz gesellte sich zu der ersten, diesmal nur mit einem einzigen Namen in der Mitte des Blatts: Prof. Richard Marks. »Ich habe versucht, mit ihm zu reden, aber er kam mir gleich mit ärztlicher Schweigepflicht. Wir könnten uns einen richterlichen Beschluss besorgen, oder?«

»Das könnten wir, ja.« Logan warf das Formblatt wieder in den Eingangskorb und stand auf. »Wir könnten aber auch versuchen, zwei Fliegen mit einer Klappe zu schlagen, wie man so schön sagt.«

»… und als ich das Drehbuch gelesen habe, war ich gleich ganz hin und weg. Natürlich habe ich die Bücher als kleines Mädchen verschlungen, ich meine, das haben wir doch alle, nicht wahr? Ich habe immer gewusst, dass der Stoff einen fantastischen Film abgeben würde, aber ich hätte nie gedacht, dass ich mal das Glück haben würde, selbst dabei mitzuwirken!«

Logans gammliger Fiat Punto hoppelte und rumpelte über das Kopfsteinpflaster der College Bounds, vorbei am schmutzigen beige-grauen Mauerwerk des King's College. Die große kuppelförmige Krone des Glockenturms war eingerüstet und mit durchscheinenden Stoffbahnen umhüllt, wie mit einem riesigen Spinnennetz.

Chalmers spähte mit finsterer Miene über das Lenkrad hinweg. »Überall absolutes Halteverbot…«

»Wow, ich weiß.« Die Stimme des Moderators war schleimiger als eine Schneckenautobahn. *»Meine Damen und Herren, Sie hören* Jimmy's Late Lunch, *und bei mir im Studio ist Nichole Fyfe. Ja, Sie haben richtig gehört, unser heimisches Gewächs, das es zum Hollywood-Superstar gebracht hat: Nichole Fyfe! Wie cool ist das denn?«*

Ein geschmeidiges Lachen. *»Ich bin ganz bestimmt kein Superstar, Jimmy. Dame Judi Dench ist ein Superstar, Robbie Coltrane ist ein Superstar,* Morgan Mitchell *ist ein Superstar. Ich bin bloß ein kleines Mädchen aus Kincorth und hoffe nur, dass niemand mich fragt, was um alles in der Welt ich unter all diesen großartigen Künstlern zu suchen habe.«*

Logan deutete durch die Frontscheibe. »Fahren Sie weiter. Vielleicht gibt's weiter vorne noch Parkplätze.«

»So, und möchten Sie jetzt für uns noch einen Titel auswählen, Nichole?«

»Aber gerne, Jimmy. Der Song, der jetzt kommt, hat mir sehr viel bedeutet, als ich ein Teenager war. Es ist Eminem mit ›The Real Slim Shady‹.«

Chalmers verzog das Gesicht und schaltete das Radio aus. »Rap kann ich nicht ausstehen.«

Eine Gruppe von Studenten, verkleidet als Ninja-Chickens, hüpfte und tänzelte über die Straße. In der Mitte blieben sie stehen, um ein paar unsaubere Kung-Fu-Bewegungen zu vollführen, ehe sie über eine kleine sattgrüne Rasenfläche davonrannten, wirbelnde weiße Federn hinter sich zurücklassend.

Aus Logans Jacketttasche tönte gedämpft das Darth-Vader-Thema. Ein Anruf von Steel.

Chalmers steuerte die rostige Karre die High Street hinauf, mit efeubewachsenen Universitätsgebäuden auf der einen Seite, gesichtslosen Mietshäusern auf der anderen. »Wollen Sie nicht rangehen?«

Er rutschte auf seinem Sitz hin und her. »Lieber nicht.«

Schließlich verstummte die Musik. Zwei Takte darauf setzte sie wieder ein.

»Sind Sie sicher, Chef?«

»Hundertprozentig.« Er zog sein Telefon heraus und stellte es stumm. Steckte es wieder ein. Wenn Steel ihn anblaffen wollte, weil er sich um die Supervision mit der National Police Improvement Authority drückte, dann musste sie eben warten.

Chalmers starrte missmutig auf die Straße. Alles war mit nagelneuen Klein- und Kleinstwagen zugeparkt. »Schauen Sie sich das an. Als ich studiert habe, wissen Sie, was ich da hatte? Ein Fahrrad. Und das wurde mir auch noch geklaut, ehe das erste Trimester halb rum war.«

Noch mehr Studenten tauchten auf. Sie trugen lange schwarze Jacken, hatten kleine schwarze Sonnenbrillen auf und ihre Rucksäcke lässig über eine Schulter gehängt, während sie zu einem kollektiven Rhythmus mit den Köpfen nickten. War *Matrix* inzwischen alt genug, um als ironisch zu gelten? Oder waren das nur Goths, die sich zum fröhlichen Trübsalblasen versammelt hatten?

Logan lächelte. Einer der Studenten hatte ein Frisbee.

Das Telefon vibrierte in seiner Tasche. Steel hatte es offensichtlich immer noch nicht kapiert. Genau wie Agnes Garfield.

Er sah sich das neueste Plakat an, das die Medienstelle produziert hatte. Drei verschiedene Versionen von Agnes' Gesicht: Das Foto, das die Eltern ihnen überlassen hatten, das von der Überwachungskamera des Geldautomaten und ein drittes, erstellt mit der Identikit-Software. Sie hatten ihr blonde Haare verpasst, für alle Fälle. Eine hübsche junge Frau mit Sommersprossen und einem herzlichen Lächeln. Brünett, rothaarig, blond – jetzt würde doch bestimmt *irgendjemand* sie erkennen?

Logan legte das Plakat auf das staubige Armaturenbrett. »Was ist aus dem Tagebuch geworden?«

Schweigen.

Herrgott noch mal. Er starrte Chalmers an. Sie starrte geradeaus.

»Sergeant, ich habe Ihnen vorgestern gesagt, dass Sie es lesen sollen. Warum haben …«

Ihre Stimme war scharf und spröde. »Ich war bis *drei* Uhr heute früh auf und habe es durchgearbeitet. Ich habe Ihnen einen Bericht geschrieben, da steht alles drin!«

»Wirklich?«

»Ich hab ihn gleich heute Morgen in Ihren Eingangskorb gelegt.«

»Ah …« Wo er vermutlich unter vier Tonnen Papierkram begraben war.

»Sie haben ihn nicht mal angeschaut, stimmt's?« Ihr Mund war ein dünner, harter Strich.

»Ich wusste ja gar nicht, dass er da ist. Steel missbraucht meinen Eingangskorb als Mülleimer für alles, worauf sie gerade keinen Bock hat.« Er deutete auf einen kleinen, blitzblanken roten Alfa Romeo, der gerade vom Bordstein wegfuhr. »Parkplatz.«

Chalmers manövrierte den schäbigen Punto in die noch warme Lücke. Dann sah sie aus dem Fenster, das Gesicht von ihm abgewandt. »Ich hätte es eher erledigt, aber es war ja ständig so viel los.«

Logan schnallte sich ab. »Ich kenne das. Aber nächstes Mal tun Sie mir bitte den Gefallen und überreichen Sie es mir persönlich, was immer es ist. Drücken Sie es mir einfach in die Hand.«

Sie nickte – immer noch, ohne ihn anzuschauen. »Ja, Chef.«

»Bei der Grampian Police legt man einem Kollegen nur dann etwas in den Eingangskorb, wenn man ihm aus dem Weg gehen oder ihm etwas Unangenehmes aufs Auge drücken will, ohne dabei erwischt zu werden. Sie kennen doch ›Schwarzer Peter‹? Das ist ganz ähnlich, nur dass man hier als Strafe einen Kübel Scheiße übergeschüttet kriegt.«

Er stieg aus und ignorierte das Telefon, das in seiner Tasche vor sich hin summte und an seinen Rippen vibrierte wie eine wütende Wespe. »Kommen Sie, Sie können mir unterwegs eine Kurzfassung geben.«

Der taubengraue Himmel verschmolz fast mit den Granitgebäuden. Eine leere Chipstüte und ein Plastikbeutel taumelten im Wind über den Rasen wie Steppenläufer im Western. Es war eindeutig kälter geworden. Logan folgte dem Weg hinter der Old Brewery vorbei und nahm die Abkürzung unter dem Tetris-Betonklotz des Taylor Building hindurch.

Chalmers steckte die Hände in die Hosentaschen. »Die erste Hälfte des Buchs ist gar kein Tagebuch. Es ist eher eine Art sklavische Nachahmung …«

»… der Dittay-Bücher der Fingermen. Es ist ein Requisit aus dem Film, sie hat es gestohlen.«

»Oh … das wussten Sie schon.« Sie sackte ein wenig in sich zusammen, doch dann schnellte ihr Kinn wieder in die Höhe. »Die zweite Hälfte ist nicht in ihrer Handschrift – ich habe es mit der Slash-Fiction verglichen, die wir bei ihr gefunden haben. Es ist trotzdem von ihr, aber es sieht aus, als hätte sie versucht, ihre Handschrift der des ersten Teils anzugleichen.«

Sie überquerten einen Parkplatz, eingekeilt zwischen den Unigebäuden, und eine gelb schraffierte Kreuzung mit abblätternder Farbe und rissigem Asphalt.

»Es ist voll mit existentialistisch angehauchter Lyrik. Zwischendurch klagt sie, dass niemand sie versteht und wie sie es hasst, was die Medikamente mit ihr machen. Und es steht auch eine Menge über Anthony Chung drin: dass sie ihn mehr liebt als die Luft, die sie atmet und so weiter … Der typische Teenager-Kram.«

»Sie ist achtzehn.«

»In dem Buch findet sich nichts darüber, dass sie plant durchzubrennen, oder wohin sie gehen würde, wenn sie es täte.«

Sie marschierten gerade an Coopers Court vorbei, als plötzlich ein Sonnenstrahl durchbrach und es im Windschatten des Betonklotzes einen Moment lang richtig warm wurde.

»Was ist mit der mysteriösen Stacey …?«

»Gourdon, Chef. Stacey Gourdon. Immer noch spurlos verschwunden.«

Das klang nicht gut. Wenn Agnes nicht davor zurückschreckte, einen wildfremden Obdachlosen bei lebendigem Leib anzuzünden, dann würde sie der Frau, die ihren Freund vögelte, nicht gerade Plätzchen backen. Und es wäre bestimmt nicht Anthonys Schuld, oder? Nein, es wäre allein Stacey Gourdons Schuld.

Sie könnten froh sein, wenn sie überhaupt noch etwas von ihr fänden, ob tot oder lebendig.

»Fragen Sie in den Krankenhäusern nach, ob Miss Gourdon irgendwo auf der Unfallstation liegt.« Logan trat zur Seite, um eine junge Frau auf ihrem Skateboard vorbeirollen zu lassen. Die blonden Haare reichten ihr fast bis zum Po, und ihre zerschlissene und ausgebeulte Jeans hing so tief, dass man die rote Unterhose und ein Arschgeweih mit dem Spruch »DADDY'S LITTLE GIRL« sehen konnte. »Wenn *Sie* achtzehn wären und von zu Hause weglaufen wollten, was würden Sie mitnehmen?«

Chalmers zog die Stirn in Falten. »Toilettenbeutel, Make-up, Föhn, Mr Trousermonkey, meine Lieblingsklamotten …«

»Was ist mit Ihrem Tagebuch?«

»Das würde ich natürlich niemals zurücklassen. An schlechten Tagen war meine Mutter wie die Spanische Inquisition, da war nichts vor ihr sicher.«

»*Genau.* Und wir wissen, wie Agnes' Mutter… Augenblick mal – ›Mr Trousermonkey‹?«

»Mum hat ihn aus einer alten Hose von Dad gemacht, als ich klein war. Mit Schottenkaro.«

Vor dem Psychologiebau tänzelten die Ninja-Chickens herum und führten für jeden, der blöd genug war, ihnen zuzuschauen, ihre Kampfkunst-Posen vor.

Logan ignorierte sie und ging stattdessen auf die Glastüren zu. »Okay, vergessen wir mal für einen Moment den unmöglichen Modegeschmack Ihres Vaters – Sie würden also Ihr Tagebuch nicht zurücklassen. Und was ist mit einer großen Tüte Gras?«

»Das Zeug habe ich nie geraucht, Chef. Ich nehme keine Drogen.«

»Zählt Guinness denn nicht?« Er hielt ihr die Tür auf. Die Scheibe war fast komplett zugepflastert: die Theatergruppen der Uni warben für ihre Produktionen von Gilbert-and-Sullivan-Operetten und engagierten Theaterstücken, eine Band suchte einen Schlagzeuger, der Filmclub kündigte die nächsten Vorführungen seiner Slash-Horror-Reihe an.

»Vielleicht hat Agnes nicht gewusst, dass sie weglaufen würde? Vielleicht war es eine spontane Entscheidung?«

Möglich… »Aber warum kommt sie dann nicht noch mal heimlich zurück, um die wichtigen Sachen zu holen?«

Die Treppe hinauf in den ersten Stock.

»Vielleicht kann sie das nicht? Weil Anthony Chung sie nicht lässt?«

Vielleicht…

Die Sekretärin legte den Hörer auf, dann fixierte sie die Besucher mit wässrigen Augen und einem nervösen Lächeln, das sich auf ihrem Gesicht nicht wohlzufühlen schien. »Dr. Goulding hätte jetzt Zeit für Sie.«

Logan ging voran in ein Büro, das an drei Wänden mit Bücherregalen zugestellt war, während vier große, vollgeschriebene Whiteboards die vierte ausfüllten. Dazu minimalistische Möbel aus Chrom, Glas und schwarzem Leder. In der Mitte des Zimmers stand ein Beistelltisch, auf dem sich Fachzeitschriften stapelten: *Psychology Review, Behavioural and Cognitive Psychotherapy, European Journal of Behaviour Analysis* und das *International Journal of Neuropsychopharmacology.*

Der Mann, dem das Büro gehörte, lag auf einem dick gepolsterten Liegesessel, der auf zwei Chromstangen ruhte. Er hatte eine aufgeschlagene Zeitschrift übers Gesicht gebreitet – *Magic*, das Magazin für Zauberer. Keine Schuhe an den Füßen, nur schwarz-rote Socken mit brennenden Würfeln drauf. Leises Schnarchen kam unter der Zeitschrift hervor, und der kleine Schmerbauch hob und senkte sich rhythmisch.

Logan wartete, bis Chalmers drin war, und knallte dann die Bürotür zu, so fest, dass die gerahmten Zeugnisse an der Wand wackelten. »Dave!«

Dr. Goulding setzte sich kerzengerade auf, die Zeitschrift fiel ihm in den Schoß. »Ich bin wach, ich bin wach …« Er blinzelte ein paarmal, dann griff er nach der Brille, die auf dem Beistelltisch lag, und setzte sie auf. »Logan, warum haben Sie nicht …« Er runzelte die Stirn. »Hat sie Sie warten lassen?«

»Zehn Minuten. Sie hat uns gesagt, Sie hätten gerade eine Telefonkonferenz mit Johannesburg.«

»Diese Frau ist ein Albtraum. Nur weil ich ihr gesagt habe, dass sie sich nicht den Tag freinehmen kann, um Golf zu spielen.« Er stand auf und wischte sich Kekskrümel von seinem gestreiften Hemd. »Entschuldigen Sie, wie unhöflich von mir.«

Dr. Goulding griff nach einem Paar zweifarbiger Slipper und zog sie an. »Nehmen Sie doch bitte Platz.«

Logan setzte sich auf einen schwarzen Lederstuhl mit lauter rechten Winkeln, dann deutete er mit einem Nicken auf Chalmers. »Dave, das ist Detective Sergeant Chalmers.«

Der Psychologe streckte die Hand aus. »Chalmers-DaveGoulding.« Alles in einem Schwall, als ob es nur ein Wort wäre. »Bitte, setzen Sie sich doch. Möchten Sie Tee oder Kaffee? Wir hatten auch Garibaldi-Kekse, aber …« Sein Blick fiel auf die Krümel auf dem Liegesessel. »Jemand hat sie gegessen.«

Logan zog Chalmers' Haftnotiz aus der Tasche und legte sie mitten auf die gläserne Tischplatte.

Dave rümpfte die Nase. Dann hob er den Zettel auf. »Eine Liste von Therapeuten? Sie gehen zu jemand anderem?« Er runzelte die Stirn. »Ich muss gestehen, dass mich das ein wenig verletzt, Logan. Ich dachte, es ginge Ihnen gut mit der Gesprächstherapie und das sei der Grund, weshalb ich nichts von Ihnen gehört habe. Sie hätten ruhig etwas sagen können, als ich Ihnen heute Morgen geholfen habe …«

»Sie und die drei anderen Kollegen haben obdachlose Männer und Frauen behandelt. Unentgeltlich.«

Diese verdammte Chalmers starrte ihn so entgeistert an, als hätte sie gerade erfahren, dass er einen rudimentären Schwanz hatte.

Goulding runzelte die Stirn. »Nun … ja. Wir versuchen nur, unseren Beitrag für die Gesellschaft zu leisten. Diese Menschen sind besonders gefährdet, und herkömmliche …«

»Wissen Sie, ob einer von Ihnen einen Roy Forman behandelt hat?«

Dave legte den Kopf schief. »Sie hätten doch einfach anrufen können, anstatt den langen Weg hierher auf sich zu nehmen. Nicht dass ich mich nicht freuen würde, Sie wiederzusehen, aber …?«

»Ich muss Sie auch um einen Gefallen bitten.«

»Ah. Verstehe.« Er legte die Fingerspitzen zusammen. »Und *waren* Sie bei einem anderen Therapeuten?«

»Dave, es ist wichtig …«

»Schon klar, ich mache meine Hilfe nicht von Ihrer Antwort abhängig, es interessiert mich lediglich.«

Na super. Jetzt diskutierten sie also darüber, ob er bei einem anderen Therapeuten war oder nicht, während DS Chalmers danebenstand und ihn anstarrte. So weit käme es noch, dass sich morgen alle im Präsidium die Mäuler über seine Therapie zerrissen. »Nein.«

»Hmmmmm … Wenn das so ist, was kann ich für Sie tun?«

»Professor Richard Marks. Er hat eine junge Frau namens Agnes Garfield im Rahmen eines Versuchsprogramms behandelt.«

Chalmers klappte ihr Notizbuch auf. »Vergleichende Nutzwertanalyse von kognitiver Verhaltenstherapie und Medikation bei der Behandlung breit gestreuter psychologischer Störungen.«

Ein kleines Lächeln spielte um Daves Mundwinkel. »Wird er irgendeiner Straftat verdächtigt? *Bitte* sagen Sie mir, dass dieser wurstgesichtige, glatzköpfige alte Trottel verdächtigt wird. Vergreift er sich an Schafen? Ich wette, das ist es – er ist genau der Typ dafür, nicht wahr?«

»Wir glauben, dass Agnes Garfield Roy Forman ermordet haben könnte. Professor Marks beruft sich auf die ärztliche Schweigepflicht.«

Dave blinzelte. Dann kniff er die Augen zusammen und sank in seinen großen Ledersessel. »Roy ist *tot?*«

»Wir haben seine Leiche vor ein paar Stunden mittels einer Gesichtsrekonstruktion identifiziert. Er war das Necklacing-Opfer.«

»Ich kann nicht glauben, dass Roy tot ist. Wir hatten solche Fortschritte gemacht …«

»Dave, wir müssen sie finden, bevor sie noch jemandem etwas antut. Sie müssen mit Professor Marks sprechen. Es ist eine Mordermittlung, ich kann mir einen richterlichen Beschluss besorgen, wenn es sein muss, aber wenn er kooperiert, wird es allen Beteiligten das Leben wesentlich leichter machen.«

Tiefes Durchatmen. Dann ein Nicken. Er stand auf, strich die Manschetten seines gestreiften Hemds glatt und marschierte zur Tür. »Fühlen Sie sich wie zu Hause. Ich sage unserer kleinen Kratzbürste, dass sie Ihnen eine Kanne Tee bringen soll.«

Die Tür fiel ins Schloss, und sie waren allein im Zimmer.

Chalmers setzte sich auf den Liegesessel, dann legte sie sich zurück und schwang die Füße hoch. »So, so … Therapie, hm?«

»Ich bin mit einem Messer attackiert, angeschossen und in die Luft gejagt worden, man hat mir Menschenfleisch zu essen gegeben.« Logan hielt seine linke Hand hoch und zeigte ihr die zwei schmalen Narben in der Handfläche. »Jemand hat meine Hand mit einer Nagelpistole an den Boden genagelt und dann dasselbe mit meinem Kopf versucht. Man hat mir die Wohnung über dem Kopf angezündet. Meine Freundin liegt deswegen immer noch im Krankenhaus …« Er ging zum Fenster und blickte auf eine Grünfläche mit ein paar Bäumen hinunter. Die Goths aus der High Street hatten ihre langen schwarzen Jacken auf einen großen Haufen geworfen, um dem Frisbee hinterherzujagen; sie juchzten und kreischten wie kleine Kinder. »Und deshalb: Ja, sie haben mich zur Therapie geschickt. Die Alternative wäre gewesen, für dienstunfähig erklärt zu werden.«

»Oh …« Sie räusperte sich. »Tut mir leid, Chef. Das habe ich nicht … Tut mir leid.«

Schweigen.

Ja, ja. Allen tat es immer leid.

»Rufen Sie die Leitstelle an, jemand soll Agnes Garfields

Haus überwachen. Rund um die Uhr. Wenn sie ihre persönlichen Sachen holen will, muss sie noch mal zurückkommen. Und haken Sie auch wegen der Fahndung nach Anthony Chungs Wagen nach. Und dann reden Sie mit der Staatsanwaltschaft: Sie sollen mir innerhalb der nächsten Stunde einen Beschluss für die Durchsuchung von Professor Marks' Unterlagen hier in dieses Büro faxen.«

»Ich dachte, Sie hätten gesagt, wir wollten zwei Fliegen mit einer Klappe schlagen?«

»Nur für alle Fälle. Sie wissen doch, wie diese Akademiker sind, die können sich manchmal derart anstellen …«

Ein fürchterliches Krachen irgendwo draußen auf dem Flur, und dann waren erregte Stimmen zu hören.

»Sie unprofessioneller Mistkerl!« Ein Liverpooler Akzent – das musste wohl Dave Goulding sein.

»Lassen Sie mich los! Hilfe! Jemand soll die Polizei rufen!« Und das war er nicht.

»Ach du Scheiße …« Chalmers schwang sich vom Liegesessel und rannte zur Tür.

Logan folgte ihr und stürzte hinaus ins Vorzimmer.

Die Sekretärin stand an der Tür zum Flur, eine Hand vor den Mund geschlagen, die Augen glänzend, und trat nervös von einem Fuß auf den anderen. Sie murmelte etwas vor sich hin, was bei dem Geschrei und Getrampel nur mit Mühe zu verstehen war. »Na los, gib ihm noch einen, voll in die Eier …«

»Aah! Nicht beißen!«

Logan steckte den Kopf zur Tür hinaus. Dr. Dave Goulding hatte einen kleinen glatzköpfigen Mann im Schwitzkasten und zerrte sein fluchendes und wild um sich tretendes Opfer aus seinem Büro heraus in den Flur.

29

»Nehmen Sie diesen Mann fest!« Professor Marks saß auf der Kante eines schwarzen Ledersessels und hielt einen Packen feuchter Papierhandtücher an seinen Unterkiefer gedrückt. Seine Haare waren kaum mehr als eine ferne Erinnerung, ein Kranz von fluffigen grauen Büscheln um einen glänzenden Kahlschädel herum. Große Brille mit Goldfassung, die Gläser mit Fingerabdrücken übersät. Kein Kinn – sein Gesicht schien einfach in den Hals überzugehen. Goulding hatte recht: Der Mann sah aus wie eine Wurst im Anzug. »Sie sind an diesem Institut erledigt, haben Sie mich verstanden? Erledigt!«

Goulding stand mit dem Rücken zum Fenster, die Arme verschränkt, die Augen zusammengekniffen. Seine rechte Wange war angeschwollen, die glänzende Haut begann sich schon dunkel zu verfärben. »Halten Sie den Mund und erzählen Sie der Polizei, was Sie mir erzählt haben.«

»Platzt einfach in mein Büro und brüllt rum …«

»Sie haben gewusst, dass sie gefährlich ist!«

Logan massierte sich die Schläfen. »Muss das jetzt wirklich …«

»Er hat mich angegriffen!«

Goulding ging einen Schritt auf Professor Marks zu. »Ich reiß Ihnen gleich die Rübe ab, Sie unprofessioneller Idiot! Sie hat Roy Forman umgebracht!«

»Sie können gar nicht wissen, ob …«

»Haben Sie eigentlich einen blassen Schimmer, wie viel Zeit und Mühe es mich gekostet hat, Roy wieder hinzukriegen? Und da lassen Sie Ihre Lieblingspsychopathin frei rumlaufen, bis sie ihn umbringt!«

Professor Marks machte den Mund auf und fuhr sich mit einer blassgelben Zunge über die vorderen Backenzähne. »Sie haben mir einen Zahn abgebrochen. Ich sollte Sie verklagen.«

»Ich kann Ihnen gerne noch mehr …«

Logan schlug mit der flachen Hand auf den Schreibtisch. »So, jetzt reicht's aber!«

Schlagartig war es still.

Goulding lehnte sich wieder an die Fensterbank. »Sagen Sie ihm, was Sie mir gesagt haben, Marks, oder ich schwöre bei Gott …«

Der Professor räusperte sich, rutschte auf seinem Sessel hin und her und wandte den Blick ab. »Die ärztliche Schweigepflicht verbietet mir …«

»Er hatte Kontakt mit ihr, seit sie verschwunden ist. Er hat mit ihr gesprochen.«

Professor Marks starrte ihn an. »Das habe ich Ihnen unter dem Siegel *strengster* Vertraulichkeit gesagt! Sie können doch nicht gegen die Schwei…«

»Ach, werden Sie endlich erwachsen. Ich bin nicht an die Schweigepflicht gebunden, sie ist schließlich nicht meine Patientin. *Wenn* sie es wäre, würde sie jetzt nicht frei rumlaufen und hilflose Menschen abfackeln, die für ihr Vaterland gekämpft haben!«

Logan blickte sich zu Chalmers um. Sie saß auf dem Liegesessel und schrieb eifrig in ihr Notizbuch. Gut. »Wir haben einen richterlichen Beschluss beantragt. Sobald der hier ankommt, werden Sie entweder mit uns reden, oder wir nehmen Sie wegen Strafvereitelung fest, schleppen Sie aufs Präsidium und stecken Sie in eine Zelle.«

»Das können Sie nicht machen. Ich bin hier das Opfer, es ist dieser gewalttätige Liverpooler …«

»Und morgen früh werden Sie dann dem Amtsrichter vorgeführt, und der wird Sie nach Craiginches schicken, bis Sie sich entschieden haben zu kooperieren.«

Marks leckte sich die Lippen. »Sie … Ich bin Arzt, ich kann nicht einfach …«

»Und unterdessen läuft Agnes Garfield da draußen« – Logan zeigte aus dem Fenster – »frei herum und bringt Leute um! Wollen Sie *wirklich* für einen weiteren Toten verantwortlich sein?«

»Ich bin für niemandes Tod verantwortlich. Was immer mit Roy Forman passiert ist, war keine Folge meiner Handlungen. Wenn Agnes …«

»Sie hat ihn verprügelt, dann hat sie ihn an eine Stange gekettet, ihn gewürgt, ihm einen Reifen um den Hals gehängt und ihn angezündet.« Logan griff in seine Tasche. »Wollen Sie die Bilder sehen? Wollen Sie wissen, wie so was aussieht?«

Professor Marks' Knie zuckten, dann zog er sie zusammen, als hätte Logan gerade Anstalten gemacht, ihm in die Eier zu treten. »Ich bin durch meinen hippokratischen Eid dazu verpflichtet …«

Goulding sprang auf, um sich auf ihn zu stürzen, und Marks wich kreischend in den Sessel zurück.

Chalmers war aufgesprungen und stellte sich Goulding in den Weg, eine Hand auf sein Brustbein gedrückt. »So, jetzt wollen wir uns alle mal wieder beruhigen, okay?«

Er starrte über ihre Schulter. »*Sagen* Sie es ihnen, Marks.«

Der Professor schloss die Augen und schien sich in sich selbst verkriechen zu wollen. »Ich habe einen Eid geleistet.«

Goulding stand mit hängenden Schultern am Bürofenster und starrte hinaus, eine Hand an der Stirn. »Werden Sie ihn auch wirklich festnehmen?«

Logan blickte von seinem Telefon auf. »Sobald wir den Beschluss gefaxt bekommen.«

»Gut.«

Fahles graues Licht fiel durch die Scheibe herein, und mit dem schwindenden Nachmittag wurde es im Zimmer zusehends dunkler. Und stiller war es auch, ohne Professor Marks' Gejammer über die Verletzung seiner Rechte und seinen abgebrochenen Zahn. Chalmers war sicher alles andere als begeistert, dass sie Marks in seinem eigenen Büro bewachen musste, damit er sich nicht ins finsterste Fife absetzte oder zu den hedonistischen Fleischtöpfen von Inverurie. Nun ja, dumm gelaufen. Aber gut für die Persönlichkeitsbildung.

Das war es jedenfalls, was er immer von Steel zu hören bekam, wenn sie die Arschkarten-Aufträge verteilte.

Logan wandte sich wieder seinem Telefon zu. Laut Anzeige hatte er neun Nachrichten auf der Mailbox und dazu ein halbes Dutzend SMS. Davon die Hälfte von Steel:

Du miese Ratte! Ich reiß dir den Sack ab und
mach dir ne Mütze draus!

Du hast gewusst, dass ich bei diesem Meeting
auf deine Hilfe zähle!

Beweg sofort deinen Arsch hierher!!!!!!

Immer diese skrotumbezogenen Drohungen. Aber eines musste man Steel lassen – sie verfiel wenigstens nicht in SMS-Jargon.

Löschen.

Von den anderen las er gerade mal die erste Zeile, die grundsätzlich mindestens ein Schimpfwort enthielt, und löschte sie dann auch.

Goulding räusperte sich. »Ich weiß schon – dass ich Marks am Kragen gepackt und durch den Flur gezerrt habe, muss wohl ein wenig … unprofessionell gewirkt haben, aber …«

»Sie hatten ihn im Schwitzkasten.«

»Roy Forman hatte *solche* Fortschritte gemacht, er kam so gut voran. Das alles einfach so wegzuwerfen …« Er schniefte. »Warum haben Sie mir nicht gesagt, dass er das Necklacing-Opfer war? Heute Morgen, als ich Robert Whyte befragt habe?«

»Ich wusste ja nicht, dass Sie ihn kennen. Und wenn ich es gewusst hätte, hätten Sie nicht mit Whyte reden dürfen. Wegen des Interessenkonflikts.«

Die nächste SMS war von Rennie, der jammerte, dass er Henry Scott vor der Gilcomston Church nicht mehr angetroffen hatte und wieso wurde Chalmers immer vorgezogen, das sei doch nicht fair. Heul, schluchz.

Löschen.

Die nächste war von Tim Mair von der Gewerbeaufsicht.

Wo zum Teufel steckst du, McRae? Punkt drei haben wir gesagt! Ich hab Kekse und alles mitgebracht!

Scheiße. Drei Uhr. Ach was, nicht so wichtig.

Logan tippte mit den Daumen eine Antwort.

Stell dich nicht so an. Mir ist eine Mordermittlung dazwischengekommen.
Besser, wir verschieben's. So gegen 17:15?

»Haben Sie gewusst, dass Roy bei der Operation Wüstensturm dabei war? Direkt hinter den feindlichen Linien hat er gegen die Republikanische Garde gekämpft. Sein Trupp war durch Scharfschützenfeuer gebunden, und dann gingen die Granaten nieder. Sie verloren ihren Kommandanten und die Hälfte des Trupps. Roy bekam einen Granatsplitter ins Auge. Halb blind und stark blutend schleppte er einen seiner Kameraden drei Meilen weit zurück ins Basislager, unter ständigem Feindbeschuss.«

Logan blickte von seinem Telefon auf. »Er hat DCI Steel erzählt, sie seien in eine Sprengfalle geraten.«

»Hören Sie: Worum es geht, ist, dass er ein Held war. Er hat für sein Land gekämpft, er wurde dabei schwer verletzt und traumatisiert, und er landete auf der Straße. Und er war auf dem Weg der *Besserung.*« Ein finsterer Blick. »Bis Professor Murks dazwischengefunkt hat.«

Die letzte SMS war von Dr. Graham.

Hab d SIA-Ergbn aus Dundee
Opf war v hier
Rfn S mich an & wr könn es bespr

Was zum Teufel sollte »SIA« heißen? Diese Frau war ein Albtraum.

Goulding trat vom Fenster weg und setzte sich hinter den Schreibtisch. »Wie geht es Samantha?«

Logan tippte eine Antwort:

Ich ruf Sie an, wenn ich wieder im Büro bin.
Was macht die Gesichtsrekonstruktion?

Er schickte die SMS ab. »Alles bestens. Wir waren gestern Abend in Brechin in der Disco. Und im Juli fliegen wir auf die Malediven zum Tauchen.«

»Verstehe …« Er legte die Fingerspitzen zusammen. »Ich habe für heute Nachmittag vier Uhr jemanden vom psychiatrischen Dienst zu Robert Whyte bestellt. Es würde mich sehr wundern, wenn er am Ende des Tages nicht auf einer geschlossenen Station wäre.«

Ein Spinner, aber nicht der *richtige* Spinner.

Logan steckte sein Handy wieder ein. »Ich glaube, wir werden uns eine Katze anschaffen.«

»Das ist gut. Aus therapeutischer Sicht ist das wahrscheinlich etwas effektiver, als alle seine Probleme mit einer imaginären Person zu diskutieren.«

Herrgott noch mal. Logan sackte auf seinem Stuhl zusammen und schlug die Hände vor die Augen. »Geht das schon wieder los …«

»Ich sage lediglich, dass es nicht ganz gesund ist. Und Sie *wissen*, dass die Gesprächstherapie wirkt. Sehen Sie sich doch nur an, was für Fortschritte wir in den letzten zwei Jahren gemacht haben: Wir haben Sie von Ihrem Vegetarismus geheilt, oder nicht? Sie trinken weniger, Sie haben abgenommen, *und* Sie sind längst nicht mehr so reizbar.«

»Hören Sie auf damit, okay?« Ewig die gleiche Leier.

»Logan, ich meine es ernst: Es ist wirklich nicht gesund, auf Dauer …«

»Haben Sie's *noch* nicht kapiert?« Er ließ die Hände sinken und zeigte auf Goulding. »Ich kann Sie immer noch wegen des tätlichen Angriffs gegen Professor Marks verknacken.«

Schweigen.

Goulding seufzte, dann ging er zu der Wand mit den Whiteboards. »Ich würde gerne ein Profil von Agnes Garfield erstellen. Wir wissen, wer sie ist, aber es könnte uns helfen herauszufinden, *wo* sie ist und was sie als Nächstes tun wird. Und sosehr es mir widerstrebt, die fachliche Reputation meines geschätzten Kollegen in Zweifel zu ziehen: Professor Richard Marks ist ein sabbernder Idiot.«

»Ich habe beim Budget für diesen Fall nichts mitzureden.«

»Ich mache es kostenlos, vorausgesetzt, dass Sie sie schnappen. Roy hat es nicht verdient, so zu sterben.«

»Kostenlos?« Logan zog eine Braue hoch. »Wenn das so ist, tun Sie sich keinen Zwang an. Ich lasse Ihnen die Fallakten zuschicken. Und falls es hilft – ich glaube, sie hat vielleicht auch in Kintore jemanden zu Tode gefoltert.«

Die Bürotür ging ein Stück weit auf, und da war Chalmers. Sie blieb wie angewurzelt stehen, dann klopfte sie an. Als ob sie nicht schon wüssten, dass sie da war. »Entschuldigung, Chef. Der richterliche Beschluss wäre jetzt da.«

Logan stand auf. Er steckte sein Telefon ein. »Weigert er sich immer noch zu kooperieren?«

»Er sagt kein Wort.«

»Legen Sie ihm Handschellen an, dann rufen Sie die Leitstelle an und sagen, sie sollen einen Streifenwagen schicken. Mit Blaulicht und Tatütata und allem Drum und Dran. Führen Sie ihn in Handschellen zum Haupteingang raus, damit alle ihn sehen können.«

Sie nickte. »Chef, wegen Agnes Garfield …?«

»Sie bleiben bei ihm, bis der Streifenwagen da ist. Und sorgen Sie dafür, dass er die volle erkennungsdienstliche Behandlung kriegt: Fingerabdrücke, DNS, alles.«

»Wissen Sie, ich habe mir nämlich gedacht, Roy Forman war doch bei den Gordon Highlanders, nicht wahr? Ein ausgebildeter Soldat mit Nahkampftraining und so? Wäre ein achtzehnjähriges Mädchen *wirklich* in der Lage, ihn auf diese Weise zu überwältigen, zu fesseln und anzuzünden? Würde er sich nicht wehren?«

Ah … Da hatte Chalmers nicht unrecht. »Vielleicht hat ihr jemand geholfen?«

Goulding griff nach einem Tafelwischer. »Roy war Alkoholiker. Wenn Sie so einem eine Flasche Schnaps und einen Strohhalm in die Hand drücken, tut er alles, was Sie verlangen.« Der Wischer schlug eine Schneise durch eine hingekritzelte Mind-Map und hinterließ nur Geisterbilder von Wörtern. Goulding nahm einen roten Marker, schrieb »AGNES GARFIELD« in die Mitte der Tafel und sperrte den Namen in einen windschiefen Kasten ein. »Wenn Sie diesen Idioten Marks in die Zelle stecken, tun Sie mir einen Gefallen, ja? Sorgen Sie dafür, dass er einen besonders lauten und stinkenden Zellennachbarn hat. Das wird ihn in den Wahnsinn treiben.«

Logan fuhr mit dem grummelnden Punto noch eine Runde um den Block. Immer noch kein Parkplatz weit und breit. Am Ende musste er das Auto am Beach Boulevard abstellen und zu Fuß gehen.

Ein kalter Wind wirbelte Sand und Splitt in den Rinnsteinen auf und ließ das Laub der Bäume erzittern.

Am anderen Ende der Leitung hörte er Samantha seufzen. *»Tja ... vielleicht hat Wee Hamish ja recht? Vielleicht musst du dir Reuben wirklich vorknöpfen, und zwar lieber früher als später.«*

»Ich werde Reuben *nicht* umbringen.«

»Wer redet denn von umbringen? Ich sagte, du musst ihn dir vorknöpfen. Mach einen Deal mit ihm.«

Logan verzog das Gesicht. »Ja, weil Reuben ja wirklich der Typ ist, der mit sich reden lässt.«

Das kleine rote Männchen wurde grün. Ein Golf bremste ruckartig ab. Durch die geschlossenen Fenster drang stampfendes Bassgewummer – bmm-tsch, bmm-tsch.

»Dann nimm ihn halt wegen irgendwas hoch. Aber sitz nicht bloß rum und warte darauf, dass dieser fette, narbengesichtige Mistkerl plötzlich mit einer Machete und einer Bohrmaschine vor der Tür steht.«

Logan schlenderte gemächlich über die Straße und ignorierte die bösen Blicke des aknegeplagten Nachwuchsrennfahrers am Steuer des Golf. »Ich bringe ihn nicht um, und ich hänge ihm auch nichts an.«

Ein Rascheln am anderen Ende – wahrscheinlich hatte Samantha die Hand über die Sprechmuschel gelegt – und dann ein gedämpfter Wortwechsel.

Er überquerte die andere Seite der vierspurigen Straße und schlängelte sich zwischen den Autos und Lkws hindurch, die vor dem Kreisverkehr warteten. »Hör zu, ich muss jetzt Schluss machen. Ich ruf dich später noch mal an, okay? Es ...«

Und dann war sie wieder da. *»Hör mal, diese Knochen, die du* *vor deinem Wohnwagen gefunden hast – dein Historiker hat gemeint, dass die als Schutz dienen, nicht wahr? Was ist, wenn sie gar nicht dich schützen sollten? Sondern die Person, die diese Bündel gemacht hat?«*

»Und wie genau soll mir das weiterhelfen?«

»Erinnerst du dich nicht? Im Buch steckt doch dieser Voodoo-Priester eines in Rowans Tasche, damit sie ihm nicht auf die Spur kommen kann?«

Weiter durch die Justice Street, wo zwei klotzige Hochhäuser sich über die umliegenden Granitgebäude erhoben, mit dunklen Fenstern, die einen verirrten Strahl der schwächer werdenden Sonne reflektierten.

»Tut mir leid, aber ich verstehe nicht …«

»Mein Gott, bist du schwer von Begriff, oder was? Denk doch mal nach: Wann hast du das erste Knochenbündel bekommen? Bevor Roy Forman verbrannt wurde, stimmt's? Vielleicht auch, bevor sie diesen anderen Typen gefoltert hat?«

Er blieb stehen. »Sie hat alles geplant. Sie wusste, dass ich nach ihr suche, weil ich bei ihr zu Hause gewesen war. Also …« Er runzelte die Stirn. »Also hat sie mich ausfindig gemacht, ist mir nach Hause gefolgt …« Etwas Kaltes strich ihm über den Nacken.

Logan fuhr herum, die freie Hand zur Faust geballt.

Da war niemand.

Ein feiner Sprühregen ging aus dem lehmfarbenen Himmel nieder, benetzte die Windschutzscheiben der parkenden Autos und ließ in dem einsamen Streifen Sonnenlicht einen blässlichen Regenbogen aufscheinen.

»Jetzt krieg doch nicht gleich die Panik. Die Knochenbündel sollen sie *vor* dir *schützen. Sie hat Angst vor dir. Du bist so was wie ein Hexenjäger-Jäger.«*

»Ach so, ja …« Und er erschrak vor seinem eigenen Schatten, wie ein Idiot.

»Gern geschehen. So, und jetzt musst du mich entschuldigen. Ich muss mich noch ein bisschen für meinen neuen Physiotherapeuten aufbrezeln, der ist nämlich ganz schön gut gebaut.« Und dann war Samantha weg.

Sie hatte recht: Agnes Garfield war weder ein kriminelles Superhirn noch der nächste Hannibal Lecter. Sie war einfach nur eine psychisch gestörte Achtzehnjährige, die ihre Medikamente nicht mehr nahm.

Das arme Mädchen hatte mehr Angst vor ihm als er vor ihr.

Ein warmer Hauch entweicht ihren Lippen und kräuselt sich weiß im Licht der geöffneten Gefriertruhe. All die kostbaren Sachen, eingewickelt in glänzende Alufolie.

Rowan beugt sich vor, bis ihre Wangen an dem kalten Plastikbehälter ruhen. Ein gutes, ein beruhigendes Gefühl. Es dämpft das Feuer in ihrem Kopf.

Alles wird gut.

Der fünfte Lehrsatz: »Fürchte nicht die Dunkelheit, sondern lehre sie, dich zu fürchten.«

Sie klappt den Deckel der Gefriertruhe zu, und der Raum versinkt in Schwärze, nur das Gurgeln und Summen, als der Kompressor anspringt, um die Temperatur wieder abzusenken.

Aus dem Halbdunkel tauchen Formen auf: die kantigen Umrisse der großen Gefriertruhe, die Sense, die an der Wand lehnt, die einsame Stecktafel, verfärbt von den Schatten längst verschwundener Werkzeuge. Der alte Holztisch. Der widerlich süße Gestank des Todes.

»Entzündet ein Feuer in Gottes Namen …«

Sie atmet tief durch und richtet sich gerade auf. Es ist so weit.

Knarrend schwingt die Tür auf. Dahinter kommt eine Scheune zum Vorschein, die Luft von betäubendem Schimmelgeruch erfüllt, staubige Heuballen in der Ecke, der Boden mit Mäusekot übersät, wie Morsezeichen.

Das kann nicht so bleiben.

Sie greift zum Besen und fegt in der Mitte eine Fläche von ungefähr zwei mal zwei Metern sauber. Dann tritt sie zurück und starrt auf die unebene graue Fläche hinunter, zündet die schwarze Kerze an und zeichnet den Kreis darauf. *Septen, merid, orien, occid* – Nord, Süd, Ost und West. Dann die Namen Gottes, die Symbole und schließlich das Pentagramm.

Rowan lächelt. Keine Lücken, keine Fehler, ein perfekter Ringknoten.

Der Hammer liegt schwer in ihrer schwarz behandschuhten Hand, ebenso der Metallpflock. Er hallt wie eine Glocke, als sie ihn in den festgestampften Lehm an der Spitze des Pentagramms schlägt. Jeder Schlag rüttelt ihren Arm bis hinauf zur Schulter durch und lässt eine kleine Staubwolke aufstieben.

Noch vier weitere Pflöcke, dann endlich ist das Werk vollendet.

Der Mann in der Ecke sagt etwas hinter seinem Knebel, zitternd, die Augen weit aufgerissen. Er liegt auf der Seite, beide Hände hinter dem Rücken gefesselt. Seine Handgelenke sind um das Seil herum gerötet und aufgescheuert von seinen Versuchen, sich zu befreien, die Knöchel auch – die nackten Füße schmutzig und zerkratzt. Orangefarbene und rote Ranken züngeln aus ihm heraus, Dornen aus Licht, die an den Granitwänden kratzen. Auf der Suche nach Waffen, nach einem Ausweg.

Dabei sollte er lieber nach Erlösung suchen.

Er kann froh sein, er darf schließlich *in* den Knoten, wo er vor der Dunkelheit von Hexerei und unreinen Seelen geschützt ist. Vor Menschen wie ihr …

Sie legt die Instrumente ihres Handwerks zurecht: das Messer, die Nadel, die Flasche mit Zitronensaft, die Dose mit Rasiercreme und das Rasiermesser.

Seine Seele mag geschützt sein, aber sein Körper ist etwas völlig anderes.

Rowan richtet sich auf, klopft sich den Staub von den Handschuhen. Und wendet sich ihrem Feind zu. Sie spricht mit ruhiger Stimme: »Die Kirk ist meine Mutter und mein Vater. Sie ist mein Stecken und mein Stab. Mein Schild und mein Schwert. Was ich in ihrem Dienste tue, entzündet ein Feuer in Gottes Namen.«

Tränen rinnen über sein blasses Gesicht.

Lehre die Dunkelheit, dich zu fürchten.

Rowan geht zu ihm hin, atmet tief durch, und der Geruch nach Schweiß und Orangen und Verbranntem steigt ihr zu Kopf. Dann packt sie ihn an den Haaren und zerrt ihn hinüber zum Ringknoten. Er tritt um sich und schreit unentwegt, bis sie ihm mit dem Hammer leicht auf die Schläfe schlägt – gerade fest genug, um ihn stöhnend zusammensacken zu lassen.

Dann löst sie seine Fesseln und bindet ihn an den Pflöcken fest. Ausgestreckt wie ein Frosch in einem Laboratorium, der auf den Beginn der Anatomiestunde wartet.

Sie schließt die Augen. Lässt den Kopf sinken. *»Miserere mei Deus secundum magnam …«*

Hab Erbarmen mit mir, o Gott, gemäß deiner großen Güte.

30

Der widerliche Gestank einer Obduktion an einer halb verwesten Leiche drang aus dem Sektionssaal – wie von einem ausgeschalteten Kühlschrank voll mit rohem Fleisch, der zu lange in der Sonne gestanden hatte. Zu dem Geruch gesellte sich unmelodisches Pfeifen, als Miss Dalrymple in Gummistiefeln und dicker Gummischürze den Fliesenboden mit dem Schlauch abspritzte und die Blutlachen in die Kanalisation jagte.

Logan versuchte es im Aufbahrungsraum.

Dr. Graham beugte sich gerade über einen neuen Kunstharzschädel und maß ihn mit einem Messschieber aus, um dann eine lange Zahlentabelle zu konsultieren. Sie blickte auf, als er die Tür zumachte. Ihr Lächeln war voller Zähne. »Ich ermittle gerade die Gewebstiefe-Marker.«

»Was bedeutet ›SIA‹?«

»Ach so, ja.« Sie sprang von ihrem Schemel und stöberte in einem Stapel Papiere. »Stabilisotopenanalyse. Ich habe aus Dundee den Befund zu diesem Stück Oberschenkelknochen bekommen, den wir hingeschickt hatten. Von dem Skelett auf Ihrem Dach.« Sie drückte ihm einen Stoß Papier in die Hand, mit einem grauen Schmutzstreifen an einer Seite, der offenbar von den Verdauungsproblemen des institutseigenen Druckers stammte.

Der Bericht begann mit ein paar Höflichkeitsfloskeln – wie schön es sei, mal wieder von Dr. Graham zu hören, und ob sie mal vielleicht zusammen etwas trinken gehen könnten, wenn sie das nächste Mal in der Stadt wäre – und verkam dann rasch zu einem unverständlichen Konvolut von Fachausdrücken und Schaubildern mit krakeligen Kurven.

Logan betrachtete ihn eine Weile stirnrunzelnd.

Nein. Keine Chance.

Er gab ihn ihr zurück. »Könnte ich vielleicht die Kurzfassung haben?«

»Also, die Bombenkurven-Datierung mittels C14-Isotopenanalyse ergibt einen Todeszeitpunkt vor dreißig bis fünfunddreißig Jahren. Ihr Mordopfer ist also schon älter.«

Vor fünfunddreißig Jahren? Da war Agnes Garfield ja noch gar nicht geboren.

»Die Zusammensetzung der stabilen C13- und O16- beziehungsweise O18-Isotope in Verbindung mit dem Verhältnis der Strontium86-/Strontium87-Isotope …«

»Die *Kurzfassung*, Dr. Graham.«

Ihre Wangen röteten sich. »Entschuldigung. Bei diesen Strontium- und O18-Konzentrationen muss Ihr Opfer nördlich einer Linie von Montrose bis Helensburgh gelebt haben. Die C13-Daten weisen auf eine mitteleuropäische Ernährung hin, sie kam also nicht aus den USA.«

Dr. Graham nahm einen Schluck aus einer Wasserflasche, die neben ihrer Sammlung von Glasaugen stand. »Die Analyse besagt, dass Ihr Opfer vermutlich aus dem Nordosten Schottlands stammte – stellen Sie sich einen groben Kreis um Kintore, Torphins, Coldstone, Craik, Ardlair, Insch und Inverurie vor. Sie hat den größten Teil ihres Lebens hier verbracht. Offenbar ist die einzige andere Gegend, die zu den Strontium- und O18-Werten passen würde, das Hinterland von Sutherland sowie Ross and Cromartyshire.«

Dr. Graham blätterte vor bis zur letzten Seite. »Eine Sache noch – es gibt da eine Disjunktion zwischen den C13- und den N15-Isotopen. Erhöhtes N15 bedeutet, dass sie an einer langwierigen Krankheit litt. Was die porösen Veränderungen an den Schädelknochen erklärt…« Dr. Graham nahm den Abguss in die Hand und fuhr mit einem Finger um die Augenhöhle herum. »Sehen Sie die Spuren?«

»Und Sie können sicher sagen, dass sie vor fünfunddreißig Jahren gestorben ist?«

»Die Isotopenanalyse lügt nicht.«

»Mist.«

Sie drückte den Schädel an ihre Brust. »Aber ist das nicht…«

»Wenn es weniger als fünfzig Jahre her ist, müssen wir es als einen verdächtigen Todesfall behandeln. Wenn es *über* fünfzig Jahre her wäre, hätten wir es als archäologischen Fund abschreiben können, denn dann wäre ihr Mörder vermutlich auch nicht mehr am Leben. Sie wäre nicht unser Problem, und ich hätte nicht noch einen Mordfall an der Backe.«

Logan trommelte mit den Fingern auf den Tisch.

Wie zum Teufel hatte Agnes Garfield die Überreste eines Mordopfers von vor fünfunddreißig Jahren in die Finger bekommen?

Dr. Graham räusperte sich. »Also, Sie sollen ja nicht denken, dass ich den Hals nicht vollkriege, aber Miss Dalrymple hat mir gesagt, dass sie eine stark verweste Leiche haben, die noch identifiziert werden muss?«

»Hmm?« Er blickte sich zum Sektionssaal um. »Steel wird nicht zulassen, dass ich noch eine Gesichtsrekonstruktion in Auftrag gebe. Ich hab sie schon gefragt.«

»Na ja … Wir könnten uns ja auf die grundlegenden Untersuchungen beschränken. Wissen Sie, ob Röntgenaufnahmen gemacht wurden? Ich meine, wo ich schon mal hier bin?«

Einen Versuch war es wert. Zumal, da alles andere anscheinend ein kompletter Reinfall war.

Zwei Minuten später kam er mit einem dicken braunen Aktenordner zurück. »Sie haben Glück. Es wurden Röntgenaufnahmen von Kopf und Brust gemacht, bevor sie ihn aufgeschnitten haben.«

Dr. Graham warf einen Blick in den Ordner und nahm ein Röntgenbild des Schädels von vorne und eines von der Seite heraus. Sie hielt beide vor das Fenster des Aufbahrungsraums. Das Licht aus dem Zimmer nebenan war gerade eben hell genug, um die Knochen aufleuchten zu lassen. »Könnten Sie die mal bitte halten?«

Logan tat es, und sie ging ganz dicht heran, inspizierte die Filme mit zusammengekniffenen Augen und tippte mit einem Finger darauf herum. Ober- und Unterkiefer waren ein einziges Chaos aus Brüchen und zertrümmerten Zähnen – nur ein paar Backenzähne hingen hinten noch im Kiefer. Ein Jochbein war in drei Teile zerbrochen.

Nach einer Weile nickte sie und trat zurück. »Sehen Sie die

relativ schmale Nasenöffnung? Und die breiten, hervortretenden Jochbeine?«

Keine Ahnung.

Sie beäugte die Röntgenaufnahme noch einmal und kratzte an dem Film, dort, wo die zerschmetterte Nase an den Knochen grenzte. »Zu schade, dass wir die Nasenform nicht besser rekonstruieren können … Aber wenn wir die Augendistanz hinzunehmen, den kurzen Nasenrücken und den gerundeten Gaumen, dann heißt das, dass wir es *wahrscheinlich* mit einem asiatischen Mann zu tun haben. Und angesichts der unvollständig zusammengewachsenen Schädelnähte und der Tatsache, dass er drei Weisheitszähne in voller Okklusion hat, können wir eine grobe Schätzung des Alters auf irgendwo zwischen siebzehn und fünfundzwanzig wagen. Wahrscheinlich. Plus/minus.« Sie zuckte mit den Achseln. »Wenn Sie die Kollegen dazu überreden könnten, mich den Schädel entfleischen zu lassen, würde das helfen. Oder wenn Sie mir die fehlenden Zähne auftreiben könnten …?«

Ein Mann von asiatischer Herkunft, Anfang zwanzig, der gefoltert in der Mitte eines Ringknotens aus *Witchfire* lag. Jemand, der Agnes Garfield gut genug kannte, um sie dorthin zu begleiten. Jemand, der wahrscheinlich zu bekifft gewesen war, um sich groß zu wehren. Vielleicht jemand, der hinter ihrem Rücken herumgevögelt hatte?

Jemand wie Anthony Chung.

PC Sim kräuselte die Oberlippe. »Grabräuberei? Im Ernst?«

Logan drückte ihr die Stabilisotopenanalyse in die Hand. »Irgendwoher musste sie das Skelett ja haben. Entweder sie ist zufällig über ein verscharrtes Mordopfer gestolpert, oder sie hat auf dem Friedhof nach Leichen gebuddelt.«

»Igitt … Grabräuberei.«

»Suchen Sie nach weiblichen Personen aus dem Nordosten,

Alter zwischen sechzig und siebzig, gestorben vor bis zu vierzig Jahren. Und sie hatte übrigens Syphilis.«

Sim überflog den Bericht. »Wissen Sie was, Chef? Ich schätze mal, es wird da eher *nicht* genug vermisste Leichen geben, um Verwirrung zu stiften.«

Er wies in die Richtung des CID-Büros am Ende des Flurs. »Sparen Sie sich den Sarkasmus und suchen Sie lieber nach toten alten Damen.«

Sie verdrehte die Augen, machte kehrt und marschierte auf die Doppeltür zu. Beim Gehen schwang sie die Arme wie eine missgestimmte Aufziehpuppe.

Keinen Funken Respekt – das war das Problem mit dem Polizeinachwuchs heutzutage.

Immerhin schienen sie jetzt zur Abwechslung mal richtige Fortschritte zu machen. Beinahe ...

Er schloss die Tür zu seinem Büro auf, öffnete sie – und erstarrte.

Scheiße.

Steel saß hinter Logans Schreibtisch, die Füße hochgelegt, die glimmende Pseudozigarette zwischen den gebleckten Zähnen. »Ich *höre*.«

Knall die Tür zu. Knall sie einfach zu und RENN WEG!

Logan leckte sich die Lippen. »Wie läuft die Supervision?«

»WAS ZUM VERFICKTEN HENKER GLAUBST DU DENN?« Speicheltropfen flogen im fahlen Licht. »Ich hab dir *gesagt* ...«

»Ich war die ganze Zeit auf Achse und hab versucht, sie zu finden, okay? Ich hab nicht am Konferenztisch gesessen und mit Whiteboards und Post-its rumgespielt.« Er hängte sein Jackett an den Haken neben der Tür. »Also, wenn du ein bisschen rumbrüllen willst, nur zu. Aber erwarte nicht, dass es mich juckt.«

Steel kniff die Augen zusammen. »Ungewaschene Bagage,

wollen mir alle erzählen, wie ich eine Mordermittlung zu führen habe …«

»Ich weiß was, das wird dich aufmuntern: Ich glaube, wir haben unser Opfer aus Kintore identifiziert.«

Steel starrte ihn an. »Und?«

»Laut Dr. Graham handelt es sich um eine männliche Person asiatischer Herkunft von Anfang bis Mitte zwanzig. Fällt dir irgendjemand ein, auf den Agnes Garfield einen Hass schieben könnte?«

Eine Pause und dann bahnte sich ein Lächeln seinen Weg durch ihre Falten. »Anthony Chung. Er hat doch hinter ihrem Rücken mit irgend so einem Flittchen gevögelt, nicht wahr?«

»Und laut ihren Freunden haben die zwei sich ständig gestritten. Schluss gemacht, sich wieder versöhnt und sich immer wieder gezofft, dass die Fetzen flogen.«

Steel zog genüsslich an ihrer Zigarette. »Er bescheißt sie ein Mal zu viel, sie setzt ihre Anti-Gaga-Pillen ab, und schon geht sie hin und macht ihrem lügenden, betrügenden, drogendealenden, prügelnden Macker den Hexenprozess. Ich sag nicht, dass er es verdient hat – aber trotzdem.«

»Ich hab dir doch gesagt, dass dich das aufmuntern würde.«

»Und ich hab *dir* gesagt, du sollst sie finden.« Steel lehnte sich in Logans Bürostuhl zurück und stemmte ihren Busen hoch. »Ich glaube, du hast dein Geschenk doch nicht verdient.«

Wirklich zu schade.

Steel deutete mit dem Kopf auf eine rote Mappe, die neben ihren Füßen auf dem Schreibtisch lag. »Der vorläufige Obduktionsbericht. Lesen.«

»Schon? Das ging aber schnell …« Er schlug die Mappe auf und überflog den Inhalt.

Laut dem Bericht wies Anthonys Leiche insgesamt dreihundertfünfundsechzig Stichwunden auf, doch sie waren alle nur einen halben Zentimeter tief – die Klinge war viel zu kurz, um eines der inneren Organe zu verletzen. Und keiner der Stiche hatte eine Vene oder Arterie auch nur angeritzt. Langsam, sorgfältig und methodisch … Als mutmaßliche Todesursache war Strangulation angegeben. Agnes hatte ihm also die Schlinge um den Hals gelegt, wie sie es mit Roy Forman getan hatte. Nur dass sie diesmal ganze Arbeit geleistet hatte.

Auf dem Blatt war ein Farbfoto abgedruckt: Eine Nahaufnahme der Verletzungen an Anthony Chungs Brust. Vier schmale, dunkelviolette Schnitte, jeder genau in der Mitte eines kreisrunden Blutergusses, ungefähr von der Größe einer Zwei-Pfund-Münze. Eine krakelige Skizze zeigte ein Messer mit einer winzigen V-förmigen Klinge und einem kreisförmigen Griff. Dürfte ziemlich unverwechselbar sein.

Steel ließ einen feuchten, flabberigen Seufzer vernehmen, dann zog sie die oberste Schublade von Logans Schreibtisch auf und wühlte darin herum. Sie fischte sein Exemplar von *Witchfire* heraus, schürzte die Lippen und studierte mit zusammengekniffenen Augen den Klappentext. »Unsere *Freunde* von Strathclyde sind ›überrascht und enttäuscht‹, dass wir den Autor noch nicht vernommen haben.«

»Sie glauben, *er* hat Anthony Chung umgebracht?«

»Nicht er, du Dussel, seine durchgeknallten Fans.«

»Wie Agnes Garfield.«

»Wie Agnes Garfield, bloß anders.« Steel schlug das Buch auf, hielt es mit ausgestrecktem Arm und fixierte die Seiten über ihre Nase hinweg. »Wird in der Geschichte auch gerammelt?«

»Musst du nicht zurück zu deiner Supervision?«

»Pinkelpause. Wenn es noch länger gegangen wäre, hätte ich deine verdammte Ex glatt erwürgt. ›Oh, ich bin ja *die* Expertin für Gewalttaten im Bandenmilieu. Schaut mich nur an mit meinen großen, strammen Titten. Ich bin so vollkommen, weil ich nicht mehr bei Grampian bin, und die Strathclyde Police ist ja so viel besser und schlauer und …«

»Wie kommt DI Bell mit dem Chung-Mord voran?«

»Ding-Dong könnte nicht mal eine Handgranate in einer Schüssel voll Zäpfchen finden.« Wieder schnaubte sie grimmig. Dann warf sie das Buch auf den Schreibtisch. »Da du ja so ein großer Fan bist, kannst du mit diesem Dings reden, diesem Schreiberling. Und wo wir schon dabei sind: Jemand muss zu Anthony Chungs Eltern rausfahren und ihnen sagen, dass er tot ist.«

Logan blinzelte sie an. »Aber das ist Ding-Dongs Fall, und …«

»Erinnerst du dich, was ich über Leute gesagt habe, die mich ärgern? Also, im Moment stehst du ganz oben auf der Liste. Und da du so *herausragende* Arbeit geleistet hast, als es darum ging, Agnes zu erwischen, bevor sie ihn umbringt …« Sie streckte die Arme aus und spreizte die Finger. »… geht dieser Job an dich.«

Na toll.

»Schön. Ich sag's seinen Eltern. Lass sie herkommen und die Leiche identifizieren.«

Steels Schultern sackten ein paar Zentimeter ab. »Meinst du nicht, dass sie schon genug gelitten haben? Vier Tage hat er dort auf dem Küchenboden vor sich hin gegammelt, und das im Mai – er ist nun wirklich alles andere als präsentabel. Und sowieso bringt eine Identifizierung durch Augenschein in diesem Fall gar nichts. Wir müssen nur im Labor nachhaken, bis sie uns eine DNS-Analyse von den Zähnen machen.«

Logan nickte und zog sein Jackett wieder an. »Goulding wird uns ein Profil erstellen. Gratis.«

»Solange es nichts kostet, kann er meinetwegen splitternackt auf der Holburn Street rumtanzen. Jetzt heb deinen Arsch von dannen und erklär Anthony Chungs Eltern, warum ihr kleiner Junge nicht zum Abendessen nach Hause kommt. Und red mit diesem verdammten Autor!«

»Okay … Danke.« Logan legte auf und steckte das Telefon wieder in die Tasche.

PC Sim lenkte den Wagen um den Haudagain-Kreisverkehr, ganz langsam, als ob sie rohe Eier oder Nitroglyzerin geladen hätte. Die Wischer schwangen quietschend hin und her und putzten den Nieselregen weg. »Wie läuft die Supervision?«

Logan drehte sein Fenster hoch. »Wie eine Prostatauntersuchung von einem Grizzlybären.«

Sim leckte sich die Lippen. »Werden wir *wirklich* den Typen treffen, der *Witchfire* geschrieben hat?«

»Ich dachte, Sie mögen das Buch nicht?«

»Ich meine bloß, wenn ich das vorher gewusst hätte, dann hätte ich ein Buch zum Signieren einstecken können.« Sie blickte starr geradeaus und knibbelte am Lenkradbezug herum. »Nicht für mich – für meine Nichte.«

Ja, klar.

»Insch meinte, der Typ wäre den ganzen Tag da, um das Skript zu überarbeiten.«

Sim nickte. Lächelte. Und knibbelte noch ein bisschen am Lenkrad herum. »Und Sie sind sicher, dass wir nicht zuerst mit Anthony Chungs Eltern sprechen sollten?«

Ein Seufzer entrang sich Logans Lunge. »Ihr Sohn ist tot. Von dem Moment an, wo wir es ihnen sagen, ist ihr Leben für immer ruiniert. Da kommt es auf eine halbe Stunde auch nicht mehr an.«

»Ja, mir graut auch schon davor.«

Ein verbeulter Daihatsu-Geländewagen zog röhrend auf der Überholspur vorbei und spie blaugraue Rauchwolken aus dem Auspuff.

Sim deutete auf die Aktenmappe auf dem Armaturenbrett. »Ich bin sämtliche einschlägigen Meldungen durchgegangen, die es in den letzten zwei Jahren in Großbritannien gegeben hat – nur eine einzige Leiche wird immer noch vermisst: Ein

Mann mittleren Alters, der vor fünfzehn Jahren bei einem Motorradunfall in Shropshire ums Leben gekommen ist. Sie haben eine Ecke des Friedhofs ausgebaggert, um eine Gasleitung zu verlegen, und hinterher konnten sie sich nicht mehr erinnern, wo sie ihn hingelegt hatten.« Sie schaltete sanft in den vierten Gang hoch. »Also habe ich mich an sämtliche Stadtverwaltungen in Schottland gewandt und sie gebeten, auf ihren Friedhöfen nachzusehen, ob es da vielleicht ein offenes Grab gibt, von dem sie nicht wissen und dessen Inhaber verschüttgegangen ist.«

»Und?«

»Sagen wir mal so – ich würde nicht gerade mit angehaltenem Atem warten. Sie wissen ja, wie diese Behörden sind: Das wird Monate dauern.«

Nun ja, wäre wohl auch vermessen gewesen, auf eine so einfache Lösung zu hoffen.

Der Daihatsu wechselte direkt vor ihnen die Spur. PC Sim stieg auf die Bremse und vermied um Haaresbreite einen Auffahrunfall. Sie zog die Stirn in Falten und blähte die Nasenflügel. »Du dreckiges … verflixtes … Kackschwein!«

»Wie kann es sein, dass niemand eine siebzigjährige tote Frau vermisst?«

Sim drückte die Hupe, und das schrille *»Tröööööööööööööööt!«* schallte durch den nieseligen Nachmittag. »BLEIBST DU WOHL AUF DEINER SPUR!«

»Jetzt beruhigen Sie sich mal.«

»Es sind genau solche vermaledeiten Idioten, die Unfälle verursachen …« Sie machte Stielaugen. »Hat der mir gerade den Stinkefinger gezeigt?«

Zwischen den Vordersitzen des Daihatsu waren die Umrisse eines Unterarms zu sehen. Die Hand zur Faust geballt, der Mittelfinger ausgestreckt.

Ein maliziöses Lächeln breitete sich auf Sims Gesicht aus.

Dann legte sie den Schalter am Armaturenbrett um – blau-weißes Licht begann hinter dem Kühlergrill des Poolwagens zu flackern, und die Sirene heulte los.

»Können Sie es nicht einfach gut sein lassen?«

»Tut mir leid, Chef, aber wir haben eine *Pflicht* zu erfüllen.«

In dem Daihatsu bekam der Mittelfinger Gesellschaft von seinen drei Kollegen. Aber dann bremste der Trottel ab und fuhr auf die nächste Bushaltestelle ab.

Sim hielt hinter ihm. Das Blaulicht wurde vom schlammbespritzten Lack des Geländewagens reflektiert. »So, du kleiner Stinker…« Sie schnappte sich ihren Hut vom Armaturenbrett und kletterte hinaus in den Nieselregen.

Na gut, dann sollte sie sich eben abreagieren.

Logan fischte sein Handy aus der Tasche und lehnte sich zurück, während er Chalmers' Nummer wählte. »Ist Professor Marks schon eingeknickt?«

»Chef, wollte Sie gerade anrufen. Wir haben wieder einen asiatischen Herrn in der Notaufnahme – behauptet, er sei die ›Treppe runtergefallen‹. Dabei hat er's fertiggebracht, sich beide Kniescheiben zu zertrümmern. Der Unfallchirurg meinte, er müsse bei dem Sturz auf einen ganzen Sack voll Hämmer gefallen sein.«

Also, das klang doch irgendwie vertraut. »Klauenhämmer?«

»Kann ich nicht sagen. Der Herr ist ein gewisser Hong Gil-dong. Mr Hong ist vor zwölf Jahren ganz legal mit einem Studentenvisum aus Hongkong eingereist. Und nicht mehr nach Hause zurückgekehrt.«

Offensichtlich.

Logan trommelte eine Weile mit den Fingern auf dem Armaturenbrett herum. »Was hat er studiert?«

»Ich…« Eine Pause. *»Tut mir leid, Chef, aber ich werd's herausfinden.«*

»Wetten, es war Gartenbau?«

31

Ein tiefes Bassgrollen erfüllte Soundstage 2, so durchdringend und laut, dass Logans Lunge in seiner Brust vibrierte. Um ihn herum stand alles stumm da und starrte zu dem viergeschossigen Wohnblock auf, wo Nichole Fyfe auf dem Dach herumturnte, verfolgt von drei ganz in Schwarz gekleideten Männern. Die Szene flimmerte über einen riesigen Breitbildfernseher auf dem Boden des Studios.

Ein halbes Dutzend Sprinklerköpfe arbeiteten auf Hochtouren und begossen das Dach mit künstlichem Regen, bis alles feucht glänzte. Dann tauchte ein Lichtblitz die Welt für Sekunden in Schwarz-Weiß. Ein weiterer dröhnender Donnerschlag.

Nichole bremste schlitternd an der Dachkante ab und ruderte mit den Armen, während eine Kamera auf einem riesigen Kran am Gebäude hochfuhr.

Die drei Männer hinter ihr verteilten sich. Ihre Messer und Schwerter funkelten im Scheinwerferlicht, und …

Jemand zupfte Logan am Ärmel.

Er drehte sich um, und da stand Nichole Fyfe und blickte zu ihm auf.

Hä?

Logan schaute wieder zum Dach hinauf. Nein … sie war immer noch da oben. Zurück zu der Nichole am Boden.

Die Ähnlichkeit war geradezu unheimlich.

Sie lächelte. Dann stellte sie sich auf die Zehenspitzen und flüsterte ihm ins Ohr. »Mein Double.« Ihr Atem war warm und schmeichelnd an seiner Wange. »Sie lassen mich nicht meine eigenen Stunts machen.« Achselzucken. »Wegen der Versicherung.« Sie wich ein paar Zentimeter zurück und blinzelte ihn an. Dann kam sie wieder näher. »Ich wollte nur danke sagen für … na ja, Sie wissen schon, heute Morgen.«

Er drehte den Kopf, und seine Lippen streiften ihr Haar, als er den Gunstbeweis erwiderte. Es duftete nach Mandarinen, vermischt mit einem eigenartigen, süßlichen Schweißgeruch. »Ich bin nur froh, dass es Ihnen wieder gutgeht.«

Warum wurde es plötzlich so unangenehm warm?

Wieder ein Blitz, wieder ein krachender Donnerschlag.

Sie schlang die Arme um seine Brust, küsste ihn auf die Wange und hauchte: »Danke.« Ihre Augen waren riesig und dunkel.

Logan räusperte sich.

Und dann tönte der Befehl *»SCHNITT!«* aus den Lautsprechern, gefolgt von Zanders Stimme. *»Tut mir leid, Leute, aber das Schwert von Inquisitor Nummer drei macht fürchterliche Blendenflecke. Könnten wir das bitte einsprühen?«*

Kaum hatte er die Anweisung erteilt, schwärmte eine ganze Armee von Helfern über das Dach aus, und unten auf dem Boden fingen alle gleichzeitig zu reden an.

Nichole trat zurück. »Was wird jetzt aus Robbie?« Sie runzelte die Stirn. »Ich meine den richtigen Robbie, nicht … Sie wissen schon.«

»Man hat ihn zwangseingewiesen, um einige Untersuchungen durchzuführen. Danach wird er wahrscheinlich eine Zeitlang in einer geschlossenen Einrichtung behandelt werden.«

»Das ist doch gut, nicht wahr? Dass er Hilfe bekommt?« Sie schlang sich die Arme um den Leib. »Ich kann nicht glauben, dass er Wee Robbie so etwas angetan hat.«

»Manchmal tun Menschen merkwürdige Dinge.«

Sie trat näher und gab Logan noch einen Kuss auf die Wange. »Danke, dass Sie sich um ihn gekümmert haben. Und um mich.«

»Ja, also …«

Eine tiefe, grollende Stimme erhob sich über die Hintergrundgeräusche. »Nichole?« Es war Insch. »In der Maske wäre jetzt alles bereit für Sie – wenn Sie sicher sind, dass Sie es sich zutrauen?«

Sie nickte und tätschelte Logan die Brust. »Danke noch mal.« Dann machte sie kehrt und marschierte mit schwingenden Armen davon.

Insch starrte finster vor sich hin, griff in seine Sakkotasche und holte eine kleine Tüte mit Apfelschnitzen hervor. Er steckte sich einen in den Mund. »Sie hätten gestern mit ihm reden sollen. Und ich schätze es ganz und gar nicht, dass Sie meine Hauptdarstellerin anbaggern.«

»Ich habe sie doch nicht…« Aber auch *jedes* Mal. »Ist der Autor hier?«

»Mr Hunter ist im Besprechungsraum 2. Versuchen Sie doch *bitte*, ihn nicht zu verärgern, sonst hängt er wieder den Rest des Tages an der Ginflasche, und wir kriegen bis morgen Nachmittag nichts Vernünftiges mehr aus ihm raus.«

»Ich kann nichts versprechen…« Er reckte den Hals und blickte sich suchend im Studio um. »Sagen Sie, haben Sie PC Sim gesehen?«

Der Besprechungsraum 2 war angefüllt mit dem dunklen Aroma von frisch gebrühtem Kaffee. Die Maschine gurgelte in einer Ecke des großen rechteckigen Raumes vor sich hin. Mehrere Tische waren in der Mitte zusammengeschoben worden, um eine einzige große Fläche zu schaffen, die fast vollständig mit Stapeln von verschiedenfarbigem Papier bedeckt war, die Blätter übersät mit handschriftlichen Notizen und bearbeitet mit Textmarker. Die Rollos waren heruntergelassen, sodass der Raum im unfreundlichen Licht der Neonröhren dahinvegetierte. Eine Wand war komplett mit gelben, grünen und orangefarbenen Haftnotizen zugepflastert, die andere verschwand hinter Reihen von Einzelbildern im A4-Format – offenbar ein Storyboard.

Nur ein Mensch hielt sich im Raum auf – er saß in der Mitte und starrte konzentriert auf den Bildschirm eines Laptops. Neben seiner Maus stand ein Kaffeebecher mit der Aufschrift »SCHLECHTESTER PAPA DER WELT«. Mitte vierzig, mit hoher, gewölbter Stirn, die im Schein der Deckenbeleuchtung glänzte und von lockigen Haaren umzingelt war. Dazu ein Spitzbart und eine Brille, die offensichtlich »hip« oder »in« aussehen sollte, es aber nicht tat.

Sim packte Logan am Ärmel und kiekste: »Das ist er!«

Logan zückte seinen Dienstausweis. »Mr Hunter?«

Der Mann blickte nicht von seinem Laptop auf, sondern deutete nur auf die andere Ecke des Schreibtischs. »Stellen Sie sie einfach da hin und sagen Sie David, dass ich sein Continuity-Problem mit Vier-vierzehn gelöst habe.«

»Polizei, Mr Hunter. Ich bin Detective Inspector McRae, und das ist PC Sim. Wir müssen Ihnen ein paar Fragen stellen.«

Er beäugte sie über seine Brillengläser hinweg. »Sie haben nicht die Sandwiches gebracht?«

Logan zog einen Stuhl heraus und setzte sich. »Sim, wie wär's, wenn Sie für uns alle Kaffee holen? Mr Hunter möchte sicher auch noch einen.«

Sie murmelte etwas Unverständliches, starrte Logan einen Moment lang an, lief rot an und marschierte dann los, um sich an der Kaffeemaschine zu schaffen zu machen.

Hunter schob einen Stapel Skripte zur Seite und griff nach einer Ausgabe der *Scottish Sun*. »Darf ich raten? Sie sind deswegen hier.« Die Schlagzeile »PERVERSER SATANISTISCHER KILLER KOPIERT MORDSZENE AUS FILM« prangte über einem Foto des Hauses in Kintore und einer Skizze des Ringknotens aus *Witchfire*.

Logan zog sein Notizbuch aus der Tasche. »Haben Sie viele Fans, Mr Hunter?«

»Warum muss die Polizei die Leute immer mit Nachnamen anreden? Wollen Sie uns damit einschüchtern?«

»Wir wollen nur höflich sein.«

»Dann können Sie William zu mir sagen. Ich hasse Will, Willy, Billy und Bill, also vergessen Sie das gleich.« Er warf die Zeitung auf den Tisch. »Und ja, ich habe viele Fans. Ich habe so viele E-Mails bekommen, dass ich eine junge Frau einstellen musste, die vorgibt, ich zu sein. Was irgendwie ironisch ist, weil es im Netz normalerweise umgekehrt ist. Aber dieses ständige ›Woher haben Sie Ihre Ideen?‹, ›Mit wem würden Sie einen Film besetzen?‹ und ›Wann kommt das nächste Buch raus?‹ hat mich schier wahnsinnig gemacht.«

»Was ist mit … der fanatischeren Sorte?«

Seine Mundwinkel bogen sich nach unten. »Sie meinen die Spinner? Das Problem haben alle Schriftsteller. Leute, die glauben, dass die Figuren echt sind. Leute, die glauben, sie haben das Recht, einem zu sagen, wie man seine Arbeit zu machen hat. Leute, die Fingermen sein wollen. Leute, die wollen, dass ich ihre Lebensgeschichte schreibe. Hab ich alles schon erlebt.«

Sim stellte Logan einen Becher hin. Ihre Hand zitterte so heftig, dass der Kaffee auf die blauen Seiten eines überarbeiteten Skripts überschwappte. Dann lief sie um den Schreibtisch herum, nahm Hunters »SCHLECHTESTER PAPA DER WELT«-Becher und eilte damit zur Kaffeemaschine.

»Und seit dem Beginn der Dreharbeiten ist es schlimmer geworden?«

»Ha …« Er kratzte an den Locken, die seine glänzende Stirn einrahmten. »Wie Pilze in einem feuchten Keller. Aber ich denke, das muss ich einfach in Kauf nehmen. Ich hatte es satt, mich von den großen Hollywood-Studios verarschen zu lassen, die mir das Blaue vom Himmel versprochen und dann einfach nicht geliefert haben. Acht Mal sollte dieses Ding gemacht werden, und jedes Mal ist das Projekt wieder im Sande verlaufen. *Acht* Mal.« Er deutete mit einer ausladenden Geste auf den Tisch mit den Papierstapeln. »Aber diesmal bekomme ich Prozente und darf bei der Produktion mitreden, deshalb habe ich ihnen die Rechte billig überlassen. Jetzt hocke ich natürlich von morgens bis abends hier und muss Szenen umschreiben, aber wenigstens wird der Film endlich gemacht.« Er ließ die Hände wieder auf die Tischplatte fallen. »Allerdings, sobald die Sache publik wurde, sind natürlich auch die Spinner in Scharen aus ihren Löchern gekommen.«

»Ist Ihnen unter diesen Leuten jemand aufgefallen, der besonders seltsam oder bedrohlich wirkte? Jemand, der davon sprach, Hexen und Hexer durch Necklacing hinzurichten oder sie zu foltern?«

»Ich lese die meisten Zuschriften gar nicht. Wenn ich es täte, käme ich überhaupt nicht mehr zum Schreiben.«

Sim stellte den Becher neben den Laptop. Sie war jetzt so knallrot im Gesicht, dass sie kurz vor dem Verglühen sein musste.

Hunter nickte ihr zu. »Danke.«

Das Rot wurde noch dunkler. Sim stand einfach nur da und starrte ihn an, ohne ein Wort zu sagen.

Er tätschelte ihren Arm. »Ist ja gut, ich beiße nicht. Möchten Sie vielleicht ein signiertes Exemplar? Ich bin sicher, dass hier irgendwo noch das eine oder andere rumfliegt.«

Ein Kieksen war die einzige Antwort.

Logan zog eine Visitenkarte aus der Tasche und schob sie über den Tisch. »Die Frau, die Ihre Fanpost beantwortet, könnte die alle verdächtigen Zuschriften an uns weiterleiten?«

»Keine Ahnung, ob sie das Zeug aufhebt, aber das lässt sich rausfinden …« Er griff zur Maus und klickte ein wenig herum, dann ratterten seine Finger über die Tastatur des Laptops, dass es sich anhörte wie Maschinengewehrfeuer. »Schon erledigt. Sie sitzt in Iowa, könnte also eine Weile dauern. Ich kann mir nie merken, wie viele Stunden die drüben hinter der britischen Zeit zurück sind.«

»Aber Ihnen sind keine Personen aufgefallen, die sich hier herumgeschlichen und verdächtig benommen haben?«

Hunter zog eine Augenbraue hoch. »Hier wimmelt es von Schauspielern und Filmleuten, Inspector. Die tun nichts anderes, als sich verdächtig zu benehmen.«

Es sah aus, als ob Anthony Chungs Eltern diesmal tatsächlich zu Hause wären. Ein hässlicher Alfa-Romeo-Geländewagen und ein silberfarbener Porsche standen in der Auffahrt hinter dem Tor, beide dem Anschein nach fabrikneu, beide mit Wunschkennzeichen. Schwer zu glauben, dass in einem so großen Haus nur drei Menschen wohnten – eine komplette Fußballmannschaft hätte sich darin wunderbar aus dem Weg gehen können.

PC Sim hielt am Bordstein und spähte durch die regennasse Windschutzscheibe. »Na, die nagen ja offensichtlich nicht am Hungertuch. Das erklärt wahrscheinlich, warum ihr Sohn so geworden ist. Reich und verwöhnt.«

»Und tot.« Logan stellte sein Telefon stumm, stieg aus und trabte zur Haustür, wo er sich unter dem Vordach unterstellte. Sim folgte mit zögerlichen Schritten und sah sich alle zwei Schritte zu der signierten, limitierten Hardcover-Ausgabe von *Witchfire* um, die auf dem Armaturenbrett lag.

Sie zog ihre Stichschutzweste stramm und drückte auf die Klingel. Ravels Bolero erklang, gefolgt vom Blaffen des riesigen Schäferhunds.

Es summte, dann tönte die Stimme einer Frau aus der Gegensprechanlage, die unter einer Überwachungskamera montiert war. *»Wer ist da?«* Ein englischer Upperclass-Akzent, wie von einer BBC-Ansagerin aus der Zeit, als regionale Färbungen noch verpönt waren.

Sim trat einen Schritt zurück und blickte nach oben in die Kamera. »Mrs Chung? Hier ist die Polizei.«

Drinnen drehte der Hund allmählich durch, er bellte und bellte und bellte.

»Dürfte ich Ihren Ausweis sehen?«

Als ob die schwarze Uniform mit Stichschutzweste, Funkgerät, Einsatzgürtel und Bowler mit kariertem Hutband noch nicht ausreichte. Sim hielt ihren Dienstausweis in die Kamera. »Wir müssen mit Ihnen über Anthony sprechen.«

Eine Pause. Dann: *»Ja, ja, natürlich …«* Klick – die Gegensprechanlage verstummte.

Sim blies die Backen auf. »Wie wollen Sie das angehen, Chef?«

»Schere, Stein, Papier?«

Logan saß auf dem Sofa in einem opulent eingerichteten Wohnzimmer. Weiße Wände, Ölgemälde, eine lebensgroße Marmorskulptur eines Tigers mit bronzenen Streifen, dunkelrote Ledergarnitur, cremefarbener Teppichboden. Die Art Zimmer, die wahrscheinlich schon vom bloßen Hinsehen schmutzig wurde.

Mrs Chung stand vor dem überdimensionierten Marmorkamin und fingerte an ihrem schweren goldenen Armreif herum. Sie war tadellos gekleidet, mit rotem Seidenjäckchen und Bluejeans, und ihr langes, glänzend schwarzes Haar umrahmte ein fein geschnittenes Gesicht. Der Schäferhund saß zu ihren Füßen wie eine Anubis-Statue. Sie räusperte sich. »Ist es … Soll ich Ihnen vielleicht eine Tasse Tee bringen oder sonst irgendetwas?«

Sim nahm ihren Bowler ab und hielt ihn sich vor die Brust. »Vielleicht sollten Sie sich erst einmal setzen.«

»O nein …«

Logan stand auf, obwohl er beim Schnick-Schnack-Schnuck gewonnen hatte. »Mrs Chung, hat Anthony irgendwelche besonderen Kennzeichen? Irgendwelche Tätowierungen oder etwas in der Art?«

»O nein, nein, nein, nein … Bitte …« Sie fasste sich ans Herz, und ihre Finger krampften sich in den scharlachroten Stoff.

»Es tut mir leid, Mrs Chung, aber wir gehen davon aus, dass wir gestern Abend Anthonys Leiche gefunden haben.«

Sie starrte auf den Couchtisch hinunter und begann, mit dem Oberkörper vor und zurück zu rucken. »Nein.«

Er ging einen Schritt auf sie zu. »PC Sim hat recht, Sie sollten …« Logan erstarrte. Der Schäferhund hatte sich erhoben, er bleckte die Zähne, und sein tiefes, schließmuskellockerndes Grollen war direkt gegen Logan gerichtet.

Ganz langsam und vorsichtig wich Logan zurück. Keine plötzlichen Bewegungen. »Ich möchte Ihnen mein aufrichtiges Beileid aussprechen.«

Sims rechte Hand glitt hinunter zu der kleinen Pfefferspray-Dose an ihrem Gürtel. Dabei ließ sie den Hund keine Sekunde aus den Augen. »Möchten Sie, dass wir jemanden anrufen? Ihren Mann? Verwandte? Vielleicht eine Freundin?«

Mrs Chung starrte die beiden nur an. »Anthony kann nicht tot sein. Das ist *unmöglich.*«

Vom Flur kam ein klackendes Geräusch – jemand war gerade zur Haustür hereingekommen. Dann ein amerikanischer Akzent: »Honey? Ich dachte mir, wir könnten doch heute Abend ausgehen. Du weißt schon, ein bisschen feiern?«

Mrs Chung sank auf eine Armlehne eines scharlachroten Sofas, während der Hund Logan immer noch anknurrte.

»Was hat Enfield denn?« Die Wohnzimmertür ging auf. »Hört sich an, als ob …« Ein kleiner Mann in einem pastellgrünen Polohemd erstarrte auf der Schwelle, Sporttasche in der Hand, ergrauender Fassonschnitt, der von einer hohen Stirn arg bedrängt wurde. Als er PC Sim in ihrer Polizeiuniform erblickte, erstarb das Lächeln auf seinen Lippen. Er holte tief Luft, dann nahm er seine Brille ab und ließ den Kopf sinken. »Ich verstehe.«

»Ray …« Mrs Chung legte sich eine Hand auf die Brust und fächelte sich mit der anderen Luft ins Gesicht. »Sag ihnen, dass Anthony nicht tot sein kann. *Sag's* ihnen.«

Raymond Chung stand am Fenster des Arbeitszimmers, das den Blick auf einen perfekt manikürten Garten freigab, mit Rabatten und Stauden, die vor Blüten und regenglänzenden Blättern nur so strotzten. »Ich … Ich muss mich für meine Frau entschuldigen. Kim neigt dazu … Anthony ist ihr Ein und Alles.« Seine Hände zitterten. »*War.*«

Logan lehnte sich an den großen Teakholzschreibtisch. »Ich bitte Sie, Sie müssen sich doch nicht entschuldigen. Das war ein furchtbarer Schock für Ihre Frau.«

Das Zimmer war fast größer als Logans kompletter Wohnwagen, gesäumt von Holzregalen voller Bücher. Zwei grüne Ledersofas standen auf den polierten Holzdielen, und auf einem gläsernen Couchtisch waren einige Gartenzeitschriften ausgebreitet.

»Wir …« Er holte noch einmal Luft. »Wir sind aus San Francisco weggegangen, weil Anthony in Schwierigkeiten geraten war. In schlechte Gesellschaft, genauer gesagt. Diese Leute waren nicht gut für ihn, also dachten wir: Na, dann gehen wir doch einfach irgendwohin, wo es schön ruhig und friedlich ist. Wo er ungefährdet aufwachsen kann … Es ist eher noch schlimmer geworden.« Raymond Chung schniefte. »Wie ist es passiert?«

Es hatte keinen Sinn, die Sache in die Länge zu ziehen – bald würden die Zeitungen voll davon sein. »Er wurde ermordet. Gefoltert und anschließend erdrosselt. Vor ungefähr vier Tagen.«

»Gefoltert. O Gott …« Ray Chung wischte sich die Hände an seiner Jeans ab. »Mein Gott, ich … Seine Freundin, Agnes – ist sie …?«

»Wir suchen noch nach ihr.«

»Ich hätte vorher fragen sollen, ihre Eltern sind sicher …« Er stöhnte auf und ließ sich auf eines der Sofas sinken. »Gefoltert …«

»Wie gut kennen Sie Agnes Garfield?«

»Sie … Ich weiß nicht, es war …« Er nahm seine Brille ab und wischte sich mit dem Handballen die Augen. »Entschuldigen Sie. Wissen Sie, wenn ich ehrlich sein soll, *hundert Prozent* ehrlich – sie war immer zu gut für ihn. Sie hing an ihm wie eine Klette, und das hat seinem Ego geschmeichelt. Wenn er gesagt hat: ›Spring!‹, dann hat sie nicht mal gefragt ›Wie hoch?‹, sondern hat es einfach getan. Aber er war in sie vernarrt …«

»Hat Anthony je davon gesprochen, dass sie durchbrennen wollten? Oder dass er ausziehen wollte?«

»Er bekommt immer … Er hat immer alles bekommen, was er wollte.«

»Vielleicht hat er das Haus eines Freundes erwähnt? Oder das eines Verwandten?«

»Wir haben hier in Schottland keine Verwandten. Anthony …« Er atmete tief durch. »Wir haben San Francisco verlassen, nachdem Anthonys Cousin erschossen wurde. Er hatte an der falschen Straßenecke mit Drogen gehandelt. Mein Bruder und seine Frau sagten, es sei alles Anthonys Schuld, *er* habe Grant da hineingezogen. Wir haben seit acht Jahren nicht mehr miteinander gesprochen.«

Raymond Chung wandte sich ab und starrte die Gartenzeitschriften auf dem Couchtisch an; er wich Logans Blick aus. »Ich … Ich habe wohl die ganze Zeit geahnt, dass Anthony irgendwann … dass er …« Wieder wischte er sich die Augen. »O Mann …«

Logan ging hinüber zu dem großen Fenster und ließ Chung ein wenig mit seiner Trauer allein. Ein dicker roter Kater balancierte über den Zaun am Ende des Gartens und beschrieb mit dem Schwanz Schlangenlinien in der nieseligen Luft. »Es tut mir leid, ich weiß, das muss für Sie ungeheuer schmerzlich sein. In Kürze wird sich ein Opferschutzbeauftragter bei Ihnen melden. Er wird Sie über die Ermittlung auf dem Laufenden halten und alle Ihre Fragen beantworten.«

»Werden … Können wir ihn sehen?«

Seine verkohlte, halb verweste Leiche auf einem Stahltisch in der Rechtsmedizin, der zahnlose Mund aufgerissen, der Körper übersät mit Blutergüssen, Brand- und Stichwunden? »Ich weiß nicht, ob das so eine gute Idee ist. Er wurde sehr schwer misshandelt, und nach vier Tagen in der Hitze ist er …«

»Ich will meinen Sohn sehen!«

PC Sim wuchtete die Matratze zurück an ihren Platz, dann steckte sie das Laken wieder fest.

Logan lehnte sich an den Kleiderschrank. »Was gefunden?«

Anthony Chungs Zimmer war fast so groß wie das Arbeitszimmer seines Vaters. Ein Kingsize-Bett, Regale voller DVDs und CDs, ein Flachbildfernseher von den Dimensionen eines Esstischs, Spielkonsolen, Sofa, Schreibtisch, großer silberglänzender Laptop, ein Nautilus-Fitnessgerät und eine Sammlung von leeren Bierflaschen, zu einer Pyramide gestapelt.

Sie breitete die Bettdecke wieder über die Matratze. »Kein Fitzelchen. Aber wenn seine Mutter hier oben das Bett macht und staubsaugt …?«

Er würde nie irgendetwas Belastendes an einem Ort verstecken, wo sie es finden könnte. Allenfalls dann, wenn er eine Reaktion provozieren wollte. »Also: Nichts unter dem Bett, nichts in den Schreibtischschubladen, nichts zwischen den Socken und Unterhosen.« Logan drehte sich langsam um die eigene Achse, die Augen halb zugekniffen.

Wo würde ein reicher, verwöhnter, manipulativer kleiner Mistkerl etwas aufbewahren, was niemand finden sollte?

Sim ließ sich auf die Bettkante nieder. »Wie kommen Sie darauf, dass er irgendetwas versteckt?«

»Das ist bei Teenagern immer so.« Logan deutete zum Fenster. »Schauen Sie mal.«

Sie raffte sich auf, ging hin und stellte sich auf die Zehenspitzen, um in den Garten hinauszuspähen. »Was?«

Er trat zu ihr und zeigte auf die Plastik-Regenrinne, die einen halben Meter unterhalb des Fensters verlief. Kleine weiße Papierknäuel lagen zwischen den verschrumpelten Blättern, und hier und da lugten die grauen Zylinder von Zigarettenfiltern heraus. »Sehen Sie das?«

Eine Falte erschien zwischen ihren zusammengekniffenen Augen. »Er raucht also Selbstgedrehte. Das ist nicht …«

»Jeder Einzelne von seinen Freunden hat ausgesagt, dass er ständig total zugekifft war. Und wenn er hier oben Gras geraucht hat, dann muss er irgendwo einen Vorrat versteckt haben.«

»Sind Sie sicher, Chef?« Sie sah noch einmal genau hin. »Warum würde er Filter in seine Joints drehen? Wer macht denn *so* was? Gut, ich weiß, er war Amerikaner, aber trotzdem …«

»Also, wo hat er es versteckt?«

»Hmm …« Sim trat vom Fenster zurück. Sie ging zu den Regalen, ließ ihre Finger an den Rücken der DVDs entlangspazieren, den Kopf zur Seite geneigt – vermutlich, um die Titel lesen zu können. Und sie fand, dass Amerikaner seltsam waren.

Logan zog sein Telefon aus der Tasche, ignorierte die Liste von ungelesenen SMS und rief stattdessen die Leitstelle an. »Hat DI Leith einen Opferschutzbeamten für Anthony Chungs Eltern organisiert?«

Die Stimme am anderen Ende klang nasal und verstopft. *»Sekunde …«* Sie hielt einen Moment inne, dann dröhnte ein allmächtiger Nieser aus dem Hörer, gefolgt von Schniefen. *»Ver-*

fluchter Heuschnupfen. Tut mir leid, ähm … Also: PC Munro. Sie ist noch mit einem tödlichen Verkehrsunfall beschäftigt, aber sobald sie damit fertig ist, fährt sie hin. Soll ich Sie zu ihr durchstellen?«

»Ich wollte mich nur vergewissern, dass es …«

»Was?« Ein knirschendes Geräusch, dann gedämpfte Stimmen. *»Entschuldigung. Der Super möchte wissen, ob Sie schon mit Ihrem Besucher gesprochen haben. Es ist nur, weil er allmählich zu nerven anfängt.«*

»Ich habe keinen Besuch, ich bin gerade bei Anthony Chungs Eltern.«

»Sie haben einen Besucher am Empfang.«

»Ach so, und warum hat mir das niemand gesagt? Bin ich Hellseher oder was?«

»Wir haben ungefähr ein Dutzend Mal versucht, Sie anzurufen.«

Hervorragend. »Ich habe den Eltern gerade die Todesnachricht überbracht.« O Gott … Was, wenn es Wee Hamishs Anwalt war, der noch eine Runde *Mensch, ärgere dich schwarz* mit ihm spielen wollte? Logan leckte sich die Lippen. »Wer ist es?«

Wieder Knirschen und gedämpfte Stimmen. Dann: *»Im Ernst? Das ist sein Name? Okay …«* Und dann war sie wieder in voller Lautstärke da. *»Ein gewisser ›Dildo‹. Von der Gewerbeaufsicht.«*

Logan ließ den angehaltenen Atem in einem langen Seufzer entweichen. Was immer Dildo wollte, es konnte warten.

»DI McRae?«

»Sagen Sie ihm, ich rufe ihn an, wenn ich zurück bin.«

»Aber was ist mit …«

Er legte auf.

PC Sim grinste ihn an.

»Was?«

Sie wies mit dem Daumen über ihre Schulter auf das DVD-Regal. »Er hat PlayStation-Spiele und Wii-Spiele, aber er hat keine …?«

»Kommt da noch eine Pointe?«

»Er hat keine Xbox-Spiele, aber schauen Sie mal …« Sie deutete auf den Stapel elektronischer Geräte in dem Schrank unter dem Flachbildfernseher. »Er hat eine Xbox. Und zwar keine neue, sondern eine von den alten, kofferförmigen.«

Sim ging vor dem Schrank in die Hocke und zog die schwarze Plastik-Spielkonsole aus dem Regal. Sie war ungefähr so groß wie zwei Schuhkartons, mit einem großen Plastik-X oben drauf. »Sie ist nicht mal irgendwo angeschlossen.« Sie legte des Ding auf den Computertisch und zog ein Paar blaue Nitrilhandschuhe an. »Dürfte nicht so schwierig sein … So, das hätten wir.« Mit einem Klicken löste sich die ganze obere Hälfte ab.

Drinnen befanden sich zwei transparente Plastikbeutel voll mit Gras, ein halbes Dutzend Packungen Blättchen, ein paar kleine Metalldöschen, eine kleine Zigarettendrehmaschine und eine Schachtel Filter. Keine Drähte, keine Elektronik.

Sim nahm einen der Beutel heraus und schüttelte ihn. Das Marihuana raschelte. »Wow, das ist ja ein ganzer … Popo voll Gras! Vielleicht hat er ja gedealt?«

»Ist da sonst noch was drin? Ein Tagebuch, ein Adressbuch oder irgendwas in der Art?«

Sie ging zu der ausgehöhlten Xbox zurück und wühlte darin herum. »Nee. Ein paar Dosen Cannabisharz, ein paar Pillen, aber nichts so Altmodisches wie ein Tagebuch. Die Jugendlichen von heute machen doch alles nur noch elektronisch.«

Wäre ja auch zu schön gewesen. »Gut. Konfiszieren Sie die Drogen, den Laptop und alle Mobiltelefone, die Sie finden können.«

Sie drückte die Abdeckung wieder auf die Xbox. »Wer weiß, vielleicht haben wir ja Glück?«

Es gab immer ein erstes Mal.

32

In der Rechtsmedizin war alles ruhig – keine kreischende Knochensäge, keine Musik im Sektionssaal, kein Rauschen von Abluftventilatoren, die den Gestank des Todes nach draußen beförderten. Nur das Geräusch von Mrs Chungs Atem – stoßweise und keuchend, als stünde sie kurz vor der Ohnmacht. Sie klammerte sich an den Arm ihres Mannes wie an einen Rettungsring. Hilflos treibend auf einem Meer von Angst und Schmerz.

Logan räusperte sich. »Sind Sie wirklich sicher, dass Sie das wollen?«

Sie nickte und ließ dabei ein paar Tränen fließen, die im gedämpften Licht auf ihren Wangen funkelten.

»Sie müssen sich nicht dazu zwingen. Denken Sie an die Fotos, die ich Ihnen gezeigt habe: Er wurde sehr schwer …«

»Nein.« Ihre Stimme klang erstickt. »Ich muss meinen Schatz sehen …«

»Okay.« Ein Mal tief durchatmen.

Er gab das Zeichen, und Rennie drückte den Knopf. Der Vorhang glitt auf und gab den Blick auf Anthony Chungs Leiche frei.

Sie hatten ihr Möglichstes getan, hatten alles unterhalb des Kinns mit weißem Rüschenstoff abgedeckt, aber bei seinem Gesicht hatten sie nichts ausrichten können.

Anthonys Mutter erbleichte. Sie zitterte am ganzen Körper. Dann traten ihre Augen aus den Höhlen, sie schlug sich beide Hände vor den Mund und stürzte zur Tür hinaus. Rennie eilte ihr nach.

»Er ist …« Raymond Chung schluckte und starrte auf das entstellte Gesicht hinunter. »Was haben sie mit seinen Augen gemacht?«

»Das ist nur der Verwesungsprozess. Erinnern Sie sich, wir haben doch im Familienraum darüber gesprochen? Es ist ganz natürlich: Die Augen lösen sich mit als Erstes auf.«

»Richtig … der Verwesungsprozess …« Er blinzelte ein paarmal, Schweiß glänzte auf seiner Stirn.

»Mr Chung?«

Er leckte sich die Lippen, dann hüpfte sein Adamsapfel ein paarmal, als ob er etwas hinunterwürgte. »Da schaut etwas heraus. An seinem Hals.« Raymond Chungs Finger beschrieb einen Kreis auf der Glasscheibe. »Da. Die Tätowierung.«

Wegen der dunkel verfärbten Haut war es nur schwer zu erkennen, doch da ragten tatsächlich drei Zacken unter dem Tuch hervor, das die Leiche bis unters Kinn bedeckte.

Raymond Chung biss sich auf die Lippe. »Können Sie … Können Sie sie bitten, das Tuch ein Stück herunterzuziehen?«

Logan drückte den Knopf der Gegensprechanlage. »Würden Sie bitte das Laken auf der linken Seite ein bisschen herunterziehen?«

Auf der anderen Seite des Sichtfensters trat Miss Dalrymple, bekleidet mit einem sauberen OP-Anzug, aus dem Schatten und zog vorsichtig den Stoff weg, unter dem die Andeutung eines Tribal-Tattoos zum Vorschein kam, durchbrochen von kleinen Schnitten.

Raymond Chung schloss die Augen und lehnte sich mit der Stirn gegen das Glas. »Das ist er. Das ist Anthony.«

»Sind Sie sicher? Auf den Fotos ist nämlich keine Tätowierung zu sehen …«

»Ich kenne doch meinen eigenen Sohn!« Seine Schultern bebten. »Er hat sich das Tattoo stechen lassen an dem Tag, bevor er verschwand. Er sagte, es würde Agnes beeindrucken …« Raymond Chung schlang sich die Arme um den Leib. »Bitte, lassen Sie mich einfach …« Er holte zitternd Atem. »Ich halte das nicht mehr aus.«

Rennie schob sich rückwärts in Logans Büro. In der einen Hand balancierte er den Deckel einer Kopierpapier-Schachtel mit zwei Bechern Kaffee darauf, in der anderen hielt er eine blaue Aktenmappe, unter den Arm hatte er ein Hochglanzmagazin geklemmt. Er stellte das behelfsmäßige Tablett auf der Ecke von Logans Schreibtisch ab und sank auf den Besucherstuhl nieder. »Die arme Frau hat sich die Seele aus dem Leib gekotzt.« Er griff in seine Jacketttasche und zog zwei Riegel Kitkat-Chunky heraus.

»Kann's ihr nicht verdenken.«

Rennie wickelte eine der Schokowaffeln aus, biss hinein, nahm einen geräuschvollen Schluck Kaffee und lehnte sich dann mit seiner Zeitschrift zurück: die *Heat*, wieder mit einem Foto von Nichole Fyfe und Morgan Mitchell auf dem Titelblatt. Die beiden posierten in ihren Fingermen-Leder-Outfits mit funkelnden Schwertern und Pistolen. »EIN HERZ UND EINE SEELE: NICHOLE UND MORGAN VERRATEN ALLES ÜBER JUNGS, KNARREN UND DEN WEG ZUM PERFEKTEN FILMSTAR-BODY!«

Logan zog den Deckel von seinem Kaffeebecher ab. »Sitzt du bequem?«

»Nicht schlecht, danke.« Rennie blätterte in dem Heft, während er kaute und kleine Kitkat-Stückchen an seinem Kinn kleben blieben. Plötzlich hielt er inne, und der Unterkiefer klappte ihm herunter. »Boah, *scharf!*« Er hielt die Doppelseite in der Mitte hoch – Nichole und Morgan posierten im Bikini am Strand von Balmedie. »Also, wenn ich nicht verheiratet wäre …«

»Würde sie trotzdem nichts von dir wissen wollen.« Logan klickte seine Mailbox an. Offenbar hatte William Hunters Internet-Beauftragte noch keine Fanmails mit Drohungen oder verdächtigen Spinnereien weitergeleitet.

»Nee, ich hätte einen guten Einfluss auf sie.« Er drehte die Zeitschrift wieder zu sich um und blickte lächelnd auf das

Foto hinunter. »Würde dafür sorgen, dass sie auf dem Pfad der Tugend bleibt.«

Es waren rund ein halbes Dutzend Memos von Steel gekommen, außerdem eine Ermahnung des ACC, nicht mit der Presse zu reden, und vier Mails vom Hausmeister, der demjenigen, der ständig die Toiletten im dritten Stock mit Füllchips verstopfte, gar Schreckliches androhte.

Löschen.

Rennie biss noch mal in sein Kitkat. »Guthrie hat mit mir um zwanzig Pfund gewettet, dass sie mit dreizehn jemanden mit dem Messer attackiert hat. Dieser Blödian.«

Logan blickte von seinen E-Mails auf. »Sie hat jemanden *mit dem Messer attackiert?*«

»Natürlich nicht. Ihr Freund hat einen Typen mit ’nem Kricketschläger vermöbelt, als sie fünfzehn war, aber das Schlimmste, was sie je angestellt hat, waren ein paar Spritztouren mit geknackten Autos und Ladendiebstähle – da ging es um ein paar Bounty-Riegel. Nicht gerade eine Schwerverbrecher-Vergangenheit, oder?«

Hmm. Er machte sich wieder ans Löschen. »Du sollst keine Personenüberprüfungen machen, um private Wetten zu entscheiden. Kannst froh sein, wenn ich dich nicht melde.«

»Ähm … Na ja, es war ja nicht *wirklich* eine …« Rennies Telefon klingelte irgendwo tief in seiner Tasche. »Gerade noch mal davongekommen.« Er zog es heraus, drückte eine Taste und hielt es sich ans Ohr. »Ja … M-hm … Klar … Okay, ich sag’s ihm.« Er legte auf und verputzte den Rest seines Kitkat-Riegels.

»Was sollst du mir sagen?«

Rennie grinste und ließ seine schokoladenverschmierten Zähne sehen. »Sie haben ein Loch gefunden …«

Logan blickte über den Rand des Lochs auf die dunkle, feuchte Erde hinunter. »Und es wurde niemand gesehen?«

Rennie lehnte sich mit dem Hintern gegen einen flechtenbewachsenen Grabstein und gähnte. »Der Gemeindegärtner sagt, es könnte jederzeit innerhalb der letzten vier Wochen passiert sein. Seit den Haushaltskürzungen kommt er nur noch einmal im Monat.«

Der Friedhof moderte hinter einer mannshohen Steinmauer vor sich hin, um eine verfallene Granitkirche herum, deren Wände unter den rostigen Dachrinnen vom Moos verfärbt waren. Brombeeren wucherten ringsum und reckten ihre Stacheldraht-Ranken nach den Gräbern, als wollten sie sie verschlingen. Ergraute Löwenzahn-Greise ließen sich vom Wind die letzten Haare vom Kopf blasen. Ein Schmetterling taumelte über das lange, feuchte Gras hinweg.

Von der Kirche standen nur noch eineinhalb Wände, eine Ecke aus dicken Granitblöcken mit bröckelndem Putz. Noch weitere hundert Jahre, und es wäre nur noch ein von Unkraut überwucherter Steinhaufen übrig.

Das Loch war ungefähr einen Meter lang und eins zwanzig tief, umstanden von Sauerampfer und knallig purpurroten Weidenröschen. Die ausgehobene Erde war daneben zu einem unregelmäßigen Haufen aufgeschüttet.

»Und da hat ganz sicher eine Leiche dringelegen?«

»Ist schwer zu sagen, wie's scheint. Als die Kirche neunzehnzweiundfünfzig abgebrannt ist, ist auch der größte Teil der Kirchenbücher draufgegangen. Die Hälfte der Grabsteine in diesem Teil sind kaputt oder verschwunden.«

Logan ging in die Hocke, und eine kleine Erdlawine rutschte in das Loch. Ein Geruch wie von schimmligem Brot schlug ihm entgegen. »Sieht aus, als wären da Schaufelspuren an dem Loch. Wenn wir die Schaufel finden, müsste man einen Abgleich machen können.«

Wieder ein Gähnen. »Glaubst du wirklich, dass sie es war? Agnes Garfield?«

»Psychisch labile Frau setzt ihre Medikamente ab und tötet ihren Freund, der sie misshandelt hat.«

»Ja, aber gräbt sie auch Skelette auf einem Friedhof aus?« Rennie fuhr sich mit einer Hand durch seine blonde Igelfrisur. »Ich meine, ich hatte auch schon die eine oder andere durchgeknallte Freundin, aber eine *Grabräuberin* war noch nicht drunter.«

»Vielleicht ist sie es auch gar nicht.« Logan richtete sich auf und klopfte sich die Erde von den Händen. »Hol die Spurensicherung her, ich will wissen, wann dieses Loch gegraben wurde. Ist es das Skelett, das wir schon haben, oder ein neues?«

»Falls Letzteres, dann ist sie wirklich vollkommen gaga.« Rennie schlang sich die Arme um den Leib, gähnte und schüttelte sich. »Wer immer dem armen alten Fusty Forman *so etwas* antun kann, gehört weggesperrt. Und damit meine ich: Zwangsjacke, Gummizelle, Schlüssel wegwerfen. *Er* hat sie ja schließlich nicht betrogen, oder?«

Nur eine willkürliche Gewalttat? Unwahrscheinlich. »Er muss irgendetwas getan haben.«

»Und überhaupt…« Rennie deutete auf das Loch. »Wer sagt denn, dass sie jemanden ausgegraben hat? Vielleicht wollte sie etwas *ver*graben und wurde dabei gestört?«

Idiot.

Logan zog sein Telefon aus der Tasche und scrollte sich durch die Kontakte, bis er die Nummer des städtischen Historikers gefunden hatte.

»Nein, denk mal drüber nach: Hexen verbuddeln doch dauernd bei Vollmond irgendwelche Sachen auf Friedhöfen, oder nicht?«

»Sie ist keine Hexe, sie ist ein Teenager.« Er drückte die Verbindungstaste. *Nummer wird gewählt.*

»Schon, aber vielleicht *glaubt* sie, dass sie eine Hexe ist? Und deswegen hat sie diesen großen magischen Kreis auf den

Küchenboden gemalt, als sie Anthony Chung umgebracht hat: Hexerei.«

»Sie hat ihn gemalt, weil er in dem Buch vorkam. Sie hat Roy Forman durch Necklacing getötet, weil das in dem Buch vorkam.« Das nasse Gras zog an Logans Beinen, als er zum Wagen zurückging. »So ist sie drauf.«

Rennie schlappte hinter ihm her durch das Unkraut. »Und überhaupt, es kann ja gar nicht das Skelett von deinem Wohnwagendach sein, oder? Soweit ich sehe, sind die neuesten Grabsteine hier von circa achtzehnneunzig. Und deine Leiche ist wann gestorben – vor dreißig Jahren?«

Verdammter Mist. Der Idiot hatte recht.

»In diesem Fall ist es …«

Es knackte in der Leitung. *»Hallo?«*

»Mr Hay? Hier ist DI McRae.«

»Ah …« Ein Atemzug Pause. *»Sie haben hoffentlich nicht noch eine Leiche gefunden? Ich meine nur, nach dem letzten Mal …«*

»Jemand hat Gräber geplündert.«

»… Okay. Das ist eigentlich nicht direkt mein …«

»Aus dem neunzehnten Jahrhundert. Ich wollte Sie fragen, ob Sie herausfinden können, wer hier wo begraben wurde. Wir sind …« Er deckte das Mikrofon ab. »Wo sind wir noch mal?«

»Auf dem Schild draußen steht ›Kingleath Parish Church‹.«

»Auf dem Friedhof der Kingleath Parish Church, ungefähr fünf Meilen östlich von Inverurie. Die Kirche ist eine Ruine.«

»Einen Moment …« Im Hintergrund war das Klappern einer Tastatur zu hören. *»Wir haben einen großen Teil der Kirchenbücher von Studenten der Robert Gordon University digitalisieren lassen … Ah, Sie haben Glück – Kingleath haben sie schon gemacht. Also, wo liegt Ihr Grab?«*

Logan sah sich zu dem Loch um. »Ungefähr fünf Meter von der Westmauer des Friedhofs und vier von der Nordmauer entfernt.«

»Okay … Sind in der Nähe irgendwelche Grabsteine, von denen Sie mir die Namen geben können?«

»Moment.« Logan deckte das Mikrofon wieder ab und schickte Rennie zum Nachsehen.

Zwei Minuten später war er wieder da und schüttelte wie wild seine Hand, ballte sie zur Faust und öffnete sie wieder. Die Haut war gerötet und mit kleinen hellen Punkten übersät. »Scheiß-Brennnesseln.«

»Und?«

»Der nächste, den ich entziffern konnte, ist von einer Mrs Katie Cook, die 1892 das Zeitliche gesegnet hat. Ungefähr zwei Gräber weiter links.«

Logan gab die Information weiter, und wieder klapperten die Tasten.

»Also, in dem Fall können wir es auf zwei Personen eingrenzen: Miss Polly McGrath, ledigen Standes, geboren 1862, gestorben 1885, oder ein Mr Nicholas Alexander Balfour, geboren 1835, gestorben 1890 …« Pause. *»Nicholas Balfour. Nicholas Balfour. Wieso kommt mir der Name so …? Warten Sie mal einen Moment.«*

Wieder Tippgeräusche. Dann ein paar Flüche. Dann Geraschel. Und endlich war Hay wieder da. *»Ich wusste doch, dass der Name mir bekannt vorkam. Nicholas Alexander Balfour war ein viktorianischer Spiritist und ein Medium. Er hat in ganz Großbritannien Séancen veranstaltet, einmal sogar für Victor Hugo auf Jersey im Jahr 1853. Balfour wurde in Inverurie von einem Witwer namens Sandy Hugh erdrosselt. Hugh glaubte, dass seine verstorbene Frau Balfour erscheinen und ihm verraten würde, dass er sie vergiftet hatte.«*

Und dann, über hundertzwanzig Jahre später, kam Agnes Garfield daher und grub Balfours Gebeine aus. Was ja auch durchaus nachvollziehbar war – schließlich hatte sie ihr letztes Skelett fast vollständig auf Logans Dach ausgelegt, also musste sie irgendwie an ein anderes kommen.

»Danke.« Logan legte auf und schaffte es *fast*, sein Telefon wieder einzustecken, ehe es wieder klingelte. »Oh … lasst mich doch in Ruhe.« Er ging trotzdem dran. »Hallo?«

Eine feuchte Reibeisenstimme, halb Aberdonian, halb Elite-Internat. Wee Hamish Mowat. *»Ah, Logan, ich muss Sie um einen Gefallen bitten.«*

Scheiße …

Er hielt das Telefon an seine Brust. »Rennie, ruf doch mal eben die Leitstelle an und frag, ob sie schon etwas aus Professor Marks rausbekommen haben.«

»Ja, Chef.« Rennie schlenderte in Richtung Wagen davon, während er auf seinem Handy herumtippte. Seine blonden Igelstacheln leuchteten auf, als die Sonne kurz durchkam.

Logan wartete, bis er außer Hörweite war. »Hamish.«

»Wissen Sie, die Sache ist ein wenig heikel – es dreht sich um eine Gruppe ausländischer Investoren und ein Team von hiesigen Unternehmern.«

»Die Cannabisplantagen?«

»Haben Sie Darwins Über die Entstehung der Arten *gelesen?«*

Logan lehnte sich an eine der verbliebenen Mauern der Kirche. »Wir haben heute Morgen ein weiteres Opfer asiatischer Herkunft gefunden. Jemand hat ihm mit einem Hammer die Knie zertrümmert.«

»Die Evolutionstheorie ist ein ausgesprochen elegantes Konzept, finden Sie nicht? Ich bin durchaus für das Überleben des Tüchtigsten, aber manchmal kann der Konkurrenzkampf um die Ressourcen aus dem Ruder laufen, und das ist nicht gut für das Ökosystem. Alles gerät aus dem Gleichgewicht.«

»Es sind die McLeod-Brüder, nicht wahr? Sie sind es, die all diese asiatischen Männer zu Krüppeln schlagen. Wollen die ihnen vielleicht ihr Revier streitig machen?«

»Ich möchte in diesen Dingen keine Partei ergreifen, Logan. Es ist für mich nicht von Bedeutung, welche Spezies sich gegen die an-

deren durchsetzt, solange das Ökosystem intakt bleibt. Und je länger sich diese Sache hinzieht, desto größer wird der Schaden.« Eine Pause. *»Vielleicht könnten Sie sich dazu durchringen, der Evolution ein wenig nachzuhelfen?«*

Der Sonnenstrahl, der Rennies Haare hatte aufleuchten lassen wie eine Party-Glühbirne, blitzte noch ein letztes Mal auf und wurde dann von den Wolken verschluckt. Ein einzelner Regentropfen zerplatzte auf Logans Arm. Und dann noch einer.

Ein Gefallen für Wee Hamish Mowat. Es war ja nicht so, als ob er irgendetwas Unrechtes tun würde, oder? Die McLeods und die Cannabiszüchter verstießen gegen das Gesetz. Beide Gruppen mussten aus dem Verkehr gezogen werden. Nur weil es zufällig in Wee Hamishs Interesse war, wenn dem Ganzen ein Riegel vorgeschoben wurde, war es deswegen doch noch lange nicht verkehrt.

Und außerdem wäre es wohl kaum das erste Mal.

»Logan? Sind Sie noch da?«

»Ohne Beweise kann ich nichts tun. Ich brauche Fotos, die Standorte der Cannabisplantagen und jemanden, der bereit ist, vor Gericht auszusagen. Handfeste Beweise.«

»Natürlich brauchen Sie die. Ich würde es auch gar nicht anders haben wollen.«

Logan steckte das Telefon wieder in die Tasche.

Ein fernes Krachen, gefolgt von gedämpftem Donnergrollen. Es wurde kälter. Der Himmel zog sich zu, und der Regen prasselte nieder.

33

»Ich sagte Ihnen doch bereits: Ich bin nicht bereit, gegen die ärztliche …«

»Schweigepflicht zu verstoßen. Können Sie nicht mal 'ne andere Platte auflegen, Doc? Das ist ja, als ob man Farbe beim Trocknen zuhört.« Wenn DCI Steel noch etwas weiter auf ihrem Stuhl vorrutschte, würde sie unter dem Tisch verschwinden.

Auf der anderen Seite, genau im Blickfeld der Kamera, die an der Wand des Vernehmungsraums montiert war, saß Professor Marks und streckte die Nase in die Luft. Der Bluterguss auf seiner Wange entwickelte sich prächtig und zeigte inzwischen ein sattes Violett, das ein bisschen Farbe in sein bleiches Wurstgesicht brachte. »Wenn Ihnen die Antwort nicht gefällt, fragen Sie einfach nicht mehr.«

Logan schlug DI Leiths Mappe mit den Fotos auf und legte einen 20x25-Hochglanzabzug von Roy Formans verkohltem Schädel auf den Tisch. Dann noch einen. Und dann den, auf dem der Reifen noch brannte. »Agnes Garfield hat das getan.«

Der Psychologe wich ein wenig auf seinem Stuhl zurück und schaute überallhin, nur nicht auf die Fotos. »Mir ist nicht klar, was Sie damit erreichen wollen. Haben Sie *wirklich* geglaubt, ich wäre bereit, mein Berufsethos über Bord zu werfen, nur weil Sie mir das da zeigen? Bilden Sie sich ernsthaft ein, ich hätte erreichen können, was ich erreicht habe, ohne in der Lage zu sein, eine so offenkundige Manipulation auf den ersten Blick zu erkennen?«

Steel schniefte und zeigte mit dem Finger auf ihn. »Meine Stiefelspitze werden Sie auch auf den ersten Blick erkennen – und zwar, wenn sie Ihnen aus dem Maul rausguckt, nachdem ich sie Ihnen ins Arschloch gerammt habe.«

Professor Marks nahm seine große goldgerahmte Brille ab und kniff sich in den Nasenrücken. »Im Ernst: Wenn Sie sich schon nur noch mit Drohungen zu helfen wissen, versuchen Sie doch, es auf eine Weise zu tun, die tatsächlich einen Bezug zu der bedrohten Person hat. Bislang haben Sie lediglich eine ans Manische grenzende Analfixierung an den Tag gelegt.«

»Ich bin nicht …«

»›Arsch‹ hier und ›Arsch‹ dort. Und da sagen Sie, *ich* müsste mal eine andere Platte auflegen. Dann sind da die ganzen skrotumbezogenen Drohungen: Sie werden meinen Hodensack als Handtasche benutzen, Sie werden ihn mit wütenden Bienen vollstopfen und mir über das Arschloch nähen, Sie werden darin Suppe kochen, Sie werden ihn mir als Halloween-Maske überziehen …«

»Laz, zeig doch dem Herrn Professor deine Fotos von Anthony Chung.«

Logan schlug die andere Mappe auf.

Professor Marks beugte sich vor, das kaum existente Kinn in eine Hand gestützt. »Sie haben sich nie wirklich mit Ihrem Vater verstanden, nicht wahr, Chief Inspector? Sie hatten immer das Gefühl, dass nichts, was Sie taten, in seinen Augen gut genug war. Hatte er ein Problem damit, Ihre sexuelle Orientierung zu akzeptieren? So war es, hab ich recht? Er hat immer gehofft, es sei nur eine Phase, aus der Sie herauswachsen würden.«

Das erste Foto von Anthony Chung zeigte ihn auf dem Küchenboden liegend, inmitten von Agnes Garfields Ringknoten, die Haut von Schimmel und Verwesung verfärbt, die Augen zu dunklen Schlitzen zerfallen. Logan legte das Foto auf den Tisch. »Er wäre verblutet, aber sie hat ihn vorher erdrosselt. Ihm ein Seil um den Hals geschlungen und es zugedreht.«

»Es muss schwer sein, die Fassade aufrechtzuerhalten: die Posen, das Fluchen, das ständige Kratzen … Sie sind wie das stereotype Zerrbild eines Mannes. Männlicher als die Männer, mit denen Sie zusammenarbeiten müssen. Ich könnte mir vorstellen, dass Sie sich auch als eine Art Frauenheld sehen, nicht wahr? Müssen sich immer mit anderen messen …«

Sie bedachte den Psychologen mit einem bösen Blick. »Ich schieb Ihnen gleich eine Klobürste hinten rein, Sie kinnloser Arsch mit Ohren.«

Wirklich sehr hilfreich.

Logan legte das nächste Foto von Anthony Chung neben das erste. »Professor Marks, Agnes Garfield ist wahrscheinlich eine Gefahr für sich selbst, aber ganz sicher für andere.«

Der Psychologe setzte seine Brille wieder auf. »Ihr Vater hat sich immer einen Sohn gewünscht, und Sie glaubten, nur so seine Anerkennung gewinnen zu können. Und so haben Sie sich diese ganze abstoßende Persönlichkeit auf den egoistischen Wünschen eines toten Mannes aufgebaut. Hat er Sie je …«

Steel ließ ihre Hand auf die Tischplatte krachen. »SIE LASSEN JETZT GEFÄLLIGST MEINEN DAD AUS DEM SPIEL UND BEANTWORTEN DIE VERDAMMTE FRAGE!«

Ein Seufzer. »Ich kann nicht gegen die Schweigepflicht verstoßen. Auch nicht *mit* einem richterlichen Beschluss. Nicht einmal, wenn man versuchen sollte, mich vor Gericht dazu zu zwingen. Die Menschen, die zu mir zur Therapie kommen, müssen mir ihre finstersten Gedanken, Wünsche und Geheimnisse anvertrauen können. Wenn sie das nicht können, kann ich ihnen nicht helfen.«

Logan legte das nächste Foto hin – eine Nahaufnahme von Anthony Chung auf dem Obduktionstisch, mit aufgeschnittenem und ausgehöhltem Brustkorb. »Wo ist Agnes Garfield?«

Professor Marks lehnte sich wieder zurück und beäugte Steel über den Rand seiner Brille hinweg. Seine Stimme war sanft und leise. Beruhigend. »Es muss sehr schmerzlich für Sie gewesen sein, sich an so großen Erwartungen messen zu lassen. Aber es ist noch nicht zu spät. Sie können sich immer noch für Ihr wahres Ich entscheiden, statt dieser … Projektion, zu der Sie geworden sind. Ich würde Ihnen gerne helfen, ganz ehrlich.« Ein Lächeln zerrte an einer Seite seines Wurstgesichts. »Ich würde Ihnen gerne meine Karte geben, wenn sie nicht alle konfisziert worden wären, als man mir meinen Gürtel und meine Schnürsenkel weggenommen hat. Aber Sie sollen wissen, dass Sie geheilt werden *können*.«

Steel starrte ihn an. »Und Sie sollen wissen, dass Sie *mich* mal können.«

Die Gewahrsamsbeamtin schrieb in Druckbuchstaben »Prof. Richard Marks« auf die Tafel neben der Tür von Zelle Nummer acht. Dann runzelte sie die Stirn. Und lächelte. »Schauen Sie mal«, sagte sie und zeigte auf den Namen. »Er heißt Dick Marks. Welche Eltern nennen ihr Kind denn *Dickmarks*? Kein Wunder, dass er so geworden ist …«

»Sorgen Sie nur dafür, dass er heute Nacht besonders laute Nachbarn hat, okay? Jemanden, der gerne singt, auf der einen Seite und jemanden mit Tourette auf der anderen.«

»Ich werde mein Bestes tun.«

Steel stand am Hintereingang, paffte sich die Wangen hohl und starrte finster in den Regen hinaus, der auf die verdreckten Autodächer prasselte und im Schein der Parkplatzbeleuchtung glitzerte. »Ist er schon die Treppe runtergefallen?«

»Es wird ein weiteres Opfer geben.«

»Dieses Arschloch. Wie kommt der dazu, mich mit seinem Psychogeschwätz zu nerven, hm? Mir fehlt rein gar nix …« Sie zog noch einmal mit aller Kraft an der Zigarette, die zwischen ihren Lippen zitterte. »*Er* ist derjenige, der Probleme hat!«

»Stacey Gourdon. Anthony Chung hat hinter Agnes' Rücken mit ihr geschlafen. Sie wurde seit Freitagabend nicht mehr gesehen.«

»Das hat uns gerade noch gefehlt. Die Presseabteilung kriegt schon Anrufe wegen Chung und seinem magischen Kreis. Irgendein schmieriger Mistkerl hat es den Zeitungen gesteckt.«

Na toll. Als ob es nicht so schon schwer genug wäre. »Wissen sie, dass er es ist?«

»Wenn nicht, werden sie's bald wissen. Der ACC gibt um acht eine Pressekonferenz. Er lässt Anthonys Eltern antanzen, damit sie der Welt erzählen können, wie besorgt sie um Agnes' Sicherheit sind.«

»Um sie mache ich mir die geringsten Sorgen.«

Zwei Uniformierte kamen die Auffahrt heraufgeschlappt. Von den Schirmen ihrer Mützen troff das Wasser. Sinnlos, sich zu beeilen, wenn man sowieso nicht mehr nasser werden konnte.

Noch ein letzter Zug, dann schnippte Steel ihre Kippe hinaus in den Regen. Sie flog gegen den Bentley des Polizeipräsidenten und sprühte Funken, als sie auf den Lack traf. »Und damit das klar ist: Es geht mir aber so was von meilenweit am Arsch vorbei, was mein Vater gedacht hat.«

Ein Klopfen an der Bürotür, dann schob Chalmers sich herein. »Chef?«

Logan unterschrieb das letzte Formular des Stapels, legte es in seinen Ausgangskorb und schlug innerlich drei Kreuze. »Wo sind Sie gewesen?«

»Ich habe ein paar Spuren im Fall Garfield verfolgt.« Sie zuckte mit den Achseln und grinste verlegen. »Alles Sackgassen, tut mir leid. Aber ich wollte fragen, ob …«

»Wenn es nicht irrsinnig wichtig ist – gehen Sie nach Hause.« Er stand auf, hielt inne, neigte den Kopf nach links und dann nach rechts – etwas in seinem Nacken knackte wie eine Handvoll Knorpel.

»Ich möchte mich freiwillig für den Suppenküchen-Einsatz melden.«

»Damit habe ich nichts zu tun, das ist Sache von DI Bell.« Logan setzte sich wieder. »Was hat die GSM-Ortung ergeben?«

»Immer noch nichts. Ich habe bei den Telefonanbietern von Agnes und Anthony nachgefragt: Beide haben seit über einer Woche ihre Mobiltelefone nicht mehr benutzt. Weder telefoniert noch SMS gesendet.«

Er schwenkte seinen Stuhl hin und her und starrte hinauf zur Decke. »Sie haben also seit über einer Woche ihre Telefone nicht mehr benutzt, aber Agnes Garfield schafft es dennoch, Kontakt mit ihrem Therapeuten aufzunehmen …«

»Wahrscheinlich hat sie sich einfach eine neue Prepaid-Karte besorgt. Außerdem wette ich, dass Professor Marks ihre Nummer hat.« Sie zuckte mit den Achseln. »Wenn wir ihn nur zum Reden bringen könnten.«

Wo war sie nur geblieben, die gute alte Zeit, als man einen Verdächtigen noch mit einem Gummischlauch auf Beine und Rücken schlagen konnte, bis er gestand? Nun ja, mit ein bisschen Glück würde Goulding recht behalten, und eine Nacht in der Zelle, umgeben von betrunkenen Idioten, würde Marks einknicken lassen wie ein Trampolin aus Streichhölzern. »Gehen Sie nach Hause und ruhen Sie sich ein bisschen aus.«

»Aber Chef, die Suppenküche ist …«

»Die fangen nicht vor neun mit dem Austeilen an. Das heißt, Sie haben noch fast anderthalb Stunden. Sagen Sie DI Bell, ich hätte gesagt, Sie sollen ihm bis Mitternacht helfen, nicht länger. Ich will, dass Sie morgen pünktlich wieder auf der Matte stehen. Und hören Sie …« Er nahm Agnes Garfields gestohlenes Dittay-Buch von seinem Schreibtisch, dann griff er nach Chalmers' Zusammenfassung des Inhalts. »Ich nehme beides mit nach Hause, um es heute Abend zu lesen. Aber nächstes Mal will ich, dass Sie mir die Sachen persönlich *geben*.«

»Ja, Chef.« Sie lächelte und ließ dabei ihre spitzen kleinen Zähnchen sehen. »Danke, Chef.«

»Ach ja, und was den Suppenküchen-Job betrifft: Bilden Sie sich nicht ein, dass Sie das als Überstunden abrechnen können, okay?«

Logan stand auf dem Flur und sperrte die Bürotür ab. Er schloss die Augen und lehnte sich mit der Stirn an das kühle

Holz. Nach Hause ... Viertel vor acht: Fünfundvierzig Minuten, um zum Wohnwagen zurückzufahren und die Lasagne in den Ofen zu tun.

In seiner Tasche summte das Handy: eine SMS.

Soll ich noch Wein besorgen oder so?

Logan tippte eine schnelle Antwort, dann erstarrte er.

Eine Stimme hinter seinem Rücken. »Chef?«

Er steckte das Handy wieder ein. »Rennie, solange dein Kopf nicht in Flammen steht, interessiert es mich nicht.«

»Ich hab aber was für dich.«

Wahrscheinlich wieder irgendeine Beschwerde. Er zog den Schlüssel aus dem Schloss und steckte ihn ein. »Ich dachte, du hast jetzt wieder Tagschicht?«

»Nein, im Ernst, das wird dir gefallen ...«

Logan drehte sich um und ließ sich gegen die Tür sinken. »Eines schwör ich dir: Wenn es nicht ein echter Knüller ist, trete ich dir so zwischen die Beine, dass du deine Eier aus der Nordsee fischen kannst. Verstanden?«

Rennie grinste. »Du hast doch Chalmers nach Stacey Gourdon suchen lassen? Na, und jetzt rate mal, wen *ich* gefunden habe?« Er verkniff das Gesicht zu einem übertriebenen Popeye-Zwinkern. »Na los, ich wette, du kommst nicht drauf ...?«

Der Zellentrakt hallte wider von Geräuschen, die man fast als Gesang hätte bezeichnen können. Solange man nicht allzu viel Wert auf Text, Melodie oder Tonhöhe legte.

Kathy, die Gewahrsamsbeamtin, ging voran zu der Zellenflucht, in der die weiblichen Gefangenen untergebracht waren. »Ich habe noch niemanden mit Tourette gefunden, aber es ist ja noch früh am Abend.«

Vor der letzten Tür im Gang blieb sie stehen. Sie schob die Abdeckung zurück. »Stacey Gourdon, öffentliche Ruhestörung. Mit anderen Worten: Sie ist um drei Uhr nachmittags sturzbetrunken über die Belmont Street getorkelt, das Kleid bis unter die Achseln hochgezogen, ohne Unterhose, und hat wildfremden Leuten zugebrüllt – ich zitiere: ›Probier den Regenbogen der Fruchtaromen.‹ Als die Kollegen von der Streife eintrafen, wollte sie sie mit ihren High Heels erstechen.«

Na, sauber.

Rennie wies mit dem Daumen auf die Zellentür. »Siehst du? Was hab ich dir gesagt?«

Logan trat näher und spähte hinein.

Eine junge Frau saß auf der Kante der blauen Plastikmatratze, hielt sich mit beiden Händen am Bett fest und starrte an die gegenüberliegende Wand, den Mund geöffnet, die Augen in Zeitlupe blinzelnd. Ihr kurzes schwarzes Kleid war an einer Seite hochgerutscht, die Knie blutig zerkratzt und mit Schorf gesprenkelt. Blutergüsse bildeten ein violettes Tattoo auf ihrer Schulter. Das kurze schwarze Haar stand in alle Himmelsrichtungen ab. Sie sah aus wie eine Punk-Fee.

Also doch nicht tot.

Logan klopfte an die Metalltür. »Stacey? Sind Sie in der Lage, uns ein paar Fragen zu beantworten?«

Ihre Stimme klang, als käme sie vom Grund eines Brunnens. »Ich war's nicht.«

»Was waren Sie nicht?«

»Was immer Sie mir anzuhängen versuchen. *Das* ist es, was ich nicht war.«

»Anthony Chung.«

Sie blickte zum Sichtfenster auf. Mascara und Lippenstift waren ganz nach rechts verschmiert, als ob ihr Gesicht unter Bewegungsunschärfe litte. »Doch, *dem* hab ich's allerdings besorgt.«

Stacey Gourdon saß auf dem Stuhl, die Beine hochgezogen, und knibbelte an ihren schorfigen Knien herum. »Diese ganze Verhör-Nummer ist doch dermaßen passé, nicht wahr? Wo ist denn das gute altmodische verrauchte Zimmer mit der einzelnen nackten Glühbirne geblieben? Manchmal sind Klischees doch ganz tröstlich, finden Sie nicht?«

Die Gebäudeverwaltung hatte den Vernehmungsraum 2 frisch streichen lassen. Es war ungefähr so, als ob man ein Heftpflaster über einen Tumor klebte.

Logan seufzte. »Zum letzten Mal: Sie *können* keine Zigarette bekommen.«

»Aber ich kann einen Anwalt bekommen.«

»Wenn Sie einen wollen. Aber ich bin nicht an Ihnen interessiert, ich will etwas über Anthony Chung und Agnes Garfield hören.«

»Gaah …« Stacey machte den Mund weit auf und verzog das Gesicht, als ob sie etwas Bitteres geschluckt hätte. »Die sind ja so *anstrengend.* Ein süßes Pärchen, aber einfach … total …« Stacey hielt im Kratzen inne und wickelte stattdessen eine Haarsträhne um ihren Zeigefinger.

»Sie wissen, dass die zwei vermisst werden?«

»Sie stellen nicht die richtige Frage.«

Okay … »Und was wäre die richtige Frage?«

»Ob ich weiß, wo sie jetzt sind.«

Logan lehnte sich auf seinem Stuhl zurück. »Und wissen Sie es?«

»Nein.« Sie fing wieder an zu knibbeln. »Nächste Frage.«

»Sie haben nichts von ihnen gehört?«

Ein Placken bräunlicher Schorf löste sich, die Haut darunter glänzte rosig. Dann quoll ein roter Punkt an die Oberfläche. »Natürlich hat Anthony die arme Agnes unmöglich behandelt. Sie war besessen von ihm, und er hat sie um den kleinen Finger gewickelt. Und wissen Sie was? Sie war genauso schlimm.«

Stacey steckte sich den abgelösten Schorf in den Mund und kaute. »So, und Ihre nächste Frage lautet: ›Wusste sie, dass ich gleichzeitig mit dem lieben Anthony poppe?‹ Und die Antwort ist: Natürlich hat sie es gewusst. Er hat es ihr gesagt.«

»Er hat es ihr gesagt?«

»Oh, und nicht nur das: Anthony hat einen flotten Dreier organisiert. Ich, er und die temperamentvolle kleine Agnes.« Stacey sah Logan an und lächelte lasziv. »Sie glauben es vielleicht nicht, wenn Sie mich jetzt so sehen, aber wenn ich mich ein bisschen zurechtmache, bin ich *sehr* attraktiv.«

»Und Agnes war damit einverstanden?«

»Na ja, für den lesbischen Teil der Nummer konnte sie sich nicht so recht begeistern, aber sie hat ihr Bestes gegeben. Ihm zuliebe. Und sie hat wirklich einen *leckeren* kleinen Body…« Stacey seufzte und schob sich noch ein Stück Schorf in den Mund. »Danach haben wir uns alle paar Wochen getroffen, bis es Anthony langweilig wurde. Er flattert immer von einer Sache zur nächsten, unser Anthony, wie ein kleiner amerikanischer Schmetterling mit ADS.«

Logan runzelte die Stirn. Okay, im Moment sah Stacey aus, als ob sie in einem Müllcontainer geschlafen hätte, und sie roch wie der Boden einer Kneipe nach einer wilden Nacht, aber wenn man sich die Alkoholfahne, das verschmierte Make-up, die zerzausten Haare und die schorfigen Knie wegdachte, war sie wahrscheinlich in der Tat eine sehr attraktive junge Frau.

»Agnes hat es Anthony Chung zuliebe getan, aber was ist für Sie dabei herausgesprungen?«

Ein Grinsen ließ ihr Gesicht erstrahlen. »Darling, er hat das fantastischste Gras, das du im Leben je geraucht hast. Und Daddy hat sich tierisch darüber aufgeregt, dass ich mit einem Chinesen poppe.«

Vielleicht doch nicht so attraktiv.

»Nun, Ihr Vater kann sich wieder beruhigen. Anthony Chung ist tot.«

»Ah …« Das Grinsen schwand aus Staceys Gesicht. »Wenn das so ist, dann will ich jetzt *doch* den Anwalt.«

DI Bell blieb in der Mitte des Flurs stehen. Er klemmte sich die Mappe fester unter den Arm und kniff die Augen zusammen. »Was tun *Sie* denn hier?«

»Ihnen auch einen guten Abend.« Logan schloss seine Bürotür ab. Zum zweiten und hoffentlich letzten Mal für heute.

»Es ist nicht nötig, dass Sie mir auf die Finger schauen. Ich bin durchaus in der Lage, eine simple Operation in einer Suppenküche zu organisieren. Ich war schon DI, lange bevor Sie …«

»Ich mache Feierabend, okay? Ich musste noch eine verdächtige Person erkennungsdienstlich behandeln, die mit Anthony Chung geschlafen hat. Und mit Agnes Garfield.«

Ding-Dong trat einen Schritt näher und nestelte mit einer großen, haarigen Pranke an seinem Krawattenknoten herum. »Wieso?«

»Weil sie sofort dichtgemacht hat, als sie hörte, dass Anthony tot ist, und einen Anwalt verlangt hat. Finden Sie nicht auch, dass sich das verdächtig anhört?«

»Und Sie glauben, dass diese Frau und Agnes unter einer Decke stecken? Dass sie Anthony Chung und Roy Forman gemeinsam getötet haben?«

Logan steckte seine Schlüssel ein. »Oder sie führt uns nur an der Nase herum, das macht sie nämlich gern. Egal, ich gehe jetzt jedenfalls nach Hause.«

Ding-Dong trat einen Schritt zurück und blickte den Flur entlang in die ungefähre Richtung des Gewahrsamstrakts. »Meinen Sie, ich sollte mal versuchen, ob ich etwas aus ihr herausbekomme?«

»Können Sie machen, wenn Sie wollen, aber es ist…« Er runzelte die Stirn. Moment mal… DI Bells Anzug sah makellos aus, wie frisch aus der Reinigung, das Hemd perfekt gebügelt. Seine Schuhe glänzten wie neu. Und was war das für ein Geruch? Logan schnupperte: Aftershave. Ding-Dong benutzte sonst nie Aftershave. »Was führen Sie im Schilde?«

»Was ist denn so verkehrt daran, ein Teamplayer zu sein?«

»Nichts, aber Sie sind auffällig bemüht, diese Suppenküchen-Operation an sich zu reißen – übrigens eine Spur, auf die *ich* gestoßen bin –, Sie wollen Stacey Gourdon vernehmen, Sie sind herausgeputzt wie für ein Vorstellungsgespräch, und Sie riechen wie die Unterwäscheschublade einer Nutte… Was ist Ihnen zu Ohren gekommen?«

Seine frisch rasierten Wangen färbten sich rosig. »Ich wüsste nicht, was daran verkehrt sein soll…«

»Sie wollen einen guten Eindruck machen? Es geht um Steel, hab ich recht? Sie sind scharf auf den Posten des DCI.«

»Jetzt werden Sie aber…«

»Was hat der ACC Ihnen erzählt?… Die wollen Steel loswerden, nicht wahr? Die finden, dass sie dem Job nicht gewachsen ist, und *Sie* wollen ihren Platz einnehmen.«

Ding-Dong reckte das Kinn, und ein schwarzes Pelzbüschel lugte aus seinem Hemdkragen heraus. »Es ist unter meiner Würde, auf so einen Anwurf überhaupt zu reagieren.«

Logan starrte ihn ein paar Takte lang an. »Okay, schön. Ist ja auch egal. Geht mich nichts an. Außerdem habe ich noch eine Verabredung.«

»Gut.« Er machte kehrt und stapfte den Flur hinunter. Die breiten Schultern schlingerten unter dem eng sitzenden Hemd.

»Passen Sie nur auf, Ding-Dong. Sie kann verdammt fies werden, wenn man sie verärgert.«

DI Bell hielt inne, eine Hand an der Türklinke. »Ich werde es im Hinterkopf behalten.« Und dann war er weg.

Logans Telefon vibrierte in seiner Tasche. Wieder eine SMS.

Wo bist du? Dachte wir hätten gesagt halb 9?

Apropos »kann fies werden …«

Er tippte eine Antwort in die kleine Tastatur des Telefons.

Schon unterwegs. Bis gleich.

Eine Dame sollte man schließlich nicht warten lassen. Und schon gar nicht, wenn diese Dame einen mit einem Tritt von Grampian nach Strathclyde befördern konnte.

34

Die Worte eines alten Songs tönten aus dem Bad, vermischt mit dem Rauschen der Dusche – eine Pink-Floyd-Nummer, wiedergegeben mit mehr Enthusiasmus als Talent oder Musikalität. Manche Leute konnten ums Verrecken keinen Ton treffen, nicht mal mit einer Schrotflinte auf drei Schritt Entfernung.

Logan reckte und streckte sich, flach auf dem Rücken, die Bettdecke über der Brust zusammengeschoben. Die Wärme strömte durch seine Glieder und zog ihn in die frischen Laken hinab. Mmmmm …

»Hör auf zu grinsen.« Samantha setzte sich auf die Bettkante. »Du siehst ja aus wie ein selbstzufriedener Hamster.« Das schwarze XXL-T-Shirt rutschte ihr fast bis zur Hüfte hoch, und von ihren Brüsten starrte ihm Marilyn Manson mit seinen schiefen Kontaktlinsen entgegen. In einem ihrer knielangen rot-schwarz gestreiften Strümpfe war ein Loch, durch das ein kleiner Zeh lugte, der Nagel glänzend schwarz lackiert. »Du hast ja den Shakespeare endlich weggemacht.«

Ein gewaltiger Seufzer blähte Logans Brustkorb auf und ließ ihn wieder zusammenfallen. Warm und kuschelig … »Konnte nicht zulassen, dass er dich angafft, wenn du nackt bist. Das ist *mein* Job. Da macht die Gewerkschaft nicht mit.«

Sie legte ihm eine Hand auf die Brust, sah hinüber zum Bad und dann wieder auf ihn herunter. »Liebst du sie?«

»Ich liebe *dich*.«

»Weich nicht aus, Captain Narbenbauch: Liebst du sie?«

»Ich … Nein. Ich habe sie mal geliebt, aber das ist lange her.«

»Gut.« Samantha nickte, und ein verschmitztes Lächeln bog einen ihrer Mundwinkel nach oben. »Dass du das ja nicht vergisst: Du gehörst mir, Freundchen.«

Die Badtür ging auf, und DS Jackie Watson kam ins Zimmer, den Kopf zur Seite geneigt, während sie sich die langen dunklen Haare mit einem grauen Handtuch abtrocknete. Ein großes blaues, das sie sich umgebunden hatte, bedeckte alle nicht jugendfreien Stellen. Eine kleine Furche erschien zwischen ihren Augenbrauen. »Ich dachte, ich hätte Stimmen gehört?«

Logan blickte sich um, aber Samantha war verschwunden. »Ich hab nur … Selbstgespräche geführt.«

»Pass bloß auf.« Jackie ließ sich aufs Bett sinken, genau an der Stelle, wo Samantha eben noch gesessen hatte. »Schlimm genug, dass du auf der Arbeit von einem Haufen Spinner umgeben bist, da musst du nicht auch noch selbst zu einem werden.« Wassertropfen glitzerten auf ihren nackten Schultern und sammelten sich in den Furchen, die die BH-Träger auf ihrer Haut hinterlassen hatten.

Sie streckte die Hand aus und nahm Agnes Garfields Dittay-Buch vom Nachttisch. »Ein in rotes Leder gebundenes Tagebuch? Vielleicht ist es ja doch noch nicht zu spät …« Sie blätterte es durch, und mit jeder Seite wanderte eine Augenbraue auf ihrer Stirn ein Stückchen höher. »O Gott, jetzt schreibst du auch noch *Gedichte*?«

»Das ist nicht meins. Hat mit dem Necklacing-Fall zu tun.«

Jackie holte tief Luft, wobei die Ansätze ihrer Brüste über dem Saum des Handtuchs anschwollen. »Hör dir das an:

›Ein Pfand ich meinem Liebsten gab
Von all den Herzen, die er brach,
Von den Lungen, die zerknallen,
Den scharfen Worten, die gefallen.
Er fürchtet, was er aufgeweckt,
Und kehrt zur Erde zurück.
Der Lügner lebt in finstrer Pein,
Wir machen sein Haus mit Feuer rein,
Der Scheiterhaufen soll errichtet sein …‹«

Sie klappte das Buch wieder zu. »Wenn das nicht nobelpreisverdächtig ist.«

»Du weißt doch, wie Teenager so drauf sind.«

»Glaubst du, dass ihr sie finden werdet?«

Logan verschränkte die Arme hinter dem Kopf und starrte stirnrunzelnd an die Decke. »Kommt drauf an, wie es heute Abend läuft.«

Jackie stand auf und ließ das Handtuch fallen, als sie sich bückte und in einer Sporttasche kramte. Sie holte einen Föhn hervor und steckte ihn ein. »Ich muss nachher noch Bill anrufen und fragen, wie es beim Innenministerium gelaufen ist.« Der Föhn heulte und rauschte.

»Wir müssen natürlich damit rechnen, dass sie nicht mehr zu der Suppenküche zurückkehrt – zumal, wenn es da von Kriminalpolizei wimmelt… Aber vielleicht finden wir jemanden, der sie gesehen hat? Jemanden, der weiß, wo sie ist.«

Jackie hob die Stimme, um den Krach zu übertönen. »Er hat da ein Vorstellungsgespräch für einen Posten in der Abteilung Terrorismusprävention.«

»Ich meine, sie wird ja wohl kaum in ein Polizeirevier spazieren und sich stellen, oder?«

»Er will, dass wir nach London ziehen … Jetzt, wo Rory sich gerade in der Grundschule eingewöhnt hat – was wird er dazu sagen, wenn wir ihn von seinen ganzen Freunden wegreißen und ihn in eine Schule voller Cockneys und Essex-Boys stecken? Saudumme Idee, aber das ist mal wieder typisch Bill.«

»Und die ganze Sache ist sowieso total verkorkst – Steel rennt rum wie ein tollwütiges Krokodil, Ding-Dong und Leith gehen einander an die Kehle, und dann kommt ihr auch noch daher und erzählt uns, dass wir unseren verdammten Job nicht richtig machen.«

Der Föhn verstummte. Jackie starrte ihn an. »Du hast mir überhaupt nicht zugehört, stimmt's?«

»Bill hat sich auf eine neue Stelle beworben, und du willst nicht nach London ziehen. Siehst du?«

»Und wir sagen nicht, dass ihr euren Job nicht richtig macht, wir sagen nur, dass es alternative Ermittlungsrichtungen gibt, die ihr einschlagen könntet. Es hat sich noch niemand die hiesigen Wicca-Kreise vorgenommen. Und was ist mit der Metallstange, die sie für das Necklacing von Roy Forman benutzt hat? Die muss sie sich doch irgendwo besorgt haben. Dann ist da die Suppenküchen-Spur …«

»Ich weiß – das war ja meine Idee. Hoffen wir nur, dass Rennie und Ding-Dong nicht alles verbocken …«

Der Föhn dröhnte wieder los. »Ich dachte, du hättest inzwischen gelernt, dich nicht mehr ständig mit der Arbeit zu beschäftigen?«

»Agnes Garfield ist eindeutig eine Gefahr für sich selbst und andere. Je länger sie frei herumläuft und die Ober-Hexenjägerin spielt, desto mehr Menschen werden darunter zu leiden haben. Es ist wichtig.«

Ein Seufzer. »Na schön, geh nur. Lass mich hier in deinem

muffigen Wohnwagen allein. Aber ich warne dich jetzt schon: Den Wein trinke ich alleine aus. Und ich muss morgen früh um halb sieben raus. Wenn du also meinst, dir steht noch ein Nachschlag zu, solltest du zusehen, dass du vor Mitternacht zurück bist. Verstanden?«

Logan stakste vorsichtig durch den Nieselregen die lange Treppe von der Union Street zum Green hinunter. Am ersten Absatz kauerte ein Mann im mit Brettern vernagelten Eingang des Sportgeschäfts und spielte auf einer mit Stickern bepflasterten Gitarre eine Country-and-Western-Nummer. Und das gar nicht so übel. Die feuchte Wollmütze, die er vor sich aufs Pflaster gelegt hatte, enthielt ein paar Kupfermünzen und das eine oder andere Fünfzigpence-Stück. Logan warf zwei Pfund hinein und ging weiter die Treppe hinunter. Und hinunter. Und hinunter.

The Green war ein schiefes Rechteck, eingegraben in die Fundamente der Stadt, gesäumt von hohen Granitbauten, die grauen Fassaden dunkel von Feuchtigkeit. Im feinen Nieselregen waren die Lichter von schimmernden Halos eingefasst. Auf der Terrasse des Café 52 war offenbar eine Geburtstagsparty im Gange – die Gäste drängten sich unter einem großen grünen Sonnenschirm um eine Torte mit Dutzenden von brennenden Kerzen, während sie aus voller Kehle *Happy Birthday to you* schmetterten.

Logan ging weiter über das glitschige Kopfsteinpflaster auf die Rückseite des Aberdeen Market zu – ein halbkreisförmiger Betonklotz aus den Siebzigern, die Fenster dunkel, alle Läden bereits geschlossen. Auf der einen Seite verlief die Correction Wynd direkt unter der Union Street hindurch, wo die Lichter von Restaurants im Schatten der St Nicholas Kirk glommen. Aber geradeaus verschwand die Straße einfach im Dunkel.

Von den Schieferdächern hoch über ihm schimpften Möwen

herab, als er der East Green folgte, hinein in den Bauch der Stadt, wo der Regen nicht hinkam.

Der Eingang zu *Blofeld's Secret Underground Lair* war mit Neonschnörkeln umrahmt, deren buntes Licht auf einen muskulösen, kahlköpfigen Typen in weißem Hemd und Fliege fiel. Er stand da ganz allein und wartete darauf, jemanden nicht in den Club lassen zu können, während aus der Tür hinter ihm stampfende Discomusik tönte.

Am Ende der Straße, dort, wo sie einen Knick machte und als Netherkirkgate wieder nach oben führte, parkte ein Catering-Wagen halb auf dem schmalen Gehsteig – ein rechteckiger weißer Anhänger mit einem ausklappbaren Tresen an der Vorderseite und einem Schild mit der Aufschrift »LOLAS UND RUDYS KÖSTLICHKEITEN« darüber. Dampfschwaden stiegen aus der offenen Luke, und eine Handvoll Gestalten warteten davor in einer ordentlichen Schlange. Rund ein Dutzend weitere standen in kleinen Grüppchen zusammen, aßen und unterhielten sich zur Hintergrundmusik eines brummenden Dieselgenerators. Mindestens drei davon gehörten zur Nachtschicht des CID, und sie fielen ungefähr so wenig auf wie Kohleklumpen in einer Schüssel Porridge.

Sie waren nicht die Einzigen: Ein Kleiderschrank mit Bürstenhaarschnitt, in schwarzer Jeans und rotem T-Shirt hielt ungefähr hundert Meter von dem Cateringmobil entfernt Wache. Es war der Muskelmann aus dem Hotel, der so geschwollen geredet hatte, als ob er vor Gericht aussagte. Ein zweiter Gorilla stand am anderen Ende, die Hände vor dem Gemächt verschränkt, während er mit zusammengekniffenen Augen unablässig die Umgebung absuchte.

Agnes Garfield würde es kaum wagen, sich hier zu zeigen, wo es von Sicherheitskräften und Polizisten wimmelte.

Logan ging zwei Schritte weiter, dann blieb er stehen.

Da bewegte sich jemand im Schatten, auf halbem Weg zwischen dem Nachtclub und der Suppenküche, verborgen in einem der Rundbögen, die die Straße säumten. Es war zu dunkel, um zu erkennen, wer es war …

Logan überquerte ganz gemächlich die Straße, die Hände in den Hosentaschen, und beobachtete die Gestalt aus dem Augenwinkel. Dann machte er kehrt und trat langsam und lautlos von hinten an sie heran.

Der oder die Unbekannte hatte sich in einen dicken, gefütterten Parka gehüllt, mit einem Kapuzenpulli und einer Jogginghose darunter, und eine Wollmütze über die Ohren gezogen. Als die Gestalt ein Stück zur Seite wankte, fiel das Licht aus dem Nachtclub auf einen einstmals weißen Gips, der das linke Bein vom Knie abwärts bedeckte. Ein unförmiger schwarzer Lederstiefel schützte ihn am Fuß vor Schmutz und Feuchtigkeit.

Es war also doch nicht die verkleidete Agnes. Es war Henry Scott, genannt Scotty Scabs – der von der Treppe vor der Gilcomston Church. Der eine Stadtstreicher, der Rennie noch in seiner Sammlung fehlte.

Logan sprach ihn an. »Gehen Sie jemandem aus dem Weg, Henry?«

Der kleine Mann zuckte zusammen, fuhr herum und wich dann zurück, bis er sich mit dem Rücken an die Backsteinmauer drückte. »Er is' tot …«

»Haben Sie sie wieder gesehen: Agnes Garfield? Die Frau, die Roy Forman entführt hat?«

Henry blinzelte ihn an, und seine Augen glommen in der Dunkelheit. »Sie hat ihn umgebracht. Er is' tot.«

Okay. Das hatten wir ja schon. »Haben Sie Hunger? Warum holen Sie sich nicht einen Teller warme Suppe oder so?«

»Was is', wenn die Hexe mich erwischt? Ich will nich' tot sein …«

»Sie ist eigentlich gar keine Hexe, Henry, sie ist nur hilflos und krank und weiß nicht mehr, was Wirklichkeit ist und was Einbildung.«

Die Gummikappen von Henrys Krücken quietschten auf dem Kopfsteinpflaster. Ein kleiner Schluchzer blieb ihm im Hals stecken. »Sie hat ihn umgebracht …«

»Soll ich Ihnen was zu essen holen? Wäre das ein Angebot, Henry?«

»Wenn sie mich erwischt, bringt sie mich auch um …«

Logan streckte schon die Hand aus, um ihm die Schulter zu tätscheln, doch Henry zuckte wieder zurück. »Okay, ist schon gut … Sie bleiben hier und halten die Augen offen, und ich hole Ihnen einen Teller Suppe.«

Der arme Kerl brauchte mehr als Suppe. Zum Beispiel einen sicheren Ort zum Schlafen, Medikamente, eine Therapie und ein Bad.

Logan ging zum Cateringmobil und stellte sich in die Schlange. Nur noch fünf vor ihm, dann wäre er an der Reihe.

Jemand tippte ihm auf die Schulter. »Chef?« Es war Rennie, in Lederjacke und knallrotem T-Shirt, eine Suppenschüssel aus Pappe in der einen Hand, einen Göffel in der anderen. »Ich dachte, du wolltest Feierabend machen?«

Er zuckte mit den Achseln. »Schon Glück gehabt?«

»Ja! Der Eintopf mit Huhn und Chorizo ist saulecker. Ich hol mir noch einen zweiten Nachschlag.«

»Ob du mit der Suche nach *Agnes Garfield* Glück gehabt hast, du Idiot.«

Rennie packte sich Limabohnen und Wurstscheiben auf den Göffel. »Nee.« Er stopfte sich die Ladung in den Mund und kaute. »Hab mit sämtlichen Stammkunden geredet, mit den Organisatoren und den Freiwilligen, und jetzt rate mal – darauf kommst du *nie* …« Er beugte sich vor und hüllte Logan in eine Wolke von Gewürzduft. »Siehst du den großen dünnen Typen da drüben …« Er deutete auf einen Mann, der heiße Getränke aus einer großen Thermoskanne austeilte. »Den, der aussieht, als wäre er zwei Nummern zu klein für seine Haut? Das ist DI Insch! Unglaublich, was?«

»Wenn du willst, dass ich dir auf die Schulter klopfe, kommst du zu spät. Ich weiß Bescheid.« Logan sah sich noch einmal um. »Wo ist denn Chalmers?«

»Pfffff…« Rennie verputzte den Rest seines Auflaufs und leckte dann sein Plastikbesteck sauber. »Hat sich verdrückt, was sonst? Wetten, dass sie trotzdem für die ganze Nacht Überstunden einträgt? Traue niemals Leuten, die…«

»Wenn du mit allen Stammkunden gesprochen hast, wirst du ja auch wissen, wo Henry Scott ist, oder?«

Rennie blieb einen Moment lang der Mund offen stehen, ehe er ihn mit einem Klacken wieder zuklappte. »Scotty Scabs? Er ist *hier*?«

»Wenn du mehr Zeit damit verbracht hättest, deine Arbeit zu machen, und weniger damit, dich vollzustopfen, dann wüsstest du das.«

»Warum hast du ihn nicht festgenommen?«

Witzbold. »Weil ich hinter einer *Mörderin* her bin. Was interessieren mich da geklauter Speck und Käse? Willst du ihn? Dann geh und schnapp ihn dir.«

»Ah, okay…« Rennie warf seine Pappschüssel in den Abfalleimer, der an der Seite des Cateringmobils angebracht war, und bahnte sich eilig einen Weg durch die umherstehenden Grüppchen.

Idiot.

Drei Minuten später war Logan an der Reihe.

Ein dunkles Gesicht lächelte ihm durch die Luke entgegen, mit makellosem Gebiss und weißem Spitzbart. »Was können wir für Sie tun, guter Mann?«

Logan zog eines der Fahndungsplakate mit Agnes' Bild aus der Tasche und hielt es ihm hin. »Haben Sie diese Frau…«

Hinter ihm ertönte eine tiefe, grollende Stimme. »Sie kommen zu spät. DI Bell hat die Fotos schon rumgezeigt. Trauen Sie ihm nicht, oder versuchen Sie sich bloß in seine Ermittlung einzumischen?« Insch wuchtete seine Thermoskanne auf den Tresen. »Kaffee ist aus, Rudy.«

»Kein Problem, Boss.«

Logan straffte die Schultern. »Ich mische mich nirgendwo ein, ich will nur …«

»Alle wissen Bescheid, dass sie nach Agnes Garfield Ausschau halten müssen. Wir sind doch nicht blöd.« Insch nahm Logan das Plakat ab, faltete es zusammen und gab es ihm zurück. »Rudy und Lola machen das Catering für das Ensemble und die Crew. Deswegen bekommen hier alle Auflauf mit Freilandhuhn und Chorizo, Penne all'arrabbiata, Cullen Skink und Tiramisu anstatt dünner Gemüsesuppe mit einem altbackenen Brötchen. Kostet uns ein verdammtes Vermögen, aber Zander besteht darauf. Einmal in der Woche revanchieren wir uns so bei der hiesigen Bevölkerung.«

»Und immer dienstags?«

»Alle, die bei diesem Film mitwirken, wissen, dass sie vor dieser Garfield auf der Hut sein müssen. Ich lasse nicht zu, dass sie sich an meine Leute ranmacht.«

Das erklärte die Secret-Service-Gorillas.

Eine blasse Frau erschien in der Luke. Ihre Augen waren viel zu stark geschminkt, und ihr aschblondes Haar stand in Stacheln vom Kopf ab. »Was dürfen wir Ihnen servieren, mein Lieber?«

»Keine Ahnung … Huhn?«

»Kommt sofort.«

Insch starrte ihn finster an. »Ich hatte vergessen, was ihr beim CID für elende Schmarotzer …«

»Es ist gar nicht für mich, es ist für jemanden, der sich nicht näher rantraut, weil er Angst hat, entführt und ermordet zu werden wie Roy Forman.« Logan deutete auf die zwei Gorillas mit den Ohrstöpseln. »Oder vielleicht schrecken Ihre gemieteten Schläger ihn ab?«

Der finstere Blick blieb auf ihn gerichtet. »Man könnte meinen, Ihre Kollegen hätten seit Wochen nichts zu essen gekriegt. Ob Sie's glauben oder nicht, manche von denen holen sich sogar Nachschlag. Und dabei ist es doch für die Obdachlosen gedacht!«

Rudy kam mit einer riesigen Thermoskanne und einer Stange Styroporbecher in einer Plastikhülle zurück. »Bitte sehr, Boss, Ihr Haselnuss-Latte.«

»Danke.« Insch nahm beides und drückte den Becherstapel an die Brust. »Gehen wir ein Stück, McRae.«

Die Frau mit der Stachelfrisur stellte eine Pappschüssel voll mit glänzenden Bohnen, bernsteingelben Wurstscheiben und Hühnerfleisch auf den Tresen. Ein Göffel steckte senkrecht in dem Berg, wie eine Antenne. »Vorsicht, heiß!«

Die Schüssel wärmte seine Hände, als er DI Insch durch den Tunnel und weiter in Richtung Nachtclub folgte. »Schießen Sie los.«

»Sie müssen etwas wegen dieser gefälschten *Witchfire*-Artikel unternehmen. Mag ja sein, dass sie von guter Qualität sind, aber das ist mir egal. Ich lasse nicht zu, dass diese Gauner Fälschungen anfertigen und verticken. Sie haben Requisiten aus dem Film nachgebaut, und dabei sind wir noch nicht mal mit den Dreharbeiten fertig!«

»Tatsächlich?«

»Wieso tun Sie nichts dagegen? Ich habe Mair gesagt, er soll sich mit Ihnen in Verbindung setzen, weil Sie der Einzige im CID sind, der es nicht verbocken wird. Die anderen Idioten sind doch schon überfordert, wenn sie in ihren eigenen Schuhen nach Zehen fahnden sollen.«

35

Insch blieb vor einem Grüppchen von drei Männern stehen, alle spindeldürr und zitternd, die langen Ärmel bis zu den Fingerspitzen heruntergezogen, um die Einstiche zu verbergen. Er teilte drei Styroporbecher aus und füllte sie mit schaumigem, hellem Kaffee. »Bitte sehr …«

Logan starrte ihn an. »Sie wissen schon, dass ich hinter einer Frau her bin, die mindestens zwei Menschen umgebracht hat, oder? Von der Grabräuberei ganz zu schweigen.«

Sie gingen weiter zur nächsten Gruppe, wo Insch noch mehr Haselnuss-Latte ausschenkte. »Haben Sie eine Ahnung, wie viel Geld ich in dieses Projekt gesteckt habe? Jeden verdammten Penny. Da kann ich mich nicht auch noch bestehlen lassen! Und Produktpiraterie *ist* Diebstahl.«

Insch ging weiter zu zwei Frauen in ausgebeulten grauen Jogginghosen und Kapuzen-Tops, und er senkte die Stimme zu einem leisen Knurren. »Könnten Sie vielleicht versuchen, sich diesmal nicht wie ein liebeskranker Teenager zu benehmen?«

»Wieso sollte ich …«

»Meine Damen, hier kommt der Haselnuss-Latte-Express!«

Beide Frauen drehten sich um. Die eine hielt einen schwarzen Müllsack in den behandschuhten Händen, die andere einen langstieligen Greifer. Sie las damit eine leere Chipstüte vom Gehsteig auf und ließ sie in den offenen Sack fallen. Nichole Fyfe. »Ah, David, Sie sind echt ein *Lebensretter!*«

Die andere setzte den Müllsack zu ihren Füßen ab und zog ihre Handschuhe aus. »Wunderbar.« Sie schlug die Kapuze zurück, unter der eine Masse von Locken zum Vorschein kam, genauso feuerwehrrot wie die von Samantha. Das musste dann Morgan Dingens sein – die aus der Fernsehsendung am Sonntagmorgen, die so hemmungslos mit der Kamera geflirtet hatte.

Insch gab jeder einen Styroporbecher, grinsend wie ein stolzer Vater. »Ein bisschen rustikal, fürchte ich – die Porzellantassen haben wir im Studio gelassen.« Er drückte die Pumpe der Thermoskanne, und das klebrig-süße Aroma von geröstetem Kaffee und Haselnusssirup breitete sich aus. »Logan, das ist Morgan Mitchell, sie ist unsere *unglaublich* furchterregende Mrs Shepherd. Morgan, das ist DI McRae.«

Sie schlang die Hände um den Styroporbecher und beäugte Logan über den Rand hinweg. Ihr Akzent war pures New York, viel ausgeprägter als bei ihrem Auftritt im Fernsehen und *meilenweit* entfernt von der Stimme, die sie im Film benutzte, wenn sie den Mann, dessen Gesicht noch nachbearbeitet werden musste, per Necklacing hinrichtete. »*Well, well, well …*« Ein laszives, anzügliches Lächeln. »Nichole, du hast ja erzählt, dass er süß ist, aber dass er so zum Anbeißen ist, hast du nicht verraten.«

Unter Logans Kragen wurde es plötzlich sehr heiß. »Also, es … Ich …«

»Ihre zwei Veilchen sind echt der Wahnsinn. Erinnern mich an *Fight Club*. Gott, ich hab diesen Film *geliebt*. Sehr sexy.« Sie streckte die Hand aus. »McRae … Sie sind doch der, der früher Davids Protegé war, oder?«

»Na ja, ich weiß nicht, ob ich es so …«

Insch schlug Logan die Pranke auf den Rücken. »Natürlich waren Sie das.« Das Grinsen verwandelte sich in einen fürsorglichen Blick, als er sich beschützend vor seine Stars stellte. »Also, kann ich sonst noch etwas für Sie tun? Brauchen Sie irgendetwas?«

Nichole lächelte ihn an. »Uns fehlt nichts, wirklich.« Dann hängte sie sich bei Logan ein. Blickte zu ihm auf mit diesen hellblauen Augen, die Pupillen groß und dunkel und glänzend wie Knöpfe. »Sagen Sie, DI McRae, sind Sie gekommen, um Rudys und Lolas Hähnchenauflauf zu kosten, oder …?«

Es wurde eindeutig wärmer hier draußen. »Wir müssen mit allen sprechen, die Agnes Garfield gesehen haben oder wissen, wo sie ist.«

»Mein Gott, Agnes …« Morgan gab einen erstickten Laut von sich. »Verstehen Sie mich nicht falsch, ein reizendes Mädchen, aber du liebe Zeit, sie konnte ganz schön *heftig* sein.«

Nichole tätschelte seinen Arm. »Es war wirklich jammerschade, sie wollte doch unbedingt zum Film. Das war ihr großer Traum.«

Insch räusperte sich. »Ja, nun …«

»Zander wollte sie probeweise mein Double spielen lassen. Sie war *so* aufgeregt, und dann ist sie einfach …« Nichole zuckte mit den Achseln und schob damit Logans Arm nach oben. Bei der Abwärtsbewegung rieb er an der Seite ihrer Brust entlang.

»Sie ist ausgeflippt. Hat voll am Rad gedreht.« Morgan riss die Augen weit auf. »*Total gaga* hat sie sich aufgeführt. Einmal bin ich aus der Maske zurückgekommen, und da war sie in meinem Container und wollte meine *Unterwäsche* anprobieren. Echt wahr. Und dann macht sie ein Mordstheater, weil sie sagt, dass ich Mrs Shepherds Text nicht richtig spreche, und die Figur müsste viel abartiger sein, und ich so: *Wer* ist denn hier abartig – zieh sofort meinen BH aus!«

Nichole nahm einen Schluck Kaffee. »Na ja, man muss auch fairerweise sagen, dass sie eine Menge Gutes getan hat. Wir würden das hier gar nicht machen, wenn sie nicht gewesen wäre. Den Menschen vor Ort etwas zurückzugeben, das ist wirklich wichtig, und sie hat das alles in die Wege geleitet.«

Morgan verdrehte die Augen. »Ah, du bist ja so *nett*, ich könnte dich glatt erstechen.«

Logan zog sein Plakat wieder aus der Tasche. »Haben Sie sie in letzter Zeit gesehen? Sie hat möglicherweise ihr Aussehen verändert, vielleicht die Haare gefärbt?«

Morgan betrachtete das Foto. »Wow. Meine ich das nur, oder

sieht sie wirklich so aus, als ob sie versucht, sich in Rowan zu verwandeln? Fehlt nur noch die Narbe …«

Nichole wandte sich ab und blickte durch den Tunnel zurück zur Suppenküche. »Sie war letzten Freitag hier. Morgan und ich helfen hier unten gerne aus, wann immer es geht – normalerweise ist das Essen längst nicht so gut wie das von heute Abend, aber die Leute, die es machen, haben wirklich ein Herz für die Obdachlosen. Es war, während ich gerade Butterbrote geschmiert habe, da habe ich …« Kleine Fältchen erschienen zwischen ihren Augenbrauen. »Ich glaubte zu sehen, wie jemand uns aus dem Dunkel beobachtete. Als ob sie Angst hätte, sich offen zu zeigen.« Sie zuckte mit den Achseln. »Also bin ich hingegangen, um Hallo zu sagen und zu fragen, ob sie Hilfe brauchte. Es war Agnes, sie … Sie sagte ein paar ziemlich verletzende Sachen, und dann rannte sie weg. Ich bin ihr nach, ich wollte ihr zu verstehen geben, dass es in Ordnung ist, aber auf dem St Nicholas Kirkyard hat sie mich dann abgehängt.«

Wunderbar. »Warum haben Sie das nicht gemeldet?«

»Was hätte das denn gebracht? Ich wusste nicht, wo sie war, ich wusste nicht, wo sie hinwollte – wie hätte Ihnen das weiterhelfen sollen?«

Morgan trat einen Schritt näher und sah ihm in die Augen. Jetzt hatten sie ihn in die Zange genommen. Auch Morgans Pupillen waren riesig, und sie strömte diesen wohlbekannten, ein wenig an Schweiß erinnernden Rauchgeruch aus. »Ich weiß, das ist jetzt ein ziemlicher Überfall, aber wenn ich Sie ganz, ganz lieb bitten würde, würden Sie mich dann festnehmen? Ich könnte irgendwas kaputtmachen oder meinetwegen jemanden schlagen, aber ich will einfach nur eine Nacht in der Zelle verbringen. Um ein Gefühl dafür zu kriegen, wie das ist.«

»Agnes geht es nicht gut, Inspector McRae, sie braucht jemanden, der sich für sie einsetzt und sie nicht verrät.«

»Es ist nämlich so, in meinem nächsten Film nach diesem

hier, da spiele ich eine Erotiktänzerin, die von einem Serienmörder entführt wird, und ich stelle mir vor, dass sie mal gesessen haben muss, okay? Nach außen hin ist sie beinhart, aber sie hat diesen wahnsinnig verletzlichen Kern, und ich glaube, die Erfahrung, verhaftet zu werden, würde mir wirklich helfen, eine Beziehung zu ihr aufzubauen, verstehen Sie?« Morgan legte eine Hand auf Logans Brust. »Auf der emotionalen Ebene.«

Er schloss die Augen, massierte seine pochenden Schläfen. »Ich werde Sie *nicht* verhaften.«

»Ich habe mal eine Tierärztin gespielt, da habe ich einen ganzen Monat lang in einem Tierheim gearbeitet. Das ist voll in meine Interpretation der Figur eingeflossen. Es war ein *sehr* starker Auftritt, ich …«

»Wenn Sie Agnes sehen oder wenn sie mit Ihnen Kontakt aufzunehmen versucht, rufen Sie mich bitte an, Tag oder Nacht, völlig egal.« Er zog zwei Grampian-Police-Visitenkarten aus der Tasche und schrieb jeweils seine Mobilnummer auf die Rückseite. Dann gab er jeder eine. »Wir können Agnes nicht helfen, wenn wir sie nicht finden.«

Er war gerade ein halbes Dutzend Schritte in Richtung der Stelle gegangen, wo er Henry Scott zurückgelassen hatte, als Morgan ihm nachrief: »Okay, also wenn Verhaften nicht infrage kommt, wie wär's, wenn Sie mir stattdessen mal so richtig den Hintern versohlen? Sie dürfen mich auch fesseln und alles.« Sie ließ ein kehliges, ordinäres Lachen hören.

Herrgott noch mal … Logan ging weiter.

Insch eilte ihm wutschnaubend nach. »Hab ich Ihnen nicht gesagt, Sie sollen meine Schauspielerinnen nicht anbaggern?«

»Was kann ich denn bitte schön dafür?« Logan blieb vor dem Torbogen stehen, in den Henry Scott sich verkrochen hatte. Niemand zu sehen. Nur ein säuerlicher Geruch nach ungewaschenen Kleidern und Schweiß verriet, dass er überhaupt da gewesen war. Hätte ruhig noch ein bisschen warten können, der undankbare Kerl – schließlich hatte Logan ihm extra sein Essen geholt. »*Vielen* Dank, Henry.«

»Es ist mein Ernst.« Insch blickte sich um. Nichole und Morgan winkten ihm zu. Er winkte zurück, dann senkte er die Stimme. »Haben Sie eine Ahnung, wie schwierig es ist, alle bei Laune zu halten und immer aufs Neue zu motivieren?«

»Sind die zwei deswegen die ganze Zeit bekifft?«

Insch starrte ihn an. »Ich weiß nicht, wovon Sie …«

»Ach, nun tun Sie doch nicht so. Die beiden haben Pupillen so groß wie Tennisbälle. Ich bin doch nicht blöd.«

Schweigen. »Sie wissen das genauso gut wie ich: Die Kriminalisierung von Cannabis ist eine einzige Verschwendung von Polizeiressourcen und bewirkt …«

»Glauben Sie mir: Was Ihre Stars rauchen, ist wirklich eine meiner geringsten Sorgen.«

Insch schloss die Augen und massierte seine Schläfen, während er zischend durch die Nase ein- und ausatmete. »Hören Sie, ich *weiß*, dass Sie sehr beschäftigt sind, ich weiß, dass Sie anderes zu tun haben, aber Sie müssen diesem Fälscherring wirklich das Handwerk legen. Es ist wichtig.«

Logan zog den Göffel aus dem Berg Hähnchen-Chorizo-Auflauf und nahm einen Bissen. Henry Scott wollte ihn ja offenbar nicht. Er schmeckte so gut, wie er roch, auch wenn er schon ein bisschen kalt war.

»Logan …«

»Ich werde sehen, was ich tun kann.«

Stimmen hallten durch das Präsidium der Grampian Police, als die Nachtschicht den Dienst antrat und Gestalten mit gelben Warnwesten über ihren schwarzen Uniformen grummelnd auf die regenfeuchten Straßen hinausschwärmten.

Logan fuhr sich mit der Hand durch die Haare und schüttelte das Wasser ab, das gegen die getünchte Betonsteinwand des Zellenblocks spritzte.

Einer der Gewahrsamsbeamten von der Nachtschicht, der ein Tablett mit einem halben Dutzend dampfenden Bechern trug, warf ihm vom anderen Ende des Flurs einen bösen Blick zu. Der Pornobalken unter seiner Nase sträubte sich. »Sie tropfen mir den ganzen Boden voll!«

»Ich bleib nicht lange, Andy. Wollte nur nach zwei Gefangenen sehen.«

»Schlimm genug, dass mir die Besoffenen alles vollkotzen und -pissen, da müsst ihr CID-Heinis mir den Boden nicht noch mehr versauen.«

Logan nahm sich einen der Becher. »Danke.«

»He!« Andy schnappte ihm den Becher wieder weg. »Die sind für die Gäste. Wenn Sie Tee wollen, holen Sie sich selber einen.«

»Wer hat Ihnen denn einen wütenden Dachs hinten reingesteckt?« Logan schob das Sichtfenster in der Zellentür auf, neben der das Schild mit der Aufschrift »STACEY GOURDON – ÖFFENTLICHE RUHESTÖRUNG« hing, und spähte hinein. »Hat sie Ihnen Ärger gemacht?«

Stacey saß mit dem Rücken zur Wand auf der blauen Plastikmatratze, die blutigen Knie an die Brust gezogen. Die Schorfkrusten waren verschwunden – sie musste sie alle gegessen haben. Sie blickte auf, lächelte und machte dann die universelle Geste für »Wichser«.

Reizendes Mädchen.

Stacey stand auf und tappte barfuß über den Zellenboden. »Sind Sie hier, um mich zu verhören? Glauben Sie, Sie können ein Geständnis aus mir rausprügeln? Also, dann sage ich Ihnen jetzt genau das Gleiche, was ich Ihrem haarigen kleinen Freund gesagt habe: Ich muss Ihnen nicht verraten, wo ich war, als Anthony verschwunden ist, oder wo ich war, als er gestorben ist. Und da können Sie rein gar nichts machen.«

Warum hörte sich das so an, als ob sie für die Rolle der Tatverdächtigen Nummer eins vorsprechen wollte? Sie schien sich geradezu Mühe zu geben, einen zwielichtigen Eindruck zu machen. Alles nur Show …

Logan zögerte einen Moment, dann seufzte er. Natürlich war das alles gespielt. »Ja, gut, machen Sie das. Sehr melodramatisch.«

Ihre Augen verengten sich zu Schlitzen. »Jetzt verarschen Sie mich mal nicht.«

»Glauben Sie wirklich, dass Sie auf *diese* Weise am besten die Aufmerksamkeit Ihres Daddys gewinnen können? Indem Sie sich in eine Mordermittlung verwickeln lassen? Vielleicht, indem Sie Ihre schmutzige kleine Geschichte an die Zeitungen verkaufen? Und die Nachbarn schockieren?«

Stacey wölbte die Brust, ihr Lächeln war breit, ihre Stimme samtig. »Ich hatte einen flotten Dreier mit dem Opfer und dem Mädchen, das ihn umgebracht hat. Ich denke, ich habe Anspruch auf eine Entschädigung für meinen Kummer und meinen Schmerz, finden Sie nicht? Es ist nicht mein Problem, wenn Sie …«

Logan schlug ihr die Klappe vor der Nase zu. »Andy, wenn Sie ihr in den Tee spucken wollen, tun Sie sich keinen Zwang an, okay?«

Eine Treppe tiefer, im unteren Gewahrsamstrakt, tönte eine alkoholbefeuerte Version von »American Pie« aus der Zelle neben der von Professor Marks, während sein Nachbar auf der anderen Seite ununterbrochen Flüche und Drohungen gegen jemanden namens Baz ausstieß, der angeblich mit seiner Freundin geschlafen hatte.

Es war zwar nicht direkt Tourette, aber fast genauso gut. Was bedeutete, dass Logan Kathy mindestens zwei Bier schuldete.

Professor Marks saß hinten in der Ecke auf dem Boden

und schaukelte leicht mit dem Oberkörper, während er an der Seite seines Daumens herumkaute. »Ich weiß, was Sie da tun, und es wird nicht funktionieren. Die Einhaltung der ärztlichen Schweigepflicht ist in meinem Beruf eine *zwingende* Notwendigkeit.«

Logan setzte sich ans Ende der Matratze. »Das ist doch alles nicht nötig.«

»Sie können nicht ... Ich werde meine Prinzipien nicht verraten.« Blut tropfte vom Ende seines angeknabberten Daumens. Er steckte ihn in den Mund und lutschte. »Niemals.«

»Wenn Sie glauben, dass ein paar Stunden in der Zelle schlimm sind, dann warten Sie nur, bis der Amtsrichter Sie wegen Missachtung des Gerichts für eine Woche nach Craiginches schickt.«

»Ich kann nicht ...«

»Sie läuft da draußen frei herum und bringt Menschen um, und *Sie* können uns helfen, sie zu stoppen. Denken Sie darüber nach.«

Er schniefte, blinzelte. Kaute an seinem blutigen Daumen herum. »Ich kann nicht ...«

In der Zelle nebenan folgte auf »American Pie« Billy Joels »Piano Man« in einer gegrölten Stadiongesangs-Fassung.

Logan stand auf und blickte lächelnd auf Professor Marks hinunter. »Ich schaue morgen früh noch mal rein, um Auf Wiedersehen zu sagen, bevor Sie abtransportiert werden.« Er zwinkerte ihm zu. »Wünsche eine angenehme Nachtruhe.«

Polizisten. Sie strömen aus dem hässlichen gestreiften Gebäude wie Kellerasseln, die unter einem verrotteten Baumstamm hervorkrabbeln. Marschieren umher und ziehen zischende blaue und rote Spiralen hinter sich her wie wütende Tentakel, die sich durch die Granitstraßen schlängeln, suchend und tastend.

Sie sollten eigentlich auf derselben Seite stehen, aber sie tun es nicht. Sie sind blind. Sie sehen nicht die Bestien und die Engel, die Hexen und den Kelpie, die Gespenster und Ungeheuer und Geister. Sehen nicht die Hand des Todes, während sie durch die Straßen patrouillieren.

Sie glauben, alle seien Schafe.

Sie glauben, *sie* gehöre zu den Schafen.

Aber sie ist so viel mehr.

Rowan atmet tief durch und überquert die Straße – tritt mitten unter sie.

Die Kirk ist mein Schwert und mein Schild.

Zwei von ihnen lachen über einen Witz, die Köpfe im Regen eingezogen. Sie sehen sie nicht einmal.

Und dann ist *er* da.

In den Tunneln unter der Erde sah er so normal aus, aber hier … Seine Aura ist anders als die der anderen. Sie ist blau und rot, aber um seinen Kopf wallen goldene und schwarze Bänder. Ein Strahlenkranz aus Licht und Dunkelheit. Ist er ein Engel oder eine Hand des Todes? Weiß er das überhaupt selbst?

Und wenn sie es ihm sagte, würde es irgendetwas ändern? Er schlägt seinen Kragen hoch und läuft über die Straße zu seinem verbeulten Fiat, hantiert mit den Schlüsseln herum, fluchend im Regen, dann steigt er ein. Setzt aus der Parklücke zurück in einer öligen Abgaswolke, während seine Aura den Innenraum des Wagens erhellt wie eine grellblitzende Disco.

Rowan tritt auf die Straße hinaus und sieht ihm nach, als er im Regen verschwindet. Dann greift sie in ihre Tasche und befühlt das Knochenbündel, gut verpackt in seinem Nest aus Seidenpapier.

Bald …

Sie hebt ihr Gesicht zu den schweren orangefarbenen Wolken und schließt die Augen. Der Regen ist kühl und lindernd auf ihrer Haut, kleine kalte Himmelsküsse. Sie machen alles irgendw–

Das harsche Schmettern einer Autohupe lässt sie zusammenfahren. Sie wirbelt herum, und da ist ein Streifenwagen, keinen Meter von ihr entfernt. Seine Scheinwerfer blitzen sie an, und sie hebt eine Hand, ehe sie wieder auf den Gehsteig tritt.

Der Streifenwagen fährt vorbei. Die Insassen schauen nicht einmal in ihre Richtung. Sie glauben, sie sei nur ein weiteres Schaf.

Rowan tritt wieder auf die Straße. Sein Fiat ist nur noch eine Erinnerung, die Konturen mit Regentropfen auf den Asphalt gemalt. Aber das ist in Ordnung. Sie hat reichlich Zeit, dorthin zurückzugehen, wo sie ihr eigenes Auto geparkt hat.

Es gibt schließlich keinen Grund zur Eile. Sie weiß, wohin er fährt.

Mittwoch

36

Aus der Küche kam das Grummeln und Bollern des Wasserkochers, das gegen den Lärm des Frühstücksfernsehens aus dem Wohnzimmer ankämpfte. Laut Vorhersage konnte sich das ganze Land auf prächtiges Wetter freuen, mit Ausnahme des Nordostens von Schottland. Wie üblich.

Logan reckte sich im Bett, die Arme im Nacken verschränkt. Müsste vielleicht mal aufstehen. Nur noch ein paar Minuten …

Ein Klacken und der Wasserkocher verlor den Kampf gegen den Wetteransager.

Jackie kam ins Zimmer getappt, am Leib nichts als ein T-Shirt mit der Aufschrift »STRATHCLYDE POLICE JUDO-TEAM«, in jeder Hand einen Becher Tee, eine Scheibe Toast zwischen die Zähne geklemmt. »Mnnnnfnnn gnnff?«

Er setzte sich auf und nahm den Becher, den sie ihm hinhielt. »Regnet's noch?«

Sie zog den Toast heraus und kaute. »Nenn mir zwei Gründe, warum ich bei Bill bleiben sollte.«

Prima, *das* Thema schon wieder. »Weil er Rorys Vater ist?«

»Das ist *einer*. Und es ist noch nicht mal ein guter Grund. Er ist trotzdem ein egoistisches Arschloch.« Sie biss in ihren Toast. »Ich ziehe *nicht* nach London, und es ist mir scheißegal, ob dieses Stellenangebot die Chance seines Lebens ist.«

Der Seufzer entwich, ehe er ihn aufhalten konnte. Logan schwang die Beine aus dem Bett. »Wenn du ihn nicht leiden kannst, wieso bleibst du dann bei ihm?«

»Das habe ich *dich* gerade gefragt.«

Logan las die Socken und die Unterhose von gestern vom Boden auf und warf sie in den Wäschekorb, dann schlurfte er gähnend ins Bad, um zu pinkeln und zu duschen.

Als er wieder herauskam, zwang Jackie sich gerade in jenes Wunderwerk der Ingenieurskunst, einen betonfarbenen Triumph-Doreen-BH. Es sah aus, als trüge sie zwei halbierte Zeppeline aus den Dreißigerjahren. Die glänzende halbmondförmige Narbe über ihrer stahlgrauen Unterhose verschwand, als sie ihre Kostümhose hochzog.

Sie hatte wenigstens nur diese *eine* Narbe.

Als Nächstes verhüllte eine Leinenbluse den aus der Zeit gefallenen BH. »Und was machen wir jetzt?«

Gute Frage. Logan setzte sich aufs Bett und zog ein Paar frische Socken an. »Das Gleiche wie immer, denke ich.« Als Nächstes eine Unterhose in fröhlichem Knallrot, dann die Anzughose. »Wir suchen die Nähe des anderen, weil wir einsam sind. Weil wir ein bisschen Trost wollen. Ein bisschen menschliche Wärme … Was denn?«

Sie starrte ihn mit offenem Mund an. »Ich meinte, was machen wir heute *Abend?* Nicht das hier« – sie deutete auf ihn und sich –, »was immer das ist.«

»Oh. Alles klar.« Die Hitze stieg ihm vom Hals in die Wangen und in die Ohren. »Okay. Also, wenn du nicht nach Glasgow zurückfährst, könnten wir …«

»Hast du ein schlechtes Gewissen? Ist es das? Du hast ein schlechtes Gewissen, weil sie im Krankenhaus liegt?«

Logan griff sich das erstbeste Hemd aus dem Schrank. »Ja.«

»Das ist doch zum …« Sie schnappte sich ihren Blazer. »Wo hab ich denn meine Schuhe gelassen?« Sie stampfte zur Schlafzimmertür hinaus, dass der Fußboden nur so zitterte.

Ja, weil alles *seine* Schuld war. Er folgte ihr ins Wohnzimmer, während er in sein Hemd schlüpfte. »Hast du denn kein schlechtes Gewissen, weil du Bill betrügst?«

»Sie liegt jetzt seit zwei Jahren dort, Logan – glaubst du wirklich, dass sie das wollen würde? Dass du ein schlechtes Gewissen hast, weil du drei- oder viermal im Jahr *Sex* hast?«

Ein zerknittertes Gesicht blickte ihnen mit ernster Miene aus dem Fernseher entgegen. *»… dürfen wir nicht vergessen, dass dies die Menschen sind, die die Polizei bei ihren Ermittlungen unterstützen. Sie helfen, Mörder zu fassen. Wie können sie ihre Arbeit machen, wenn die Schottische Polizeibehörde ständig alles umstrukturiert?«*

»Du hast meine Frage nicht beantwortet.«

»Ich …« Sie verzog das Gesicht, kniff die Augen zusammen, dann drehte sie sich um und angelte ein Paar Stiefel mit flachen Absätzen unter dem Couchtisch hervor. »Ich komme noch zu spät.«

Das Knautschgesicht wurde durch eine Frau in einer hässlichen Bluse ersetzt. *»Nun eine Meldung aus Aberdeen: Die Grampian Police hat erneut die Bevölkerung zur Mithilfe bei der Suche nach Agnes Garfield aufgerufen …«*

»Jackie, es ist …«

»Natürlich hab ich ein schlechtes Gewissen, Mann! Okay? Und dabei sollte ich gar keins haben, weil er es nicht *verdient* hat – er ist ein egoistischer, gedankenloser Mistkerl, und er nimmt mich schon gar nicht mehr wahr. Selbst wenn er mal zu Hause ist, ist es, als ob ich gar nicht da wäre.«

»… die sachdienliche Hinweise geben können, die Hotline anzurufen oder sich bei der nächsten Polizeidienststelle zu melden …«

Jackie ließ sich aufs Sofa plumpsen und zog ihre Stiefel an. »Aber würde ich ihn verlassen? Ooooooh nein, ich musste doch immer funktionieren, schon allein Rory zuliebe, nicht wahr? Warum glücklich sein, wenn man sich auch die Hölle auf Erden bereiten kann?«

»Dann verlass ihn doch.«

»Und was ist mit Rory?«

»Nun weitere Meldungen: Auf der A96 zwischen Kintore und Blackburn werden Polizeikontrollen durchgeführt …«

Logan setzte sich neben sie aufs Sofa. »Was ist besser für seine Entwicklung: eine glückliche Mutter oder eine unglückliche?«

»… einen Zeugenaufruf veröffentlicht, nachdem am Montagabend ein satanistischer Mord entdeckt wurde, bei dem offenbar der Romanbestseller Witchfire *als Vorbild diente …«*

Sie starrte auf den Bildschirm. »So einfach ist es nicht.«

»Das ist es nie.«

»Wir haben mit zwei Stars des Films gesprochen, Nichole Fyfe und Morgan Mitchell.« Auf dem Bildschirm wich die Dame mit der hässlichen Bluse dem bekannten PR-Arrangement mit Nicole und Morgan vor einer Wand mit *Witchfire*-Plakaten.

»Was soll ich denn tun, Logan? Soll ich Bill verlassen und zurückkommen, um wieder mit dir zusammenzuziehen? Ich und du und Rory, zusammengepfercht im Wohnwagen deiner Freundin?«

Ach du lieber Gott … Sag jetzt bloß nichts. Keine Silbe!

Jackie stand auf. »Habe ich mir doch gedacht.«

Nichole beugte sich vor. *»Ich möchte zunächst im Namen aller am Film Beteiligten versichern, dass unsere Gedanken und guten Wünsche bei diesen armen Familien sind.«*

Morgan nickte. *»Ja, wirklich. Es ist einfach furchtbar, dass diese Leute so leiden mussten …«*

»Ich kann nicht. Es ist nicht …«

»Willst du einfach hier hocken bleiben wie eine verdammte Fliege im Bernstein und darauf warten, dass sie zurückkommt?«

»… so wichtig zu verhindern, dass es noch andere trifft. Und deshalb werden wir alles in unserer Macht Stehende tun, um zu helfen.«

»Ich *stecke nicht* im Bernstein.«

»SCHAU DICH DOCH AN! Es ist zwei Jahre her, und du

bist immer noch hier. Warum hast du die Wohnung nicht fertig renoviert? Ich sag dir, warum: Weil du unfähig bist, etwas zu verändern. So warst du schon immer!« Sie machte kehrt und stapfte hinaus.

»Jackie!«

Sie war schon auf dem Flur.

»Jackie, warte.«

Jetzt war sie im Schlafzimmer und raffte ihren Rucksack vom Boden auf. »Du willst ein Zeichen, Logan? Da hast du dein Zeichen.« Sie riss das Blatt Papier ab, das mit Tesa an den Schrankspiegel geklebt war, und warf es nach ihm. »*Das* ist dein Problem!«

Sie schob sich an ihm vorbei, riss die Eingangstür auf und knallte sie so fest hinter sich zu, dass die Tassen in der Küche klirrten.

Stille.

»…jeden, der Zeuge dieser furchtbaren Morde war oder etwas darüber weiß, dringend bitten, sich zu melden.«

»Ganz genau, Leute, ihr müsst *die Polizei anrufen, bevor noch jemand zu Schaden kommt.«*

Bisschen spät dafür.

Logan bückte sich und hob das Blatt auf. Strich es an der Wand glatt. »OB'S DIR PASST ODER NICHT, DU BIST NOCH AM LEBEN«, stand da in großen schwarzen Druckbuchstaben.

»Und hier ist nun Russell mit dem Wetter.«

»Danke, Steve. Tja, wir müssen uns auf ein paar unbeständige Tage gefasst machen …«

Das langgezogene, triste Läuten der Türglocke ertönte.

Er streckte die Hand nach der Klinke aus, dann zögerte er. Der Axtstiel wartete geduldig in der Ecke, wo er ihn an die Wand gelehnt hatte. Er packte ihn und spähte durch den Spion.

Jackie starrte ihm mit finsterer Miene entgegen, ihre Züge durch die Linse verzerrt.

Er öffnete die Tür. »Du hattest doch schon das letzte Wort.«

Ihr Blick ging von seinem Gesicht zu dem Axtstiel in seiner Hand. »Hätte nicht gedacht, dass du so empfindlich bist.« Dann wies sie mit dem Daumen über die Schulter auf einen schlaksigen jungen Mann mit grünen Haaren, der mit dem Rücken an Logans Fiat lehnte. Einer von Wee Hamish Mowats Jungs, und er hatte eine Kuriertasche über die Schulter gehängt. »Du hast Besuch.«

Der junge Mann grinste ihn an, während Jackie mit ihrem Audi davonbrauste. »Na, haben wir noch was Kleines nebenher laufen, hm? McRae, du alter Schlawiner, du.« Seine Wangen waren ein Meer von Aknenarben, das unter borstigen Koteletten verschwand. Die Augen waren hinter einer Sonnenbrille verborgen, das schulterlange giftgrüne Haar aus der Stirn zurückgekämmt. »Frag mich bloß, wie du es schaffst, die Weiber mit so einer schrottigen Klapperkiste abzuschleppen ...« Er klopfte mit den Knöcheln auf die Motorhaube des Punto.

Die verfluchten Elstern waren wieder am Auto gewesen, hatten es mit ihrer grau-weißen Kacke bekleckert und Zweige unter die Scheibenwischer gesteckt. Logan schwang den Axtstiel auf die Schulter. »Was willst du, Jonny?«

»Wieder ins Bett, wenn du so fragst. Echt brutal, so früh rauszumüssen.« Er wies mit dem Kopf auf den Wohnwagen. »Willst du mich nicht reinbitten?«

»Wie geht's deinem Freund Reuben?«

»Ja, ja ...« Jonny schob die Spitze seiner blassgelben Zunge zwischen den Zähnen hervor. »Hab gehört, dass ihr beide Stress hattet. Was soll ich da sagen? Unser Ruby ist nun mal ein heißblütiger Typ.« Er schob seine Sonnenbrille bis zur Nasenspitze hinunter und zwinkerte mit einem blutunterlaufenen Auge. »Aber nur damit du Bescheid weißt: Sollte es einen Wechsel in der Führungsebene geben, sag ich mal, dann hätte ich keine Probleme, mit der neuen Leitung zusammenzuarbeiten. Ganz unter uns gesagt.«

»Was – willst – du?«

Jonny griff in seine Tasche und zog einen großen braunen Umschlag hervor. »Ich hab mich in Mr Mowats Auftrag über deine verprügelten Schlitzaugen schlaugemacht. Keinen Schimmer, wer die andere Seite ist, aber die mit dem Hammer, das sind definitiv die McLeod-Brüder.«

Auch keine Überraschung.

Jonny senkte die Stimme zu einem Flüstern. »Ich will nur sagen, weißt du, wenn es mal so weit ist, dann kannst du dich auf mich verlassen. Der Reubinator ist echt in Ordnung, aber an manchen Tagen ist es wie *Let's Dance* in einem Minenfeld mit ihm.«

»Ich übernehme *nicht* das Ruder, und ich werde Reuben *nicht* beseitigen.«

»Ahhhh … Okay. Bloß ein bisschen Koma oder ein kleiner Hirnschaden. Schon kapiert. Also jedenfalls, Mr Mowat meint, es wäre ihm schon wichtig, dass möglichst bald Schluss ist mit dieser Klopperei ums Cannabis. Wie man hört, sind Creepy und Simon McLeod hinter jedem her, von dem sie glauben, er hat die Finger im Spiel – und bei denen heißt's grundsätzlich: ›Erst Knie zertrümmern, dann fragen.‹«

»Kein Koma. Kein Hirnschaden.«

Jonny zuckte mit den Achseln. »Wir reden später noch. Bis dahin« – er schwenkte den Umschlag vor Logans Nase – »hätte ich hier erst mal ein paar Adressen von den Cannabisplantagen der McLeods: Blackburn und Westhill. Vielleicht willst du deine Jungs da mal nachschauen lassen?«

Logan rührte sich nicht von der Stelle. »Ist das dein Ernst? Du willst mir hier in aller Öffentlichkeit einen braunen Umschlag übergeben? Hast du jemanden im Gebüsch versteckt, der Fotos macht?«

Jonny seufzte und schob seine Brille wieder hoch. »Mann, bist du *zynisch.*« Er steckte den Umschlag unter einen der Scheibenwischer des Fiat, wobei eine kleine Lawine von Zweigen und Gras auf die Motorhaube rutschte. »Mich juckt das ja eh nicht. Aber wenn du die Sache nicht regelst…« Jonny schürzte die Lippen und sog die Luft durch die Zähne ein. »Das kann richtig unschön werden.«

»Das ist nichts Neues.«

»Später, okay?« Er wich grinsend zurück. »Und was ich über Reuben gesagt hab, war ernst gemeint.«

»… ist von Arbeitskämpfen quer durch die Scottish Police Services Authority die Rede. Wir sprachen mit dem Assistant Chief Constable der Grampian Police, Denis Irvin …«

Logan drehte das Radio ein wenig leiser, hielt das Telefon ans andere Ohr und schaltete runter in den Dritten, als der Mounthooly-Kreisverkehr am Horizont auftauchte. Ein großer, grasbewachsener Buckel mit Bäumen drauf, mindestens so groß wie ein Fußballplatz – wie eine Insel im Strom des Verkehrs. »Also, das kann doch nicht so schwer sein, oder? Lass dir einfach aus San Francisco eine Kopie von Anthony Chungs Strafregisterauszug schicken.«

Am anderen Ende der Leitung stöhnte PC Guthrie auf. *»Du weißt doch, wie schwierig es ist, von den Amis irgendwas zu erfahren.«*

»… unvorstellbar, dass sie zu einer so kontraproduktiven und unklugen Maßnahme wie einem Streik greifen würden …«

»Irgendwo muss es doch einen Verbindungsbeamten für den Kontakt zum amerikanischen Justizministerium geben. Versuch's mal bei der Serious Organized Crime Agency.«

»Bei der SOCA? Die sind ja noch schlimmer als die verdammten Amerikaner.«

Auch wieder wahr.

»… den Menschen im Nordosten eines versichern: die Grampian Police wird nicht zulassen, dass die Wahrung der öffentlichen Sicherheit und die Verfolgung von Straftaten darunter leiden …«

Vor der Einfahrt in den Kreisverkehr leuchteten die Bremslichter eines Taxis auf. Es kam stotternd zum Stehen und entging um Haaresbreite dem Schicksal, von einem Sattelschlepper zermalmt zu werden, der mit Offshore-Bohrrohren beladen war. Hätte mal besser aufpassen sollen, der Idiot. Logan wechselte die Spur. »Wenn sie dir blöd kommen, sag einfach, es gäbe Hinweise darauf, dass er mit einer terroristischen Organisation in Verbindung steht.«

»Stimmt das denn?«

»Nein. Aber so können wir ihnen ein bisschen Dampf unterm Hintern machen.«

»… weitere Nachrichten: Zur Feier der National Sandwich Week will eine Gruppe von Schülern aus Ellon das längste Chip Buttie der Welt belegen …«

Er war jetzt kurz vor dem Kreisverkehr und trat auf die Bremse. »Aber sag auf jeden Fall ›unbestätigte Quellen‹ …« Das Auto wurde nicht langsamer.

Er trat noch einmal auf die Bremse. Immer noch nichts.

Noch einmal, und diesmal trat er das Pedal bis zum Boden durch.

Der ratternde Fiat Punto fuhr einfach weiter.

»… bleibt es weiterhin bedeckt, doch im weiteren Tagesverlauf muss mit heftigen Regenfällen gerechnet werden …«

Handbremse! Logan riss sie hoch, die Hinterräder blockierten, schlitterten kreischend über den Asphalt, und er fuhr direkt in den Kreisverkehr hinein, eingehüllt in eine stinkende Wolke von verbranntem Gummi. Die Zähne zusammengebissen, die Augen zu Schlitzen verengt, die Arme gerade ausgestreckt, die Finger so fest um das Lenkrad geklammert, dass seine Knöchel kreideweiß wurden. Ein Dutzend Autos rasten direkt auf ihn zu.

»BLEIB STEHEN, DU ROSTIGE MISTKARRE!«

Ein Minivan legte eine Vollbremsung hin, als der Fiat knapp vor ihm zum Stehen kam. Die Hupe schmetterte schrill durch die Morgenluft, und das Gesicht der Fahrerin hinter der Windschutzscheibe lief dunkelrot an, während sie Verwünschungen brüllte.

»... und passend zu diesen Aussichten hören wir jetzt die Eurythmics mit ›Here Comes the Rain Again‹.«

Logan schloss die Augen und ließ die Stirn auf das Lenkrad sinken. Alles in ihm sackte zusammen, als ob jemand den Stöpsel rausgezogen hätte. Er lebte – doch nicht totgequetscht in einem Knäuel von rostigen Metalltrümmern.

Das wütende Solo des Minivans weitete sich zu einem Hupkonzert aus.

Er setzte sich gerade auf, blinzelte und drehte sein Fenster herunter.

Nie hatten Autoabgase und verbrannter Gummi so lieblich geduftet.

Die Fahrerin des Minivans schimpfte immer noch durch die Scheibe auf ihn ein. Die Adern an ihrem Hals zeichneten sich ab wie zornige Schlangen.

Er hob eine Hand und ließ den Motor wieder an, legte den Rückwärtsgang ein und steuerte den Punto langsam zurück auf die Causewayend. Da das Durchtreten des Bremspedals immer noch null Effekt hatte, benutzte er wieder die Handbremse.

Mann, das war knapp ...

»Voilà ...« Mit einem Schwung zog Dr. Graham das Tuch weg, unter dem ein aus Ton modellierter Kopf zum Vorschein kam: große Nase, hohe Wangenknochen, Hängebacken, ein kleiner Mund, eingeklammert zwischen zwei tiefen Furchen. Sie stellte den Kopf auf Steels Schreibtisch. »Bei den Falten musste ich natürlich ein bisschen künstlerische Freiheit walten lassen, aber alles in allem bin ich ziemlich zufrieden damit.«

Steel kniff die Augen zusammen, beugte sich auf ihrem Stuhl vor und musterte das Gesicht. »Keinen blassen Schimmer. Du, Laz?«

Logan zuckte mit den Achseln. »Halt irgendeine alte Dame.«

»Nee. Eines solltest du wissen, wenn es um Spinner geht, Laz: Die tun nichts ohne einen bestimmten Grund. Sie ist nicht irgendjemand, sie ist was Besonderes. Wir wissen bloß noch nicht, warum.«

Dr. Graham trat von einem Fuß auf den anderen. »Sie haben nicht zufällig noch eine Leiche gefunden, bei der eine Gesichtsrekonstruktion gemacht werden muss, oder? Vielleicht ein weiteres Skelett?«

Steel lehnte sich zurück und zog an ihrer Pseudozigarette. »Laz, bring den Kopf von dem alten Weiblein rauf in die Presseabteilung. Ich will, dass sie bis Mittag in den Fernsehnachrichten ist, in allen Zeitungen und so weiter und so fort.« Sie starrte ihn an. »Vielleicht, noch bevor wir alle an Altersschwäche sterben, wie wär's? Und wie wär's mal mit einem Lächeln? Wird dich schon nicht umbringen.«

»Danke, sehr witzig. Ich wäre fast gestorben, okay?«

»Geschieht dir recht. Was bist du auch so ein Geizkragen und kaufst dir immer so schrottige alte Rostlauben?«

»Hör doch …« Er biss die Zähne zusammen. »Na schön.« Logan nahm den Kopf – er war überraschend schwer, fast wie ein echter –, stampfte hinaus und knallte die Tür hinter sich zu.

Steels Stimme drang durch das Holz. »Ganz schön empfindlich … So, Doc, jetzt zu Ihrer Rechnung …«

Die Wände des Sergeants-Kabuffs hallten von Gelächter wider, das in dem Moment verstummte, als Logan eintrat. Biowaffen-Bob und drei Constables räusperten sich, und Bob steckte etwas in seine Tasche, während die Uniformierten sich mit roten Gesichtern hinausschlichen, ohne Logan anzusehen.

Er stieß die Tür mit dem Absatz zu. »Will ich wissen, worüber ihr gelacht habt?«

»Wahrscheinlich nicht.« Bob ließ sich auf seinen Stuhl sinken. »'nen schönen Kopf hast du da, steht dir gut.«

Die anderen Schreibtische waren mit Papierstapeln und Aktenordnern übersät, nur einer war sauber aufgeräumt: der von DS Chalmers. »Wo ist denn die Neue?«

»Woher soll ich das wissen …« Er runzelte die Stirn. »Rennie hat recht: Sie ist dein neuer Liebling, nicht wahr?«

Logan starrte ihn an. Wenn Bob sich bei ihm beliebt machen wollte – das konnte er gern haben. »Weißt du was? Vielleicht lade ich DS Chalmers ja wirklich zu viel auf. Also …« Er stellte den Kopf auf Bobs Schreibtisch. »›Wer ist diese Frau?‹ Fernsehen, Zeitungen, Plakate. Du kennst ja das Prozedere.«

»Neiiiiiin!« Bob vergrub sein Gesicht in den Händen. »Kann das nicht jemand anders …«

»Du bist doch derjenige, der sich vernachlässigt fühlt.« Er deutete auf den Kopf. »Steel will das so bald wie möglich erledigt haben. Wenn es nicht in den Mittagsnachrichten kommt, dann weißt du, was dir blüht.«

Bob stöhnte. Er stand auf und nahm den Kopf vom Tisch. »Auf geht's, meine Hübsche.« An der Tür blieb er stehen. »Eins noch. Chalmers ist vielleicht die neue Lieblingsschülerin, aber etwas solltest du nicht vergessen …« Er kniff ein Auge zu, lehnte sich nach links, dann eilte er hinaus und schlug die Tür hinter sich zu.

Der Gestank, den er hinterließ, stand kurz vor der Waffenfähigkeit.

37

Kathy, die Gewahrsamsbeamtin, zog das Kinn ein und die Augenbrauen zusammen. »Was ist denn mit Ihnen passiert?«

»Biowaffen-Bob.«

Im Zellentrakt war es ruhig, das Singen und Fluchen vom Abend zuvor war einem ängstlichen Gemurmel gewichen: Für die Gefangenen rückte der Termin vor dem Amtsrichter näher, der entscheiden würde, ob sie gegen Kaution auf freien Fuß gesetzt oder in Craiginches eingelocht würden.

»O Gott, ich hab einmal mit ihm im Aufzug festgesteckt. Nehmen Sie *immer* die Treppe und zünden Sie nie ein Streichholz an.« Sie ging voran zu Zelle Nummer acht und klopfte an die Tür. »Besser, wir kündigen uns an, falls er gerade an sich rumspielt. Kommt öfter vor, als man meint.« Sie schob die Abdeckung zurück. »Er hat schon gefrühstückt, also lassen Sie sich nicht von seinem Hundeblick dazu verleiten, ihm irgendwas zuzustecken.«

Logan trat heran und spähte in die Zelle. Professor Marks hatte sich ein Upgrade vom Boden auf die Matratze genehmigt, wo er in Embryonalhaltung zusammengerollt lag, die Arme um den Kopf geschlungen. »Lassen Sie mich in Ruhe …«

»Das war jetzt eine Nacht, Professor Marks. Was glauben Sie, wie Sie sich nach einer *Woche* im Gefängnis fühlen werden?«

»Sie haben noch nicht mal das Licht ausgeschaltet.«

»Das machen sie für den Fall, dass Sie beschließen, sich im Dunkeln etwas anzutun. Wir wollen ja am Morgen nicht Ihre erkaltete Leiche vorfinden, oder? Wäre wahrscheinlich ratsam, die verschärfte Bewachung in Craiginches aufrechtzuerhalten. So ein sensibler Typ wie Sie – Mist.« Sein Handy klingelte. »Denken Sie noch mal drüber nach, ich bin gleich wieder da.« Er zog es aus der Tasche. »McRae?«

»LoganDaveGoulding. Wie geht's?«

Er ging zum Ende des Flurs und durch die Tür ins Treppenhaus. »Ich bin gerade ziemlich beschäftigt, Dave.«

»Hervorragend. Passen Sie auf, ich habe ein Profil von Agnes Garfield für Sie erstellt.«

»Das ging aber schnell.«

»Ich hatte ja auch schon vorgearbeitet. Wollen Sie eine Zusammenfassung? Aufgrund von Agnes' psychischer Verfassung ist es unwahrscheinlich, dass sie allein oder in einer dominanten Rolle handelt. Man könnte sie als unterwürfige Fantastin bezeichnen; sie sucht jemanden, der ihre Träume Wirklichkeit werden lässt. In Verbindung mit ihrem obsessiven Interesse an Büchern wie Witchfire *bedeutet das, dass sie ein Leben zu leben versucht, das es nie gegeben hat. Sie wird sich vermutlich in selbstverletzendes Verhalten flüchten, wenn die Wirklichkeit ihren Erwartungen nicht gerecht wird.«*

»Unterwürfig? Haben Sie nicht gesehen, was sie mit Anthony Chung gemacht hat? Soweit wir wissen, ist er die einzige dominante …«

»Nein. Sie würde ihn niemals verletzen oder enttäuschen. Es ist nicht …«

»Sie hat ihn auf dem Küchenboden festgebunden und ihn zu Tode gefoltert, Dave. Endgültiger geht's nicht mehr.«

Schweigen am anderen Ende der Leitung.

»Dave?«

»Dann ist dieser Idiot Marks noch unfähiger, als ich dachte. Seine Akten zeigen eindeutig, dass sie Anthony Chung in den Status einer persönlichen Gottheit erhoben hat. Er kann buchstäblich nichts tun, was sie ihm nicht verzeihen oder als Prüfung ihrer Loyalität betrachten würde. Untreue, Gewalt, abnormes sexuelles Verhalten …«

»Also, irgendetwas muss er ja getan haben, schließlich liegt er im Leichenschauhaus mit …« Logan fixierte stirnrunzelnd den fleckigen Beton zu seinen Füßen. »Augenblick mal: Marks' Akten?«

»Haben Sie Witchfire *gelesen? Darin sind drei hauptsächliche Formen der Bestrafung beschrieben, die von den Fingermen angewandt werden: das Feuerurteil, das Bluturteil und das Wasserurteil. Die beiden ersten hatten wir schon. Als Nächstes wird sie wahrscheinlich jemanden in den Fluss werfen, und wenn er nicht ertrinkt, wird sie ihn wieder an Land ziehen und verbrennen.«*

»Wie sind Sie an Professor Marks' Akten gekommen?«

»Es fing damit an, dass Agnes sich vorstellte, in Rowans Welt zu leben. Es war eine harmlose Fantasie, ein Tagtraum, in dem sie ein ganz besonderer Mensch war, mit einer Mission und der Macht, sie durchzuführen. Doch sie träumte sich so oft in diese Welt, dass es zu einer Sucht wurde. Die Fantasie wurde real. Sie spielt nicht länger nur eine Rolle, sondern sie glaubt wirklich, dass diese Leute Hexen sind, dass sie vom Bösen besessen sind und davon befreit werden müssen, um ihre Seelen zu retten.« Er atmete tief durch. *»Und hier liegt die Wurzel des Problems: Es gibt da einen Zwiespalt im Kern von Agnes' Psyche, und dieser Zwiespalt erodiert ihr Selbstgefühl. Im Buch ist Rowan eine Hexenjägerin, die nicht an Hexen glaubt, aber gezwungen ist, sie zu bestrafen. Agnes jedoch glaubt nicht nur an Hexen, sie glaubt, dass sie selbst eine ist. Sie ist zwischen zwei diametral entgegengesetzten Wahnvorstellungen gefangen.«*

»Dave!«

»Ich bin in sein Büro eingebrochen, es ist nicht weiter wichtig. Worauf es ankommt, ist, dass sie einem Muster folgt: Sie tut es nicht, weil sie bösartig ist oder weil es ihr Spaß macht, sondern weil sie glaubt, dass sie es tun muss.«

»Sie sind in sein Büro …?« Logan blickte den Flur hinauf und hinunter. Niemand in der Nähe. Trotzdem senkte er die Stimme zu einem Flüstern. »Sind Sie *wahnsinnig?* Alles, was Sie aus diesen Akten haben, ist als Beweis unzulässig. Stellen Sie sie zurück!«

»Ich wüsste nicht, wie: Sie haben doch einen richterlichen Beschluss, oder nicht? Und wer wird es je erfahren?«

»Bringen Sie sie zurück!«

»Sie dürfte nicht viel vor die Tür gehen. Wahrscheinlich hat sie eine feste Operationsbasis, einen Ort, an dem sie sich sicher fühlt. Wo sie Schutzkreise malen kann.«

Wie die an ihrer Schlafzimmerdecke und in ihrem Schrank unter der Treppe.

»Sie hat eine romantische Neigung zu allem, was mit Verfall zu tun hat, das spricht die Entropie an, die sie in ihrem Inneren empfindet. Also wird sie einen Ort bevorzugen, der schon länger leersteht. Ein heruntergekommenes, verlassenes, möglicherweise baufälliges Haus. Vorausgesetzt, die dominante Persönlichkeit lässt sie in diesem Punkt mitentscheiden.«

Und das erklärte das halbe Dutzend Rosen.

»Sonst noch etwas?«

»Ja. Gehen Sie behutsam vor. Agnes Garfield ist eine zutiefst geschädigte Persönlichkeit, und die Welt ist für sie gegenwärtig ein Ort des Schreckens. Sie ist die Einzige, die zwischen uns und den Mächten des Bösen steht. In ihrer Wahrnehmung ist sie eine Heldin. Zerbrechen Sie sie nicht.«

Kein Ungeheuer. Nur jemand, der ungeheuerliche Dinge tat.

»Danke, Dave.« Logan legte auf und ging zurück in den Zellentrakt. Vor Nummer acht blieb er stehen und spähte wieder durch das Sichtfenster.

Professor Marks hatte sich nicht von der Stelle gerührt.

»Letzte Chance, Professor. Sie haben sich standhaft gezeigt, wir haben einen richterlichen Beschluss besorgt, Sie wurden verhaftet. Sie haben getan, was Sie konnten, das kann niemand bestreiten.«

Marks starrte nur die Wand an.

»Okay, schön. Denken Sie darüber nach.« Logan ging hinüber zu Zelle sieben und hämmerte an die Tür, dann machte er das Gleiche bei Nummer neun. Das Gefluche und Geschrei setzte wieder ein. »Viel Spaß.«

Rennie kam hereingeschlurft und ließ sich auf Logans Besucherstuhl fallen. »Urrgh …«

Logan blickte von seinen Protokollen auf. »Und?«

Rennies Anzug sah aus, als hätte er darin geschlafen und anschließend mit einem Kricketschläger darauf eingeprügelt. »Ich kündige. Hab die Schnauze gestrichen voll.«

»Was hat Ding-Dong gesagt?«

Er schlang die Arme um den Kopf und ließ ihn in den Nacken fallen, die Knie zusammengepresst. »Wieso hat Chalmers eigentlich den Vormittag freigekriegt, hm? Sie war ja nicht mal die ganze Nacht dort. *Ich* war die ganze Nacht dort, aber krieg ich vielleicht den Vormittag frei? Natürlich nicht, weil jeder fahrradsattelschnüffelnde Wichser …«

»Du tust mir ja so leid.«

»Ist ja nicht so, als hätten wir irgendwas rausgekriegt, oder? Niemand hat Agnes die Wahnsinnige gesehen, ein Zeuge ›glaubt‹ gesehen zu haben, wie Roy Forman East Green in Begleitung einer nicht identifizierten Frau verließ, aber der hat nach Fusel und Pisse gestunken, weshalb ich ihm nicht mal zutrauen würde, sein eigenes Spiegelbild zu identifizieren. Und als ich endlich wieder an der Spitze der Schlange war, da war das Tiramisu aus.«

»Ich hab dich was *gefragt.*«

Rennie blinzelte ihn an. »Ach so – Ding-Dong. Ich hab mich in seine Einsatzbesprechung geschlichen, und er sagt, er hätte gestern Abend irgendeine Stacey vernommen. Anscheinend hat sie sehr ausweichend geantwortet, was ihr Alibi und den Tod von Anthony Chung betraf. Und deshalb ist sie jetzt eine Person von Interesse.«

»Hat er gesagt, was mit ihr passiert?«

»Wird um zehn dem Amtsrichter vorgeführt, wegen Körperverletzung und exhibitionistischen Handlungen. Soll ich mich schlaumachen?«

Logan schwenkte eine Weile seinen Stuhl hin und her. Dann schüttelte er den Kopf. »Nein. Mit ihr vergeuden wir nur unsere Zeit. Ihr geht es bloß darum, ihren Daddy irgendwie zu schocken. Vergiss sie. Und die Aktion von gestern war doch kein totaler Reinfall, oder? Immerhin hast du deinen letzten vermissten Stadtstreicher gefunden.«

Rennie versank noch tiefer im Stuhl. »Ah… Blöde Geschichte…«

»Also, das ist doch jetzt nicht dein *Ernst*?«

Er zog die Stirn in Falten. »Ich musste hinter diesem Kerl herrennen, der plötzlich total knülle aufgekreuzt ist und sich mit Inschs Rausschmeißern angelegt hat.«

»Henry Scott war doch da, vor deiner Nase!«

»Es war nicht meine Schuld!«

Logan vergrub den Kopf in den Händen. »Bei Gott, ich schwöre…«

Sein Computer machte *ping.* Und dann gleich noch mal. Und noch mal – eine ganze Flut von eingehenden E-Mails. Er schielte auf den Monitor. Dreihundertzweiundsechzig neue Nachrichten.

Was war *das* denn?

Er klickte die zuletzt eingegangene an.

>Von: zauberman@zirkelderliebeundhoffnung.org
>An: fanbox@williamhunterwrites.com
>Betreff: Du kranker wixer!
>
>Haben sie dir ins hirn geschissen man? dein buch is scheise und du kannst überhaupt nich schreiben und bis ein totaler luser!!!

>hexen sint eine macht des guhten in der welt und du kannst meintwegen VERECKEN!@

Es kam noch mehr, aber die Rechtschreibung und die Grammatik wurden keinen Deut besser. Okay … Er nahm sich stattdessen die erste eingegangene Mail vor. Sie war von William Hunters Webmasterin in Iowa, die sich vorab für die Riesenmenge an E-Mails entschuldigte, die sie ihm weiterleiten würde. Anscheinend waren dies sämtliche verdächtige Nachrichten, die über die Website eingegangen waren.

Rennie sackte noch weiter zusammen und klappte einen Unterarm vors Gesicht. »Vielleicht könnte ich zu einem privaten Sicherheitsdienst wechseln oder so?«

»Du bist ja schon beim öffentlichen Sicherheitsdienst nicht zu gebrauchen – wer soll dich denn da engagieren?« Logan zog den Mauszeiger über den Bildschirm. Kam gar nicht infrage, dass er dreihundertzweiundsechzig E-Mails von irgendwelchen Internet-Spinnern sichtete. Er benutzte einen Mail-Assistenten, um eine Bearbeitungsregel zu erstellen, und leitete alles an Dr. Goulding weiter, zusammen mit der Bitte, sie nach Personen zu überprüfen, die fähig wären, Roy Forman zu verbrennen und Anthony Chung zu foltern.

Sollte er es doch als Buße dafür betrachten, dass er in Professor Marks' Büro eingebrochen war.

»Oder vielleicht könnte ich Privatdetektiv werden, wie im Kino? Simon Rennie, Private Investigator …«

»Wohl eher ›Simon Rennie, Idiot‹.« Das Telefon auf Logans Schreibtisch trillerte. Er drückte den Mithörerknopf. »Was?«

»Wie, was? Wie reden Sie denn mit mir, McRae?« Es war Gary vom Empfang. *»Bloß weil Sie jetzt DI sind, müssen Sie noch lange nicht meinen, dass ich Sie nicht übers Knie legen und Ihnen den Hintern versohlen kann.«*

Logan warf dem grinsenden Rennie einen vernichtenden Blick zu. »Wehe, du sagst jetzt was.«

»Sie haben Besuch. Ein gewisser Tim Mair von der Gewerbeaufsicht.«

»Was zum Teufel will Dildo von mir?«

»Keine Ahnung, ist mir auch egal.« Ein Klacken, dann war die Leitung tot.

Rennie gähnte, die Arme über dem Kopf ausgestreckt. »Nimm's nicht persönlich – Gary pflaumt jeden so an, seit er rausgefunden hat, dass jemand sein kleines Töchterchen geschwängert hat.« Er sackte wieder in sich zusammen. »Und bevor du fragst: Nein, ich war's nicht.«

Tim »Dildo« Mair lenkte den schäbigen städtischen Transit auf die Broad Street. Das Getriebe hörte sich an, als würde jemand ein paar Maracas durch den Schleudergang jagen. Die Augen hinter seiner John-Lennon-Brille waren zu Schlitzen verengt, sein Spitzbart sträubte sich um die fest zusammengepressten Lippen.

Logan schnallte sich an. »Ist das dein Ernst? Willst du mich jetzt die ganze Fahrt über anschmollen?«

Dildo sah ihn nicht an, sondern hielt den Blick stur auf die Straße gerichtet. »Constable Sim, würden Sie DI McRae bitte sagen, dass ich nicht schmolle, sondern mich nur bemühe, ihm nicht passend zu seinen zwei Veilchen noch ein paar Zähne auszuschlagen?«

PC Sim, die auf der Rückbank saß, verzog das Gesicht und wischte dann ihre Hand an der Wand des Transporters ab. »Hier hinten ist alles ganz klebrig …«

»Hör zu, es tut mir leid, dass ich unseren Termin gestern verpasst habe, aber ich habe heute einen ziemlich beschissenen Tag, also kannst du …«

»*Termine*, bitte. Plural.«

Er beschleunigte, als sie am Marischal College vorbeikamen, und der Transit schaukelte, als ob jemand dagegenträte.

»Hätte nicht gedacht, dass du so empfindlich bist.«

»Constable Sim, Sie können DI McRae sagen, dass ich das hier nur tue, weil *sein* Freund Insch versprochen hat, meiner Nichte das Set zu zeigen und ihr eine Statistenrolle zu geben, wenn ich denjenigen erwische, der die *Witchfire*-Artikel fälscht.«

Sie schnupperte an ihrer Hand und wischte sie anschließend an der Rückenlehne von Logans Sitz ab. »Was *macht* ihr eigentlich hier drin, dass alles so klebrig ist?«

»Ich stecke mitten in einer Mordermittlung, okay? Tut mir leid, dass ich euch allen damit solche Unannehmlichkeiten bereite, aber ich habe ein Mörderin zu …«

»Ach, rutsch mir doch den Buckel runter.«

Sie fuhren schweigend weiter, den Berg hinauf am hässlichen Betonklotz des Aberdeen College vorbei und dann wieder bergab und auf den riesigen Mounthooly-Kreisverkehr zu.

Kleine Muskeln zuckten in Dildos Unterkiefer und ließen die Haut darüber erzittern.

Na schön. Irgendjemand musste sich ja hier benehmen wie ein Erwachsener. »Es tut mir leid, dass ich dich gestern versetzt habe. Können wir einfach …«

»Eines will ich hier klarstellen: Du bist nur hier, damit eine Polizeipräsenz gewährleistet ist, weil Insch gesagt hat, ich müsste mich an dich wenden. Ich habe das Kommando, verstanden?«

»Du musst doch nicht gleich so …«

»*Ich* habe die ganze Kleinarbeit gemacht. *Ich* habe herausgefunden, wer das Zeug verkauft. *Ich* habe herausgefunden, wer es herstellt. Und *ich* habe das Kommando.«

»Na schön, du hast das Kommando. Du bist der große Boss. Heil dir, König Dildo der Große, Herr der gefälschten Markenartikel.«

Sim rutschte auf ihrem Sitz vor, und ihre Sohlen machten ratschende Geräusche auf dem klebrigen Boden. »Warum werden Sie eigentlich Dildo genannt?«

Er warf einen Blick in den Innenspiegel, und ein Lächeln spielte um seine Mundwinkel. »Für Sie immer noch *König* Dildo.«

In der Ecke eines Parkplatzes kam der städtische Transit ruckelnd zum Stehen. Die Ladenzeile gegenüber bestand aus einer Bäckerei, einem Zeitungsladen, einer Reinigung, einem Geschäft für tropische Fische, einem Maklerbüro mit einem Schild »ZU VERMIETEN ODER ZU VERKAUFEN« im Schaufenster und einem Wettbüro: J. STEWART & SOHN – GEGR. 1974. Die Fenster waren mit schweren Metallstangen vergittert, zwischen denen sich leere Chipstüten und Fetzen von alten Zeitungen verfangen hatten.

Der Himmel sah aus, als hätte jemand dunkelgraue Tinte auf nasses Papier getropft. Zwischen den hoch aufgetürmten Wolken schaute hier und da ein Stückchen Blau hervor.

Logan schnallte sich ab. »Ma Stewart. *Schon wieder?* Lernt diese Frau denn nie dazu?«

Dildo griff hinter den Fahrersitz und zog eine große Sporttasche heraus. »Oh, diesmal hat sie sich wirklich selbst übertroffen …« Er zog den Reißverschluss auf, dann hielt er inne.

Logans Telefon sang Rennies Kennmelodie.

Sie konnten ihn auch nicht mal fünf Minuten in Ruhe lassen, oder?

»Was ist?«

»Chef? Du solltest lieber herkommen – Ding-Dong und Leith sind gerade im CID-Büro aneinandergeraten. Haben sich angebrüllt, dass die Fetzen flogen.«

»Na und? Sag Steel, sie soll …«

»Sie geht jetzt schon die Wände hoch – gleich ist sie durch die Decke. Ding-Dong hat Leith eine verpasst, genau auf die Nase.«

Das war's dann wohl mit DI Bells Thronansprüchen. »Warum?«

»Leith hat diesen Trottel wieder mal zur Weißglut getrieben. Sie brüllen sich an, jeder behauptet, dass der andere die Ermittlung vermasselt, und dann – peng, die Fäuste fliegen, Blut fließt, die DCs rufen ›Kämpfen, kämpfen, kämpfen!‹ … Du hättest dabei sein sollen, es war echt eine Show.«

Dildo zog ein Schwert aus der Sporttasche. Es war so lang wie sein Arm, mit einer Klinge, die im trüben Licht glänzte und funkelte.

Logan betrachtete stirnrunzelnd die Ladenfront. Das Maklerbüro sah aus, als wäre es schon vor einer ganzen Weile den Weg alles Irdischen gegangen. Die Immobilienangebote in dem vergitterten Schaufenster waren vergilbt, die Farben ausgebleicht. Tote Fliegen und Wespen lagen auf dem Fensterbrett hinter der Scheibe aufgereiht. Alle Fenster vergittert, ein mit Graffiti beschmierter Rollladen vor der Tür. So, dass niemand heraus- oder hineinkam …

»Chef? Bist du noch dran?«

Wie waren Agnes und Anthony in das Haus gekommen?

»Gib ihn mir mal.«

»Wen, Ding-Dong? Geht nicht – Steel hat ihn zur Internen Dienstaufsicht geschickt, seinen Anschiss abholen. Er wird …«

»Nein, Leith.«

»Sekunde, ich schau mal nach, ob der Doc schon mit ihm fertig ist …« Rascheln und Knistern am anderen Ende.

Dildo zog ein Dittay-Buch aus der Tasche und reichte es Sim, dann griff er noch einmal hinein und holte eine Art keltischen Halsreif aus Gold hervor – ein verdrehtes Metallband mit Totenschädeln aus Elfenbein als Endstücken. Dann noch ein paar T-Shirts, einige Baseballkappen mit *Witchfire*-Logo, wie Agnes Garfield eine getragen hatte, als sie Anthony Chungs Geld abgehoben hatte, eine Rolle Plakate und schließlich etwas,

was wie ein Lederetui für eine Dienstmarke aussah. »Die sind gut, nicht wahr?«

Sim bekam große Augen. »Ui, eine Hexenjäger-Marke …« Sie klappte das Lederetui auf und betrachtete lächelnd die glänzende Marke, die darin zum Vorschein kam. »*Genau* wie im Buch.« Dann sah sie, wie Logan sie anstarrte, und räusperte sich. »Also ich meine, *wenn* ich mich für so was interessieren würde … Was ich nicht tue. Natürlich nicht.«

»Ich dachte, *Witchfire* ist nicht Ihr Ding.«

»Na ja … das habe ich *so* nie gesagt …«

Dildo griff noch einmal in die Sporttasche, nahm einen Dolch heraus und zog die Klinge aus der schwarzen Scheide. Sie war so lang wie seine Hand, beidseitig geschliffen und mit Schnörkeln und Linien verziert und mündete in ein T-förmiges Stichblatt aus stumpfem Metall. Der Griff war mit rotem Leder umwickelt und schloss mit einem sechseckigen Knauf ab. Das Ding sah hart aus, voll funktionsfähig.

Sim legte die Hexenjäger-Marke neben sich auf den Sitz und streckte die Hand aus, die Kinnlade heruntergeklappt. »Schockschwerenot …«

Dildo gab ihr den Dolch. »Laut Insch sind das alles perfekte Kopien der Requisiten aus dem Film, bis ins kleinste Detail nachgebildet. Schauen Sie sich nur das Ende des Griffs an.«

Sie drehte den Dolch um und inspizierte den sechseckigen Knauf. »Ein echtes Nadelproben-Messer … Es ist mit dem Hexenjäger-Wappen geprägt, aber spiegelverkehrt, sodass es seitenrichtig ist, wenn man damit ein Wachssiegel für ein Todesurteil stempelt.« Ein Grinsen ließ ihre Pausbäckchen hervortreten. »Das ist ja so *cool.*«

Erneut raschelte es im Hörer, dann war Rennie wieder da, seine Stimme kaum mehr als ein Flüstern. *»Hab ihn gefunden. Aber tu mir einen Gefallen – er hat jetzt schon eine Scheißlaune, also provozier ihn nicht noch mehr, ja?«*

»Gib ihn mir einfach.«

Ein Knacken, dann meldete sich Leith mit knödeliger, nasaler Stimme. *»Ich hoffe, es ist wichtig.«*

»Falls es irgendein Trost ist: Sie haben es wenigstens kommen sehen. Ich habe eines Morgens einfach nur meine Haustür aufgemacht, und *zack.*« Ein Schlag auf die Nase konnte durchaus etwas Verbindendes haben. »Ihr Leichenfundort in Kintore – wie sind Agnes und Anthony da reingekommen?«

»Haben Sie nur angerufen, um sich über mich lustig zu machen? – Dann können Sie nämlich gleich …«

»Ich kann doch nichts dafür, dass Ding-Dong Ihnen eins auf die Zwölf gegeben hat. Der Kollege, der als Erster vor Ort war, sagte, die Türen seien verschlossen gewesen, er musste die Schlüssel beim Makler holen. Agnes und Anthony sind nicht eingebrochen, also müssen sie einen Schlüssel gehabt haben.«

»Rennie – geben Sie mir die Liste.« Pause. *»Ich habe den Knaben die Namen von sämtlichen Interessenten zusammentragen lassen, die das Haus besichtigt haben, seit es vor fünfzehn Monaten auf den Markt kam. Dazu die Personendaten der Verwandten und Bekannten der Eigentümer. Wir arbeiten die Liste gerade durch. Haben Sie daran was auszusetzen?«*

»Ich wollte Ihnen nicht sagen, wie Sie Ihren Job zu machen haben, ich wollte nur …«

»Genau das versuchen Sie zu tun. Also, warum ziehen Sie nicht einfach Leine und lassen mich in Ruhe arbeiten?«

»Mensch, Leith, es …«

»Ich war lange vor Ihnen DI, und ich werde es noch sein, wenn Sie längst wieder mit den anderen Detective Sergeants im Wee Hoose hocken. Vergessen Sie das nicht.« Und dann legte er auf.

Logan hielt sich das Telefon vors Gesicht. »Kein Wunder, dass Ding-Dong dir eins auf die Nase gegeben hat, du elender Stinkstiefel.«

Sim ließ den Dolch durch die Luft schwingen, den Knauf

voraus, die Klinge an ihren Arm angelegt. Im Messerkämpfer-Stil. »Die Balance ist fantastisch. Ist da auch dieses Ding dran?«

Dildo zuckte mit den Achseln. »Keine Ahnung.«

Sie packte den Knauf und schraubte ihn ab. Darunter war eine winzige V-förmige Klinge, halb so lang, wie ihr kleiner Finger dick war. Ihr Grinsen wurde noch breiter. »Tatsächlich!« Sie zeigte es Logan. »Dieses Ende wird benutzt, um das Teufelsmal zu finden. Tiefer darf die Klinge nicht eindringen, sonst könnte sie Gefäße verletzen … Was?«

Eine kleine, V-förmige Klinge, nicht länger als einen halben Zentimeter, eingebettet in ein rundes Stichblatt aus Metall. Genau wie die Illustration in Anthony Chungs Obduktionsbericht.

Immerhin wussten sie jetzt, womit Agnes ihren Exfreund gefoltert hatte.

Dildo nahm den Dolch wieder an sich, schob ihn in die Scheide, schraubte den Knauf dran und warf das ganze Ding in die Sporttasche, um dann auch den Rest wieder einzupacken. »Okay. Und nicht vergessen, ich habe das Kommando. Ihr zwei steht nur da und schaut grimmig drein, während ich Sachen konfisziere.«

38

Die eine Wand wurde ganz von Fernsehbildschirmen eingenommen. Die meisten waren dunkel, nur auf einer Handvoll liefen Matches und Rennen von der anderen Seite des Globus, damit die zwei alten Männlein, die auf den roten Kunstlederhockern saßen, sie durch ihre dicken Brillengläser verfolgen konnten. Dabei tranken sie Special Brew aus der Dose, und das um zwanzig vor neun an einem Mittwochmorgen.

Ma Stewart saß hinter dem Tresen, die eine fleischige Wange in die Hand gestützt, sodass ihre Gesichtszüge ganz verzerrt wurden, und blätterte in einem Hochglanzmagazin mit Paparazzi-Fotos von Promis im Bikini. Große rote Kreise markierten Stellen an den Oberschenkeln und Bäuchen der Reichen und Schönen, damit die Leserinnen sich auch richtig an ihrer Cellulite weiden konnten. Nicht dass Ma Stewart Grund zur Schadenfreude gehabt hätte – sie sah aus wie ein zu weich gepolstertes Sofa in ihrer knalligen orange-goldfarbenen Seidenbluse, die tiefe Einblicke in ihr Dekolleté gewährte: ein klaffender Abgrund zwischen zwei blassen, wabbelnden Massiven, bedeckt mit Goldketten und Glitzerkram. Ihr drahtiges graues Haar hatte sie zu einem Knoten hochgebunden, der jedes Mal wackelte, wenn sie seufzte und eine Seite umblätterte.

Dildo ging auf sie zu, die Sporttasche über die Schulter gehängt, und klopfte auf den Tresen. »Kundschaft.«

Ma Stewart blickte von ihrem Cellulite-Bikini-Schocker-Artikel auf, und ein Lächeln ließ ihr breites Gesicht erstrahlen. »Mr Mair, wie schön, Sie wiederzusehen! Würden Sie …« Ihr Blick fiel auf Logan, und dann formten sich ihre scharlachroten Lippen zu einem kreisrunden O, wie ein Einschussloch. »Sergeant McRae, Sie haben wir hier ja eine Ewigkeit nicht mehr gesehen! Oh, was ist denn mit Ihrem armen Gesicht passiert?« Sie schlug ihre Zeitschrift zu, dann beugte sie sich über den Tresen und kniff ihm in die Wange. »Sie sind ja nur noch Haut und Knochen! Das ist doch kein Zustand.«

Auf dem Cover prangte ein Foto von Nichole Fyfe, die in ihrem Hexenjägerinnen-Kostüm posierte. »NICHOLES BEWEGTE VERGANGENHEIT: ›DIE SCHAUSPIELEREI HAT MICH VOR EINER KRIMINELLEN LAUFBAHN BEWAHRT‹«, stand da in reißerischen Helvetica-Lettern.

Dildo wuchtete die Sporttasche auf den Tresen. »Wir müssen reden.«

Doch Ma Stewart schaute ihn gar nicht an. Sie drehte sich zum Hinterzimmer um und holte tief Luft. »Janice! Janice, setz

Wasser auf, die Polizei ist da! Und schau nach, ob wir noch Rowies dahaben, der arme Sergeant McRae fällt uns noch vom Fleisch.«

Das nachgebaute Schwert funkelte im Licht der Neonröhren. »Erkennen Sie das wieder?« Dildo legte es mit einem Poltern neben die Sporttasche, dann griff er noch einmal hinein und zog ein Dittay-Buch heraus. »Oder vielleicht das hier?«

Ein kleiner alter Mann kam aus der Tür hinter dem Tresen geschlurft, die Hände tief in den Taschen einer ausgebeulten Strickweste vergraben. Die *Witchfire*-Baseballkappe auf seinem Kopf hatte er so weit heruntergezogen, dass seine Ohren im rechten Winkel abstanden. Er schnäuzte sich in ein zerfleddertes graues Taschentuch. »Dougie sagt, die Rohlinge sind aus.«

Ma klopfte ihm auf eine hängende Schulter. »Ich werde den Lieferanten Dampf machen. Sonst alles in Ordnung?«

»Wir wollen Peggy gleich ihren Geburtstagskuchen geben – ihre Tochter holt sie um Viertel nach ab, sie fahren zum Shoppen nach Dundee. Na, wer's mag.« Er faltete das Taschentuch zusammen und steckte es wieder ein. »Kommen Sie mit zum Singen?«

Ein strahlendes Lächeln. »Das will ich mir doch auf keinen Fall entgehen lassen. Lassen Sie mich nur noch rasch diese netten Herrschaften von der *Polizei* versorgen, ich komm dann gleich nach.« Dann starrte sie ihn an und formte tonlos das Wort *Polizei.*

Er starrte nur zurück.

Dildo knallte den Nadelproben-Dolch, die Hexenjäger-Marke, die T-Shirts und die Kappen vor Ma auf den Tresen. »Möchten Sie mir das vielleicht erklären?«

Die Gold- und Brillantringe funkelten an den Wurstfingern, mit denen sie auf den Tresen trommelte. »Das da …? Tut mir leid, keine Ahnung, wovon Sie reden. Also, wie wär's jetzt mit einem schönen Tässchen Tee?«

»Wie oft müssen wir dieses Gespräch noch führen, Ma? Sie dürfen nicht die Artikel von anderen Leuten fälschen.«

»Möchten Sie vielleicht ein Stück Geburtstagskuchen? Es ist ein Victoria Sponge, Janice macht den besten …«

»Ich habe eine Beschlagnahmeverfügung.«

Ihre Gesichtszüge entgleisten, und sie schob die scharlachrote Unterlippe vor. »Aber ich hab doch nichts *Verbotenes* getan …«

Die letzten wackligen Töne von »Happy Birthday to You« verhallten, dann beugte Peggy sich vor und blies die Kerzen in drei asthmatischen Atemzügen aus. Beifall und Bravorufe von den versammelten Rentnerinnen und Rentnern, rund ein Dutzend an der Zahl. Sie lehnte sich zurück, strahlte sie mit ihren dritten Zähnen an und rieb sich die knotigen Hände, während Ma Stewart den Kuchen anschnitt.

Radio 2 dudelte durch den großen Raum. Die Decke war ein Flickwerk aus fleckigen grauen Platten, die Betonsteinwände weiß gestrichen und mit Postern von Kätzchen und Sprüchen à la »MAN MUSS NICHT VERRÜCKT SEIN, UM HIER ZU ARBEITEN …« beklebt, der Boden bestand aus beigefarbenen Teppichfliesen, geflickt mit Paketklebeband …

Regale in Modulbauweise säumten die Wände in den Lücken zwischen den Postern. Kartons voller Dittay-Bücher und Baseballkappen standen dort neben Grünlilien, deren lange schlanke Blätter über die Regalbretter herabhingen. Die Mitte des Raums wurde von langen Tischen und Werkbänken eingenommen, manche mit Nähmaschinen, andere mit Klebstoff und Glitzer, wieder andere mit diversen Werkzeugen, Stoffballen, Lederbahnen, Schneidwerkzeugen … Eine richtige kleine Fälscher-Manufaktur.

Der kleine Mann mit der ausgebeulten Strickjacke reichte Porzellanteller mit Geburtstagskuchen herum. Eine alte Dame mit lila getönten Haaren, krumm wie ein Fragezeichen, wackelte mit dem Tee hinterher.

Logan ließ sich einen Teller und eine Tasse geben und lehnte sich gegen eine Werkbank mit leeren Notizbüchern. Daneben lag ein Stapel roter Ledereinbände, alle geprägt mit den Schnörkeln und Mustern der Dittay-Bücher. Er nahm einen Bissen und einen Schluck Tee. Guter Kuchen. Schön saftig.

Ma breitete die Arme aus und stand da wie ein dickes, aufgeblasenes T. »Sehen Sie sich um – das kann doch *unmöglich* falsch sein.«

Dildo hob eine Hexenjäger-Marke auf, deren Emaille-Überzug erst halb fertig war. »Doch, weil es illegal ist.«

»Ich leiste einen Beitrag für die Gesellschaft. Diese armen Leutchen brauchen doch eine Beschäftigung, nicht wahr, Dougie?«

Ein Mann in Hemd, Krawatte und Pullunder nickte, wobei die fettige Haarsträhne, die er über seinen kahlen Schädel gekämmt hatte, auf und ab wippte wie eine Falltür. »Besser, als irgend so einem Idioten zuhören zu müssen, der uns Lieder aus dem Krieg vorsingt. Ich bin fünfundsiebzig, nicht neunzig – ich hab die Rolling Stones ungefähr ein Dutzend Mal live gesehen. *Und* die Sex Pistols. ›Knees up Mother Brown‹ geht mir am Arsch vorbei.«

Peggy schlug sich eine von Arthritis entstellte Hand vor die Brust und verdrehte die Augen. »Oh, Mr Galloway, was für eine Ausdrucksweise!«

Er grinste. »Ach, Sie lieben es doch, wenn ich so schweinisch daherrede.«

Ma Stewarts Brust schwoll, als ob sie jeden Moment explodieren würde. »Sehen Sie? So kommen sie unter die Leute, wir essen zusammen zu Mittag, es gibt Tee und Kekse, sie können neue Freundschaften schließen, den neuesten Tratsch austauschen, vielleicht auch ein bisschen flirten …?«

Peggys runzlige Wangen färbten sich rot. »*Ein* kleiner Quickie im Stehen nach der Sperrstunde, und sie reiben es dir dein Leben lang unter die Nase.«

»Und Sie *wissen* doch, wie mickrig die Renten heutzutage sind, oder? Zum Sterben zu viel und zum Leben zu wenig. Ich sorge dafür, dass meine Damen und Herren ein hübsches kleines Einkommen und einen angenehmen Arbeitsplatz haben.«

Dildo seufzte. »Darum geht es nicht. Es ist trotzdem …«

»Und wem schadet es denn? Die Filmleute machen doch selber gar nichts, oder? Also kann es gar nicht illegal sein. Ist doch logisch. Wie kann man etwas fälschen, was noch gar nicht existiert?«

»Ma, Sie müssen damit *aufhören*.«

»Sie haben Freude daran, andere Leute zu treffen und Sachen herzustellen. Und sie leisten auch wirklich hervorragende Arbeit – haben Sie die Qualität bemerkt?«

»Das – ist – egal!«

Logan fischte ein Nagelproben-Messer aus einem Karton. Sie hatten das Stichblatt schon montiert, aber der Knauf fehlte noch, und der Griff war noch nicht mit Leder umwickelt. »MADE IN ABERDEENSHIRE« war in das Metall geprägt. Eine zwanzig Zentimeter lange Klinge auf der einen Seite, eine winzige von einem halben Zentimeter Länge auf der anderen. »Wie viele von denen hier haben Sie gemacht?«

Sie lächelte. »Wunderschön sind die, nicht wahr? Es gibt da so eine kleine Maschinenfabrik, die macht ganz fantastische Metallarbeiten. Unter uns gesagt: der Geschäftsführer bohrt in der Nase, aber bei einem Künstler muss man über so etwas hinwegsehen.«

»Wie viele?«

»Oh, wir haben ungefähr dreihundert auf Lager, nicht wahr, Charles?«

Der Mann mit der ausgebeulten Strickjacke zuckte mit den

Achseln. »Wir können nicht weitermachen, solange die neuen Rohlinge nicht da sind.«

Dreihundert. Das erschwerte die Suche nach der Mordwaffe doch erheblich.

Dildo hielt seine Beschlagnahmeverfügung hoch. »Okay, das ist alles konfisziert. Sie wissen ja, wie das läuft: was immer Sie gerade tun, hören Sie sofort damit auf. Und wenn vielleicht jemand helfen möchte, das ganze Zeug in den Transporter zu laden …?«

»Das ist so ungerecht …« Ma Stewart lehnte am Tresen des Wettbüros und fächelte sich mit ihrem Klatschmagazin Luft zu, während Dildo zum Transporter hinauswankte, beladen mit einem halben Dutzend Pappkartons. »Wir versuchen doch nur, den alten Leutchen eine sinnvolle Beschäftigung zu geben.«

Logan schraubte den Knauf von einem nachgebauten Nadelproben-Dolch ab und strich mit dem Daumen über die dreieckige Klinge. Scharf. »Wo haben Sie die Muster her?«

»Sie können doch nicht wollen, dass sie in irgendeinem Altenheim vor sich hin gammeln, oder? Sie brauchen eine Aufgabe.«

»Dolche, Kostüme, Schwerter, Marken, Bücher … Alles ist identisch mit den Filmrequisiten, also muss Ihnen doch *irgendjemand* die Vorlagen zukommen lassen.«

Ma Stewart schürzte die scharlachroten Lippen. »Ich habe meine Quellen.«

»Jemand aus der Requisitenkammer?«

»Wir können uns doch sicher irgendwie arrangieren? Wenn ich die Ware nicht verkaufen darf, kann ich meine Leute nicht bezahlen. Das werden Sie doch nicht wollen, oder? Dass sie mit leeren Händen nach Hause gehen, nachdem sie so viel Arbeit hineingesteckt haben?«

»Zum letzten Mal: *Von wem haben Sie die Muster?*«

Wieder ließ ein tiefer Seufzer ihren Busen anschwellen. »Na gut, in Ordnung. Weil Sie es sind: Ich hatte eine Kontaktperson, eine Insiderin. Ein reizendes Mädchen, das meinen Rentnern helfen wollte. Hübsches kleines Ding und so höflich! Über ihren Freund wollen wir lieber schweigen …«

»Es war Agnes Garfield, habe ich recht? Sie hat die Sachen vom Set für Sie gestohlen.«

»Sie hat sie nicht ›gestohlen‹. Sie hat sie nur *ausgeliehen.*« Ma reckte das fleischige Kinn. »Agnes schwärmt für diese Bücher, und sie will nur, dass die Menschen ein Stück davon in Händen halten können. Es war ihre Idee, dafür meine Senioren einzuspannen, damit sie etwas zu tun haben und sich mit dem Geld ihre alten Tage ein wenig verschönern können.« Eine Träne glitzerte in Ma Stewarts Augenwinkel. »Sie wollte noch nicht mal einen Anteil am Gewinn. Aber ich habe darauf bestanden: Ich habe ihr gesagt: ›Agnes‹, hab ich gesagt, ›es ist nur gerecht, dass du deinen Anteil bekommst. Ohne dich wären wir verloren.‹ Ihr Geld liegt immer noch hier. Ich *persönlich* würde mich nicht wundern, wenn sie alles für gute Zwecke spendet.«

Dildo marschierte zur Vordertür herein und ging gleich wieder durch nach hinten.

»Warum können nicht mehr Menschen so sein, Sergeant McRae? So uneigennützig und großzügig?«

Ja, und psychotisch und von Wahnvorstellungen besessen und gemeingefährlich …

»Wie halten Sie mit ihr Kontakt?«

Sie lächelte. »Wir rufen sie an, Sie Kindskopf. Heutzutage hat doch jeder ein Handy. Mein Norman ruft mich dauernd auf meinem an, seit er sich von Marcus getrennt hat. Wirklich jammerschade. Sie waren ein entzückendes Paar, aber für Bobbit und Streuner tut es mir wirklich leid …«

Das Handy. War einen Versuch wert. »Wie ist ihre Nummer?«

»Niemand denkt an die Terrier, nicht wahr?« Ma setzte eine

Halbmondbrille auf und schlug ein dickes Adressbuch auf. Ihre Lippen bewegten sich, während sie mit dem Finger die Seite hinunterfuhr. »Da haben wir's …«

Logan schrieb sich die Nummer in sein Notizbuch. Es war nicht die, die Agnes' Eltern ihnen gegeben hatten; also hatte Chalmers offenbar richtiggelegen: Agnes hatte ihr altes Handy weggeworfen und sich ein nagelneues mit Prepaid-Karte gekauft. »Rufen Sie sie an.«

Stirnrunzeln. »Und was soll ich sagen? Dass die Polizei hier ist und sie sprechen will? Ich glaube nicht, dass ihr das gefallen wird.«

»Jetzt… rufen Sie sie einfach an und sagen Sie ihr, dass hier etwas von der Filmfirma auf sie wartet. Sagen Sie ihr, dass jemand es hier abgegeben hat, extra für sie.«

»Und wer?«

»Keine Ahnung – jemand, der anonym bleiben will?«

»Ts-ts …« Ma schüttelte den Kopf, dass ihre Lefzen wabbelten. »Für einen Mann sind Sie ein furchtbar schlechter Lügner.«

Sie zog ihr Handy aus der Tasche, tippte die Nummer ein und ließ es läuten. Und läuten. Und läuten … »Hallo? Rowan, hier ist Ma Stewart, wie geht es dir? … Ach, das Übliche, du weißt schon. Kann nicht klagen … Ja …« Sie legte die Hand über das Mikrofon und zwinkerte Logan zu. »Das ist sie.« Dann wieder in den Hörer: »Ich glaube nicht, Kindchen, aber ich sehe mal nach … Ja … Hör mal, ich hab immer noch deinen ersten Anteil an den Einnahmen hier herumliegen, und Peggy hat dir eine ganz entzückende Jacke gestrickt. Weißt du, so eine wie die, die Rowan in der Hochhaus-Szene trägt? … Ja, genau. Sie sieht umwerfend aus. Und hast du gewusst, dass sie heute Geburtstag hat? … Ich weiß!« Eine lange Pause, mit viel Nicken. »Ja, nein, in zwanzig Minuten, das passt wunderbar. Ich heb dir was von dem Kuchen auf.«

Dann legte Ma auf und lächelte ihn an. »Bitte sehr. Alles erledigt.«

Zwanzig Minuten. »Danke.« Logan lief zur Vordertür hinaus auf den Parkplatz, während er schon Steels Nummer wählte. »Wir brauchen ein bewaffnetes Einsatzteam – Agnes Garfield ist hierher unterwegs.«

»Laz, ich bin nicht in der Stimmung für Scherze. Schlimm genug, dass Bell und Leith sich hier prügeln wie besoffene …«

»Sie wird in zwanzig Minuten in Ma Stewarts Wettbüro sein.«

»Ohne Scheiß?«

»Wenn ich's dir sage.«

Eine Pause. *»Na, das lässt sich doch hören! Wir kaufen sie uns, wir sagen diesem Glasgow-Pack, dass sie sich ihre Supervision in den Unterbau stecken können, und dann gehen wir ins Pub und geben uns die Kante, bis wir nicht mehr stehen können. Ha! Warte, ich muss schnell dem ACC Bescheid sagen – der wird sich vor Begeisterung sein rosa Spitzenhöschen nassmachen.«*

Fünf Minuten später meldete sie sich wieder. *»… angeschissen.«*

»Der ACC? Wieso denn …«

*»*Wir *sind angeschissen. Wir können nicht in zwanzig Minuten ein Team bei euch draußen haben. Es wird mindestens eine halbe Stunde dauern – die Deppen machen gerade eine Übung in Fraserburgh, und sie haben den Schlüssel zur Waffenkammer mitgenommen.«*

Logan sah auf die Uhr. »Jetzt sind's noch fünfzehn Minuten.«

»Kannst du sie nicht dazu bringen, später zu kommen?«

»Na klar, das mach ich doch glatt. Und vielleicht kann ich sie auch bitten, ein paar Kekse mitzubringen, zur Feier ihrer Festnahme.« Er ging ein paar Schritte auf den Transporter zu, dann wieder zurück. Jetzt war Improvisation angesagt. »Okay, vergiss das Einsatzteam. Soviel wir wissen, hat sie wahrscheinlich ein Messer, aber sonst nichts. Sim hat ihre Stichschutzweste und eine Dose Pfefferspray. Das kriegen wir schon hin.«

»Wir schicken euch sämtliche Streifenwagen, die wir auftreiben können. Sie wird …«

»Ein Haufen Polizeiautos, die mit Blaulicht und Sirenen durch die Straßen düsen? Das wird sie überhaupt nicht abschrecken, was? Nein, nur Zivilstreifen, und die sollen sich ans Tempolimit halten. Kein Trara.«

Vom anderen Ende kam ein Grummeln. *»Na schön. Aber wenn du wieder da bist, werden wir zwei uns mal ein bisschen über den Befehlsweg unterhalten müssen. Und bis dahin mach keine Dummheiten. Wie zum Beispiel, sie entkommen lassen.«*

»Schon klar.«

»Ich mein's ernst, Laz! Mist bauen geht hier absolut gar nicht!«

»Okay.« Logan trank seinen letzten Schluck Tee und stellte die Untertasse mit der Tasse auf der nächstbesten Werkbank ab. »Ich verstecke mich also vorne unter dem Tresen. Wir warten, bis sie in der Werkstatt ist, dann versperrt Dildo die Hintertür, ich versperre die Vordertür, und Sim überwältigt Agnes. Noch Fragen?«

Die Fälscherwerkstatt war praktisch leer – die Regale ausgeräumt, alle Waren in Dildos Transporter verladen. Die fleißigen Senioren hatten sie in Ma Stewarts Büro gepfercht, wo sie sich darüber beschwerten, dass sie sich nicht setzen konnten, und fragten, womit dieses arme Garfield-Mädchen es eigentlich verdient hatte, dass sie sie so überfielen?

Logan knallte ihnen die Tür vor der Nase zu. Jetzt waren sie nur noch zu dritt: er, Dildo und Constable Sim.

Sim schniefte. »Sind Sie sicher, dass wir sie nicht aus dem Gebäude schaffen sollten?«

»Dann würde Agnes sie herumlaufen sehen und gleich Lunte riechen. Haben Sie Ihr Pfefferspray?«

Ein schiefes Grinsen. »Sie ist ein achtzehnjähriges Mädchen, Chef, nicht Dschingis Khan.«

Logans Telefon klingelte: »Octopus's Garden« von den Beatles. Er zog es aus der Tasche. »Dave, ich bin gerade ziemlich beschäftigt, also …«

Der Psychologe klang pikiert. *»Finden Sie nicht, dass Sie hätten fragen können, bevor Sie meinen Posteingang mit dreihundertzweiundsechzig Mails verstopfen?«*

Ah … »Hören Sie, ich will nur, dass Sie mit Ihrem Expertenblick drübergehen und mir sagen, welche von denen nur spinnen und welche ernsthaft gefährlich sind.«

»Jetzt macht die IT-Abteilung mir Stress und lamentiert über begrenzte Serverkapazitäten. Und falls Sie sich die Mühe gemacht hätten, es zu lesen, wüssten Sie, dass in dem Profil, das ich Ihnen gegeben habe, ganz klar steht, dass Agnes Garfield …«

Etwas piepste vorne im Wettbüro. Die Tür.

Verdammter Mist.

Logan warf einen Blick auf den Überwachungsmonitor, der über der Tür zum vorderen Teil des Ladens angebracht war. In unscharfer Schwarz-Weiß-Darstellung war dort eine Gestalt mit einem Kapuzenpulli und einer Baseballmütze zu erkennen.

»Tut mir leid, Dave, ich muss Schluss machen.«

»Logan, ich bin nicht …«

Er legte auf.

Sim blickte mit zusammengekniffenen Augen zum Monitor hinauf, die Stimme zu einem Flüstern gesenkt. »Ist das Agnes?«

»Schwer zu sagen …« Größe und Körperbau schienen mehr oder weniger zu passen, aber das ausgebeulte Kapuzentop und die Kappe verbargen ziemlich effektiv sämtliche besonderen Kennzeichen. »Könnte sein …«

Wenn sie es war, war sie fünf Minuten zu früh, und Steel hatte recht: Sie waren angeschissen. Keine Chance, sich noch ins Vorderzimmer zu schleichen, um sich unter dem Tresen zu verstecken. Plan B, Plan B, Plan B …

Logan zeigte in die Mitte des Raums. »Los, Bewegung!«

Dildo rannte zur Hintertür und verbarg sich hinter einem Stapel Kartons. Sim duckte sich unter eine Werkbank in der Mitte des Raums. Logan drückte sich flach an die Wand neben der Tür, auf der Seite mit dem Scharnier. So, dass die Tür ihn verdecken würde, wenn sie aufging.

Eine Stimme tönte aus dem Wettbüro herüber, hoch und ein wenig zittrig. Eindeutig weiblich. *»Hallo? Ma?«*

»Hallo Rowan, Kindchen. Oh, deine neuen Haare gefallen mir super – *diese Farbe steht dir wunderbar!«*

Lass das Gequatsche, du alte Schrulle. Schick sie nach hinten…

»Geh nur durch, es gibt Kuchen und Tee.«

»Äh, okay…«

Logan leckte sich die Lippen.

Die Türklinke drehte sich.

Jetzt… Ganz ruhig bleiben, dann passiert keinem was.

Die Tür ging auf.

39

Rowan betritt den Raum. Normalerweise ist hier alles voll mit Gelb und Blau: die ausgefransten Auren alter Männer und Frauen. Kurze beige Spiralen für vergessene Träume. Fetzen von Grau für tote Angehörige.

Aber heute ist der Raum leer.

Jemand hat die Werkbänke weggeräumt, die Regale ausgeleert.

Das einzige Geräusch kommt von einem Radio: Ein Moderator schwadroniert darüber, wie fantastisch das Wochenendwetter in London sein wird.

Der hydraulische Rückholmechanismus zieht die Tür hinter ihr wieder zu.

Klonk.

Wo sind die ganzen Leute?

Der Atem stockt ihr in der Kehle. Da stimmt etwas nicht. Ma hat gesagt, es gäbe Tee und Kuchen ... Das war *gelogen.*

Und dann das Geräusch – direkt hinter ihr –, aus einem kleinen Lautsprecher tönt eine blecherne Version dieses Lieds aus dem *Zauberer von Oz*, von der Vogelscheuche, die sich ein Gehirn wünscht. Es ist ein Klingelton.

Eine Männerstimme, so dicht hinter ihr, dass sie fast seinen Atem im Nacken spüren kann. »Verdammter Mist ...«

Das Lied wird plötzlich abgewürgt.

Sie dreht sich nicht um, es ist nicht nötig. »Detective Inspector McRae.«

Der Mann, der nicht weiß, ob er ein Engel oder eine Hand des Todes ist.

Schwarze Ranken schlingen sich um ihre Beine, ihre Brust.

Die Kirk ist mein Schild und mein Schwert. Die Kirk ist mein Schild und mein Schwert.

Das Blut wummert in ihrer Kehle, jeder Atemzug knistert tief in ihr drin.

LAUF.

Sie macht einen Schritt nach vorne, und eine Polizistin schnellt aus ihrem Versteck unter einer Werkbank hervor. Blaue und rote Tentakel tasten zischend und schlängelnd ihre Umgebung ab.

Rowan bleibt stehen.

Der Engel des Todes räuspert sich. »Es ist okay, Agnes. Sie sind jetzt in Sicherheit.« Und er sagt es so, als ob er es tatsächlich glaubt.

Sicherheit? Wie kann sie *jemals* in Sicherheit sein?

Die Tür am anderen Ende des Raums führt auf die Gasse hinter der Ladenzeile. Sie muss nur irgendwie dorthin gelangen.

Was ich in ihrem Dienste tue, entzündet ein Feuer in Gottes Namen.

Noch ein Schritt.

Hände legen sich um ihre Schultern. Eine sanfte Berührung, die brennt wie eine Handvoll Eis.

»Haben Sie keine Angst, es wird alles …«

Sie rammt ihren rechten Ellbogen nach hinten, mit aller Kraft in seinen Bauch, und ein warmer Atemhauch schlägt ihr ans Ohr. Alles spielt sich plötzlich in Zeitlupe ab. Er lässt sie los und fällt nach hinten, krümmt sich zusammen und faucht vor Schmerzen.

Zweiter Lehrsatz: »Du sollst deinen Feind kennen, denn Wissen ist Macht, und Macht bedeutet Sieg.«

Sie hat ihn durch sein Schlafzimmerfenster beobachtet, ein Handtuch um die Taille geschlungen, sechsundzwanzig kleine glänzende Narben, die sich auf seinem Bauch zu Konstellationen formen. Alte Stichwunden verschwinden nie ganz.

Rowan ist schon in der Vorwärtsbewegung, als er auf dem Boden aufschlägt. Sie springt auf die nächste Werkbank, läuft weiter und holt den Nadelproben-Dolch aus der Tasche ihres Kapuzenpullis, zieht die zwanzig Zentimeter lange Klinge aus der Scheide.

Die Polizistin fährt herum, ihr Haar flattert wie eine dunkle Welle hinter ihr her. Eine kleine Dose glitzert in ihrer Hand. Rowans Stiefel schnellt empor, trifft sie am Handrücken, und die Dose fliegt in hohem Bogen davon. Dreht sich in der Luft, ganz langsam und grazil.

Sie läuft weiter.

Hinter einem Stapel Kartons neben der Hintertür platzt ein Mann hervor. Seine kleinen runden Brillengläser sind hohl und leer, sein Spitzbart spreizt sich, als er den Mund aufreißt. »Nein!«

Etwas packt sie am Fußknöchel. Ihr Knie knickt ein, und die

Werkbank kommt ihr entgegengerast. Ducken, abrollen, austreten …

Ein Ächzen, und die Polizistin taumelt in die andere Richtung, rudert mit den Armen, eine Perlenkette aus Blutstropfen fliegt aus ihrem Mund.

Und Rowan ist wieder auf den Beinen.

Der Mann hat einen Ziegenbart, aber er ist ein Schaf. Er schnappt sich einen Stuhl und hält ihn vor sich, als ob er ein Löwenbändiger wäre. Aber sie ist kein Löwe, sie ist ein Fingerman.

Sie rennt voll dagegen und wirft ihn gegen die Tür.

Seine Faust kriecht durch die dickflüssige Luft auf ihr Gesicht zu. Sie schlägt sie mit der Linken weg, dann stößt sie mit der Rechten in seine Rippen. Es knackt irgendwo, und seine Augen treten aus den Höhlen.

Rowan zieht ihre Hand zurück. Von der langen Klinge des Nadelproben-Messers tropft es rot.

Und zack – alles wieder auf normale Geschwindigkeit.

Er klappt den Mund ein paarmal auf und zu, gibt ein hohes, quäkendes Geräusch von sich, das sich zu einem ausgewachsenen Schrei steigert.

Sie tritt zurück, und der Stuhl landet polternd auf dem Boden.

Seine Brust verfärbt sich rot. »Nein, nein, nein, o Gott …« Er hinterlässt einen roten Schmierfleck an der Wand, als er seitlich zu Boden sackt.

Was ich in ihrem Dienste tue, entzündet ein Feuer in Gottes Namen.

Sie öffnet die Hintertür, tritt hinaus auf die Gasse, macht die Tür hinter sich zu.

Zeit, das Weite zu suchen.

Logan wälzte sich auf den Rücken und atmete zischend durch die zusammengebissenen Zähne aus. Brennende Kohlen sengten sich durch seinen Bauch, fraßen sich durch bis zu seinem Rückgrat, füllten seine Lunge mit siedender Glut und erstickender Asche.

Heilige *Scheiße*, tat das weh.

Die Hintertür fiel ins Schloss.

Er rappelte sich auf Hände und Knie hoch, die Stirn auf die kratzigen gelben Teppichfliesen gestützt.

Auf. Steh auf. Lauf ihr nach. LASS SIE NICHT ENTKOMMEN.

Der Boden wankte unter seinen Füßen, als er sich mühsam aufrichtete, und neue Nadelstiche bohrten sich in seinen Bauch.

Ma Stewarts Fälscherwerkstatt bot ein Bild der Verwüstung: Tische und Stühle umgekippt, eine Blutspur an der hinteren Wand … Dildo lag zusammengekrümmt neben der Tür am Boden, eine Blutlache breitete sich unter ihm aus. »Nein, nein, nein, nein, nein – ich will nicht sterben, ich will nicht sterben!«

PC Sim arbeitete sich unter einem Drehstuhl hervor und stand schwankend auf. Ihr Mund war rot verschmiert, zwei parallele Spuren glitzerten auf der Brust ihrer Stichschutzweste. »Gaahh …« Sie spuckte aus – schaumig und rot. »Hab mir auf die Zunge gebissen.« Dann starrte sie Dildo an. »Schockschwerenot: Wird er …«

»Stehen Sie nicht rum: LAUFEN SIE IHR NACH!«

Sim blinzelte ein paarmal, dann nickte sie, rannte zur Hintertür, riss sie auf und verschwand.

Logan humpelte zu Dildo hinüber und sank neben ihm zu Boden. »Tim, du wirst schon wieder. Wir bringen dich durch. Es ist okay, alles okay.«

Blutbläschen zerplatzten in seinem Mundwinkel. »Ich will nicht sterben …«

Logan zog sein verräterisches Handy aus der Tasche. »Ich brauche einen Rettungswagen und Verstärkung, Adresse: Wettbüro J. Stewart und Sohn in Mastrick.«

»Einen Augenblick, ich muss nur eben ...«

»Wehe, Sie legen mich in die Warteschleife! Ich habe hier einen Beamten von der Gewerbeaufsicht mit Stichwunden in der Brust, Agnes Garfield ist vom Tatort geflohen, PC Sim verfolgt sie zu Fuß.«

»Ich will nicht sterben ...«

»Du wirst nicht sterben, Tim, bleib nur ganz ruhig, ja? Der Rettungswagen ist unterwegs.«

»An alle Streifen, hier Leitstelle, halten Sie Ausschau nach einer bewaffneten Verdächtigen, Hautfarbe weiß, Name Agnes Garfield ...«

Dildo starrte zu ihm auf. Sein Gesicht hatte die Farbe von Magermilch, seine Lippen waren dünn und violett. »O Gott, du hast mich ›Tim‹ genannt. Ich *werde* sterben.«

»Red keinen Unsinn, du wirst *nicht* sterben.« Zurück zum Telefon. »Wo bleibt der verdammte Rettungswagen?«

Logan streifte sein Hemd ab und warf es ins Badezimmer-Waschbecken. Scharlachrote Schlieren zogen sich aus dem Stoff durch das kalte Wasser. Er drückte alles unter die Oberfläche, warf seine Socken und die Hose hinterher, wrang alles aus, bis das Wasser fast dunkelrot war, ließ es ablaufen und drehte danach den Hahn wieder auf. Dann ließ er die Wäsche einweichen, während er in die Dusche stieg.

Der heiße Strahl prasselte ihm auf den Rücken und spülte Dildos Blut in den Abfluss. Linderte das Brennen in Logans Bauch.

Während er sich abtrocknete, trällerte sein Telefon Rennies Erkennungsmelodie. Er schnappte es und nahm den Anruf an. »Gibt's was Neues?«

»Er ist noch im OP, Chef. Die Ärzte sagen, er hatte noch Glück,

dass er mit einem Stich in die Lunge davongekommen ist. Ein bisschen höher, und die Klinge wäre ins Herz gegangen.«

Das war immerhin etwas. Er zog ein frisches Hemd an, der Stoff klebte an seinem feuchten Rücken. »Haben sie Agnes Garfield gefunden?«

Schweigen. Rennie räusperte sich. *»Du hast um zwölf einen Termin bei der Internen Dienstaufsicht. Und Strathclyde wird die unabhängige Untersuchung durchführen. Da sie ja sowieso gerade hier sind, verstehst du?«*

»Und Steel hat es nicht für nötig gehalten, mir das selbst zu sagen.«

»Sie ist gerade … ein bisschen angefressen. Als ich das letzte Mal an ihrem Büro vorbeigekommen bin, hat es sich angehört, als ob sie die ganze Einrichtung mit einem Vorschlaghammer kurz und klein schlägt.«

Wunderbar. Weil der Tag ja noch nicht beschissen genug war.

»Ist ja nicht so, als hättest du was dafür gekonnt, oder? Du musstest tun, was du tun konntest in der Zeit, die zur Verfügung stand. Die einzige andere Möglichkeit wäre gewesen, sie entkommen zu lassen … Ähm … Weißt schon, was ich meine. Wir haben alle Streifen angewiesen, nach Agnes Garfield Ausschau zu halten.«

Logan nahm sein Notizbuch vom Nachttisch und blätterte es durch, bis er die letzte Eintragung aus Ma Stewarts Wettbüro gefunden hatte. Er las Rennie die Nummer von Agnes Garfields neuem Handy vor. »Leite sofort eine GSM-Ortung ein. Sie hat es wahrscheinlich schon weggeworfen, aber einen Versuch ist's wert.«

»Wird gemacht.« Pause. *»Dildo wird durchkommen. Es war nicht deine Schuld.«*

»Sieh nur zu, dass du deinen Arsch herbewegst und mich aufs Präsidium fährst.« Logan trennte die Verbindung. Legte Telefon und Notizbuch wieder auf den Nachttisch. Ließ sich auf die Bettkante sinken und starrte das zerknitterte Blatt Papier an, das wieder am Schrankspiegel hing.

»Ob's dir passt oder nicht, du bist noch am Leben.«

Sein Telefon trällerte und summte ihn an.

Nicht mal fünf Minuten konnten sie einen in Ruhe lassen.

»Was?«

»Mr McRae? Ja, hallo, KwikFit hier, Sie haben heute Morgen einen Wagen vor der Werkstatt abgestellt?«

Ja, nachdem er ihn schön langsam und mit gezogener Handbremse um den ganzen Mounthooly-Kreisverkehr manövriert hatte.

Er starrte an die Decke. »Was wird es kosten?«

»Na ja, Sie brauchen zwei neue Bremsleitungen, und die ganze Bremsflüssigkeit muss ersetzt werden, die Bremsscheiben sind korrodiert, der Querlenker auf der Beifahrerseite ist fast durchgerostet, die Hinterreifen sind fast bis auf die Felgen abgefahren, der Auspuff ist …«

»Die Bremsen. Was kostet es, die Bremsen zu reparieren?«

»Ja, genau, Entschuldigung.« Etwas Geraschel. *»Also, Sie können ja von Glück sagen, dass sie nicht versagt haben, während Sie auf der Autobahn waren oder an einer Kreuzung oder so. Ganz schön fies, so was bei jemandem zu machen … Gut, also, wenn wir nur die Bremsen reparieren, kommen wir auf …«*

»Augenblick mal: Was ist fies?«

»Na ja, einem die Bremsleitungen durchzuschneiden. Das ist wirklich unverantwortlich. Und auch so willkürlich, man trifft ja nicht nur die Person, die im Auto sitzt, sondern bei einem Unfall …«

»Jemand hat meine *Bremsleitungen* durchgeschnitten?«

40

»Wie kann das sein, dass sie *immer* noch nicht im Büro ist?« Logan starrte mit finsterer Miene zum Beifahrerfenster hinaus auf die klotzigen dreigeschossigen Mietshäuser von Sandilands, die draußen langsam vorbeizogen. Diejenigen, die am nächsten zur Straße standen, waren vor Kurzem frisch gestrichen worden, was aber auch nicht viel half.

Rennie saß am Steuer des Poolwagens, der hinter einem Bus der Linie 17 herzockelte. »Weil sie so toll und so schlau ist und es nicht nötig hat, zu arbeiten wie wir anderen alle?«

»Ach nein, wirklich?« Er zog sein Telefon aus der Tasche, suchte ihre Nummer heraus und drückte die Verbindungstaste. Dann hörte er zu, wie es klingelte.

»Ich hab mir überlegt – wenn das alles vorbei ist, fahr ich mit Emma für ein verlängertes Wochenende nach Paris.«

Logan runzelte die Stirn. »Mit PC Sim?«

»Nein, nicht *die* Emma, *meine* Emma. Warum sollte ich mit Sim in Urlaub fahren?«

»Weil du ein …«

Es klickte, dann kam Chalmers' Stimme vom Band: *»Sie haben den Anschluss von Lorna Chalmers erreicht. Ich kann Ihren Anruf zurzeit nicht entgegennehmen, Sie können aber nach dem Signalton eine Nachricht hinterlassen.«*

»Hier ist DI McRae. Als wir darüber gesprochen haben, dass Sie sich dem Suppenküchen-Team anschließen können, war meines Wissens keine Rede davon, dass Sie den Vormittag danach freibekommen! Sehen Sie zu, dass Sie Ihren Hintern ins Präsidium schaffen, und zwar *pronto*, Sergeant!« Er legte auf.

Rennie pfiff. »Uiui, da kriegt aber jemand Ärger.«

»Sei nicht so frech.«

Damit erntete er nur ein Grinsen.

Der 17er-Bus kam zischend zum Stehen und setzte den Blinker, während zwei Frauen mittleren Alters, aufgetakelt wie sexbesessene Teenager, zustiegen.

Ein nasaler Aberdeenshire-Akzent plärrte aus dem Funkgerät des Wagens. *»Charlie 6, hier Leitstelle, over?«*

Rennie legte den Schalter um. »Morgen, Jimmy.«

»Aye-aye, Bursch, is' DI McRae bei dir?«

Rennie sah Logan an und formte mit den Lippen die Worte: »Bist du da?«

Idiot.

Logan steckte sein Telefon wieder ein. »Was gibt's, Jimmy?«

»Wir hatten da 'n Anruf von 'ner Frau, die sagt, sie weiß, wer euer Tonschädel-Dings ist.«

Er schnappte sich sein Notizbuch. »Wie ist die Adresse?«

Rennie schniefte, rümpfte die Nase und drehte sich einmal langsam um die eigene Achse. »Riecht, als ob jemand alte Windeln verbrennt.«

Das Haus war das letzte in einer Reihe von drei Cottages, die sich an ein Waldstück hinter der Straße nach Kemnay schmiegten. Durch das Geäst der Kiefern konnte man gerade so den Gipfel des Bennachie ausmachen; die Schatten darunter waren dunkel und tief. Fehlte nur noch ein Lebkuchenhaus, dann hätten Hänsel und Gretel hier Flashbacks bekommen.

Die Hausnummern eins und zwei waren mit Satellitenschüsseln und pflegeleichten Kiesflächen anstelle von Vorgärten versehen, doch Nummer drei wartete mit einer wahren Farbenpracht auf – Blumen und Sträucher und Kräuter, in verschlungenen Mustern um einen gewundenen Rindenmulchpfad angelegt.

Logan öffnete das schwere Holztor, trat auf die knirschenden braunen Späne und folgte dem von langen, spitzen Grashalmen gesäumten Weg. Hätte vielleicht ein paar Brotkrumen zum Verstreuen mitbringen sollen …

Rennie steckte die Hände in die Hosentaschen und mäanderte hinter ihm her, wobei er hier und da stehen blieb, um an den Blumen zu schnuppern.

Die Türglocke erklang irgendwo tief im Haus, ein leises *Diiiiiiing-doooooong,* das durch die hölzerne Haustür gerade so zu vernehmen war.

Eine Biene taumelte von einer lila Fingerhutblüte zur nächsten. Eine Taube gurrte. Rennie wippte auf den Fußballen.

Logan klingelte noch einmal. »Bist du sicher, dass wir angekündigt sind?«

»Bin ich.«

Zwei Minuten später öffnete sich die Tür mit einem Knarren, und ein blasses, runzliges Gesicht spähte zu ihnen herauf, die Augen fast ganz zugekniffen. Sie war allenfalls eins vierzig groß, das graue Haar zu einem schiefen Knoten hochgebunden, ein Hals wie eine unförmige Sockenpuppe. Als sie lächelte, ließ sie zwei Reihen perfekt rechteckiger weißer Zähne sehen. Ihr Highlands-Akzent war so ausgeprägt, dass man ihn schon fast am Luftholen erkennen konnte. »Was wünschen Sie?«

Logan konsultierte sein Notizbuch. »Miss Mary Gray?«

Die Augen wurden noch ein bisschen verkniffener. »Sind Sie der Mann von der Stadt?«

»Polizei. Sie haben wegen einer Gesichtsrekonstruktion angerufen.«

»Ach, der Kopf! Ja, ja, natürlich, kommen Sie doch rein, ich bin ein bisschen schwerhörig, wenn ich meine Brille nicht aufhabe.«

Schweißtropfen prickelten in Logans Nacken. Im Kamin glühte gnadenlos ein elektrischer Heizstrahler vor sich hin und verwandelte das kleine Zimmer in einen Backofen. Die Sonne schien voll durch das Wohnzimmerfenster, wo auf der Fensterbank zwei dicke gefleckte Katzen zusammengerollt lagen, die Ohren in Logans Richtung gedreht.

Drei weitere Katzen schliefen vor dem Heizstrahler, zwei Siamkatzen auf dem Sofa, noch eine auf einem Bücherregal voller uralter ledergebundener Wälzer mit Titeln in bröckelnden Blattgoldlettern. Eine bronzene Urne schimmerte auf dem Kaminsims zwischen Schwarz-Weiß-Fotos in schweren schwarzen Rahmen, aus denen Frauen mit ernsten Gesichtern blickten.

Durch die offene Tür kam das Klappern von Teegeschirr.

Eine zweite alte Dame schnarchte in einem Sessel am Kamin vor sich hin, ihr offener Mund wie eine feuchte rosa Höhle, eine Tartan-Decke über die Knie gebreitet. Auf ihrem Schoß saß eine rote Tigerkatze, die ihre Intimreinigung kurz unterbrach, um Logan aus smaragdgrünen Augen anzufunkeln.

Mary Gray kam wieder ins Zimmer geschlurft, dicht gefolgt von Rennie, der ein Silbertablett mit Tassen und Untertassen, einer Kuchenplatte und einer großen Porzellan-Teekanne trug. Er blieb mitten im Zimmer stehen und sah sich suchend um. »Äh, wo …?«

Mary wedelte mit einer Hand nach einer schwarz-braunen Katze mit Schildpattzeichnung, die sich auf dem Couchtisch zusammengerollt hatte. »Shipman! Los, du freches Kerlchen, mach Platz für den netten Mann.« Sie scheuchte den Kater weg, und Rennie stellte das Tablett auf den Platz, den der Kater freigemacht hatte.

»Miss Gray, Sie sagten …«

»Bitte, nehmen Sie doch Platz.« Ein breites Grinsen. »Stören Sie sich nicht an Sutcliffe und Chikatilo, die werden Sie schon nicht umbringen.«

Logan schob eine der Siamkatzen beiseite und setzte sich. Die Vertriebene reckte den Schwanz in die Luft und sprang dann vom Sofa, um sich unter dem Couchtisch zu verkriechen.

Rennie setzte sich ans andere Ende, ganz vorne auf die Kante, um die andere Katze nicht zu stören.

»Sie sagten, Sie könnten unsere Rekonstruktion identifizieren.«

»O ja.« Sie stupste die schlafende Frau an. »Effie? Effie, möchtest du eine Tasse Tee und ein Stück Battenbergkuchen?«

Das Schnarchen brach ab. »Hm? Wer ist das?« Ihre Aussprache war feucht und undeutlich, was wohl an den fehlenden Zähnen lag.

»Möchtest du Tee und Kuchen, Effie?«

»Oh … Ist heute Donnerstag?«

Logan nahm das Plakat von der Presseabteilung aus der Tasche und hielt es ihr hin. »Wir haben die hier ja noch gar nicht aufgehängt.«

Mary schenkte fünf Tassen Tee ein, mit der peniblen Präzision einer Neurochirurgin. »Milch und Zucker nehmen Sie sich bitte selbst.« Dann drehte sie sich um, holte tief Luft und brüllte mit einer Stentorstimme, die Beton zum Bersten gebracht hätte: »INA! INA, DER TEE IST FERTIG!« Sie nahm die Kuchenplatte und betrachtete sie kritisch. Dann reichte sie sie Logan und nahm ihm dafür das Plakat ab.

Battenbergkuchen, Scones und Shortbread. Für selbstgebackenes Shortbread hatte er schon immer eine Schwäche gehabt.

Krümel rieselten ihm übers Hemd, als er hineinbiss. »Sie kennen sie?«

Sie kniff die Augen so krampfhaft zusammen, dass man Angst bekam, ihr ganzes Gesicht würde implodieren. »Ohne meine Brille kann ich rein gar nichts sehen.« Wieder holte sie tief Luft. »INA!«

Eine große graue Katze mit dunkler Zeichnung sprang auf Logans Schoß, starrte ihn an und schmiss sich dann hin. Ein kehliges *Brrr*, und das ganze Tier fing an zu vibrieren.

Mary strahlte. »Ach, schau an. Lopez mag normalerweise keine Männer, Sie können sich geehrt fühlen.«

»Aha …« Der schwere Pelzklumpen heizte seine Oberschenkel auf wie eine haarige Wärmflasche.

»Fassen Sie ihn nur nicht am Bauch an, sonst zerfetzt er Ihnen die Hand.« Noch einmal holte sie Luft. »INA! WO BLEIBST DU DENN?«

Eine dritte alte Dame kam ins Zimmer geschlurft und zog sich eine pastellblaue Strickjacke um die Schultern. Sie musste mindestens zehn Jahre älter sein als ihre Schwester, das Haar so schütter, dass die mit Leberflecken gesprenkelte Kopfhaut hindurchschimmerte. Auf ihrer Nasenspitze saß eine Brille mit flaschenbodendicken Gläsern, deren Bügel an einer Goldkette um ihren Hals befestigt waren. »Ist ja schon gut, ich bin schließlich nicht taub.«

»Möchtest du Tee?«

Sie musterte Logan durch ihre Brille, die ihre Augen enorm vergrößerte. »Sie sehen aber nicht aus wie ein Polizist.«

Er zog seinen Dienstausweis aus der Tasche. Sie streckte eine zitternde Klaue aus und nahm ihn mit arthritisch verkrümmten Fingern.

»Ah. Sie sind wegen dieser Tonkopf-Sache hier.«

Na endlich. »Sie wissen, wer es ist?«

»Allerdings.« Sie nahm ihre Brille ab und gab sie Mary. »Siehst du?«

Mary setzte die Brille auf und betrachtete blinzelnd das Plakat, das sie in der Hand hielt. »Oh, das ist viel besser, jetzt kann ich alles hören.« Dann reichte sie die Brille und das Bild von Dr. Grahams Gesichtsrekonstruktion an die alte Dame in der Ecke weiter. »Sieh mal, Effie, ist das nicht ein Ding?«

»Ich hatte wieder eine Vision.« In dem vergrößernden Brillenglas war Effies linkes Auge ein Meer von Rot mit einer blassen, wässrigen Iris in der Mitte.

»Setz deine Zähne ein, Effie. Niemand versteht ein Wort von dem, was du sagst.«

Ina humpelte zum Bücherregal und zog ein Fotoalbum heraus. Sie schlug es auf, lächelte und strich mit einer Hand über die Seiten. »Ich brauche die Brille.«

Die Sehhilfe wanderte zurück zu ihr. »Also …« Sie blätterte ein paar Seiten vor, dann legte sie das Album auf den Couchtisch neben die Teesachen. »Bitte sehr.«

Eine Frau starrte ihnen aus dem Album entgegen, mit Siebzigerjahre-Frisur und Sechzigerjahre-Brille, die Farben zu hellen Gelb-, Orange- und Brauntönen verblasst. Sie sah dem Tonkopf zum Verwechseln ähnlich. Dr. Graham war wirklich gut.

Unter dem strengen, von tiefen Falten gezeichneten Gesicht standen die Worte: »HEITERE URLAUBSTAGE IN LOSSIEMOUTH, JUNI 1978.«

Und jetzt wurde die Familienähnlichkeit deutlich: Alle drei Damen waren Schwestern.

»Sie ist Ihre Mutter.«

»O ja, Agnes Gray, der Schrecken der Gemeinde. Sie war ein richtiger Hitzkopf.«

Agnes. Derselbe Name wie ihr flüchtiger Teenager.

Effies Tasse klapperte auf der Untertasse. »Will jetzt vielleicht jemand meine Vision hören?«

Ina setzte sich zu Logan auf die Couch. »Effies Visionen sind erstaunlich treffend.«

»Woher wussten Sie, dass sie es ist? Das Bild wurde doch noch gar nicht in den Nachrichten gezeigt.«

»Oh, Mary hat im Radio davon gehört, und ich hab es mir dann im Internet angeschaut. Wir machen unsere Geschäfte inzwischen überwiegend online.«

Effie räusperte sich. »Ich ging über ein goldenes Feld, auf einen riesigen Hund zu, der Messer anstelle von Zähnen hatte.

Fünf Blätter zählte ich im gleißenden Licht und auch fünf Türen. Ich kämpfte mit einem Geist um den Preis meiner Seele, doch er besiegte mich. Er fesselte mich und ertränkte mich in der weiten, weißen Tiefe.«

Schweigen legte sich über den brütend heißen Raum.

Was für ein ausgemachter Schwachsinn.

Logan aß sein Shortbread auf. »Können Sie mir sagen, wo Ihre Mutter begraben war?«

Ina tätschelte sein Knie. »Sie war nämlich eine sehr einflussreiche Hexe, müssen Sie wissen. Agnes Gray war eine *Macht* in diesem Land.«

Mary nickte. »Die Leute sind sogar von Rhynie und Oldmeldrum hierhergekommen, um ihre Hilfe zu erbitten.«

»Heute ist das natürlich anders.« Ina schälte das Marzipan von einem Stück Battenbergkuchen ab. »Das Internet ist eine wunderbare Sache – wir machen Zaubersprüche für Leute in Australien und Kalifornien und Moskau.«

Logan stellte seine Teetasse ab. »Zaubersprüche …«

Mary hob die Hand, während ihre Schwester Effie schon wieder wegdöste. »Keine Sorge, wir setzen unsere Kräfte immer nur für das Gute ein. Und wir verfluchen nur Leute, die es wirklich verdient haben, nicht wahr, Ina?«

»O ja, da sind wir sehr verantwortungsbewusst. Saddam Hussein damals, das war Effie.«

Verrückter als ein Käfig voll betrunkener Affen.

»Erinnern Sie sich, wo Ihre Mutter begraben wurde?«

Der Streifen Marzipan wurde zu einer Kugel gerollt und dann ganz in den Mund gesteckt. »Sie hat Mutter ausgegraben, dieses Garfield-Mädel, nicht wahr?«

»Sie kennen sie?«

Inas Lachen ließ die Hautlappen unter ihrem Kinn schlottern. »Oh, unsere kleine Agnes ist schon was Besonderes, nicht wahr?«

Mary seufzte. »So jung und schon so talentiert. Sie hat alles über Mutter in der Bibliothek gelesen. Na ja, seit dieses schreckliche *Witchfire*-Buch erschienen ist, wollen alle etwas über unsere Familie wissen … Agnes war überzeugt, dass es eine spirituelle Verbindung zwischen ihr und Mutter gab, weil sie denselben Vornamen hatten. Also haben wir sie unter unsere Fittiche genommen.«

»Haben ihr die Bedeutung von Kräutern beigebracht, die Geheimnisse geweihter Erde und die Macht von Gebeinen.«

»Und sehen Sie, deswegen haben Sie sie auch nicht finden können. Wenn eine Hexe Gebeine aus einem Friedhof ausgräbt, wohnt diesen Gebeinen Macht inne. Und wenn die Gebeine eines normalen Menschen schon Macht haben, stellen Sie sich nur vor, wie viel dann die Gebeine einer Hexe haben müssen.«

»Und Mutter war eine *sehr* mächtige Hexe.«

Doch eher *zwei* Käfige voll betrunkener Affen.

Aber es erklärte immerhin, warum Agnes Garfield Nicholas Balfour ausgebuddelt hatte. Wenn man keine tote Hexe zum Ausgraben finden konnte, war ein viktorianischer Spiritist vermutlich besser als nichts.

»Wissen Sie, wo Agnes sich jetzt aufhält?«

Ina zerlegte ihren Kuchen in die vier Farbfelder. »Und sie hat so schnell gelernt. Die Gebeine, die Erde, die Kräuter, sie hat alles gleich verstanden. Und sie war immer so eine große Hilfe im Haushalt, und sie hat … Medizin für Effies grünen Star besorgt.«

Herrgott noch mal … Logan knallte seinen Teller auf den Tisch. »Wissen Sie was, das ist ja alles wunderbar. Aber sie hat heute einen Freund von mir niedergestochen, also dürfte ich Sie vielleicht bitten, die verdammte Frage zu beantworten: Wo ist sie?«

Ina legte Logan wieder die Hand aufs Bein. Und drückte es.

»Sie haben unser tiefes Mitgefühl. Aber wir haben Agnes Garfield seit Monaten nicht mehr gesehen. Seit wir uns wegen dieses garstigen jungen Freundes von ihr zerstritten haben.«

Mary reckte das Kinn. »Wir haben versucht, sie zu warnen. Effie hatte eine Vision, in der er ihr wehtat und sie zwang, furchtbare Dinge zu tun, und Agnes ist ein *gutes* Mädchen. Aber sie wollte nicht auf uns hören.«

Ein Seufzer und Inas Blick ging zu der Urne auf dem Kaminsims. »Das Herz begehrt, was es begehrt. Und als wir ihr klarzumachen versuchten, wie schlecht er für sie ist, hat sie uns verlassen.«

»Und nun müssen wir mit den Knochen unserer Lieblinge vorliebnehmen.« Mary hob eine graue Tigerkatze vom Teppich auf und drückte sie an ihre Brust. »Nicht wahr, Gacy?« Sie blickte zu Rennie auf. »Oh, keine Angst, sie sind alle eines natürlichen Todes gestorben. Wir würden unseren kleinen Wuschelpelzchen doch nie was antun, oder, Gacy? Nein, das würden wir nicht.«

Ina stand auf und schlurfte zu der Urne am Kamin. Sie strich mit einem verkrümmten Finger darüber. »Wie sollen wir jetzt noch an geweihte Erde kommen? Die Taxifahrer schauen einen immer so komisch an, wenn man mit einer Schaufel einsteigt und sagt: ›Fahren Sie mich zum nächsten Friedhof‹ …«

Okay, Zeit für den Rückflug aus Wolkenkuckucksheim. »Wo war Ihre Mutter begraben?«

Mary nahm das Fotoalbum zurück und klappte es zu. »Im Familiengrab draußen bei Kemnay. Die Kirche ist jetzt verwaist, wahrscheinlich ist alles zugewachsen. Wir kommen nicht so oft hin, wie wir eigentlich sollten.«

Ina leckte sich die Lippen; ihre Zunge schlängelte sich aus ihrem Mund und zurück, als ob sie die Luft wittern wollte. »Und Sie geben uns doch Mutters Gebeine zurück, nicht wahr? Damit sie bei uns sein kann, wo sie hingehört?«

Ja, klar … Und wo sie wahrscheinlich zu Pulver zermahlen und im Internet an leichtgläubige Idioten vertickt würde.

»Hab das Loch gefunden!« Rennie stand bis zur Hüfte in den Brennnesseln, die Ellbogen auf Schulterhöhe ausgestreckt, die Hände zu Fäusten geballt. »Da ist ein Sarg drin und alles. Sieht aus wie 'ne Szene aus *Buffy – Im Bann der Dämonen.*«

Der Friedhof war komplett mit Unkraut überwuchert, die Grabsteine von Brombeerranken und Farnwedeln verschlungen, zwischen die sich Brennnesseln und Weidenröschen mischten. Kleine Samen-Fallschirmchen schwebten wie Spinnfäden durch die schwüle Luft, während am Horizont schon Gewitterwolken aufzogen.

Logan schlurfte durch das Dickicht und wischte sich im Gehen Katzenhaare von der Hose, während er dem von Rennie getrampelten Pfad folgte. »Sieht es aus, als wäre es vor Kurzem ausgehoben worden?«

»Nee. Das Gras wächst schon wieder auf der Erde, die sie aufgeschüttet hat. Falls sie immer noch zauberkräftigen Kompost ausbuddelt, tut sie es inzwischen woanders.« Er riss einen rostfarbenen Sauerampfer-Stängel aus dem wild wuchernden Dschungel und zeigte damit auf das Loch. »Wenn sie so ein nettes Mädchen ist, wieso legt sie dann Leute um?«

»Nett?«

»Na ja, sie versorgt die alten Muttchen mit Friedhofserde, Knochen und Cannabis … Die meisten Jugendlichen von heute würden sich den Stress nicht machen.«

Cannabis? Wie kam er …?

Natürlich: die »Medizin« für den grünen Star. Also dealte Agnes doch. Und nach dem Zustand von Nichole Fyfe und Morgan Mitchell zu schließen, versorgte sie auch die beiden.

Sehr soziale Einstellung. Kein Wunder, dass Zander ihr immer wieder eine Chance gegeben hatte.

Logan blickte sich zu der verfallenen Kirche um. Drei Wände, kein Dach, eine Handvoll schwarzer Müllsäcke, ein alter Kühlschrank und eine durchweichte Matratze. Kein Ort zum Übernachten. Und selbst wenn sie irgendwo auf dem Gelände ein Zelt aufgeschlagen hätte, würden irgendwo Trampelpfade durch das hüfthohe Gras führen.

Sie war nicht hier.

So viel zu dieser Idee.

All das Gerede von geweihter Erde und der Macht der Gebeine …

Man sollte nie auf törichte alte Weiblein hören, und wenn ihr Shortbread noch so gut war.

Logan ging zum Wagen zurück und überließ Rennie seinem Kampf mit dem Unkraut. »Ruf bei der Stadt an. Ich will, dass dieses Grab wieder zugeschüttet wird, bevor noch irgendein Idiot reinfällt und sich den Hals bricht.«

Ein kurzer Schrei hallte über den Friedhof, dann ein Rascheln und ein dumpfes Knirschen.

Logan fuhr herum, doch von Rennie war nichts zu sehen. »O Mann, das gibt's doch nicht! Sag mir, dass das nicht wahr ist!«

»Au … Hilfe! Es hat mich erwischt! Aaaaaaaaaah! Lauf, rette dich!« Und dann tauchte Rennie mitten aus einem Weidenröschen-Dickicht auf, ein Grinsen auf seinem dummen Gesicht, der Anzug mit weißen Flöckchen übersät. »Reingelegt!«

Kein Wunder, dass Steel so auf ihm herumhackte.

Rennie fuhr an den Straßenrand und hielt an, ohne sich um die Zickzacklinien vor dem Fußgängerüberweg zu scheren. Der Verkehr auf der Causewayend war wesentlich dichter als kurz vor sieben an diesem Morgen – wie eine lange Schlange aus Blech und Glas glitten die Autos vorbei und wanden sich um den Grashügel des Mounthooly-Kreisverkehrs.

Logan klinkte seinen Gurt aus. »Sag Chalmers, ich will sie sofort in meinem Büro sehen, wenn ich wieder auf dem Revier bin.«

Rennie zupfte sich noch einen Weidenröschen-Fussel vom Revers und ließ ihn in den Fußraum fallen, wo er prompt an seinem Hosenbein hängen blieb. »Die verdammten Dinger sind wie Kletten.«

»Und danach kannst du mal fragen, wie weit Guthrie mit seinen Bemühungen ist, an Anthony Chungs Vorstrafenregister aus San Francisco ranzukommen.«

Ein weiterer Fussel gesellte sich zu den anderen. »Ist das denn wirklich noch so wichtig? Er ist ja irgendwie ziemlich tot, also …«

»Weil ich es sage – deswegen ist es wichtig.« Er stieg aus, dann steckte er noch einmal den Kopf durch die offene Tür. »Ich will die Namen von allen Personen, mit denen er in Verbindung stand, und ich will wissen, ob irgendjemand von denen in den letzten sechs Monaten nach Großbritannien eingereist ist.«

Rennies Stirn glättete sich, und er grinste. »Ah, du glaubst, dass Agnes ihn doch nicht getötet hat. Es war einer seiner alten Komplizen, der rübergekommen ist, um eine Rechnung zu begleichen.«

»Red keinen Unsinn, natürlich hat Agnes ihn getötet. Ich will wissen, wer sie dazu angestiftet hat. Wenn Gouldings Profil stimmt, braucht sie eine dominante Persönlichkeit, die ihr sagt, was sie tun soll.«

»Ah … Und es ist ja nicht so, als ob irgendeiner ihrer Freunde den Mumm gehabt hätte, sich mit Anthony Chung anzulegen. Sogar Dan Fisher, der unglücklich in sie verknallt war, hat es nicht gewagt. Und das letzte Mal, als er es versucht hat, hat sie ihm das Knie in die Eier gerammt.« Rennie hauchte auf seine Fingernägel und polierte sie an seinem fussligen Revers. »O ja, ich lese sehr wohl die Fallakten, weißt du. Es …«

Hinter ihnen plärrte eine Hupe. Ein riesiger Sattelschlepper kam zischend zwei Meter hinter dem Streifenwagen zu stehen. Der Fahrer grüßte sie mit dem Mittelfinger.

Logan knallte die Tür zu und trat auf den Gehsteig.

Rennie fuhr los, und der Laster brummte hinter ihm her.

Es war wahrscheinlich Zeitverschwendung, Anthony Chungs alte Kumpel ausfindig zu machen, aber irgendetwas mussten sie ja tun.

Logan lief vor zum Fußgängerüberweg und überquerte die vierspurige Straße, um zu der KwikFit-Werkstatt direkt an der Ausfahrt des Kreisverkehrs zu gelangen.

Er stieg über die niedrige Mauer, zwängte sich zwischen zwei geparkten Autos im Inspektionsbereich hindurch… und erstarrte.

Ein schlammverschmierter Transit stand auf dem Vorplatz, direkt vor der Einfahrt. Der einstmals weiße Lack war von Beulen und rostigen Kratzern verunstaltet. Reubens Transporter.

Schnell umdrehen und…

Eine tiefe, grollende Stimme, direkt hinter ihm. »Steig ein.«

Scheiße…

»Nein, das werde ich nicht.«

Eine große behaarte Pranke schob sich von hinten links vor sein Gesicht; sie hielt ein Mobiltelefon, dessen Display ein kleines Foto von Wee Hamish Mowats eingefallenem Gesicht zeigte. Darüber stand »VERBUNDEN«.

Okay… Er nahm das Telefon. »Hamish?«

»Ah, Logan, ich bin so froh zu hören, dass Sie wohlauf sind nach Ihrer Schrecksekunde heute Morgen. Haben Sie einen Moment Zeit?«

Eigentlich nicht. Er trat einen Schritt vor und drehte sich dann zu dem Berg aus Muskeln und Narbengewebe um, der in seinem verdreckten blauen Overall dastand, mit einem Gesicht wie ein rissiger Stein. »*Irgendjemand* hat meine Bremsleitungen durchgeschnitten.«

Eine Pause. *»Aha. Das ist in der Tat eine unerfreuliche Entwicklung, nicht wahr? Aber Sie müssen das bitte für den Moment hintanstellen und mit Reuben kommen.«*

»Keine Chance.«

»Logan, erinnern Sie sich daran, was ich Ihnen über die Cannabisplantagen erzählt habe und über die Gewalt, die Ungewissheit und die Unruhe, die das erzeugt? Nun, ich fürchte, diese kleine geschäftliche Rivalität hat sich ein wenig zugespitzt. Und ich wäre Ihnen dankbar, wenn Sie Reuben helfen würden, die Sache zu regeln.«

»Sie müssen wohl vollkommen …«

»Ich gebe Ihnen mein Wort, dass Reuben nur da ist, um Ihnen die Arbeit als Vertreter des Gesetzes zu erleichtern. Wir wünschen uns doch alle ein Ende der sinnlosen Gewalt, oder nicht?«

»Erleichtern, sagen Sie.«

Ein schiefes Grinsen verzerrte Reubens narbige Wangen.

»Habe ich eine Wahl?«

»Selbstverständlich, Logan. Jeder Mensch hat jederzeit eine Wahl.«

Reuben trat vor und schloss die Lücke, bis er seine tonnenförmige Wampe gegen Logan drückte. »Was glaubst du denn?«

Logan stieg in den Transporter.

41

Der Transit fuhr röhrend von der Werkstatt los, jedes Schalten eine Symphonie von knirschendem Metall. Ein Gestank nach altem Fett und Knoblauch erfüllte das Führerhaus und überlagerte einen anderen Geruch – scharf und metallisch – sowie den widerlich süßen Gummibärchen-Duft von neuem Plastik.

Logan rutschte auf seinem klebrigen Sitz hin und her. »Woher hast du gewusst, wo ich sein würde?«

»Geht dich nichts an.« Reuben ließ die Schultermuskeln unter seinem blauen Overall spielen. »Und nur damit das klar ist: Ich schneide keine Bremsleitungen durch. Wenn ich mit dir abrechne, McRae, dann werde ich nicht mit einer Zange unter deinem Auto rumkriechen.«

Wahrscheinlich, weil der fette Sack gar nicht drunterpassen würde.

»›*Wenn*‹ du mit mir abrechnest?«

»Du wirst es mitkriegen, das kannst du mir glauben. Du wirst es kommen sehen.«

Na prima.

»So wird es also laufen, wie?«

»Du, ich und eine Kettensäge.«

»Weißt du was, Reuben? Du kannst…« Logan runzelte die Stirn. Ein Geräusch kam aus dem hinteren Teil des Transporters. Eine Art gedämpftes Stöhnen, das sich mit dem Quietschen und Rattern des alten Transit mischte.

Er drehte sich auf seinem Sitz um und spähte in den großen, kahlen Laderaum.

Boden und Wände waren mit Plastikplanen bedeckt, befestigt mit dicken Streifen von grauem Paketklebeband. Eine Gestalt saß zusammengekauert in der hinteren Ecke, mit dem Rücken zur Hecktür, die Knie angezogen, Kabelbinder um die Fußgelenke, die Arme hinter dem Rücken, einen schmutzig weißen Kopfkissenbezug über dem Kopf, mit dunkelbraunen Flecken in der Gegend, wo das Gesicht sein musste.

»Da ist jemand hinten auf der Ladefläche…«

Keine Reaktion.

»Reuben, wieso ist da ein gefesselter Mann auf der Ladefläche deines Transporters?«

Achselzucken. »Jeder braucht irgendein Hobby.«

Logan senkte die Stimme zu einem zischenden Flüstern. »Ich bin Polizist, du verdammter Idiot – glaubst du wirklich …«

»Mr Fisher ist ein ganz böser Junge gewesen.«

»Ist mir egal, und wenn er vor der Queen die Hosen runtergelassen und ihre Corgis vergewaltigt hat – du kannst nicht einfach …«

»Weißt du, Mr Mowat hat gesagt, ich darf dich nicht umbringen oder verstümmeln oder dir die Eier abhacken und dich zwingen, sie zu essen. Aber dass du nicht ein paarmal die Treppe runterfallen und dir was brechen könntest, davon hat er nichts gesagt.« Reuben ließ Logan sein narbiges Lächeln sehen, die Augen dunkel und verschattet. »Also, willst du jetzt vielleicht die Klappe halten, oder muss ich mal kurz anhalten?«

»Weißt du was, ich hab's so was von satt, mir deine …« Logans Telefon platzte mit Steels dramatischem Klingelton dazwischen. Er zog es aus der Tasche. »Herrgott noch mal, was ist denn jetzt schon wieder?«

»Wo zum hundsverfickten Henker steckst du? Du sollst doch bei der Internen Dienstaufsicht antanzen und dir den Hintern versohlen lassen, stattdessen treibst du dich wieder irgendwo rum …«

Als ob er keine größeren Sorgen hätte. Im Zweifelsfall immer lügen. »Nein, soll ich nicht.«

»Doch, sollst du – ich hab Rennie ausdrücklich *gesagt, dass er's dir ausrichten soll, und er …«*

»Nee, das muss er wohl vergessen haben. Ob du's glaubst oder nicht, aber wir haben heute alle Hände damit zu tun, eine Mörderin zu fangen, also …«

»O nein, so nicht: Du *hast sie schließlich entwischen lassen! Jetzt beweg deinen Arsch hierher, damit Napier ihn dir versohlen kann.«*

»Geht nicht. Bin gerade beschäftigt.«

»Laz, ich warne dich …«

»Muss Schluss machen.« Er legte einfach auf und schaltete das Handy aus.

Steel konnte ihn später immer noch anbrüllen. Vorausgesetzt, er überlebte das hier – was immer es werden sollte.

Rowan zieht sich wieder in den Schatten des Imbisswagens zurück, wo der Geruch von Würstchen und gebratenen Zwiebeln fett und dunkel in der Luft hängt. Das Industriegebiet dämmert am Ortsrand von Dyce vor sich hin, eine triste Ansammlung von Wellblechbauten mit unaussprechlichen Namen und klobigen Logos, mit Maschendrahtzäunen ringsum. Die meisten Betriebe sind geschlossen – nur leere Hüllen, mit Schildern am Tor, auf denen »ZU VERKAUFEN ODER ZU VERMIETEN« steht.

»SNACKS UND GETRÄNKE« steht in großen schwarzen Lettern an der Rückseite des Imbisswagens – nicht dass jemand es lesen könnte, denn er steht in einer Parkbucht, und dahinter sind nur Bäume und Gras.

Der Hexer schlendert über die Straße, die Hände in den Hosentaschen, einen dicken Kopfhörer auf den Ohren, und spitzt die Lippen, während er schief vor sich hin pfeift. Einfach nur, um ein Geräusch zu machen. Seine zerfranste Aura aus roten und orangefarbenen Flammen flattert hinter ihm her. Vor der Preistafel der Imbissbude bleibt er stehen und reibt sich die Hände. Er grinst. Dann schiebt er den Kopfhörer nach hinten, sodass er ihm um den Hals hängt, und tritt an den Tresen. Sein Akzent ist halb amerikanisch, halb schottisch, seine Haut hat die Farbe von alten Zeitungen. »Hi, ich hätte gern ein Bacon Buttie *mit* Ei und eine Portion Pommes.«

Die letzte Mahlzeit eines zum Tode Verurteilten sollte doch etwas erlesener sein, oder nicht?

Die Inhaberin der Imbissbude ist nicht zu sehen, aber ihre Stimme ist wie fernes Donnergrollen. »Wollen Sie 'n Tee dazu oder vielleicht 'nen Saft?«

»Irn-Bru.«

Er hätte sich für Filetsteak und eine Flasche Champagner entscheiden sollen.

»Kommt sofort.«

Der Plan ist ganz einfach: ihm dorthin folgen, wo er hergekommen ist, ihn befragen, ihm dann die Chance geben, seine Seele zu reinigen, um sie anschließend Gott zu übergeben. Ganz einfach.

Zwei Minuten später biegt ein kleiner roter Peugeot in die Parkbucht ein. Der Dieselmotor grummelt und rattert noch ein wenig und verstummt dann. Ein kräftiger Mann mit einem dünnen grauen Haarkranz um die blasse Stirn dreht sich nach hinten um und sagt etwas zu den zwei Kindern auf dem Rücksitz, dann klettert er hinaus in den warmen Nachmittag und zieht eine schwarz-grüne Fahne hinter sich her. Sie kringelt sich um seinen langen schwarzen Mantel und reckt ihre Tentakel nach der Erde zu seinen Füßen.

Rowan drückt sich an die Seite der Imbissbude. Ein Raubvogel… Das war im Plan nicht vorgesehen. Das war überhaupt nicht vorgesehen.

Er bleibt am Ausgabefenster stehen und lächelt. »*Aye-aye*, Betty. Wie geht's denn so?«

»Kann nicht klagen, Ian. Das Übliche?«

»Ja, und ein paar Tüten Chips für die Kleinen.« Er dreht sich um und winkt zu dem Peugeot herüber. Die Kinder winken zurück. Ein Junge und ein kleines Mädchen mit goldenen Locken, die ein Engelsgesichtchen einrahmen.

»Oh, sind sie nicht entzückend?«

»Das ist das Schöne an Enkelkindern: Man kann sie nach Strich und Faden verwöhnen, ohne sich Gedanken um die Folgen machen zu müssen.« Er schiebt die Hand in die Manteltasche, zieht einen altmodischen iPod heraus und tippt sich durch das Menü. »Stehst du auch auf *Steppenwolf*, Betty?«

»Ich hab's eher mit Bruce Springsteen.«

Er steckt sich die Stöpsel in die Ohren und verstaut den iPod wieder in seiner langen schwarzen Jacke. Wie die Flügel einer Krähe. »›Born to be Wild‹ – unübertroffen. Das hat einfach Rhythmus.« Er lächelt den Hexer an. »Und was sagen Sie dazu?«

Er zuckt mit den Achseln. »Kenn mich nicht aus mit alter Musik.« Er streckt die Hand aus und nimmt eine Dose vom Tresen. Klickt den Verschluss auf und kippt einen großen Schluck Irn-Bru.

Ian zieht ein Paar schwarze Lederhandschuhe aus der Tasche und zieht sie an. »Ist so was wie meine Erkennungsmelodie.« Dann dreht er sich um und winkt wieder den Kindern im Auto zu. Hält sich die behandschuhten Hände vor die Augen und nimmt sie dann ganz schnell weg. »Kuckuck!«

Die Kinder kichern und erwidern das Spielchen.

Betty schlurft im Imbisswagen herum, die Federung ächzt unter ihren Schritten. »Bitte sehr, junger Mann, ein Bacon-Buttie mit Ei und Pommes. Tut mir leid, dass es ein bisschen gedauert hat. Nehmen Sie sich Ketchup und so weiter.«

Der Hexer tritt vor und nimmt sich sein Essen, ein Lächeln im Gesicht.

Noch eine Runde »Kuckuck«, aber diesmal schauen die Kinder nicht, sondern lassen die Hände vor den Augen, als Ian einen Hammer aus seinem langen schwarzen Mantel zieht und dem Hexer damit auf den Hinterkopf schlägt.

Der Hexer taumelt, der Schrei bleibt ihm im Hals stecken, und eine orangefarbene Fontäne spritzt aus der Irn-Bru-Dose, als sie auf den Boden knallt. Dann ist er auf den Knien und hält sich mit einer Hand am Tresen fest.

Ian brummt die ersten Worte von »Born to be Wild«, dann lässt er den Hammer auf das Handgelenk des Hexers niederkrachen.

Ein Kreischen und der Hexer fällt auf die Erde, krümmt

sich zusammen, als Ian ihm den Stiefel in den Rücken rammt. Dann packt er die Haare des Hexers mit seiner behandschuhten Hand und zerrt ihn hinter den Imbisswagen.

»Was hat man Ihnen gesagt?«

Rowan späht um die Ecke, benutzt die großen Propangasflaschen als Tarnung.

Der Hexer robbt rückwärts über die Erde, das zertrümmerte Handgelenk an die Brust gelegt, die andere Hand erhoben, den Zeigefinger ausgestreckt, die Zähne gebleckt. »Ich *warne* dich, Opa, du weißt nicht, mit wem du dich …«

Ian tritt ihm ins Gesicht. »Für Sie immer noch Mr Falconer, Freundchen.«

Der Hexer rollt auf den Bauch, es spritzt rot aus seinem Mund. »Unnghh …«

»Und ich weiß genau, mit wem ich mich anlege: Jake Ran Yingnu. Sie hatten einen Job zu erledigen, Mr Ran.« Ian tritt ihn noch einmal. »Haben Sie *wirklich* geglaubt, Cannabis im Wert von zwanzigtausend Pfund könnte von Ihrer Plantage verschwinden, ohne dass jemand mit der Wimper zuckt?« Ian zieht die Ohrstöpsel heraus und starrt auf ihn hinunter, den Kopf zur Seite geneigt. Ein Raubvogel, der seine verwundete Beute beäugt. »Na?«

Der Hexer zieht sich hoch … dann kippt er wieder nach vorne, mit der Stirn auf die blutbefleckte Erde, als ob er gen Mekka betet. »Ich hab's nicht gestohlen! Ich war's nicht!«

»Meinen Sie, das interessiert die McLeod-Brüder einen feuchten Dreck? Dieses Gras war Ihnen anvertraut, Sie waren dafür *verantwortlich*. Und da lassen Sie zu, dass jemand einfach mitten in der Nacht reinspaziert und es klaut?« Er holt ein paar Schritte Anlauf und versetzt dem Hexer einen Tritt in die Rippen, mit solcher Wucht, dass der Mann vom Boden abhebt und auf den Rücken rollt. »Wie haben die Diebe es gefunden? Wie haben sie die Alarmanlage überwunden? Wer hat es ihnen verraten?«

»AAAAAAH …« Husten, Keuchen. Der Hexer schlingt seinen heilen Arm um die Brust, seine Zähne sind blutige Grabsteine in der roten Höhle seines Mundes. »Ich war es nicht. Ich schwöre, ich habe es nicht …«

»Das war angeblich ein sicherer Ort. Die McLeods haben Ihnen *vertraut!*«

Tränen rinnen über die Wangen des Hexers und hinterlassen hell glänzende Spuren im Staub. »Ich hab's keinem erzählt! Ich habe getan, was man mir gesagt hat. ICH WAR ES NICHT!«

Ian geht neben ihm in die Hocke und setzt den abgestoßenen Metallkopf des Hammers neben sich auf der Erde ab. »Wissen Sie was? Ich glaube Ihnen. Es war nicht Ihre Schuld. Sie müssten vollkommen bescheuert sein, um die McLeods so übers Ohr zu hauen, nicht wahr? Und wenn Sie es täten, würden Sie nicht hinterher noch hier herumhängen – Sie würden den ersten Flug außer Landes nehmen. Um über alle Berge zu sein, bevor sie Jagd auf Sie machen.«

Die Schultern des Hexers beben, als über seine blutigen Lippen ein Schluchzer entweicht. »Ich hab nicht … ich war es nicht … Ich würde … würde *niemals …*«

»Aber es spielt eigentlich keine Rolle, was ich denke, nicht wahr? Wenn Simon und Colin Sie damit davonkommen lassen, glauben morgen alle, die McLeods wären plötzlich weich geworden. Das wollen Sie doch nicht, oder?«

»Bitte …«

»Natürlich nicht.« Ian steckt seine Ohrstöpsel wieder rein, dann runzelt er die Stirn. »Pfff … Jetzt hab ich die besten Stellen verpasst.« Er zieht seinen iPod aus der Tasche und tippt darauf herum.

»Bitte, ich … alles … alles, was Sie wollen, es … es gehört Ihnen …« Der Hexer schleppt sich über den schmutzigen Boden. »Ich habe nichts getan!«

»Da hätten wir's.« Ian steckt den iPod wieder ein. Schließt

einen Moment die Augen und nickt im Takt der Musik mit dem Kopf. Dann hebt er den Hammer über den Kopf und lässt ihn niedersausen, genau seitlich auf das Knie des Hexers. Ein matschiges, knackendes Geräusch. Ein Schrei. Dann macht er es noch einmal. Und noch einmal. Er packt den Hexer am Gürtel, damit er nicht wegrobben kann. Und schlägt mit dem Hammer den Takt, während er mitsingt.

Ein Metronom aus Blut und Angst.

Born to be Wild.

Rowan sieht zu, bis von den Knien des Hexers nichts mehr übrig ist als ein blutiger Brei mit ein paar Knochensplittern drin. Dann schleicht sie sich davon.

Reuben fuhr auf den Parkplatz direkt vor einem blitzblanken Gebäude aus gelbem Sandstein und smaragdgrünem Glas. Plakate im Fenster riefen die Leute dazu auf, darauf zu wetten, wann das erste Tor gegen Celtic beim schottischen Pokalfinale am Samstag im Hampden Park fallen würde oder wer vom Platz gestellt oder verletzt ausgewechselt würde, mit Fotos von strahlenden Schauspielern, die Bündel von Geldscheinen und Champagnergläser in den Händen hielten. Wie es aussah, hätte dem Turf 'n Track gar nichts Besseres passieren können, als abzubrennen.

Reuben zog die knarrende Handbremse, dann drehte er sich zu dem armen Kerl auf der Ladefläche um. »Sie rühren sich nicht vom Fleck, Mr Fisher. Mein Kumpel Terry wird gleich kommen und auf Sie aufpassen. Er redet nicht viel, aber mit einem Teppichmesser in der Hand kann er sehr unangenehm werden.« Dann sprang der Hüne hinaus in den trüben Nachmittag. Drehte sich um und sah zu Logan herein. »Du: raus.«

War ja nicht so, als ob er eine echte Alternative hätte …

Er folgte Reuben zum Eingang des Turf 'n Track. »Terry?«

»Wenn der kleine Scheißer weiß, dass er allein da drin ist,

wird er unruhig werden. Er macht vielleicht Randale, schlägt mit den Fäusten an die Außenwand und schreit um Hilfe. Terry kann ihm da ein bisschen Gesellschaft leisten und dafür sorgen, dass er sich anständig benimmt.«

Die Tür des Turf 'n Track öffnete sich mit einem Piepsen und verkündete ihre Ankunft. Sie betraten einen sauberen, hellen Raum mit einer Wand aus Flachbildfernsehern auf der einen Seite. Die gegenüberliegende Wand war mit Seiten aus der *Racing Post* gepflastert, die sämtliche Rennen mit den Namen aller Pferde und Reiter auflisteten. Und dazwischen ein langer Tresen, besetzt mit drei attraktiven jungen Blondinen in grün-gelben Uniformen mit tiefem Ausschnitt. Alle hatten so viel Schminke im Gesicht, dass es für eine ganze Make-up-Abteilung bei Debenhams ausgereicht hätte.

Drei Männer in Anzügen saßen an einer Art Frühstückstheke in der Mitte des Raums und verfolgten die Rennen, während sie ihre Panini aßen und dazu Corona-Bier mit einer Limettenscheibe im Flaschenhals tranken.

Hatte sich ganz schön verändert, der Laden.

Logan schnupperte. Das Wettbüro roch nach Zitronen-Raumspray anstatt nach altem Zigarettenrauch, und die Decke hatte auch nicht die Farbe einer Raucherlunge. »Mir hat's besser gefallen, als der Boden noch ganz klebrig war.«

Reuben marschierte auf Kassiererin Nummer drei zu und schlug mit der Pranke auf den Tresen.

Sie zuckte zusammen und rutschte ein Stück auf ihrem Stuhl zurück, dann holte sie Luft, richtete sich auf und klatschte sich ein Lächeln ins Gesicht. »Willkommen im Turf 'n Track, Aberdeens erster Adresse für …«

»Sagen Sie Creepy, er hat Besuch.«

Das Lächeln verrutschte ein bisschen. »Creepy …?«

»Colin McLeod. Oder seinem krüppligen Bruder, ist mir egal. Aber schaffen Sie ihn her, bevor ich anfange, Ihre Kunden mit dem Kopf durch Ihre schicken Flachbildglotzen zu stecken.«

Sie klappte den Mund ein paarmal auf und zu. Dann lehnte sie sich zur Seite und gab sich alle Mühe, die Bewegung natürlich aussehen zu lassen, als sie unter den Tresen griff und auf etwas drückte. »Bitte, Sir, regen Sie sich nicht…«

»Meinen Sie, ich kann nicht sehen, dass Sie den Alarmknopf betatschen?«

Die Röte stieg ihr in die Wangen, so heftig, dass es durch die dicke Grundierung hindurchschimmerte. »Es ist mein erster Tag heute, ich habe nicht… Bitte, tun Sie mir nicht weh.«

Die Tür hinter dem Tresen mit der Aufschrift »NUR FÜR PERSONAL« ging auf, und ein Mann trat ein: breitschultrig, Pfannkuchengesicht, das eine Ohr halb abgerissen, die Augen hinter einer Wraparound-Sonnenbrille verborgen. Er machte eine ruckartige Kopfbewegung. »Gibt's ein Problem, Naomi?«

»Ich kann nichts dafür, Mr McLeod, er ist hier reingekommen, und er bedroht die Leute, und es ist mein erster Tag, und ich habe nicht…«

»Okay, Sie gehen jetzt erst mal eine Tasse Tee trinken. Ich kümmere mich drum.«

Reuben trat einen Schritt zurück, legte den Kopf schief und ließ seine Halswirbel knacken. »Sieh an, sieh an, wen haben wir denn da?«

Simon McLeod rollte die Schultern, ballte die Hände zu Fäusten und öffnete sie wieder. »Reuben. Wer hat dich denn von der Leine gelassen?«

»Wir beide haben ein Problem, du und ich.«

Naomi schob sich an ihrem Arbeitgeber vorbei und verschwand durch die Hintertür.

Simon McLeod lächelte. »Denkst du, das interessiert mich einen…«

»Oh, das sollte es aber, denn wenn nicht…«

»Um zur Sache zu kommen…« Logan trat an den Tresen. »Wir müssen uns über gewisse – gärtnerische Aktivitäten unterhalten.«

Die Wraparound-Sonnenbrille schwenkte in Logans Richtung. Simon McLeods Nasenflügel blähten sich, als ob er Witterung aufnähme. »Wer ist das?«

»Ich würde Ihnen ja meinen Dienstausweis zeigen, aber das hätte wohl wenig Sinn, oder?«

Ein Lächeln schlich sich auf sein Gesicht. »Jessica, Fiona: Lasst die Herrschaften durch und sagt den Kunden, dass wir für eine Stunde schließen: Brandschutzübung. Und dann verzieht euch, ich hab was Geschäftliches zu besprechen.«

Simon McLeods Büro war riesig. Ein Schreibtisch, ein Couchtisch und zwei Ledersofas verteilten sich mit möglichst viel Abstand im Raum, wie verfeindete Gäste bei einer Party. So konnte man bequem dazwischen hin und her gehen, ohne irgendwo anzustoßen.

Die mattweißen Wände waren kahl bis auf den ausgestopften Kopf eines Rottweilers, der an einer Holztafel befestigt hinter dem Schreibtisch hing, das Fell schütter und angesengt. Ein Ohr fehlte, ähnlich wie bei seinem Besitzer. Darunter stand in Messinglettern der Name »KILLER«.

Simon McLeod nahm hinter seinem Schreibtisch Platz und verschränkte die Arme vor der Brust. »Also… was jetzt? Du tauchst hier mit einem von deinen gekauften Bullen auf und meinst, du kannst mir Angst machen?«

Reuben ließ die Knöchel knacken. »Wenn du ’nen Funken Verstand hättest, würdest du dir vor Angst in die Hose machen.«

»Wirklich?« Simon nahm seine Wraparound-Sonnenbrille ab. Darunter war nichts – nur tiefe, fleischfarbene Dellen, wo die Augen hätten sein sollen. Und anstelle der Lider nur ein ver-

schlungenes Netz von Narben. »Denkst du, irgendetwas, was du tust, könnte mir Angst machen?«

Schweigen.

Und was nun?

Logan setzte sich auf das Sofa an der Wand. Es knarzte und quietschte unter ihm – wahrscheinlich, damit Simon immer genau wusste, wo er war.

Dieser gottverdammte Wee Hamish Mowat: *Ich vertraue Ihnen, Logan. Es ist im Interesse der Allgemeinheit. Sie wollen doch keinen Drogenkrieg, oder, Logan?*

Wie zum Teufel sollte er einen Friedensvertrag zwischen rivalisierenden Drogenkartellen aushandeln? Indem er sie zu Tee und Keksen einlud und sie bat, nett zueinander zu sein? Er räusperte sich. »Das hier ist keine Erpressung, ich bin kein gekaufter Bulle, und wenn wir zu einer Einigung kommen können, muss die Sache nicht weiter eskalieren.« Doch, das war *definitiv* ein Höhepunkt in seiner Karriere.

Ein Lächeln kroch über Simon McLeods Züge. »Oh, sicher, weil ich ja ganz bestimmt einen Haufen belastende Sachen sagen werde, während Sie im Zimmer sind. Soll ich irgendwas Bestimmtes gestehen, wo Sie schon mal hier sind? Die Entführung von Shergar, dem Rennpferd? Den Mord an Lord Lucan? Bible John haben Sie auch noch nicht gefasst, vielleicht bin ich ja auch für *die* Mordserie verantwortlich? Ich war damals zwar erst zwei Jahre alt, aber ich bin schon immer frühreif gewesen.«

Logan stand auf, und das Sofa knarzte wieder. Er sah Reuben an und schüttelte den Kopf. »Ich hab dir doch gesagt, das ist reine Zeitverschwendung. Geh heim und sag Wee Hamish, dass Simon McLeod nicht an einer friedlichen Lösung interessiert ist.«

Simon zog eine Braue hoch, wodurch er das Narbengewebe um seine Augenhöhlen in neue Muster zog. »Wee Hamish? Es ist also nicht nur Reuben, der sich wie ein Idiot benimmt und den starken Mann markieren will?«

»Wen nennst du Idiot, du blinder Arsch mit…«

»He!« Logan hob eine Hand. »Es war von ›erleichtern‹ die Rede, nicht davon, alles noch schlimmer zu machen.«

Reuben zog die Schultern nach hinten und trat vor, die Fäuste erhoben. Dann blieb er stehen, atmete durch und lehnte sich wieder an die Wand.

Schon besser.

Logan zeigte mit dem Finger auf Simon, obwohl der das unmöglich sehen konnte. »Sagen wir, rein *hypothetisch* gesprochen, Sie hätten eine Reihe von ostasiatischen Herrschaften nach allen Regeln der Kunst mit einem Klauenhammer bearbeitet. Ihr Bruder Colin ist doch ganz geschickt mit dem Hammer, nicht wahr?«

Natürlich war er das. Spezialität: Knie zertrümmern. Keine Anmeldung erforderlich.

Simon lächelte. »Diese Tage liegen hinter uns, Officer. Geschäftsleute von unserem gesellschaftlichen Status würden sich niemals zu so etwas herablassen.«

»Also, nehmen wir einmal an, das wäre die erste Salve in einem Drogenkrieg gewesen. Wee Hamish würde das nicht gefallen. Er würde denken, dass das schlecht für Aberdeen ist. Er würde denken, dass Sie zu einer Einigung mit Ihren Rivalen kommen sollten, ohne dass es noch mehr Verletzte oder gar Tote gibt.«

»Und wenn wir das nicht täten? Rein hypothetisch gesprochen?«

Reubens Stimme war ein dunkles Grollen. »Dann endest du als ein Haufen Schweinescheiße.«

Das Lächeln schwand aus Simons Gesicht. »Also, ihr könnt Wee Hamish ausrichten, dass wir da rein gar nichts tun können – niemand weiß, wer die andere Seite ist. Deswegen sind wir … Das könnte der Grund sein, weshalb ein gewisser hiesiger Geschäftsmann Ihre asiatischen Herrschaften befragt.«

»Sie wissen nicht, wer die Neuen sind?«

»Glauben Sie, die würden mich immer noch bestehlen, wenn ich das wüsste?« Ein Achselzucken. »Angenommen, ich *hätte* etwas, was diese Leute stehlen wollen. Rein hypothetisch gesprochen.«

Reuben verschränkte die Arme vor seiner breiten Brust. »Na, dann kannst du ja froh sein, dass ich hier bin, nich' wahr? Ich habe nämlich jemand draußen im Auto, der es weiß.«

42

Reuben manövrierte den verbeulten Transit rückwärts in die Ladebucht hinter dem Turf 'n Track und hielt knapp vor der Laderampe aus Betonsteinen an. Er sprang vom Fahrersitz, stapfte nach hinten und riss die Türen auf.

Mr Fisher lag auf der Seite, seine Füße scharrten über die Plastikplane, als er versuchte, weiter ins Wageninnere zu robben. Er zitterte am ganzen Körper, und gedämpfte Schluchzer drangen aus dem blutverschmierten Kopfkissenbezug.

Reuben packte ihn und zog ihn zu sich heran, hievte ihn hoch und rammte ihm eine mächtige Faust in den Bauch. »So, Mr Fisher. Folgendermaßen läuft es ab: Sie sagen uns alles, dann kommen Sie mit 'ner Tracht Prügel davon. Wenn ich finde, dass Sie nicht mitspielen, fang ich an, Ihnen Sachen zu brechen. Wenn ich finde, Sie *lügen* mich an, dann tranchier' ich Sie wie 'n Hähnchen und verfütter' Sie Häppchen für Häppchen an die Schweine. Die fressen alles: Haare, Haut, Knochen.«

Er riss den Kopfkissenbezug runter.

Was zum Teufel war in den Kerl gefahren? Sobald Fisher ihre Gesichter sah, kam es nicht mehr infrage, dass Reuben ihn am Leben ließ. Dieser hirnlose Fettsack: Was sollte Logan machen – einfach dabeistehen und es geschehen lassen?

Aber Mr Fisher konnte gar nichts sehen. Drei Streifen Klebeband bedeckten seine Augen: einer horizontal, zwei vertikal, wie eine Zielmarkierung. Ein weiterer Streifen klebte über seinem Mund. Seine schwarzen Haare waren auf der einen Seite lang und auf der anderen abrasiert, ein hohler Zylinder dehnte sein linkes Ohrläppchen, drei silberne Reifen darüber … Anthony Chungs Freund, der in der Bar arbeitete. Der versucht hatte, um Agnes Garfields Ehre zu kämpfen, und als Belohnung ein Knie in die Eier bekommen hatte.

Reuben fasste eine Ecke des Knebels und riss ihn ab, wobei er den Stecker in Dan Fishers Unterlippe mitnahm.

»Aaaaaaah … Scheiße …« Blut rann ihm übers Kinn.

Dan Fisher. Freund von Anthony Chung. Von Anthony, der immer das beste Cannabis hatte.

Jetzt war wenigstens klar, wo er es hergehabt hatte.

Reuben rammte wieder eine Faust in Fishers Magengrube. Dann trat er einen Schritt zurück und wartete, bis Fisher sich ausgekotzt hatte. »Ihre erste Frage für zehn Punkte lautet: Wer stiehlt den McLeod-Brüdern ihr Gras?«

Ein langer Spuckefaden seilte sich von seiner blutenden Unterlippe ab. »O Gott …«

Reuben zog die Luft durch die Zähne ein und schüttelte den Kopf. »Falsche Antwort.« Mit einem Klicken fuhr die Klinge eines Teppichmessers heraus und durchschnitt die Kabelbinder, die Dan Fishers Fußgelenke zusammenhielten. Dann zog Reuben einen von Fishers Füßen heraus, bis er gerade so über die hintere Stoßstange des Transit hinausragte.

»BITTE! ICH WEISS NICHT …«

Der Transporter schaukelte, als Reuben sich mit seinem ganzen Gewicht auf den Knöchel warf. Ein dumpfes Knacken. Und Fishers Fuß zeigte nicht mehr nach vorne.

Zwei Sekunden später ging das Geschrei los. Reuben zählte bis drei, dann brachte er ihn mit einem weiteren Faustschlag in den Unterleib zum Schweigen.

Logan packte Reubens Arm – er war massiv wie ein Telegrafenmast. »Das *reicht.*«

»Nee, wir fangen doch grad erst an.« Er fasste Fishers anderen Fuß. »Das versuchen wir gleich noch mal, ja? Selbe Frage.«

Fisher stöhnte und schluchzte, Rotz glänzte auf seiner Oberlippe. »Bitte ... Ich verkauf's bloß weiter, ich weiß nicht, wer ...«

Der Transporter schaukelte wieder, und der andere Knöchel machte das gleiche dumpfe, knackende Geräusch.

»AAAAAAAAAAAAAAAAAAAAAAAAAAH ...«

Reuben wischte sich die Hände an der Brust seines Overalls ab, dann lächelte er Logan an. »Nich' besonders helle, der Bursche, wie?«

»Herrgott noch mal ...« Logan schob sich an ihm vorbei und kletterte auf die Ladefläche des Transporters.

Fisher lag wieder auf der Seite, er zog abwechselnd die Knie an die Brust und streckte sie wieder, wie ein kaputtes Akkordeon. Den Mund zu einem stummen Schrei aufgerissen.

Logan packte seine Schultern und drückte ihn auf die Plastikfolie nieder, damit er stillhielt. Denn beugte er sich hinunter, bis sein Mund nur Zentimeter von Fishers Ohrringsammlung entfernt war, und senkte die Stimme zu einem Flüstern. »Hör zu, du Dummkopf: Das ist kein Spiel. Wir sind hier nicht im Fernsehen, es gibt keine Rettung in letzter Sekunde. Sie werden dich umbringen, wenn du ihnen nicht verrätst, wer ihre Drogen stiehlt.«

»Ich weiß es nicht, ich weiß es nicht, ich weiß es nicht ...« Ein tiefer, bebender Atemzug.

»Du wirst *sterben*, ist dir das klar? Und es wird nicht schnell gehen. Wenn die mit dir fertig sind, wirst du dich noch nach diesem Moment hier zurücksehnen!«

»Bitte … Es tut so *weh* …«

»Das war nur das Aufwärmen, wart nur ab, bis er richtig in Fahrt kommt. Also, wer stiehlt ihnen ihr verdammtes Cannabis?«

Fishers Unterlippe zitterte. »Es … Ton. Es war Ton. Anthony Chung.«

Natürlich war er es.

»Du warst Anthony Chungs bester Freund. Jeder weiß, dass er immer Unmengen Cannabis hatte. Du hast es für ihn verkauft, nicht wahr? Über den Tresen im Pub. Sogar noch, nachdem er dich verprügelt hatte?«

»Es war … Ich hatte keine Wahl.« Schweiß glitzerte auf Fishers Gesicht. »Bitte, bitte, Sie müssen mir helfen …«

»Mit wem hat er zusammengearbeitet?«

Reubens Stimme dröhnte aus der Ladebucht hinter ihm. »Wenn du ihn bumsen willst, mach hin, damit ich mit seinen Kniescheiben anfangen kann.«

»Hältst du vielleicht mal zwei Minuten die Klappe?« Dann wandte er sich wieder Fisher zu. »Mit wem hat Anthony zusammengearbeitet, Dan? Wer hat jetzt das Sagen, nachdem er tot ist?«

»Ich weiß es nicht, ich weiß …«

Logan packte Fishers gepierctes Ohr und drehte es.

»Aaaaaaaah!«

»Willst du *unbedingt* als Hackfleisch enden?«

Die Worte kamen in einer Welle stockender Schluchzer. »Ich hatte immer nur mit Ton zu tun! Er sagte … er sagte, er kennt jemand, der für diese Cannabisplantagen gearbeitet hat, und er könnte herausfinden, wo sie sind, und ich hab nichts anderes getan, als den Stoff weiterzuverkaufen, ich habe ihn nie bestohlen, ich schwör's beim Grab meiner Mutter, ich weiß es nicht …«

Reuben knallte die Hecktüren des Transit zu, sodass sie sich Dan Fishers Geschluchze nicht mehr anhören mussten.

Simon McLeod schob die Wraparound-Sonnenbrille wieder über die Löcher, wo einmal seine Augen gewesen waren. »Also, raus mit der Sprache: Wer ist es, und wo finde ich ihn?« Ein kleines Lächeln entschlüpfte ihm, wurde aber schnell wieder eingefangen. »Damit ich mich mit ihm treffen und alles schön friedlich regeln kann, wie Wee Hamish es wünscht.«

Ja, klar.

Logan schob die Hände in die Hosentaschen. »Er liegt im Leichenschauhaus. Er hat seine Freundin ein Mal zu oft betrogen, und sie hat ihn auf einem Küchenboden an Pflöcke gefesselt, ihm dreihundertfünfundsechzig Messerstiche verpasst und ihn anschließend erdrosselt.«

Simon McLeods Augenbrauen senkten sich ein paar Millimeter. »Hmm ...«

»Was?«

Ein Schniefen. »Hört sich an, als wär die Kleine ganz mein Typ. Aber ich will trotzdem den Namen von dem Mistkerl.«

»Damit Sie sich an seiner Familie vergreifen können? Keine Chance. Die hatten nichts damit zu tun. Der Typ, der Ihr Cannabis gestohlen hat, wurde zu Tode gefoltert, und Sie mussten keinen Finger krumm machen.« Logan schob schon wieder die Hände in die Hosentaschen. »Wee Hamish will, dass die Hammerattacken aufhören. Es ist ja nicht so, als ob sie Ihnen irgendwas nützen würden, oder? All der Aufwand, und Sie wissen immer noch nicht, wer Sie bestohlen hat.«

Simon zuckte mit den Achseln. »Das passiert eben, wenn man den falschen Leuten die richtigen Fragen stellt. Rein hypothetisch gesprochen.«

»Keine Hammerattacken mehr.«

Eine graublaue Abgaswolke quoll aus dem Auspuff des röhrenden Transit.

»Stellen Sie sich einen Geschäftsmann vor, der eine große Geldsumme in den Aufbau von überdachten Zuchtanlagen investiert und Experten ins Land geholt hat, um sie zu bewirtschaften. Und nun stellen Sie sich vor, dass ein anderer daherkommt und von diesen Plantagen stiehlt. Und dass einige der wichtigsten … Gartenbauexperten dieses Geschäftsmanns verschwunden sind. Wenn Sie dieser Geschäftsmann wären, würden Sie dann nicht glauben, dass die Gärtner dahinterstecken? Würden Sie ihnen nicht nahelegen, ihre Plantagen besser zu sichern?«

Der Transit fuhr ruckartig einen halben Meter vor und blieb dann wieder mit laufendem Motor stehen.

»Sie haben also gar nicht die Gegenpartei zu Krüppeln geschlagen? Sie haben Ihre eigenen Leute dafür bestraft, dass sie sich *bestehlen* ließen?«

»Nennen Sie es ein Klauenhammer-Anreizsystem. Eines, an dem auch Ihr kleiner Freund da drin teilnehmen wird, sobald er aus dem Krankenhaus kommt. Das heißt, falls Reuben ihn nicht vorher an die Schweine verfüttert.«

Logan drehte sich um. »Niemand wird an die Schweine verfüttert! Und es werden auch keinem mehr die Kniescheiben zu Brei geschlagen. Aus Fisher ist nicht mehr rauszukriegen: Sein einziger Kontakt war der Typ, der umgebracht wurde, mehr weiß er nicht. Sie lassen ihn in Ruhe.«

»*Niemand* bestiehlt mich.«

»Sie – lassen – ihn – in – Ruhe.«

Die Hupe des Transit ertönte.

»Ich meine es ernst, Simon. Wenn ich herausfinde, dass ihm oder der Familie seines toten Freundes etwas zugestoßen ist, dann kaufe ich mir Sie und Ihren Bruder. Und ich werde Wee Hamish bitten, das Gleiche zu tun.«

Eine große Pranke fiel schwer auf Logans Schulter und quetschte sie. »Eines können Sie mir glauben: Wenn Sie mich oder meine Leute noch *ein Mal* bedrohen, dann lasse ich Sie bei lebendigem Leib häuten. Kapiert? Den Jungen lass ich laufen, Wee Hamish zuliebe. Aber wenn ich den Verantwortlichen erwische, bevor Sie ihn erwischen – dann kann ich für nichts garantieren.«

Der Transit erzitterte, und das Getriebe knirschte, als Reuben einen Gang hochschaltete. Er klemmte sein Handy zwischen sein kleines rundes Ohr und eine massige Schulter. »M-hm … Nein, ich glaub nicht … Moment.« Er hielt Logan das Telefon hin. »Mr Mowat will dich sprechen.«

»Hallo?«

»Logan, wie ich höre, ist es gut gelaufen. Haben Sie alles mit den McLeods geklärt?«

»Simon sagt, er will Frieden machen, aber Sie wissen, was passieren wird, wenn er denjenigen in die Finger bekommt, der hinter dem Konkurrenzunternehmen steht.«

»Das sind primitive Leute, Logan. Sie glauben an alttestamentarische Rache. Aber Reuben sagt mir, Sie wüssten, wer das Cannabis der McLeods stiehlt?«

»Ich weiß, wer es gestohlen *hat.* Er ist tot.«

Reuben trat das Gaspedal durch, und der Transit rumpelte über die Kreuzung am Westburn Drive. »Der Glückspilz. Jetzt kann Creepy ihm nix mehr antun.«

»Er wurde von seiner Freundin zu Tode gefoltert.«

»Tatsächlich? Das ist allerdings faszinierend. Und Sie sind sicher, dass es seine Freundin war?«

Der klobige Betonklotz des Aberdeen Royal Infirmary ragte über die umliegenden Gebäude auf.

»Wer sollte es sonst gewesen sein?«

»Fragen Sie Reuben.« Eine Pause. *»So, wären Sie jetzt bitte so nett, mich auf Lautsprecher zu schalten?«*

Logan musterte stirnrunzelnd die glänzende Oberfläche des

Smartphones. Dann drückte er auf die Stelle mit dem Megaphon-Symbol.

Wee Hamishs Stimme kam aus dem Lautsprecher, fast übertönt vom Dieselgrummeln des Transit. *»Wisst ihr, es macht mein altes Herz stolz, euch beide zusammenarbeiten zu sehen. Logan und Reuben: ein Team, das in meiner Stadt für Ordnung sorgt. Es tröstet mich sehr zu wissen, dass sie in guten Händen sein wird, wenn ich nicht mehr bin. Ich danke euch beiden.«* Dann legte Wee Hamish auf.

Logan gab das Telefon zurück. »Ich soll dich fragen, wer sonst Anthony Chung zu Tode gefoltert haben könnte.«

»Ach, sollst du das …« Reuben bog nach rechts auf die Westburn Road ab – nächster Halt Notaufnahme.

»Was ist passiert, dass Wee Hamish so stolz ist?«

Ein Grunzen. »Glaubst du, du kommst so leicht davon? Du und ich, wir sind noch längst nicht fertig miteinander.«

Na toll. Ein gemeinsam erledigter Job machte eben noch keine Männerfreundschaft. Ein halb erledigter, genauer gesagt. Mehr oder weniger.

Vielleicht hatte Samantha doch recht. Vielleicht würde Reuben ihn wirklich nur dann endgültig in Ruhe lassen, wenn er irgendwo im Wald verscharrt läge? Oder für zwanzig Jahre in Barlinnie hinter Gittern hockte? Ein bisschen schwieriger zu organisieren, aber so würde wenigstens niemand sterben müssen. Niemand, der nicht ohnehin schon tot war …

»Wer hat Anthony Chung gefoltert?«

Ein Lächeln bahnte sich seinen Weg durch Reubens Narben. »Es heißt, die neuen Jungs hätten sich jemanden für die Drecksarbeit engagiert: ein total krankes Hirn – quält die Leute aus purem Spaß am Foltern.«

»Du sagst, es war sein *eigener* Vollstrecker? Was für ein …«

»Meinst du, es wäre das erste Mal, dass ein Partner den Hals nicht vollkriegt und der andere was dagegen hat?«

Auch wieder wahr. Aber es war doch undenkbar, dass Agnes Garfield Anthony Chung *nicht* getötet hatte. Da war der magische Kreis auf dem Boden, da war das Nadelproben-Messer, mit dem sie ihn malträtiert hatte *und* mit dem sie Dildo niedergestochen hatte …

Sie *musste* es gewesen sein.

Oder?

Rowan kauert im Unterholz auf der falschen Seite eines Maschendrahtzauns. Nicht atmen. Nicht bewegen.

Der Raubvogel ist weg, davongetuckert in seinem kleinen Peugeot, während seine Enkelkinder auf dem Rücksitz glücklich ihre Krabbenchips mampften.

Warum? Warum sollte ein Raubvogel Hexen auf diese Weise bestrafen? Und er hat ja nicht mal irgendwelche Fragen gestellt, sondern einfach nur drauflosgeschlagen im Takt eines alten Songs aus den Sechzigern. Er hat die Knie des Hexers mit dem Hammer bearbeitet, bis sie aussahen wie ein Haufen Hackfleisch mit Knochensplittern drin, und dann hat er einen Hotdog gegessen und einen Becher Tee getrunken und dabei mit Betty gescherzt und ihr erzählt, dass sie in den Schulferien an die Algarve fliegen wollen.

Und die ganze Zeit liegt der Hexer zuckend hinter dem Imbisswagen auf der Erde und blutet vor sich hin.

Er rührt sich kaum, als der Krankenwagen eintrifft. Nicht einmal, als die Sanitäter in ihren grünen Overalls vor ihm stehen und fluchend auf das blutige Chaos hinunterstarren, das von seinen Knien übrig geblieben ist.

Betty steht etwas abseits und trinkt aus einem Teebecher, während sie einen Polizisten anlügt. Nein, sie hat nichts gesehen. Nein, der Mann hat nichts bei ihr bestellt. Sie hat erst gemerkt, dass etwas nicht stimmt, als sie nach den Gasflaschen geschaut hat und ihn dort am Boden liegen sah. Sie ist klein und rundlich, zu klein für diese tiefe, grollende Stimme. Heimtückische grüne und schwarze Pulse strahlen von ihr aus wie Schallwellen.

Rowan kaut die Haut an ihrem linken kleinen Finger, bis der salzige Kupfergeschmack von Blut an ihrer Zungenspitze prickelt.

Es war ihre Aufgabe, den Hexer zu finden und zu retten, und stattdessen ist er ihrem Zugriff für immer entzogen. Seine Seele ist dem Teufel verfallen.

Rowan hat versagt.

Der Transit röhrte davon und zog eine Wolke von Dieselabgasen hinter sich her. Logan hievte Dan Fisher vom Gehsteig in einen der primitiven Rollstühle, die im Eingangsbereich des Krankenhauses bereitstanden – im Grunde nicht mehr als ein etwas größerer Esszimmerstuhl, an dessen Beinen vier wacklige Räder befestigt waren.

Fisher stöhnte hinter seinem Knebel unter dem fleckigen Kopfkissenbezug.

Logan befreite ihn von beidem.

Darunter war Fishers Gesicht blass und glänzte vor Schweiß. Schock.

Ein leichter Klaps auf die Wange, und er blinzelte. Seine Stimme klang feucht und rau. »Bitte, ich weiß es nicht …«

»Du bist vor der Notaufnahme. Dan? Dan, kannst du mich hören?«

Die Automatiktür des Krankenhauses öffnete sich surrend, und einer der beiden im ARI stationierten Constables steckte den Kopf heraus. »Chef? Sind Sie das? Alles okay?«

»Ich weiß nichts …«

Logan ging neben dem Stuhl in die Hocke. »Wo ist er, Dan? Anthony Chungs Partner? Wo bewahren sie den Stoff auf? Wo holst du ihn ab?«

Fisher blinzelte ihn an, beide Pupillen in den wasserblauen Iris auf Stecknadelgröße geschrumpft. »Es tut weh …«

»Ich weiß, Dan, aber du musst mir jetzt sagen, wie ich den Kerl finde, der hinter Anthony Chungs Geschäften steckt.«

»Ich weiß nicht …«

Logan packte ihn beim Kragen. »Ich hab dir das Leben gerettet, du kleiner Mistkerl! Wenn ich nicht wäre, dann würdest du dich jetzt gerade durch den Verdauungstrakt eines Schweins arbeiten. Also sag mir endlich, wo ich ihn finden kann!«

»Chef?« Der Uniformierte legte Logan eine Hand auf die Schulter. »Ist alles in Ordnung?«

Fisher ließ den Kopf zur Seite kippen, bis er den Constable anstarrte. »Ich weiß es nicht, ich … ich hol den Stoff einfach ab, wenn ich eine SMS kriege. Jedes Mal an einem anderen Ort.«

Logan schwenkte Dans Gesicht wieder zu sich herum. »Aber ist es immer dieselbe Handynummer?« Sie könnten es mit einer GSM-Ortung versuchen, um herauszufinden …

»Nein. Ein Codewort. ›Moderator‹ … Das gleiche Codewort, aber immer ein anderes Handy.«

Das konnten sie also vergessen.

Logan richtete sich auf. »Bringen Sie ihn lieber mal rein.«

»Ja, Chef.« Der Uniformierte packte die Griffe des Rollstuhls und manövrierte ihn durch die Automatiktür in die Notaufnahme.

Die Tür schloss sich zischend hinter ihm, und Logan starrte auf sein Spiegelbild im Glas. Wäre ja zu schön gewesen, mit Informationen ins Präsidium zurückzukehren, die ausreichten, um einen Drogenring zu sprengen … Das hätte vielleicht ein wenig von dem totalen Desaster bei Ma Stewart an diesem Morgen ablenken können.

43

Logan spähte durch das Sichtfenster der Intensivstation. Dildo lag auf einem Krankenhausbett, flach auf dem Rücken, das Gesicht unter einer Sauerstoffmaske verborgen, die in der Wand eingesteckt war.

Ein uniformierter Constable saß auf einem Plastikstuhl vor der Station, die Nase in einem dicken Lehrbuch. Seine Lippen bewegten sich, während sein Blick konzentriert über die Seite wanderte. Die Deckenbeleuchtung spiegelte sich in dem faustgroßen kahlen Fleck an seinem Hinterkopf.

Logan blieb vor ihm stehen. »Gibt's was Neues?«

»Ich versteh echt nur Bahnhof.« Er hielt das Buch hoch: *Immanuel Kants Kritik der reinen Vernunft.* Schwester Claire hatte wieder zugeschlagen. »Angeblich kann ich nicht beweisen, dass der Stuhl, auf dem ich sitze, existiert, weil ich nur *denke*, dass er existiert, weil mein Hintern es mir sagt, und ich kann keine empirische Gewissheit haben, dass mein Hintern die Wahrheit sagt …«

»Das steht da drin?«

»Wenn ich das richtig sehe, glaubt einer der größten Philosophen des achtzehnten Jahrhunderts, dass mein Arsch ein Lügner ist.«

»Das würde ich mir an Ihrer Stelle nicht bieten lassen.«

Eine kurz gewachsene Ärztin mit dunkellila Ringen unter den Augen und deutlicher Schlagseite nach links kam aus der Intensivstation gehumpelt, ließ die Tür hinter sich zufallen und lehnte sich dann mit dem Rücken dagegen. Sie legte den Kopf in den Nacken und blickte seufzend zur Decke auf.

Logan räusperte sich. »Ist er …?«

Sie blinzelte und kniff die Augen zusammen, als ob sie gerade auf etwas Spitzes getreten wäre. Dann kam ein sprödes

Lächeln. »Tut mir leid, war ein langer Tag. Kann ich etwas für Sie tun?«

»Timothy Mair – der Mann, der niedergestochen wurde. Ist er …?«

»Ach so, ja. Nein, er wird durchkommen. Die Blutung ist gestoppt und das Loch in der Lunge geflickt. Wir beobachten ihn noch eine Weile, um Sekundärinfektionen oder Ödeme auszuschließen, aber er wird schon wieder.« Sie unterdrückte ein Gähnen und rieb sich die Augen. »Entschuldigung. Wär's doch nur schon Juli …«

»Danke.« Er ging weiter in den Bauch des Krankenhauses hinein.

Ein Rudel Fahrtragen hatte sich um die Getränkeautomaten im Flur draußen versammelt. Bereit zur Attacke. Zwei alte Männer, im Partnerlook mit braun karierten Bademänteln, schlurften vorüber, schoben ihre fahrbaren Infusionsständer vor sich her und diskutierten angeregt über die Frage, ob Aberdeen im Pokalfinale von Celtic eine Abreibung bekommen würde oder nicht.

Logan ging weiter.

Eine schwangere Frau mit einem Gips am linken Arm bearbeitete ungeduldig mit dem Daumen den Aufzugsknopf. Er stellte sich dazu und wartete, bis die Kabine rumpelnd und quietschend vom fünften Stock herunterkam. *Ding* und die Tür glitt auf. Der Boden der Kabine wurde von Klebeband zusammengehalten, die silberfarbene Oberfläche abgewetzt und löchrig. Sie traten ein.

Auf halbem Weg nach oben brach die Frau in stumme Tränen aus.

»Geht es Ihnen nicht gut?«

Sie gab keine Antwort, stand nur da, das Gesicht zur Wand gedreht, bis der Aufzug mit einem Ruck anhielt. Dann schlurfte sie hinaus und verschwand.

Die Tür glitt wieder zu.

Logan schloss die Augen, als der Lift weiter nach oben fuhr. Ganz gleich, wie viele Fotoausstellungen sie hier machten oder wie viele hübsche Bilder sie in den Fluren aufhängten, das Aberdeen Royal Infirmary würde immer ein hässliches Betonlabyrinth bleiben, wo es förmlich nach Krankheit und Tod roch.

Wirklich sehr aufmunternd.

Er holte tief Luft, als die Tür sich erneut öffnete, dann trat er hinaus auf den Flur und marschierte los. Den Kopf erhoben, auf den Lippen ein Lächeln, von dem er hoffte, dass es nicht zu gezwungen aussah.

Schließlich hatte *er* es geschafft, hier wieder rauszukommen, dann würde Samantha es auch schaffen.

Irgendwann …

Logan stieß die Tür zur Station auf.

Samantha setzte sich sofort auf, als er eintrat. Ihre Haare waren feuerwehrrot, die Tätowierungen an ihren Armen hoben sich deutlich von der blassen Haut ab. »Mann, ich werd hier drin noch wahnsinnig.«

Er zog sich den Besucherstuhl heran und sank darauf nieder. Ob sein Hintern ihn anlog oder nicht, war ihm egal, er war einfach mal bereit, ihm zu glauben. »Du kannst dir nicht vorstellen, was ich für einen Tag hinter mir habe.«

»Heute gab's wieder Blumenkohlauflauf zum Mittagessen. Wie schafft man es, Blumenkohlauflauf beige zu machen? Das ist doch physikalisch unmöglich.«

»Dildo wurde niedergestochen.«

»Ich weiß. Aber er wird durchkommen, also …« Sie zuckte mit den Achseln. »Liest du mir noch ein bisschen aus *Witchfire* vor?«

»Geht nicht.« Logan legte die Füße aufs Bett. »Hab einen Termin bei der Internen Dienstaufsicht.« Er sah auf die Uhr. »Und zwar … oh, vor etwas über einer Stunde.«

Schweigen. Dann verschränkte Samantha die Arme vor der Brust. »Wir müssen reden.«

Ging das schon wieder los. »Können wir nicht einfach …«

»Es wird allmählich Zeit, dass du in die Gänge kommst und die Wohnung fertig renovierst. Es ist jetzt zwei Jahre her, dass sie mit der Decke fertig sind. Du kannst froh sein, dass der Architekt überhaupt noch mit dir redet.«

»Ich hatte einfach nicht die Zeit, und …«

»Ich werde nicht ewig hier drin sein. Wäre vielleicht ganz nett, ein Zuhause zu haben, zu dem ich zurückkehren kann. Versteh mich nicht falsch – ich liebe meinen Wohnwagen, aber … Es ist zu nahe an der Straße, und es ist ein sehr stark befahrener Kreisverkehr. Wir brauchen etwas, wo es für Cthulhu sicherer ist.«

Na super: Zuerst Jackie und jetzt auch noch Samantha. Er war *nicht* wie eine Fliege im Bernstein. »Es ist nicht …«

»Logan, es ist zwei Jahre her. Zeit, den Arsch hochzukriegen.«

Er sackte auf seinem Stuhl zusammen. »Okay, okay, ich werde sehen, was ich tun – verdammter Mist.«

Steels Erkennungsmelodie dudelte tief in seiner Jackettasche. Nicht schwer zu erraten, was sie wollte. Er zog das Telefon heraus, doch es flutschte ihm durch die Finger, fiel scheppernd auf den Boden und rutschte unters Bett. Die Darth-Vader-Melodie wurde lauter.

»Herrgott noch mal!« Logan hievte sich vom Stuhl hoch und schaute unters Bett. Verdammtes Scheißteil … Er kniete sich hin und tastete danach. Der Boden fühlte sich kühl an, der Geruch nach Bleiche und Desinfektionsmittel mit Tannenduft war so überwältigend, dass er blinzeln musste. »Komm schon, du kleines Miststück …«

Seine Finger schlossen sich um das Teil, genau in dem Moment, als die Musik verstummte.

Samanthas Kopf tauchte verkehrt herum auf der anderen Seite des Betts auf. Ihre langen roten Haare schienen in die Luft zu stehen, als ob sie einen Stromschlag bekommen hätte. »Was will Ihre Faltigkeit von dir?«

Er sah zu ihr auf. »Sie hat aufgelegt. Wollte mich wahrscheinlich zur Sau machen, weil ich mich um Napiers Gardinenpredigt gedrückt habe …« Logan riss die Augen auf.

»Was?« Eine Hand tauchte auf und strich über ihre Wange. »Hab ich was im Gesicht?«

Da hing etwas an dem Gitterwerk aus Hydraulikgestänge und Metallstreben unter dem Bett: ein Bündel von drei kleinen Knochen, zusammengehalten mit einem leuchtend roten Band. Die gleiche Farbe wie Samanthas Haare.

Agnes Garfields Visitenkarte.

Sie war hier gewesen, in Samanthas Zimmer.

»Schweinerei …« Er stand auf.

Samantha sah ihn fragend an. »Was ist?«

»Diese verdammten, inkompetenten Schwachköpfe …« Er riss die Tür auf und steckte den Kopf hinaus in den Flur. »HIERHER, ABER ZACK, ZACK!«

Und zurück ins Zimmer.

Sie lag bäuchlings auf dem Bett, halb über die Kante gehängt, und spähte darunter. »Was? Was ist los?«

»Die sollen doch auf dich aufpassen!«

Polternde Schritte auf dem Flur, und dann platzte ein hünenhafter Pfleger zur Tür herein. Arme wie Baumstämme, Filmschurken-Spitzbart, kleine runde Brillengläser. »Was ist passiert? Ist alles in Ordnung?«

Logan bohrte dem Pfleger einen Finger in die Brust. »Sie sollen auf sie achtgeben! Was zum Henker haben Sie sich dabei gedacht?«

»Wie bitte?« Der Pfleger zog die Stirn in Falten und fuchtelte mit den Fingern vor seiner Brust herum, als ob er auf einer kleinen Videokonsole spielte. »Okay, ich muss Sie jetzt dringend bitten, sich zu beruhigen, sonst bin ich gezwungen, den Sicherheitsdienst zu rufen.«

»DANN RUFEN SIE IHN! Wenn die ihren verdammten Job gemacht hätten, wär das gar nicht passiert. Diese Station ist doch angeblich bewacht!«

»Diese Station *ist* bewacht.«

»Ach ja, ist sie das?« Logan packte ihn am Kragen und zerrte ihn zum Bett. »Werfen Sie mal einen Blick darunter. Na los, MACHEN SIE SCHON!«

»Okay, okay … Du liebe Güte …« Er ließ sich auf ein Knie niedersinken. »Worauf soll ich denn achten?«

»Die Knochen, Sie Schwachkopf!«

Der Pfleger griff unter das Bett, fummelte ein wenig herum und richtete sich dann auf. Agnes Garfields Talisman lag in seiner hohlen Hand. »Soll das ein Scherz sein?«

»Ein Scherz?« Logan schnappte ihm die Knochen weg, hielt sie hoch und ließ sie an dem Band baumeln. »Wo kommen die her?«

»Die Einzigen, die hier drin waren, seit meine Schicht angefangen hat, sind die Schwestern und Pfleger, der behandelnde Arzt und der Typ, der den Drucker repariert hat. Und die haben alle Sicherheitsausweise.« Er verschränkte die kräftigen Arme und reckte das Kinn. »Also denke ich, dass da vielleicht eine Entschuldigung fällig ist.«

Logan bohrte ihm wieder den Finger in die Brust. »Was ist mit dem Catering-Personal? Den Leuten, die das Mittagessen gebracht haben? Oder haben sie den Blumenkohlauflauf einfach aus der Kantine an ihr Bett *gebeamt?*«

Der Pfleger trat einen Schritt zurück. Er zog die Stirn in Falten, während er mit einer Hand nach der Ruftaste griff. »Blumenkohlauflauf?« Er sah nach links und nach rechts. »Warum sollten sie Essen hierherbringen? Ich meine … das ist schließlich die Station für Komapatienten. Hier hängen alle am Tropf und an Magensonden.«

Logan blinzelte. Drehte sich um und starrte auf das Bett.

Samantha lag flach auf dem Rücken, die Arme über der Bettdecke. Der Beatmungsschlauch, der in dem Loch in ihrem Hals steckte, zischte leise: ein, aus, ein, aus. Eine Magensonde in der Nase, beide Augen zugeklebt. Ihre Haare waren von einem verblassten, glanzlosen Rot, der Ansatz rund fünfundvierzig Zentimeter lang braun nachgewachsen. Die Haut hatte die Farbe von Magerjoghurt, die Tattoos wirkten wie Graffiti an einer Friedhofsmauer.

Er räusperte sich. »Ja … Es …«

»Geht es Ihnen gut?«

»Nein. Sie haben natürlich recht.« Logan fuhr sich mit der Hand über die Augen. Samantha lag vollkommen reglos da, genau so, wie sie die letzten zwei Jahre immer dagelegen hatte. »Sagen Sie, wann wurde hier zuletzt geputzt? Agnes Garfield muss seitdem hier drin gewesen sein. Wir können uns die Aufnahmen der Überwachungskameras anschauen.«

Der Pfleger schüttelte den Kopf.

»Was?«

»Das Reinigungspersonal putzt den Boden, leert die Abfalleimer und wischt die Oberflächen ab, aber das war's auch schon. Mit dem hydraulischen Schnickschnack unter den Betten geben die sich nicht ab, außer bei einer Grundreinigung oder, na ja, wenn etwas passiert ist.« Er zuckte mit den Achseln. »Das könnte schon seit Wochen hier gehangen haben.«

Drei Hexen-Fingerknochen, die unter Samanthas Bett hingen. Und ihre schwarze Magie ausübten. Um zu verhindern, dass er Agnes Garfield fand.

Na schön.

Logan holte tief Luft. Starrte auf den Boden. »Also, es tut mir leid, ich wollte Sie nicht …«

»Ja, okay …« Der Pfleger nickte. »Ich meine, ganz ehrlich, wenn es meine Freundin wäre – wenn *sie* da seit zwei Jahren im Koma läge –, dann würden sicher auch bei mir die Nerven ein bisschen blank liegen.«

44

»Aha, ich verstehe …« Superintendent Napier formte die Finger zu einem Zelt und fixierte Logan darüber hinweg wie über Kimme und Korn. Seine Haare leuchteten wie das obere Ende einer Duracell-Batterie, und seine lange schmale Nase zuckte, als er lächelte. »Und Sie sind der Meinung, das seien hinreichende Gründe, unseren Termin zu ignorieren?«

Im Büro der Internen Dienstaufsicht war es ruhig, bis auf das Summen und Klicken eines Ventilators, der die Staubkörnchen in einem Sonnenstrahl tanzen ließ. Die zwei anderen Schreibtische waren sauber aufgeräumt, ihre Besitzer hatten sich diskret zurückgezogen, sobald Logan aufgetaucht war, und ihn mit der rothaarigen Nervensäge allein gelassen.

»Ich habe auf kurzfristig eingegangene Informationen reagiert. Was hätte ich denn Ihrer Ansicht nach tun sollen – Hinweise auf ein Schwerverbrechen einfach ignorieren?«

»Was Sie hätten tun *sollen*, Detective Inspector McRae, ist, zu der Zeit zu erscheinen, zu der Sie bestellt waren. Und nicht eine Stunde und vierunddreißig Minuten später.« Er tippte nacheinander alle Fingerspitzenpaare gegeneinander, vorwärts und rückwärts, ganz langsam und systematisch. »Und Sie sind sicher, dass wir an diesen Orten Cannabisplantagen finden werden?«

Ein kleines Zuckerbrot, um von der Peitsche abzulenken.

»So sicher, wie man nur sein kann.«

Es sei denn, Wee Hamish Mowat oder sein grünhaariger Lakai hätten ihn angelogen.

»Verstehe …« Eine Pause trat ein, in der Napier Logan anstarrte wie ein Rechtsmediziner, der eine Leiche inspiziert. »Und wie ich höre, haben Sie sich noch die Zeit genommen, im Aberdeen Royal Infirmary vorbeizuschauen?«

»Ich bin auf dem Weg zu dem Gespräch mit Ihnen auf einen gewissen Daniel Fisher gestoßen. Jemand hatte ihm vor Kurzem beide Fußgelenke zertrümmert. Ich habe ihn ins Krankenhaus begleitet, wo er mir mitteilte, dass Anthony Chung Cannabis von den McLeod-Brüdern gestohlen und sich als unabhängiger Großhändler etabliert habe. Dann habe ich mich nach Dilnach Timothy Mairs Befinden erkundigt. Seine Ärztin sagt, das Messer habe seine Lunge verletzt, er dürfte jedoch wieder vollständig genesen.« Logan deutete auf das Blatt, das in der Mitte von Napiers Schreibtisch lag. »Steht alles in meinem Bericht.«

»Ah ja, unser unglücklicher Kollege von der Gewerbeaufsicht. Witzig, dass Sie das gerade erwähnen …«

Logan blieb vor seinem Büro auf dem Flur stehen, die Finger schon an der Klinke. Drinnen waren Stimmen zu hören, zwar gedämpft durch die geschlossene Tür, aber dennoch unverkennbar.

Rennie: *»Nein, wirklich, ich hab …«*

Steel: *»Jetzt sperren Sie mal die Ohren auf, denn ich sag das nicht zweimal. Sie müssen Ihren Arsch über den Teppich des Lebens ziehen wie ein Hund mit Würmern.«*

Würmer?

Rennie: *»Ja … schöne Vorstellung, aber …«*

Steel: *»Treten Sie zurück, zeigen Sie auf die ganzen braunen Streifen und sagen Sie: ›Das war ich!‹ Verstehen Sie, was ich Ihnen sagen will?«*

Rennie: *»Ähm …«*

Er hätte sie ja gerne weitermachen lassen, doch stattdessen öffnete er die Tür und trat ein.

Steel stand hinter dem Schreibtisch, die Pseudozigarette zwischen die Zähne geklemmt. Sie hielt Rennies Schultern mit beiden Händen gepackt und knetete sie wie einen ungezogenen Brotteig. Er saß auf Logans Stuhl, die Augen zugekniffen, die Brauen hochgezogen, und jedes Mal, wenn ihre Klauen sich in sein Fleisch krallten, zuckten seine Hände. Seine Lippen formten die Worte: »Hilf mir!«

Logan warf seinen Bericht über das Fiasko vom Morgen auf seinen Schreibtisch. »Tut mir leid, wenn ich euer Vorspiel unterbreche, aber hier gibt's auch noch Leute, die arbeiten müssen.« Er deutete auf Rennie. »Du: verzieh dich und betätige dich zur Abwechslung mal produktiv.«

Ein gequältes Lächeln erschien auf Rennies Gesicht. »Oh, Gott sei Dank...« Er sprang vom Stuhl auf, stürzte aus dem Zimmer und ließ die Tür hinter sich offen.

Logan stieß sie zu. »Würmer?«

Steel fummelte ein wenig an ihrem BH-Bügel. »Du wolltest, dass ich mich mehr um ihn kümmere.«

»Zwischen kümmern und traumatisieren ist aber noch ein kleiner Unterschied.« Logan ließ sich auf den frei gewordenen Stuhl sinken und schnappte sich das erste Vernehmungsprotokoll aus dem Stapel in seinem Eingangskorb: DI Leiths Gespräche mit den Interessenten, die das Haus besichtigt hatten, in dem Anthony Chung gefoltert und ermordet worden war.

Steel verschränkte die Arme und lehnte sich an die Fensterbank. »Lass mich raten: ohne Gehalt suspendiert?«

Logan überflog das Protokoll. »Ein Klaps auf die Finger. Napier ist der Meinung, es sei ›unverantwortlich, einen Zivilisten in die versuchte Festnahme einer als gewaltbereit bekannten Mordverdächtigen zu involvieren.‹«

»Tja, da hat unser rothaariger Nosferatu aber nicht ganz unrecht.«

»Was hätte ich denn tun sollen – sie laufen lassen?«

»Hast du ja eh.«

Er kam zum Ende des Protokolls. Es gab nicht den geringsten brauchbaren Hinweis: kein Geständnis, nichts, was irgendwie weiterhalf. Er nahm das nächste vom Stapel. »Bist du eigentlich aus einem bestimmten Grund hier?«

Die Spitze der Zigarette leuchtete auf, als Steel daran zog. »Ein echter Geniestreich, einfach so zwei Cannabisfarmen aus dem Hintern zu ziehen – und damit den eigenen Kopf aus der Schlinge. Sehr geschickt eingefädelt.«

»Tja, also …«

»Wie lange hast du die Info schon gebunkert?«

»Es ist nicht …«

»Ich dachte, wir wären hier ein Team, Laz.« Die E-Zigarette stand stramm, die Spitze glühte zornesrot. »Das heißt, dass du nicht einfach deinen Arsch auf Informationen parken darfst! Hast du dir eingebildet, dass du die Razzia allein durchziehen würdest, um dich dann im Ruhm zu sonnen, hm?«

»Ich hab erst heute Morgen von den Plantagen erfahren, okay? Hatte noch keine Zeit, etwas in der Sache zu unternehmen.«

»Oh …« Sie sah stirnrunzelnd aus dem Fenster und kratzte sich an einer Brust. »Na ja … sieh's positiv, ich werde allen sagen, dass die Info von dir kam, wenn die Razzien glatt über die Bühne gehen.«

Logan starrte sie an. »Razzien?«

Sie hüstelte. »Ich hab mir gedacht, ehe du wieder Mist baust, übertrage ich Leith die Razzia auf das Haus in Westhill und Ding-Dong die in Blackburn. So schlagen sie sich wenigstens nicht gegenseitig die Köpfe ein.«

»Danke. *Vielen* Dank, echt.«

Sie hielt im Kratzen inne und zeigte mit dem Finger auf ihn. »Na, hättest mir's halt einfach sagen sollen, oder? Anstatt damit hinterm Berg zu halten.«

Er ließ den Oberkörper nach vorne kippen, bis seine Stirn auf dem mit Rechtschreibfehlern übersäten Protokoll ruhte. »Wäre ja auch zu viel verlangt, dass *ich* was von der Anerkennung abkriege …«

»Jammer nicht, es ist deine eigene Schuld. Also, wo stehen wir mit Agnes Garfield?«

»Und wieso ist Ding-Dong eigentlich nicht suspendiert? *Ich* sollte diese Razzia machen, es war schließlich meine …«

Etwas flog gegen Logans Hinterkopf. Er richtete sich auf und sah, wie Steel schon das nächste A4-Blatt zusammenknüllte.

Sie warf es nach ihm. Daneben. »Lenk nicht vom Thema ab: Agnes Garfield.«

»Mehrere Streifen halten in Mastrick Ausschau nach ihr. Bis jetzt Fehlanzeige.«

»Sie ist schon über alle Berge, deshalb finden die sie nicht. Da hatten wir *eine* Chance, sie zu schnappen, und *du* hast sie laufen lassen.«

»Fang nicht damit an. Das hab ich mir alles schon von Napier anhören müssen. Wir hatten keine Wahl – die Zeit war zu knapp, um irgendwas zu organisieren. Wenn dein blödes Einsatzteam nicht mit den Schlüsseln zur Waffenkammer abgedüst wäre …«

»Bla, bla, bla.« Steel zog noch ein letztes Mal an ihrer falschen Zigarette, dann drehte sie das Ende, bis es klickte. »Wenn unsere reizenden Kollegen von Strathclyde das Fiasko von heute Morgen analysieren, versuch doch bitte, es nicht so aussehen zu lassen, als könnten wir nicht in einen Eimer pieseln, ohne dass jemand ein Messer in die Rippen kriegt. Okay?«

»Es war nicht meine Schuld!«

Sie stieß sich von der Fensterbank ab und schlenderte zur Tür, die Hände in den Hosentaschen. »Wäre vielleicht keine schlechte Idee, wenn du ein bisschen untertauchst. Bis der

Staub sich gelegt hat. Vielleicht … ach, keine Ahnung … vielleicht versuchst du zur Abwechslung mal, Agnes Garfield zu schnappen, wie wär's?«

Logans einzige Antwort war ein gestreckter Mittelfinger.

»Na?« Logan lehnte sich an die Zellenwand. »Wie geht's denn so, Professor Marks?«

Der klägliche Rest von Marks' Haarpracht stand rings um seine große runde Glatze wild in alle Richtungen ab; seine Augen waren zwei dunkle Höhlen in einem blassen Gesicht; zwei Finger waren mit braunem Schorf bedeckt, wo er daran herumgeknibbelt hatte. »Ich … Ich habe Sie anrufen lassen, weil … weil ich kooperieren möchte.«

Ein bisschen spät, da Goulding ihnen schon ein Profil erstellt hatte, aber immerhin. »Ach, tatsächlich?«

»Die stecken immer so laute Menschen in die Zellen neben meiner. Sie fluchen und singen und schreien die ganze Zeit …«

Logan sah in sein Notizbuch. »Und schauen Sie sich das an: Man hat Ihnen den letztmöglichen Termin vor dem Amtsrichter gegeben.« Es kostete einige Mühe, aber es gelang ihm, nicht zu grinsen. »Da könnte man doch glatt auf die Idee kommen, das wäre Absicht.«

»Ich werde alle meine Unterlagen über Agnes Garfield freigeben. Wenn Sie mich brauchen, um sie zu interpretieren, kann ich das auch tun. Nur lassen Sie mich *bitte* hier raus.«

Logan zeigte keine Regung.

Marks rieb sich mit einer Hand über die Augen. »Sehen Sie, es ist … Ich weiß, Sie sagen, Agnes habe ihren Freund getötet, aber das ist schlicht unmöglich. Sie vergöttert ihn, und das meine ich nicht in irgendeinem losen romantischen Sinn, ich meine, dass sie ihn im wahrsten Sinn des Wortes wie einen Gott verehrt. Sie glaubt, dass durch ihn alles besser wird, dass er der Schlüssel ist zu allem, was sie im Leben wünscht und braucht.«

»Tja, aber jetzt liegt er nun mal im Leichenschauhaus, mit dreihundertfünfundsechzig Stichwunden am ganzen Körper. Und anschließend hat sie ihn erdrosselt.«

»Agnes ist *keine* Mörderin.«

»Ach, nein?« Logan verschränkte die Arme. »Ich habe nämlich mit angesehen, wie sie heute Morgen einem Freund von mir ein Messer zwischen die Rippen gestoßen hat – ein Filmrequisit. Er liegt auf der Intensivstation. Sie hat ihn fast *umgebracht.*«

Marks hob seine schorfigen Finger zitternd an die Schläfen. »Sie ist…« Er holte tief Luft. »Wenn sie ihre Medikamente nicht nimmt, werden die psychotischen Schübe sich verschlimmern. Es wird eine furchtbare Zeit für sie sein, sie wird sich in einer Welt bewegen, die von Ungeheuern und Hexen bevölkert ist, guten wie bösen. Und sie glaubt ehrlich, auf der Seite des Guten zu stehen. Alles, was sie tut, wird sie tun, weil sie glaubt, damit Menschen zu retten. Es ist nicht ihre Schuld.«

»Worüber haben Sie mit ihr geredet, als sie Sie anrief, nachdem sie untergetaucht war?«

»Sie hat mich zwei Mal aufgesucht. Sie war… aufgeregt. Euphorisch sogar. Sie konnte etwas bewirken, indem sie das Werk der Kirk tat.«

»Und Sie haben niemandem etwas gesagt. Sie haben ihre Eltern einfach mit ihrer Sorge um sie allein gelassen.«

»Ich konnte nicht – sie hat mir das Versprechen abgenommen. Ich muss die Wünsche meiner Patienten respektieren.«

Diese durchtriebene kleine Ratte.

»Hat sie Ihnen gesagt, dass sie jemanden umgebracht hatte?«

»Sie hat niemanden umgebracht. Das könnte sie nicht. Es sei denn, Anthony Chung würde es ihr befehlen.«

Was seine Folterung und seinen Tod zu einem der bescheuertsten Selbstmorde aller Zeiten machen würde. Goulding hatte recht: Professor Marks war ein Idiot.

Logan deutete auf die Matratze. »Warten Sie hier. Ich rede mal mit der Gewahrsamsbeamtin. Vielleicht können wir Sie hier rausbekommen, ohne dass Sie vor den Richter gezerrt werden.«

Marks strahlte übers ganze Gesicht, und in seinen Augen glitzerten Tränen. »Danke.«

»Aber das bedeutet, dass Sie uns etwas liefern müssen, das uns hilft, sie zu fassen, *bevor* sie noch jemandem etwas antut.«

Ein Nicken. »Ja, ja, natürlich.«

Logan verließ die Zelle und machte die Tür hinter sich zu.

Die Gewahrsamsbeamtin stand auf dem Gang, den Kopf gesenkt, die Zungenspitze aus dem Mundwinkel geschoben, während sie auf ihrem Smartphone herumdaddelte. »Hab Ihnen doch gesagt, wir kriegen ihn klein.«

»Erinnern Sie mich dran, dass ich mich gut mit Ihnen stellen muss …« Er runzelte die Stirn. Vom Frauentrakt im Stockwerk darüber kamen Stimmen. Dann hallte lautes Gejohle von den Betonsteinwänden des Treppenhauses wider. »Was ist denn das für ein Tohuwabohu?«

»Das haben Sie nicht mitgekriegt? Wir haben einen richtig prominenten Gast reinbekommen – Körperverletzung.«

»Doch nicht wieder dieser Idiot aus dem Radio, oder? Die in dieser Reality-TV-Gesangsshow war?«

»Nein, ein echtes Hollywood-Starlet. Die halbe Tagschicht ist da oben versammelt – sind alle scharf drauf, bei ihr eine Leibesvisitation zu machen.«

Um Himmels willen … Logan deutete auf Professor Marks' Zelle. »Machen Sie ihn fertig für die Entlassung. Wir lassen die Anklage fallen.«

»Dank *meinem* finsteren Einfluss.«

»Ja, dank Ihrem finsteren Einfluss.« Logan steckte sein Notizbuch ein. »Und falls Sie gerade twittern, dass wir hier eine Promi in Gewahrsam haben, dann können Sie gleich damit aufhören. Wir sind hier in einer Polizeiwache, nicht bei der *News of the World.*«

Die Wangen der Gewahrsamsbeamtin liefen rot an. »Würde mir im Traum nicht einfallen.«

Aber sicher.

Logan stieg die nackten Betonstufen zum nächsten Stock hinauf, wo der ganze Lärm herkam.

Im Flur drängten sich Polizisten in Uniform und in Zivil. Alle starrten in eine Richtung, auf eine Stelle, die durch die dicht an dicht stehenden Leiber verdeckt war. Wieder erhob sich Gejohle.

Logan tippte dem erstbesten Constable auf die Schulter.

Guthrie drehte sich um und grinste ihn an. Er hielt einen Babybel-Minikäse in der Hand, der schon zur Hälfte von seiner roten Wachshülle befreit war. Seine hellen Augenbrauen hoben sich über den feuchten, rotgeränderten Augen. »Ist das nicht fantastisch?« Er biss die Hälfte von seinem kleinen Käse ab.

»Was tut ihr alle hier?«

Guthrie deutete mit einem Nicken auf die Versammlung, während er mit offenem Mund kaute. »Sie posiert für Fotos. Natürlich hat die Hälfte von diesen Idioten keine Ahnung – für die ist sie nur die Frau, die sich in *Three Dead Men* ausgezogen hat, aber sie hat ein paar hervorragende Indie-Filme gemacht.«

»Und sie lässt sich *fotografieren?*« Logan holte tief Luft: »GEHT WIEDER AN DIE ARBEIT, IHR TROTTEL, IHR SEID HIER BEI DER POLIZEI!«

Er schob sich durch das Gedränge. »Ihr habt mich gehört: Alles raus hier!«

Stöhnen, enttäuschte Gesichter, genervte Blicke. »Ach, Mensch, Chef …«

»Zurück an die Arbeit! Marsch, marsch!«

Ganz langsam trollten sie sich, räumten im Schneckentempo

das Feld, bis nur noch Logan, ein betreten dreinschauender Gewahrsamsbeamter mit Pornobalken und Morgan Mitchell übrig waren.

Ihre knallroten Haare leuchteten im Schein der Deckenlampen, die türkisfarbenen Augen strahlten aus Schichten dunklen Make-ups. CSI-New-Orleans-T-Shirt, Blue Jeans und hochhackige Stiefel. Sie lächelte ihm entgegen. »Inspector Logan, hi. Wollen Sie auch ein Foto machen?«

Logan durchbohrte den Gewahrsamsbeamten mit seinem Blick. »Ich hoffe, Sie haben eine verdammt gute Erklärung parat, Andy.«

»Ich … ich dachte … es …« Er räusperte sich, dann sah er Morgan an. »Ähm …«

»Es war *meine* Idee. Ich dachte, die Truppe könnte eine kleine Aufmunterung gebrauchen. Und mir macht es nichts aus, wissen Sie, solange niemand versucht, mir an die Wäsche zu gehen.«

»Andy, wenn Ihre Gefangene nicht in dreißig Sekunden in ihrer Zelle ist, dann wird ein Anschiss von der Internen Dienstaufsicht die geringste Ihrer Sorgen sein.«

»Ja, Chef. Tut mir leid, Chef.« Er wischte sich die Hände an seinem weißen kurzärmeligen Hemd ab, dann fasste er Morgan am Arm. »Wenn Sie nichts dagegen haben, Miss …?«

Sie ließ sich ohne Widerstand hineinführen. Dann drehte sie sich noch einmal um und grinste Logan an, bevor die Tür ins Schloss fiel und sie seinen Blicken entzog.

Andy trat von einem Fuß auf den anderen. »Es war wirklich keine große Sache, ich meine, sie kriegt keine Vorzugsbehandlung oder so, absolut nicht, es waren nur ein paar Fotos für …«

»Halten Sie den Mund. Was hat sie angestellt?«

»Ja …« Er eilte zu einem Regal an der Wand und kam mit einem Klemmbrett und einem Whiteboard-Marker zurück. Dann schrieb er in Druckbuchstaben »Morgan Mitchell –

Körperverletzung« auf das kleine Brett im Format A5, das neben der Zellentür hing. »Also, es war wirklich nicht…«

»Ich bin mir ziemlich sicher, dass Sie noch etwas Dringendes zu erledigen haben, Andy. Also, ich zähle jetzt bis drei.«

»Aber…«

»Eins.«

»Es war wirklich…«

»Zwei.«

»Ähm…« Andy nahm das Klemmbrett unter den Arm und lief eilig davon. Das Quietschen seiner Sohlen auf dem Betonboden hallte durch den Flur.

Logan schloss die Augen und kniff sich in die Nasenwurzel. Es war, als ob man in einer verdammten Grundschule arbeitete.

Dann schob er die Abdeckung des Gucklochs zurück.

Morgan stand in der Mitte des kleinen Raums, die Arme ausgestreckt, die Nasenflügel gebläht, und schwankte leicht hin und her, während sie in Zeitlupe eine Pirouette drehte. Als sie wieder mit dem Gesicht zur Tür stand, ließ sie die Arme sinken und lächelte ihn durch das kleine Guckloch an. »Ich mag Männer, die wissen, wie man sich durchsetzt.«

»Finden Sie das etwa komisch?«

Sie strich sich die roten Locken aus dem Gesicht. »Sie wollten mich ja nicht verhaften, also musste ich improvisieren.«

»Indem Sie jemanden tätlich angriffen.«

»Ich dachte, Sie würden es aufregend finden, mir Handschellen anzulegen.« Sie biss sich auf die Unterlippe. »Ich kann *sehr* unartig sein.«

»Und dieser Film, den Sie als Nächstes drehen, ist der es wert, eine Vorstrafe zu kassieren?«

Sie lächelte ihn nur an.

Perfekt. Logan starrte zurück. »Lassen Sie mich raten: Morgen, kurz bevor Sie dem Amtsrichter vorgeführt werden, wird die Person, die Sie angegriffen haben, auf wundersame Weise ihre Anschuldigungen fallen lassen. Keine Vorstrafe. Keine Probleme mit der Ein- oder Ausreise.«

»*Witchfire* ist ein total wichtiges Sprungbrett für meine Karriere. Wenn ich hier eine fantastische Vorstellung abliefere, dann spiele *ich* im nächsten Hollywood-Blockbuster die Hauptrolle. Dann kann ich mir meine Projekte aussuchen. Und mit Legenden vor der Kamera stehen.«

»Nicht, wenn ich Sie wegen Vortäuschung einer Straftat belange.«

»Wissen Sie, als Nichole und ich erfahren haben, dass wir in *Witchfire* mitwirken werden, haben wir beide einen Aufenthalt bei einem Hexenzirkel in Wyoming organisiert. Die haben da ein Gelände oben in den Bergen, wo die Cops nicht an sie rankommen. Und wir haben gelernt, wie das ist als Hexe im wirklichen Leben.«

»Das Vortäuschen einer Straftat *ist* eine Straftat.«

»Haben Sie gewusst, dass Voodoo-Puppen gar nichts mit Voodoo zu tun haben? Ihr Ursprung liegt in Europa. Denken Sie doch nur an die Hexen in Macbeth: ›*Hubble, bubble, toil and trouble*‹.«

»Wen haben Sie bestochen, damit er sagt, er sei von Ihnen angegriffen worden?«

»Sehen Sie, das ist die Voraussetzung für eine wirklich große schauspielerische Leistung – Sie müssen sich in die Figur versenken; nicht einfach aufkreuzen und Ihren Text runterleiern wie ein Amateur. Sie müssen ganz in der Rolle aufgehen, müssen sie leben. Das macht den Unterschied aus zwischen …«

Logan schlug die Klappe zu. Schlimm genug, dass echte Kriminelle da draußen ihr Unwesen trieben, da mussten nicht auch noch irgendwelche Spinner die Zellen belegen, die sich aus Spaß an der Freude verhaften ließen.

Ihre Stimme kam gedämpft von der anderen Seite der Tür.

»Also … vielleicht wollen Sie sich das mit den Handschellen ja noch mal überlegen?«

45

Logan legte die Füße auf den Schreibtisch, eine Tasse Tee in der einen Hand, seine Taschenbuchausgabe von *Witchfire* in der anderen, während es aus der Freisprechanlage tutete und tutete und tutete.

»Sie haben den Anschluss von Lorna Chalmers erreicht. Ich kann Ihren Anruf zurzeit nicht entgegennehmen, Sie können aber nach dem Signalton eine Nachricht hinterlassen.«

»Es ist halb vier, wo zum Henker stecken Sie?« Er beugte sich vor und ließ den Finger auf den roten Knopf niederfahren, um die Verbindung zu trennen.

Sie war nirgends zu erreichen, weder auf ihrem Mobiltelefon noch unter der Festnetznummer ihrer Mietwohnung in der Jasmine Terrace.

Er versuchte es stattdessen bei Rennie. »Hast du was von Chalmers gehört?«

Rennies Stimme dröhnte aus dem Lautsprecher. *»Natürlich nicht! Warum sollte Ihre Heiligkeit zur Arbeit kommen müssen wie der gemeine Pöbel? Wahrscheinlich kniet sie gerade verkatert im Badezimmer von irgendeinem alten Lustmolch, die Unterhose um die Knöchel, und reihert ihren Hummer mit Pommes in die Schüssel.«*

»Ja, sehr komisch. Und hast du denn schon deinen flüchtigen Obdachlosen gefunden, *Detective Sergeant*?«

Eine Pause. *»Also … das ist ein bisschen kompliziert. Ich …«*

»Dann solltest du dir die Klugscheißerei vielleicht lieber verkneifen, oder? Ruf die Leitstelle an – sie sollen einen Streifenwagen zu Chalmers' Wohnung schicken. Wenn sie nicht todsterbenskrank mit Grippe im Bett liegt, will ich sie auf der Stelle hier sehen.«

»Buah …« Logan zog eine Grimasse und spuckte den kalten Tee zurück in den Becher. Dann schob er ihn ans andere Ende des Schreibtischs, damit er fürs nächste Mal außer Reichweite war.

Er überflog die Seite, um die Stelle wiederzufinden, wo er die Lektüre unterbrochen hatte. Mrs Shepherd war gerade im Begriff, jemandem die Fingernägel auszureißen …

Es klopfte an der Tür, und PC Sim steckte den Kopf herein. »Chef? Alpha Eins-drei hat gerade angerufen: Sie haben bei DS Chalmers geklingelt, aber sie macht nicht auf.«

Er legte das Buch wieder hin. Und starrte eine Weile aus dem Fenster.

Sim räusperte sich. »Chef?«

Das sah einer wie Chalmers gar nicht ähnlich, einfach so von der Bildfläche zu verschwinden, oder? Eine ehrgeizige, karrieregeile Überfliegerin wie sie? Niemals – solche Strebertypen meldeten sich nicht mal krank, wenn ihnen ein Bein abfiel.

Es sei denn, sie hätte eine riesengroße Dummheit gemacht …

»Chef, brauchen Sie mich noch, oder kann ich …«

»Holen Sie Ihre Jacke. Wir fahren hin.«

Die Bäume in der Jasmine Terrace zitterten im Wind, die staubigen dunkelgrünen Blätter raschelten trocken. Sim stand in einem einsamen Sonnenstrahl und hielt mit einer Hand ihren schwarzen Bowler fest, während sie zu Chalmers' Wohnung hinaufsah.

Die andere Seite der Straße war von traditionellen Reihenhäusern aus Granit gesäumt, aber Chalmers wohnte in einem etwas moderneren Block, ein Stück zurückgesetzt vom Kopfsteinpflaster der Straße, mit einem vertrockneten Rasenrechteck dazwischen. Drei Geschosse, oben Mansardenwohnungen mit Flachdach-Gauben. Ein Vierspänner mit sechs Wohnungen je Haus. Nur fünf Minuten Fußweg zum Polizeipräsidium.

Logan steckte die Hände in die Hosentaschen. »Sehen Sie was?«

»Nee.« Sim klingelte noch einmal. Wartete ein wenig und trat dann noch einmal zurück, um zur Dachgeschosswohnung hinaufzustarren. »Vielleicht ist sie ja nicht zu Hause?«

Vielleicht …

Logan drückte auf die Klingel mit der Aufschrift »SERVICES« und hielt den Finger drauf, bis irgendjemand im Haus von dem Lärm so genervt war, dass er den Türöffner betätigte.

Drinnen war alles schön sauber. Er folgte Sim hinauf in den obersten Stock.

Auf einem Klebeetikett unter der Klingel von Wohnung Nummer fünf stand »LORNA CHALMERS«.

Sim drückte auf den Knopf, und ein schrilles *Drrrrrrrrrrring!* ertönte auf der anderen Seite der Tür, gefolgt von einem hohen, langgezogenen Miauen. Sie ging in die Hocke, klappte den Briefschlitz auf und spähte hinein. »Post auf der Fußmatte … Oh, hallo Mieze. Du bist aber eine Hübsche – oder ein Hübscher.«

Das Miauen wurde lauter.

»Chef?«

Logan kauerte sich neben sie und schnupperte am Briefschlitz. Ein künstlicher, blumiger Duft, ein Hauch von Tannenduft – Desinfektionsmittel? Wenigstens roch es nicht so, als ob da drin etwas – oder jemand – vor sich hin gammelte. »Fragen Sie mal bei den Nachbarn, ob jemand einen Schlüssel hat.«

Während Sim loszog, um an Türen zu klopfen, rief Logan die Leitstelle an. »Hat DS Chalmers ein Auto?«

»Momentchen …«, sagte eine Stimme mit nasalem Aberdeener Akzent. Dann hörte man eine Tastatur klappern. *»Aye, hat sie – einen Mini. Wollen Sie das Kennzeichen?«*

Logan schrieb es in sein Notizbuch. »Ich will, dass alle Streifen nach ihr und ihrem Fahrzeug Ausschau halten. Und veranlassen Sie eine GSM-Ortung ihres Mobiltelefons.«

Noch mehr Tastengeklapper. *»Was hat sie'n angestellt?«*

»Hoffentlich nichts Dummes. Und jetzt verbinden Sie mich mit DS Rennie.«

»Er is' nich' im Büro, aber wenn Sie mal 'n Sekündchen warten …«

Ein Piepsen, eine Pause, noch ein Piepsen, und dann war Rennie dran. *»Hallo? Chef?«*

»Hat Chalmers dir gestern Abend irgendwas gesagt?«

Ein Seufzer. *»Wieso hör ich immer nur ›Chalmers hier‹ und ›Chalmers da‹? Wo …«*

»Hat sie gesagt, wo sie hinwollte? Oder irgendwelche Vermutungen geäußert, wo Agnes Garfield sein könnte?«

»Glaubst du ernsthaft, dass sie mir das gesagt hätte? Wär ja noch schöner, wenn sie den Ruhm mit jemandem teilen müsste. Ich sag's dir, sie ist …«

»Hat sie überhaupt über den Fall gesprochen?«

Sim kam die Treppe heraufgestürmt und hielt einen Wohnungsschlüssel in der hoch erhobenen Hand wie eine olympische Fackel. »Die alte Dame in Nummer drei hatte einen. Sie sagt, sie hat Chalmers seit gestern Morgen nicht mehr gesehen.«

»Sie hat die ganze Zeit nur Fragen gestellt. Immer nur nehmen, nehmen, nehmen und nie …«

Logan nahm das Handy vom Ohr und legte eine Hand über die Sprechmuschel. »Schließen Sie auf.«

»Aber wir haben keinen Durchsuchungsbeschluss, und …« Sim kniff ein Auge zu. »Ah, hab schon verstanden: Ja, ich glaube, ich kann auch Gas riechen. Da drin ist vielleicht jemand in Lebensgefahr!« Sie steckte den Schlüssel ins Schloss, drehte ihn um und trat ein.

Logan nahm das Telefon wieder ans Ohr, während er ihr folgte. »Was hat sie dich gefragt?«

»Das Übliche. Ging dauernd nur um den Mord an Anthony Chung. Sie meinte, wir müssten da was übersehen haben. Von wegen! Hat nicht lockergelassen, bis ich ihr die Protokolle von den Gesprächen mit den Hausinteressenten gegeben habe.«

Die Protokolle, die Logan vorhin gelesen hatte.

»Und es ist ja nicht so, als ob da irgendwas drinstünde – keiner von denen hat Anthony Chung oder Agnes Garfield gekannt, und sie haben alle ein Alibi. Reine Zeitverschwendung.«

Logan bückte sich und hob die Post vom Boden auf. Das meiste waren Flyer von Hilfsorganisationen, dazu ein Handzettel des hiesigen Tory-Kandidaten – ging doch nichts über unerschütterlichen Optimismus –, ein Brief, der nach einer Gemeindesteuerrechnung aussah, und zwei Ausgaben des *Aberdeen Examiner* – von gestern und von heute. »Vielleicht hat der Makler jemanden von der Liste ausgelassen?«

»Nee, ich hab mir von dem Typen, der da arbeitet, die Akten zeigen lassen. Alle, die das Haus besichtigt haben, standen noch drauf.« Ein Schniefen. *»Kann ich sonst noch was tun?«*

»Ja: Deinen abgängigen Stadtstreicher finden.« Logan legte auf und steckte das Telefon wieder in die Tasche.

Sim kam mit einer roten Tigerkatze auf dem Arm aus der Küche. Der Schwanz des Tiers peitschte hin und her, und es beäugte Logan feindselig. »Das arme Ding war bestimmt ganz ausgehungert.«

»Irgendwelche Spuren eines Kampfes oder eines Einbruchs?«

Sie schüttelte den Kopf. »Ich wünschte, bei mir sähe es so aufgeräumt aus.« Die Katze wand sich und streckte die Beine in alle Richtungen. Sim ließ sie herunter, und sie flitzte hinaus ins Nebenzimmer. »Das ganze Geschirr in der Küche ist abgewaschen, das Bett gemacht, alle Zeitschriften säuberlich auf dem Couchtisch aufgereiht.«

Logan folgte der Katze in ein kleines Schlafzimmer, wo sie sofort unter das Doppelbett schlüpfte. Sim hatte recht: Alles war sauber und ordentlich aufgeräumt. Was eine ziemliche Leistung war, denn schließlich war Chalmers erst vor zwei Wochen von der Northern Constabulary hierherversetzt worden. Jeder normale Mensch hätte da noch aus Kisten gelebt.

Sim nahm ein Buch vom Nachttisch – eine Hardcover-Ausgabe von *Witchfire*. Ein Lesezeichen mit roten Quasten steckte ungefähr in der Mitte. Sie schlug es auf. »Ist sogar signiert.« Dann legte sie es wieder hin. »Ich sag's Ihnen, ich hatte wochenlang Albträume, nachdem ich die Szene im Hochhaus gelesen hatte.« Sie schüttelte sich. »Babyöl …«

»Irgendwas stimmt hier nicht.«

»Angeblich basieren die drei Hexen auf realen Personen. Ich glaube, sie wollten Hunter verklagen, weil er sie im Buch auftreten lässt, aber sie haben sich dann außergerichtlich geeinigt.«

Logan drehte sich langsam im Kreis. Hier war nichts. Chalmers war einfach wie jeden Tag zur Arbeit gegangen und nicht mehr zurückgekommen. Und das Einzige, was sie nachweislich getan hatte, war, nach den Leuten zu fragen, die das Haus besichtigt hatten, in dem Anthony Chung gestorben war. *Wär ja noch schöner, wenn sie den Ruhm mit jemandem teilen müsste …*

Sim steckte die Hände in die Armlöcher ihrer Stichschutzweste. »Und jetzt …?«

»Wird's Zeit, dass wir einem gewissen Makler einen Besuch abstatten.«

»Ich wüsste wirklich nicht, wie wir Ihnen noch weiter behilflich sein können.« Mr Willox spielte an den Tasten seines Tischtelefons herum und kippelte sie hin und her. Seine grauen Haare waren auf seinem breiten Schädel zu einer Art Kombination aus Überkämmer und Tolle aufgetürmt. In Kombination mit seinem dunkelblauen Anzug und der dicken lila Krawatte ließ ihn die Frisur wie einen Wiedergänger aus den frühen Achtzigern wirken.

Logan tippte auf die Glasplatte des Schreibtischs und hinterließ einen fettigen Fingerabdruck. »Agnes Garfield und Anthony Chung müssen irgendwie an die Schlüssel zu diesem Haus gekommen sein.«

»Haben Sie eine Vorstellung, was es kosten wird, die Küche des Hauses in Abernethy zu reinigen? Und selbst wenn es gelingen *sollte*, sämtliche Flecken zu entfernen, wer will schon ein Haus kaufen, in dessen Küche jemand zu Tode gefoltert wurde? Mit so etwas können wir ja wohl kaum werben.«

»Und Sie sind sicher, dass alle Personen, die das Haus besichtigt haben, auf der Liste stehen?«

Er wies auf den Aktenordner, der vor ihm auf dem Schreibtisch lag. »Sie haben die Papiere gesehen. Das sind alle.«

»Und wer hatte noch Zugang zu den Schlüsseln?«

»Nun, ich selbst natürlich; dann Jennifer vom Empfang; Jake Smith, mein Partner; unser Praktikant Duncan Cocker – und noch ein paar Personen, die wir manchmal für Besichtigungen auf dem Land einsetzen, wenn es zu umständlich wäre, jemanden aus dem Büro rauszuschicken.«

Cocker, Cocker …

Logan zog sein Notizbuch heraus und blätterte zurück bis zum Montag, als sie Anthony Chungs Freunde vernommen hatten. »Duncan Cocker – jung, bisschen zerstreut, hört sich an, als käme er gerade vom Set irgendeiner schrecklichen amerikanischen Teenie-Liebeskomödie?«

Ein Seufzer. »Wir bei Willox and Smith legen großen Wert auf Qualität und Service. Duncan ist … Er muss noch eine Menge lernen.«

Das musste er allerdings. »Ich muss ihn sprechen.«

»Nun«, Willox blätterte in einem großen Tischkalender, »laut Terminplan soll er in zwanzig Minuten einem Paar ein freistehendes Cottage zeigen, mit zwei Schlafzimmern und Wintergarten, hervorragend geeignet für Pferdehaltung. Aber Sie können …«

»Ich fürchte, Ihnen ist der Ernst der Sache nicht so ganz bewusst.«

»Wir müssen auch an unser Geschäft denken, und …«

»Holen Sie ihn *sofort* her.«

Willox blies die Backen auf und strich mit der Hand über seine Überkämmer-Tolle. »Ich …« Dann beugte er sich vor und drückte eine der wackligen Tasten an seinem Telefon. »Jennifer, könnten Sie Mr Cocker bitten, kurz zu mir ins Büro zu kommen?«

Duncan Cocker rutschte auf seinem Stuhl hin und her und leckte sich die Lippen. Setzte ein nervöses Lächeln auf. »Nee, also ehrlich, ich hab keine Ahnung, okay?«

Logan lehnte sich in Mr Willox' Chefsessel zurück und legte die Fingerspitzen zusammen, die beiden obersten direkt unter seiner Nase. Eine fast perfekte Kopie von Superintendent Napier. Er starrte Duncan Cocker schweigend an.

»Also, Sie …« Achselzucken. »Ist doch alles okay, nicht?«

Immer noch Schweigen.

Er machte Anstalten aufzustehen, doch Logan gab PC Sim ein Zeichen, worauf sie hinter ihn trat, ihm beide Hände auf die Schultern legte und ihn wieder auf den Stuhl hinunterdrückte. »Ich glaube nicht.«

»Aber ich hab Ihnen doch gesagt, es ist – keine Ahnung, halt einfach so ein blöder Zufall.«

Sim tätschelte seine Wange. »Sagen Sie, Mr Cocker, sehen wir aus, als wären wir schwer von Begriff?«

Pause. »Nein.«

»Und warum finden Sie es dann in Ordnung, uns anzulügen?«

»Aber ich lüg doch überhaupt gar nicht, und …«

»Mr Cocker, es ist nicht sehr höflich, jemanden ›schwer von Begriff‹ zu nennen, nicht wahr?«

»Aber ich hab doch niemanden so genannt, das war …«

»Manche Leute könnten Ihnen das sehr krummnehmen.«

Er starrte Logan an, die Hände auf Brusthöhe, als wollte er die »Kann ich bitte noch etwas haben«-Szene aus *Oliver Twist* nachstellen. »Ich hab niemandem erzählt, dass ich Ton kenne, weil ich meinen Job nicht verlieren wollte, und ich hatte ja schließlich nichts damit zu tun, okay?«

Logan lächelte ihn an. »Sie haben gar keine Ahnung, wie tief Sie in der Scheiße stecken, oder?«

»Aber …« Er holte Luft, dann sah er auf den Boden. »Ton würde mich umbringen.«

»Da müsste er sich aber hinten anstellen. Sehen Sie, die Leute, die er bestohlen hat, sind nämlich nicht von der Schwamm-drüber-Sorte. Die gehören eher zur Klauenhammer-auf-die-Knie-Fraktion. Und sobald sie spitzkriegen, dass Sie Anthony Chung geholfen haben, sie abzuzocken …« Logan sog die Luft durch die gebleckten Zähne ein. »Nun, dann werden sie *sehr* daran interessiert sein, Ihnen einen Besuch abzustatten.«

»Aber ich habe nie …«

»Liegt Ihnen was an Ihren Kniescheiben, Duncan?«

Schweigen.

Er rutschte nervös auf seinem Stuhl herum, bis Sim ihn wieder festhielt. »Der Inspector hat Ihnen eine Frage gestellt, Mr Cocker.«

»Ich hab …« Er hustete. »Ich hab ihm ab und zu mal die Schlüssel von ein paar leerstehenden Objekten überlassen, die wir im Portfolio haben. Also welche, wo sich seit über einem Jahr nichts getan hat, ja? Da wickelt er schon mal seine Geschäfte ab.«

»Hat er jedenfalls, bis er in dem Haus in Abernethy am Boden festgebunden und zu Tode gefoltert wurde.«

Cocker presste die Knie aneinander. »Damit hab ich nichts zu tun, ich schwör's. Echt, ich schwör's *total!* Ich hab Ton die Schlüssel gegeben, und er hat mir dafür 'nen Riesenhaufen Gras gegeben. Das ist alles.« Er leckte sich die Lippen und sah zu PC Sim auf. »Äh … alles für den Eigenbedarf, okay? Ich hab nichts verkauft oder so, ehrlich.«

Logan warf sein Notizbuch auf den Schreibtisch und einen Kuli hinterher. »Adressen.«

Duncan gab ein leises Wimmern von sich.

Er biss sich auf die Lippe.

Dann nahm er den Kuli und schrieb ein halbes Dutzend Adressen auf. »Sie müssen mir versprechen, dass Sie Mr Willox nichts sagen, okay? Ich meine, es ist mein Job, ja, und er würde vielleicht … wegen den Schlüsseln und so?«

Logan zeigte auf das Notizbuch. »Unterschreiben Sie das. Mit Datum.«

Cocker tat es. »Und es bleibt auch unter uns, okay? Die andere Polizistin hat geschworen, es wär okay – Sie müssen mich da nicht reinziehen. Sie hat's *versprochen.*«

Logan nahm das Notizbuch wieder an sich. »Die andere Polizistin?«

»Na ja, die von gestern, okay? Die Vollbusige mit den lockigen Haaren? Sie hat's mir voll versprochen.«

Logan beugte sich ruckartig vor. »*Wann* gestern?«

»Nachmittags … So gegen halb vier, vier vielleicht? Ich hab ihr die Adressen gegeben, und das war's dann.«

Die Hinweise, denen sie nachgegangen war. Von denen sie gesagt hatte, sie hätten sich als Sackgassen erwiesen, als sie sich freiwillig für den Suppenküchen-Einsatz gemeldet hatte.

Cocker räusperte sich. »Also, ich kann jetzt gehen, ja? Hab noch 'ne Hausbesichtigung mit einem Paar …«

46

»Ein einziges gottverdammtes Fiasko.« Am anderen Ende der Leitung hörte Steel sich an, als ob sie auf einem Mundvoll Wespen herumkaute.

Logan stützte sich auf das Dach seines rostigen Fiat, das aufgeschlagene Notizbuch vor sich. »Du warst es doch, die unbedingt Ding-Dong den Job geben wollte.«

»Zwei verletzte Beamte. Eine Schießerei. Eine Geiselnahme. Und überall die verdammte Presse …«

»Was hab ich dir gesagt?«

»Geiseln! Wie kann man eine Razzia auf einer Cannabisplantage verbocken? Jetzt gibt's in Blackburn ein zweites Waco.«

»Hättest du das besser mal mich machen lassen, nicht wahr? Und jetzt pass auf – du musst mir bewaffnete Einsatzteams zu sechs verschiedenen Adressen schicken. Hast du was zu schreiben?«

»Leith hat seine *Razzia durchgezogen, ohne dass irgendjemand eine Kugel abgekriegt hat …«* Sie hielt inne. *»Das sind doch hoffentlich nicht noch mehr Cannabisplantagen? Die letzten haben uns schon genug Ärger gemacht.«*

Gute Frage. »Keine Ahnung. Anthony Chung hat die Schlüssel zu einer ganzen Reihe von Anwesen von einem Freund bekommen, der bei einer Maklerfirma arbeitet. Die meisten sind irgendwo draußen in der Pampa. Deswegen haben wir nie herausgefunden, wo er und Agnes sich aufhielten – sie sind einfach von Haus zu Haus gezogen.«

»Sechs Adressen? Du willst, dass ich an sechs Adressen Razzien durchführen lasse? Welchen Teil von ›Schießerei und Geiseldrama in Vorort-Sackgasse‹ hast du nicht verstanden?«

»Und schick auch gleich die Spurensicherung, vielleicht finden die noch Beweise dafür, dass Agnes Garfield …«

»Jetzt spitz mal die Ohren: Ich – hab – die – Leute – nicht. Wir haben hier 'ne verdammte Krise. Solang's nicht um Leben und Tod geht, muss es eben warten.«

»Sie haben vielleicht DS Chalmers in ihrer Gewalt.«

Schweigen.

»Hallo? Kannst du mich ...«

»Du machst doch hoffentlich Witze, Laz.«

»Sie hat gestern Nachmittag die Liste bekommen und keinem davon erzählt. Gut möglich, dass Agnes sie in diesem Moment irgendwo in einem leerstehenden Haus mit Pflöcken am Boden festgebunden hat.«

Eine Flut von Schimpfwörtern ergoss sich aus dem Hörer. Dann schien sie wieder eine Portion Wespen zu mampfen. *»Na schön, ich werde ein paar Schusswaffenteams aus dem Ärmel zaubern. Und sie zu diesen Adressen schicken. Bist du jetzt zufrieden?«*

Absolut glückselig.

Er nannte ihr die Adressen, worauf sie grußlos den Hörer hinknallte. Als ob es seine Schuld wäre, dass Chalmers eine ruhmgierige Streberin war.

Sim erschien auf der anderen Seite des Autos. Das Airwave-Mobiltelefon blinkte an ihrer Schulter. »Chef? Ich hab die Leitstelle dran. Sie sagen, die automatische Nummernschilderkennung hat Chalmers' Mini gestern Abend um halb zehn erfasst, als er auf der Straße nach Inverurie in nördlicher Richtung fuhr.«

»Ist sie auch auf dem Rückweg erfasst worden?«

»Moment ...« Sim drückte die Taste an ihrem Handapparat und wiederholte die Frage. Dann schüttelte sie den Kopf. »Vielleicht ist sie ja über eine Nebenstrecke gefahren?«

Chalmers hätte trotzdem über die King Street, die West North Street oder die Strand-Esplanade kommen müssen, um zu ihrer Wohnung zu gelangen, und dann hätte das System sie erfasst. Und was noch wichtiger war: Sie hätte ihre Katze gefüttert.

»Was ist mit der GSM-Ortung?«

Sim fragte nach. »Offenbar ist ihr Mobiltelefon ausgeschaltet.«

Logan trommelte mit den Fingern auf dem Autodach herum. In nördlicher Richtung auf der Straße nach Inverurie. Das hieß, dass sie sich auf Adressen nordwestlich von Aberdeen konzentrieren mussten … Und da kamen nur drei infrage.

»Chef?«

»Steigen Sie ein.«

Dann würden sie eben ohne ein bewaffnetes Einsatzteam auskommen müssen.

Der Fiat rumpelte und schlingerte einen Feldweg hinunter, der links und rechts von Stacheldrahtzäunen und dichtem Brombeergestrüpp gesäumt war. Der Grasstreifen in der Mitte kratzte jedes Mal über den Unterboden, wenn Sim über ein Schlagloch fuhr. Und da der Weg so gut wie ausschließlich aus Schlaglöchern bestand, musste Logan den Finger ins Ohr stecken, um Rennie überhaupt zu hören.

»Was?«

Das Radio erschwerte die Verständigung zusätzlich: *»… dauert die Belagerung nun schon über eine Stunde an. Die Grampian Police hat die Fintray Road abgesperrt und bittet die Bewohner von Blackburn, in ihren Häusern zu bleiben. Wir sprachen mit Mrs Gilmore, die gleich nebenan wohnt …«*

Mrs Gilmore hörte sich an, als hätte sie gerade mit einem Dudelsack geknutscht. »Aye, *und dann gab es plötzlich einen lauten Knall, und dann ist ein Polizist über die Hecke in unsere Rosen geflogen. Es …«*

Logan schaltete es aus. »Ich hab kein Wort verstanden.«

Rennie holte tief Luft und wiederholte alles mit doppelter Lautstärke. *»Ich sagte, das Haus in Rickarton ist sauber. Steel hat das andere Viererteam zu der Adresse bei Stonehaven geschickt. Aber es ist Rushhour, also …«*

»Was ist mit den zwei anderen Häusern?«

»Tut mir leid, Chef. Wir tun unser Bestes, aber schneller geht's einfach nicht.«

Sim tippte Logan auf die Schulter, als das Auto wieder durch ein Nest heimtückische Fallgruben im Kies rumpelte. »Da ist es.«

Adresse Nummer zwei auf der Liste für den Nordwesten von Aberdeen war ein uraltes Bauernhaus, etwas zurückgesetzt von der Straße und halb verdeckt von einer schütteren Buchenhecke. Der Garten war ein einziges Dickicht aus Unkraut, die Wände von einem kränklichen Grau, die Giebelseite mit Rostflecken von einer verbogenen Fernsehantenne überzogen. Bei einem der Schornsteine fehlte eine ganze Ecke, das Schieferdach war mit gelblichen Flechten bewachsen. Schmale, dunkle Fenster starrten finster auf die umliegenden Felder hinaus. Hinter dem Haus war ein großes ehemaliges Wirtschaftsgebäude zu erkennen, das zum Wohnhaus ausgebaut worden war, frisch verputzt und mit moderner Isolierverglasung.

In dem Dickicht aus Sauerampfer und Brombeeren steckte ein leuchtend grünes »ZU VERKAUFEN«-Schild von Willox and Smith.

»Fahr mit deinem Team zum nächsten Haus und sag mir Bescheid, wenn ihr irgendeine Spur von Chalmers findet.« Logan legte auf und steckte sein Telefon ein.

Sim parkte vor der zugewachsenen Einmündung einer kleinen gekiesten Auffahrt. »Weit und breit kein Mini zu sehen.«

Na ja, sie würden ihn ja wohl kaum draußen stehen lassen, oder?

Er stieg aus. Das Gras in der Einfahrt war stellenweise plattgedrückt, als ob dort doch ein Auto gestanden hätte … Aber vielleicht hatte hier auch nur jemand gewendet, um über die fürchterliche Holperpiste zurückzufahren.

Sim trat zu ihm und setzte ihren Bowler auf. »Was denken Sie?«

»Hier war jemand.« Er deutete auf das Gras. »Sehen Sie den Trampelpfad, der durch das Unkraut zur Haustür führt?«

»Und wenn es Schafe waren?«

Sie hakte die Pfefferspray-Dose vom Gürtel los und reichte sie ihm. Dann fuhr sie ihren Teleskop-Schlagstock aus. »Übernehmen Sie den Vorder- oder den Hintereingang?«

Disteln und Brennnesseln wuchsen dicht an dicht an der Seite des Grundstücks. Alles ganz stachlig und pieksig. Logan drehte das Pfefferspray zwischen den Fingern. »Ich glaube, ich … nehme den Vordereingang.«

Sim sackte ein wenig in sich zusammen. »Mistibus.« Dann straffte sie sich und bahnte sich im Storchengang einen Weg durch das Dickicht, die Ellbogen auf Schulterhöhe, um die Hände aus der Gefahrenzone zu halten.

Gras und zertrampelter Löwenzahn quietschten unter seinen Sohlen, als er sich zur Tür vorarbeitete und dabei ein Paar blaue Nitrilhandschuhe anzog.

Von der anderen Seite des Hauses kam ein Knirschen und Krachen, gefolgt von einem Fluch: »Ach … verflixte Pupskacke!«

Logan sah durch eines der vorderen Fenster hinein. Die Scheibe war völlig verdreckt, doch das Licht reichte aus, um ein mit Schimmel gesprenkeltes Wohnzimmer zu erkennen. Die Tapete war fleckig von Feuchtigkeit und löste sich in einer Ecke schon ab. Keine Möbel, doch auf einem Teppich mit Siebzigerjahre-Wirbelmuster waren noch die Umrisse zu erkennen, wo sie einmal gestanden hatten. Das zweite Vorderfenster bot mehr oder weniger das gleiche Bild.

Er steckte den Schlüssel ins Schloss. Sperrte auf. Und trat in einen feuchten Hausflur, der wie schimmliges Brot roch.

Das Haus war in einem viel schlechteren Zustand als das

erste, das sie überprüft hatten – ein Bungalow mit einem selbstgebauten Klettergerüst im Vorgarten. Kein Wunder, dass sie Probleme hatten, es an den Mann zu bringen.

Eine Treppe, steil wie eine Leiter, führte hinauf zu einem kleinen Absatz. Das Erdgeschoss bestand aus einem Badezimmer voller Schimmel und Rost, den zwei leeren Vorderzimmern und einer winzigen Küche. Hier fehlten bei der Hälfte der Schränke die Türen, bei den anderen hingen sie schief in den Angeln. Große schwarze Flecken breiteten sich über die Decke aus.

Renovierungsbedürftig war gar kein Ausdruck.

Wieder ein Knirschen, wieder ein paar bizarre, altmodische Flüche, und endlich erschien Sims Gesicht im Küchenfenster, die Wangen gerötet, der Mund ganz verkniffen. Ein Stängel Klettenlabkraut klebte an der Krempe ihres Bowlers wie eine pelzige Schnur.

Logan öffnete die Hintertür und ließ sie rein.

Sie war über und über mit Grünzeug behangen, Kletten und Farnwedel an der Hose, grüne Flecken an Knien und Ellbogen, blutige Kratzer an den Handrücken und an einer Wange. Ein grimmiger Blick traf ihn. »Wehe, Sie sagen ein Wort.«

Seine Mundwinkel zuckten, aber er konnte sich gerade noch beherrschen. »Das Erdgeschoss habe ich schon überprüft. Keine Spur von irgendjemandem.«

Zurück in den Hausflur.

Die Stufen knarrten, als sie hinaufstiegen, der Handlauf wackelte bei jeder Berührung. Undenkbar, dass Anthony Chung und Agnes Garfield sich hier verkrochen hatten. Wo sie doch so viele andere, sauberere und nicht ganz so … ungesunde Immobilien zur Auswahl hatten.

Am oberen Treppenabsatz war im schwachen Licht, das durch das verdreckte Dachfenster fiel, eine Reihe kniehoher Schränke zu erkennen, die in die Dachschräge eingebaut waren. Und zwei Türen, die vermutlich zu den Schlafzimmern führten.

Sim blieb auf der obersten Stufe stehen. »Können Sie etwas riechen?«

Logan hielt inne und schnupperte. Was immer es war, es roch süßlich, blumig. Nicht übermäßig intensiv, aber es passte ganz und gar nicht zu einem winzigen Haus, das schon so lange vor sich hin gammelte.

Er legte eine behandschuhte Hand auf den Türknauf des ersten Schlafzimmers und stieß sie auf. Ein Einzelbett stand an der hinteren Wand, der Putz an der Dachschräge bröckelte so stark, dass man die Dachlatten sehen konnte.

Tür Nummer zwei… Der Knauf drehte sich, doch die Tür klemmte. Er drückte fester, und vom Rahmen kam ein ratschendes Geräusch, wie vom Aufreißen eines Klettverschlusses. Klebeband.

Und dann überfiel sie der Gestank aus dem Zimmer, kroch in Logans Hals und Lunge und füllte seine Nase mit dem Geruch von verdorbenem Fleisch. Seine Kehle schnürte sich zusammen, sein Magen drehte sich um. »O *Gott*…«

Das Zimmer war genauso klein wie das erste, doch statt des Betts war da ein Ringknoten, mit schwarzem Wachs auf den Boden gezeichnet. Die Leiche war männlich. Bauch und Brustkorb waren von Gasen aufgebläht, die nackte Haut mit grünen und orangefarbenen Schimmelpunkten gesprenkelt und mit kleinen lila Schnittwunden übersät, alle Haare abrasiert. Genau wie bei Anthony Chung.

Das Blut hatte auf den Dielen dunkle Lachen gebildet und war durch die Ritzen geflossen… Das erklärte wohl die dunklen Flecken unten an der Küchendecke.

Sim hielt sich Mund und Nase zu. »Schockschwerenot!«

Logan zog die Tür wieder zu, fummelte mit zitternden Fingern sein Telefon aus der Tasche und meldete den Fund.

47

Inschs dunkler Bariton drang grollend aus dem Hörer. *»Was haben Sie sich eigentlich dabei gedacht?«*

Logan hockte am Ende der Gartenmauer und schirmte mit einer Hand seine Augen vor der blassgoldenen Sonne ab. »Ich bin gerade ziemlich beschäftigt, also …?«

Der verdreckte Transporter der Spurensicherung stand mit offenen Hecktüren in der überwucherten Einfahrt, während die Kriminaltechniker Kisten von der Ladefläche wuchteten und ins Haus trugen. Blau-weißes Polizei-Absperrband flatterte im Wind. Zwei Streifenwagen blockierten die holprige Zufahrt zum Grundstück. Logans rostiger alter Fiat stand dahinter in der Einfahrt zu einem Feld mit leuchtend gelbem Raps.

»Haben Sie eine Ahnung, wie viel es kostet, eine Produktion wie diese am Laufen zu halten? Denn …«

»Wollen Sie vielleicht mal auf den Punkt kommen?«

Eine Pause. *»Sie haben Morgan Mitchell verhaftet.«*

Logan starrte zu den schiefergrauen Wolken auf und seufzte. »Ich habe sie *nicht* verhaftet. Sie hat jemanden tätlich angegriffen.«

»Lassen Sie sie frei.«

»Sie hat jemanden *angegriffen.*«

»Logan, es …« Er atmete tief durch. *»Und wenn ich die geschädigte Person überrede, die Anschuldigung fallen zu lassen?«*

»Ich glaube kaum, dass Ihr Star darüber so glücklich wäre – sie hat es absichtlich getan, um eine Nacht in der Zelle verbringen zu können. ›Überkandidelte Method-Acting-Spinner‹ war Ihre Formulierung, wenn ich mich nicht irre.«

»Ich verliere hier Unmengen von Geld, Logan. Ich kann es mir nicht leisten, dass eine meiner Hauptdarstellerinnen einen Monat lang in Craiginches einsitzt!«

PC Sim kletterte über den Stacheldrahtzaun am Ende der Buchenhecke, winkte ihm zu und schlängelte sich zwischen den parkenden Streifenwagen hindurch auf ihn zu.

»Miss Mitchell wird morgen dem Amtsrichter vorgeführt. Ich werde mich dafür einsetzen, dass sie gleich als Erste drankommt.«

»Ich meine es ernst, das ist …«

»Mehr kann ich beim besten Willen nicht tun. Sie hat jemanden angegriffen, sie wurde verhaftet. Ich werde nicht den Lauf der Justizmaschinerie aufhalten, nur um Ihnen oder sonst irgendjemandem einen Gefallen zu tun.«

Schweigen.

Sim blieb direkt vor ihm stehen und begann, die kleinen runden Kletten von ihren Hosenbeinen zu zupfen.

»Ich wollte nicht andeuten, dass Sie das Gesetz brechen sollen.«

»Ich muss jetzt Schluss machen.« Logan legte auf und steckte das Telefon ein. »Und?«

Sim seufzte. »Sie sollten mal das Haus von den Leuten sehen, es ist *riesig*. Große, geräumige Küche mit so einer eingebauten Maschine, mit der man Kaffee kochen kann und alles. Ich hatte einen Latte.«

Logan kniff sich in die Nasenwurzel. »*Was* habe ich Ihnen neulich gesagt …?«

»Der Ehemann ist auf Geschäftsreise in London, aber ich habe mit der Frau und der Tochter gesprochen. Sie haben nichts gesehen und nichts gehört. Ihr Eingang ist auf der anderen Seite, und ich habe den Blick aus sämtlichen Fenstern überprüft – man könnte hier im Vorgarten eine Orgie feiern, ohne dass man drüben was davon mitkriegt. Na ja, solange man nicht zu laut ist … Ah.«

Logan schlug die Augen wieder auf. »Was?«

Sim deutete zum Feldweg, wo ein Porsche Cayenne, ein

Mercedes und ein verbeulter Poolwagen durch die Schlaglöcher rumpelten und holperten. »Die Kavallerie ist da.«

Isobel schlug die Kapuze ihres weißen Tatort-Overalls zurück. Ihr Pony klebte an der glänzenden Stirn, und ihre Wangen glühten rosig, als sie die Handschuhe abstreifte und erst einmal tief durchschnaufte. »Ich schätze mal, zwei bis maximal drei Tage. Schwer zu sagen bei dieser Hitze, aber hier oben in dem geschlossenen Raum, wo Tür und Fenster abgedichtet waren …« Sie ließ sich auf die Motorhaube des Streifenwagens sinken und rieb sich den Babybauch. »Puh … Der Modus operandi scheint der gleiche zu sein wie im Fall Anthony Chung.«

DI Leith stöhnte. Ein beigefarbenes Pflaster klebte über seinem Nasenrücken, und die Haut um seine Augen herum hatte sich nach Ding-Dongs Volltreffer dunkel verfärbt. »Als ob ich nicht schon genug um die Ohren hätte …« Er schob die Hände in die Hosentaschen. »Also, da Interims-DI McRae die Leiche gefunden hat, sollte er meiner Meinung nach auch …«

»O nein, kommt gar nicht infrage.« Logan warf einen Blick zurück zum Haus, wo die Bestatter vom Dienst gerade einen Zinksarg zur Tür hinaustrugen. »Der Fall gehört ganz allein Ihnen.« Er drehte sich um und starrte die Zufahrt hinunter. »Ich habe eine vermisste Polizeibeamtin zu finden.«

Sim kam von hinten herbeigeeilt. »Wie geht's jetzt weiter?«

»Fahren Sie heim. Ihre Schicht war vor zweieinhalb Stunden zu Ende.«

»Peter geht mit den Kindern in diesen neuen Disney-Film. Wenn sie zurückkommen, werden sie mit Koffein und Zucker vollgepumpt sein.« Sie lächelte. »Ehe ich mir das antue, jage ich doch lieber einen Mörder.«

Logan ging zum Fiat, zog sein Telefon aus der Tasche und rief Rennie an. »Gibt's was Neues?«

»Wir haben in dem Haus draußen bei Rhynie ein bisschen loses Cannabis gefunden, aber abgesehen davon: Fehlanzeige.«

Alle drei Häuser nordwestlich von Aberdeen abgeklappert und noch immer keine Spur von Chalmers. Und auch nicht von Agnes Garfield… Dieser durchtriebene kleine Mistkerl von Willox and Smith hatte sie angelogen. »Fahr zu dem Makler in Kintore. Ich will eine Liste von allen Objekten, die sie nördlich der Stadt zum Verkauf anbieten.«

»Aber die haben doch sicher schon geschlossen, und…«

»Ist mir egal – und wenn du Willox wegen Tragens einer unmöglichen Frisur verhaften musst: Du besorgst mir die verdammte Liste.«

Rennie öffnete die Beifahrertür und stieg in den Fiat Punto. Dann rümpfte er die Nase. »Was riecht denn hier so?«

Logan starrte ihn an. »Hast du die Liste bekommen oder nicht?«

Ein Grinsen. »Glück muss man haben.« Er hielt ein Magazin im Format A4 hoch, mit einem Foto des Bennachie auf der Titelseite und dem Schriftzug: »WILLOX & SMITH – IHR PARTNER FÜR IMMOBILIEN«.

Logan nahm es und blätterte die fotokopierten Seiten durch. »Sie machen alle zwei Wochen so eins. Es ist in Gebiete aufgeteilt, und ich habe Mr Überkämmer gebeten, alles anzustreichen, was seit mehr als sechs Monaten auf dem Markt ist.«

Was offenbar das meiste war.

Er reichte Sim das Immobilienmagazin nach hinten. »Alles nordwestlich der Stadt.«

»Ja, Chef.«

Rennie rutschte auf seinem Sitz herum. »Können wir's nicht einfach… na ja, aus Duncan Cocker rausprügeln?«

»Er hat sich einen Anwalt genommen. Laut Biowaffen-Bob fährt er jetzt die ›Kein Kommentar‹-Schiene.«

»Mistkerl.«

Sim beugte sich vor. »Auf welches Preissegment soll ich mich konzentrieren?«

»Egal – Hauptsache, es ist bewohnbar, einigermaßen abgelegen und seit einiger Zeit leerstehend. Goulding sagt, Agnes Garfield steht auf Ruinen, also wird es wahrscheinlich etwas mit Nebengebäuden, Scheunen und so weiter sein.«

»Okay, ziemlich vage …« Sie lehnte sich wieder zurück.

Was sollte Agnes Garfield sonst noch wollen? Land? Einen schönen Garten? Zentralheizung und Isolierglasfenster?

Logan runzelte die Stirn. »Sind auch Kirchen im Angebot?«

»Kirchen, Kirchen … Da wäre eine in Peterhead.«

Zu weit weg. »Sonst noch was?«

»Ähm …« Eine Weile war nur das Rascheln der Seiten zu hören. »Wie wär's damit: ›Arquarthy Croft, Kirkton of Rayne. Einmalige Gelegenheit zum Kauf eines Renovierungs- bzw. Ausbauobjekts im Herzen der ländlichen Grampian-Region, in bequemer Pendelentfernung zu Aberdeen. Traditionelles Bauernhaus mit drei Schlafzimmern und geräumigen Nebengebäuden, nebst 1,2 Hektar Land, ideal geeignet für Pferdehaltung‹ … Das schreiben die immer, nicht wahr?«

»Sie sollten doch nach *Kirchen* suchen.«

»Sie haben mich ja nicht ausreden lassen. ›… ideal geeignet für Pferdehaltung. Einschließlich renovierungsbedürftiger Kapelle mit vorläufiger Baugenehmigung zur Errichtung eines Wohnhauses mit vier Schlafzimmern und Doppelgarage. Vierhundertsechzigtausend.«

»Autsch.« Rennie verzog das Gesicht. »Sobald von ›vorläufiger Baugenehmigung‹ die Rede ist, weiß man schon, dass man abgezockt werden soll.«

Logan trommelte mit den Fingern auf das Lenkrad. »Sonst noch etwas?«

Sim schüttelte den Kopf. »Das ist alles.«

Zählte eine verfallene Kapelle als geweihte Erde?

Es war einen Versuch wert.

Logan ließ den Motor an.

»... haben sich die bewaffneten Täter seit vier Stunden verschanzt. Aus dem Umfeld der Polizeioperation verlautet, dass die mutmaßlichen Cannabiszüchter einen Hubschrauber fordern, der sie und ihre Geisel zum Flughafen Aberdeen bringen soll ...«

Rennie spähte durch die Windschutzscheibe, während die Wischer rhythmisch über die mit Steinschlagnarben übersäte Scheibe quietschten. »Mir ist immer noch nicht klar, warum wir nicht den Poolwagen nehmen konnten.«

»... Flug nach Thailand. Wir sprachen mit Chief Constable ...«

»Hör auf zu jammern.« Logan bog in eine kleine Seitenstraße ab, die in einen Wald aus lauter identischen, in exakten Reihen gepflanzten Kiefern führte. Er hielt an und stellte den Motor ab.

Sim drehte sich um und kniete sich auf den Rücksitz, um aus dem Heckfenster zu schauen. »Das ist es jetzt aber ganz bestimmt.«

Diese verdammten Makler mit ihren unbrauchbaren Wegbeschreibungen.

Rennie sah auf die Uhr. »Vielleicht sollten wir bewaffnete Verstärkung anfordern?«

»Die würden mindestens eine halbe Stunde brauchen, bis sie hier sind. Was, wenn Chalmers in diesem Moment gefesselt auf dem Küchenboden liegt und gefoltert wird?«

»Ja, aber ...« Achselzucken. »Und außerdem regnet's.«

Logan kletterte hinaus in den Nieselregen. »Na schön. Dann bleib halt hier.«

Sim folgte ihm nach draußen.

Arquarthy Croft war ein Bauernhof auf einem kleinen Hügel, umgeben von wogenden goldgelben Rapsfeldern. Das

Haus selbst stand in einem Rechteck aus wucherndem Unkraut, Rhododendronbüschen und einem Dutzend älteren Bäumen mit schweren, tief hängenden Ästen. Das Anwesen war in einem etwas besseren Zustand als das vorige, aber nicht viel: Ein schmutzig graues Bauernhaus im regionalen Stil mit gemauerten Giebelschornsteinen und Gauben in einem durchhängenden Schieferdach. Gegenüber befand sich ein langer, L-förmiger Wirtschaftstrakt. Der Teil, der am weitesten vom Haus entfernt war, schien kaum mehr als eine Ruine zu sein: das Dach eingestürzt, die Sparren freiliegend wie die Rippen einer verwesten Leiche.

Sim zeigte in die Richtung. »Das muss die Kapelle sein.«

Drei Steinwände, die eine mit einem Bogenfenster darin, der Rest ein Haufen Trümmer.

Logan schlug den Kragen seines Jacketts hoch, um sich vor dem Regen zu schützen. »Okay. Wir halten uns dicht am Waldrand und schleichen uns von der Rückseite des Grundstücks an.«

Sie nickte und drückte ihm das Pfefferspray in die Hand. »Nur für alle Fälle.«

Logan steckte es ein, dann lief er über die Straße und stieg über einen Stacheldrahtzaun in ein Rapsfeld, das von knorrigen Buchen und Eichen gesäumt war. Die Pflanzen reichten ihm bis über die Knie und streiften raschelnd über seine Hosenbeine. Ihr Honigduft erfüllte die Luft, als Logan sich in die schmale Lücke zwischen dem Feld und der Trockenmauer quetschte. Die aufgeweichte Erde machte schmatzende Geräusche und sog an seinen Schuhen.

Nach der Hälfte des Weges blieb er stehen und versteckte sich hinter einer Mauer.

Sim ging hinter ihm in die Hocke und spähte durch die Bäume. »Ich sehe keine Bewegung.«

»Wahrscheinlich sind sie drin und kiffen sich die Birne zu.«

Falls sie überhaupt da waren.

Von hier war das verfallene Ende des Wirtschaftsgebäudes direkt zwischen ihnen und dem Haus. Und versperrte ihnen die Sicht.

»Sind Sie so weit?«

Rennie kam keuchend und schnaufend den Feldrain entlanggerannt. Er lief gebückt, als wäre er in einem amerikanischen Kriegsfilm, bremste schlitternd ab und kauerte sich zu ihnen. »Hab die Leitstelle angerufen und gesagt, dass wir bewaffnete Verstärkung brauchen.«

Na toll. Jetzt würden sie …

Steels dramatische Erkennungsmelodie tönte aus Logans Handy. Tolles Timing. Er zog es aus der Tasche.

»Was zum beschissenen Dreckshenker soll das denn schon wieder?«

»Es ist eine Vorsichtsmaßnahme, okay? Nichts weiter.« Er tippte sich durch das Menü seines Handys und stellte es auf Vibrationsalarm.

»Komm mir nicht mit ›Vorsichtsmaßnahmen‹. Ich will nicht noch eine zweite Belagerungssituation!«

Logan kletterte über die Trockenmauer und hielt sich dicht am Rand des nächsten Felds – ebenfalls Raps –, während er auf das Wirtschaftsgebäude zuging. Er senkte die Stimme zu einem Flüstern. »Was soll ich denn deiner Meinung nach tun? Rumsitzen und Däumchen drehen, bis du mit der Kavallerie aufkreuzt? Das gibt bestimmt tolle Schlagzeilen: ›Polizei vergeudet Zeit, während Kollegin zu Tode gefoltert wird.‹«

»Das ist kein Spiel, Laz – deine durchgeknallte Hexenjägerin hat drei Menschen umgebracht. Ich werde nicht …«

»Und Chalmers wird *nicht* Nummer vier sein!«

»Herrgott noch mal! Du bist kein verdammter Rambo, du kannst nicht einfach …«

»Dann hör auf, Zeit mit Rumschimpfen zu vergeuden, und

bring dein bewaffnetes Einsatzteam auf den Weg.« Er legte auf und steckte das Telefon ein. Ganze drei Schritte weit war er gekommen, als das Ding zu vibrieren begann. Nix da – sie konnte ihm eine Nachricht hinterlassen. »Alle Mann: Handys stummschalten. Die Airwaves auch.«

Der Stacheldrahtzaun am Ende des Felds war rostig und so windschief, dass man mühelos darübersteigen konnte. Auf der anderen Seite erstreckte sich ein Dickicht aus Gras und Unkraut bis zu dem verfallenen Ende des Wirtschaftstrakts. Das Grünzeug klammerte sich an Logans Beine, als er auf das Gebäude zustapfte.

Sim bahnte sich ihren Weg durch die Mauertrümmer und an der Seite des Gebäudes entlang, wo das Dickicht in einen gekiesten Hof überging, begrenzt auf der einen Seite durch den L-förmigen Trakt, auf der anderen durch ein Meer von Brennnesseln. Sie blieb an einem Fenster stehen, spähte hinein und rief halblaut: »Chef?«

Er trat zu ihr. Ein rot-weiß-blauer Mini stand einsam und allein mitten in dem ehemaligen Viehstall. Der Kotflügel auf der Fahrerseite war eingedellt, die Windschutzscheibe ein Spinnennetz aus gesprungenem Glas. Das Kennzeichen stimmte überein: Es war Chalmers' Auto. »Verdammt …«

Immerhin wussten sie jetzt, dass sie hier richtig waren.

Rennie streckte die Hand nach dem Griff der hölzernen Schiebetür aus.

Sim riss die Augen auf, dann schubste sie ihn aus dem Weg, so heftig, dass er in den Kies fiel. »Nicht!«

»Au!« Er starrte zu ihr auf und hielt sich den linken Ellbogen. »Was sollte *das* denn?«

»Hast du noch nie eine Razzia auf einer Cannabisplantage mitgemacht?« Sie streckte die Hand aus und half ihm auf. »Manchmal setzen die Typen Türklinken und Fenstergriffe unter Strom – um rivalisierenden Banden oder der Polizei eine

Falle zu stellen. Beim ersten Mal, wo ich dabei war, ist DI Pherson fast bis zum Ende der Einfahrt geflogen und platt auf dem Rücken gelandet. Seine Haare haben in alle Richtungen abgestanden, aus den Schnürsenkellöchern in seinen Schuhen kam Rauch. Er hatte noch Monate danach schwarze Fingernägel.«

Rennie rieb sich den Ellbogen. »Jetzt hab ich ein Loch im Sakko …«

»Aber dafür lebst du noch.« Sie ließ den Blick über den gekiesten Hof schweifen, dann marschierte sie auf die Brennnesseln zu und hob ein blaues Plastikrohr auf, wie es für unterirdische Wasserleitungen verwendet wurde. Sie schob es durch den Türgriff und zog an den Enden. Die Tür ächzte und knarrte und gab schließlich nach.

Sim steckte den Kopf durch die Lücke und zog ihn wieder heraus. »Bitte sehr.«

Logan trat ein. Ein dickes graues Kabel zog sich von der Innenseite des Türgriffs zu einer Steckdose, die auf Brusthöhe in der Wand angebracht war. Er zog ein Paar Nitrilhandschuhe über und legte den Netzschalter an der Steckdose um.

Die Airbags des Mini hingen schlaff herab, der Lenkradbezug fehlte. Rotbraune Punkte sprenkelten das Armaturenbrett wie winzige Juwelen.

»Chef?« Rennie winkte ihnen vom anderen Ende des Stalls zu.

Ein Ringknoten war mit schwarzem Wachs auf die Erde gemalt, und an den Ecken des Pentagramms war je ein Metallpflock in den Boden getrieben worden. Dunkle Flecken in der Mitte des Kreises. Von der Leiche keine Spur.

Nicht Chalmers – lass es nicht Chalmers sein. Nicht nach alldem.

Eine Schiebetür an der Seite des Stalls führte weiter in das Gebäude hinein. Sim wandte wieder ihren Trick mit dem blauen Plastikrohr an. »Schockschwerenot …«

Logan folgte ihr. Es war ein langer Raum, ungefähr so breit wie eine Garage. Schätzungsweise einige tausend Hanfpflanzen hingen kopfüber an Plastikwäscheleinen, die zwischen den Dachbalken gespannt waren. Sie hatten offenbar den größten Teil der Pflanzen stehen gelassen – die Blätter und die Wurzeln – und sie knapp unterhalb der großen, angeschwollenen Blütenknospen abgeschnitten, die in Trauben um den Stängel wuchsen, lila gesprenkelt und mit fedrigen Haaren bedeckt. Warum das ganze Ding stehlen, wenn man sich auch nur das nehmen konnte, was richtig Kohle einbrachte?

Rennie nahm eine Blüte zwischen die Finger und zerrieb sie. »Das hier muss ein *Vermögen* wert sein.«

Eine Reihe von Ventilatoren sorgte für ständige Belüftung und verteilte den süßlichen Schweißgeruch von Marihuana in der Luft.

Auch der nächste Raum war voll mit dem Zeug. Kein Wunder, dass die McLeod-Brüder denjenigen, der dafür verantwortlich war, zum Krüppel schlagen wollten: Er hatte wirklich eine Riesenmenge Cannabis gestohlen.

An der nächsten Tür schaltete Sim den Strom an einer weiteren Steckdose ab, die mit dem Griff verkabelt war. Sie zog die Tür auf, hinter der Gras und Rhododendren mit dicken Blütenknospen zum Vorschein kamen, alte Bäume und die Längsseite des Bauernhauses. Sie waren am Ende des Wirtschaftsgebäudes angelangt.

Logan gab das Zeichen, und sie trennten sich. Rennie und Sim gingen in die eine Richtung, er selbst in die andere, stets geduckt und dicht an die Hauswand gedrückt. Die Erdgeschossfenster an der Giebelfront und an den Seiten waren geschwärzt – dicke Farbschichten an den Innenseiten der Scheiben.

Es konnte also von drinnen niemand sehen, wie sie hier herumschlichen.

Sie trafen sich an der Hintertür. »Vorschläge?«

Rennie deutete auf die niedrige Trockenmauer hinter dem Haus. »Wir schmeißen einen von den Wackersteinen durchs Fenster und springen rein. Wie im Krimi?«

Idiot.

Sim verdrehte die Augen. »Nein, wir treten die Tür ein. Das ist nicht umsonst der Klassiker.«

»Oder wir machen's nicht ganz so dramatisch und klingeln einfach.«

Sie schwenkte das Plastikrohr. »Oder vielleicht versuchen wir es zuerst hiermit?« Sie musste ein paarmal ansetzen, aber endlich gelang es ihr, das eine Ende über dem Türknauf zu verkanten. Sie setzte den Hebel an.

Klick, und die Tür ging einen Spaltbreit auf.

Sim grinste. »Seht ihr, Jungs, so machen *Profis* das.« Sie drückte auf das Rohr. »Lass nie einen Mann den Job …«

Plötzlich ein ohrenbetäubender Knall, etwas riss ein Loch in die Tür, Splitter flogen durch die Luft wie Schrapnell. Sim wurde ein paar Meter durch die Luft geschleudert, Arme und Beine nach vorne ausgestreckt, und landete hart im Unkraut am Ende des Gartens, wo sie zuckend liegen blieb.

48

Eine Rauchwolke quoll im Nieselregen empor, als Logan und Rennie sich auf den Boden warfen. Dann ein Moment der Stille, unterbrochen nur von Sims Stöhnen.

Die Tür stand halb offen. Eine Schrotflinte war an der Rückseite montiert, befestigt an einem selbstgebastelten Metallrahmen, beide Läufe bis auf den Holzgriff abgesägt. Wildes Gebell kam aus dem Halbdunkel des Hausflurs. Dann das Scharren von Krallen auf Fliesen, und im nächsten Moment tauchte aus dem Nichts ein riesenhafter Schäferhund auf. Er rannte so schnell, dass es ihn aus der Kurve trug und er gegen die Holzverkleidung schlitterte. Das große rote Maul mit ungefähr einer Million weiß glänzender Zähne weit aufgerissen, kam er durch den Flur auf sie zugerannt.

»Uah!« Rennie machte einen Satz nach vorn, packte das Ende des blauen Rohrs und zog die Tür wieder zu.

RUMMS – der Schäferhund krachte von der anderen Seite dagegen, bellend und knurrend.

Logan hastete durch das nasse Gras auf Sim zu.

Sie lag auf dem Rücken, beide Arme angezogen, die verkrampften Hände vors Gesicht geschlagen.

Er zog sie auseinander … Blut rann über ihre linke Wange, noch mehr troff ihr von der Stirn. Kleine Holzsplitter ragten aus ihrer Haut wie Stacheln.

»Sind Sie okay?«

»Oh … *verflixt!*«

Logan half ihr, sich aufzusetzen, während der Hund sich gegen die Tür warf.

Das war's dann gewesen mit dem Überraschungsmoment.

Die Vorderseite ihrer Stichschutzweste sah fürchterlich aus – das Kevlar zerrissen und mit Splittern gespickt. Logan schnallte die Riemen auf und zog ihr die Weste aus.

Das schwarze T-Shirt darunter war schweißnass, aber davon abgesehen fehlte ihr nichts. Er ließ sich auf die Fersen sinken. »Sie haben echt Glück gehabt.«

»Au …« Sie legte eine Hand auf ihr Brustbein und drückte. »Fühlt sich an wie ein Tritt von einer Kuh …«

»Die Tür muss das meiste abgehalten haben.«

»Schockschwerenot …«

Rennie spähte durch das Loch in der Tür und zuckte gleich wieder zurück, als der Hund zähnefletschend nach der Lücke hechtete. »Aaaah! Braves Hundchen, gutes Hundchen.«

»Können Sie aufstehen?« Logan zog sie hoch.

»Au …«

Diese ganze verdammte Aktion war ein einziges Desaster.

»Bring doch endlich diesen Hund zum Schweigen!«

Rennie drückte sich neben der Tür flach an die Wand. »Hast du vielleicht irgendeine zündende Idee?«

Sim richtete sich mit schmerzverzerrtem Gesicht auf. Dann streckte sie die Hand aus. »Pfefferspray.«

Logan fischte es aus seiner Tasche und reichte es ihr.

Sie wankte zur Tür und ließ die Kappe aufschnappen. »So, du kleiner haariger Mistkerl.« Sie schlug ein paarmal mit der flachen Hand auf das Holz, worauf der Hund völlig ausrastete und nach dem Loch schnappte. Dann sprühte sie ihm eine Ladung mitten ins Gesicht.

Bellen. Sabbern. Bellen. Stille. Und dann kam von der anderen Seite der Tür ein hohes, schrilles Heulen. Gefolgt von Winseln und Jaulen.

Sim stieß mit der Schulter die Tür auf. Diesmal knallte es nicht.

Drinnen roch es nach nassem Hund, Pfeffer und Bleichmittel – vermischt mit etwas Fleischigem, wie Ochsenschwanzsuppe.

Der Schäferhund flitzte wie verrückt im Kreis herum, mit krummem Rücken und eingezogenem Schwanz. Sim marschierte in den düsteren Hausflur hinein, packte ihn im Nacken und riss die nächstbeste Tür auf. Es war eine kleine, total verdreckte Küche, mit gelbem Linoleum, einem gesprungenen Spülbecken und einem prähistorischen Elektroherd. In einem riesigen Topf köchelte etwas vor sich hin. Sim schleuderte den Hund hinein und knallte die Tür zu.

»Lass *nie* einen Mann den Job einer Frau machen.«

Logans Schuhe klackerten auf den angeschlagenen Bodenfliesen. Gleich hinter der Haustür führte eine Treppe ins Obergeschoss, wo ein Flur nach links abzweigte. Durch die Ritzen der übrigen Türen im Erdgeschoss schimmerte weißes Licht – es sah aus wie eine Art modische Stimmungsbeleuchtung. Er drückte eine Klinke herunter, die Tür ging auf – und er glaubte direkt vor der Oberfläche der Sonne zu stehen.

Grelles Licht attackierte seine Netzhäute, und dann schlug ihm eine Walze heißer Luft entgegen, die ihm den Atem raubte.

Er hielt eine Hand vor die Augen, und ganz allmählich konnte er etwas erkennen. An der Decke hingen zwei Reihen von Lampen, die auf ein Meer von brusthohen Hanfpflanzen herabschienen. Die dunkelgrünen, fünffingrigen Blätter glänzten im hellen Licht. Schmale Gänge führten zwischen den Reihen von Pflanztaschen hindurch, schwarze Plastikschläuche schlängelten sich von Pflanze zu Pflanze. Die Wände waren mit Aluminiumfolie beklebt, die das gleißende Licht in dem dampfigen Raum reflektierten.

Die beiden anderen Zimmer im Erdgeschoss boten das gleiche Bild. Der einzige Unterschied war die Farbe der Glühbirnen.

Wer immer dahintersteckte, begnügte sich offenbar nicht mehr damit, die McLeods zu bestehlen, sondern baute auch selbst an.

Zurück in den Hausflur.

»Okay …« Logan deutete nach oben. »Bei ›drei‹ gehen wir …«

Ein lauter Knall – Putzbrocken platzten von der Wand neben seinem Kopf.

Sie flüchteten sich in das nächste Cannabis-Gewächshaus. Rennie rannte ein paar Pflanzen um, während Sim auf der anderen Seite der Tür schlitternd zum Stehen kam.

Splitter spritzten vom Boden auf, dann noch einmal und noch einmal, als Kugeln die Fliesen in Granatsplitter verwandelten.

Logan ließ sich auf Hände und Knie fallen und spähte am Türrahmen vorbei.

Ein Mann in Boxershorts und langem schwarzem Bademantel stand auf der obersten Treppenstufe am Ende des Flurs, eine Flasche Jack Daniel's in der einen Hand, eine halbautomatische Pistole in der anderen, weiße Socken an den Füßen. Ein fetter Joint klemmte zwischen seinen gebleckten Zähnen, Rauch kringelte sich durch den lückenhaften Bart und die langen schwarzen Haare. Die Augen verengt und blutunterlaufen. Er schwankte hin und her, dann hob er die Pistole an und kniff ein Auge zu.

Das war doch nicht … oder doch? Nein, *unmöglich*.

WUMM – das Geräusch des Schusses hallte von den Wänden wider, und erneut wurde ein Stück Putz pulverisiert, allerdings in sicherer Entfernung von ihrem Versteck. Zu besoffen und bekifft, um ein Scheunentor zu treffen.

War es möglich?

Logan musste schreien, um das Klingeln in seinen Ohren zu übertönen. »Anthony? Anthony Chung?«

Die Pistole schwenkte wieder herum, blaffte zweimal und schlug zwei Löcher in die Tür gegenüber.

Rennie kämpfte sich aus den Hanfpflanzen heraus, wobei fünffingrige Blätter in seinen Haaren hängen blieben. »Aber Anthony Chung ist tot!«

WUMM – wieder zerplatzte eine Bodenfliese.

»Tja, aber für einen Geist leistet er ganz schön hartnäckig Widerstand, nicht wahr?«

»Du hast gesagt, sein Vater hätte die Leiche identifiziert!«

WUMM, WUMM – eine Kugel schlug in den Türrahmen, die zweite in die Wand.

Sein Vater war ganz offensichtlich ein verdammter Lügner. Nicht nur, dass Anthony Chung äußerst lebendig war. Er hatte auch kein Tattoo am Hals.

Sim wischte ein paar Blutstropfen weg, die ihr in die Augen gelaufen waren. »Wir können doch nicht hier hocken bleiben wie die Idioten.«

WUMM – jetzt bekam die Decke auch was ab. Staub rieselte herunter und schimmerte im Licht, das aus der offenen Tür des Plantagenraums fiel.

Rennie leckte sich die Lippen. »Wir stürzen uns auf ihn. Er kann überhaupt nicht zielen, oder? Wir rennen alle gleichzeitig auf ihn zu und …« Er starrte Logan an. »Was?«

»Du bist und bleibst ein Idiot. Wir stürzen uns *nicht* auf einen Mann mit einer geladenen …«

WUMM – die nächste Bodenfliese.

Klick.

Logan spähte wieder um den Türrahmen. Anthony Chung hatte ein Auge zugekniffen und hielt die Pistole vor sein Gesicht – bewegte sie vor und zurück, als ob ihm das helfen könnte, besser zu sehen. Der Schlitten war ganz zurückgezogen, der runde Lauf ragte eine Handbreit heraus, und aus der Mündung stiegen Rauchkringel.

Er wankte einen Schritt zurück, dann schnellten seine Augenbrauen in die Höhe, und er ließ die Bourbonflasche fallen. Seine Hand ging zur Tasche des Bademantels.

Logan sprintete los. Die zersplitterten Fliesen knirschten unter seinen Sohlen.

Die Flasche schlug auf den Treppenläufer und prallte zurück. Bernsteingelbe Flüssigkeit spritzte aus dem offenen Hals.

Anthony Chungs Hand verschwand in der Tasche.

Die unterste Stufe knarrte, als Logan darauf sprang. Er stürmte die Treppe hinauf, immer zwei Stufen auf einmal.

Die Hand tauchte wieder auf, und sie hielt eine riesige, verchromte Halbautomatik.

Noch drei Stufen.

Die Pistole schwang nach oben und zielte genau zwischen Logans Augen.

Zu langsam …

Anthony Chung grinste. »Bye-bye.« Und drückte ab.

49

Logan blinzelte. Stand da, stumm und starr. Und dann atmete er tief aus, während das Blut in seinen Ohren wummerte. Oh, *Gott* sei Dank. »Erst entsichern, du Schwachkopf.«

»Nein, das …« Anthony starrte die Waffe in seiner Hand an.

In diesem Moment versetzte ihm Logan einen Schlag mit dem Ellbogen ins Gesicht, der ihn von den Füßen hob und mit ausgestreckten Armen gegen die Wand krachen ließ. Die Pistole fiel mit Gepolter auf die Fliesen.

Rein aus Sicherheitsgründen schickte Logan noch einen Tritt in die Hoden hinterher. Anthony Chung rollte sich ein wie ein Fötus und hielt sich mit der einen Hand seine blutige, gebrochene Nase, mit der anderen die gequetschten Eier.

Logan beugte sich vor und stützte die Hände auf die Knie, um Halt zu finden, während das Treppenhaus sich um seinen Kopf drehte.

»Chef?« Sim klopfte ihm auf den Rücken. »Sind Sie okay?«

»Legen Sie ihm Handschellen an. Bitte.«

»Also schön, du kleiner Mistkerl: Anthony Chung, ich verhafte Sie wegen versuchten Mordes an drei Polizeibeamten und wegen Besitzes von illegalen Feuerwaffen sowie eines scheußlichen Köters.« Sie zog ihm die Hände hinter den Rücken und ließ die Handschellen klicken. »Und ich bin auch *ernsthaft* sauer wegen der Schrotflinte hinter der Tür!«

Los, weiter. Nicht rumtrödeln. Müssen Chalmers finden.

Logan holte noch einmal tief Luft und richtete sich auf. Dann erklomm er mühsam die Stufen, während Rennie keuchend hinterherstapfte.

Der Flur im Obergeschoss war mit einem rot-braun gemusterten Teppichboden ausgelegt, der sich an den Rändern schon ablöste. Eine Tür stand offen, dahinter ein Schlafzimmer mit schwarzer Bettwäsche und einem an die Decke gemalten Ringknoten. Auf dem Boden Haufen von Klamotten und zwei leere Pizzakartons voller Fettflecken.

Noch zwei weitere Türen.

Rennie zeigte auf sich und dann auf die Tür zur Linken.

Logan nickte und übernahm die andere. Riss sie auf und erstarrte auf der Schwelle.

Es war ein Badezimmer, offenbar nachträglich in einem Anbau eingerichtet, die Decke fleckig von Feuchtigkeit und Schimmel. Vergilbte Fliesen mit schmutzig grauen Fugen. Eine freistehende Badewanne mit Roststreifen, randvoll mit Wasser. Und Agnes Garfield.

Sie kniete vor der Wanne und hielt etwas unter Wasser gedrückt. Das Etwas lag mit dem Gesicht nach unten, wand sich und zappelte. Zwei nackte Füße ragten aus dem Wasser, die Knöchel an den Hähnen festgebunden.

Chalmers.

»Lassen Sie sie los!«

Agnes blickte zu ihm auf. Die Sommersprossen hoben sich wie Blutflecken von ihrer Porzellanhaut ab, die knallroten Haare waren zum Pferdeschwanz gebunden. Sie hatte so viel Make-up um die Augen, dass sie aussah wie eine Leiche. Sie bleckte die Zähne. »Ich rette ihre Seele.«

»Lassen – Sie – sie – los!«

Achselzucken. »Wie Sie wollen …« Agnes stand auf und breitete die Arme aus, die Handflächen nach oben.

Chalmers' nackter Rücken tauchte auf, die Handgelenke dahinter gefesselt. Das Zappeln wurde heftiger.

Verdammt – die Füße an die Wasserhähne gebunden, die Hände hinter dem Rücken gefesselt – so würde sie es niemals schaffen, Mund oder Nase an die Oberfläche zu bringen.

Logan rannte los, stieß Agnes mit dem Ellbogen aus dem Weg und riss Chalmers hoch.

Sie hustete und spuckte, das Wasser strömte ihr aus der Nase und dem Mund mit den geschwollenen Lippen. Die weit aufgerissenen Augen waren blutunterlaufen. »Aaaaaaaaaaaah!« Dunkelrote Blutergüsse bedeckten eine Seite ihres Gesichts, und aus winzigen Schnitten in Schultern und Brust rann Blut in das schmutzige Badewasser. Ihr Kopf war völlig kahlrasiert, übersät mit Kratzern und Schnitten und schorfigen, geschwollenen Stellen.

Während Chalmers würgte, gab es hinter Logans Rücken ein knirschendes Geräusch.

»Alles in Ordnung! Ich habe sie.«

Und dann spürte er Agnes' warmen Atem im Nacken, ihre Lippen berührten leicht sein Ohr, ihre Stimme war nur ein Hauch.

»Was ich in ihrem Namen tue, entzündet ein Feuer in Gottes Namen.«

Ein brennender Schmerz durchzuckte seinen Rücken, er fiel nach vorne auf Chalmers und drückte sie wieder unter Wasser. Gurgeln und Zucken.

Logan rollte ab und fiel hart auf den Boden.

Agnes stand über ihm und hielt die Abdeckung des Spülkastens in den Händen wie Moses seine Gesetzestafel. Sie hob sie über den Kopf und streifte dabei die nackte Glühbirne, die ins Schwingen geriet.

Dann stürzte Rennie sich auf sie und stieß sie rückwärts gegen die gesprungene Toilettenschüssel. Der Spülkastendeckel fiel auf die Kante der gusseisernen Wanne und zerbrach. »Lassen Sie mich los!«

»Chef? Alles okay? Au!«

»LASSEN SIE MICH LOS!«

Logan rappelte sich auf die Knie hoch und packte Chalmers an den Schultern. Riss sie wieder hoch, während das Wasser auf den Boden schwappte und die Schatten ringsum im Schein der wild hin und her schwingenden Glühbirne wirbelten wie Rauchschwaden.

Chalmers riss ihren blutverschmierten Mund auf und schrie.

Kupferrote Streifen überzogen die goldenen Rapsfelder zu beiden Seiten des Bauernhauses, als die Sonne durch die schmale Lücke zwischen den schweren grauen Wolken und dem Horizont lugte. Zwei Krankenwagen und eine Handvoll Streifenwagen blockierten die Straße und ließen ihr blau-weißes Rundumlicht über die länger werdenden Schatten zucken. Vier Mitglieder des bewaffneten Einsatzteams – zu spät, um noch zu irgendwas nütze zu sein – saßen auf einer Mauer in der Sonne, rauchten Zigaretten und lachten.

Ein verdreckter, einstmals weißer Transit kam den Zufahrtsweg hinaufgerumpelt: Die Spurensicherung war im Anmarsch, um das Cannabis zu konfiszieren.

Logan nahm das Telefon ans andere Ohr. »Ich bin gerade ziemlich beschäftigt, Dave, also …«

Am anderen Ende der Leitung schnaubte Goulding aufgebracht. *»Und ich sollte mir heute Abend eigentlich* Kiss Me Kate *anschauen, aber stattdessen hocke ich hier im Büro und muss die dreihundertzweiundsechzig E-Mails durchackern, die* Sie *mir aufs Auge gedrückt haben.«*

Die Fanpost. »Ah …«

»Und da es inzwischen …« Eine Pause. *»Ach du liebe Zeit, es ist ja schon nach halb zehn!«*

»Dave, es …«

»Ich habe die Hälfte durch, und unter Berücksichtigung der fürchterlichen Rechtschreibung und Grammatik habe ich zwanzig mögliche Kandidaten, die für die Folterungen verantwortlich sein könnten, sowie drei potenzielle Necklacing-Täter. Ich werde mir den Rest morgen vornehmen, aber ich habe die Kollegen von der Informatik schon mal gebeten, sich die Serverprotokolle zu besorgen und …«

»Hören Sie, Dave … eigentlich wollte ich Sie schon anrufen. Wir haben gerade Anthony Chung und Agnes Garfield verhaftet.«

Schweigen.

»Dave?«

»Sie haben mir gesagt, Anthony Chung sei tot!«

»Ja, nun … er hat sich wieder erholt. Und sie ist definitiv unsere Mörderin, also können Sie die restlichen E-Mails vergessen.«

»Haben Sie auch nur einen blassen Schimmer, wie viel Zeit ich in dieses Profil gesteckt habe? Um alles entsprechend hinzubiegen, weil Sie mir gesagt haben …«

»Sie hatten recht mit dem Wasserurteil. Als wir sie fanden, versuchte sie gerade, DS Chalmers zu ertränken.«

»Ich habe Ihnen doch gesagt, *sie würde ihn nie umbringen.«*

»Es ist nicht meine Schuld: Anthony Chungs Vater hatte die Leiche identifiziert, ich habe nur … Augenblick mal.« Logan hielt eine Hand über die Sprechmuschel, als eine stämmige Sanitäterin auf ihn zugestapft kam und sich vor ihm aufbaute. Ihre Haare waren zu einem schlaffen Pferdeschwanz gebunden, und ihre Hängebacken bebten, als sie ihn mit säuerlicher Miene anstarrte wie eine enttäuschte Mutter ihr ungezogenes Kind.

Sie zeigte auf den Krankenwagen. »Wenn sie nicht bald mitspielt, werde ich sie sedieren.«

»Dave, ich muss Schluss machen.« Er legte auf und folgte dem großen, wogenden Hintern der Sanitäterin zum Krankenwagen.

Die Hecktüren standen offen, und auf der Rampe saß Chalmers. Sie hustete, und bei jedem Atemzug rasselte es, als ob in ihrem Brustkorb etwas locker wäre. »Ich will nicht ins Krankenhaus …« Die silberne Rettungsdecke warf Falten, als Chalmers sie fester um ihre bloßen Schultern zog, und reflektierte die zuckenden blau-weißen Lichter. Graue und lila Blutergüsse breiteten sich auf ihrer geschorenen Kopfhaut aus.

Die Sanitäterin stieß einen gedehnten Seufzer aus. Dann verdrehte sie die Augen und sah Logan an. »Sagen Sie's ihr.«

»Sie müssen genäht werden und brauchen Antibiotika. Sie müssen ins Krankenhaus.«

Chalmers nahm noch einen Zug aus der Sauerstoffmaske und hustete wieder.

Logan klopfte der Sanitäterin auf die Schulter. »Lassen Sie uns einen Moment allein.«

»Ich meine es ernst: Wenn es sein muss, werde ich sie sedieren!« Dann machte sie auf dem Absatz kehrt und stapfte in Richtung des Schusswaffenteams davon.

»Sie können froh sein, dass Sie noch am Leben sind.«

Chalmers nickte. »Sie war bei der Suppenküche. Agnes … Sie war da, hat im Hintergrund gelauert und alle beobachtet. Ich bin ihr gefolgt …« Sie hustete wieder. »Hinter dem Bon Accord Centre hab ich sie dann verloren.«

»Warum zum Teufel haben Sie das nicht gemeldet?«

»Also habe ich noch einmal die ganzen Adressen abgeklappert, alle, die ich von Duncan Cocker bekommen hatte. Am Nachmittag war niemand dort gewesen, aber ich dachte …« Die Rettungsdecke knisterte, als sie die Schultern hob.

»Sie dachten sich, Sie würden sie eigenhändig schnappen und den ganzen Ruhm einheimsen. Na, das hat ja auch prima geklappt, nicht wahr?«

Knurren und hektisches Scharren kam von der Haustür, wo zwei Hundeführer mit vereinten Kräften den Schäferhund herauszerrten. Sie hatten ihm eine Schlinge um den Hals gelegt, die am Ende einer langen Stange befestigt war.

Chalmers vermied es, Logan in die Augen zu sehen. »In einem Haus in der Nähe von Fyvie stand ich dann plötzlich vor Agnes.« Chalmers fummelte an der Sauerstoffmaske herum und bog das weiche Plastik hin und her. »Und als ich wieder zu mir kam, lag ich gefesselt in einer schäbigen kleinen Küche …« Sie wischte sich mit einer Hand über die Augen. »Ich habe ihr nichts gesagt …«

»Sie wären nicht in diese Situation geraten, wenn Sie Verstärkung angefordert hätten.« Logan trat einen Schritt zurück. Der Pulsschlag pochte in seinem Hals, und sein Gesicht wurde schlagartig heiß. »Wegen Ihnen wäre PC Sim fast gestorben. Rennie hätte um ein Haar einen tödlichen Stromschlag bekommen. Und ich war *so* dicht davor« – er hielt Daumen und Zeigefinger so, dass sie sich fast berührten, und wurde mit jedem Wort lauter –, »eine Kugel ins Gesicht zu bekommen!«

»Ich wollte nur … Ich hab nicht gewollt, dass es so endet.«

»Ach ja? Na, dann ist ja alles wunderbar. Alles vergeben und vergessen!« Er bohrte ihr den Zeigefinger in die Schulter, und die Rettungsdecke knisterte. »Jetzt hören Sie mir mal ganz genau zu: Ich bin derjenige, der Sims Mann und ihren Kindern hätte beibringen müssen, dass sie tot ist, nur weil Sie es nicht aushalten konnten, die verdammte Anerkennung mit anderen zu teilen!«

Tränen strömten über Chalmers' Wangen. »Es war nicht meine Schuld …«

»Ich hoffe, Sie sind stolz auf sich.« Er wandte sich ab und ging davon.

Donnerstag

50

Das rhythmische Wummern einer Bohnermaschine zerrte Logan aus den kühlen grünen Wellen hoch und ließ ihn unsanft auf dem Besucherstuhl in Samanthas Krankenzimmer landen.

»Uaah …« Irgendwann in der Nacht musste sich jemand hereingeschlichen und seine Wirbelsäule gegen spitze Steine und Glasscherben ausgetauscht haben. Unter Knacksen und Ächzen richtete er sich auf. Gähnte. Streckte sich. Sackte wieder zusammen. Und schlurfte dann ins Bad, während er sich den Schlaf aus den Augen rieb.

Aus dem Spiegel blickte ihm ein Gesicht mit zwei wunderschönen Veilchen entgegen.

Dann runzelte das Gesicht die Stirn: Irgendetwas sollte er doch noch tun …?

Nein, keine Ahnung.

Also erst mal pinkeln und waschen.

Samantha rührte sich nicht, als er seine Schuhe anzog. Sie lag nur da wie eine Tote, mit ihren Drähten und Schläuchen und ihren strähnigen braunen Haaren.

Er räusperte sich. Rang sich ein Lächeln ab. »Wird wahrscheinlich ein langer Tag heute. Wie wär's mit Pizza zum Abendessen oder …?«

Was hatte das alles für einen Sinn?

Etwas Schweres legte sich auf seine Schultern und versuchte ihn in den grauen Terrazzoboden zu drücken.

Und dann klingelte sein Telefon – »If I Only Had a Brain«.

Logan zog es heraus. »Weißt du eigentlich, wie spät es ist?«

»Kurz vor halb acht, Chef.«

Tatsächlich? Er sah auf die Uhr. Verdammt. »Warum hat mir keiner was gesagt?«

»Sie haben noch eine Leiche auf dem Bauernhof gefunden. Die arme Sau wurde anscheinend mit Messerstichen traktiert, erdrosselt und dann in der verfallenen Kapelle verscharrt. Dr. Graham sagt, die Knochen aus dem Kochtopf sind eindeutig auch von einem Menschen: Schulterblatt, Schädel, fünf Rippen und eine Elle. Aber anscheinend ziemlich antik. Die Obduktion ist um zehn, falls du Lust hast?«

Agnes Garfield hatte also ihren eigenen Knochengarten angelegt und dort Leichen verscharrt.

»Eher nicht.« Er legte sich mit einer Hand die Krawatte um und zog sie stramm. »Aber ich glaube, ich weiß, von wem die Knochen aus dem Kochtopf sind: Nicholas Alexander Balfour.«

»Ach ja, stimmt: Der Spiritist von dem Friedhof. Cool. Hab mich schon gefragt, was aus ihm geworden ist. Übrigens, ich hab mit Guthrie gesprochen – er hat von den Kumpels der SOCA aus dem amerikanischen Justizministerium gehört. Anthony Chung ist wegen Drogenhandels und ein paar Alkoholdelikten vorbestraft, aber willst du wissen, was wirklich *interessant ist?«*

Logan hielt das Telefon an seine Brust, dann beugte er sich vor und küsste Samantha auf die Stirn. Ihre Haut war kühl an seinen Lippen. »Muss jetzt los. Wir sehen uns später, ja?«

Zurück zum Telefon. *»Chef? Bist du noch dran?«*

»Na los, sag schon: Was ist wirklich interessant?«

»Wie sich herausgestellt hat, wird sein Vater mit ungefähr zwei Dutzend Hydrokultur-Cannabisplantagen in San Francisco in Verbindung gebracht. Sie konnten ihm nichts nachweisen, aber alle wissen, dass er es war.«

Der Apfel fällt nicht weit von der Hanfpflanze. »Danke. Sag Steel, ich bin in zwanzig Minuten da.«

Regen prasselte an Steels Bürofenster und rann in schimmernden Bahnen an der Scheibe herab. Sie fläzte sich auf ihrem Stuhl, die Füße auf dem Schreibtisch, die Pseudozigarette im Mundwinkel. »Sie ist also meschugge?«

Dr. Goulding zuckte mit den Achseln, dann legte er die Beine andersrum übereinander. »Sagen wir lieber, sie ist eine zutiefst gestörte junge Frau.«

Steel sah zu Logan auf. »Das ist Liverpooler Slang für ›meschugge‹.«

»Sie ist ebenso sehr ein Opfer von Anthony Chungs Drogenbaron-Fantasie wie alle, die unter ihr gelitten haben. Er hat sich selbst die Rolle des Moderators zugeteilt, des Kommandanten der Fingermen in *Witchfire*. Er hat verhindert, dass sie ihre Medikamente nimmt, und ihr stattdessen Cannabis mit hoher THC-Konzentration verabreicht. Sie hat alles geglaubt, was er ihr sagte.« Goulding streckte die Hände aus – *ich habe nichts zu verbergen*, sollte die Geste sagen. »Ich habe sie auf Risperidon gesetzt, wir dürften also in nicht allzu langer Zeit eine Verbesserung ihres psychischen Zustands erleben. Inzwischen habe ich für sie am späteren Vormittag einen Termin mit dem psychiatrischen Dienst vereinbart. Agnes muss in eine geschlossene psychiatrische Einrichtung verlegt werden, wo man sich um sie kümmern kann. Sie gehört *nicht* in eine Gefängniszelle.«

Steel paffte an ihrer künstlichen Zigarette. »Erzählen Sie das mal den vier armen Schweinen, die sie zu Tode gefoltert hat.«

»Nun ja …«

Sie zog eine untere Schublade auf und nahm eine Schachtel von der Größe einer Thermosflasche heraus. »Laz, du hast sie geschnappt, und auch Anthony Chung, und das, ohne dass jemand dabei draufgegangen ist. Da.« Sie warf ihm das Päckchen zu. »Du kannst dein Geschenk doch noch haben.«

Logan fing es auf. Was immer es war, es war in braunes Papier eingeschlagen. »Will ich das wissen?«

Steel grinste ihn an. »Mach auf.«

Okay …

Er riss das Papier ab, und eine schlichte Pappschachtel kam zum Vorschein. Er hob den Deckel an und starrte hinein. Das Ding sah aus wie eine Plastik-Vagina, die auf einer Art Thermosbecher steckte. »Was zum Henker soll *das* denn sein?«

»Das ist ein Fleshlight. Du steckst deinen kleinen Pillermann rein und ruckelst es hin und her. Du rennst doch rum wie sieben Wochen Regenwetter, seit deine Freundin im Krankenhaus liegt. Wird dir guttun, ab und zu ein bisschen Spannung abzubauen.«

Ach du liebe Zeit.

»Fürs Protokoll: Ich zeige Mr Chung Beweisstück Nummer sechs, eine halbautomatische Handfeuerwaffe osteuropäischer Herkunft.« Logan hielt die hässliche schwarze Pistole in ihrem transparenten Beweismittelbeutel hoch. »Mr Chung, möchten Sie uns vielleicht erklären, wo Sie die herhaben?«

Anthony Chung grinste. »Hey, Mann, das ist …«

Sein Anwalt legte ihm die Hand auf den Arm. »Mein Mandant hat dazu nichts zu sagen.«

Schon wieder.

»Mr Blake, die Waffe ist voll mit den Fingerabdrücken Ihres Mandanten, und wir haben drei Polizeibeamte als Zeugen. Glauben Sie wirklich, dass die Geschworenen …«

»Mein *Mandant* hat dazu nichts zu sagen.«

Es klopfte an der Tür, und PC Guthrie steckte den Kopf herein. »Chef?«

Logan lehnte sich auf seinem Stuhl zurück und schloss die Augen. Biss die Zähne zusammen. »Vernehmung unterbrochen um … neun Uhr vierzig. DI McRae verlässt den Raum.«

Draußen trat Guthrie von einem Fuß auf den anderen und

blickte nervös nach links und nach rechts, während Logan die Tür des Vernehmungsraums schloss.

»Ich hoffe sehr, es ist wichtig.«

Guthrie senkte die Stimme zu einem Flüstern. »Es ist Insch. Er ist unten und geht total die Wände hoch. Soviel ich weiß, geht's um einen möglichst frühen Gerichtstermin für sein Hollywood-Starlet. Er sagt, er versucht dich schon den ganzen Morgen zu erreichen.«

Ach … du … Scheiße. Logan sackte gegen die Wand. Er hätte dafür sorgen sollen, dass Morgan Mitchell den ersten Termin des Morgens vor dem Amtsrichter bekam. Hatte er doch gewusst, dass er etwas vergessen hatte. »Okay, okay, ich kümmere mich drum.« Er wies hinter sich auf den Vernehmungsraum. »Geh rein und sag ihnen, wir machen fünfzehn Minuten Pause. So haben sie noch ein bisschen mehr Zeit, an ihren Lügen zu feilen.«

Im Zellentrakt war es deutlich ruhiger als gestern. Heute kam das einzige Geräusch aus dem Radio im Dienstzimmer der Gewahrsamsbeamten, das Neunzigerjahre-Hits dudelte. Was wahrscheinlich als grausame und ungewöhnliche Bestrafung im Sinne der Europäischen Menschenrechtskonvention zählte, aber das war nun auch egal.

Keine Spur von Kathy im oberen Zellenblock, also versuchte er es im Untergeschoss.

Sie schob mit grimmiger Miene einen Mopp auf dem Betonfußboden hin und her. Neben einer offenen Zelle stand ein Eimer mit Schmutzwasser, der einen scharfen Geruch nach Tannenduft-Desinfektionsmittel verströmte. »… aber *nein*, wer muss mal wieder alles aufwischen …?«

Logan hielt sich in sicherer Entfernung vom Schwenkbereich des Mopps. »Macht's Spaß?«

Sie durchbohrte ihn mit einem Blick. »Wie kommt es, dass

immer alle verschwinden, sobald sich hier jemand die Seele aus dem Leib kotzt?«

Also eher nicht. »Sie müssen mir für Morgan Mitchell einen früheren Gerichtstermin eintragen.«

»Was glauben die denn, wer ich bin – ihre Mutter? Faules Pack, alle …«

»Kathy: Gerichtstermine.«

Sie stieß den Mopp so heftig in den Eimer, dass das graue Wasser auf den Beton schwappte. »Ich habe zu *tun*.«

»Okay …« Er hob die Hände. »Dann warte ich eben.«

Er wich ein paar Schritte zurück, schob die Hände in die Hosentaschen und wippte auf den Fersen auf und ab. Dann zog er sein Telefon aus der Tasche und schaltete es wieder ein. Eine Pause, dann piepste es ihn an: acht neue Sprachnachrichten und ein Dutzend SMS. Alle von Insch. Er löschte sie alle.

Kathy schrubbte mit dem Mopp an einem hartnäckigen Fleck herum. »Ist ja noch nicht mal mein Job, verdammt!«

Es sah aus, als ob die meisten Zellen im Frauentrakt leer wären. Laut den Schildern neben den Türen waren nur noch drei belegt: eine Amy Brooke – Ladendiebstahl; Morgan Mitchell – Körperverletzung; und Agnes Garfield – Mord in vier Fällen.

Logan schob die Abdeckung zurück.

Agnes saß auf der Kante der blauen Plastikmatratze, die Knie geschlossen, die Füße eng zusammengestellt, die Arme angelegt, die Hände im Schoß gefaltet. Reglos wie ein Stein. Dann drehte sie ihm den Kopf zu. Die Bahnen von zerlaufener schwarzer Schminke auf ihren Wangen sahen aus wie Rabenflügel.

Sie blinzelte. Dann machte sie den Mund auf. Und wieder zu. Sie schluckte, setzte noch einmal an. »Es … tut mir leid.«

Reichlich spät. »Es ist nicht Ihre Schuld. Sie sind krank.«

»Ich habe Ihre Freundin nicht angerührt, es war nur … Sie ist so hübsch, wie sie da liegt, ganz friedlich …« Ein kleines Lächeln. »Ich war so eifersüchtig. Sie liegt da und schläft, Jahr um Jahr, und wartet darauf, dass ihr Prinz sie wachküsst.«

»Und deswegen haben Sie Knochen unter ihr Bett gehängt – damit sie nicht aufwacht?«

Agnes sah ihn verständnislos an, als ob er gerade etwas unglaublich Dummes gesagt hätte. »Warum sollte ich das tun? Die Knochen sollten mich vor Ihnen schützen. Neunter Lehrsatz: ›Der Herr hilft denen, die sich selbst helfen.‹« Sie befeuchtete ihre Lippen. »Aber sie haben nicht gewirkt. Ich habe alles Mögliche versucht, aber Sie haben immer weiter nach mir gesucht, also … Es tut mir leid, dass ich Ihre Bremsleitungen durchgeschnitten habe.«

»Das waren *Sie?* Ich hätte sterben können!«

Agnes nickte. »Ich war … *verwirrt.*« Sie sah auf ihre Finger hinunter, schlang sie ineinander. »Wie geht es Ihrer Kollegin?«

»Sie haben ihr die Haare abrasiert, mit einem Messer auf sie eingestochen und versucht, sie zu ertränken. Dreimal dürfen Sie raten.«

Eine Pause. »Werden Sie mich töten?«

Was? »Nein, ich … Wieso sollte ich Sie töten?«

»Ich habe so vielen Menschen wehgetan. Ich dachte, sie seien Hexen. Wir …« Ihre roten Haare fielen ihr in die Stirn und bedeckten ihre Augen. »Ich glaubte, das Werk des Herrn zu tun. Ich wollte sie durch das Bluturteil reinigen. Sie dazu bringen, dass sie gestehen. Um ihre Seelen zu retten …«

Dann hatte Reuben also recht gehabt: *Es heißt, die neuen Jungs hätten sich jemanden für die Drecksarbeit engagiert: ein total krankes Hirn – quält die Leute aus purem Spaß am Foltern.*

»Das waren Sie, stimmt's?«

Ihre Worte waren nur ein leises Murmeln. »Die Kirk ist meine Mutter und mein Vater. Sie ist mein Stecken und mein Stab. Mein Schild und mein Schwert. Was ich in ihrem Dienste tue, entzündet ein Feuer in Gottes Namen.«

»Die Hexen haben für eine rivalisierende Drogenbande gearbeitet. Das kann ich ja verstehen, aber was hat Roy Forman getan? Hat er etwas gesehen, was er nicht sehen sollte? Hat Anthony an der Suppenküche gedealt, und er hat es mitbekommen? Haben Sie ihn deshalb verbrannt?«

Durch ihren Vorhang aus Haaren sah Agnes Logan fragend an. »Verbrannt?«

»Necklacing: An einen Pfahl gebunden, mit einem Autoreifen über …«

»Nein!« Sie schüttelte den Kopf. »Das Feuerurteil ist *barbarisch*. Ein Schandfleck für die Kirk.«

»Aber er war …«

»Rowan würde das niemals tun.« Sie schüttelte sich. »Nie im Leben.«

Logan starrte sie an. »Sie haben Roy Forman nicht verbrannt?«

Ach du Scheiße.

Steel sah ihn mürrisch an, die Falten um ihre Mundwinkel tief eingegraben. »Ist doch klar, dass sie das sagt, oder?«

»Wieso? Was hätte sie denn davon? Sie hat schon gestanden, drei Menschen zu Tode gefoltert zu haben, und auch die Grabräuberei und den versuchten Mord an Chalmers. Sie weiß, dass sie die nächsten zwanzig bis dreißig Jahre in der geschlossenen Psychiatrie verbringen wird. Was macht da ein Toter mehr für einen Unterschied?«

»Aaaargh …« Steel schlug sich beide Hände vors Gesicht, dann kippte sie nach vorne, bis ihr Kopf auf der Schreibtischplatte ruhte. Ihre Stimme klang gedämpft. »Du willst doch nicht *ernsthaft* behaupten, dass da draußen immer noch ein Irrer rumläuft, der Leute abfackelt?«

Er zog sein Telefon aus der Tasche, rief die Leitstelle an und ließ sich zu PC Sim durchstellen.

Sie ging nicht an ihr Airwave. Also versuchte er es bei ihr zu Hause.

Nach dem siebten Läuten hob sie ab. *»O Mann, kann ich nicht mal* einen *Tag freikriegen? Ich bin gestern angeschossen worden!«*

»Sie haben *Witchfire* gelesen …«

»Ja, es geht mir schon viel besser, danke der Nachfrage. Die Stellen, die genäht werden mussten, weil eine Schrotflinte direkt vor meinem Gesicht *losgegangen ist, jucken ein bisschen, und meine ganze Brust ist ein einziger Bluterguss, aber abgesehen davon …«*

»Soll ich Ihnen Steel schicken, damit sie es mit einem Küsschen wieder heil macht?«

Eine Pause. *»Uahh … Ich glaube, mir ist gerade ein bisschen was hochgekommen.«*

Steel spähte durch ihre Finger zu ihm auf. »Was soll ich jetzt küssen?«

»Dieses Necklacing – das Feuerurteil – macht Rowan das auch?«

»Nein. Das ist alles *Mrs Shepherd. Rowan glaubt nicht an Hexen, deshalb widert sie dieses Verbrennen von Menschen total an … Wieso?«*

Natürlich tat es das. »Danke. Genießen Sie Ihren Sonderurlaub, okay?« Er legte auf.

Wenn Rowan es nicht tat, dann würde Agnes es auch nicht tun … Aber eine überkandidelte Method-Acting-Spinnerin sehr wohl. Eine, die extra nach Iowa flog, um etwas über Hexerei zu lernen. Eine, die glaubte, eine Rolle leben zu müssen, um die Figur im Film spielen zu können. Eine, die bei einer Suppenküche auftauchen und jemanden wie Roy Forman entführen könnte.

Logans Telefon plärrte ihn an, als er die Stufen zum Zellentrakt hinuntertrabte. Unbekannte Nummer. Er nahm den Anruf an. »McRae?«

»Haben Sie die DNS-Analyse einer Leiche mit dem Vermerk ›eilt‹ in Auftrag gegeben – unbekanntes Folteropfer?«

»Am Dienstag.« Logan stieß die Tür zum Trakt auf. »Zwei Tage ist offenbar das neue ›eilt‹, wie?«

»Sarkasmus. Sehr hilfreich. Versuchen Sie *doch mal, irgendetwas erledigt zu bekommen, wenn Ihre Abteilung alle drei Minuten umorganisiert wird und man Ihnen dann noch so ein beschissenes Software*-Upgrade *andreht, das die ganze Zeit falsch-positive und falsch-negative Ergebnisse produziert!«* Eine Pause, angefüllt mit wütendem Schnaufen. Dann ein langgezogenes zischendes Geräusch. Und dann war er wieder da. *»Wir haben eine neunundneunzigprozentige Übereinstimmung mit einem gewissen Mai Shi-tu: ein halbes Dutzend Vorstrafen wegen Drogenbesitz und Einbruchdiebstahl. Kleiner Drogendealer aus Glasgow.«*

Dic Doppeltür zum Parkplatz schwang auf, und Rennie kam hereinstolziert. Er reckte beide Arme in die Höhe und formte die Finger zum Victory-Zeichen. Wie ein junger, blonder Richard Nixon. »Yeah – so sehen Sieger aus!«

»Ja, danke, das wäre eine echt nützliche Information gewesen, wenn ich sie gestern bekommen hätte, als es drauf ankam.«

»Jetzt stellen Sie sich mal nicht so an, es ist ja nicht so …«

»Wenn wir das nächste Mal ›eilt‹ sagen, dann *meinen* wir auch, dass es eilt.« Logan legte auf.

Eine gebückte Gestalt humpelte hinter Rennie herein, schwer auf einen Stock gestützt, das linke Bein vom Knie abwärts in einen verdreckten Gips gehüllt. Das Gesicht war mit Schorfkrusten und Kratzern übersät, die Haare vom Regen an den Schädel geklatscht.

Rennie winkte Logan zu. Er grinste, dann drehte er sich um und deutete mit einer schwungvollen Geste auf seinen hinkenden Freund. »Ladies and Gentlemen, ich präsentiere Ihnen den einzigartigen Mr Henry Scott!«

Henry Scott blieb stehen, leckte sich die aufgesprungenen Lippen und blickte nervös nach links und nach rechts. »Wie bitte …?«

Rennie strahlte Logan wieder an. »Siehst du – hab dir doch gesagt, dass ich es schaffe. Hab ihn in Kincorth gefunden, wo er sich in einem verfallenen Gebäude versteckt hatte.«

»Ich hab nichts getan …«

Das Lächeln schwand aus Rennies Gesicht. »Das weiß ich ja, Henry.« Er klopfte ihm auf die Schulter. »Ich habe Ihre Schwester ausfindig gemacht, sie hat sich Sorgen um Sie gemacht. Sie will, dass Sie zu ihr und ihrer Familie nach Perth ziehen. Um Ihnen wieder auf die Beine zu helfen.« Dann trat Rennie einen Schritt zurück und schnupperte an der Hand, mit der er gerade Henry Scott getätschelt hatte. Er schüttelte sich. »Aber zuerst mal müssen wir Sie dringend in eine Badewanne stecken …«

Logan blieb, wo er war, während Rennie Henry Scott abführte. Kaum waren sie um die Ecke verschwunden, hallte das Treppenhaus von Rennies gepfiffener Version von »We Are the Champions« wider.

Er öffnete das Guckloch von Zelle Nummer drei.

Morgan Mitchell lag auf dem Rücken auf der Matratze und starrte auf die Reklame für das Crimestoppers-Programm, die auf die Decke gemalt war. Sie hob den Kopf und sah ihn stirnrunzelnd an. Dann setzte sie sich auf. »So, so.« Ein Lächeln. »Werden Sie es mir jetzt mit dem Gummischlauch besorgen?«

»*Sie* waren es.«

Sie stand auf und tappte zur Tür. »Natürlich könnten wir auch mit leichtem Spanking anfangen. Wenn Sie für die härteren Sachen noch nicht bereit sind.«

»Agnes Garfield hat Roy Forman nicht verbrannt, das waren Sie.«

»Meine Wenigkeit?« Sie biss sich auf die Unterlippe. »Na, dafür hätte ich aber eine kräftige Tracht Prügel verdient, oder?«

»Sie waren am Freitag mit Nichole Fyfe dort, als er verschwand. Was haben Sie gemacht – ihm eine Flasche Supermarkt-Whisky zugesteckt, damit er mit Ihnen geht? Weil Sie wissen wollten, was das für ein Gefühl ist, so etwas mit einem Menschen zu machen?«

Sie lachte. »Ist das Ihr Ernst?«

»Klingt es für Sie wie ein Witz?«

Ihre Augen verengten sich. »Das dürfen Sie mir glauben: meine *Kunst* ist kein Witz.«

»Sie haben einen Mann bei lebendigem Leib verbrannt, nur um eine Rolle in einem Film spielen zu können.«

Morgan trat einen Schritt von der Tür zurück. »Ich habe nichts dergleichen getan. Ich habe niemandem etwas getan. Ja, ich war in der Suppenküche, aber ich war die ganze Zeit mit Nichole zusammen und habe den Obdachlosen geholfen. Und Sie können mir rein gar nichts nachweisen.«

»Oh, *glauben* Sie mir, das kann ich.«

»Ich habe bei drei Staffeln von *CSI New Orleans* mitgespielt – glauben Sie wirklich, ich wüsste nicht, wie man Spuren an einem Tatort beseitigt?« Sie zuckte mit den Achseln, und dann war das Lächeln wieder da. »Ich meine, *falls* ich diese furchtbare Sache getan hätte.«

Er starrte sie an.

»Sie haben nichts in der Hand, Inspector. Wenn Sie etwas hätten, würden Sie Anklage gegen mich erheben.« Sie wirbelte auf einem Fuß herum, als stünde sie auf der Tanzfläche. Dann legte sie sich wieder auf die Matratze, ein Knie angezogen, einen Arm hinter dem Kopf. »Und jetzt seien Sie ein braver Cop und verziehen Sie sich. Ich muss die Atmosphäre hier in mich aufsaugen.«

51

Insch schritt vor dem Eingang des Präsidiums auf und ab und brummelte etwas in ein Mobiltelefon, während der Regen auf den Schirm trommelte, den er über seinen glänzenden Kahlschädel gespannt hatte.

Logan schlug den Kragen hoch, als er durch die Automatiktür am Empfang nach draußen trat, und sprang im Zickzack über die Pfützen, bis er direkt vor Insch stand. »Sie haben es gewusst.« Es war keine Frage.

Insch kräuselte die Oberlippe, die Hautfalten an seinem Hals spannten sich wie bei einer Schildkröte. »Ich rufe Sie zurück.« Er schob das Telefon in die Tasche. »Lassen Sie sich *endlich* dazu herab, mit mir zu sprechen?«

»Warum haben Sie nichts gesagt?«

»Sie werden erfreut sein zu hören, dass ich mit Ma Stewart gesprochen habe. Wir machen sie zur autorisierten Lieferantin für Original-*Witchfire*-Artikel. Sie sind von hoher Qualität, regional hergestellt, und wir unterstützen damit die älteren Mitbürgerinnen und Mitbürger von Aberdeen.«

»Morgan Mitchell.«

»Ich habe … mit der Person gesprochen, die sie angegriffen haben soll. Wie sich herausstellte, lag ein Missverständnis vor. Er ist ausgerutscht und gestürzt. Hat sich den Kopf angeschlagen. Und nachdem sie ihm aufgeholfen hatte, brachte er die Reihenfolge der Ereignisse durcheinander. Er hat sich entschuldigt und seine Anzeige zurückgezogen.«

Logan starrte ihn an. »Was ist mit Roy Forman?«

Insch fischte eine Tüte Karottenstäbchen aus der Tasche, schob sich eines in den Mund und kaute stirnrunzelnd darauf herum. »Der Hobo von Hardgate? Was ist mit ihm?«

»Sie hat ihn umgebracht. Sie hat ihn mit einer Flasche Schnaps weggelockt, ist mit ihm in die Pampa rausgefahren und hat ihn verbrannt. Alles für Ihren beschissenen Film!«

»Reden Sie keinen Unsinn. Der Herr, den sie *angeblich* angegriffen hat, hat seine Anschuldigungen fallen lassen. Und jetzt lassen Sie sie gefälligst weiterarbeiten.«

Weiterarbeiten …?

Logan bohrte Insch einen Finger in die Brust. »Sie haben es *gewusst*!«

»Ich habe keine Ahnung, wovon …«

»Tun Sie nicht so scheinheilig, okay?« Er ging ein halbes Dutzend Schritte und kam wieder zurück. »Roy Forman ist unter Höllenqualen schreiend gestorben!«

Das einzige Geräusch war der Trommelwirbel des Regens auf Inschs Schirm. »Morgan Mitchell hat *niemanden* umgebracht.«

»Sie war dort an dem Abend, als er entführt wurde. Sie *behauptet*, mit Nichole Fyfe zusammen gewesen zu sein, aber was wollen wir wetten, dass Nichole so bekifft war, dass sie nicht mal gemerkt hätte, wenn eine ganze Zirkusparade vor ihrer Nase vorbeimarschiert wäre?«

Inschs Gesicht wurde dunkler, und seine Kiefermuskeln zuckten. »Und ich sage Ihnen …«

»Dieser ganze Quatsch von wegen ›Sie können nicht einfach hingehen und Ihren Text runterleiern, Sie müssen in Ihrer Rolle aufgehen, Sie müssen sie leben‹. Sie hat Roy Forman umgebracht, um zu wissen, was das für ein Gefühl ist.«

Insch kniff die Augen zusammen und drückte zwei zitternde Finger gegen die Hautfalten an seinem Hals, um seinen Puls zu fühlen. Eine dicke Vene pochte auf seiner Stirn. »Morgan würde nie …«

»Sie haben es selbst gesagt.« Logan tippte ihm auf die Brust. »Sie ist eine überkandidelte Method-Acting-Spinnerin. Sie glaubt, dass diese Rolle sie zum Superstar machen wird …«

»NEIN!« Speicheltröpfchen flogen aus Inschs Mund, begleitet von halb zerkauten Möhrenstückchen. »MORGAN MITCHELL HAT NIEMANDEN UMGEBRACHT!«

Logan trat einen Schritt zurück. »Sie hat es getan, und sie glaubt, dass wir ihr nichts anhaben können.«

»Sie …« Die Luft strömte zischend durch Inschs Nase ein und aus, wie bei einem kaputten Blasebalg. »Ich habe alles, was ich besitze, in diesen *verdammten* Film gesteckt. Wir können es uns nicht leisten, noch mal von vorne anzufangen und jede einzelne Szene mit Mrs Shepherd neu …«

»Was zum Teufel ist aus Ihnen geworden?« Logan machte auf dem Absatz kehrt und marschierte zum Präsidium zurück. »Sie waren mal Polizist.«

»Hören Sie, Inspector McRae, wenn Sie vorhaben, die ganze Zeit nur dazusitzen und meinen Mandanten finster anzustarren, sehe ich keinen Sinn darin, diese Vernehmung fortzusetzen.« Anthony Chungs Anwalt sammelte seine Papiere ein.

»Wenn Ihr *Mandant* mal etwas anderes sagen würde als ›Kein Kommentar‹, Mr Blake, könnten wir vielleicht ein Stück vorankommen.«

Anthony Chung, der ihm am Tisch gegenübersaß, lächelte ihn nur an.

Na schön.

»Constable Buchan, wenn ich bitten darf.«

»Vernehmung unterbrochen um zehn Uhr zweiundfünfzig.« Sie beugte sich vor und schaltete die Ton- und Videoaufzeichnung aus.

Blake stand auf, doch sein Mandant blieb sitzen.

Anthonys amerikanischer Akzent begann sich schon abzuschleifen, und ein Anflug von Schottisch schlich sich ein. »Gehen Sie. Ich will mich mal unter vier Augen mit dem Boss hier unterhalten.«

»Ich muss Ihnen dringend raten, dem Inspector nichts zu sagen …«

»Alles easy.« Das Lächeln wurde zu einem Grinsen. »Die wissen, dass ich keinen umgebracht habe.«

»Sagen Sie ihm nichts.« Der Anwalt zeigte mit einem abgekauten Finger auf Logan. »Wenn Sie auch nur mit dem *Gedanken* spielen, meinen Mandanten zu nötigen, sorge ich dafür, dass Sie schneller suspendiert werden, als Sie ›Dienstvergehen‹ sagen können.«

»Constable Buchan, begleiten Sie Mr Blake in die Kantine. Und passen Sie auf, dass er keine Löffel klaut.«

Sobald die Tür ins Schloss gefallen war, rückte Anthony auf seinem Stuhl vor. »Geht es ihr gut? Rowan?«

»Bisschen spät, sich darüber Gedanken zu machen, finden Sie nicht? Nach allem, wozu Sie sie angestiftet haben?«

»Sie war so … *glücklich*, ja? Die ganzen Jahre hat ihre Mom sie behandelt, als ob sie ein kleines Kind wäre oder so – hat ihr vorgeschrieben, wohin sie gehen durfte, mit wem sie reden durfte, wen sie lieben durfte.« Anthony schüttelte den Kopf. »Wussten Sie, dass sie sich die Pulsadern aufgeschnitten hat, als die alte Bitch ihr gesagt hat, dass sie mich nicht mehr sehen darf? Die Pillen haben nicht gewirkt, sie war die ganze Zeit todunglücklich. Also, man kann echt sagen: Ich hab sie glücklich gemacht.«

»Kommen Sie vielleicht noch irgendwann auf den Punkt, Anthony? Oder spielen Sie sich nur auf, wie üblich?«

»Sie war wie ein Zombie, wenn sie die Pillen genommen hat, sie hat das gehasst. Wochenlang ist sie wie in Trance durch die Gegend gewankt, als ob sie gar nicht richtig da wäre.« Er rutschte noch ein Stück weiter vor. »Haben Sie noch nie jemanden so geliebt, dass Sie *alles* für diesen Menschen tun würden? Und ich rede hier nicht von einer Schachtel Pralinen und ’nem Blumenstrauß oder von ’ner Einladung zum Essen und ins Kino. Ich rede davon, Himmel und Hölle in Bewegung zu setzen, nur um ihre Augen strahlen zu sehen.«

»Sie haben sie dazu angestiftet, *Menschen zu töten.*«

»Ja, klar, Sie sind jetzt total entrüstet und so, aber ich hab sie vorher noch nie so lebendig gesehen. Verstehen Sie? Sie lebt ihren Traum.« Er lächelte. »Und wegen der Morde können Sie sie nicht belangen – sie war nicht zurechnungsfähig. Es ist nicht ihre Schuld.«

»Nein, ist es nicht.« Logan stand auf. »Es ist Ihre Schuld. Und wissen Sie was? Da das ja unter uns bleibt: Sie werden zu mindestens acht Jahren verurteilt werden, und die Leute, die Sie bestohlen haben, werden dafür sorgen, dass im Knast schon jemand auf Sie wartet.« Er hob die Hände. »Ich will Sie keineswegs bedrohen oder dazu drängen, in einen Deal einzuwilligen, ich will Ihnen nur klarmachen, dass Sie richtig tief in der Scheiße stecken. Sie sind für jeden einzelnen dieser Toten verantwortlich *und* für die armen Schweine, die zum Krüppel geschlagen wurden. Sie werden da drin keinen Monat überstehen.«

Anthony begann an dem rissigen Resopal der Tischplatte zu knibbeln. »Ich …« Er befeuchtete seine Lippen und blickte zur Kamera auf, die hoch an der Wand angebracht war. »Ich habe alles für sie getan.«

»Das erzählen Sie mal den Jungs in der Gemeinschaftsdusche. Denen mit den selbstgebastelten Messern.«

Ein kleines Stückchen Resopal löste sich unter seinen Fingernägeln ab. »Sie müssen sich um meine Mom und meinen Dad kümmern.«

Logan lehnte sich mit dem Rücken an die Tür und verschränkte die Arme.

»Ich meine, wenn die McLeods rausfinden, dass ich sie bestohlen habe, werden sie sich an ihm rächen wollen, nicht wahr?« Anthony lachte kurz auf. »Klar werden sie das. Sie werden glauben, dass er mir verraten hat, wo die anderen Plantagen sind, aber das stimmt nicht. Ich bin ihm eines Tages in die Arbeit gefolgt und habe gesehen, mit wem er gesprochen hat. Dann bin ich ihnen gefolgt. Hat ein paar Wochen gedauert, aber irgendwann habe ich rausgefunden, wie die ganze Sache läuft.«

»Ihr Vater arbeitet für die McLeods?«

Aber natürlich. Simon McLeod hatte gesagt, er habe ein Vermögen dafür bezahlt, die Besten in der Branche für seine Plantagen zu gewinnen, und laut der amerikanischen Justizbehörde war Raymond Chung verdächtigt worden, in San Francisco Cannabis angebaut zu haben.

Logan stöhnte. »Hat Ihr Vater uns deswegen weisgemacht, der Tote, den wir gefunden hatten, seien Sie? Er wollte, dass seine Bosse glauben, Sie seien tot, damit sie Sie in Ruhe lassen?«

Anthony hörte auf zu knibbeln. »Ich habe *nie* von Dads Plantage gestohlen. Simon und Creepy Colin McLeod – Sie ahnen ja nicht, wie die einen zurichten, wenn sie glauben, dass man nicht gut genug auf ihre Ware aufpasst. Deswegen habe ich das Gras, das Dad angebaut hat, nie angerührt.«

»Lassen Sie mich raten: Alle anderen waren Freiwild?«

»Er hatte mit den Diebstählen nichts zu tun, das war alles ich.«

»Was für ein *toller* Sohn Sie doch sind. So fürsorglich.«

»Er hat es nicht verdient, den Schweinen zum Fraß vorgeworfen zu werden.« Anthony richtete sich auf. Straffte die Schultern. »Sorgen Sie dafür, dass er und Mom Zeugenschutz bekommen, und ich sage Ihnen, wo die ganzen Plantagen der McLeods sind, echt. Sie können die ganze Firma hochgehen lassen. Das muss Ihnen doch was wert sein, oder?«

Rennie stieß einen erstaunten Pfiff aus. »Und er will alles ausplaudern? Die McLeods werden *begeistert* sein.«

Logan stieg weiter die Treppe hinauf. »Jedes Mal, wenn er eine neue Plantage im Visier hatte, hat er einen der Arbeiter dort ausspioniert und dann Agnes zu ihm geschickt. Er hat ihr erzählt, es seien Hexer, und sie hat ihnen durch Folter die Details entlockt. Dann sind sie angerückt, haben die präparierten Türklinken und die Selbstschussanlagen umgangen und so viel Cannabis gestohlen, wie auf ihren Lkw gepasst hat.«

»Sie werden ihn fertigmachen, sobald er einen Fuß über die Schwelle von Craiginches setzt, oder?«

»Klar werden sie das. Deswegen habe ich ihn als besonders gefährdeten Gefangenen eingestuft.« Logan zog ein Blatt Papier aus der Tasche und drückte es Rennie in die Hand. »Du jammerst doch immer, dass deine Leistungen nie richtig gewürdigt werden. Also gebe ich dir den erfreulichen Auftrag, Mr und Mrs Chung darüber zu informieren, dass ihr kleiner Junge doch nicht tot ist. Und dann nimmst du sie beide in Gewahrsam. Es ist …« Sein Telefon klingelte. Er zog es aus der Tasche. »McRae?«

»Ist das jetzt schnell genug für Sie?« Es war der Typ vom Labor, den er vorhin zur Schnecke gemacht hatte.

Logan drückte das Telefon an die Brust und scheuchte Rennie weg. »Nun mach schon.«

Er wartete, bis Rennie abgedüst war, ehe er das Handy wieder ans Ohr nahm. »Hören Sie, es tut mir leid wegen …«

»Wir haben einen DNS-Treffer für Ihr Necklacing-Opfer. Und bevor Sie wieder sarkastisch werden: Ich weiß, dass die Proben schon am Sonntag eingegangen sind, aber die Person, der wir sie zugeordnet haben, ist erst seit gestern Abend im System.«

Logans Mund wurde plötzlich ganz trocken. »Gestern Abend?«

Bitte …

»Eine gewisse Morgan Mitchell.«

Er grinste. Vielleicht gab es ja doch einen Gott.

Sie trat um sich und schrie, bleckte die Zähne und schnappte nach dem Arm des Uniformierten, der sie vom Set zerrte. Ihre roten Haare blitzten im Schein der Studioscheinwerfer auf.

Zander Clark sackte auf dem Regiestuhl zusammen, die Hände über den Kopf geschlagen.

Die übrigen Schauspieler und Mitarbeiter standen nur da und machten große Augen.

Insch stürmte herbei, warf die Arme in die Luft und brüllte.

Und Logan stand da, in der Mitte des riesigen Studios, und sagte: »Morgan Mitchell, ich verhafte Sie gemäß Abschnitt vierzehn des *Criminal Procedure Scotland Act* von 1995, weil ich Sie verdächtige, eine Handlung begangen zu haben, die mit Gefängnis bestraft wird, nämlich den Mord durch Verbrennen an einem gewissen Roy Forman …«

Chalmers saß in ihrem Bett, gestützt auf einen Berg kratziger Krankenhauskissen. Der Bluterguss, der sich über ihre ganze linke Gesichtshälfte zog, war auberginenfarben mit Andeutungen von Gelb und Grün an den Rändern. Ein Infusionsschlauch mündete in einen Port im Handrücken, kleine Gaze- und Wattequadrate schauten aus dem Ausschnitt ihres OP-Hemds hervor. Ihre rasierte Kopfhaut war zwischen dem Batikmuster von Blutergüssen und schorfigen Kratzern mit einem leichten grauen Flaum überzogen.

Die anderen drei Betten in ihrem Zimmer waren alle belegt: Eine Frau lag flach auf dem Rücken und schnarchte, die zweite las einen Krimi von den Abmessungen eines Backsteins, die dritte lag auf der Seite, und nur das leise Zittern ihrer Schultern verriet, dass sie weinte.

»Nein, es geht mir gut. Hervorragend sogar.« Chalmers spielte mit der Ruftaste herum, drehte sie in den Händen, ohne je draufzudrücken.

»Wirklich?«

Sie blinzelte. Setzte ein Lächeln auf, das nicht einmal in die Nähe ihrer geröteten, feuchten Augen kam. »Ist nicht so schlimm, wie es aussieht…«

»Sie hat zwanzig Mal mit einem Nadelproben-Messer auf Sie eingestochen und dann versucht, Sie zu ertränken.«

Chalmers starrte die Ruftaste an. »Mir geht's gut.«

Das Hintergrundsummen des Krankenhauses untermalte das Schnarchen und das unterdrückte Schluchzen in den anderen Betten.

Logan verschränkte die Finger. »Sie werden als dienstuntauglich entlassen.«

Sie schüttelte den Kopf. »Ich bin…« Dann wischte sie sich mit der Hand über die Augen. »Sie sind doch auch darüber hinweggekommen. Das haben Sie mir erzählt. Ich muss nur das Gleiche tun wie Sie: Zu einem Psychologen gehen und es mit dieser ›Gesprächstherapie‹ versuchen. Ich schaffe das.«

Die Tür flog auf, und sie zuckte zusammen.

Eine alte Dame in einem schwarzen T-Shirt und einer roten ärmellosen Weste darüber schob sich rückwärts ins Zimmer und zog ein Tablett mit Teegeschirr hinter sich her.

»Ich werde schon wieder fit.«

»Sie haben keine andere Wahl. Entweder Sie gehen in den vorgezogenen Ruhestand, oder es wird ein Disziplinarverfahren gegen Sie eingeleitet. Ein bisschen Ehrgeiz ist eine gute Sache, aber tollkühne Einzelaktionen funktionieren nur im Fernsehen und in Büchern. Um ein Haar wären Menschen gestorben, nur weil Sie unbedingt Karriere machen wollten.«

Chalmers setzte sich auf. »Aber ich kann…«

»Sie sind erledigt.«

»Pffff…« Logan lehnte sich vorsichtig auf dem Besucherstuhl zurück. »Mein Rücken bringt mich *um.*« Er wand sich hin und her und massierte die Prellungen, bis sie ihm die Zähne zeigten.

Irgendjemand hatte Samanthas Nachtschränkchen aufgeräumt, die Lucozade-Flaschen wie Soldaten beim Appell aufgereiht und den Stapel ungelesener Zeitschriften perfekt in der Mitte der furnierten Fläche gestapelt. Das *Witchfire*-Buch lag obenauf wie ein Backstein.

»Also, sie hat noch ein bisschen gebettelt, dann hat sie geweint, und dann hat sie nach der Schwester geklingelt.« Er streifte seine Schuhe ab und ließ sie auf den Boden plumpsen. Wackelte mit den Zehen und stellte fest, dass einer durch das Loch in seiner rechten Socke herausschaute. Er legte beide Füße aufs Bett und unterdrückte ein Gähnen. »Und wie war dein Tag?«

Keine Antwort, nur das Zischen des Beatmungsgeräts.

»Ja, geht mir genauso. Hab ich dir gesagt, dass Morgan Mitchell immer noch alles leugnet? Ist aber egal – wir haben das Auto beschlagnahmt, das sie am Freitagabend gefahren hat. Da drin werden sich Spuren von Roy Forman finden. Und von Brandbeschleuniger.«

Es klopfte an der Tür, und Schwester Claire steckte den Kopf herein, die Augenbrauen hochgezogen, als ob sie sich gerade auf etwas Spitzes gesetzt hätte. Sie schlich ins Zimmer, eine Hand hinter dem Rücken, während sie sich den Zeigefinger der anderen vor den Mund hielt.

Logan lächelte. »Sagen Sie nichts – ich weiß selber, dass ich mir neue Socken kaufen muss.«

Sie stieß die Tür mit dem Hintern zu. »Wenn irgendjemand das mitkriegt, bin ich geliefert – das muss unser Geheimnis bleiben, okay?«

Oh… Wenn das ein sexuelles Angebot werden sollte, musste sie sich auf eine Enttäuschung gefasst machen. »Also, ich…«

»Tadaa!« Claire nahm die andere Hand hinter dem Rücken hervor. Darin hielt sie einen Schuhkarton mit kleinen Löchern in der Seite. »*Strengstens* verboten im Krankenhaus.«

Sie stellte den Karton aufs Bett und nahm den Deckel ab. »Sie ist zehn Wochen alt.«

Aus einem kleinen gestreiften Fellknäuel mit unglaublich großen Ohren blickten zwei wunderschöne blaue Augen zu ihm auf. Dann öffnete das Bündel sein Mäulchen zu einem stummen Miauen.

»Sie heißt Misty, aber Sie können sie Cthulhu nennen, wenn Sie wollen.«

Ein Kätzchen und ein Sexspielzeug, alles an einem Tag. »Aber …«

Claire tätschelte seinen Arm. »Ist mir wirklich ein Vergnügen. Und ich habe noch ein Starterpaket vom Tierarzt für Sie drüben im Schwesternzimmer. Aber sehen Sie zu, dass Sie sie mit nach Hause nehmen, bevor irgendjemand sie sieht.« Claire sah auf ihre Uhr. »So, jetzt sollte ich mich wieder an die Arbeit machen.«

Und weg war sie.

Okay. Jetzt hatte er also eine Katze, um die er sich kümmern musste.

Süß war sie ja, das ließ sich nicht leugnen …

Er griff in den Karton, hob Misty – oder vielmehr Cthulhu – heraus und setzte sich wieder auf den Stuhl. Sie war wie eine steife kleine Pelzkugel mit nadelspitzen Krallen, die Halt suchend nach seinem Hemd traten. Also eher nicht der verschmuste Typ.

Er pflanzte das Kätzchen aufs Bett, nahm sich eine der Lucozade-Flaschen, schraubte den Deckel ab und nahm einen Schluck. Warm, aber trinkbar.

»Ich weiß, was du denkst, Cthulhu: Woher wusste Morgan, wo sie Roy Forman verbrennen konnte? Also, offenbar hat ihr

Nichole, als sie sich in dem Hexenzirkel in Wyoming näherkamen, alles über ihre Flegeljahre in Aberdeen erzählt, unter anderem auch, wo sie und ihr hundemordender Freund immer ihre gestohlenen Autos verbrannt hatten.«

Cthulhu tappte auf der Bettdecke herum und schnupperte neugierig.

Logan sah sie stirnrunzelnd an. »Nichts für ungut, aber ich komme mir ein bisschen wie ein Idiot vor, wenn ich mit einer Katze rede. Ist mir egal, was Goulding sagt.«

Samantha seufzte. »Na ja, sie kann ja nichts dafür, dass sie dir nicht antworten kann, oder?«

»Auch wieder wahr.« Er nahm noch einen Schluck Lucozade. »Ich habe übrigens den Architekten angerufen. Er setzt sich wieder mit der Baufirma in Verbindung. Wahrscheinlich können sie irgendwann in den nächsten vierzehn Tagen anfangen.«

»Es geschehen noch Zeichen und Wunder.« Sie setzte sich im Bett auf, schob eine Hand unter Cthulhus hellen, flauschigen Bauch und hob sie vorsichtig hoch. »Hör nicht auf den blöden alten Daddy, du bist eine absolut vollwertige Gesprächspartnerin.«

Ein Rülpser erschütterte Logans Zwerchfell. »Ups, ’tschuldigung.«

Er sackte wieder auf dem Stuhl zusammen.

»War ein komischer Tag irgendwie… Nach dem ganzen Stress und den Drogenrazzien und der Verhaftung von Roy Formans Mörderin sagt mir der ACC, dass ich die DI-Stelle in Peterhead haben kann, wenn ich will.«

Samantha starrte ihn an. Ihre Stimme war zittrig und spröde. »Gratuliere.«

»Was denn – ich soll entweder mein halbes Leben auf der A90 verbringen oder dich nie sehen? Ich hab ihm gesagt, ich warte lieber, bis eine feste Stelle in Aberdeen frei wird.«

Cthulhu miaute wieder tonlos.

Samantha sah aus, als ob sie ein Lächeln zu verbergen suchte, indem sie ihre Nase im Fell zwischen den Ohren des Kätzchens vergrub. »Was ist mit Wee Hamishs Scheck?«

»Ich glaube, ich spende das Geld den Leuten, die die Suppenküche unten an der Green betreiben. Das hätte Roy Forman gefallen, meinst du nicht?«

»Keine Ahnung. Hab ihn ja nie kennengelernt.« Cthulhu wand sich und fiepte so lange, bis sie sie wieder auf die Decke runterließ. Dann griff Samantha nach dem *Witchfire*-Buch auf dem Nachttisch. »Na los, Märchenonkel, weiter im Text.«

Logan lockerte seine Krawatte und lehnte sich auf seinem Stuhl zurück. Schlug das Buch auf. Und lächelte. Freundin, Kätzchen – und ein Lob von ganz oben. Vielleicht wurde doch noch alles gut. »Also schön, los geht's:

›Über dem Hochhaus zuckten Blitze durch die schiefergrauen Wolken, einen Herzschlag später gefolgt von einem beängstigenden Donnergrollen …‹«

Und dann, quasi zur Krönung eines perfekten Tages, pinkelte Cthulhu auf das Fußende des Betts.

Danke, danke …

Ein Buch wie dieses zu schreiben wäre der reinste Albtraum, wenn ich nicht einen Haufen sehr kluger Menschen an meiner Seite hätte, die nichts dagegen haben, wenn ich ihr Wissen anzapfe und ihnen dumme Fragen stelle. Wie üblich geht alles, was ich richtig hinbekommen habe, auf ihr Konto, sämtliche Fehler dagegen gehen auf meins.

Ein dickes Dankeschön also an alle meine Kriminalistik-Expertinnen und -Experten: Ishbel Gall, Dr. Lorna Dawson, Prof. Dave Barclay, Dr. James Grieve und Prof. Sue Black.

Dank auch an Dave Reilly und an Jon Lloyd für all die Hinweise und Tipps und Insider-Infos.

Dann sind da noch die Experten für alles Historische, Chris Croly und Fiona Musk. (Wenn es Sie nach Aberdeen verschlägt, schauen Sie mal in den Archiven vorbei. Sie sind wirklich fantastisch, und der Eintritt ist frei!)

Und wie immer verdient HarperCollins einen Riesenapplaus, besonders all die tapferen Streiterinnen und Streiter für Qualität im Verlagswesen: Sarah Hodgson, Kate Elton, Jane Johnson, Julia Wisdom, Laura Mell, Oliver Malcolm, Laura Fletcher, Roger Cazalet, Lucy Upton, Damon Greeney, Catherine Friis, Emad Akhtar, Kate Stephenson, Anne O'Brien, Marie Goldie und die wilde Truppe vom Distribution Centre Bishopbriggs.

Nicht minder danke ich Phil Patterson, Isabella Floris, Luke Speed und allen bei Marjacq Scripts.

Eine Reihe von Leuten haben geholfen, einen ganzen

Haufen Geld für gute Zwecke lockerzumachen, indem sie das Recht ersteigert haben, eine Figur im Buch nach sich benennen zu lassen: Peter und Emma Sim, April Logan und Ian Falconer. Danke, Leute.

Und das Beste wie immer zum Schluss: Fiona und Grendel.

Stuart MacBride

hat in einigen Berufen gearbeitet, bevor er sich dem Schreiben zuwandte. Doch bereits sein erster Roman mit dem Ermittler Logan McRae sorgte in Großbritannien für Furore. Seither ist die Serie mit Schauplatz Aberdeen aus den Bestsellerlisten nicht mehr wegzudenken. Mit »Das dreizehnte Opfer« begann der Autor eine zweite Thrillerserie, in deren Mittelpunkt der Ermittler DC Ash Henderson steht. Stuart MacBride lebt mit seiner Frau im Nordosten Schottlands. Weitere Informationen unter www.stuartmacbride.com/en

Die Logan-McRae-Thriller von Stuart MacBride:

Die dunklen Wasser von Aberdeen · Die Stunde des Mörders · Der erste Tropfen Blut · Blut und Knochen · Blinde Zeugen · Dunkles Blut · Knochensplitter · Das Knochenband

Die Ash-Henderson-Thriller von Stuart MacBride:

Das dreizehnte Opfer

Alle Romane auch als E-Book erhältlich

Nur als E-Book erhältlich:

Mit tödlicher Absicht. Zwei E-Book-Only Kurzkrimis mit DS Logan McRae und DI Steel

Zwölf tödliche Gaben. E-Book-Only Storys (auch als Einzelgeschichten erhältlich):
Ein Rebhuhn in einem Birnbaum · Zwei Turteltauben · Drei französische Hühner · Vier singende Vögel · Fünf goldene Ringe · Sechs Eier legende Gänse · Sieben schwimmende Schwäne · Acht melkende Mädchen · Neun tanzende Damen · Zehn springende Herren · Elf spielende Dudelsackpfeifer · Zwölf trommelnde Trommler

GOLDMANN
Lesen erleben